BASTEI
LÜBBE

Von Meagan McKinney sind bei
BASTEI-LÜBBE erschienen:

11858 Bis die Liebe das Dunkel besiegt
11890 Wenn Engel fallen
11972 Kampf der Liebe
12004 Brennende Küsse

Meagan McKinney

Der Gigant und die Lady

Aus dem Englischen von
Kerstin Winter

BASTEI
LÜBBE

BASTEI-LÜBBE-TASCHENBUCH
Band 12033

1. Auflage Januar 1994
2. Auflage April 1994
3. Auflage Juli 1994

Deutsche Erstveröffentlichung
Titel der amerikanischen Originalausgabe:
Lions and Lace

Printed in France
Einbandgestaltung: Roland Winkler
Titelfoto: PINO DAENI/Ag. Thomas Schlück
Satz: Fotosatz Manfred Schöning, Wiehl
Druck und Bindung: Brodard & Taupin, La Fleche
ISBN 3-404-12033-7

Der Preis dieses Bandes versteht sich
einschließlich der gesetzlichen Mehrwertsteuer.

Danksagung

Zuerst möchte ich meiner Cousine Anna und meinem Cousin Morton Delson danken, die Manhatten stets noch schöner gemacht haben, als es ohnehin schon ist. Dank auch an meine Agentin Pamela Gray Ahearn, die immer – aber diesmal ganz besonders – hart für mich arbeitet. Meine Wertschätzung gilt all den Instituten, die die Vergangenheit lebendig halten: die New York Historical Society, das Museum der Stadt New York, die New York Public Library, die Newport Historical Society, die Columbia Universität und die A. B. Freeman School of Business Rare Books Library.

Ein besonderer Dank geht an den guten Turlogh O'Faolin, der so großzügig sein Wissen mit mir teilte; an Jill Barnett, die selbst in den Dingen etwas Großartiges findet, in denen – leider – nichts davon vorhanden ist, und an meinen Verleger Damaris Rowland, der Vertrauen und Begeisterung zeigte. Ich hätte es ohne Euch alle nicht geschafft.

Was meine Auseinandersetzung mit dem Gälischen angeht, möchte ich schließlich noch den Großneffen des irischen Schriftstellers Liam O'Flaherty danken: Danny und Patrick O'Flaherty, den Besitzern des besten Irischen Pubs diesseits des Atlantiks. Ich kann allen meinen Lesern nur empfehlen, sich bei O'Flahertys im French Quarter in New Orleans ein Pint zu genehmigen und ihnen zuzuhören, wie sie »Bridget O'Malley« spielen.

Lace/Spitze

Die Gesellschaft basierte auf einer Art rechtlich nicht verankerten, doch lange bestehenden sozialen Hierarchie, aus der alle Randelemente rigoros ausgeschlossen wurden. Viele ihrer Mitglieder waren attraktiv, gutaussehend und liebenswürdig – gutgekleidete Männer und Frauen. Doch als Gesellschaft war sie flach und öde, wie eine Wüste ohne Löwen...

Mrs. Winthrop Chanler.
Memoirs on New York Society

1

Natürlich regnete es.

Alice Diana van Alen blickte durch das dünne Spitzengewebe an ihrem Schlafzimmerfenster hinab auf den Washington Square, den die hereinbrechende Nacht und der Sturm in Dunkelheit tauchten. Dort unten prasselte der Regen auf die Straße und strömte über das Fischgrätmuster des Kopfsteinpflasters. In der Höhe zerrte der Wind an den dürren, kahlen Ästen der Bäume, so daß das Licht der Gaslaternen durch die sich wiegenden Wipfel hindurchflackerte. Keine Menschenseele war zu sehen. Selbst der Droschkenstand war leer. Jede Kutsche war unterwegs, um vom Unwetter überraschten Fußgängern zu befördern.

Sie starrte durch die nassen Fensterscheiben und hatte die Arme fest um sich gelegt, als ob sie frieren würde. Der Sturm war ein Zeichen. Aber obwohl sie davon überzeugt war, konnte sie ihren Entschluß nicht ändern. Sie würde heute abend zu dem Ball gehen.

Ein kleines, bitteres Lächeln huschte über ihre Lippen. Auch der Traum der letzten Nacht war ein Zeichen. Sie hatte diesen Traum so lange nicht mehr geträumt, daß sie ihn fast vergessen hatte. Doch ihre Ängste und Sorgen um den heutigen Abend schienen ihn wieder aus ihrem tiefsten Unterbewußtsein heraufbeschworen zu haben. Der Traum war immer gleich, und selbst jetzt fiel es ihr schwer, seinen Eindrücken zu widerstehen.

Als sie sich schließlich seinen Bildern ergab, bekamen ihre grünen Augen einen warmen Glanz, und sie schien sich plötzlich in weiter Ferne zu befinden.

Eine heftige Bö ließ den Regen an ihr Fenster klatschen und holte sie in die Wirklichkeit zurück. Verärgert, daß sie zu so einer wichtigen Stunde in Träumereien schwelgte, wandte sie sich vom Fenster ab und ging zu ihrem Ankleidetisch, der mit einem kostbaren Spitzentuch bedeckt war. Wieder dachte sie an ihren Traum, und der Luxus der Raumeinrichtung stieß sie fast ab. Das Schlafzimmer war wunderschön und ausgestattet mit allen Dingen, die eine vermögende junge Frau sich nur wünschen konnte. Ein Blick auf den Frisiertisch zeigte dies deutlich. Er war nierenförmig und derart verschwenderisch mit teurer französischer Spitze dekoriert, daß er fast schon gepolstert wirkte. Sein weicher, mit rosa Samt bezogener Hocker wartete auf sie wie ein Thron, aber plötzlich mochte sie sich nicht mehr setzen. Ihre Umgebung war ein schockierender Gegensatz zu dem einfachen, bezaubernden Ambiente aus ihrem Traum.

Das weiße, schindelgedeckte Haus war das, wovon sie immer geträumt hatte. Wie letzte Nacht. Es war so einfach und so bescheiden, daß sich die meisten in ihrer gesellschaftlichen Schicht sogar geschämt hätten, davon zu träumen. Ganz zu schweigen von dem Wunsch, in so einer Behausung zu wohnen.

Aber sie wünschte es sich. Leidenschaftlich. Sie

liebte dieses kleine weiße Haus, das sich auf dem grünen Hügel unter dem strahlenden blauen Himmel duckte. Sie hatte niemals so ein Haus gesehen, aber doch so oft daran gedacht, daß sie glaubte, den Duft der Apfelblüten wahrzunehmen, der vom Vorgarten herübergeweht kam und das Knattern der weißen Laken im Wind zu hören, die sie hinter dem Haus auf der Leine vermutete. Sie liebte dieses Haus weniger dafür, was es war, sondern vielmehr dafür, was es enthielt.

Sie schloß ihre Augen und versuchte, ihre Gedanken anzuhalten. Was hatte sie davon, sich in Träumereien zu ergeben? Sie würden nicht wahr werden. Wenn sie sich danach sehnte, würde sie nur unglücklich sein. Sie öffnete die Augen und machte einen weiteren Versuch, sich an den Tisch zu setzen. Doch wieder schien der Luxus ihres Schlafzimmers sie zu überwältigen.

Angewidert betrachtete sie die erdrückend großen Rosen auf der Tapete, die protzigen Chintzstoffe auf den Möbeln, die schweren rosa Samt- und Seidendecken, die ihr Himmelbett einhüllten. Es war alles falsch! Sicher, sie war in diesem Raum aufgewachsen. Doch sie wußte, daß es für sie nicht mehr richtig war. Nun wollte sie etwas anderes. So etwas wie die grünen Hügel, den blauen Himmel, das weiße Häuschen. Ihn.

Ihre Augen verdunkelten sich. Er war stets da, in ihren Träumen – finster, übermächtig, unerreichbar. Er hatte die Gestalt eines attraktiven Mannes, der mit verschränkten Armen lässig an einem der weißgekalkten Zaunpfähle lehnte und die Landschaft hinter ihr betrachtete. In ihren Träumen beobachtete sie ihn immer vom Fuße des Hügels, ohne zu wissen, wer er war, und begierig darauf, mehr Einzelheiten seines Gesichts zu erkennen, das durch die Entfernung nicht zu erkennen war.

Wie schon oft zuvor wurde ihre Sehnsucht, seine Gesichtszüge zu sehen, übermächtig, und sie begann, den Hügel hinaufzusteigen. Doch die grasbewachsene Böschung bereitete ihr wegen ihres Kleides Schwierigkeiten. Sie packte ihre Röcke, um sie hochzuzerren, doch sofort floß der schwere Atlas wie Wasser durch ihre Finger. Sie konnte den Stoff nicht halten. Mit jedem Schritt schien das Kleid länger zu werden, als wollte es sie absichtlich festhalten, und sein Gewicht wuchs ins Unermeßliche, als wäre es mit Steinen und nicht mit Spitze gesäumt.

Die Tournüre an ihrem Rücken schien plötzlich zu Blei zu werden, das sie mit aller Kraft zu Boden drückte und sie von dem fernhielt, was sie sich am sehnlichsten wünschte. Die Perlen um ihren Hals zogen sie hinunter, bis sie schließlich in diesem Meer aus Atlas und Schmuck unterzugehen drohte. So stand sie da mit ausgestreckten Armen, unfähig, sich zu bewegen, und flehte den Mann auf dem Hügel stumm an, sie aus den Fängen ihres Reichtums zu befreien. Aber er kam nicht. Sie schrie angstvoll auf, als er sich abwandte.

»Geh nicht«, weinte sie leise und verzweifelt.

Doch er hörte sie niemals.

Mit einem geflüsterten »Ich brauche dich« mußte sie zusehen, wie der Mann in dem kleinen, weißen Haus verschwand. In diesem Moment schreckte sie aus ihrem Traum auf. Zurück blieb nur das bittere Bedauern über den Verlust von einem Traum, der sich niemals erfüllen würde.

Ihre Gesichtszüge waren angespannt, als sie an

das alptraumhafte Ende dachte. Wie sehr sie es haßte, sich daran zu erinnern. Automatisch wanderten ihre Hände zu der Perlenkette und hoben sie an, als wäre sie ihr zu schwer.

»Miss Alana?«

Alana zuckte zusammen und wandte sich vom Fenster ab. Mitten im Raum stand die Person, die sie bei ihrem Kosenamen gerufen hatte. Margaret, ihre Zofe, hielt ihr ihr Abendcape und ihre langen Satinhandschuhe entgegen.

»Miss Alana? Sind Sie fertig?«

Alana trat heran und ließ sich das Cape umlegen. »Ist die Kutsche bestellt?«

»Ja, Miss. Ich hab's Kevin aufgetragen. Dacht' mir, er hält besser sein' Mund als wie Ihr Butler, Pumphrey. Der Bursche is' zu fix dabei, Ihr'm Onkel zu antworten.«

Alana nickte. Der Dialekt ihrer Zofe war noch stärker als sonst und zeigte ihr, wie sehr Margaret sich um sie sorgte. »Gut. Onkel Baldwin darf auf keinen Fall davon erfahren, daß ich zum Sheridan Ball gehe.«

»Ich werd's ihm bestimmt nich' sagen.«

Alana lächelte und sah Margaret an. »Ich habe das Unwetter schon als böses Omen gesehen und geglaubt, daß dieser Abend zum Scheitern verurteilt ist. Aber jetzt bin ich viel zuversichtlicher. Wenn alles gut geht, gibt es nur einen Weg, wie Onkel Baldwin erfahren könnte, daß ich an dem Sheridan Debüt teilnehme: Aus der morgigen Ausgabe des *New York Chronicle*!«

»Wir haben alles getan, damit's niemand rauskriegt!«

»Dafür bin ich euch wirklich dankbar. Bitte sag das auch Kevin.« Alana drückte die Hand des Mädchens und nahm ihr die Handschuhe ab. Sie wollte sie gerade anziehen, als Margarets Miene sie innehalten ließ. Sofort schlug ihr Herz schneller. »Stimmt etwas nicht?«

»Eigentlich nich', Miss...« Sie warf ihrer Herrin einen scheuen Blick zu.

»Was ist?«

»Ich hab' ihnen versprochen, daß ich's Ihnen sage«, platzte Margaret heraus. »Ich mein', was ich sagen will, ist, daß... also... wir...«

»Ja?«

»Ich und Kevin und Katie und McDougal – also wir woll'n Ihnen nämlich danken, Miss.«

»Danken? **Mir?**« Alana blickte sie verwirrt an. »Aber wofür denn nur?«

Plötzlich schienen die Worte aus der Zofe hervorzusprudeln, bevor sie sie aufhalten konnte. »Wir wissen, daß Sie heute abend nich' gehen dürfen, Miss Alana. Und zwar deshalb, weil das Sheridan Mädchen 'ne Irin ist. Sie machen sich für sie stark, und deswegen woll'n wir Ihnen danken. Ich und mein Mann, Kevin, sind doch erst vor zwei Jahren rübergekommen. Es bedeutet uns viel, daß Sie heute abend zu dem Ball gehen!«

Sprachlos starrte Alana ihre Zofe an, während sie verzweifelt nach der richtigen Antwort suchte. Es gab mehrere Möglichkeiten, angefangen damit, das Zimmermädchen zu strafen und auf ihren Platz verweisen, bis hin zu dem, was sie am liebsten getan hätte – die junge Frau in den Arm zu nehmen und sie um ein Gebet für diese Nacht bitten.

Statt dessen flüsterte sie: »Es ist mir ein Vergnügen, Margaret«, und zog sich die Handschuhe verlegen und hastig über.

Margaret knickste ebenso verlegen und eilte aus dem Zimmer.

Als Alana sich entschlossen hatte, am Sheridan Ball teilzunehmen, hatte sie nicht einmal über die Tatsache nachgedacht, daß Mara Sheridan Irin war. Sie hatte die Sechzehnjährige an einem Abend im vergangenen Herbst im Central Park kennengelernt und auf Anhieb sympathisch gefunden. Sie war ihr aufgefallen, weil das Mädchen in ihrem schicken Zweispänner am Rande des Parks angehalten und öffentlich den Kutscher einer Mietdroschke beschimpft hatte, weil er sein Pferd mißhandelte.

Dann kam die Einladung zu ihrem Debüt, und Alana sah darin nichts weiter als eine weitere gesellschaftliche Verpflichtung. Sie wußte nur wenig über Miss Sheridan, aber auf dem kurzen Stück, das sie gemeinsam auf der Promenade entlangspaziert waren, hatte sie sie als herzerfrischend unschuldig und liebenswert kennengelernt. Was im krassen Gegensatz zu dem stand, was Alana über Maras Bruder gehört hatte.

Trevor Sheridan war **das** Gesprächsthema in New York. Man erzählte sich, daß er einer von diesen reichen, vulgären Emporkömmlingen war, die in ihrer Hast und ihrer Gier nach immer mehr Geld jeden niedertrampelten, der sich ihnen in den Weg stellte. In Alanas Umfeld war niemals ein gutes Wort über Mara Sheridans Bruder gefallen, aber Alana wußte nur zu gut, daß die Knickerbocker-Kreise[1] alles andere als ein Wohltätigkeitsverein waren.

---

[1]Knickerbocker: Spitzname für die »echten« New Yorker.

Alana verzog spöttisch den Mund. O nein, es war sicher nicht Wohltätigkeit, die den Vierhundert[2] am meisten am Herzen lag. Vielmehr war es Exklusivität. Und Alana wußte es besser als jede andere. Mrs. Astor trug eben diese wie einen Schild vor sich her, der sie vor dem schützen sollte, was »untragbar« war. Es war die Ironie des Schicksals, aber wüßte New Yorks despotische große Dame der Gesellschaft von dem Geheimnis der ruhmreichen van Alens, würde sie entsetzt feststellen müssen, daß sie genau das an ihrem Busen genährt hatte, was sie am meisten fürchtete – einen Skandal. Einen vulgären, schmierigen Skandal!

Aber um sich und vor allem die zu schützen, die sie liebte, spielte Alana das Spiel mit. Und in vieler Hinsicht fiel es ihr nicht schwer. Mit ihrem Knickerbocker-Erbe, das sich bis auf Petrus Stuyvesant persönlich zurückverfolgen ließ, war Alice Diana van Alen das Juwel in der Krone des besseren New York. Aber Alana wußte, daß sie nur ein Kind war, das verzweifelt Theater spielte, bis die Fassade des edlen Stammbaumes heruntergerissen wurde.

Unwillkürlich glitt ihr Blick auf das mit rotem Samt gerahmte Bild ihrer Schwester, das sie neben ihrem Bett aufgestellt hatte. Während sie es anstarrte, überkam sie eine unerklärliche Angst. Sie haßte dieses Spiel der Gesellschaft, haßte es so sehr, daß sie am liebsten schreiend davongelaufen wäre. Ihr Leben war eine Lüge. Sie verkehrte mit denen, die sie als erstes verstoßen würden, wüßten sie die Wahrheit über sie und ihre Familie.

---

[2]Die Vierhundert: Der exklusive Club der Gesellschaft, der danach benannt wurde, wie viele Gäste in Mrs. Astors Ballsaal paßten.

Wieder verharrte Alanas Blick auf dem Bild ihrer Schwester. Sie spielte dieses Spiel, um sie zu schützen. Aber selbst, wenn sie das Opfer auf sich genommen hatte, gab es schließlich irgendwo eine Grenze.

Alanas Gedanken kehrten zu dem bevorstehenden Ball zurück. Sie war sich darüber im klaren, daß Mrs. Astor und die anderen Mitglieder der feinen Gesellschaft das heutige Ereignis nicht einfach deswegen boykottierten, weil sie Mara Sheridans Bruder nicht mochten. Wahrscheinlich hatte keiner von ihnen Trevor Sheridan je kennengelernt. Alana zumindest war ihm nie begegnet. Der wahre Grund lag vielmehr in dem verabscheuungswürdigen Makel, den Margaret eben erwähnt hatte. Sie waren irischer Herkunft. Gut genug vielleicht, die Nachttöpfe zu schrubben oder ihrem Herrn die Zügel zu überlassen, wollte er seine Kutsche selbst über die Harlem Lane führen. Aber sicher nicht gut genug, um mit ihnen auf gleicher Ebene zu verkehren.

Alana betrachtete ihr Spiegelbild. Das gelbe Atlaskleid war genau richtig für das Debüt eines jungen Mädchens. Die Perlenketten um ihren Hals waren kostbar, aber dezent. Mrs. Astor wäre stolz auf ihr Aussehen gewesen. Und entsetzt! Der Matrone war das Gerücht zu Ohren gekommen, daß Alana an dem Ball teilnehmen wollte, und beim letzten Zusammentreffen hatte sie ihr sehr deutlich gemacht, daß sie erwartete, Alana würde heute abend zu Hause bleiben. Nun hielt die Gesellschaft den Atem an und wartete, ob Alana sich Mrs. Astor widersetzen würde. Alana warf noch einen letzten Blick in den Spiegel und glättete die Atlasbordüre um ihre Hüften. Nun, sie **würde** es tun.

Ihr kaffeefarbenes Abendcape war von ihren

Schultern geglitten und bauschte sich nun zu ihren Füßen. Sie hob es auf und verrenkte sich fast wegen ihrer engen Ärmel bei dem Versuch, es sich wieder überzulegen, doch sie wollte Margaret nicht extra deswegen bemühen. Mrs. Astor hätte sich darüber bestimmt keine Gedanken gemacht. Alana aber dachte daran, wieviel Überwindung es ihre Zofe gekostet hatte, sich das Geständnis abzuringen und mochte sie nicht noch einmal in Verlegenheit bringen.

In diesem Moment klopfte es laut an der Tür. Bevor Alana noch irgend etwas unternehmen konnte, erklang bereits die Stimme ihres Onkels: »Alana! Mach sofort auf! Ich weiß, was du vorhast, und ich gestatte das nicht!«

Angsterfüllt erstarrte Alana. Erneut rutschte das voluminöse Cape von ihren Schultern. Das Hämmern an der Tür schien das heftige Pochen ihres Herzens widerzugeben. Wie eine Verurteilte auf dem Weg zum Galgen wappnete sie sich für das, was kommen würde. Didier hatte irgendwie Wind von ihrer Rebellion bekommen, und nun glaubte er, sie zunichte machen zu können.

Aber das sollte er nicht schaffen. Würdevoll schritt sie zur Tür und öffnete.

Dahinter stand ihr Onkel, Baldwin Didier. Und er war zornig. Forsch trat er in ihr Zimmer und fixierte mit seinen strahlenden blauen Augen ihr Ballkleid. »Was soll das bedeuten?« polterte er. »Wie kannst du es wagen, meine Anweisungen zu mißachten?«

Mit einer Nonchalance, nach der ihr gar nicht zumute war, ging sie an ihm vorbei und setzte sich an ihren Ankleidetisch, nur um nervös sein Abbild im Spiegel zu beobachten. Onkel Baldwin war noch gut in Form. Selbst jetzt, da er die Blüte seines Lebens hinter sich hatte, hatte er sich für seine über fünfzig Jahre ausgesprochen gut gehalten. Mit seinem gepflegten grauen Van-Dyke-Bart und seinen lebhaften, erstaunlich blauen Augen war er eine faszinierende Erscheinung, die Alana stets aufs neue überraschte. »Eindrucksvoll« war das Attribut, das ihre Tante für ihn fand, als sie ihn vor so vielen Jahren kennenlernte. Doch ebenso treffend hatte ihn eine Magd beschrieben, die damals im Haushalt ihrer Tante angestellt war. »Er gehört zu der Art Mann, den sich eine Lady als Bräutigam wünscht«, hatte die alte Dienerin bemerkt, »und vor dem sie dann schreiend in der Hochzeitsnacht davonläuft.«

Didier kam zu ihr. Alana beobachtete ihn wie eine Füchsin den Jagdhund auf der Pirsch. Als er schließlich seine Hände auf ihre Schultern legte, konnte sie vor Angst kaum atmen.

»Du wirst heute abend nirgendwo hingehen.«

»O doch.« Alana versuchte verzweifelt, die Angst in ihrer Stimme zu unterdrücken. »Ich weiß, was du sagen willst, Onkel, aber das ändert nichts. Du kannst ebensogut ins Hotel zurückkehren, denn ich werde dieses Mädchen nicht enttäuschen. Ich gehe zu dem Ball, komme, was da wolle.«

»Mrs. Astor heißt das nicht gut. Du gehst nicht!«

Zorn stieg in ihr auf und schien sogar das enge Korsett unter ihrem Kleid sprengen zu wollen. »Ich denke nicht daran, nach Mrs. Astors Pfeife zu tanzen.«

»So? Tust du das nicht? Das solltest du aber.«

Sie erstarrte. Er zog sie auf die Füße.

»Muß ich dich daran erinnern, daß meine Stellung in dieser Gemeinde mein Leben bedeutet? Was glaubst du, wovon ich meinen Unterhalt verdiene?!«

Sie reagierte nicht einmal darauf. Sie hörte diese Worte nicht zum ersten Mal, und während sie sie einerseits anwiderten, stärkten sie sie auch. Die Tatsache, daß er sie ausnutzte, brachte plötzlich eine Entschlossenheit zutage, die sie sich nicht zugetraut hatte. Während sie sich von ihm loszumachen versuchte, gab sie zurück: »Mutter und Vater wollten, daß ich glücklich bin, nicht, daß ich an die Brieftasche eines Anwalts gekettet werde, an deine!«

»Meine Gebühren als Rechtsberater bringen mir nicht annähernd das ein, was ich bekomme, seit ich als dein Vormund eingesetzt wurde, und das wirst du mir nicht nehmen!«

»Ich kann tun, was ich will. Ich habe mein eigenes Geld, und...«

»Und wie du sehr gut weißt, hat man es mir zur treuhänderischen Verwaltung gegeben. Also halte mich bei Laune, Alana. Ich möchte dich *und deine Schwester* schließlich nicht als eine weitere Fehlinvestition meinerseits abhandeln müssen.« Er schob sie zur Seite und setzte sich auf die Bank unter dem Fenster.

Sie haßte ihn dafür, daß er ihrer Schwester drohte. »Fehlinvestition«, murmelte sie frostig. »Ist das die Bezeichnung für diese angemalte Frau, die du dir im St. Nicholas Hotel hältst? Oder hat schon wieder eine andere ihren Platz eingenommen? Es sind ja bereits so viele gewesen!«

»Paß auf, Liebes, dein Knickerbocker-Dünkel kommt durch«, erwiderte er mit einem bösen Grinsen.

»Nun, wenigstens **einer** in dieser Familie sollte Niveau beweisen.«

Mit einem Satz stand er auf. »Und ich will verdammt sein, wenn du das alles verdirbst, indem du zu irgendwelchen Kartoffelbauer-Iren gehst!«

»Du kennst diese Leute doch nicht einmal. Wie kannst du nur so über sie reden?«

»Trevor Sheridan ist ein dreckiger Gossenire, und das kann ich wahrhaftig beurteilen. Ich habe genug Geld an ihn und seine verdammte Northwest Railroads verloren.«

»Es ist mir egal, wieviel du an ihn verloren hast«, sagte Alana ruhig. »Es ist mir auch egal, daß die Sheridans Iren sind. Mara ist erst sechzehn. Hat denn keiner Mitleid mit ihr? Du mußt doch wissen, wie vernichtend es für ein junges Mädchen sein kann, wenn niemand zu ihrem Debüt erscheint!«

»Mitleid kann jemand anderes empfinden. Du hast eine andere Aufgabe!«

»Ach. Und welche?«

»Du wirst brav deine kostbare, behütete Tugend zur Schau stellen und mir dadurch weiterhin den Umgang mit Deinesgleichen ermöglichen!« Er packte wieder ihre Arme, diesmal jedoch schmerzhaft fest. »Du **wirst** nach Mrs. Astors Pfeife tanzen. Und du **wirst** tun, was ich sage. Oder ich werde mit deiner Schwester weniger gnädig umgehen.«

»O Gott, wie heftig muß sich meine Tante im Grab umdrehen, daß sie dich in unsere Familie gelassen hat«, preßte sie hervor, während sein fester Griff ihr die Tränen in die Augen trieben.

»Im Gegenteil. Sie wäre glücklich, daß noch jemand da ist, der sich um dich kümmert. Ich bin alles, was dir von deiner Familie geblieben ist, Alana!« Ein grausames Funkeln erschien in seinen Augen. Sein Blick wanderte zu dem Bild auf ihrem Nachttisch. Er ließ ihre Arme los und schlenderte hinüber. »Aber ich habe ja Christabel ganz vergessen.« Er strich über das Portrait, während sich sein einst so schöner Mund spöttisch verzog. »Wie geht es deiner Schwester denn? Hast du sie in letzter Zeit besucht? Aber natürlich hast du das. Das ist dir ja heilig, nicht wahr?«

Alana schwieg. Er wußte, daß sie nie über ihre Schwester sprach. Zu starke Gefühle waren damit verbunden. Für ihre Familie hielt sie die grandiose Lüge aufrecht, nach der alle Mitglieder der besseren Gesellschaft glaubten, ihre Angehörigen wären vor drei Jahren bei einem Hausbrand umgekommen. Niemand kannte die Wahrheit – weder ihre Verehrer, noch ihre »Freunde«, nicht einmal Mrs. Astor. Nur Didier wußte, was Christabel wirklich zugestoßen war. Und diese schreckliche Tatsache machte sie einerseits erpreßbar und gab ihr andererseits Schutz.

Didier betrachtete wieder das Bild. »Sie sieht richtig glücklich darauf aus, findest du nicht? Wie lange nach dieser Aufnahme hat man sie ins Irrenhaus gesteckt? Ist das wirklich schon drei lange Jahre her?«

Alana wollte sich von ihm abwenden. Aber er ließ sie nicht.

»Antworte mir«, verlangte er scharf. »Sie scheint dort wirklich glücklich zu sein. Was glaubst du, wie glücklich sie in einer staatlichen Irrenanstalt wäre, anstatt in diesem netten, kleinen privaten Heim, das sie so wunderbar versorgt?«

»Sie wird niemals in eine öffentliche Anstalt eingewiesen werden«, fauchte Alana.

»So? Und wie willst du für ihren Unterhalt aufkommen, wenn ich es dir nicht länger erlaube?«

»Dann nehme ich mir einen Anwalt und gehe gegen dich vor!«

Er schüttelte den Kopf. »Womit denn? Die Verwaltung deines Vermögens obliegt mir. Glaubst du, ich gebe dir Geld, damit du gegen mich vorgehst? Denk mal darüber nach!«

»Ich lasse mich nicht länger von dir erpressen. Ich werde zu Sheridans Ball gehen, und du wirst mir nicht mehr mit meiner Schwester drohen!«

»Der Unterhalt für deine Schwester ist erschrekkend kostspielig. Wie willst du das bezahlen, wenn ich dir den Hahn abdrehe? Deine Eltern, Gott sei ihren Seelen gnädig, waren sich bei ihrem Tod nicht klar darüber, daß sie dir so eine Last aufbürdeten!«

»Du bist eine Last, nicht Christabel!« Sie versuchte, sich gegen ihn zur Wehr zu setzen. Didier ließ das Bild los, um ihre beiden Schultern zu packen, und es zerschellte am Boden. Zornig betrachtete Alana das zerbrochene Portrait.

»Du bleibst heute abend zu Hause«, befahl Didier. »Und da niemand sonst auf der Party auftauchen wird, ist es wohl auch nicht nötig, dein Bedauern schriftlich zu übermitteln.«

Seine Worte entsetzten sie. Obwohl er wahrscheinlich damit recht hatte, daß niemand kommen würde, mochte sie einfach nicht glauben, daß die Leute so grausam waren. Doch es war offenbar eine Tatsache. Und die junge Mara Sheridan würde durch diesen harten Schlag vernichtet werden.

Alana war nicht so grausam. Sie wollte nicht zu dieser ungerechten, gesellschaftlichen Ächtung beitragen. So sagte sie nur: »Ich **werde** gehen!«

»Nein!«

»Doch!« Sie hob ihr Kinn und warf ihm einen herausfordernden Blick zu. »Ich gehe wegen Mara Sheridan, aber ich tue es vor allem für **mich!** Um mich dir **und** Mrs. Astor zu widersetzen.«

»Ich verstehe.« Ruhig trat Didier einen Schritt zurück. Ohne eine Warnung holte er aus und schlug ihr fest ins Gesicht.

Alana stöhnte auf und berührte ihre Wangen. Niemand zuvor hatte sie je geschlagen. Der Schock war beinahe größer als der Schmerz.

»Wage es nicht, dich mir zu widersetzen«, flüsterte Didier, als sie auf den Hocker vor ihrem Ankleidetisch sank und sich ihre klopfende Wange rieb. Er hatte so fest zugeschlagen, daß ihr übel wurde. Sie wußte nicht, ob sie ohnmächtig werden oder zu ihrem Waschtisch laufen sollte.

»Ich komme morgen vorbei, um zu sehen, wie es dir geht.« Didier sprach ruhig und normal, als würde sie nicht geschlagen und gekrümmt auf dem Hocker sitzen. »Wir fahren nach dem Tee mit dem Zweispänner aus.«

»Ich werde heute abend auf diesen Ball gehen«, sagte sie in einem letzten Versuch, sich aufzulehnen.

»Das wirst du nicht«, erwiderte er. Seine Augen sahen auf ihren gekrümmten Rücken herab, und ihre ins Korsett geschnürten Kurven schienen ihn unter dem glänzenden gelben Stoff zu locken. »Oh, was für ein Preis, den Anstand zu wahren«, flüsterte er, während seine Hand zu ihrer schmalen, festen Taille glitt. Sie stieß ihn angeekelt fort, und er ging widerwillig, wobei er die Tür hinter sich abschloß.

Alana brauchte einige Zeit, bis sie sich einigermaßen erholt hatte. Ihr Kopf schmerzte abscheulich, und ihre Sehfähigkeit war noch immer eingeschränkt. Sie ließ ihren Blick durch den Raum schweifen. Beim Anblick all dieser erdrückenden

Pracht wuchs ihre Sehnsucht nach dem kleinen, weißen Haus aus ihren Träumen. Sie würde diesen Mann suchen, und wenn sie sein Gesicht sah, würde sie ihn augenblicklich erkennen. Er würde der Mann sein, mit dem sie ihre Sorgen und ihre Triumphe teilen konnte. Er würde sie lieben, und gemeinsam konnten sie sich ein Leben aufbauen. Ja, eines Tages würde all das eintreten, schwor sie sich, und ihr Traum spendete ihr ein wenig Trost. Eines Tages würde sie ihr Glück finden – trotz Baldwin Didier!

Doch sosehr ihr Geist auch rebellierte, die verschlossene Tür machte ihre Pläne schließlich zunichte.

Besiegt und verstört hob Alana das zersprungene Bild ihrer Schwester auf. Kurz darauf klopfte Margaret an die Tür, fragte flüsternd nach ihrem Befinden und flehte, sie einzulassen. Hilflos und wütend lehnte Alana an ihrem Ankleidetisch, doch sie war unfähig zu weinen. Nur das Bild ihrer Schwester machte ihr ein wenig Mut, als sie es an ihre Brust drückte, ohne darauf zu achten, daß sich die Glassplitter in dem Stoff ihres Kleides verfingen.

Irgendwie, irgendwo mußte es einen Ausweg aus der Hölle geben, zu der ihr Leben geworden war. Aber so sehr sie auch nachgrübelte, es fiel ihr keiner ein. Sie hatte offenbar wirklich keine Wahl, außer das zu tun, was ihr Onkel wollte. Die Pflege ihrer Schwester kostete zuviel, mehr als sie jemals verdienen konnte. Und der Gedanke, daß ihre Schwester in einer dieser furchtbaren öffentlichen Anstalten untergebracht werden konnte, war ihr unerträglich.

Traurig lehnte sie ihre heiße Stirn an den Rahmen ihres Ankleidespiegels. Der Tod ihrer Eltern hatte ihre Schwester aus der Bahn geworfen. Alana war so dankbar für das Heim in Brooklyn gewesen, in dem Christabel die beste Pflege bekam. Selbst ihr Onkel hatte eingesehen, daß dies der beste Ort für ihre Schwester war. Nun konnte Christabel wenigstens in einer ruhigen Umgebung ihre Jugend erleben, dort in diesem Heim, behütet und sicher vor dem Wahnsinn, den ihr Onkel um Alana herum aufgebaut hatte.

Alana betrachtete im Spiegel die reich verzierten Vorhänge an ihrem Fenster. Dann strich sie gedankenverloren über das rote Mal, das Didiers Schlag auf ihrer Wange hinterlassen hatte. Es war schon fast Zynismus, aber zum ersten Mal in ihrem Leben überlegte Alana, ob Christabel nicht die Glücklichere von ihnen beiden war.

Lions/Löwen

Wäre er nicht ein ausgefuchster Schurke, dann wäre er ein großer Mann.

– George Templeton Strong
(über Boss Tweed)

2

Die Wall Street nannte ihn den »Raubvogel«. Niemand wußte, ob er mehr wegen seines Reichtums gehaßt wurde, der sich so schnell zu vergrößern schien wie die irische Siedlung, die im Norden von Manhattan aus dem Boden schoß, oder ob es die Tatsache war, daß er ein Sohn Irlands war, der wie ein Phönix aus der Asche des verarmten Geburtslandes in der Neuen Welt aufstieg. Wie auch immer, die New Yorker Elite mied ihn in der Öffentlichkeit. Doch genauso wie die Knickerbocker den Raubvogel mit einer Hand wegscheuchten, so streckten sie doch die andere bettelnd aus, in der Hoffnung, im Kielwasser von Trevor Sheridans Erfolgskurs nur noch reicher zu werden.

An diesem Abend dachten sie viel an Trevor Sheridan.

Und der Raubvogel dachte viel an sie.

»Glaubst du, sie werden kommen?« fragte Eagan Sheridan seinen Bruder, als die beiden im Speisesaal des Hauses in der Fifth Avenue standen. Maras Debütball sollte in weniger als einer Stunde beginnen, und die Tische waren für fünzig Gäste gedeckt. Kobaltfarbene Stiegel-Glaskelche und Limoges-Porzellan mit 18-Karat-Goldgeschichtung schmückte den

Tisch. Der zehn Fuß hohe Tafelaufsatz in der Mitte war bestückt mit dreihundertsiebzig blaßrosa Rosen, aufgelockert durch Lilienbouquets und gekrönt von einer majestätischen Eisskulptur, die verschlungene Schwäne darstellte. In den Ecken des Zimmers standen – wie eine Herausforderung – Zierbäume, die in Form von Kleeblättern[1] zurechtgeschnitten waren. Der protzende Luxus war atemberaubend, genau wie der Raum selbst, denn der Speisesaal war die exakte Nachbildung des Saales in Blindheim[2], nur mit dem Unterschied, daß hier die schweren Skulpturen und der kostbare afrikanische, rosafarbene Marmor echt und kein Trompe-l'Oeil waren.

Der Herrscher über all diese Pracht schwieg, während er um den Tisch herumwanderte und die Dekoration einer letzten kritischen Prüfung unterzog. Sein Schritt war so steif und formell wie der unvermeidliche goldverzierte Ebenholz-Spazierstock mit dem Löwenkopfgriff, den er stets bei sich hatte.

Eagan beobachtete seinen älteren Bruder, und sein schönes, jungenhaftes Gesicht wirkte besorgt.

»Ich vermute, ich sollte wohl eher fragen, was geschieht, wenn sie nicht kommen«, versuchte Eagan noch einmal, seinem Bruder irgendeine Antwort zu entlocken.

»Ist Mara angezogen?« fragte Sheridan schließlich, nachdem er mit der Begutachtung des Tisches offenbar fertig war.

»Mara? Sie ist schon seit einem Monat angezogen.

---

[1]Das Kleeblatt ist das Symbol Irlands.

[2]Blindheim: Dorf bei Augsburg, wo Marlbourogh 1704 über die Franzosen siegte.

Ich habe sie noch nie so aufgeregt erlebt!« Eagan starrte auf den edlen Brandy in seinem Glas herab, das er in der Hand hielt. »Ich frage mich, ob dieser Ball vielleicht ein bißchen... voreilig organisiert wurde.«

»Andere Mädchen werden ebenfalls eingeführt. Sieh dir nur die Varicks, die Biddles, die De Witts an.«

»Ja, aber –«

»Ja, aber diese jungen Damen haben keinerlei Verwandtschaft mit den irischen Shanties aus der einundneunzigsten Straße«, beendete Sheridan bitter den Satz. Dann, als würde er seine Offenheit bereits bedauern, warf er seinem lässig gekleideten Bruder einen schnellen Blick zu und fragte: »Bleibst du in diesem Aufzug?«

Eagan schüttelte langsam den Kopf. Er konnte mit seinen Sorgen jedoch nicht zurückhalten und fragte leise erneut: »Was geschieht, wenn sie nicht kommen, Trevor?«

Sheridan stieß einen angewiderten Seufzer aus. Er starrte einen langen Augenblick auf die Zierbäumchen in der Ecke, als ob er die richtigen Worte suchen mußte. Wenn sie nicht kommen würden... Er fluchte.

»Ich gebe keinen Penny auf Caroline Astor!« verkündete er, wobei er den Stock in seiner Hand drehte.

Eagan nickte nur, um seinen Bruder zu ermutigen. Aber Trevor brauchte nun keine Aufforderung mehr, um fortzufahren. »Sie und ihre edle Gefolgschaft! Für was halten die sich eigentlich?« Er wirbelte herum und sah seinen Bruder an. »Aber Gott sei mir gnädig, Eagan, was hätte ich denn tun sollen? Was kann Mara denn mehr verletzen? Wenn niemand auftaucht oder wenn ihr sogar die Möglichkeit eines Debüts versagt geblieben wäre?«

»Ich weiß es nicht, Trevor. Im Moment weiß ich es wirklich nicht«, flüsterte Eagan.

Sheridan sah seinen Bruder an und kämpfte deutlich mit seinem Zorn. Die beiden Männer starrten sich einen kurzen, qualvollen Moment an, dann wandte sich Trevor ab, als wollte er die Diskussion beenden. Eagan zog gottergeben die Schultern hoch und wandte sich wieder seinem Brandy zu, während Trevor erneut den Raum inspizierte.

Einem oberflächlichen Beobachter mochten die beiden Brüder sehr ähnlich vorkommen. Und obwohl sie acht Jahre auseinander waren, gab es tatsächlich viele Gemeinsamkeiten. Sie waren beide groß, breitschultrig und ungewöhnlich gutaussehend. Doch trotz aller äußerlichen Übereinstimmungen, waren sie charakterlich grundverschieden. Während Eagan elegant und sehr charmant war, gab sich Trevor finster und zurückhaltend, ein Mann, von dem man sagte, er bewahre sein Lächeln so eifersüchtig wie sein Gold. Eagan hatte braunes Haar, Trevors war schwarz. Eagans Augen waren grün und wild wie irische Weiden, Trevors von einem ungewöhnlich dunklen Nußbraun, aus denen das zornige Funkeln fast niemals verschwand. Obwohl beide in Ballinlough, County Roscommon, geboren waren, lebte Eagan in New York, seit er seine ersten Gehversuche unternommen hatte. Er legte eine Lässigkeit und Begeisterung an den Tag, die typisch amerikanisch war, während Trevor stets mit Rigorosität und Berechnung handelte. Selbst seinen Akzent hatte er absichtlich kultiviert; als selbstbewußte, fast quälerische Zurschaustellung seiner ärmlichen Vergangenheit.

»Ich muß mich jetzt anziehen«, sagte Sheridan, und seine Worte zerschnitten das Schweigen zwischen den beiden Männern wie ein Schwert. »Wann wirst du fertig sein?«

Eagan hob nur sein leeres Glas und lächelte. »Schenk mir nach, und laß die Vierhundert herein.«

Sheridan hob eine Augenbraue. »Ich nehme an, das ist unser bester Brandy, den du da in dich hineinkippst?«

Eagan lachte. »Der ist auf jeden Fall besser als der Fusel, der in deinem Zimmer steht. Sieh dich um, Trevor, sieh doch nur, was dein Geld dir verschafft hat. Ich denke, mittlerweile kannst du dir etwas besseres leisten als billigen irischen Whisky.«

»Brandy oder *Poitin,* ich sehe da keinen Unterschied.« Sheridan wollte gehen, dann fiel ihm jedoch etwas ein, und er wandte sich noch einmal um. »Übrigens, es war doch ein Chateau Margaux, den du für heute abend bestellt hast, nicht wahr?«

»Richtig.«

Ein Hauch von Erleichterung huschte über Sheridans Gesicht – er hätte niemals zugelassen, daß es ein anderer als Eagan sehen würde. »Gut. Es muß genau das Richtige sein. Alles heute abend muß absolut stimmen.«

»Ein anderer hätte es auch getan, Trevor.«

Sheridan schenkte Eagan ein kleines, verschmitztes Lächeln. »Ja, aber warum habe ich deine teure Erziehung bezahlt, wenn du mich nicht in der Wahl unserer Weine beraten kannst?«

Eagans Verhalten seinem Bruder gegenüber wurde augenblicklich milder. »Obwohl ich in Columbia gewesen war, Trevor, weiß ich wirklich längst nicht soviel wie du.«

Wären sie zehn Jahre jünger gewesen, hätte Trevor nun vielleicht zärtlich das Haar seines Bruders zerzaust. So aber sagte er: »Aber natürlich weißt du mehr als ich. Wozu hast du sonst studiert?«

»Es gibt Dinge, die einen nur das Leben lehren kann«, bemerkte Eagan.

»Aber diese Dinge will niemand lernen«, entgegnete Trevor finster. Dann hellte sich sein Gesicht auf. »Aber ich glaube, deine Ausbildung wird sich als sehr nützlich erweisen. Mit dem Abschluß, den du hast, wird es deine Tochter sicher einmal einfacher haben als Mara.« Er wandte sich zum Gehen. »Ich seh' dich in einer Stunde, Eagan. Sei pünktlich.«

Eagan sah ihm mit glühendem Gesicht und voller Stolz nach. Wenn jemals ein Junge zu seinem Bruder aufgeschaut hatte, dann war es Eagan. »Trevor!« rief er. »Wenn heute abend niemand kommt, dann schlage ich vor, wir Sheridans ziehen morgen aus und lynchen einen nach dem anderen. Wie unsere Vorfahren damals in Galway!«

Sheridan drehte sich um und sah seinen Bruder an. Und der Raubvogel nickte.

Eine Stunde später klopfte Sheridan sanft an die weißen Zimmertüren seiner Schwester. In Sekundenschnelle flogen die beiden Flügel auf, und ein sechzehnjähriges Mädchen zog Trevor lachend in ihre Suite.

»Wie sehe ich aus?« fragte sie und drehte sich vor ihm.

Mara war wunderschön. Sie hatte die Schönheit der Sheridans und außerdem die unglaubliche Farbe der schwarzhaarigen Linie geerbt. Massen von schimmerndem, rabenschwarzem Haar rahmten ihr Gesicht, und das Saphirblau ihrer warmen, funkelnden Augen erschien durch das kostbare Kleid nur noch intensiver. Ihr Kleid war aus eisblauem Atlasstoff, an dessen Saum aufflatternde Schwalben gestickt waren, die gen Himmel zu fliegen schienen. Die Puffärmel waren im Renaissancestil geschlitzt und ließen leuchtende dunkelrosa Unterärmel durchblitzen. Sie hatte ihr Haar, das ihr wie Kaskaden über die Schulter fiel, noch nicht gebunden und wirkte wie eine Madonna Raphaels. Sie sah genauso aus wie jene Damen aus früheren Zeiten, für die die Ritter damals gerne ihr Leben gegeben hätten. Niemand konnte heute abend stolzer auf sie sein als ihr ältester Bruder.

»Trevor! Trevor! Komm und hilf mir. Soll ich die Perlen im Haar tragen oder nur diesen langweiligen Blumenkranz, wie Peg es will?«

Trevor sah die grollende ältere Kammerzofe hinter Mara an und mußte sich das Grinsen verkneifen. »Du hattest also alle Hände voll zu tun«, wandte er sich in keltischem Dialekt an die Dienerin. Peg antwortete ihm in breitem Gälisch. »Aye, Sir. Man sollte sie besser mit der Peitsche zähmen.«

Trevor warf die Kopf zurück und lachte laut auf – sehr zu Maras Mißvergnügen. »Worüber tuschelt ihr zwei denn?« sagte sie und tapste undamenhaft zum Frisiertisch hinüber. »Es ist ziemlich unhöflich, wenn zwei sich in einer Sprache verständigen, die der dritte nicht versteht!«

»Und wo hast du das gelernt?« fragte Trevor auf englisch.

»Bei Mrs. Mellenthorps *Lektionen für die junge*

Lady.« Sie nahm das kleine, rote Buch vom Tisch auf, als wäre es ihre Bibel. »Hier steht es, Trevor, auf Seite vierzehn. ›Unhöflichkeit ist nur bei anderen, niemals bei sich selbst zu tolerieren‹.«

Plötzlich riß Mara die Augen auf. »Oje, wahrscheinlich war es jetzt von mir schrecklich unhöflich, daß ich euch beschuldigt habe, *ihr* hättet keine Manieren!« Sie begann, hastig das Buch durchzublättern, als ob sie eine Stelle finden wollte, die das bestätigte.

»Genug von Mrs. Mellenthorp!« Trevor nahm ihr das Buch aus der Hand und betrachtete sie in ihrer fraulichen Aufmachung. Ein trauriges Lächeln erschien auf seinen Lippen.

»Keine kurzen Kleider mehr, nicht wahr, Mara? Nach dem heutigen Abend bist du eine Lady und trägst nur noch die Kleider einer Lady.«

Mara erwiderte sein Lächeln, umarmte ihn dann plötzlich stürmisch. »Vielen Dank für das wundervolle Kleid, Trevor. Ich liebe es wirklich genauso sehr, wie du mir vorher gesagt hast.«

»Also bin ich doch nicht das Ungeheuer, als das du mich letzten Winter noch bezeichnet hast.«

Mara grinste ihn schelmisch an. »O doch, das bist du doch.« Sie wandte sich an ihre Zofe und erklärte: »Du hättest ihn sehen sollen, Peg, als er da vor Monsieur Worth saß. Es war in seinem Pariser Geschäft in der Rue de la Paix. Monsieur Worth zeigte Trevor all seine fantastischen Kleider.« Nun begann Mara den rundlichen Couturier zu imitieren. Sie nahm ihre Alpakadecke von der Chaiselongue und wedelte sie vor Pegs Nase zur Begutachtung hin und her.

»Wäre dies etwas für Ihren Geschmack, Mr. Sheridan?« fragte Mara mit verstellter Stimme, die die von Monsieur Worth perfekt traf.

»Zu tief ausgeschnitten«, ahmte sie nun mit tieferer Stimme ihren Bruder nach.

»Und was halten Sie von diesem hier, wenn Sie mir die Frage gestatten?«

»Zu protzig.«

Maras Miene wurde so hochnäsig, wie die des Monsieurs Worth nur sein konnte. »Und dieses, Monsieur Sheridan, könnte das Ihrem geschätzten Geschmack entsprechen?«

»Doch nicht **ROT!**« stieß sie die Antwort ihres Bruders hervor, wobei sie an ihrem unterdrückten Kichern fast erstickte.

Peg wandte sich ab, doch ihre bebenden Schultern verrieten ihr Vergnügen an Maras Vorstellung.

Trevor dagegen runzelte die Stirn und nahm Mara die kleine Decke aus der Hand. »So dankst du mir also für dieses wertvolle Kleid?«

Mara drehte sich erneut zu Peg um. »Oh, ja, ich hätte ja fast noch etwas vergessen. Als Trevor sich endlich für ein Kleid entschieden hatte, versicherte Monsieur Worth ihm immer und immer wieder, daß er seine ganze Seele in die Fertigstellung des Prachtstückes einfließen lassen würde. Und als Trevor dann die Rechnung bekam, weißt du, was er da sagte?«

Peg schüttelte den Kopf.

»Er sagte: ›Mr. Worth, offenbar schätzen Sie Ihre Seele preislich zu hoch ein.‹«

Mara ließ sich laut glucksend auf den Diwan zurückplumpsen, während Peg ihr Grinsen diskret hinter der vorgehaltenen Hand verbarg.

»Sehr gut«, sagte Trevor trocken.

»Miss, Sie zerknittern Ihr Kleid«, mahnte Peg, als sie die Miene ihres Hausherrn bemerkte. Mara setzte sich sofort auf und eilte zu ihrem Frisiertisch zurück, wobei sie fast auf ihren Rocksaum trat.

»Wann wird sie fertig sein?« wandte sich Trevor auf Gälisch an die Zofe.

»Sobald ich ihr Haar gebändigt habe«, antwortete Peg in der gleichen Sprache.

»Liebster Bruder?«

Trevors Augen wanderten zu Mara zurück. »Was ist, kleines Biest?«

»Soll ich nun die Perlen im Haar tragen oder dieses armselige Liliengebinde... oder die Brillanten, die du unten im Safe für meine Hochzeit aufbewahrst?« Ihr Blick im Spiegel zeigte deutlich, welchem Haarschmuck sie den Vorzug gab.

»Die Blumen, denke ich.« Trevor nahm ihr den Lilienkranz ab und reichte ihn Peg.

»Nicht mal die Perlen?«

»Die Perlen kannst du *nach* deinem Debüt tragen.« Trevor grinste. »Und die Diamanten werden erst das Licht des Tages sehen, wenn du eine verheiratete Frau bist. Also« – und er hob die Hand, um ihr Flehen abzuwehren, was ganz sicher einsetzen würde – »laß uns nicht mehr von ihnen reden, einverstanden?«

Mara stieß gekonnt einen dramatischen Seufzer aus, aber dann sprang sie plötzlich auf und drückte ihren Bruder zärtlich. »Ich verzeihe dir, daß du so ein Scheusal bist, Trevor, aber nur, wenn du mir meine Eitelkeit verzeihst. Ich möchte doch bloß, daß heute abend alles perfekt ist.« Sie legte ihren schwarzen Schopf an seine Brust, und eine Falte erschien auf ihrer zarten, jugendlichen Stirn. »Ich bin so kindisch, aber ich habe doch solche Angst, daß ich etwas Falsches mache. Und ich könnte es nicht ertragen, wenn mich kein einziger der jungen Herren heute abend zum Tanzen auffordert.«

Trevor versteifte sich und blickte auf das hübsche junge Mädchen, auf seine geliebte, kleine Schwester herunter. Ein schmerzvolles Funkeln erschien in seinen nußbraunen Augen. Er streichelte ihre wilden schwarzen Locken und drückte sie plötzlich fest an sich.

»Nanu, Trevor. Was ist denn los?« fragte Mara, als er sie schließlich losließ.

»Mara, du darfst niemals daran zweifeln, daß ich alles für dich tun würde. Ich will, daß dieser Ball so wundervoll wird, wie du ihn dir erträumst. Ich habe alles, was in meiner Macht stand, getan, damit es so kommt.«

»Das weiß ich. Aber warum dieser feierliche Ernst?«

Er lächelte, aber die Melancholie in seinen Augen blieb – wie immer. »Bin ich feierlich ernst?«

»Ja, und zwar schrecklich.«

»Nun, du kennst mich ja. Ich bin eben niemals so lustig aufgelegt wie Eagan.«

»Deswegen habe ich dich trotzdem genauso lieb.«

Trevor starrte sie einen Moment an und spürte, wie sich in ihm das Wesen ihrer Mutter oder etwas, das tief in seinem Herzen verborgen war, regte. Doch schnell faßte er sich wieder und nahm seine übliche steife Haltung an. Er küßte Maras Hand und bedeutete Peg, fortzufahren. Er gab ihr ausdrückliche Anweisungen, beim Frisieren von Maras Haar auf ihren gesunden, irischen Menschenverstand zu hören und nicht auf die Vorlieben seiner Schwester, und ging dann gestützt auf seinen Stock zur Tür. Dort drehte er sich noch einmal um, nur um Mara und Peg bereits in heftiger Diskussion über die Frisur zu finden. Er lächelte und merkte, daß er das Zimmer nur widerwillig verließ. Denn noch war Mara so glücklich, noch strahlten ihre Augen vor Freude auf den kommenden Ball.

Die Louis XIV.-Uhr im Salon der Sheridans schlug achtmal, und mit jedem Läuten schien der Ton endlos durch den gewaltigen Besitz widerzuhallen, bis der letzte Schlag wie ein fernes Stöhnen der Verzweiflung verklang. In diesem Moment kam Eagan pünktlich und mit fröhlichem Gesicht die Treppe herunter. Er führte Mara an seinem Arm, die ihr Haar in einem bescheidenen Knoten, der im Nacken mit dem Lilienkranz zusammengewunden war, trug. Sie sah bezaubernd aus, aber Trevor sah sie nicht an. Er wies den Butler an, Mara zu dieser außergewöhnlichen Gelegenheit Sherry einzuschenken, und als dieser kam und Eagans Glas wieder mit Brandy aufgefüllt war, überließ er seinem Bruder die Unterhaltung.

Der schlimmste Moment kam, als die große goldverzierte Uhr die halbe Stunde schlug. Mara wartete immer noch auf ihre Gäste, noch lag brennende, nur leicht gedämpfte Hoffnung in ihrem Augen. Trevor starrte ins Feuer oder in sein Glas und wandte sich nur ein-, zweimal an seine Geschwister.

Um neun Uhr erkannte selbst Mara, daß etwas nicht stimmte, doch sie zwang sich, ihre Sorgen nicht auszusprechen. Die Unterhaltung mit Eagan erstarb, und alle drei warteten. Sie waren sich nicht sicher, auf was.

Als die Uhr zehn schlug, herrschte im Salon Grabesstimmung. Keiner sprach. Eagan stürzte den

Brandy hinunter, und sein attraktives Gesicht war ungewöhnlich finster. Trevor stand immer noch am Kamin, und seine Züge waren zu einer ausdruckslosen Maske erstarrt. Mara betrachtete ihre Hände. Doch als der letzte Ton erklang, ertrug sie es nicht länger. Sie stand auf und nahm langsam die Blumen aus ihrem Haar. Niedergeschlagen ging sie auf die Tür zu, ihre Schritte waren schwer und müde.

»Mara«, flüsterte Trevor schließlich. Sie blieb stehen. »Ich werde es ihnen heimzahlen, und wenn es das letzte ist, was ich tue.« In seiner Stimme lag sowohl heißer Zorn als auch eiskalter Haß.

Mara drehte sich um, und ihr schönes, junges Gesicht war nun weitaus weniger unschuldig als noch zwei Stunden zuvor. »Nein, Trevor«, sagte sie mit zitternder Stimme. »Denk daran, was Mrs. Mellenthorp gesagt hat: ›Unhöflichkeit ist nur bei anderen, niemals bei sich selbst zu tolerieren‹!« Er fing ihren Blick auf, und plötzlich brach sie in Tränen aus. Dann rannte sie aus dem Salon und hinterließ eine Spur von zerdrückten Blumen auf dem Boden.

Das einzige, was nun noch zu hören war, war der Laut von Trevors Stock auf den Fliesen, als er durch das Foyer schritt. Eagan blieb im Salon und fand kalten Trost in einem weiteren Brandy. Doch Sheridan war nicht auf diese Art zu besänftigen. Er trat ins Speisezimmer, das immer noch in Erwartung des großen Dinners, das hätte stattfinden sollen, dekoriert war. Er ließ seine Augen umherwandern, bis sein Blick an den Kleeblatt-Zierbäumen hängenblieb, die ihn nun zu verhöhnen schienen, und ihre Formen nahmen in dem riesigen, verlassenen Raum fast mythische Proportionen an. Ein tropfendes Geräusch lenkte seine Aufmerksamkeit auf die gedeckte Tafel. Die Eisskulptur auf dem Tischaufsatz – einst ein Meisterwerk – war nun eine geschmolzene, groteske Karikatur ihrer vorherigen Gestalt. Die Rosen und Lilien darunter welkten fast unmerklich, aber Trevor sah es dennoch, und sein Ausdruck wurde noch härter.

Er trat an den Tisch und berührte den Rand eines der kobaltblauen Kelche. Aber als er gedankenverloren darauf blickte, zerbrach etwas in ihm. Vielleicht dachte er daran, daß dieser Kelch mit einem Trinkspruch auf seine Schwester gehoben werden und nicht leer und unbenutzt auf der Tafel stehen sollte. Jedenfalls überfiel ihn der Wutanfall ohne Warnung. Plötzlich riß er den Ebenholzstock hoch und schlug ihn mit voller Wucht auf den Tisch. Glas und Porzellan zerbrachen in tausend Stücke, zerschellten auf dem Boden, Rosen und Lilien wurden mitgerissen und flogen umher. Dann ging er mit beängstigend ruhigem und überlegtem Gesichtsausdruck um den Tisch herum und zertrümmerte jedes einzelne Weinglas bedächtig und gezielt.

Als der letzte Kelch zerstört war, der letzte Teller in Scherben lag und die letzte Rose kraftlos auf dem Marmorboden lag, richtete Trevor sich auf und blickte auf seine Hand herab, die den Stock umklammerte. Blut tropfte aus unzähligen kleinen Schnitten, die seine Wut und herumfliegende Scherben ihm beigebracht hatten. Er betrachtete die roten Tropfen auf der schneeweißen Tischdecke. Sie kamen ihm vor wie das Blut einer Jungfrau auf dem Laken ihrer Hochzeitsnacht – wie das endgültige Symbol für Maras verlorene Unschuld. Nichts konnte seine Qual lindern, nichts seinen brennenden Haß ersticken, nichts seinen Rachedurst löschen. Er rief nach dem Butler.

Whittaker kam, und sein professioneller Gleichmut ließ sich weder durch den Anblick der Vernichtung noch durch das Knirschen von dem zerstörten, sündhaft teurem Porzellan unter seinen Füßen ins Wanken bringen. Schließlich war er ein englischer Butler und darauf trainiert, über den Anfällen seines Herrn zu stehen.

»Was kann ich für Sie tun, Sir?« fragte Whittaker mit einer Verbeugung.

»Bring mir die Gästeliste!« Sheridan sah ihn nicht einmal an, sondern starrte rachsüchtig auf die Zierbäume.

»Sehr wohl, Sir. Vielen Dank, Sir.« Whittaker verbeugte sich erneut und ging dann, um den Auftrag des Hausherrn auszuführen, wobei das Lächeln auf seinem gealterten Gesicht der einzige Hinweis darauf war, daß er nicht so unbeteiligt war, wie er sich gab. Natürlich war Whittaker mit seiner britischen Erziehung ein Verfechter der Mellenthorp'schen Etikette. Doch er wußte auch, was an seinem Arbeitsplatz vor sich ging. Wie auch der Rest des gesamten Haushaltes hatte er durchaus mitbekommen, daß Miss Mara sich oben in ihrer Suite die Augen ausweinte. Und so führte er den Auftrag seines Herrn mit noch größerer Gewissenhaftigkeit als sonst aus, denn trotz seiner Effizienz in Wohlerzogenheit und Dienstbarkeit war Whittaker der Ansicht, daß es eine Zeit für Rache gab. Und die war nun schließlich gekommen.

3

Der Commodore Club war ziemlich voll. Es war Mittag und die alten reichen Männer saßen in den dunkelroten Ledersesseln und lasen die neueste Ausgabe des *Banker's Magazine.* Hoffnungsvolle Investoren scharten sich um den Fernschreiber neben dem Empfang und beteten still, daß der Silberpreis oder die Erieanteile steigen würden, auf daß ihr Einkommen aufgestockt wurde.

Der Commodore Club war die Wasserstelle der Wall Street, einer jener seltenen Orte, wo altes Geld dem neuem Reichtum die Hand reichte. Obwohl die Frauen der Knickerbocker-Gesellschaft sich nicht einmal träumen lassen würden, ihren Tee mit suspekten Personen unter ihrem Stand einzunehmen – selbst wenn diese Personen fünfmal so reich waren wie sie – machten sich ihre Männer wenig daraus – solange sie sich im Commodore Club aufhielten. Dort mischten sie sich eifrig unter die Nouveaux Riches, wenn auch in erster Linie, um ihr Vermögen zu vergrößern. Denn schließlich waren ihre Frauen mit all ihren steifen Regeln und ihrer Überheblichkeit eine recht bornierte Schar, und der Unterhalt einer Mätresse wurde immer teurer. Selbst der alte William B. Astor verkehrte bedenkenlos mit den jungen Mächtigen der Wall Street. Im Commodore Club ließ er sich sogar mit seinem Zweitnamen Backhouse anreden, vor allem, weil Mrs. Astor ihm untersagt hatte, ihn jemals wieder zu gebrauchen. Laut ihrer Aussage erinnerte der Name sie an »alle Arten von Vulgaritäten«.

So konsumierten also Alteingesessene und Aufsteiger in trauter Gemeinsamkeit ihren Brandy und ihre Zigarren im Commodore Club, fachsimpelten über Bullen und Bären[3], aber am liebsten sprachen sie über den Raubvogel. Sie analysierten bis ins letzte Detail, wie es ihm mit dem Comstock Lode ergangen war, und ob sich seine Investitionen bei der Marine Bank rentieren würden. Natürlich hätten die meisten dieser Männer ihn nicht zu einer Abendgesellschaft eingeladen oder auch nur ihren Frauen erlaubt, mit den weiblichen Sheridans zu verkehren. Aber um einen wertvollen Tip in Börsengeschäften zu bekommen, hätten sie nur zu gerne ihre Mätressen mit ihm geteilt oder sich sogar herabgelassen, über einen seiner primitiven, irischen Witze zu lachen.

Heute waren die Knickerbocker noch bereit zu lachen. Morgen würden sie es nicht mehr sein.

Scheinbar unbeteiligt saß Trevor Sheridan in einer Ecke des Speisezimmers und aß mit seinem Bruder ausgerechnet Corned Beef und Kohl. Gelegentlich sah einer der Gentlemen von seinem Tisch auf und blickte zu den Sheridans herüber, doch da sich keine lohnende Aktivität bemerkbar zu machen schien, wandte er sich bald wieder seinem Mahl zu. Dies setzte sich fort, bis Sheridan ein Glas des besten Brandys – Eagan hatte darauf bestanden – genoß und sich danach eine Tasse starken Kaffees genehmigte.

Die Atmosphäre im Speisezimmer war gespannt. Selbstverständlich wußte jeder von dem mißlungenen Debüt von Sheridans kleiner Schwester. Aber

[3]Börsenbegriffe, bedeutet Hausse und Baisse, die Kurse in die Höhe treiben bzw. drücken.

das wurde überschattet von der Tatsache, daß heute Dienstag war. Und Dienstag war der Tag, an dem Sheridan *kaufte.*

James Fitzsimmons betrat den Raum, und sofort schauten alle zu ihm. Fitzsimmons war Sheridans rechte Hand. Man konnte seine Uhr nach ihm stellen, denn jeden Dienstag um Punkt zwei Uhr mittags kam er in den Club und ging direkt zu Sheridans Tisch. Dort schrieb der Raubvogel seine Anweisungen auf eine Serviette und entließ James Fitzsimmons, der sich mit dem Tuch in der Hand sofort auf den Weg machte, die Käufe zu tätigen.

So auch diesmal. Der Raubvogel schrieb, und alle Augen folgten seiner Hand, als könnten sie aus den Bewegungen die Buchstaben entziffern und die geheiligten Wörter lesen: *Silberbarren, Western Union, Chesapeak Railroad.* Was immer es war, der Raubvogel fehlte praktisch nie, und diejenigen, die das Glück hatten, in seinem Kielwasser mitschwimmen zu können, würden einen unfaßbaren Gewinn einstreichen.

Sheridan beendete seine Auftragserteilung mit einem schwungvollen Strich und gab sie Fitzsimmons. Fitzsimmons verbeugte sich und machte auf dem Absatz kehrt.

Dann geschah das Unfaßbare.

Einigen Knickerbockern mußte es vorkommen, als würde das Glück persönlich in ihrem Schoß landen, als sie sahen, wie die Serviette aus Fitzsimmons Hand glitt. Das Leinen flatterte zu Boden und die Schrift war für alle lesbar, die in Sichtweite saßen. Das Geräusch von einem kollektiven Luftholen ging durch den Raum, als sie versuchten, alles zu entziffern. Dann hob Fitzsimmons das Tuch wieder auf und steckte es in die Tasche, als wäre nichts geschehen. Sheridan, in der Ecke des Speisezimmers, hob nur leicht den Kopf. Offenbar hatte er Fitzsimmons Ungeschicklichkeit nicht einmal bemerkt. Die Männer rieben sich plötzlich die Hände.

Einer nach dem anderen verließ den Speisesaal, jeder mit einer anderen Entschuldigung, jeder mit demselben Ziel und demselben Namen in seinem Kopf: *Jubilee Patent Laces.*

Eagan allerdings hatte die Serviette fallen sehen. Er erbleichte und wäre fast aufgesprungen, hätte sein Bruder ihm nicht heimlich die Hand auf den Arm gelegt. Eagan sah ihn an und sagte: »Trevor. Sie haben es alle gesehen. Wir müssen Fitzsimmons warnen, den Kauf nicht zu tätigen!«

»Warte«, war alles, was Sheridan dazu sagte.

Immer mehr Männer verließen das Zimmer. Schließlich waren nur noch der chinesische Hilfskellner und der alte Cyrus Field anwesend, der zu blind und taub war, um noch etwas anderes zu sehen als das Stück Fleisch auf seinem Teller, das sein Diener ihm in mundgerechte Häppchen schnitt.

»Himmel, Trevor, was hast du vor? Die Aktien sind doch wertlos, wenn du **und** der Rest des Clubs sie kaufen«, flüsterte Eagan.

»Es sind Jubilee Patent Laces!«

Eagan machte ein Gesicht, als hätte man ihn gerade geohrfeigt.

»Die sind doch noch nicht mal das Papier wert, auf dem sie gedruckt wurden! Das weiß doch jeder. Jubilee kann jeden Tag in Konkurs gehen! Bist du verrückt geworden?«

Sheridan stand auf, als hätte Eagan nichts gesagt. »Was meinst du, Eagan, sollen wir Fitzsimmons morgen freigeben? Er hat heute gute Arbeit geleistet, findest du nicht?«

Eagan sah zu seinem Bruder hoch und kniff die Augen leicht zusammen. »Was hast du da eben getan? Du... du hast einfach...?«

»Fitzsimmons bietet heute nicht für mich«, erklärte Sheridan. »Ich glaube allerdings nicht, daß einer unserer Herren aus diesem Raum dies bemerken wird. Sie werden zu gierig sein, Jubilee aufzukaufen!«

Endlich dämmerte Eagan, was Trevor vorhatte. Doch gleichzeitig kamen ihm auch die Zweifel. »Aber nicht alle Männer, die eben rausgelaufen sind, waren gestern bei uns eingeladen, Trevor. Du hast Menschen ruiniert, die nichts mit uns zu schaffen haben.«

Sheridan schoß herum und flüsterte bitter: »Weißt du, wie sie Mara heute nach dieser Enttäuschung nennen? Die irische Hure! Man hat mir erzählt, daß einige Männer hier im Club Wetten darauf abgeschlossen haben, wer sie zu seiner Mätresse machen kann. Wenn ich jemals ihre Namen bekomme, dann – das schwöre ich! – erleben sie keinen weiteren Tag an der Börse!«

Zorn und Unglaube drückte sich in Eagans Miene aus. Wie betäubt stand er auf und blickte aus dem Fenster über die Broad Street zur Börse hinüber. »Wenn das so ist, warst du noch zu gnädig«, sagte er endlich.

»Ich bin noch nicht fertig!«

Sheridan wandte sich um und ging. Er schlenderte aus dem Speiseraum, und die einzigen Laute, die man hörte, war das hartnäckige Mahlen von Cyrus Fields Gebiß und das ferne Klicken des Spazierstocks auf dem Marmorboden.

***

»Vergib mir, Vater, denn ich habe gesündigt!«

Der Priester, der seit sechs Stunden die gleichen Worte hörte, setzte sich plötzlich kerzengerade auf. Seine tränenden Augen starrten angestrengt auf das kleine, vergitterte Fenster des engen Beichtstuhls, das die Sünder von dem Priester trennte. Natürlich konnte er nichts erkennen, doch das brauchte er auch nicht. Er wußte, wessen Stimme da gesprochen hatte. Er kannte sie so gut wie die Perlen seines Rosenkranzes. Es war Trevor Byrne Sheridan, *der* Trevor Byrne Sheridan von der Wall Street, der die Sheridan Bank und mehr Eisenbahnen und Silberminen besaß, als er aufzählen konnte. Aber wichtiger noch – es war der Sheridan, dessen Geld letzten Winter der Kapelle ein neues Dach beschert hatte und der als einziger Mittel für das Waisenhaus in Five Points bereitstellte. Es war der Mann, von dem der Bischof einmal gesagt hatte, ihm gehörte fast ein Viertel von Manhattan, den kostbaren Schmutz unter St. Brendan eingeschlossen.

Der alte Vater Donegal rückte nervös seine Brille zurecht und begann zu lauschen, als würde ihm der Bischof persönlich im Nacken sitzen.

»Es ist ein Jahr her, seit ich zum letzten Mal gebeichtet habe.« Sheridans Schatten bewegte sich, als würde er den Kopf senken. »Ich behandele andere Menschen unfair, Vater. Ich nehme ihnen ihr Geld ab. Dafür und für all meine anderen Sünden bitte ich um Vergebung.«

»Hast du es ihnen gestohlen?« Der Priester wischte sich den Schweiß von der Stirn. Das letzte, was er sich zu hören wünschte, war das Geständnis, daß das Waisenhaus in Five Points durch Mittel aus Diebstählen unterhalten wurde.

»Nein, Vater. Ich bestehle sie nicht. Ich sorge einfach nur dafür, daß sie ihr Geld verlieren. Und weil ich weiß, daß dies eine Sünde ist, ich es aber dennoch tun muß, bitte ich um Vergebung!«

»Erzähle mir, wie du das machst«, fragte der Priester, dessen Neugier nun überwog.

»Das ist eine lange Geschichte!«

»Fang an, und du wirst Vergebung finden!«

»Vor drei Tagen habe ich im Commodore Club zu Mittag gegessen. Es war viel los an der Börse an diesem Tag, und ich habe dafür gesorgt, daß noch mehr los war...« Und so fuhr Sheridan mit seiner Beichte fort, bis er, der Sünder, meinte, genug gebeichtet zu haben.

»Was sagt Ihr dazu, Vater?« fragte Sheridan schließlich, als er geendet hatte. »Was legt Ihr mir als Buße auf?«

Der Priester hatte schon viel im Leben erfahren, aber er hatte noch nie von solchen Geschäften gehört. Er hatte nicht gewußt, daß so viel Geld an nur einem Tag den Besitzer wechseln konnte. In seiner Verblüffung murmelte er nur: »Als Buße sollst du hundert Rosenkränze beten!«

»Hundert Rosenkränze?« platzte die entsetzte Stimme hinter dem Fensterchen heraus? »Gibt es keine andere Möglichkeit?«

Vater Donegal rutschte fast von seinem harten Eichenstuhl herunter.

»Wieviel... wieviel Geld genau willst du diesen Männern denn abnehmen?«

»Na ja, zusammengerechnet so um die drei Millionen Dollar, denke ich.«

Der Priester war so schockiert, daß ihm der Mund offenstehen blieb.

»Sagen wir drei Rosenkränze. Einen für jede Million. Wird das reichen?«

Der Priester nickte lahm, fing sich schließlich aber wieder. Mit dem größtmöglichen Selbstvertrauen krächzte er: »Du kannst nicht um deine Seele handeln, Sohn. Du mußt auch deinen guten Willen zur Versöhnung zeigen. Du wirst den Männern das Geld zurückgeben!«

»Das ist unmöglich, Vater!«

»Du mußt Wiedergutmachung leisten!«

Der Schatten verharrte reglos. Dann sagte Sheridan: »Ich zahle dem Bischof die gleiche Summe, die ich meinen Feinden abzunehmen gedenke. Er soll es für St. Patrick verwenden. Seit vierzehn Jahren wird gebaut, und trotzdem ist Bischof Hughes Traum einer Kathedrale für New York noch nicht Wirklichkeit geworden.«

Der Priester schluckte hart.

»Also reichen *drei* Rosenkränze, Vater?«

Der brave irische Priester senkte den Kopf zum stummen Gebet. »Ja«, preßte er wie ein Sünder heraus.

»Danke, Vater!«

»Aber du solltest auch St. Brendan etwas von dem Geld geben!«

»Natürlich«, gab Sheridan eilfertig zurück.

»Ego te absolvo.« Der Priester schlug das Zeichen des Kreuzes.

Die Tür des Beichtstuhls flog auf. Der Schatten glitt heraus, und Sheridan ging gestützt auf seinen Spazierstock zur vorderen Kirchbank, der Sheridanbank, und begann seine Buße.

Vater Donegal plumpste auf seinen Stuhl zurück. Ein weiterer Sünder intonierte die ewigen Worte »Vergib mir, Vater, denn ich habe gesündigt«. Eine Hausfrau beichtete, wie sehr sie den neuen Gasherd ihrer Freundin begehrte, aber Donegal hörte kaum hin. In nur wenigen Minuten hatte er die Kathedrale des Bischofs, das Waisenhaus in Five Points und Trevor Sheridans Seele gerettet. Er fand das als Tagewerk durchaus beachtlich.

Die Knickerbocker fühlten sich wie die kleinen, teuren Bleisoldaten, die sie für ihre Kinder bei Schwarz Toys kauften. Alle damaligen Gäste auf der Liste für das Sheridan-Debüt fanden sich einer nach dem anderen mit dem unerklärlichen finanziellen Ruin konfrontiert. Wenn Sheridan sie nicht direkt zu falschen Investitionen verleiten konnte, suchte er nach ihren einträglichen Geschäften und initiierte die schlimmste aller Katastrophen: Er streute Gerüchte!

Das profitable Bouwery Eisenwerk war ruiniert, als man munkelte, daß nachts heimlich billiges Blech auf dem Werkshof entladen wurde. Die Knickerbocker Saving Bank stürzte dem Konkurs entgegen, als man sich erzählte, daß ihre Investition in die Hudson Railroad Verlust gebracht hätte. Am Ende waren es Gier und Dummheit, nicht Trevor Sheridan, die die Knikkerbocker-Gesellschaft niederwarfen. Immer wieder wurden sie Opfer der launischen Geliebte der Börse – der Illusion von Reichtum!

Der letzte Schlag Sheridans fand an einem stürmischen Apriltag statt, als der letzte Schnee des Jahres den Central Park mit einer weißen, pudrigen Schicht bedeckte. Trevor saß am Kamin und las gerade die Abendausgabe des *New York Chronicle,* als Eagan hereinplatzte. Er hatte sich nicht einmal die Zeit genommen, seinen Mantel abzulegen, auf dessen Schultern die Schneeflocken schimmerten.

»Lieber Gott, hast du schon gehört?« Eagan zog die Tür hinter sich zu.

»Du hast ja noch nicht mal Whittaker deinen Hut gegeben«, kommentierte Trevor, der von seiner Zeitung aufsah.

Trevor nahm seinen schwarzen Zylinder ab und ließ den Schnee auf der Krempe auf dem Kaminsims schmelzen.

»Ich komme gerade vom Commodore Club. Du glaubst nicht, was da los ist. Jede Mietdroschke von hier bis zur 42. Straße ist angetrabt, um Männer zum Telegraphenamt zu karren. Sie telegraphieren nach Chicago... und du glaubst nicht, was sie aufkaufen wollen!«

»Waren. Kartoffeln und Kohl, um es genau zu sagen!«

Eagan hielt verdutzt inne. »Woher weißt du das?«

Sheridan hob eine Augenbraue und wandte sich dann gemächlich wieder seiner Zeitung zu. »Es geht ein Gerücht, daß der Schädlingsbefall in Irland dieses Jahr früh einsetzt.«

»Schädlingsbefall? Schon? Ich verstehe nicht, was...« Eagan unterbrach sich. Und dann erstickte er fast daran, sein Lachen zu unterdrücken. Er brauchte einige Minuten, bis er wieder in der Lage war, einen einfachen Satz zu formulieren. »*Kartoffeln? Kohl?* Verdammt noch mal, Trevor, ich hätte es nie für möglich gehalten, aber du hast **tatsächlich** einen Sinn für Humor!«

Trevor ignorierte das zweifelhafte Lob seines Bruders und bat ihn statt dessen: »Reich mir doch bitte die Liste dort auf meinem Tisch, ja?«

Eagan nahm das Papier von dem schweren, reich verzierten Schreibtisch. »Was ist das?«

»Streich die Namen De Harinck, der Burch, Wynkoop.« Sheridan sah zu, als Eagan es tat. »So«, sagte er dann. »Sind noch irgendwelche Namen übrig?«

»Nur noch van Alen.«

Sheridan lehnte sich bequem in seinem Sessel zurück und gab vor, weiterzulesen. Wie beiläufig murmelte er: »Oh, ja, das hätte ich fast vergessen. Streich diesen Namen auch von der Liste.«

4

Alana bemerkte die versteckten Blicke der Diener kaum, als man ihr aus dem braunen Coupé der van Alens half. Wenn es nicht so heftig geregnet hätte, wäre ihr bei diesen vorsichtigen Blicken sicher eine dumpfe Vorahnung gekommen, so aber waren ihre Gedanken ganz woanders, als man sie unter dem riesigen Schirm zur Vordertür ihrer Residenz geleitete. Sie dachte an eine andere drohende Katastrophe.

An diesem Abend hatte mal wieder einer dieser ermüdenden Montagssoirées bei Mrs. Astor stattgefunden. Für einen Abend, der zur Vergnügung gedacht war, konnte Alana daran wahrhaftig kaum etwas »Vergnügliches« finden. Mrs. Astor hatte unablässig von »jenem elenden Iren« und seinen »üblen Machenschaften« gesprochen, während die Männer direkt nach dem Essen in die Bibliothek übergewechselt waren, wo sie, wie Alana annahm, wahrscheinlich Flüche ausgestoßen hatten, die selbst Mrs. Astors Stallburschen die Schamesröte ins Gesicht getrieben hätten.

Ja, Sheridan hatte die Knickerbocker-Gesellschaft hart getroffen. Doch ihr finanzieller Ruin war nicht zu vergleichen mit ihrer Wut über die schmählichen Demütigungen, die sie hatte erleiden müssen. Alana hatte gehört, daß einige der elitären Truppe sogar von Schuldeneintreibern belästigt worden waren, nachdem sie enorme Summen in Fehlinvestitionen verloren hatten. In ihren Kreisen war so etwas unerhört. Alana hätte sicher an diesem Bild Gefallen gefunden, wie das alte ehrwürdige Geld durch einen ordinären Geldhai eingetrieben wurde, wenn sie nicht mit Sicherheit gewußt hätte, daß auch sie zum Opfer werden würde.

Schließlich war auch sie eine Knickerbocker. Sicher, sie hatte fest vorgehabt, zu Maras Debüt zu kommen, aber das wußte Sheridan nicht. Und obwohl er einige Familien in Ruhe gelassen hatte – weil er dafür sorgen wollte, daß überhaupt noch eine Gesellschaft existierte, die Mara akzeptieren konnte, und die Astors verschonte, weil er angeblich Willy B. bewunderte –, hielt es Alana nur für eine Frage der Zeit, wann das Geld der van Alens an die Reihe kommen würde.

Tief in ihrem Inneren konnte sie die Gründe für Trevor Sheridans Wut nur zu gut verstehen. Die Grausamkeit von Maras gescheitertem Debüt nagte auch noch an ihr. Doch so stark ihr Mitgefühl auch war, empfand sie Sheridans Rache doch als zu heftig und zu rigoros, um ihm vergeben zu können. Auch sie hatte eine Schwester, die sie liebte, aber nur ein Wahnsinniger würde derart weit gehen, um die Leute zu vernichten, die er für seine verletzten Gefühle verantwortlich machte. So war Alana zu dem Schluß gekommen, daß Trevor Sheridan entweder verrückt war, oder daß es im Zusammenhang mit Maras Debüt noch etwas anderes gab, das ihn mehr getroffen hatte als nur das Ausbleiben der Gäste.

Nun, da sie im strömenden Regen aus der Kutsche stieg, fühlte sich Alana von ihren Sorgen beinahe zu Boden gedrückt. Der Abend war eine Qual gewesen, und während sie Sheridans Zorn schon in ihrem Nacken spürte, mußte sie sich auch noch zusammenreißen, um nichts zu sagen, was Mrs. Astor reizte – zum Beispiel, daß die Männer, die in Willy B.'s Bibliothek ihre Wunden leckten, durchaus selbst Schuld waren. Aber natürlich durfte sie das nicht. Didier hatte ihr nur zu deutlich zu verstehen gegeben, daß es um ihrer Schwester willen wichtig war, ihre Stellung in der Gesellschaft zu halten. Dennoch sehnte sie sich danach, aus der Rolle zu fallen, und als sie an diesem Abend all die haßerfüllten Menschen betrachtete, die absichtlich alle Hoffnungen einer unschuldigen Sechzehnjährigen zerstört hatten, hatte sie Mühe, sich zurückzuhalten.

Müde ließ sie sich vom Butler das Cape abnehmen und zupfte an den Fingern ihrer hautengen Ziegenlederhandschuhe, um sie abzustreifen. Dann begann sie, die sechzehn Knöpfe an ihren Handgelenken zu öffnen, während sie langsam das mit dikken Teppichen ausgelegte Foyer durchquerte. Sie war so in Gedanken verloren, daß sie die leuchtenden blauen Augen nicht bemerkte, die sie vom Salon aus beobachteten. Der Blick glitt über ihren Körper und nahm jedes Detail ihrer kostspieligen Ausstattung auf – vom pfirsichfarbenen Kleid bis zu den Perlen, die in ihrem Nacken ins Haar geflochten waren. Der Anblick des ganzen Reichtums machte den Betrachter plötzlich so wütend, daß er aufsprang und sein Cognacglas von der Lehne seines Sessels stieß.

»Alana!«

Die wütende Stimme ihres Onkel ließ Alana herumfahren. Didier stand in der Flügeltür zum Salon, und seine drohende Gestalt war halb in den Schatten verborgen, die durch den Gaskronleuchter erzeugt wurden. Sie hatte stets Angst vor ihm gehabt, aber nun verursachte ihr sein Schweigen pures Entsetzen. Sie wußte instinktiv, daß er den weiten Weg von seinem Hotel in der Fifth Avenue unternommen hatte, um mit ihr über Sheridan zu sprechen. Er würde ihr gleich sagen, daß sie ruiniert waren. Und obwohl ihre erste Reaktion reine Panik war, verspürte sie als nächstes eine seltsame Erleichterung. Nun war also endlich die Axt gefallen, und sie konnte beginnen, die Scherben wieder aufzusammeln.

»Onkel Baldwin. Was machst du denn zu dieser späten Stunde noch hier?« fragte sie, obwohl sie es längst wußte. Aus den Augenwinkeln warf sie einen Blick auf die Bediensteten, die ihr aus der Kutsche geholfen hatten. Margarets Mann Kevin, der Lakai, senkte schnell die Augen, und sogar Pumphrey, sonst die Perfektionierung der dienstbaren Zurückhaltung, schien stumm zu flehen, sich entfernen zu dürfen. Sie alle wußten, daß etwas geschehen würde. Und sie wußten auch, daß es nichts Gutes war.

»Komm hier rein«, befahl Didier, wobei er versuchte, seine Trunkenheit durch exakte Artikulation und tadellose Haltung zu verbergen. Sogar seine dunkelblaue Krawatte hing so gerade wie ein Stock.

Alana war auf das Schlimmste gefaßt. Ihr Onkel war voller Zorn. Mochte Sheridan auch der Grund dafür sein, sie wußte, **sie** war es, die bezahlen mußte. Es lag in dem Glitzern dieser unglaublich eisblauen Augen.

Sie reichte Kevin ihre Handschuhe, und für den Mann sprach, daß er offenbar am liebsten vorgetreten wäre, um sie aufzuhalten, womit Mrs. Astors Theorie widerlegt war, die besagte, es gäbe keine Ritterlichkeit in der Arbeiterklasse. Doch gerade als er sich in Bewegung setzen wollte, schüttelte Alana fast unmerklich den Kopf. »Ich muß mich der Sache stellen«, flüsterte sie ihm im Vorbeigehen zu. Als sie sich kurz darauf noch einmal umdrehte, sah sie, wie Pumphrey Kevin mit einem Kopfnicken in Richtung Küche schickte.

Alana trat in den Salon und sah schweigend zu, wie ihr Onkel die gewaltigen Türen zuzog, die den Raum vom Foyer abschloß. Wäre sie mit einer beliebigen anderen Person dort drin gewesen, hätte es sie nicht weiter beunruhigt. Aber seit ihrer letzten Begegnung hatte sie begriffen, daß Baldwin Didier anders als andere Menschen war. Ihr Magen krampfte sich zusammen und ihre Hände wurden feucht, doch sie musterte ihren Onkel mit kühlen grünen Augen. »Was gibt es denn so Dringendes, daß du dich noch um diese Zeit extra hierher begibst?« Alana wollte es so schnell wie möglich hinter sich bringen. Die Prellung, die er auf ihrem Gesicht hinterlassen hatte, tat immer noch etwas weh, wenn sie ihre Wange berührte, und es war alles andere als leicht, sie mit Puder zu kaschieren. Alana kochte vor Zorn, wenn sie nur daran dachte.

»Setz dich.« Didiers Blick wanderte zu der alten Belter Polsterbank, die ihre Eltern in besseren Zeiten gekauft hatten – Zeiten, die nun furchtbar weit fort zu sein schienen.

»Was haben wir denn zu dieser Stunde noch zu besprechen?« Alana setzte sich widerwillig auf die Sofakante und hielt sich bereit, aufzuspringen und zu kämpfen, wenn es nötig wurde.

»Du kannst dir deine feinen Manieren sparen, Alana. Du kannst sie ohnehin nicht mehr vertreten.«

Ihr Onkel stand dicht vor ihr. Sie konnte den Alkohol, den er ausdünstete und der von dem verschütteten Cognac auf dem Teppich hinter ihm ausging, riechen. Mochte er auch viele bösartige Züge haben, so mußte sie doch zugeben, daß sie ihn noch niemals betrunken erlebt hatte. Zumindest nicht in den drei Jahren, in denen er für sie als Treuhänder fungierte.

»Das heißt, ich bin ruiniert?« fragte sie, während ein Anfall von Panik ihr Herz zusammenzog.

»Richtig. Du bist arm. Ich hatte mich in die Hudson Bank eingekauft. Heute ist sie untergegangen und« – brutal packte er ihr Kinn, während er für einen Betrunkenen sehr deutlich weitersprach – »mein Geld mit ihr! Sie gingen pleite, als Sheridan ihre Wechsel einforderte. Ich habe alles verloren. Und das heißt, selbst die allmächtigen van Alens haben keinen einzigen Golddollar mehr!«

Alana versuchte, sich seiner Hand zu entziehen, aber er ließ sie nicht los. Überwältigt von all dem Unglück stöhnte sie plötzlich auf und verfluchte im Inneren Sheridans Namen. Der Ire war wirklich gründlich gewesen. Nun war auch sie zu seinem Opfer geworden, und der Gedanke ließ sie zwischen heilloser Wut und Hilflosigkeit schwanken. Sie hatte doch zu dem Ball gehen wollen! Irgendwie hatte sie fast daran geglaubt, Sheridan würde sie deswegen in Ruhe lassen. Doch sie hatte sich getäuscht. In seiner seltsamen Entschlossenheit, die Beleidigung seiner Schwester zu rächen, hatte er ihr Vermögen genauso vernichtet, wie er es bei all den anderen getan hatte. Doch bei ihr lag der Fall anders: Sie hatte niemanden, der ihr wieder aufhelfen konnte. Sie hatte keine Verwandten... nur diesen Widerling, der vor ihr stand.

Sie hatte sich kaum von dieser niederschmetternden Erkenntnis erholt, als ihr ein weiterer schrecklicher Gedanke kam. »O Gott, wie sollen wir jetzt für Christabel sorgen?« flüsterte sie.

Didiers Griff wurde fester. »Vergiß Christabel. Sie kann in die städtische Anstalt gehen. Ich will wissen, was **du** nun vorhast. Du stehst in meiner Schuld!«

Sie sah zu ihm auf und erkannte, daß er außer sich war. »Wovon redest du?« fragte sie fassungslos.

»Deine teure Ausstattung. Diese Kleider. Das Haus! Wer glaubst du hat sich in all den Jahren darum gekümmert?«

»Das war deine Aufgabe. Ich hatte einen bestimmten Fundus für all diese Dinge!« sagte sie mißtrauisch.

Sein Gesicht wurde rot vor Zorn. »Sicher, ich hatte die Kontrolle über das Geld. Wenn es nach mir gegangen wäre, hätte ich den ganzen Kram genommen und hätte dich und deine verrückte Schwester am Straßenrand liegengelassen.«

Alana konnte ihren Schock nicht verbergen. »Wie kannst du nur so etwas sagen? Du hattest die Pflicht...«

»Verdammte Pflicht!« Er ließ ihr Kinn los, und sie fiel zurück. Er beugte sich dicht über sie, kam ganz nah heran und sagte mit drohender Stimme: »Es war zu meinem Vorteil, deinen Platz in der Gesellschaft zu erhalten. Also habe ich für die hübschen Kleider und alles, was du um dich herum siehst, gezahlt.

Aber jetzt hast du nichts mehr. Verstehst du? **Nichts!** Und du bist mir für meine Großherzigkeit einiges schuldig!«

Sie starrte ihn an. Er mußte verrückt geworden sein. Ja, es stimmte, daß sie ihren Onkel niemals besonders gemocht hatte, aber bis zu dem Abend, an dem der Ball hätte stattfinden sollen, hatte sie sich zumindest bemüht, das Beste von ihm zu denken, allein schon wegen Christabel. Nach dem Brand war es ihr Onkel gewesen, der die Dinge zusammengehalten hatte. Er war derjenige gewesen, der das »Landhaus« für ihre Schwester gefunden hatte. Er hatte sogar mit der Polizei gesprochen. Aber der Mensch, der sich nun vor ihr aufgebaut hatte, besaß nichts Versöhnliches mehr. Alles, was jemals gut in und an ihm gewesen war, war ausgelöscht.

»Ich schulde dir gar nichts, Onkel«, sagte sie wie betäubt. »Unsere Eltern haben meiner Schwester und mir genug hinterlassen. Sie haben gut für uns gesorgt.« Sie stand auf. »Es mag heute abend eine Tragödie gegeben haben. Aber so werden wir nichts daran ändern. Ich muß dich bitten, in dein Hotel zurückzukehren.«

Er schlang seinen Arm um ihre Taille, und sie glaubte, er wollte ihr jede einzelne Rippe zerquetschen. »Du sprichst ja so erhaben und vornehm, aber ich würde zu gerne wissen, wie du dich da wieder herausholen willst, Alana. Wie gefällt es wohl einer kleinen, edlen Knickerbocker-Lady, Straßen zu kehren, um sich ernähren zu können?«

Sie hätte ihn am liebsten geschlagen. Mit zusammengebissenen Zähnen sagte sie: »Laß mich los.«

»Du bist an all dem schuld!« Er begann sie zu schütteln.

»Das bin ich nicht! Ich wollte auf den Ball gehen!«

»Meine Entscheidung war richtig. Woher hätte ich wissen sollen, daß Sheridan so etwas tut?«

»Nun, er *hat* es getan, und vielleicht hat die Sache auch ihre guten Seiten.« Der Blick, den sie ihm zuwarf, war voller Verachtung. »Endlich erkenne ich dich als das bösartige Wesen, für das ich dich schon immer heimlich gehalten habe, Onkel. Also geh, und laß dich hier nie wieder blicken!«

Er lachte. »Und wie willst du zurechtkommen?«

»Morgen werde ich mit Sheridan reden. Er kann mir nichts Böses wollen, da ich ihm auch nichts Böses wollte. Ich habe seine Schwester kennengelernt. Ich wollte bestimmt nicht, daß man sie so verletzt.«

Didier starrte sie einen Augenblick an. »Du glaubst im Ernst, daß dieser Kartoffelbauer Gnade haben wird? Und wieso ausgerechnet mit dir? Denkst du nicht, alle Leute werden jammern, sie hätten ja eigentlich zu dem Ball kommen wollen, nur um ihre Millionen zurückzubekommen?« Seine Augen glitten erneut über ihre Erscheinung – das kostbare Kleid, die farblich passend bezogenen Schuhe, die Holländischen West India Company-Perlen. Mit angewiderter Miene zog er sie brutal auf die Füße. »Wie willst du ihn überzeugen, hm? Willst du in dieser teuren Aufmachung, die ich dir bezahlt habe, zu ihm gehen und dich ihm anbieten?«

Seine Worte und sein ganzes Wesen ekelten sie an. Sie würde ihm diese unwürdige Frage bestimmt nicht beantworten. Statt dessen versuchte sie, seine Finger von ihrem Arm zu lösen.

»Wie willst du ihn überzeugen?«

»Ich werde an seine Menschlichkeit appellieren.«

»Sheridan hat keine.«

»Das muß er haben, wenn er sich so sehr um seine Schwester kümmert.« Ihre Stimme brach.

»Aber er wird sie dir nicht zeigen, Alana. Nicht **dir**!« Mit diesen Worten stieß er sie zurück auf das Sofa. Seine Hand strich aufgeregt über seinen Bart, und er begann zu fluchen. »Ich habe ein Vermögen ausgegeben, um dich zu unterhalten. Und wofür das alles? Um am Ende ein armer Schlucker zu sein?« Wieder sah er auf ihr Kleid, was ihn nur noch wütender machte. »Alle meine Pläne sind hierdurch zunichte gemacht worden. Was bist du denn noch wert, jetzt, da alle Leute, die ich beeindrucken wollte, ebenfalls ruiniert sind? Was ist mir geblieben? Du und deine verdammten Klamotten haben mich meine letzten Zehner gekostet, und nun besitze ich nichts mehr, um zu investieren!«

»Ich bin keine Investition«, brauste sie auf. »Diese Kleider wurden von meinem Geld gekauft. Von **meinem** Geld, hast du gehört?«

Er packte sie, und ein unterdrückter Schrei entrang sich ihrer Kehle, bevor er sie noch geschüttelt hatte. »Aber nun hast du kein Geld mehr, Alana! Willst du es einmal eine Woche in den Straßen von Gotham Court ausprobieren? Willst du sehen, wie dir das gefällt?«

Sie machte sich von ihm los. Sie war sicher, daß er sie am liebsten geschlagen hätte, aber sie würde diesmal alles tun, um sich zu wehren. Sie krampfte die Finger um ihren Arm auf und verlor plötzlich die Beherrschung. »Wenn ich kein Geld mehr habe, muß ich mir deine Befehle auch nicht länger anhören. Also geh! Ich will, daß du endlich gehst!«

In seinem Zorn holte Didier aus, doch sie wich nicht zurück, zuckte nicht einmal mit der Wimper.

Sie schaffte es nicht, sich aus seinem festen Griff freizukämpfen, aber auch wenn er sie körperlich verletzen konnte, so blieb ihr Geist doch erstaunlicherweise ungebrochen.

Ihr Widerstand ließ ihn zögern, doch dann begriff er die Bedeutung ihrer Worte. Ein böses Glitzern erschien in seinen Augen, und er senkte die Hand wieder. Er betrachtete sie von oben bis unten und stieß ein rauhes Lachen aus. Das Geräusch ließ sie erschaudern. Und bevor sie noch ahnen konnte, was er vorhatte, packte er ihre Hand und zerrte sie zu den großen Flügeltüren. Er stieß sie auf und zog Alana durch das Foyer zur Haustür.

»Was tust du?« schrie sie in wilder Panik auf.

»Ich werde dir sagen, was du zu tun hast! Ein letztes Mal wirst du tun, was ich dir befehle. Und dann bin ich quitt mit dir und diesem verdammten irischen Lumpensammler!«

»Was hast du denn vor?« keuchte sie. Verzweifelt versuchte sie, die Vordertür geschlossen zu halten.

Ohne Vorwarnung griff er plötzlich in ihren Nakken und riß die blaßrosa Perlen aus ihrem Haarknoten. Alana stöhnte vor Schmerz auf, doch er kümmerte sich nicht darum. Die kostbaren Perlen wanderten in seine Tasche, während er sie hinaus in den Regen stieß. Ihr blondes Haar wehte offen um ihre Schultern wie das einer Milchmagd.

»Du bist wahnsinnig geworden!« schrie sie. Der strömende Regen durchnäßte sie innerhalb von Sekunden.

»Du wolltest doch an Sheridans Menschlichkeit appellieren, nicht wahr?« knurrte Didier und zerrte sie die Stufen hinunter. »Schön. Dann tu es jetzt. Es ist Zeit. Er hat mich ruiniert, und ich kann mir dich nicht mehr leisten! Geh schon, soll *er* sich um dich kümmern!«

»Du bist krank!« Alana versuchte verzweifelt, sich an den letzten Strohhalm zu klammern. »Du bist derjenige, dem ein weiterer Skandal schaden wird. Wenn du so weiter machst, bedeutet mein Ruf nichts mehr. Und all deine neuen Geschäfte werden scheitern!«

Ihr Onkel reagierte nicht einmal. Er zog sie bis an den Straßenrand und sah sich nach einer Mietkutsche um, als hätte er nichts gehört.

Er war keiner Vernunft mehr zugängig, also versuchte Alana erneut, sich von ihm freizumachen. Sie hoffte, daß Kevin ihr helfen würde, wenn sie es bis ins Haus zurück schaffte. Doch während sie sich aus seinem Griff wand, rutschte sie auf dem schlüpfrigen Pflaster aus und stürzte heftig gegen ihn. Der Regen fiel in Strömen auf sie herab und nahm ihr fast die Sicht, doch seine Augen hatten noch immer die Macht, sie zu fesseln.

»Du und Christabel habt alles ruiniert«, zischte er. »Gott, wie oft in den drei Jahren, die eure Eltern tot sind, wollte ich euch loswerden. Ich habe versucht, geduldig zu sein, durchzuhalten! Aber jetzt nicht mehr! Jetzt nicht mehr!« Er schüttelte sie wieder. »Du bist ruiniert, egal, was immer ich jetzt auch tun würde. Meine letzte Verbindung mit deiner feinen Gesellschaft ist gerissen. Und es ist nur gerecht, daß die letzte der Demütigungen dich und Sheridan trifft!« Er starrte auf sie hinunter, und sein Blick, der im regenverschleierten Licht der Gaslaternen aufblitzte, nagelte sie fest wie ein Rehkitz im plötzlichen Aufflammen einer Fackel.

»Tu das nicht«, sagte sie. Ihr Gesicht war so weiß

wie ein Leinentuch. »Tu mir diese Erniedrigung nicht an. Das werde ich dir niemals verzeihen!«

Eine einzelne Kutsche kam um die Ecke zum Washington Square. Didier winkte sie heran, während er flüsterte: »Ohne Geld habe ich nicht mal in der Hölle Hoffnung. Du wirst tun, was ich sage.«

In diesem Augenblick verlieh ihr die Panik die Kraft, sich loszureißen. Sie befreite sich und rannte auf die Marmorstufen zu, doch ihre durchweichte Schleppe verfing sich. Ohne zu zögern packte Didier sie, hob sie hoch und warf sie in die Kutsche.

»Ich schwöre dir, dafür wirst du bezahlen!« zischte sie ihm zu, doch Didier klopfte bereits an die Kutschenwand, um das Startzeichen zu geben, während er sie festhielt. Sein teuflischer Blick streifte sie. »Das ist kaum genug Ausgleich für all die Opfer, die ich gebracht habe.«

»Opfer?« keuchte sie verzweifelt und wütend auf. »**Ich** habe doch die Opfer gebracht. Du hast mein Geld genommen – du hast es verloren und für Huren ausgegeben! Wenn Christabel nicht wäre, hätte ich dich für all deine Schandtaten schon längst ins Gefängnis gebracht!«

Alana wußte, sie war zu weit gegangen. Didier sah sie an, als wollte er sie umbringen, als wollte er ihr die Hände um die Kehle legen und so lange drücken, bis sie nicht mehr atmete. Aber er schien sich gleichermaßen an ihrer Angst zu weiden, und so zwang sie sich zur Ruhe und sah ihm direkt in die Augen. Er starrte zurück, und sie schmeckte den metallischen Geschmack purer Angst in ihrem Mund.

»Mach weiter, Alana, treib mich zur Weißglut. Du hast es bald geschafft«, sagte er leise und drohend.

»Du sollst in der Hölle schmoren!« stieß sie atemlos hervor.

Er lachte, und es hörte sich furchtbar an, doch sie sollte niemals herausfinden, was er vorgehabt hatte, denn in diesem Moment hielt die Kutsche an, und der Fahrer rief: »Dreiunddreißigste und Fünfzigste.«

Sie vernahm das dumpfe Geräusch, als der Kutscher von seinem Bock herunterkletterte, um ihnen die Tür zu öffnen. Ihr Onkel warf ein paar Münzen auf den Boden und zerrte Alana heraus, bevor sie den Kutscher noch um Hilfe anflehen konnte. Unter den vom Regen gedämpften Flüchen des Mietfahrers zog Didier Alana auf die Toreinfahrt eines riesigen Gebäudes zu, das den ganzen Block einnahm. Es war zu dunkel, als daß Alana hätte erkennen können, wessen Haus das war, doch sie wußte, daß es keinem Knickerbocker gehörte. Knickerbocker stellen ihren Reichtum niemals derart zur Schau – dies war zu protzig.

»Sei nett zu Sheridan, Alana.« Didier lachte. »Vielleicht fällt ihm sogar ein hübsches Arrangement ein, bei dem er auch noch für deine verrückte Schwester zahlt!« Er wischte sich den Regen aus dem Gesicht und zog sie dann auf die marmornen Stufen auf zwei riesige Messingtüren zu, die besser zum römischen Kolosseum gepaßt hätten.

Alana wandte sich zu ihm und versuchte es ein letztes Mal. »Bei allem, was dir heilig ist, Onkel... bitte tu das nicht! Noch kannst du –!«

»Gib mir deine Hände.« Er hatte sie gepackt, bevor sie sich ihm entziehen konnte. Er band seine Krawatte ab und wand sie um ihre Handgelenke. Sie versuchte, ihn zu kratzen, irgend etwas zu tun, was ihn in dieser Wahnsinnstat, die er begehen wollte, aufhalten könnte, aber es gelang ihr nicht. In dem regenverschleierten Zwielicht der Laternen konnte sie ihn kaum erkennen, und als sie versuchte, nach ihm zu schlagen, glitten ihre dünnen Schuhe auf den glatten Marmorstufen aus, und sie verlor fast das Gleichgewicht. Tränen des Zorns und der Verzweiflung auf ihren Wangen vermischten sich mit dem Regen, und immer noch versuchte sie, sich gegen ihn zu wehren, während Didier ihre Hände an das Geländer band. Ihrer Kehle entrang sich ein tiefes, gequältes Stöhnen, als sie sah, daß Didier auf die riesige Tür zutrat und dagegenhämmerte.

Sie flehte ihn an, seine Absicht zu ändern, doch er hörte nicht auf sie. Wieder und wieder klopfte er gegen die Türflügel. »Sheridan! Sheridan!« brüllte er in blinder, trunkener Wut. »Komm raus, Sheridan! Sieh dir an, was du für all deine Taten geschenkt bekommst!«

»Hör auf! Ich bitte –!« schrie sie, als die gewaltigen Türflügel langsam aufschwangen. In dem strömenden Regen konnte sie die Gestalt kaum erkennen, aber der Mann schien älter zu sein und eine Butleruniform zu tragen.

Die Gestalt warf ihrem Onkel einen Blick zu, der ihn in das Rattenloch zurückschleudern sollte, aus dem er offenbar gekrochen war. »Ja, *Sir?*« sagte dieser Butler, soweit Alana es durch den klatschenden Regen hören konnte.

»Sheridan! Sheridan! Sag ihm, ich will mein Geld zurück! Mein ganzes Geld!« brüllte Didier.

»Und die junge Lady?« fragte der Butler.

Didier drehte sich zu ihr um, und Alana warf ihm einen haßerfüllten Blick zu. Sie wußte, sie würde niemanden jemals so sehr verachten, wie sie ihn in jenem Augenblick verachtete.

»Das Mädchen ist Sheridans Problem. Er hat mir nichts mehr übrig gelassen, um für sie zu sorgen!« Didier packte den alten Mann an seinem Kragen. »Bei Gott, sag Sheridan, er wird für all das büßen müssen, was er mir angetan hat. Eher lege ich mich ins Grab, als ihn in Ruhe zu lassen!«

»Nehmen Sie sofort Ihre Hände weg«, sagte der Butler.

Alana stieß einen erstickten Schluchzer aus, und Didier wirbelte herum und warf ihr einen rachedurstigen Blick zu. Doch da ihm nichts anderes übrig blieb, ließ er den Mann los und stolperte zurück, wobei er auf dem schlüpfrigen Marmor kaum das Gleichgewicht zu halten vermochte.

So sehr Alana sich auch gegen seine Demütigungen wehren wollte, so konnte sie doch nicht anders, als ihn erneut anzuflehen. »Bitte, Onkel! Laß mich hier nicht so stehen!« Doch ihre Worte waren so sinnlos, wie sie es befürchtet hatte. Didier taumelte durch die Einfahrt und verschwand in einer Mietkutsche, die er auf der Straße anhielt.

Verzweifelt senkte Alana den Kopf und ließ ihren Tränen freien Lauf, doch der Regen spülte sie genauso schnell wieder fort, wie sie aus ihren brennenden Augen strömten.

»Miss?«

Sie sah auf und sah den Butler, der ihr ein wenig hilflos einen riesigen, schwarzen Schirm über ihre durchnäßte Gestalt hielt, während er versuchte, sie mit einer Hand loszubinden. Unglücklicherweise genau in diesem Augenblick sah sie zu den geöffneten Türen.

Noch Jahre später erinnerte sie sich noch ganz genau an dieses erste Zusammentreffen mit Trevor

Byrne Sheridan. Er stand im Gegenlicht, und sie konnte nur seine Umrisse erkennen, nichts von seinem Gesicht. Und doch hinterließ jener Anblick einen tiefen, bleibenden Eindruck in ihr. Sie sah den Spazierstock, den er hielt – ein ungewöhnlicher Begleiter für einen so großen und muskulös wirkenden Mann. Seine aufrechte, formelle Körperhaltung war gefällig, doch irgend etwas daran gab ihr das Gefühl, als wäre ein eisiger Wind durch ihr Herz gefahren. Er verschränkte die Arme vor der Brust und senkte den Kopf, um auf sie hinunterzublicken, die fast auf der Marmortreppe kniete. Und in dem Schatten wirkte er genauso kalt, dunkel und unerbittlich wie diese Nacht, die sie gnadenlos im Regen frieren ließ. Und in diesem Moment erkannte sie mit einer Gewißheit, die ihren Körper erbeben ließ, daß dieser Teufel dort ganz sicher noch schlimmer war als der, den sie gerade losgeworden war.

5

Nur durch äußerste Beherrschung konnte Alana ihr Schaudern unterdrücken. Sie fror erbärmlich, doch sie gab sich jede Mühe, dies durch lange kontrollierte Atemzüge und über der Brust gekreuzte Arme zu verbergen. Ihr Kleid war triefend naß, aber der Schurke, der dort hinter seinem übermäßig verzierten Schreibtisch saß, bot ihr noch nicht einmal ein Handtuch an.

Sie starrte Sheridan an, während Zorn, Demütigung und Entschlossenheit in ihr brannte. Das, was ihr Onkel ihr angetan hatte, hatte sie getroffen. Und was noch schlimmer war, Sheridan wußte es. Sie dachte daran, wie er sie angesehen hatte, als der Butler sie in ein atemberaubendes, marmornes Foyer geführt hatte. Seinen Gesichtsausdruck würde sie niemals vergessen – es war eine seltsame Mischung aus Mitleid und Befriedigung gewesen. Es war deutlich, daß er sie als eine der verhaßten Knickerbocker sah, deren Niedergang ihn nun aufs Höchste amüsierte. Doch das Mitleid in seinen Augen war weitaus schwerer zu ertragen. Er hatte ihre von den Fesseln rotgeschwollenen Handgelenke gemustert, und am liebsten wäre sie vor Scham davongelaufen.

Doch nun, da sie in der Bibliothek des Iren saß, schwor sie sich, das durchzustehen. Zwar hatte sie Mühe, den letzten Hauch von Würde aufrechtzuerhalten, doch der Gedanke an Christabel gab ihr Kraft. Sie mußte ihre Schwester retten, und dieser Wunsch war genauso beherrschend, wie es sein Bedürfnis, Mara zu rächen, gewesen war. Das, und das allein, war jetzt wichtig.

Doch der Ire war ein mehr als würdiger Gegner. Sein durchdringender, finsterer Blick und sein eiskaltes Benehmen jagte ihr mehr Angst ein, als ihr Onkel es je gekonnt hätte. Sie glaubte zu wissen, wie weit Didier gehen würde, um zu bekommen, was er haben wollte, doch von diesem geheimnisvollen Mann ihr gegenüber wußte sie nichts. Sie war ihm ausgeliefert, und ihre und die Zukunft ihrer Schwester lag in seiner Hand. Das Ende oder die Rettung – so wie er entschied, würde es geschehen.

Gedemütigt und schamerfüllt beobachtete Alana, wie Sheridan Papiere auf dem Tisch zusammenschob. Seit Sheridan sie in seine Bibliothek gewiesen hatte, hatte sie versucht, ihre Knickerbocker-Fassade aufrechtzuerhalten, um wenigstens ein bißchen Stolz nach außen hin zu zeigen. Nun saß sie ihm an dem massigen Tisch gegenüber und dachte mit niederschmetternder Nüchternheit darüber nach, was ihr Onkel ihr angetan hatte. Wenn sie geglaubt hatte, ihr Onkel wäre ein Teufel, dann war dieser finstere, gefühllose Mann vor ihr mindestens Satan persönlich. Ihr Onkel hatte bewiesen, daß er es nicht wert war, die Nachttöpfe der van Alens zu leeren. Aber tatsächlich war dieser Ire, Trevor Sheridan, der wahre Grund für all ihr Elend. Ihr Onkel hatte gewiß viel dazu beigetragen, und sie würde ihm niemals verzeihen. Doch es war eine Tatsache, daß der Ire ursprünglich das Feuer gelegt hatte.

Während sie darüber nachgrübelte, fixierte sie ihn mit kalten, grünen Augen. Sie wußte, daß sie nach außen hin wie eine Eisprinzessin wirken mußte, doch innerlich brannte sie vor Scham, als sie daran dachte, daß sie vor diesem Mann wie eine entflohene Sklavin an ein Geländer gefesselt gewesen war.

Sie betrachtete ihn über den Tisch hinweg. Obwohl sie erschöpft, erledigt und am Ende war, benahm er sich ihr gegenüber so kühl und förmlich, als würde er ein Geschäft mit einem Bankdirektor abschließen. Und während sie ihn musterte, wurde sie noch zorniger. Sie fragte sich, wie er so berechnend und emotionslos sein konnte. Er hatte all ihr Geld genommen und hatte nun nicht einmal die Güte, ihr eine Decke anzubieten.

Sie sah ihn genauer an. Ihr Gastgeber, wenn man diesen Schuft überhaupt als solchen bezeichnen durfte, war mit einer schwarzen Hose und einem Paisley-Hausmantel aus burgunderroter Seide bekleidet. Ihr unerwartetes Auftauchen hatte ihn offenbar überrascht, denn an seinem Hemd fehlte der gestärkte Kragen, und ein offener Knopf an seinem Hals enthüllte eine dichtbehaarte Brust. Während er ein Schriftstück durchging, hielt er den Kopf gesenkt, und die Flamme der Gaslampe beleuchtete sein Profil. Er war ein gutaussehender Mann. Sein Haar war gelockt, und sie glaubte, daß es schwarz sein mußte, doch in dem trüben Licht der Lampe war das schwer zu sagen. Im Augenblick sah er sie nicht an, doch sie hatte seine Augen gesehen, als sich ihre Blicke vorhin trafen, und sie wußte, daß diese besondere dunkelbraune Farbe nur von seinem irischen Erbe stammen konnte.

Plötzlich durchlief sie ein Schauer, den sie nicht unterdrücken konnte. In einem sinnlosen Versuch, sich wenigstens ein bißchen zu wärmen, rieb sie sich zitternd die nackten Oberarme. Das schien schließlich seine Aufmerksamkeit zu erregen. Er sah von der Tischplatte auf, und sein Blick wanderte langsam über ihr wertvolles, nun völlig ruiniertes Kleid, wobei er ihrem blumenbestickten Mieder und der Art, wie sie sich besiegt und verzweifelt an ihre himmelblaue Schleppe klammerte, besonders viel Aufmerksamkeit schenkte. Plötzlich wurde das Schweigen in der Bibliothek unerträglich.

»Miss van Alen?« fragte er überflüssigerweise und zerbrach damit die Grabesstille des Raumes.

Sie gab ihm keine Antwort, sondern warf ihm nur einen frostigen Blick zu, den die Schamesröte auf ihren Wangen Lügen strafte.

Dann begann er, das Papier vor ihm zu prüfen und las ihr schließlich mit besonders deutlicher, ja, fast gekünstelter Aussprache daraus vor. »Sie sind Miss

Alice Diana van Alen, wohnhaft Washington Square Nummer 38. Man betrachtet Sie als eines der kostbarsten Juwelen der Stadt New York. Ihre Familie besitzt die Loge in der Academy of Music seit ewigen Zeiten, hatte sie schon, noch bevor die illustre Caroline Schermerhorn ihre Pranken auf den alten Backhouse legte. Ihre Vorfahren besaßen Anteile an der Dutch West Indian Company, und Sie können Ihren Stammbaum bis auf die Schuylers, die Philipses, die van Rensselaers, ja selbst bis auf Peter Stuyvesant zurückverfolgen.« Er sah auf. »Habe ich die richtige Frau? Habe ich es korrekt wiedergegeben?«

Alana empfand plötzlich heiße Wut. Anstatt zu frieren, kochte sie nun. Dieser Mann betrachtete sie, als wäre sie eine tote Dichterin, deren bedeutungsloses Leben man in ein paar Sätzen zusammenfassen konnte.

»Nein, Sie haben es nicht korrekt wiedergegeben, Mr. Sheridan«, sagte sie in einem Tonfall, der Frostbeulen verursachen konnte. »Er hieß *Petrus.* Ich bin verwandt mit *Petrus* Stuyvesant.«

»Natürlich. Mein Fehler.« Ihre Blicke trafen sich einen Augenblick, und als wollte er sich über sie lustig machen, nahm er das Blatt und korrigierte mit lächerlicher Sorgfalt den falschen Namen.

Alana stand auf und beugte sich über den massigen Rosenholztisch. Mit einer Forschheit, die ihr ausgekühlter, zitternder Körper kaum zuließ, langte sie nach dem Papier und zerknüllte es. Dann richtete sie sich wieder auf und sah ihn herausfordernd an.

Er wirkte beinah überrascht. Er hob eine Augenbraue, und ein erstes schwaches Interesse blitzte in seinen dunkelbraunen Augen auf.

»Mr. Sheridan, ich denke, wir können uns diese

förmliche Vorstellung ersparen«, sagte sie fest, nun, da sie seine volle Aufmerksamkeit hatte.

»Das stimmt«, bestätigte er mit einem kleinen, finsteren Lächeln. »Ich weiß seit langer Zeit, wer Sie sind. Und nun erwarte ich, daß auch Sie mich kennen.«

Sie wußte nicht, warum seine Worte drohend waren, aber es war dennoch eine Tatsache. Verzweifelt suchte sie nach Worten, die sie aus diesem Dilemma herausziehen konnten. »Wie auch immer, Sie haben etwas Schreckliches getan, als –«

»**Ich** habe etwas Schreckliches getan?« unterbrach er sie ungläubig. Er gluckste, und wäre sie nicht so verzweifelt gewesen, hätte sie ihre Schleppe gerafft und wäre hinausgerauscht. »Ich darf Ihnen sagen, Miss Knickerbocker, daß **ich** noch nie eine Lady am Geländer festgebunden habe, als wäre sie ein Droschkenpferd.«

Sie war zu verlegen, um das widerwärtige Verhalten ihres Onkels anzuprangern, und platzte statt dessen heraus: »Sie haben unrechterweise das van Alen-Geld genommen, Mr. Sheridan. Ich möchte, daß Sie das begreifen. Ich brauche mein Vermögen zurück.«

Ein grimmiges Lächeln verzog seine Mundwinkel. »Ihr Onkel hat das Geld seit einigen Jahren verwaltet. Sie wagen es, für diesen... *Mann* zu bitten?« Er sprach es so aus, als hätte er Schwierigkeiten, Didier tatsächlich als Mann zu bezeichnen.

»Wieso wissen Sie soviel über mich?« fragte Alana mit kleinlauter Stimme.

»Wie sollte ich nicht? Schließlich sind Sie die Gesellschaft. Und das ist es doch, was diese nette, kleine Truppe am liebsten möchte... herausragen, sich von der Masse abheben!« Er lachte nun fast. »Nun, Madam, Sie sollten sich eigentlich geehrt fühlen. Sie durften persönlich die Glut *meiner* Hervorhebung spüren!«

»Ich wollte Ihnen nichts Böses«, sagte sie leidenschaftlich. »Und tatsächlich habe ich Ihnen auch nichts getan. Also geben Sie mir mein Geld zurück. Ich muß es wiederhaben!«

»Was meinen Sie damit, Sie haben mir nichts getan?« Er lehnte sich so kühl und gelassen zurück, als würden sie sich über die Tagesgeschäfte unterhalten.

Sie legte beide Hände auf den Tisch und beugte sich vor. »Ich meine damit, daß ich zu dem Ball Ihrer Schwester gekommen wäre, wenn man mich gelassen hätte. Deswegen müssen Sie mir mein Vermögen zurückgeben. Sie haben einen tragischen Fehler gemacht.«

Er lachte laut auf, doch sein Lachen war erschrekkend kalt. »Wissen Sie eigentlich, wie oft ich das in den letzten Wochen gehört habe, Miss van Alen? Bei Gott, ich bräuchte einen Buchhalter, um mir all die Entschuldigungen merken zu können.«

»Aber in meinem Fall stimmt es!« Alana war sicher, daß sie ihn überzeugen konnte.

Er lachte nur noch lauter. »Hier muß es ein Echo geben. Fällt dem Manhatten-Adel denn gar nichts Originelles mehr ein?«

»Aber ich hatte doch wirklich vor, zu kommen«, sagte sie, als Panik ihre Brust zusammenzog. Er glaubte ihr nicht. »Ich *wollte* es wirklich!«

Ein sardonisches Lächeln umspielte seine Lippen. »Ah, endlich etwas Neues. Glückwunsch, Miss van Alen, Sie sind wirklich die erste, die *so etwas* sagt.«

Sie schüttelte verzweifelt den Kopf. »Ich habe Ihre

Schwester Mara vor einigen Monaten im Park kennengelernt. Sie kann Ihnen sagen, wie gerne ich kommen wollte. Ich glaube, sie konnte mich genauso gut leiden wie ich sie.«

Er hob ein anderes Papier vom Tisch auf, eine lange Liste von Namen, und hielt einen Moment inne. Dann sagte er: »Dies sind all die Leute, von denen meine Schwester glaubte, sie mochten sie. Wissen Sie, wie viele auf dem Ball gewesen sind?«

Alana ahnte die Antwort und schwieg. Es machte sie krank.

Ohne ein Wort stand Sheridan auf und ging steif zum Feuer hinüber. Er warf die Liste hinein, und während sie knisternd in Flammen aufging, sah Alana, wie die Fingerknöchel an seinem Spazierstock weiß hervortraten.

Ihre Blicke trafen sich, und sie konnte dem Zorn und dem Haß in seinen Augen kaum standhalten. »Ich weiß, daß niemand gekommen ist«, flüsterte sie, und ihr Herz tat ihr aus unerfindlichen Gründen weh. Plötzlich wollte sie Maras Schmerz ebenso verzweifelt lindern wie ihren eigenen. »Aber vielleicht sind diese Leute auf Ihrer Liste den ganzen Ärger gar nicht wert, Mr. Sheridan. Haben Sie darüber mal nachgedacht? Und wissen Sie, ob Mara Ihr Tun gutheißt? Ich glaube nicht. Also frage ich mich, für wen Sie dies alles wirklich tun. Für Mara oder... für sich selbst?«

»Ich gebe keinen Penny auf Leute wie Sie, Miss van Alen.« Er sah sie kalt an. Sein Spazierstock verursachte auf dem dicken Teppich ein gedämpftes Geräusch, als er sich vom Feuer abwandte. »Aber Sie können eine Sechzehnjährige nicht davon überzeugen, daß Menschen wie Sie bedeutungslos sind. Sie und Ihresgleichen sind Götter für meine Schwester, die zu jung und zu naiv ist, um es besser zu wissen. Wenn sie es also nun will, dann treibe ich diesen ganzen Haufen Ihrer besseren Gesellschaft zusammen und serviere ihn ihr auf einem Tablett, nur um sie glücklich zu machen.«

Alana schob die pitschnasse Tournüre beiseite und sank in ihren Stuhl zurück. Eine plötzliche Müdigkeit überfiel ihre Glieder, und für einen Moment senkte sie erschöpft den Kopf.

Er beobachtete sie mit einem triumphierenden Leuchten in seinen Augen. »Sind wir fertig? Kann ich meine Kutsche rufen, um Sie nach Hause zu bringen, Miss van Alen?«

In seiner Stimme lag eine Endgültigkeit, die ein letztes kleines Feuer in ihr entflammte. Sie hob den Kopf, und ihre Wut gab ihr die Kraft, fortzufahren. »Nein, wir sind nicht fertig.« Sie schob sich auf die Füße und stellte sich direkt vor ihn. Diesmal war kein Tisch als Schutz zwischen ihnen. »Ich muß Sie davon überzeugen, Mr. Sheridan, wie wichtig es in meinem Fall ist, mir mein Vermögen wiederzubeschaffen. Sie haben mir unrechterweise Geld abgenommen, Geld, das ich verzweifelt brauche.« Sie hoffte, daß sie zuversichtlich genug klang. Um das zu unterstützen, hob sie den Kopf und sah ihm ins Gesicht. Plötzlich bemerkte sie, wie zierlich sie neben seinem hohen Wuchs wirkte und war entsetzt, wie sehr er sie einschüchterte.

»Sie sind nicht die einzige der Gesellschaft, die sich in einer unangenehmen Lage befindet«, bemerkte er lässig. »Warum sollte ich ausgerechnet Ihnen helfen?«

Sie öffnete den Mund, um ihm zu sagen, daß sie es

für ihre Schwester brauchte. Aber dann besann sie sich anders und sah ihm flehend in die Augen. »Ich muß es haben. Andere hängen von diesem Geld ab. Andere, denen es nicht so gut geht wie Ihnen oder mir.«

»Mr. Baldwin Didier?« Er trat an seinen Tisch und nahm wieder ein Papier auf. »Ah, ja, das ist doch der Name des Gentlemen, der so freundlich war, Sie auf meiner Türschwelle abzuladen. Ist er es, dem es nicht so gut geht? Ich muß zugeben, das hätte ich nicht gedacht. Besonders nicht, nachdem er Sie im strömenden Regen an mein Geländer gebunden hat.«

Seine Worte entsetzten sie aufs neue. Sie begann wieder zu zittern, und in ihrem Inneren brannte sie vor Scham über die Demütigung ihres Onkels. Aber Didier war nicht der einzige, der für ihre Lage verantwortlich zu machen war.

Sie begegnete Sheridans belustigtem Blick. »Ich muß mein Geld haben, Mr. Sheridan. Es war unrecht von Ihnen, es mir zu nehmen, und ich schwöre Ihnen, ich werde nicht eher gehen, bis ich Sie überzeugt habe!«

»Tja, es tut mir leid, Miss van Alen von *Petrus* Stuyvesant und vom Washington Square... Sie werden sich schon etwas anderes einfallen lassen müssen, um mich zu überzeugen!« Er lehnte sich an die Ecke seines schweren Tisches.

Alana fühlte sich, als wäre sie in ein riesiges Faß Öl gefallen. Und wenn sie nicht schnell etwas zu fassen bekam, würden ihre Schwester und sie darin versinken. Impulsiv griff sie nach den seidigen Revers seines Hausmantels. »Sehen Sie, Mr. Sheridan«, flehte sie. »Es tut mir leid für Mara. Ehrlich und entsetzlich leid. Aber mein Gott! Was hat Sie nur zu so einer Wahnsinnstat getrieben? Wir haben alle Angehörige, für die wir sorgen müssen. Wir können nicht jeden einzelnen ruinieren, der sie verletzt hat!«

Zorn verhärtete seine Züge. Er sah zur Seite und sagte: »Aus irgendeinem für sie untypisch idiotischen Grund hat meine Schwester Ihre Gesellschaft für würdig befunden.« Er wandte sich wieder ihr zu, und der Rachedurst in seiner Miene raubte ihr fast den Atem. »Mara ist eine wunderschöne, warmherzige und sanfte, junge Frau. Die Knickerbocker werden sie akzeptieren, und wenn es mich meine letzte Münze und meinen letzten Atemzug kosten sollte.«

Alana war sprachlos. Sheridans wildes Bestreben, seine Schwester zu schützen, verblüffte sie. Sie begriff, daß sie vorsichtig sein mußte, wenn sie aus dem Haus dieses Mannes unbeschadet davonkommen sollte.

Sie versuchte, sich zu beruhigen und wechselte die Strategie. »Wir beide würden davon profitieren, wenn wir die Situation ändern könnten, Mr. Sheridan. Begreifen Sie das doch. Tatsache ist, daß die Knickerbocker Sie nicht mögen, und ob die Gründe dafür gerecht sind oder nicht, wir werden damit leben müssen.« Obwohl sie es nicht wollte, flehte sie ihn erneut an. »Ich bitte Sie also inständig… hören Sie auf Ihren Verstand. Sie haben mir mein Geld genommen, und ich muß es wiederhaben. Ich *brauche* es!«

Er sah auf die schmalen Hände auf seinen Revers herab, und fast hätte sie verängstigt die Finger fortgerissen. Sie spürte etwas in diesem Mann, was sie bei keinem der Männer ihres Umfelds je entdeckt hatte. Sheridan umgab eine brutale Sinnlichkeit, die vielleicht aus den niederen Gefilden kam, aus denen er sich hochgearbeitet hatte. Es war eine Ursprünglichkeit, die allerdings nichts mit der sanften Friedlichkeit der Natur zu tun hatte. Unter seinem so merkwürdigen Blick war Alana plötzlich an einen Löwen erinnert, der blutige Kämpfe um Jagdgebiete oder Weibchen ausfocht, um dem Urtrieb der Rassenerhaltung zu entsprechen. Der Ire verkörperte die dunkle Seite der Natur mit all ihrer grausamen, wundervollen Wut, und sie wußte, daß sie noch nie einer solchen Kraft begegnet war. Als er nun ihre schmalen Hände mit seinen bedeckte und mit einem leicht spöttischen Lächeln auf sie herabsah, wäre sie am liebsten weggerannt.

»Sie sind kalt wie Eis.«

»Lassen Sie mich los«, flüsterte sie, unfähig, ihm in die Augen zu schauen.

Er tat es nicht. Statt dessen starrte er auf ihr nasses Kleid und schien größtes Interesse an der Art zu haben, wie der Atlasstoff um ihre Schultern gewunden war. Ein feuriger Schauder lief ihr das Rückgrat herab. Noch nie hatte sie jemand so schamlos betrachtet, und ihr war, als würde dieser Mann durch ihre Kleider direkt in ihr Inneres sehen, wo er ihr kleines, hämmerndes Herz aufspürte.

Sie versuchte, ihre Reaktion zu verbergen, doch es gelang ihr nicht, und was er sah, schien ihm zu gefallen. Ein kleines, finsteres Lächeln erschien auf seinen Lippen, und er sagte: »Ihr Kleid ist wirklich schön, Miss van Alen. Mein Kompliment zu dieser Farbe. Es ist genau der Ton Ihrer Haut. Sie sehen fast unbekleidet aus…«

Alana errötete vom Scheitel bis zur Sohle. Wenn diese Angelegenheit nicht so wichtig gewesen wäre, hätte sie ihn für diese unverschämte Vertraulichkeit sicher geohrfeigt. »Mein Kleid steht hier gewiß nicht zur Diskussion!«

»Natürlich nicht. Wir diskutieren ja über Ihr Vermögen ... oder über den Schwund desselben!« Er zwang sie, ihn anzusehen. »Aber sagen Sie mir doch erst einmal... benehmen sich alle hochnäsigen etepetete New Yorker so drollig wie Sie? Ich meine, verlangen sie immer in durchnäßten, teuren Kleidern Wiedergutmachung? Und hinterlassen ihre Angehörigen angebunden an fremden Türschwellen? Ein interessantes Benehmen für eine hochgebildete Kulturgesellschaft.«

Wieder färbte die Verlegenheit ihre Wange rot. Sie warf ihm einen biestigen Blick zu. »Mein Onkel ist ein Schurke, Mr. Sheridan, und es müßte unter Ihrer Würde sein, mich mit seinem wahnsinnigen Verhalten zu verspotten.« Mit trockenem Mund starrte sie ihn an. Seine Hände brannten wie Feuer auf ihrer Haut, und sie fragte sich, ob es daran lag, daß sie so ausgekühlt war, oder daran, daß er eine solche Glut ausstrahlte.

»Sagen Sie mir, warum er das getan hat!«

Seine Berührung war so verwirrend, daß sie kaum flüstern konnte. »Er war betrunken. Es hat ihn endgültig verrückt gemacht, daß Sie uns ruiniert haben. Er glaubte, indem er mich demütigte, könnte er sich irgendwie rächen.«

»Und war dies auch Rachelust?« Er ließ sie los und strich mit seinem warmen Finger über die zarte Haut ihres Handgelenks. Sie folgte seinem Blick und sah die blauen Flecke, die Didier dort hinterlassen hatte. Sie bedeckte sie mit einer Hand und zeigte ihm so unwillkürlich die Male an ihrem anderen Arm.

»Bitte, Mr. Sheridan«, begann sie, wobei erneut Scham in ihr brannte.

Er wandte sich von ihren Unterarmen ab und berührte statt dessen die Wange, auf der noch die Prellung der Nacht zu sehen war, in der Didier sie geschlagen hatte. Der Puder, mit dem sie die Reste abgedeckt hatte, mußte vom Regen abgewaschen worden sein. Sie zuckte innerlich zusammen bei dem Gedanken an den Anblick, den sie diesem Mann bieten mußte. Auch wenn seine Berührung sanft war, konnte sie sie nicht ertragen. Er verdeutlichte ihr damit nur eine weitere Demütigung.

Sie schob seine Hand weg und sagte dann: »Geben Sie mir nun mein Geld wieder, Mr. Sheridan. Dann verlasse ich Ihr Haus, und Sie werden mich nie wieder sehen. Es ist keine gewaltige Summe.«

»Das weiß ich, Alana.«

Einen Moment fragte sie sich, woher er wußte, daß man sie Alana nannte. Aber da er ohnehin schon soviel von ihr wußte, machte sie sich nicht erst die Mühe, ihn zu fragen. Besiegt und erledigt, beschloß sie, ihn ein letztes demütigendes Geständnis zu machen. »Mein Onkel ist Fluch genug, Mr. Sheridan. Sie sehen also, daß Ihre Rache nicht den Effekt besitzt, den sie bei anderen vielleicht gehabt hat. Das, was man mir heute abend angetan hat, war Strafe genug. Sie müssen dem nichts hinzusetzen. Bitte geben Sie mir nun mein Geld. Ich brauche es.«

»Wenn ich es tue, wäre es doch so, als hätte ich es Ihrem Onkel gegeben.«

»Aber selbst wenn, mein Onkel zahlt schließlich für Chris…« Erschrocken hielt sie inne.

Doch seine Neugier war geweckt. »Zahlt für was?« fragte er.

Sie entzog sich ihm, doch er griff wieder ihre Hände. Sie würde ihm dennoch nichts über Christabel erzählen. Sie hatten sich so sehr bemüht, die Dinge geheim zu halten, daß er auch nichts darüber in dieser kleinen Biographie über sie gelesen haben konnte. »Hören Sie auf, mich zu quälen, Mr. Sheridan. Sagen Sie mir, was ich tun muß, um mein Geld zurückzubekommen, und ich werde es tun.« Während sie dies sagte, führten in ihrem Inneren Zorn und Scham einen erbitterten Kampf gegeneinander.

»Meine Forderungen würden Sie ganz sicher beleidigen!«

Er hielt ihrem Blick stand. Und er lächelte nicht. Jeder andere Mann hätte zumindest schmierig gegrinst. Aber Sheridan sah sie ernst an, und sein kühles Verhalten machte ihr angst. Es war nicht so, daß er sich der Bedeutung seiner Worte nicht bewußt gewesen wäre. Im Gegenteil: der kurze, heiße Blick auf die schwellenden Formen in ihrem Mieder bewies, daß dem nicht so war. Doch er war ein Meister der Verstellung. In seiner sich selbst anerzogenen Lässigkeit schien er ihre Reaktion erwartet zu haben. Was würde sie wohl am ehesten beleidigen? Seine »Forderungen« ... oder die Tatsache, daß sie von einem gewöhnlichen Iren gestellt wurden?

»Geben Sie mir mein Geld zurück«, sagte sie mit fast unhörbarer Stimme.

Ein gefährliches Glitzern erschien in seinen haselfarbenen Augen. Sie hatte keine Ahnung, was er als nächstes tun würde. Sie wußte nur, wie verletzlich sie hier vor ihm war. Und sie wußten es beide. Sie war erschöpft, ausgekühlt, durchnäßt und kurz vor dem Zusammenbruch. Er konnte alles tun, konnte alles von ihr verlangen, und wenn er es geschickt genug anstellte, würde sie es wahrscheinlich fast willig tun.

Sie unterdrückte ein Schaudern und senkte ihren Blick.

Sie sah an ihrem Kleid herab und entdeckte zum ersten Mal, wie sehr der nasse Stoff auf ihren Hüften und Schenkeln klebte und ihre Formen hervorhob. Trotz der sichtbaren Umrisse ihrer Unterwäsche und der sorgfältig drapierten Bahnen von Atlasstoff wirkte sie fast nackt.

Sie hob ihren Kopf wieder, und er sah die Verzweiflung in ihrem Gesicht. Aber als sie schon glaubte, er würde nun die Karten auf den Tisch legen und sie mit seinen »Wünschen« schockieren, tat er das Unerwartete: Er berührte sanft ihre Handgelenke und blickte wieder auf die blauen Flecke. Unglaublicherweise schien sein Herz erweicht. »Warum brauchen Sie das Geld so nötig, Miss Knickerbokker?«

Sie starrte ihn an, und Tränen glitzerten in ihren Augen. Wie konnte sie es ihm denn sagen? Wie konnte sie einem so arroganten, brutalen Mann ihr schreckliches, persönliches Geheimnis anvertrauen? Sie brachte die Worte einfach nicht über die Lippen.

Er ließ sie los und begab sich wieder an den Kamin. »Gehen Sie jetzt, Miss van Alen. Verzeihen Sie, daß ich nicht den Butler rufe, aber zu dieser späten Stunde...«

»Sie werden mir mein Geld nicht wiedergeben?«

»Ihr Geld?« Er lächelte schief. »Nein, ich werde Ihnen Ihr Geld nicht wiedergeben. Sie und Ihre Gesellschaft schulden Mara etwas für Ihr elendes Benehmen. Sie haben Ihre Strafe bekommen, also kommen Sie damit jetzt auch zurecht!«

Nun konnte sie ihren Zorn nicht mehr zurückhalten. Alana explodierte. Sie wollte ihm weh tun und schleuderte ihm das erste entgegen, das ihr einfiel. »Das wird überhaupt nichts ändern, und wissen Sie auch warum? Weil Ihr Schicksal in Stein gemeißelt ist, Mr. Sheridan. Niemand hat je Mrs. Astor von ihrer Meinung abbringen lassen, was die Vierhundert darstellen sollten. Und Sie mit Ihren schmutzigen Plänen werden es bestimmt nicht schaffen!«

Er packte sie so plötzlich und fest, daß ihre Zähne aufeinanderschlugen. »Und vor allem nicht mein schmutziges Geld. Das ist es doch, was Sie denken, richtig?!«

»Ja«, zischte sie.

»Und wenn ich anerkannt werden möchte, sollte ich besser in meine kleine, irische Hütte zurückgehen, aus der ich gekommen bin, meinen Sie das, Miss Knickerbocker?«

Ein Schluchzer in ihrer Kehle erstickte ihre Antwort. Sie verabscheute solche Auseinandersetzungen, doch dieser Mann trieb sie zur Weißglut.

Angewidert stieß er sie von sich. »Ich werde Mara in eure kleine, feine Gesellschaft bringen, das schwöre ich auf mein Grab!«

»Sie können Mrs. Astor niemals überzeugen. Ihre Regeln mögen grausam sein, aber sie sind vor allem eisern. Man muß in diese Gesellschaft hineingeboren sein. Verstehen Sie das doch!« Sie verspottete ihn nun nicht mehr, sondern versuchte, es ihm tatsächlich zu erklären. Sie verstand, welche Qual ihre Klasse verursacht hatte, aber sie fand, daß Sheridan durch die harten, herzlosen Fakten auf den Boden zurückgebracht werden mußte, egal wie sinnlos sie oder er diese Regel auch empfanden.

Doch das schien ihn nur noch unversöhnlicher zu machen. »Es gibt andere Wege, und ich werde sie finden.«

»Es gibt keine anderen Wege. Durch Heirat oder Geburt, sonst nichts!«

Er starrte sie an, als hätte er den Verstand verloren. Die Wahrheit ihrer Worte schienen ihn über das Erträgliche hinaus zu treffen. Sie erkannte, daß er nur selten mit einem derartigen Problem konfrontiert wurde. Mit einem Problem, das Geld nicht lösen konnte.

Einen kurzen Augenblick schien er fast gewillt, sie gehen zu lassen, ja, ihr sogar ihr Vermögen auszuzahlen. Er wirkte jedoch nicht besiegt. Tatsächlich konnte Alana sich nach diesem Zusammentreffen mit Trevor Sheridan nicht vorstellen, daß der Ire jemals eine Niederlage akzeptieren würde. Doch nun befand er sich in einer Sackgasse. Die gewaltige Macht, die ihm sein Geld verschafft hatte, würde dieses Hindernis nicht aus dem Weg räumen. Es gab nichts, was er gegen den Makel der Herkunft der Sheridans tun konnte. Er und seine Familie waren in dieser Gesellschaft Außenseiter, wie ungerecht und gemein dies auch sein mochte.

Ein Holzscheit zerbarst im Kamin. Ein orangener Funkenregen tanzte den Abzug hinauf, und die Flammen loderten noch einmal auf, bevor sie ihr Leben aushauchten. Alana ertappte sich, wie sie lange in die Feuerstelle starrte und wieder daran erinnert wurde, wie müde, erschöpft und ausgekühlt sie war. Plötzlich bemerkte sie, wie seltsam still der Raum geworden war. Nicht einmal das Feuer knisterte mehr, sondern erlöschte mit einem leisen, langen Zischen.

Ein Beben ging durch ihren Körper. Ohne ihn anzusehen, wußte sie, daß er sie beobachtete, so sicher, wie sie wußte, daß ihr Herz heftig hämmerte. Angstvoll und widerwillig zwang sie sich, den Kopf zu heben.

Seine nußbraunen Augen hatten einen seltsamen Glanz bekommen. Ihm war etwas eingefallen, und Alana wußte, daß das nichts Gutes verhieß. Sheridan mit seinem Talent zu Intrigen und Rache war praktisch unbesiegbar. Während er sie ansah wie ein halbverhungerter Löwe seine Beute ansehen mochte – eine Beute, die er zuvor nicht einmal als solche betrachtet hatte –, erkannte sie, daß noch mehr Probleme auf sie zukamen.

»Durch Geburt oder Heirat, sagten Sie?« fragte er, wobei sich seine Augen verengten.

»Wenn... wenn Sie glauben, ich würde einen Ehemann für Mara suchen können, dann muß ich Ihnen sagen, ich wüßte nicht wie«, stammelte sie und entfernte sich rückwärts von ihm. Das war es, was er sich vorgestellt haben mußte: Mara konnte mit einem Knickerbocker verheiratet werden. Doch das Glitzern in seinen Augen gefiel ihr immer noch nicht. Überhaupt nicht.

»Mara darf nur aus Liebe heiraten.«

»Aber wenn Ihnen etwas an ihr liegt, ist das der einzige Weg.« Sie starrte ihn an. Warum konnte seine Antwort ihre unerklärliche, überwältigende Furcht nicht mildern?

»Aber ich nicht!«

Sie schluckte, ihre Kehle war plötzlich wie ausgetrocknet. »Was? Was *Sie nicht*?«

»Wenn ich eine Knickerbocker-Frau heirate, ist Caroline Astor gezwungen, Mara zu akzeptieren.«

Alles Blut wich aus Alanas Gesicht. Sie schüttelte

sich, unfähig zu glauben, in welche Richtung seine Gedanken gingen. »Sie machen Witze. Sie denken doch nicht wirklich daran, *mich* zu fragen, Sie zu heiraten?«

Er schwieg einen Moment und sagte dann mit einem bitteren Lächeln. »Ich denke überhaupt nicht daran, Sie zu *fragen*!«

Sie hätte erleichtert sein sollen, doch sein durchdringender Blick ließ ihr den Atem stocken. »Was haben Sie vor?«

»Vielleicht wäre eine Hochzeit…« Gedankenverloren ging er zu seinem Tisch herüber. Er glättete das zerknüllte Papier und überflog noch einmal ihre Lebensgeschichte.

»Wessen Hochzeit?« fragte sie, wobei sie verzweifelt versuchte, die Panik in ihrer Stimme zu verbergen.

»Alice Diana van Alen… Juwel der New Yorker Gesellschaft… vom Washington Square und *Petrus* Stuyvesant…« Er hielt inne und schaute auf. Ihre Blicke trafen sich.

»Mein Gott, was wollen Sie damit sagen?« flüsterte sie, während ihre Seele vor Entsetzen aufschrie.

»Ich denke, ich brauche eine Knickerbocker-Frau. Ja, ich denke, das ist die Lösung dieses vertrackten Problems.«

Ihr Herz setzte ein paar Schläge aus. Sie konnte einfach nicht fassen, was er da andeutete. Schließlich stellte sie die Frage, die sie stellen mußte. »Sie fragen mich also doch, ob ich Sie heiraten will?«

»Ich frage nicht.«

Sie starrte ihn an, konnte nicht glauben, daß er seine Macht derartig mißbrauchen würde. Der Schock war so groß, daß sie ihre Worte fast nicht herausbekam. »Sie… sie *verlangen,* daß ich zustimme?«

»Können Sie sich leisten, nein zu sagen?« Er lachte beinah, während sein Blick über ihr ruiniertes, nasses Kleid glitt.

Sie wandte sich von ihm ab. Sie konnte keinen vernünftigen Gedanken fassen. Alles in ihr schien abgestorben zu sein. Es war wie ein Alptraum, und dies hier der krönende Abschluß einer höllischen Nacht. Alana mochte nicht einmal darüber nachdenken, inwieweit er seine verrückte Idee ausführen könnte, denn wenn sie sich auf die flüchtige Erfahrung verlassen konnte, die sie mit diesem Mann gemacht hatte, dann lautete die Antwort: Er würde so weit gehen, wie er wollte! Für Trevor Byrne Sheridan gab es keinen Rückzug. Allein dieser Gedanke erweckte in ihr den Wunsch, ohnmächtig zu werden und in gnädiger Dunkelheit zu versinken.

»Das meinen Sie sicher nicht ernst«, flüsterte sie entsetzt.

»Nicht?« Er nahm ihre zerknüllte Biographie auf und studierte sie mit besonderer Aufmerksamkeit.

»Das können Sie unmöglich tun«, versuchte sie es noch einmal hoffnungsvoll. Das war doch Wahnsinn. Es war einfach eine unhaltbare Idee, selbst in dieser Situation. Außerdem war er ein Papist, und sie nicht!

Er wandte sich wieder ihr zu. »Das könnte das beste Geschäft werden, das ich je gemacht habe. Jetzt verstehe ich, wie Ihr Onkel von Ihren Beziehungen profitieren konnte, auch wenn er nun am Ende alles verloren hat.«

Wieder stieg Zorn in ihr auf. Wann würde jemand endlich etwas anderes in ihr sehen als die Möglichkeit, sich mit oder an ihr zu bereichern? »Eine Hochzeit ist kein Geschäft«, bemerkte sie eisig.

Er hätte fast gelacht. »Da möchte ich widersprechen, Miss Knickerbocker. In Ihrem Grüppchen ist doch alles Geschäft, vor allem Stammbaumangelegenheiten.«

Gleich würde sie schreien. Wenn der Mann sich diesen Wahnsinn tatsächlich in den Kopf setzte, dann sah sie einen langen, harten Kampf auf sich zukommen, einen, den sie um jeden Preis vermeiden wollte. »Man hat mir beigebracht, die Ehe im Zusammenhang mit Menschen und Gefühlen zu sehen, und nicht mit Geld und Fernschreibern zu verbinden.«

»Nun, ist das zwingend?«

Seine Frage machte sie sprachlos. Doch schließlich fand sie die Worte und sagte langsam und überdeutlich: »Die Ehe wird für ein ganzes Leben geschlossen. Dabei spielen Dinge eine Rolle, die nicht mit Geschäften vergleichbar sind.«

»Zum Beispiel?« Er hob eine Augenbraue, und für einen Sekundenbruchteil konnte sie den kleinen, frechen Bengel erkennen, der er in seiner Kindheit gewesen sein mußte.

Verzweifelt suchte sie nach einer Antwort. Als sie endlich eine fand, klammerte sie sich daran wie an einen Rettungsring. »Kinder«, stieß sie hervor. »Sie sind eine Folge der Ehe und haben gewiß nichts mit Geschäft zu tun!«

Er kam zu ihr und hob ihr Kinn mit dem Finger an. Seine Berührung steigerte ihre Furcht jedoch nur noch. »Ich kann dafür sorgen, daß wir keine Kinder haben werden.«

Alana schoß ihre Augen und versuchte, sich zu beruhigen. Aber sie schaffte es nicht. »Das muß ein schlechter Scherz sein. Sie können es unmöglich ernst meinen. Wir lieben uns nicht. Wir kennen uns ja nicht einmal.«

Er lächelte bitter. »Denken Sie darüber nach, Alana. Die Ironie ist perfekt, nicht wahr? Sie entstammen dem allerreinsten Knickerbocker-Blut. Ist es da nicht nur gerecht, daß Sie das Opfer für Maras Demütigung werden?«

»Aber ich wollte zu ihrem Ball kommen, das habe ich doch schon gesagt. Mein Onkel hat mich in meinem Schlafzimmer eingesperrt.«

Seine Antwort war ein ungläubiges Grinsen, und er beendete das Thema, indem er sagte: »Wissen Sie, je mehr ich darüber nachdenkte, desto mehr gefällt mir diese Regelung.«

»Eine Ehe ist keine ›Regelung‹!«

»Unsere wird es aber sein.«

»Aber es gefällt nur Ihnen. Was ist mit mir? Ich will Sie nicht heiraten!«

»Sie wollen keinen irischen Straßenköter heiraten, ist es das, was Sie denken?«

Die Bitterkeit in seinen Worten traf sie im Herzen. Behutsam schüttelte sie den Kopf. »Es ist unwichtig, ob Sie Ire sind, Mr. Sheridan. Ich will keinen Mann heiraten, den ich nicht liebe.«

»Können Sie sich den Luxus leisten, abzulehnen? Wo ist denn die verzweifelte Frau geblieben, die ihr Geld so dringend nötig hat?«

»Warum wollen Sie dies tun? Ist Maras zukünftiger Platz in der Gesellschaft denn so wichtig, daß Sie soviel dafür opfern wollen?«

Er betrachtete sie in ihrem nassen, pfirsichfarbenen, nichts mehr verhüllenden Kleid, und der Löwe in ihm versuchte nicht einmal, seine Begierde für das, was er sah, zu verbergen. Dann sagte er langsam und gelassen: »Ich sehe kein Opfer!«

Zum ersten Mal erlebte sie, daß seine perfekte Haltung nachließ. Sie hörte den irischen Akzent in seiner Stimme, seine Aussprache bekam einen weichen, kehligen Klang, der nicht unangenehm war. Sie wollte lieber nicht über diesen Ausrutscher nachdenken, aber während er sie so schamlos in all ihrer ruinierten Pracht ansah, verbarg nichts die brennende Lust in seinen Augen. Sie verschränkte die Arme schützend vor ihrer Brust und wich wie ein verängstigtes Kätzchen zurück.

»Sie mögen es nicht, wenn irgendein hergelaufener irischer Lump Sie so ansieht, nicht wahr, Miss Knickerbocker?« quälte er sie absichtlich.

All die Jahre, die man darauf verwandt hatte, sie zum Glanz der Gesellschaft zu machen, kehrten in ihr Bewußtsein zurück. Sie setzte ihre kälteste Miene auf und warf ihm einen Blick zu, der ihm ganz genau vermittelte, was sie von seiner Art, sie anzusehen, hielt. Und es hatte nichts damit zu tun, daß er Ire war. »Ich lasse mich nicht auf diese Weise kaufen oder verkaufen, egal wie schrecklich die Umstände auch sein mögen«, erwiderte sie, wütend auf ihn, daß er sie wie eine kostspielige Hure behandelte, und wütend auf sich, daß sie bei seinem verführerischen Akzent schwach geworden war.

»Denken Sie doch einmal an den Grund, warum Sie Ihr Geld so dringend benötigen. Ist das nicht überzeugend genug?«

»Nein!« fauchte sie. Dann wanderten ihre Gedanken zu Christabel. Nein, sie konnte sich doch nicht vollständig für ihre Schwester opfern, und wenn sie sie noch so liebte. Aber als sie Christabel vor ihrem geistigen Auge in der schmutzgien Bloomingdale-

Anstalt sitzen sah, wo sie zwangsläufig hingebracht werden würde, wenn das Geld ausging, wurde ihr übel. »Nein…«, keuchte sie, und wünschte sich, ihn zu schlagen.

»Dann gehen Sie doch wieder zu Ihrem Onkel.«

»Warum tun Sie das nur? Das ist doch vollkommener Wahnsinn. Suchen Sie sich eine willigere Frau. Sie können doch jede heiraten!«

»Wenn wir Sheridans jede heiraten könnten, wären wir jetzt nicht in dieser Lage, nicht wahr?«

Sie konnte ein Stöhnen nicht unterdrücken. »Und was ist, wenn ich Ihnen nicht helfen kann? Dann hätten Sie sinnloserweise eine Fremde geheiratet.«

»Sie können helfen. Ich wette, Mara wird innerhalb eines Jahres verheiratet sein, wenn Sie sie anleiten.« Nicht ein einziges Mal flackerte sein Blick.

Alana wandte sich ab. Sie sah keine Möglichkeit, sich mit diesem Vorschlag zu arrangieren. Sie konnte unmöglich diesen Fremden heiraten und damit sämtliche Hoffnung auf zukünftiges Glück begraben. Sheridan war kein Mann für sie, war nicht der Mann ihrer Träume in dem hübschen, weißen Haus, das sie niemals ganz erreichte.

»Wir annullieren die Ehe, sobald Mara verheiratet ist. Und natürlich sorge ich dafür, daß es Ihnen niemals mehr an etwas fehlen wird«, versprach er sanft.

Einerseits war sein Angebot das Schlimmste, was ihr jemals geschehen war. Doch andererseits war es das Beste. Sie konnte sich nicht vorstellen, mit diesem rätselhaften Fremden verheiratet zu sein, und doch war der Gedanke an das Geld und die Probleme, die es lösen würde, fast zu verlockend, um zu widerstehen.

Aber sie mußte widerstehen! Diese Idee war

schrecklich und zog Dinge nach sich, die sie unmöglich alle voraussehen konnte. Er sprach von Annullierung, aber was, wenn es nicht möglich war? Sie wußte, daß eine ordentlich vollzogene Ehe nicht einfach so aufgelöst werden konnte. Sie sah ihn an, und der Gedanke an den Vollzug der Ehe ließ sie erbleichen. Und was, wenn die Trennung eine Scheidung erforderte? Sie konnte doch nicht den Rest ihres Lebens als geschiedene Frau verbringen. Die Schande, die sie damit über ihren Familiennamen bringen würde, wäre unerträglich.

Nein, sie konnte diesen Mann nicht heiraten. Selbst wenn es sie von Didier befreite und ihr ermöglichte, für Christabel zu sorgen, solange es nötig war. Sie konnte nicht!

»Es wird nicht funktionieren, verstehen Sie doch. Ich kann Mara nicht dazu bringen, sich in einen Knickerbocker zu verlieben«, flüsterte sie.

»Das brauchen Sie nicht. Ich will, daß Mara glücklich wird, und es wäre mir am liebsten, wenn sie begreift, wie hohl Ihre Gesellschaft ist. Ich vertraue meiner Schwester. Sie wird sich in den richtigen Mann verlieben, sei er nun Knickerbocker oder nicht.«

Sie konnte ihre Bitterkeit nicht verbergen. Mit bissigem Unterton fragte sie: »Und was, wenn Ihre Schwester das alles und Sie nicht mehr ertragen kann? Wenn sie sich in ein Kloster zurückzieht? Was dann, Mr. Sheridan? Sollen wir beide dann bis in alle Ewigkeit aneinandergebunden sein?«

Er lächelte und enthüllte seine weißen Zähne, die wie eine Andeutung seines Raubtierappetits wirkten. »Das hängt von Ihnen ab, Miss van Alen. Bringen Sie meine Schwester auf den richtigen Pfad, und Sie sind schneller frei, als Sie zwinkern können.«

Sie ergriff den letzten Strohhalm, den sie finden konnte. »Mein Onkel ist mein Vormund. Er muß in die Heirat einwilligen – so steht es im Testament meiner Eltern. Er wird sich kaum mit dieser verrückten Idee anfreunden. Er haßt Sie!«

Jetzt lachte Sheridan offen. »Nachdem, was er Ihnen heute abend angetan hat, habe ich keine Zweifel, daß er Sie verkaufen wird. Und das Beste daran ist, daß er mein allererstes Angebot annehmen wird, darauf könnte ich wetten. Nun, was sagen Sie dazu?«

Sie starrte ihn mit bleichem, ungläubigen Gesicht an.

Sie sagte kein einziges Wort.

6

Die nächsten Stunden waren nicht weniger schlimm als die vorherigen. Je mehr Zeit Sheridan hatte, über seine Idee mit der Hochzeit nachzudenken, desto mehr schien sie ihm zu gefallen. Alana gab sich alle Mühe, ihm Vernunft einzureden, aber sie konnte ihn nicht umstimmen. Aus irgendwelchen merkwürdigen Gründen stellte er Maras Glück vor ihrer beider Bedürfnisse. Sheridan war wild entschlossen, das ihr angetane Unrecht wiedergutzumachen, egal um welchen Preis.

Alanas Ängste wuchsen jedesmal ein Stückchen mehr, wenn sie gegen Sheridans kompromißlosen Willen prallte. Sie konnte kämpfen oder fortlaufen, aber nichts von beiden schien wirklich machbar zu sein. Sie war für diesen sturen Iren kein ebenbürtiger Gegner, und wo hätte sie triefnaß, ohne einen Penny und mitten in der Nacht schon hinlaufen sollen? Bis zum Washington Square gewiß nicht, denn dieser Fußweg nach Hause konnte sie ihr Leben kosten. New York war nie eine sichere Stadt gewesen, immer hatte es Arme und Verzweifelte gegeben, und selbst ihre elegante Nachbarschaft war nicht allzu weit von den Elendsvierteln entfernt. Natürlich wollte sie auch auf keinen Fall zu Didier zurückkehren. Sie schwor sich, daß sie, nach allem, was er ihr angetan hatte, nie mehr etwas mit ihm zu tun haben wollte. Und wenn sie diesen Iren heiraten mußte.

Langsam wurde ihr der Ernst ihrer Lage richtig bewußt. Sie hatte kaum eine Wahl. Ihr einziger Vorteil war, daß sie Zeit hatte, und sie betete, daß Sheridan den Irrsin seines Plans erkannte. Wenn nicht, wünschte sie inbrünstig, daß ihr etwas anderes einfallen würde, bevor er sie in eine Kirche Roms schleppen konnte.

Kurz nachdem sie und Sheridan in diese Sackgasse geraten waren, trat der Butler ein und führte sie wie eine zum Tode Verurteilte aus der Bibliothek. Hatte sie gehofft, draußen würde eine Kutsche warten, die sie fortbringen würde, so hatte sie sich getäuscht. Statt dessen brachte der schweigsame Butler sie in ein Zimmer im oberen Stockwerk, das einer Marie Antoinette angemessen gewesen wäre – betrachtete man zumindest die Engel, die an die Decke gemalt waren, und die rosa Einrichtung der Suite. Offensichtlich sollte sie sich hier etwas ausruhen, was ihr in Anbetracht ihrer Lage vollkommen unmöglich erschien. Doch so verzweifelt, frierend und erschöpft wie sie war, konnte sie sich kaum etwas schöneres vorstellen, als sich zu trocknen und aufzuwärmen.

Zu ihrem Erstaunen tauchte plötzlich ein Heer von Dienerinnen auf, die ihr bei ihrer Toilette behilflich sein wollten. Und Alana spürte wieder, wie der Protest in ihr hochkam. Eine ältere Frau, die sich als Haushälterin vorstellte, versuchte, sie in das pompös ausgestattete Ankleidezimmer zu drängen, wo eine französische Porzellanwanne mit dampfenden, nach Rosen duftendem Wasser stand. Doch Alana weigerte sich standhaft. Sie war weder Herrin noch Gast in diesem Haus. Es würde ihr schon schwer genug fallen, sich eine von Sheridans Decken um die Schultern zu legen, aber so weit nachzugeben und in diesem Haus zu baden, wollte sie sich keinesfalls gestatten.

Schließlich mußte sie aber dennoch aufgeben. Nicht weil sie plötzlich Sheridan vertraute oder weil ihr Bestreben, ihn zu bekämpfen, besänftigt worden war. Sondern vielmehr, weil die Dienerinnen unschlüssig und ohne etwas zu tun herumstanden und sie in ihrem schmutzigen, nassen Kleid mitleidig ansahen, als wäre sie eine heruntergekommene Göre aus der Gosse. Voller Verachtung für sich selbst sank Alana also doch endlich in die heiße Wanne, wobei ihr Stolz zusätzlich durch ein unwillentlich wohliges Stöhnen erschüttert wurde. Sie hatte sich ergeben, doch nur für diesen Augenblick, versicherte sie sich selbst. Wenn sie ihre Kräfte wieder gesammelt hatte, würde sie weiterkämpfen!

Man gab ihr ein mädchenhaftes rosafarbenes Wollkleid, das wahrscheinlich Mara Sheridan gehörte, denn es war ein wenig zu eng. Alana beschloß, es anzuziehen, bis sie ihr Kleid wiederbekam, welches sie in der Wäscherei vermutete. Als ihr Haar endlich wieder zu einem ordentlichen Knoten im Nacken gesteckt war, hockte sich Alana auf einen goldornamierten Stuhl und versuchte krampfhaft, an den enormen Rokoko-Spiegeln vorbeizuschauen. Die Spiegel logen nicht, und immer wenn ihr Blick doch in einen fiel, sah sie eine übermüdete junge Frau mit bleichem Teint und einer Prellung im Gesicht. Puder, um das Mal abzudekken, hatte sie nicht.

Erschöpft kämpfte sie gegen den Wunsch zu schlafen an und grübelte statt dessen über ihre Lage nach, bis sie die Ausweglosigkeit halb wahnsinnig machte. Aber bis ihr Kleid zurückgebracht wurde, konnte sie ohnehin nichts unternehmen, und so saß sie dort, wartete und kämpfte tapfer gegen den Schlummer an, der sie immer wieder übermannte. Sie nickte gerade zum dritten Mal ein, als die Haushälterin sie erneut ansprach. »Möchten Sie sich eine Weile ausruhen, Miss, oder soll ich das Mädchen schicken, um Ihnen Ihr Frühstück zuzubereiten?«

Alana schreckte auf und sah die Frau an. Was war denn los? Die Diener benahmen sich, als sei sie gerade eingezogen. Mißtrauisch entgegnete sie: »Bitte machen Sie sich keine Mühe. Sie haben gewiß andere Aufgaben zu erfüllen!«

»Ich habe besondere Order, mich zuallererst um Ihre Wünsche zu kümmern. Mr. Sheridan selbst besteht darauf.«

Alana war vollkommen verblüfft. Sie faßte sich aber wieder und sagte: »Könnte ich bitte mein Kleid wiederhaben? Ich muß mit Mr. Sheridan sprechen, bevor ich gehe.«

»Es tut mir leid, Miss, aber Mr. Sheridan ist momentan beschäftigt. Er trifft die nötigen Vorbereitungen für die Hochzeit.«

Alana fühlte sich, als hätte sie einen Schlag ins Gesicht erhalten. »Die Hochzeit?« wiederholte sie ungläubig. »So bald?«

»Er ist zu Ihrem Onkel gefahren.«

Heiße Panik überfiel Alana. Sheridans Starrköpfigkeit durfte nicht unterschätzt werden. Er hatte sich bereits voll in die Ausführung seines Planes gestürzt. Sie verspürte erneut den dringenden Wunsch, Sheridan zu schlagen, doch gleichzeitig wurde ihr ihre ausweglose Situation bewußt.

Alana schloß die Augen und wünschte sich inbrünstig, sie könnte dem Wunsch nach Schlaf nachgeben, um einfach aufzuwachen und festzustellen, daß alles bloß ein schrecklicher Alptraum gewesen war. Ihre Gedanken wurden noch schwärzer, als sie an Sheridan dachte. Was würde er wohl Didier erzählen? Ob er ihm Banknoten zuschob, um sie wie ein paar Aktien zu kaufen? Frohlockte er bereits über das neuerliche Gelingen seines Schachzugs, oder wartete er, bis er seine Zukünftige sah? Alana stöhnte auf. Sie wußte nur eines ganz sicher: Wenn ihr nicht in Windeseile etwas einfiel, um aus diesem Dilemma zu kommen, würde sie sich ziemlich schnell als Ehefrau dieses Mannes wiederfinden.

Der Morgen dämmerte mit einer Flut orangenem Licht über dem Washinton Square herauf. Es vergoldene die kahlen Bäume im Park und ergoß sich über die gepflasterten, öligen Straßen, bis sie wie lackiert glänzten. Der Leierkasten-Mann war bereits unterwegs und ließ seinen kräftigen italienischen Baß dröhnen, während eine gnomenhafte Alte den Rinnstein spülte und dabei eine blasphemische Version von »Amazing Grace« sang.

Das mißklingende Getöse der Stadt hatte wieder angehoben, und das Rattern der eleganten, schwarzen Kutsche, die nun vor dem Haus Nummer 38 hielt, vervollkommnete den Lärm nur um eine weitere Variante.

Sheridan stieg aus und kniff die Augen in dem leuchtenden Morgenlicht zusammen. Er warf dem einladenden Braunsteingebäude einen bitteren Blick zu und ging dann entschlossen näher. Sein Stock klickte auf den Stufen, und er betätigte die Glocke.

Ein Butler öffnete. Überrascht über den frühen Besuch starrte er auf Sheridans finstere, aufrechte Gestalt.

»Ich möchte Didier sprechen. Sagen Sie, ich warte« – Sheridan trat in die Eingangshalle, sah sich kurz um und zeigte dann mit dem Stock auf den Salon – »dort drin!«

Pumphrey hatte sich noch nie so übergangen gefühlt. Und noch nie so eingeschüchtert. Er räusperte sich und sagte dann: »Es tut mir leid, Sir, aber dies ist die van Alen-Residenz. Wenn Sie Miss van Alens Onkel zu sprechen wünschen, so müssen Sie seine Zimmer in –«

»Ich weiß, wo er seine Zimmer hat«, unterbrach ihn Sheridan gereizt. »Und ich weiß ebenso, daß er hier ist. Wahrscheinlich macht er eine Bestandsaufnahme, jetzt, wo die Herrin des Hauses nicht da ist, um ihn daran zu hindern.« Er wies mit dem Kopf erneut zum Salon. »Sagen Sie ihm, ich warte. Sofort!«

Pumphrey wollte noch etwas erwidern, besann sich nach einem langen Blick auf die Miene des Iren dann aber eines anderen. Erleichtert, gehen zu können, verließ er das Foyer.

Sheridan trat in den Salon der van Alens und blickte sich um. Der Raum war hübsch, die Möblierung teuer. Die Einrichtung zeigte jedoch, wie sehr sich die Bewohner dem Diktat der elitären Gesellschaft beugte. Nichts war *zu* neu, denn die Knickerbocker betrachteten alles Nagelneue als Höchstmaß an Vulgarität. Selbst ihren Töchtern brachte man bei, ihre neuen Kleider für ein oder zwei Saisons auf den Speicher zu hängen, als wollte man sie von dem Wunsch der neuesten Moden kurieren.

Mit leichter Verachtung setzte sich Sheridan auf die Rosenholzbank und wartete. Aber er mußte sich nicht lange gedulden. Kurz darauf erschien ein übernächtigter und bleicher Didier in den Flügeltüren. Als er Sheridan erblickte, schien die volle Erinnerung an den gestrigen Abend zurückzukehren. Didier schloß seinen Hemdkragen, strich sich seinen Bart glatt und fand schließlich den Mut, etwas zu sagen. »Wo ist Alana?«

»Warum fragen Sie?« Sheridan sah ihn unbewegt an.

»Weil sie meine gottverdammte Nichte ist, deshalb! Ich will wissen, wo sie ist!«

»Ihre Sorge beeindruckt mich, Didier. Es wird mich also mehr kosten.«

Didier erwiderte seinen Blick wie ein Hund, der plötzlich eine Ratte in seiner Hütte entdeckt. »Was soll das heißen?«

»Genau das, was ich sagte. Ich will Sie auszahlen. Ich will Ihren Segen. Ihre Nichte und ich möchten heiraten.«

Hätte man ihm gesagt, der Commodore sei gestorben und er habe soeben die Vanderbilt-Millionen geerbt, wäre Didier nicht überraschter gewesen. Seine berüchtigten blauen Augen fielen fast aus ihren Höhlen. »*Was* haben Sie gesagt?«

Sheridan blickte interessiert auf seine gepflegten Fingernägel. »Ihre Nichte, die Sie mir gestern abend auf so reizende Weise vorgestellt haben, und ich wollen getraut werden. Und wir brauchen Ihren Segen dazu.«

Erste Anzeichen von Mißtrauen verdunkelte Didiers Blick. »Was haben Sie vor, Sheridan?«

»Ich brauche Zugang in die Gesellschaft, und Alana als meine Frau wird ihn mir verschaffen. Wir heiraten nächsten Samstag.« Sheridan richtete seine dunkelbraunen Augen auf Didier und wirkte, als müßte er alle Kraft aufbringen, um sich zu beherrschen. »Das heißt... wenn wir Ihre Einwilligung haben.«

»Sie wollen mich reinlegen, nicht wahr, Sheridan?« entgegnete Didier. »Aber Sie können dabei nichts gewinnen. Es ist nämlich nach Ihrem letzten Schlag nichts mehr da. Das van Alen-Vermögen ist vollständig dahin. Ich habe keinen Pfennig mehr.«

»Wer weiß das besser als ich?« Sheridan hob eine Augenbraue und lachte.

Didier hätte am liebsten zugeschlagen, besann sich aber auf seine Erziehung.

Sheridan kam indes wieder auf das Thema zurück. »Wie auch immer, ich meine es ernst. Ich will Ihre Nichte heiraten. Aber dazu brauche ich Ihren Segen.«

Didier strich sich die eine Bartseite mit dem Knöchel, die andere mit der Handfläche glatt. Unsicher sah er Sheridan an.

»Also, bekommen wir ihn oder nicht?«

»Den Segen zur Hochzeit? Nicht ohne eine verdammt saftige Abfindung«, sagte Didier selbstzufrieden und in dem Glauben, er würde Sheridan damit in die Enge treiben.

Aber der Ire hatte nur darauf gewartet. »Wunderbar«, sagte er. »Wie schön, daß wir nun auf der geschäftlichen Ebene sind.« Er zog eine glänzende schwarze Ledermappe aus der Tasche und strich mit dem Daumen über die Banknoten darin. »Also, wieviel?«

Didier schluckte, ohne den Blick von der dicken Brieftasche abwenden zu können.

»Wieviel, Sportsfreund?«

Didier quittierte Sheridans Vertraulichkeit mit einem wütenden Blick. »Einhunderttausend Dollar.«

»So viel?« fragte Sheridan unbewegt.

»Damit Sie begreifen, daß ich mich nicht in meinem Haus von einem dahergelaufenen Irenbauern so herunterputzen lasse.«

Zornig umklammerte Sheridan seinen Spazierstock. Er riß sich jedoch zusammen und sagte ruhig: »Ich gebe Ihnen fünfzigtausend. Nicht einen Pfennig mehr. Sie sollten damit zufrieden sein. Wenn nicht, wird Caroline Astor erfahren, wo Ihre Nichte die ganze letzte Nacht verbracht hat. Dann wird sie wohl kaum mehr fünfzigtausend wert sein.«

Didier wurde blaß.

»Also schlagen Sie ein oder nicht?«

Er warf Sheridan einen giftigen Blick zu. »Noch ein Versuch, sich den Weg in die Gesellschaft freizukaufen, richtig, Irenbauer?«

Sheridan blieb gefaßt, obwohl die Wut seine Gesichtszüge verzerrte. »Fünfzigtausend, oder soll ich woanders hingehen… zu einem Anwalt beispielsweise? Der findet bestimmt Mittel und Wege, die Bestimmungen des Testaments zu umgehen.«

Didier kochte, aber auch er hielt sich zurück. Er starrte weiterhin auf die Brieftasche und ergab sich endlich seiner Geldnot. Er nickte Sheridan zu.

Der Ire ließ ihm die Mappe vor die Füße fallen. »Die Hälfte sofort, die andere Hälfte nach der Hochzeit«, sagte er.

Didier stand wie versteinert da. Mit unverhohlenem Genuß sagte er: »Ich finde, mir steht mehr Geld zu, wenn ich sie einem dreckigen Kartoffelfresser überlassen soll!«

Eine Hand rammte ihn gegen den weißen, marmornen Kamin. Sheridan kam ganz nah heran. »Hör zu, du Mistkerl«, zischte er. »Ich hasse es, Ratten wie dich zu bezahlen, aber dummerweise bin ich diesmal dazu gezwungen.« Seine Augen funkelten mordlustig, und er packte Didier am Kragen. »Oder vielleicht doch nicht?« flüsterte er. Didier wurde leichenblaß.

»Lassen Sie mich los«, sagte er heiser. Es gab genug Geschichten über diesen Mann, wie er in der Gosse aufgewachsen war und sich in einer Straßengang mit allen möglichen Betrügereien durchgeschlagen hatte. Deshalb wollte Didier Sheridans Kampftalent nicht unbedingt herausfordern, zumal der Ire ihn gegen den Kamin preßte, ohne seinen Stock auch nur aus der Hand gelegt zu haben. »Ich sagte, lassen Sie mich los«, wiederholte er, wobei seine Stimme umkippte.

Sheridan trat einen Schritt zurück. Er sah sich im Zimmer um, als wollte er sein heißblütiges, gälisches Temperament beruhigen. »An das Geld sind Bedingungen geknüpft, Didier«, erklärte er monoton. »Erstens werden Sie bei der Hochzeit auftauchen, und das sollte ein wirklich guter Auftritt werden, denn ich will, daß jeder glaubt, Sie würden diese Hochzeit billigen.«

Didier nickte widerstrebend.

»Zweitens werden Sie New York nach der Zeremonie verlassen. Sie werden keinesfalls böse Gerüchte verbreiten, ich hätte für meine Frau bezahlt.«

»Das ist lächerlich. Wo soll ich denn hingehen?«

»Zur Hölle, wenn es nach mir geht«, antwortete Sheridan mit einem furchteinflößenden Blick, und Didier nahm sich zusammen.

»Die dritte Bedingung ist die Wichtigste.« Sheridan wandte sich Didier voll zu und sah ihn an. »Nächste Woche wird Ihre Nichte meine Frau sein. Und als ihr Ehemann ist es meine Pflicht, Gefahr von ihr fernzuhalten. In diesem Sinne warne ich Sie: Wenn Sie sich ihr jemals auf eine Meile nähern sollten, wenn Sie jemals Ihre Hand gegen sie erheben, bringe ich Sie um. Ich werde Sie töten! Habe ich mich klar genug ausgedrückt?«

Didier verschluckte sich. »Wollen Sie damit sagen, ich hätte ihr etwas getan? Sie lügt, glauben Sie mir!«

»Ihre Nichte hat kein Wort gesagt. Dies ist eine Grundsatzfrage.«

»Jesus, Sie müssen verrückt sein. Sie kennen diese Frau doch nicht einmal. Was soll diese Warnung?«

Sheridan betrachtete einen Moment den Löwenkopf an seinem Spazierstock, dann sagte er mit weicher Stimme: »Gestern abend sah ich viele blaue Flecken auf der Haut Ihrer Nichte. Nachdem mein Vater gestorben war und wir nach New York gezogen waren, entdeckte ich bei meiner Mutter solche

Male. Es macht mich wahnsinnig, so etwas bei einer Frau sehen zu müssen. Verstehen Sie? *Wahnsinnig!*«

Didier befeuchtete sich nervös die Lippen. »Schon gut.«

»Fein.«

Das Geschäft war abgeschlossen, und Sheridan verließ den Salon, ohne Didier die Höflichkeit eines Lebewohls zu erweisen. Didier hob die schwarze Mappe auf und folgte ihm, während er die Geldscheine zählte. Als er fertig war, lachte er auf. Er glitt mit dem Daumen über die Ränder der Scheine und genoß das fächernde Geräusch. Selbstherrlich stand er auf den Stufen und rief Sheridan, als dieser gerade in seine Kutsche steigen wollte. »Diesmal sind Sie der Dumme, Sheridan! Ich hätte sie auch für viel weniger freigegeben.« Er drückte die Mappe an seine Brust und lachte laut.

Sheridan drehte sich nur um und lächelte. Bevor er endgültig in der Kutsche verschwand, sagte er: »Im Gegenteil, Didier. Denn wissen Sie... ich hätte auch weitaus mehr gezahlt!«

Während Didier wie vom Donner gerührt vor dem Haus stand, stieg Sheridan ein und klopfte an die Kutschwand. Der Fahrer knallte die Peitsche, und ratternd verschwand der dunkle Wagen.

7

Alana hatte noch nie in Satinlaken geschlafen. Sie hatte überhaupt nicht schlafen wollen, aber es war ihr höchst albern vorgekommen, nachdem die Diener gegangen waren, allein in dem mit Samt ausgeschlagenen Zimmer auf einem unbequemen Stuhl zu hocken. Fast widerstrebend hatte sie sich auf das Bett gelegt, wild entschlossen, nach Sheridan zu suchen, sobald das Zimmermädchen mit ihrem Kleid zurückkam. Doch nun, da sie offenbar mehrere Stunden geschlafen hatte, fühlte sie sich in der ungewohnten Umgebung noch unwohler, und die glatten Laken, die sie einhüllten, verstärkten ihr Unbehagen sogar noch. Irgend etwas war falsch gelaufen. Das Licht, das durch die Rosenmustervorhänge drang, sagte ihr, daß es bereits spät am Tag sein mußte. Das Zimmermädchen war nicht gekommen. Oder war sie eingetreten, hatte ihr Kleid auf einen Stuhl abgelegt und wieder gegangen?

Alana setzte sich auf und zog Maras Kleid zusammen, das sie nur zu gut ausfüllte. Sie sah an sich herab und entdeckte, daß sie den tiefen Schlitz im Mieder einfach nicht zubekam, so sehr sie es auch versuchte. Sie stand auf und blickte sich in dem Zimmer um, aber sie sah nirgendwo ihr pfirsichfarbenes Kleid liegen. Besorgt wollte sie gerade im angrenzenden Ankleidezimmer suchen, als die Tür der Suite aufflog. Erleichtert und sicher, daß nun das Zimmermädchen eintrat, hob Alana den Kopf.

Der Ire schritt in den Raum, als handelte es sich um einen Herrenclub. Vollkommen schockiert versuchte Alana verzweifelt, ihr Mieder zusammenzuziehen, doch sie schaffte es nicht. Maras knappes rosafarbenes Kleid ließ sich einfach nicht schließen. Alana stolperte auf der Suche nach einem Versteck zurück. Doch bevor sie noch zwei Schritte getan hatte, war der Ire im Zimmer und hatte die Tür geschlossen.

»Wie können Sie es wagen, einfach hereinzukommen, wenn ich nicht angezogen bin«, fauchte Alana, als er seinen Stock auf den Kaminsims legte und es sich lässig auf dem samtenen Sofa bequem machte.

»Ihre Kleider sind unterwegs.« Sein Blick glitt über ihren unzureichend bekleideten Körper und riß sich dann widerwillig und bedauernd von ihren Kurven los. Mit ruhiger Stimme sagte er: »Ich hatte gehofft, Sie wären nach etwas Schlaf in besserer Laune. Aber ich merke schon, daß ich mich getäuscht habe.«

»Wie spät ist es?« fragte sie, nachdem sie einen verzweifelten Blick auf seinen Dinneranzug geworfen hatte – kein gutes Zeichen.

»Fast fünf Uhr nachmittags.«

»Guter Gott!« Alana biß sich auf die Unterlippe. Nun war sie endgültig ruiniert. Sie hatte in dem Haus dieses Mannes gelegen und geschlafen, während ihr Ruf den Bach hinuntergegangen war.

Er betrachtete sie. Fast gegen seinen Willen wanderte sein Blick auf den Ausschnitt, wo ihre verschränkten Arme vergeblich versuchten, ihren Busen zu bedecken. »Niemand weiß, daß Sie hier sind, Alana. Dafür habe ich gesorgt.« Er sah weg, als wäre sie eine Art Verlockung, der er unbedingt widerstehen wollte. »Eins Ihrer Kleider – ein passenderes als das von gestern – wird herübergeschickt. Wenn Sie es haben, können Sie nach Hause zurückkehren. Ich habe… alles arrangiert, daß es möglich ist.«

»Was soll das heißen ›alles arrangiert‹?« Sie wußte nicht, wovon er sprach. Hatte er seine verrückten Hochzeitspläne inzwischen aufgegeben?

»Ich meine, daß Sie von Ihrem Onkel befreit sind. Er wird Sie nicht mehr…« Sheridan schien nach den richtigen Worten zu suchen »…nicht mehr belästigen! Er hat eingewilligt, Sie in Ruhe zu lassen.«

»Sie haben ihn also ausgezahlt?« stellte sie mit bebender Stimme fest. »Sie haben *mich* gekauft, nicht wahr? Sie denken also immer noch, daß diese Heirat stattfinden wird!«

»Sie *wird* stattfinden, ja.« Als er sie ansah, konnte sie die Tränen nicht zurückhalten, die ihr über die bleichen Wangen liefen. »Und mein Onkel hat Ihre Bedingungen akzeptiert?«

Er nickte.

Mit dem Gefühl der totalen Niederlage wandte sich Alana ab, damit Sheridan nicht auch noch die Tränen sah, die nun in Strömen fielen. Irgendwie hatte sie gehofft, daß ihr Onkel sich ihm verweigern würde. Er hatte es nicht getan, er hatte ein für allemal bewiesen, was er für ein gemeiner Schuft war. Alana fühlte sich, als hätte man ihr den Boden unter den Füßen weggezogen. Sie hätte niemals gedacht, daß ihr Onkel sie tatsächlich verkaufen würde.

»Sie sind nun besser dran!«

Sheridans Worte waren als Trost gemeint, und sie hätte schwören können, daß der weiche Akzent durchklang, ein sicheres Zeichen dafür, daß ihre Tränen ihn gerührt hatten. Aber sie wußte es ja besser. Ein Mann, der einem anderen Geld für eine Frau gab, würde sich sicher nicht von Tränen dieser Frau rühren lassen. »Ich heirate Sie nicht!« Sie wischte sich die Tränen von den Wangen und wandte sich ihm wieder zu. »Sie haben vielleicht meinem Onkel den Segen abgekauft, aber ich bin diejenige, die vor den Altar treten und schwören soll. Und das werde ich nicht tun. Und niemand in New York hat die Macht, mich dazu zu zwingen.«

»Alana, Ihr Widerstand ist bewundernswert, aber sinnlos.« Sheridans dunkle braune Augen schienen sie zu durchbohren. »Sie werden mich heiraten. Und nächsten Samstag wird Sie niemand in New York zwingen müssen, da Sie es aus eigenem und freiem Willen tun werden.«

»Nein«, entgegnete sie, und ihre Augen blitzten wie Edelsteine. Sein Vermögen mochte verlockend sein, aber Christabel umgaben schreckliche Geheimnisse. Selbst um ihre Schwester zu retten, konnte Alana sie ihm unmöglich gestehen. Es war einfach nicht möglich.

»Sie werden es tun, dafür sorge ich.«

»Bitte, das steht Ihnen frei!« Ihre Blicke trafen sich, und sie starrten sich einen langen Augenblick an, bevor Sheridan aus dem Duell siegreich hervorging.

»Ich weiß, daß Sie Geld brauchen«, sagte er mit einschmeichelnder, täuschend sanfter Stimme. »Und ich weiß, daß Sie es für etwas anderes benötigen, als nur Ihren Standard zu halten. Also warum, Alana? Sagen Sie es mir. Ich kann sehr unbarmherzig sein. Ist Ihre Unabhängigkeit es Ihnen wert, meinen Zorn zu erregen?«

»O ja, und lieber sterbe ich, als Ihnen zu erzählen, warum.«

Sie war sich sicher, daß Didier selbst bei seiner letzten, verachtenswerten Tat nichts verraten hatte. Denn bestimmt war er so gierig auf das Geld gewesen, daß er befürchtet hatte, er könnte alles verderben, wenn er Sheridan die Wahrheit über seine gefallene zukünftige Schwägerin enthüllte.

»Aber Sie brauchen dieses Geld.« Er stand auf und kam zu ihr herüber, während ihr das Klicken seines Spazierstockes auf dem polierten Boden wie eine subtile Art der Folter vorkam. »Sie brauchen verzweifelt Geld. Das sehe ich Ihrem schönen Gesicht an. Der Grund ist etwas, das über Ihre eigenen Bedürfnisse hinausgeht. Und ich glaube, wenn Sie es müßten, Liebes, würden Sie sich deswegen prostituieren!«

Ihre Selbstbeherrschung zerbrach. Sie hob die Hand, um ihn zu ohrfeigen, aber er fing sie ab, preßte den Arm an ihre Seite und zog sie rauh an seine Brust. Schließlich sagte er: »Das heißt, daß ein Mädchen wie Sie sich lieber prostituiert als einen Mann wie mich zu heiraten, ist es so?«

Sie starrte ihn an, zu wütend, um sich um ihr offenes Mieder zu kümmern und zu wütend, um irgend etwas anderes zu empfinden als den Haß auf diesen Mann.

»Los, antworten Sie schon«, drängte er verächtlich.

»Ich will Sie nicht heiraten«, preßte sie wütend heraus und versuchte, die Tränen des Zorns zurückzukämpfen. »Und zwar, weil ich Sie hasse! Sie spielen mit Menschen wie mit Schachfiguren. Aber ich bin kein Spielstein, den Sie hinsetzen können, wie es Ihnen beliebt. Ich habe einen eigenen Kopf. Und ich gehe dorthin, wo ich es will!«

»Sie brauchen das Geld, Alana«, flüsterte er in ihr dichtes Haar, während er ihren sich windenden Körper in seinem stahlharten Griff festhielt. »Sie brauchen es so dringend, daß Sie es schon schmecken können. Und wofür? Morphium? Spielleidenschaft? Habt ihr süßen, kleinen Knickerbocker dieselben üblen Laster wie wir Kanalratten? Nun, es ist mir egal, wofür Sie es brauchen. Als meine Frau werden Sie alles bekommen, was Sie ausgeben können. Sie brauchen nur diese zwei kleinen Wörtchen auszusprechen. Sagen Sie nächsten Samstag ›Ich will‹, und Sie brauchen sich niemals mehr darum zu sorgen!«

»Sie machen aus allem etwas so… *Unanständiges*!« schrie sie, und ihre Nägel zerrten an seinen Revers. Sein Angebot war so schrecklich verlockend. Sie wünschte, sie hätte ihm glauben können.

»Ich will nicht wissen, wofür Sie das Geld brauchen, Alana. Ich will Sie nur in dieser Kirche haben!«

Sie hielt einen Moment inne und dachte darüber nach. Wie wunderbar wäre es zu wissen, daß Christabels Zukunft geregelt wäre. Mit den unerschöpflichen Mitteln dieses Mannes würde sie sich nie mehr darum sorgen müssen, wie sie Christabels Pflege bezahlen sollte. Sie brauchte sich nur noch um sich selbst zu sorgen, und als sie in Sheridans harte, unerbittliche Züge blickte, überkamen sie erneut Zweifel. Seine Arme hielten sie eisern fest, ihre zierliche Statur konnte gegen seinen harten, muskulösen Körper nichts ausrichten. In dieser Position konnte sie kaum die Bedingungen einer Ehe ignorieren – ganz besonders nicht die körperlichen Pflichten. »Ich heirate Sie nicht, weil ich nicht als Ihre Ehefrau mit Ihnen leben will.«

Er schüttelte sie sanft. »Denken Sie nicht daran. Wir werden die Ehe annullieren.«

»Das kann ich nicht riskieren«, stöhnte sie an seine Brust. »Ich will nicht.«

»Sie werden es tun, süße Lady. Sie werden das Unrecht wiedergutmachen, das Mara angetan wurde, oder ich werde Sie hetzen wie einen Fuchs, so daß Sie niemals mehr eine Sekunde Frieden haben werden.« Seine Hand strich über ihr Haar und widerlegte die Grausamkeit seiner Worte.

Alana vergoß die letzten Tränen, die ihr geblieben waren. Dann hob sie den Kopf und warf ihm einen anklagenden Blick zu. Er begegnete ihrem Blick, senkte dann jedoch seine Augen, die plötzlich funkelten, als sie fanden, was sie gesucht hatten. Schreckliches ahnend tat Alana es ihm nach und sah voller Schrecken, daß Maras Kleid von dem Gerangel nun vollkommen auseinanderklaffte. Es zeigte nicht nur einen großen Teil ihres Busens, sondern offenbarte dem Mann auch eine rosige Brustwarze. »Sie haben eine Annullierung versprochen. Eine *Annullierung*!« flüsterte sie heiser, während ihre ganze Körperhaltung Furcht ausdrückte.

Die Ader an seiner Schläfe trat leicht hervor, seine zusammengepreßten Kiefer ließen jeden Muskel in seinem Gesicht deutlich hervortreten. Sie schien etwas zu verlangen, was er nicht versprechen wollte. Doch dann, ganz langsam und bedauernd, besann er sich wieder auf seine Vernunft. Er nickte und ließ sie los. Sie stolperte zurück und zerrte ihr Mieder zusammen.

»Ich halte Sie über die Hochzeitspläne auf dem laufenden. Ich werde die Nachrichten zum Washington Square schicken.« Sein Blick wanderte wieder zu ihrem Mieder, das die schwellende Brust nur notdürftig bedeckte. Doch er fuhr fort. »Das, was Ihr Onkel gestern getan hat, wissen nur Sie und ich. Daher werden Sie unbelastet von den Ereignissen nach Hause zurückkehren. Ich schlage vor, daß Sie sich zu Ihrem und meinem Vorteil für den Rest der Woche gemäß Ihrer gewohnten damenhaften Erziehung benehmen. Samstag werden wir heiraten, dann können Sie sich in aller Ruhe auf Ihre neue Rolle als meine Ehefrau einstellen.«

»Ich werde einen Ausweg finden, Mr. Sheridan. Ich schwöre Ihnen, ich werde die ganze Woche darauf verwenden, mich von Ihnen zu befreien.«

Sheridan ging zu einem kleinen grünen Schreibtischchen und nahm eine Zeitung von dem Tablett, das hineingebracht worden war, während sie schlief. Er reichte ihr das Blatt und sie las die schockierende Schlagzeile des *New York Chronicle:*

HOCHZEIT DES JAHRHUNDERTS!
WIRD MRS. ASTOR OHNMÄCHTIG?
NEW YORKER LADY HEIRATET FENIER[4]
AM SAMSTAG

Sheridan lächelte, als er ihr entsetztes Gesicht sah. »Versuchen Sie es«, war das einzige, was er sagte.

Am nächsten Tag empfing eine abgespannte und erschöpfte Alana Besucher in ihrem Salon. Sie kamen in Schüben, nachdem sie die Schlagzeile gelesen hatten, und Alana erwartete sie. Sie wunderte sich, daß ihre »Freunde« sogar noch das Frühstück abwarteten, bevor sie scharenweise bei ihr einfielen.

Didier war nicht unter den Besuchern. Dennoch würde er sich zeigen müssen. Alana hatte von Dienern gehört, daß er gezwungen gewesen war, seinen Lebensstil etwas herunterzuschrauben und vom Fifth Avenue Hotel in weniger teure Zimmer umzuziehen. Doch Didiers Belange interessierten sie wenig. Sie hatte genug andere Sorgen, und eine davon

[4]Fenier: Mitglied eines irischen Geheimbundes zum Sturz der englischen Herrschaft (1858-80)

war der nicht enden wollende Strom von geschwätzigen Gratulanten, die in aller Eile ihre Kärtchen ablieferten. Wenn Sheridan befürchtet hatte, sie könnte fliehen, so durfte er beruhigt sein: Sie wäre niemals durch die Schlange der Kutschen gekommen, die sich vor ihrem Haus breitmachten.

Natürlich waren alle Besucher unter dem Vorwand gekommen, der zukünftigen Braut ihre besten Wünsche auszurichten. Doch in den fünfzehn Minuten, die für einen formellen Besuch angesetzt wurden, versuchten alle diskret soviel Informationen wie möglich über diese überstürzte Hochzeit mit dem irischen Finanzier aus ihr herauszubekommen. Eine ältere Matrone war sogar dreist genug, sie zu fragen, ob ihr Mieder in letzter Zeit etwas enger geworden war.

Als würde sie eine Schlacht führen, wich Alana ihren Fragen wie Gewehrkugeln aus. Da sie ihnen nicht traute, konnte sie ihnen auch nicht die Wahrheit sagen. Und so verbrachte Alana den ganzen Mittwoch damit, ihre Gäste abzuwimmeln und sich mit Ausweichmanövern und Schlagfertigkeit aus der Affäre zu ziehen. Aber als am Donnerstagmorgen die Astor-Kutsche vor ihrem Haus hielt, war Alana fast zur Kapitulation bereit. Die ganze Nacht hatte sie sich herumgewälzt und versucht, einen Ausweg aus der finanziellen Misere zu finden, in die der Ire sie gestoßen hatte. Sie war am Ende mit den Kräften und den Ideen, und nun mußte sie der Frau gegenübertreten, die im Grunde daran schuld war.

Oh, ja, es war der perfekte Zeitpunkt, um die große Mrs. Astor zu empfangen.

Alana sah zu, wie Pumphrey mit Mrs. Astors Karte auf einem kleinen Tablett eintrat. Das weiße, teure

Papier war exakt in der Mitte gefaltet, was in der Sprache der Kärtchen eine Geste puren Mißfallens bedeutete. Alana starrte nur darauf, denn sie brauchte den eingravierten Namen darauf nicht erst zu lesen.

»Miss?« Pumphrey hob die Augenbrauen, während er auf ihre Anweisungen wartete.

»Schicken Sie sie rein«, sagte sie.

Caroline Astor rauschte nicht in einer Wolke von Stoff und Schmuck in den Raum, wie man es von der großen Mrs. Astor erwarten würde. Statt dessen schien sich das Zimmer für sie zu öffnen und vor ihr zu verneigen. Ihre allmächtige Erscheinung erfüllte die Umgebung, noch bevor sie einen ihrer glänzend polierten schwarzen Stiefel auf den Persianer gesetzt hatte. Durch ihre Größe wirkte sie bedrohlich und schlimmer noch – sie wußte es. Und heute wirkte sie noch größer als sonst. Sie war wie der General, der durch den Geschmack der Macht zum Diktator geworden war. Und Caroline Astor liebte diese Macht. Mit einem Wort, einer Geste konnte sie jemanden zum gesellschaftlichen Paria machen.

»Mrs. Astor«, sagte Alana ruhig und erhob sich von den rubinroten, dicken Kissen auf der Fensterbank.

»Alice, meine Liebe.« Mrs. Astor nahm Alanas Hände in die ihren und drückte sie. Sie lächelte nicht.

»War das nicht ein schreckliches Regenwetter? Ich bin froh, daß die Sonne endlich wieder scheint.« Ihre Bewegungen, die sie am vorherigen Tag durch die vielen Besucher einstudiert hatte, waren mechanisch. Alana bot der großen Dame einen der Thonet-Stühle an und läutete innerlich die Pflichtviertelstunde ein. Doch als Caroline Astor begann, ihre Handschuhe abzustreifen, setzte Alanas Herz aus.

Seit ihre Eltern gestorben waren, die eng mit den Astors befreundet gewesen waren, hatte sich Caroline Astor nie so lange bei ihr aufgehalten, daß sie es für nötig gehalten hätte, ihre Handschuhe auszuziehen. Sie tat dies nie, es sei denn, ernsthafte Umstände erforderten es. Es mußte eine Katastrophe bedeuten.

»Alice, Darling, wir haben viel zu besprechen und nicht viel Zeit dafür. Ich möchte hier nicht beim Herumtrödeln gesehen werden. Das wäre zwecklos.« Die Matrone zog eine diamantbesetzte Nadel von der Länge eines Säbels aus ihrem Hut und nahm ihre elegante ockerfarbene Kopfbedeckung ab. Darunter erschien ihr weicher, dunkelbrauner Schopf, der, obwohl Mrs. Astor um die vierzig sein mußte, kein einziges graues Haar aufwies.

›Eine Perücke‹, dachte Alana in einem ungewohnten Anfall von Gehässigkeit.

Mrs. Astor konnte Gott sei Dank keine Gedanken lesen, und so legte sie nur ihren Hut auf einem Tisch ab und kam – wie es ihre Art als Befehlshaberin war – direkt zum Thema. »Alice, mir sind die Gründe für diese Hochzeit schleierhaft. Ich muß gestehen, daß die Nachricht mich vollkommen schockiert hat.«

Alana setzte sich behutsam auf die Kante der gepolsterten Belter-Bank. Am liebsten hätte sie geantwortet, daß auch sie schockiert gewesen war. Statt dessen sagte sie mit einem unbehaglichen Gefühl: »Es kommt sehr plötzlich, ich weiß.«

»Deine Mutter war eine Schermerhorn, meine Cousine zweiten Grades, glaube ich. Habe ich recht?«

Alana nickte.

»Dann sind wir ja fast miteinander verwandt, nicht wahr?« Mrs. Astor lächelte.

Alana nickte. *Nein, nicht fast, sondern ganz bestimmt,* dachte sie, aber sie war kaum in der Stimmung, gegen die Distanz zu protestieren, die Mrs. Astor nun zwischen sie geschoben hatte.

»Alice… *Alana*!« korrigierte die Lady schnell. »So hat deine Mutter dich immer genannt, richtig?«

Alana nickte erneut, verabscheute jedoch diesen Versuch der Vertraulichkeit. Sie wollte nicht an ihre Mutter erinnert werden. Nicht heute. Es war schon drei Jahre her, doch das Feuer, das ihr ihre Eltern und gewissermaßen auch ihre Schwester genommen hatte, war in ihrer Erinnerung noch sehr lebendig.

»Sie würde nicht wollen, daß du diesen… diesen Iren heiratest, Alana. Und das weißt du.«

Die Bemerkung zerriß etwas tief in ihrem Inneren. Nein, ihre Mutter hätte es wirklich nicht gewollt, und das war der Grund, warum Alana nicht einmal die Möglichkeit in Erwägung ziehen wollte. Ihre Mutter hatte aus Liebe geheiratet, und sie hätte sicher erwartet, daß Alana dieselbe Entscheidung treffen würde.

Aber die Dinge hatten sich nicht wie erwartet entwickelt. Und als allererstes hätte sich ihre Mutter das Wohlergehen von Christabel gewünscht.

»Mutter und Vater hätten mir nicht verboten, Sheridan zu heiraten, wenn ich ihn liebte.« Alana gab Mrs. Astor die ehrlichste und gleichzeitig die absichtlich täuschendste Antwort, die ihr einfiel. Mrs. Astor würde sie nicht fragen, ob sie Sheridan liebte. Das war vollkommen nebensächlich.

Die große Dame wirkte nicht gerade glücklich. Wie

ein General, der seine Truppe neu formiert, wechselte sie den Kurs und versuchte einen neuen Anlauf. Ihr Gesicht wurde weicher, und sie nahm Alanas Hand.

»Die van Alens sind eine alte Familie!« Einer Eingebung folgend, setzte sie großzügig hinzu: »Von den echten alten New Yorkern sind nicht mehr viele geblieben. Du darfst nicht etwas so Verrücktes tun, Alana. Es wird bald keine Knickerbocker mehr geben, wenn wir uns nicht selbst erhalten. Du kennst unser Motto: *Nous nous soutenons!* Wir unterstützen uns gegenseitig! *Wir*!« bekräftigte sie noch einmal.

Alana starrte auf ihre gefalteten Hände, und das aufgestaute Gefühlsdurcheinander der letzten Tage drang plötzlich an die Oberfläche. Caroline Astor hatte all ihre Probleme verursacht. Gerade dieses Bestreben nach Selbsterhaltung und Exklusivität hatte sie in Sheridans Löwenbau getrieben. Und obwohl der Ire wahrscheinlich der hinterhältigste Schuft in diesem ganzen Dilemma war, so gab es doch noch eine Menge anderer.

Mit der größtmöglichen Überzeugung, die sie an den Tag bringen konnte, sagte Alana: »Diese Parvenus werden in die Gesellschaft eindringen… das ist eine unausweichliche Tatsache. All dieser ganze Aufruhr – wofür denn? Um etwas zu verhindern, was ohnehin geschieht? Trevor Sheridan will die Dinge bloß beschleunigen!«

Mrs. Astor ließ ihre Hände los, und ihre Augen verengten sich zu Schlitzen. »Alana, dieser Mann ist… *vulgär.*«

Am liebsten hätte Alana eifrig zustimmend genickt. Das war Sheridan ganz sicher. Unter seiner formellen antrainierten Haltung schimmerte sein Instinkt, sein triebhaftes Wesen durch, das – Alana wußte es nicht genau zu sagen – aus den Straßen oder aus seinem irischen Erbe entstammte. Ja, da war etwas, und es lauerte unter seiner Fassade wie eine gewaltige, ungezähmte Raubkatze im Käfig. »Sie meinen doch nur, daß dieser Mann Ire ist. Und das können Sie nicht tolerieren.« Alana fand es sinnlos, das Offensichtliche zu verschweigen.

Mrs. Astor schloß die Augen, als wollte sie um ausreichend Kraft beten. »Sie sind da draußen, Alana, jetzt, in diesem Moment. Soll ich sie dir zeigen?« Sie öffnete die Augen und sah Alana direkt an. »Gerade jetzt arbeiten Iren in der Mercer Street am Straßenpflaster. Sollen wir hinüberfahren? Ist es das, was du dir unter einem Ehemann vorstellst? Einen Mann, der nicht besser als ein einfacher Arbeiter ist? Ein Mann, der mit den Instinkten eines Tieres gesegnet ist? Der von einer Frau zur nächsten streunt, und mit den Beweisen seines archaischen, primitiven Triebes das städtische Waisenhaus bevölkert?«

Alana hatte überhaupt keine Lust, diesen Mann zu verteidigen. Sheridan jagte ihr so viele Ängste ein, daß sie ihn am liebsten bis in alle Ewigkeit verflucht hätte. Aber zu diesem Zeitpunkt ließ ihr Charakter nichts anderes zu. Wenn der Angriff auf Sheridan rein persönlich gemeint gewesen wäre, so hätte sie sicher applaudiert. Dieser hochnäsige, intrigante Teufel konnte gut eine Herabsetzung vertragen. Aber solange sich Mrs. Astors Kritik auf solche schwachsinnigen Argumente stützte, solange sie sich ausschließlich auf seine Herkunft bezog, mußte sie dagegen protestieren. »Trevor Sheridan ist kein Arbeiter aus den Baracken. Sie können ihn nicht mit den betrunkenden, grölenden Kerlen vergleichen, die Sie auf den Baustellen gesehen haben.«

»Nun, vielleicht ist er es jetzt nicht mehr, aber er war es einmal«, stellte Mrs. Astor fest. Ihre spitzen Gesichtszüge färbten sich dunkel vor Ärger.

»Auch die Astors waren einmal arm.« Alana hatte den Kampf nicht aufnehmen wollen, doch nun, da sie den Schlag einmal pariert hatte, konnte sie an Mrs. Astors Gesicht erkennen, daß es kein Zurück gab.

Der Zorn ließ Mrs. Astors Teint rot anlaufen. »Die Iren trinken alle!« fauchte sie.

»Knickerbocker auch – und manche sogar zuviel«, konterte Alana und dachte an die Nacht, in der ihr Onkel sie in dieses Dilemma gestürzt hatte.

Caroline Astor war keine Frau, die gern um den heißen Brei herumredete. Sie blickte Alana scharf in die Augen und sagte: »Sheridans Schwester, Mara, ist in New York geboren. Als die Sheridans in Castle Garden[5] landeten, wurde die Familie als eine Witwe mit zwei jungen Söhnen registriert. Das läßt nur einen einzigen Schluß zu.«

Obwohl sie sich bemühte, gelang es Alana nicht, ihren Schock zu verbergen. Sie konnte es nicht glauben. Mara Sheridan mit ihrem hübschen, feingeschnittenen Gesicht und ihrem unglaublich schwarzen Haar glich keinesfalls dem Bild, das sich Alana stets von illegitimen Kindern gemacht hatte. Sie dachte an das schöne junge Mädchen, das sie im Central Park vor Monaten kennengelernt hatte. Bastarde trugen keine blauen Samtcapes, die zu ihrer

[5]Castle Garden: Landeplatz der Immigranten, die dort die Aufnahmemodalitäten erledigen mußten.

Augenfarbe paßten. Bastarde, das waren die Banden aus schmutzigen Straßenjungen, die sich an der Lower East Side herumtrieben und für ihren Lebensunterhalt stehlen mußten. Das waren jene verruchten Kinder, die dafür verantwortlich waren, daß sich selbst Gentlemen nachts nicht mehr ohne Pistole auf die Straßen wagen konnten. Ganz sicher waren es keine lieblichen jungen Frauen, die in den Grünanlagen in offenen Wagen spazierenfuhren.

Aber eins begriff Alana nun: Sie wußte jetzt, warum der Ire sich fast krankhaft übertrieben um seine Schwester kümmerte. Wenn Christabel in dieser Schande geboren worden wäre, dann hätte sie, Alana, auch auf Leben und Tod dafür gekämpft, daß sie gesellschaftlich anerkannt würde. Seltsamerweise empfand sie nun Bewunderung für Sheridan. Obwohl er sich einem praktisch unbesiegbarem Gegner entgegenstellte, war er in seiner Rolle als Bruder fast ein Heiliger.

»Nicht wahr, das trifft dich?«

Mrs. Astors Stimme durchdrang Alanas Gedanken. Sie sah auf, und ihr Erschrecken wandelte sich in Zorn. »Selbst ein Bastard hat Gefühle«, sagte sie ruhig. »Selbst Mara Sheridan, mag sie auch unehelich geboren sein, hat eine bessere Behandlung verdient, als ihr ihr auf ihrem Debüt zugestanden habt.« Alana hatte sich seit Wochen gewünscht, Mrs. Astor diese Worte entgegenzuschleudern. Und auch jetzt, da ihr ganzes Leben in Trümmern vor ihr lag, tat es gut, sie auszusprechen.

»*Du* hättest hingehen können, meine Liebe. Aber leider weiß ich zufällig, daß du es nicht tatest. Und ich frage mich, ob du nicht gerade deswegen in diese Situation geraten bist.« Caroline Astors nächste Worte kamen rasiermesserscharf. »Schließlich weiß die ganze Welt, daß das van Alen-Vermögen nur eine Million beträgt. Nun, das ist fast schon Armut. Oh, ja, ich denke, Mr. Sheridan hätte euch großen Schaden zufügen können. Falls er dir dein Geld genommen hat, könnte ich mir gut vorstellen, daß du zu dieser Heirat ›überredet‹ worden bist.«

Alana unterdrückte ihre Widerworte. Sie würde niemanden davon überzeugen können, daß sie ursprünglich zu Maras Ball hatte gehen wollen. Und Mrs. Astors Darlegung ihrer Vermögensverhältnisse war, trotz der beleidigenden Form, in der sie vorgetragen wurde, eine mehr als großzügige Beschreibung. Sie hatte nirgendwo eine Million zu erben, schon gar nicht, seit Didier seine Hand auf den Konten hatte. Außerdem sagte Mrs. Astor die Wahrheit. Sheridan *hatte* ihr großen Schaden zugefügt. So stand sie also nur da, mit ihrer Weisheit am Ende, und hoffte, daß die Ältere endlich gehen würde.

Mrs. Astor blieb sitzen. »Liebes Kind, du mußt mich anhören. Ich will nicht, daß du dir dein ganzes Leben zerstörst. Du warst stets mit den anderen Vierhundert auf meinem jährlichen Januarball. Ich hatte mir sogar gedacht, daß du mir helfen könntest, den Duke of Granville zu unterhalten, wenn er kommt. Ich fühle mich in gewisser Hinsicht deiner Mutter verpflichtet, Alana. Ich muß dich retten!«

»Bitte –«, begann Alana verärgert.

»Nein, laß mich ausreden. Wenn du dich in einer Art Notlage befindest, warum heiratest du dann nicht Anson Vanbrugh-Stevens? Er ist verrückt nach dir. Seine Familie besitzt unschätzbare Verbindungen, ja er ist sogar einer der Patriarchen. Und er ist unanständig reich!«

Alana hätte gern laut aufgelacht. Anson Stevens war die übelste Wahl für einen Ehemann, die sie sich vorstellen konnte. Es stimmte, seit über einem Jahr stattete er ihr Besuche ab und hatte sie sogar schon zu einigen Abendgesellschaften begleitet, wenn ihr Onkel nicht konnte. Er sah gut aus und besaß tatsächlich all die Vorzüge, die Mrs. Astor aufgeführt hatte, aber er war nicht vertrauenswürdig. Er betrog beim Kartenspiel, und es gingen sogar Gerüchte um, daß er gegnerischen Pferden die Sehnen durchschneiden ließ, um beim Rennen zu gewinnen. Die Vorstellung, sie müßte ihm in ihrer Hochzeitsnacht sagen, sie habe eine irre Schwester in Brooklyn, war einfach lächerlich. Der einzige Grund, warum sie seine Begleitung ertrug, war der, daß er ihr niemals Fragen stellte. In der ganzen Zeit, die sie ihn kannte, hatte sie noch niemals erlebt, daß sich die Unterhaltung weit von seinem Lieblingsthema entfernte – von sich selbst nämlich. Die Welt drehte sich um Anson Vanbrugh-Stevens, und mochte das bei einem Verehrer noch akzeptabel sein, für einen Ehemann reichte es bestimmt nicht! Alana verbiß sich ein Lächeln. Anson war in seinem Reichtum und seinem Luxus so geborgen und behütet, daß er wahrscheinlich in Ohnmacht fallen würde, wenn man ihm sagte, er müßte sich die Schuhe selbst zubinden. Die schreckliche Wahrheit über Christabel würde ihn wahrscheinlich umbringen.

»Ich kann Mr. Stevens nicht heiraten…«, setzte Alana an.

»Du mußt es tun! Warum bist du immer so kühl zu ihm? Er liebt dich wirklich!«

Wieder mußte Alana ein Lachen unterdrücken. Anson Stevens liebte sie in derselben Art, wie er seine Pferde liebte. So ekelhaft wie Sheridans Angebot auch sein mochte, sie brauchte sich bei ihm jedenfalls keine Illusionen zu machen. Die Fronten waren klar. In dieser Ehe würde sie sich nicht irrtümlich für die Frau des Hauses halten, während sie in Wirklichkeit knapp unter dem Stand der Rennpferde rangierte.

»Alana, werde endlich vernünftig.« Mrs. Astor stand auf und machte Anstalten, nach Hause zu gehen. »Die Ehe mit diesem Iren ist einfach lächerlich. Du wirst ihn am Samstag nicht heiraten, und das ist endgültig. Wenn du jemanden benötigst, schicke ich dir an dem Tag Mr. Stevens vorbei.« Sie setzte ihren ockerfarbenen Moiré-Hut in einem eleganten Winkel auf und steckte ihn mit der diamantenen Hutnadel fest. »Diese Leute kennen ihren Platz nicht. Es ist Zeit, daß wir sie entschieden in ihre Schranken verweisen. Unsere Familien haben tiefe Wurzeln in Manhattan, und wir können nicht zulassen, daß diese verunreinigt werden.«

Alana starrte sie an, und fragte sich plötzlich, was diese große, stattliche Frau wohl tun würde, wenn sie von Christabel erführe. Eins war jedoch sicher: Mr. Astors Beziehung zu Alanas Mutter würde so schnell und so tief vergraben werden, daß selbst ein Goldgräber sie nicht mehr würde finden können.

»Hast du mich verstanden, Alana?«

Alana hörte sie kaum. Sie grübelte erneut über Sheridans Vorschlag. Wenn er ihr ihre Geheimnisse ließ, könnte es wirklich wunderbar einfach werden. Sie würde über die erforderlichen Mittel zur Pflege Christabels verfügen, ohne mit Fragen belästigt zu werden. Und er bekäme Zutritt in eine kranke Gesellschaft, in der selbst sie nichts Erstrebenswertes entdecken konnte.

»Du wirst also am Samstag diesen Iren nicht heiraten?«

Und wahrscheinlich würde es gar nicht so lange dauern, Mara gut unterzubringen. Sie war Irin und noch sehr jung, aber sie hatte ein einnehmendes Wesen und war außergewöhnlich hübsch. Außerdem waren die Knickerbocker-Männer weit weniger von Stammbäumen besessen als ihre Frauen.

»Du bist verrückt, Kind, wenn du glaubst, ein solcher Emporkömmling könnte jemals etwas Vernünftiges zustande bringen.«

Nach einiger Zeit könnten sie und Sheridan die Ehe in aller Stille annullieren lassen. Dann konnte sie nach Brooklyn in ein kleines Landhaus ziehen, davon hatte sie immer geträumt. Sie konnte in der Nähe ihrer Schwester leben und all diesen Dingen entfliehen.

»Du wirst ihn nicht heiraten. Ich verbiete es dir.«

Alana sah auf, ihr Gesicht war so blaß und so schön wie Alabaster. Sie schwieg einen Moment, denn sie konnte kaum glauben, welche Entscheidung sie schließlich getroffen hatte. Langsam sagte sie: »Sie müssen wissen, Mrs. Astor, daß ich die Situation sehr gründlich überdacht habe, und ich finde, es gibt für mich keine andere Möglichkeit, als Mr. Sheridan zu heiraten.«

»Du bist wahnsinnig. Das tust du nicht!«

Alana lächelte bitter. »Dann liegt der Wahnsinn bei uns in der Familie.«

Diese Anspielung verstand Mrs. Astor natürlich nicht. Sie warf Alana einen Blick zu, der deutlich besagte, daß niemand mit ihr in diesem Tonfall sprechen durfte, und ohne ein weiteres Wort rauschte sie hinaus. Alana sah ihr nach, und nur ein Gedanke beherrschte sie: Sie ging, und die Sache war besiegelt. Das bedeutete echten Krieg!

Terms of surrender/
Zeit der Aufgabe

Späte Essen...schwere Weine...gedämpfte Stimmen...sind gefährlich.

– Junius Browne, *The Great Metropolis: A Mirror of New York (1869)*

8

Keine zehn Minuten nachdem Mrs. Astor gegangen war, trat Pumphrey in den Salon und teilte ihr mit, daß Mr. Sheridan ein paar Kleinigkeiten für die Hochzeit geschickt hatte. Alana begann sich zu fürchten, denn es sah fast so aus, als ob der Ire Gedanken lesen konnte. Ihr blieb kaum Zeit, ein paarmal tief durchzuatmen, als auch schon eine Armee von Botenjungen die Eingangshalle stürmte und Einkäufe der *Ladies Mile* am Broadway abluden. Da gab es Ellen von cremeweißem Atlasstoff von *Arnold Constable* und Lyoner Spitze von *A. T. Stewart's,* aus denen ihr Hochzeitskleid gefertigt werden sollte. Die komplette Aussteuer »A«, bestehend aus einundfünfzig Wäschestücken und Negligés, kam von *Lord and Taylor,* von *Dreicer* auf der Fifth Avenue war eine vollständige Smaragdgarnitur geschickt worden – und um sie endgültig zu beleidigen, wurde ihr ihr Verlobungsring von Mr. Tiffanys Geschäft am Union Square nicht von ihrem Bräutigam, sondern durch einen bewaffneten Kurier übergeben.

Stumm beobachtete Alana, wie Pumphrey die Jungen anwies, wo die Sachen abzulegen waren. Doch gerade als das erledigt war, klingelte es erneut an der Tür, und Pumphrey verkündete die Ankunft von Madame LaBoeuve, der Schneiderin von James

McCreery, der ihr Hochzeitskleid nähen sollte. Ihr auf dem Fuße folgte ein Lakai in der grünschwarzen Sheridan-Uniform, der eine Nachricht von dem Iren persönlich brachte.

Alana nahm Pumphrey den Brief ab und zog sich in den Salon zurück. Sie wollte nicht, daß jemand ihr Gesicht sah, wenn sie ihn las. Denn natürlich würde der Inhalt sie wieder einmal entsetzen. Langsam öffnete sie den Umschlag und las:

Miss van Alen,
ich möchte, daß Sie heute abend mit mir bei *Delomonico's* zu Abend essen. Lorenzo Delmonico wird Ihnen meinen Tisch zeigen. Seien Sie um sechs Uhr abends dort. Wir haben viel zu besprechen.

Trevor Sheridan

PS: Tragen Sie meinen Ring.

Voller Zorn schloß sie die Augen. *So bekomme ich jetzt also meinen Marschbefehl,* dachte sie wütend, während sie den Brief zerknüllte. Schon das Postskriptum machte sie wütend genug, daß sie das Papier in winzige Fetzen riß und sie unter ihrem Schuh zertrat. Natürlich meinte er den Verlobungsdiamanten, der reizenderweise durch den letzten Boten geliefert worden war. Wie eiskalt logisch konnte er denken; sie sollte den Ring in der Öffentlichkeit tragen, damit sie ganz deutlich als Sheridans Eigentum gekennzeichnet war.

Ihr Entschluß, ihn zu heiraten, geriet ins Wanken. Caroline Astor war nicht mehr da, um Alana aufzustacheln, und nun erschien ihr der Gedanke, sich an den Iren zu binden, schlichtweg schwachsinnig. Die Geschwindigkeit und die Art, mit der er sie zu manipulieren versuchte, war beängstigend. Mochte sie auch kurz vorher noch mit der Idee geliebäugelt haben, so ließ sie dieser Nachsatz im Brief nur noch rotsehen.

»Pumphrey«, sagte sie, als sie die mit Paketen angefüllte Eingangshalle durchquerte. »Lassen Sie das Coupé gegen halb sechs draußen warten. Ich muß heute abend weg.«

»Jawohl, Madam.« Pumphrey verbeugte sich mit seiner professionellen, ausdruckslosen Miene.

Alana entließ ihn mit einem Nicken und ging die Treppe zu ihrem Schlafzimmer hinauf. Sie wollte nicht zu spät zum Dinner erscheinen... zumal sie diesen protzigen Ring garantiert nicht tragen würde.

***

Das braune van-Alan-Coupé bewältigte die kurze Strecke über die Fifth Avenue in ruhiger Knickerbokker-Manier. In ihrem Wagen verborgen, sah Alana die gußeisernen Geschäftsfronten und die Marmorpaläste an sich vorbeigleiten, die im kühlen Zwielicht des Frühlingsabends in hellem Violett leuchteten. Es war ein angenehmer Anblick, denn die Fifth Avenue war bisher von dem enervierenden Netz der Telegraphendrähte verschont geblieben, die den Broadway verunstalteten. Doch Alana bemerkte kaum, als die Kutsche an der Vierzehnten Straße rechts in Richtung Union Square einbog. Ihre Gedanken waren bereits bei dem Iren.

Das Coupé hielt vor dem alten Grinnell-Anwesen, wo einst der frühere Besitzer des berühmten Clippers *Flying Cloud* gelebt hatte. Nun residierte hier *Delmonico's* mit seinen klaren, weißrot gestreiften

Markisen konkurrenzlos als *das* Restaurant in New York. Das Etablissement war zur besten Adresse der Gesellschaft geworden, wo Familientreffen, Versammlungen und Feste, ja, sogar Ward McAlisters Erfindung, der Patriarchenball, abgehalten wurden. Ein steter Strom von Berühmtheiten ging durch diese Türen, und Alana hatte dort schon oft gesessen, war jedoch immer in Begleitung eingetreten. Dieses Mal mußte sie allein hinein, und sie konnte einen Schauder des Unwohlseins nicht unterdrücken, als der Fahrer ihr aus der Kutsche half.

Der Besitzer und Empfangschef, Lorenzo, erkannte sie natürlich auf der Stelle. Er war ein freundlicher Mann mit dünnen Koteletten und schütterem Haar. Nun sagte er mit einer höflichen Verbeugung: »Wie schön, daß Sie uns heute abend beehren, Miss van Alen. Erlauben Sie mir, Ihnen Ihr Cape abzunehmen, dann führe ich Sie an Ihren Tisch.«

Alana lächelte und nickte. Sie hätte den Mann gerne persönlicher begrüßt, aber aus einem unerfindlichen Grund traute sie ihrer Stimme nicht mehr, seit sie eingetreten war.

Lorenzo nahm ihr ohne weitere Formalitäten ihr kaffeefarbenes Abendcape ab und reichte es einem bereitstehenden Diener. »Bitte erlauben Sie, daß ich Sie begleite, Miss van Alen. Mr. Sheridan wartet im privaten Salon.«

»Ein privater Salon?« Alanas Herz setzte fast aus. Damit hatte sie nicht gerechnet! Sie hatte an einen öffentlich sichtbaren Tisch gedacht, wo er den Ring zur Schau stellen konnte, den er an ihrem Finger erwartete.

Schon wieder hatte er ihr den Boden unter den Füßen weggezogen. Vielleicht war es nur logisch, daß er einen abgeschlossenen Raum gewählt hatte. Ohne Zweifel war er auf ihre Ablehnung vorbereitet. Sie hatten tatsächlich viel zu besprechen, und dies in aller Öffentlichkeit zu tun, würde schwierig sein. Aber Alana mußte sich eingestehen, daß ihre Versuche, Sheridans Verhalten zu erklären, selbst in ihren Ohren falsch klangen. So wie sie ihn bisher kennengelernt hatte, konnte sie erst mit Bestimmtheit sagen, was er vorhatte, wenn es tatsächlich soweit war. Aber eines wußte sie sicher: Der Gedanke daran, mit Sheridan in einem dieser luxuriösen, verschwenderisch möblierten und dekadenten Räume, wovon nur hinter Fächern im Flüsterton gesprochen wurde, allein zu sein, weckte in ihr einen Fluchtinstinkt.

»Ich weiß, daß Mr. Sheridan Sie bereits mit großer Freude erwartet.« Lorenzo schenkte ihr ein freundliches Lächeln, das sie getröstet hätte, wäre ihr nicht aufgefallen, wie der Patron auf ihre Hände sah. Er suchte offenbar einen Ring oder ein anderes vielsagendes Zeichen, das den Klatsch und die Zeitungsberichte bestätigte, daß eine Knickerbocker sich tatsächlich herabließ, einen gewöhnlichen Iren zu heiraten. Als er nichts fand, schien er enttäuscht – als würden in der Küche eine Armee Verwandter und Freunde warten, die nur auf seinen Bericht gewartet hatten.

Alana verbarg die Hände in ihrem Kleid und starrte ihn an. Lorenzo Delmonico besann sich augenblicklich wieder auf die Etikette der großen Speiselokale, nahm sich zusammen und bot ihr charmant seinen Arm. Alana nahm ihn widerwillig, denn sie wußte, sie mußte Sheridan gegenübertreten, und wenn nicht hier, dann an einem anderen Ort, wo wahrscheinlich mehr Leute anwesend waren.

Sie durchquerten zuerst den Hauptraum mit seinem Publikum, dem Zigarrenrauch, Stimmen und Lachen. Dann hallten ihre Schritte in dem gewaltigen, nun geisterhaft leeren, pompösen Ballsaal, bis sie zu einer Treppenflucht gelangten, die mit rubinroten Teppichen ausgelegt war. Oben öffnete er ihr eine schwere, verzierte Tür aus Walnußholz, und der berüchtigte Trevor Sheridan stand auf, um sie zu begrüßen.

Sein Blick traf ihren, und wieder war sie gefangen von seinen ungewöhnlich dunklen Augen. Nun schienen sie sogar noch härter als sonst, und ängstlich drehte sich Alana nach Lorenzo um. Dieser aber hatte bereits den Raum verlassen und zog die Tür hinter sich zu.

Alana atmete tief ein und wandte sich wieder Sheridan zu. In seinem schwarzen Frack sah er unglaublich gut aus, und der gestärkte Hemdkragen betonte seine maskulinen Züge nur noch mehr. Die weiße Fliege war lange genug außer Mode, um Sheridans Geschmack zu beweisen, und wenn die Umstände anders gewesen wären, hätte Alana gewiß das Zusammensein mit diesem höchst erfreulichen Exemplar der Männerwelt genossen. Doch leider konnte sie die Umstände nicht vergessen, und als sie nun sein entschlossenes Gesicht betrachtete, wußte sie plötzlich, warum William Astor ihn stets nur mit seinem Spitznamen, ›den Raubvogel‹, bezeichnet hatte.

»Sie sehen wundervoll aus, wenn ich das bemerken darf, Miss van Alen«, begann er. Sein Blick glitt schnell, aber gründlich über ihre Aufmachung. Er schien jedes Detail in sich aufzunehmen: ihr Abendkleid aus leuchtendem, grünen Taft, ihr elizabethanisches Mieder, das mit kleinen schwarzen Chenille-

Bällchen gesäumt war, ihr Busen, der diskret mit einem Collier aus goldgefaßtem, schwarzen Bernstein geschmückt war – ein ungewöhnliches Stück, das eher zu Trauerkleidung paßte.

Sein Blick blieb an der Kette haften, bis sie sie nervös mit einer Hand bedeckte. Als sie sich am Abend eingekleidet hatte, fand sie das Schmuckstück in Anbetracht ihrer Situation höchst passend. Er schien ihre Absicht zu begreifen, doch er lächelte nicht, sondern sah auf ihre linke Hand. Wie vorauszusehen war, fragte er: »Wo ist Ihr Ring, meine liebe Verlobte?«

Sie öffnete ihre gefütterte Börse und griff hinein. Sie fand seinen Ring, trat vor und legte ihn auf das weiße Leinentischtuch.

Sheridan runzelte die Stirn. »Warum tragen Sie ihn nicht am Finger?«

»Ich denke, das ist offensichtlich.«

Unter seiner ruhigen Fassade zeichnete sich Ärger ab. »Ich verstehe.«

»Ist unsere Geschäftsbeziehung dann beendet?« Sie sah sich in dem Salon um, der in Sheridans Gesellschaft immer enger zu werden schien. Sie wollte fort.

»Da Sie schon einmal hier sind, Miss van Alen, warum essen wir dann nicht zusammen?« Er lächelte und ein Schauder böser Vorahnung lief ihr Rückgrat hinunter.

»Ich glaube nicht, daß –«

»Ich sehe daran nichts Schlimmes.«

Sie sah ihn an und dachte an ähnliche Worte, die er gesprochen hatte. »Ich sehe kein Opfer«, hatte er damals mit seinem weichen Akzent gesagt und ihr einen Einblick in sein wahres Ich gestattet. Aber diesmal hörte sie keinen Akzent. Diesmal erlaubte er es ihr nicht.

»Nein, wirklich nicht. Ich habe Sie schon genug Zeit gekostet.« Sie schloß ihre Tasche und sah zur Tür.

»Vielleicht könnte ich die Rückgabe Ihres Vermögens erwägen. Würden Sie dann mit mir essen?« Er stand nun dicht neben ihr, und Alana trat von seiner Größe eingeschüchtert zurück. »Sie geben es mir wieder?«

»Vielleicht. Reden wir darüber.«

Er bot ihr einen Stuhl am Tisch an, und in Alana klingelte eine Alarmglocke. Aber der Gedanke an ihr Geld war zu verlockend. Sie setzte sich langsam, wobei sie vorsichtig darauf achtete, nicht ihr Kleid zu zerknittern.

Er nahm ihr gegenüber auf einem burgunderfarbenen Sofa Platz, das so lang wie der ganze Raum war. Es gab auch goldverzierte Ottomanen, und Alana begriff endlich, warum Mrs. Varick diese Privatzimmer bei *Delmonico's* einmal als kleine Bordelle bezeichnet hatte. Die Salons ließen sich für jede Art intimer Treffen nutzen.

»Sie sehen wirklich ganz bezaubernd aus heute abend, und das ist die Wahrheit!« Seine Stimme unterbrach ihre Gedanken. Sie sah zu ihm und entdeckte das kleine Lächeln auf seinen Lippen. »Jetzt verstehe ich, warum die Knickerbocker Sie in höchsten Tönen loben. Sie haben alles, was sie gerne besitzen möchten. Sie sind schön, intelligent und beängstigend gut erzogen. Was kann man sich noch mehr von einer jungen Frau wünschen?«

»Geld zum Beispiel, und leider Gottes habe ich dank Ihnen nichts mehr davon.«

»Sie könnten mehr davon haben, als Sie sich jemals erträumt haben, wenn Sie mich heiraten würden. Ich besitze mehr als die meisten anderen.«

»Ihr Vermögen ist in New York berüchtigt, Mr. Sheridan.«

»Trevor. Ich heiße Trevor.«

Sie zögerte, gab dann aber doch nach – vielleicht war sein dunkler Blick plötzlich zu verführerisch. »Trevor«, sagte sie weich.

Das schien ihm zu gefallen. Ein flüchtiges Lächeln huschte über sein Gesicht, und zufrieden breitete er die Serviette auf seinem Schoß aus.

Seine Selbstgefälligkeit ärgerte sie. Sie beschloß, ihm seine Hoffnungen ein für allemal zu zerstören. »Ich werde Sie nicht heiraten!« Sie sah ihm direkt in die Augen. »Sie haben mir sehr viel Sorgen bereitet, Mr. Sher–... Trevor!« Um ihre Aussage zu bekräftigen, ließ sie den großen Tiffany-Ring auf das goldene Tablett auf dem Tisch fallen. Es klickte metallisch.

Er lächelte immer noch, aber seine Augen wurden eisig. »Gefällt der Ring Ihnen nicht? Er hat mich fünftausend gekostet.«

»Fünftausend ist eine unanständige Summe für einen Ring, Mr. Sheridan, und die Unverschämtheit, mir den Preis mitzuteilen, wird nur noch von der Art übertroffen, wie er mir gebracht wurde.«

Das Faß begann überzulaufen. »Sie dürfen meinen Reichtum kritisieren, Miss van Alen, aber ich möchte gerne wissen, wie Sie sich in einem Moment fühlen, wenn Sie dieses reizende Kleid an den Lumpensammler verkaufen müssen.«

Alanas Miene wurde traurig, doch es lag weder an dem Verlust ihres Familienbesitzes noch an dem ihres Kleides. Sie dachte an Christabel. »Ich habe Verehrer, Mr. Sheridan. Ist Ihnen noch nie der Gedanke gekommen, daß ich einen von ihnen heiraten könnte, wenn ich Geld brauchte?«

Sein Lächeln munterte sie nicht auf. »Ja, ich habe von Ihren Verehrern gehört, Miss van Alen, besonders von diesem Stevens-Burschen. Und ich sage Ihnen was... in dem Augenblick, in dem Sie ihm ›Ich will‹ zuflüstern, habe ich diesen Mann ruiniert.«

Alana erbleichte. Der Gedanke, Anson zu heiraten, war indiskutabel, aber es entsetzte sie, daß Sheridan ihr jeden Ausweg versperrte. Vielleicht war es das Beste für Christabel, wenn sie ihn heiratete, und bei dem Besuch von Mrs. Astor war sie ohnehin praktisch überzeugt gewesen. Aber jedesmal, wenn sie daran dachte, die wahnsinnigen Pläne dieses Mannes zu akzeptieren, mußte sie nur in seine dunklen, rachsüchtigen Augen sehen, um zu wissen, daß sie so eine Dummheit nicht begehen durfte. Es war falsch, ganz falsch. Mochte ihre Vernunft auch ja sagen, ihr Herz rebellierte. Sie liebte diesen Mann nicht. Und er war gefährlich.

»Ich muß gehen«, flüsterte sie.

Sie wollte sich gerade erheben, als er über den Tisch griff und ihre Hand packte. »Hören Sie zu. Sie bekommen mehr Ärger, als Sie sich vorstellen können, wenn Sie sich weigern. Dafür werde ich sorgen!«

Sie wollte ihm ihre Hand entziehen, aber er ließ sie nicht los. »Nein, hören Sie *mir* zu, Mr. Sheridan. Ich habe bereits mehr Ärger, als *Sie* sich vorstellen können. Sie brauchen nicht noch mehr zu veranstalten.«

»Bleiben Sie.« Er hielt sie fest.

»Lassen Sie mich los.« Sie sah ihn nur an.

Höchst widerwillig löste er schließlich seinen Griff.

Dann riß er sich zusammen und sagte schließlich: »Wenn Sie jetzt mit Ihren geröteten Wangen durch das Restaurant laufen, wird es nur noch mehr Klatsch geben. Die Leute werden denken, ich hätte Sie verführt.«

Alana wirbelte herum. Aber er hatte ja recht! Niemand unten würde es sich entgehen lassen, über ihre Flucht von *Delmonico's* Gerüchte zu verbreiten. Es würde heißen, Sheridan hätte Leidenschaft in ihr geweckt, und das war das letzte, was sie wollte.

Sie setzte sich wieder, ihre Augen sprühten vor Zorn. Das Schweigen wurde so bedrückend, das Alana froh war, als ein Kellner eintrat, um ihnen das Essen zu servieren. Das Fleisch war köstlich, die Saucen mild, aber geschmackvoll, doch Alana hätte ebensogut Schuhsohlen kauen können, so wenig Gefallen fand sie an dem Dinner. Als Dessert gab es eine Variation von Eiscreme, doch der Kellner mußte es unberührt und schließlich geschmolzen wieder mitnehmen.

Als sie endlich wieder allein waren, stand Sheridan auf und ging zu einem Tischchen hinüber, auf dem eine Karaffe mit Brandy und zwei Gläser standen. Er schenkte ein und stellte ein Glas vor sie. Als sie sah, daß er nun erst sein Glas holen mußte, wunderte sie sich erneut, warum er für die kurze Strecke seinen Stock benutzte.

Endlich setzte er sich wieder und legte seinen Ebenholzstock quer über den Tisch. Der goldene Löwenkopf schimmerte weich im gedämpften Licht, und Alana mußte wieder an den Vergleich mit dem Raubtier denken.

»Miss van Alen, ich hatte vor, dies alles möglichst ruhig zu regeln. Aber je mehr Sie sich weigern, desto mehr Tricks muß ich anwenden.« Er nahm einen Schluck aus seinem Glas und verzog das Gesicht ein wenig, als würde ihm der Geschmack nicht recht zusagen. »Nun bin ich am Ende meiner Weisheit. Ich muß Sie entweder überzeugen, mich zu heiraten, oder aber meine Pläne als durchkreuzt ansehen. Gibt es irgendeine Möglichkeit, daß wir uns einigen, ohne weitere geschmacklose Mittel anwenden zu müssen?«

Seine Worte waren absichtlich unheilverkündend, und sie verfehlten ihre Wirkung nicht: Alanas Furcht wuchs. Doch sie erzeugten nicht den gewünschten Effekt. Sie nahm all ihren Mut zusammen und sagte ruhig, aber bestimmt: »Sie können nicht einfach über mein Leben bestimmen, als würde es Ihnen gehören. Sie hatten kein Recht, es mir nach Maras Enttäuschung zu ruinieren, und Sie können es auch jetzt nicht dazu benutzen, Ihr Ziel zu erreichen. Es wird nicht leicht für mich werden, nachdem Sie mir soviel angetan haben, aber irgendwie werde ich es schaffen. Irgendwie wird es mir gelingen, mein Leben weiterzuleben. Ich wünsche Ihrer Schwester alles Gute, Mr. Sheridan, denn sie ist ein reizendes Mädchen, und ich wollte nicht, daß sie so verletzt werden würde. Ich verstehe vieles jetzt besser, und ich finde es bemerkenswert, wie sehr Sie sich um sie sorgen und Sie beschützen wollen. Sie sind ein wundervoller Bruder, daß Sie soviel für sie tun, aber ich lasse nicht zu, daß Sie auf meine Kosten fortfahren.«

Er hörte ihr zu, während sein Finger über den Rand seines Glases glitt. Als sie fertig war, schien er ernsthafte Mühe zu haben, sich auszudrücken. »Alana – ich will Sie so nennen, weil Sie bald meine Frau sein werden –, ich bin nicht an Mißerfolge gewöhnt.« Er hielt inne und zog eine goldene Uhr aus seiner Westentasche. Er sah aufs Zifferblatt und steckte sie dann wieder ein. »Es ist jetzt zehn Uhr. Um halb elf wird ein alter Priester von St. Brendan kommen. Ich habe vor, ihn dazu zu bringen, uns heute abend hier zu trauen. Ich habe ihm gesagt, daß ich Sie entweder sofort heiraten werde, oder aber Sie heute abend ohne den Segen der Kirche in meinem Bett haben werde.«

Alle Farbe wich aus ihrem Gesicht. Heftig stand sie auf, und ihr Stuhl fiel hinten über. »Das... das können Sie nicht tun!«

»Doch! Wir heiraten am Samstag offiziell und öffentlich in St. Brendan, und um sicherzugehen, daß Sie dort sein und ja sagen werden, muß ich Sie heute nacht zu meiner Frau machen.« Sheridan sprach sehr ruhig. »Sie sehen, ich habe an alles gedacht.«

»Das haben Sie nicht!« schrie Alana und packte die Tischkante, als brauchte sie Unterstützung. »Was tun Sie denn, wenn ich trotzdem am Samstag nicht auftauche? Ich kann Sie immer noch vor allen Leuten demütigen, und wenn Sie mich zu irgend etwas zwingen, werde ich genau das tun!«

»Sie würden sich als meine Frau ebenso demütigen, vergessen Sie das nicht. Wenn Sie am Samstag nicht erscheinen, werde ich einfach verkünden, daß wir nicht warten konnten und heute hier geheiratet haben.«

Dieser Schlag war zu gewaltig gewesen. Sie ließ sich langsam auf das Sofa nieder und führte ihre zitternden Finger an ihre Lippen. »Es wird doch ohnehin niemand zu der Hochzeit erscheinen. Das wissen Sie. Wenn sie nicht zu Maras Debüt gekommen sind, warum sollten sie Ihrer Hochzeit beiwohnen? Und das noch in einer katholischen Kirche?«

Er nahm einen kräftigen Schluck von seinem Brandy, als könnte er den Geschmack nicht wirklich würdigen. »Sie tun sich selbst Unrecht. Sie werden sehen wollen, wie eine der ihren mich heiratet.«

»Aber nein! Begreifen Sie denn nicht? Sie werden mich einfach ächten, genau wie sie es mit Ihnen tun! Und dann ist all das hier sinnlos. Sehen Sie denn nicht, wie wahnsinnig Ihre Idee ist?«

Er schüttelte den Kopf. »Überhaupt nicht. Ich habe noch einen Trumpf, an den sie augenscheinlich nicht denken. In dem Letzten Willen Ihrer Eltern steht, daß William Astor Jr. der Brautführer sein soll. Wenn er dort sein muß, wird auch seine Frau da sein. Und mit Mrs. Astor werden sie alle kommen!«

Alana schloß die Augen, und eine lähmende Furcht tötete alles andere in ihr ab. Diese Klausel im Testament hatte sie vergessen. Es war ihr so nebensächlich vorgekommen, damals, an diesem regnerischen Nachmittag nach dem Begräbnis ihrer Eltern, als Didier den Letzten Willen im Salon vorlas. William Astor war aus Respekt zu ihrem Vater da gewesen, Mrs. Astor natürlich nicht, da solche Anlässe für sie zu düster waren. Alana erinnerte sich, daß Mr. Astor ihr einen Kuß auf die Stirn gegeben und gesagt hatte, er wäre geehrt, solch eine Aufgabe in Zukunft zu übernehmen. Alana hatte gelächelt, doch kaum zugehört, denn sie war noch zu betroffen gewesen, um irgend etwas anderes in sich aufzunehmen. Doch nicht mal in ihren schlimmsten Träumen hätte sie sich so eine Situation ausdenken können. Sie fragte sich, wie William Astor nun über sein Versprechen denken mochte.

Sheridans Stimme brachte sie in die Gegenwart zurück. »Ich habe an alles gedacht, Alana. Sie sehen also, Sie haben keine andere Wahl.«

Sie sah ihn voller Zorn an. »Nein. Wenn der Priester kommt, werde ich ihm alles sagen! Alles... wie Sie mich unter Druck setzen, daß wir jetzt schon eine Annullierung planen. Er wird uns nicht trauen!«

»Das werden Sie gewiß nicht tun!«

»Und warum nicht?« fauchte sie. »Ich habe neunzehn Jahre in Freiheit gelebt, und ich werde einiges tun, damit es noch weitere neunzehn werden!«

»Sie tun es nicht, Alana, denn ich weiß, daß Sie ein Geheimnis hüten. Ein Geheimnis, das Sie verwundbar macht!«

Sie wurde noch weißer. Ihre Blicke trafen sich, und sie konnte nur flüstern: »Woher wissen Sie das?«

»Ich weiß nicht, worum es sich handelt!« Seine Stimme nahm einen seltsamen, weichen Klang an, als er fortfuhr: »Es kümmert mich auch nicht, was es ist. Wie auch immer, ich weiß, daß es da etwas gibt, und ich finde es heraus und setze es morgen auf die Titelseite des *New York Chronicle,* wenn Sie heute abend nicht einwilligen.«

Sie fühlte sich wie eine Maus in der Bärenfalle. Innerlich vor Angst und Zorn brodelnd, fragte sie: »Selbst wenn ich tatsächlich etwas zu verbergen hätte, wie wollen Sie es denn herausfinden?«

»Wenn die Schlagzeile vom Dienstag, die unsere Hochzeit angekündigt hat, Sie noch nicht darauf gebracht hat, dann verrate ich es Ihnen jetzt: Der *Chronicle* gehört mir. Und dort arbeiten Männer für mich, deren Aufgabe es ist, im Privatleben anderer herumzustöbern und ihre Geheimnisse zu entdecken. Sie werden auch Ihres finden, und wenn Sie es gedruckt lesen, wird es so entsetzlich klingen, daß Sie sich fragen werden, wie Sie jahrelang damit haben leben können.«

Sie brach innerlich zusammen. Tränen füllten ihre Augen, und ihre Stimme begann zu zittern. »Der *Chronicle* ist ein zu respektables Blatt, um sich mit solchen Nichtigkeiten aufzuhalten. Selbst wenn Ihre Leute die Gründe herausfänden, warum ich etwas verberge, würden sie Ihre Leser nur damit langweilen.«

Sheridan stützte die Ellbogen auf den Tisch und beugte sich zu ihr. »Sie wissen wohl noch nicht, daß Journalisten die größten Geschichtenerfinder unserer Zeit sind. Glauben Sie mir, wenn sie Ihr Geheimnis entdecken, werden sie den Lesern kaum etwas Langweiliges auftischen.«

Sie konnte sich gerade noch rechtzeitig abwenden, als eine Träne ihre Wange hinabkullerte. Sie versuchte, den kommenden Strom aufzuhalten, aber er hatte den Kampf gewonnen. Sie konnte einfach nichts mehr dagegenhalten. Er hatte nicht eine einzige Kleinigkeit übersehen. Sie würde diesen Mann heiraten müssen, obwohl es sie wahrscheinlich unglücklich machen würde. Es gab keine Alternative mehr, sie hatte keine Wahl.

Ihre Schultern zuckten von stillen Schluchzern. Sie versuchte, die Tränen wegzuwischen, aber neue kamen nach. Sie erwartete so wenig vom Leben, doch selbst das sollte ihr versagt bleiben. Sie dachte an den Mann aus ihrem Traum und an das einfache weiße Haus. Mehr hatte sie niemals für sich gewollt. Doch der Mann im Schatten, der Mann, dessen Gesicht sie niemals richtig erkennen konnte, war nicht gekommen. Er war durch diesen verbitterten, reichen Iren ersetzt worden.

»Es ist kein Todesurteil, Liebchen. Sie bekommen mit Ihrer Annullierung einen hübschen Batzen Geld zum Ausgeben.« Er legte ihr eine Hand auf die Schulter, offenbar um sie zu trösten.

Sie schüttelte sie ab, als wäre er der Satan persönlich. »Es wird eine *Annullierung* geben, haben Sie verstanden? Sie werden mich niemals berühren! Niemals!« Sie warf ihm einen vernichtenden, haßerfüllten Blick zu.

Ihre Zurückweisung machte ihn wütend. Leise sagte er: »Natürlich. Es geht ja nicht an, daß ein vulgärer Ire diese schönen, lilienweißen Knickerbocker-Schenkel beschmutzt.«

Wenn ihr noch ein letzter Fest Fassung geblieben war, so schwand er nun dahin. Sie wirbelte herum und packte den nächsten Gegenstand, einen leeren Wasserkelch, den sie entdeckte, und holte aus. Doch Sheridan war schneller. Er ergriff ihr Handgelenk und zwang sie, den Kelch fallen zu lassen. Lautlos fiel er auf das Sofa, doch sie versuchte bereits, den nächsten zu fassen.

Erst später begriff sie wirklich, was dann geschah. Er zog sie in seine Arme, damit sie ihn nicht treffen konnte, und verlor unerklärlicherweise das Gleichgewicht. Sie spürte, wie sie nach vorne stolperte und durch sein Gewicht mit ihm auf den dunkelroten Teppich stürzte. Mit einem dumpfen Laut landete sie auf seiner Brust, und sein Ebenholzstock fiel neben ihnen auf den Boden.

Keuchend vor Zorn hob sie den Kopf und wollte ihm gerade ihre ganze Wut entgegenschleudern, als sie seinen Gesichtsausdruck entdeckte. Er war leichenblaß geworden, was noch durch den Schatten der Bartstoppeln verstärkt wurde, und in seinen Augen, die starr die Decke fixierten, lag ein Ausdruck, den sie nur als unterdrückten Schmerz beschreiben konnte.

Sie begriff nicht, warum er so reagierte. Sicher war sie nicht so korpulent, daß ihr Gewicht einen derartigen Ausdruck rechtfertigte. Und als sie stürzte, war sie auf keine verletzlichen Körperteile gefallen, dessen war sie sich sicher.

Sie sah ihm wieder ins Gesicht, und dieses Mal begegneten seine Augen den ihren. Seine Hautfarbe war wieder etwas dunkler geworden, und plötzlich wußte sie nicht mehr genau, ob sie wirklich etwas anderes in seinen Augen gesehen hatte als die übliche Arroganz und Überlegenheit. Mühsam versuchte sie, sich aufzusetzen, und ihr Kleid rutschte provozierend von ihrer Schulter. Sein Blick folgte, und im gleichen Augenblick – als ob er unter Zwang handelte – streckte er die Hand aus und streichelte ihre zarte Haut.

Die Berührung seiner warmen, kräftigen Hand war wie ein Schock. Alana war wie elektrisiert, sog scharf die Luft ein, doch sie zuckte nicht zurück. Als sie ihn wieder ansah, starrte er auf ihren Ausschnitt, wo ihr Mieder viel von einer Brust freigab, und er betrachtete ihre Fülle mit offensichtlichem Gefallen. Die unverschleierte, kaum kontrollierte Lust auf seinem Gesicht war etwas Neues für Alana. Ein Teil ihres Inneren schauderte vor Furcht – aber da war noch etwas anderes, etwas, das bewirkte, daß Alana es nicht besonders eilig hatte, ihren Ärmel wieder hochzuziehen. Etwas, das erregtem Verlangen sehr ähnlich war.

»Sie stellen ziemlich harte Bedingungen, Alice Diana van Alen«, flüsterte er und sah ihr in die Augen.

»Und ich frage mich, warum Sie bisher noch niemand geheiratet hat.«

Einen langen Augenblick schwiegen beide und sahen sich nur an. Dann klopfte es an der Tür. Hastig versuchte Alana, sich aufzurappeln, doch er hielt sie fest. Dann rief er ›Herein‹, und Lorenzo Delmonico trat in Begleitung eines alten Priesters ein.

Beim Anblick der beiden, die sich ganz offensichtlich auf dem Boden herumrollten, fiel dem Priester die Kinnlade herunter. Delmonicos Augen quollen fast aus den Höhlen. Der Patron des Hauses machte den Eindruck als wäre er hin- und hergerissen zwischen dem Wunsch, zu bleiben und eine Erklärung zu hören und die Treppe hinunterzustürzen, um dem Küchenpersonal alles haarklein zu berichten.

»Ihr Gast ist da, Mr. Sheridan«, sagte Delmonico statt dessen gewandt und versuchte, so zu tun, als wäre es vollkommen normal, zu jemandem zu sprechen, der sich genüßlich auf dem Teppich ausgebreitet hatte. »Soll ich noch mehr Wein servieren?«

Alana wäre am liebsten im Erdboden versunken. Sie sah Sheridan an und erwartete, Schamesröte in seinem Gesicht zu entdecken, doch er grinste sie an, und seine dunklen Augen funkelten belustigt. Und Alana begriff: Der Priester, der seine eigenen Schlußfolgerungen zog, mußte sie nun trauen, um sie vor der Sünde zu bewahren.

Mit erstaunlich starken Armen hob Sheridan sie von sich hinunter und nahm seinen Stock wieder auf. Steif erhob er sich auf seine Füße und reichte ihr dann die Hand, um ihr aufzuhelfen. Während sie stumm den Priester anstarrte, erinnerte Sheridan sie diskret an ihre derangierte Garderobe, indem er ihr den Ärmel wieder über ihre nackte Schulter schob. Alana lief feuerrot an.

»Wären Sie so freundlich, uns nun allein zu lassen?« fragte Sheridan den Restaurantbesitzer spitz.

Lorenzo erinnerte sich augenblicklich wieder an seine Manieren. »Selbstverständlich, Sir.« Mit enttäuschter Miene verließ er den Salon. Alana hätte schwören können, daß er sich am liebsten draußen auf Händen und Knien vor das Schlüsselloch gehockt hätte. Doch dazu war er natürlich zu professionell.

»Mr. Sheridan, ich glaube jetzt, was Sie mir berichtet haben. Sie müssen das Mädchen heiraten... bevor Sie mit Ihrem Seelenheil bezahlen.« In Alanas Ohren klangen die Worte des Priesters wie ihr Todesurteil. Sofort wollte sie ihm erklären, wie es wirklich war, doch Sheridan unterbrach sie. »Wir wollen sofort getraut werden, nicht wahr, Geliebte?« sagte er mit versteckter Drohung.

Alana schwieg.

»Können Sie die Zeremonie hier abhalten, Vater?« wandte Sheridan sich an den Priester.

Vater Donegan fühlte sich sichtlich unwohl in seiner Haut. Es war schon übel genug, diesen mächtigen Mann im Schutz des Beichtstuhls auf den rechten Pfad zu bringen, aber nun, von Angesicht zu Angesicht, hatte er erst recht Mühe, den Mut aufzubringen. »Ich habe schon darauf verzichtet, das Aufgebot für Samstag öffentlich auszuhängen, Mr. Sheridan. Wenn ich Sie heute abend traue, muß ich das vor dem Bischof vertreten. Er wird es mißbilligen.«

»Sie müssen es tun, Vater, oder meine Seele ist verdammt. Sehen Sie sich doch meine Braut an. Können Sie es mir ankreiden, wenn ich nicht mehr Herr meines Willens bin?«

Alana war wütend, daß er den Priester so täuschte. Doch als sie ihn vorwurfsvoll ansah, hatte sie plötzlich das Gefühl, als würde er gar nicht wirklich lügen.

Vater Donegal betrachtete unterdessen verstohlen Alanas zerwühlte Frisur und ihr verrutschtes Kleid. Schließlich blieb sein Blick auf ihrem Gesicht haften, doch er wandte eilig die Augen wieder ab, als würde er Gedanken lesen, die ihn nichts angingen. »Ich will den Zorn des Bischofs nicht erregen.«

Sheridans Worte kamen schmeichelnd und sanft. »Möglicherweise könnte ich ihn milder stimmen«, sagte er. »Ich habe gesehen, daß der Bau an St. Patrick weitergeht. Vielleicht könnte der Bischof eine weitere Schenkung gebrauchen? Mehr als anderen möchte ich ihn als Erzbischof sehen!«

Der Priester sah ihn gequält an.

»Sagen Sie ihm, mein Bankbeamter wird ihn morgen besuchen!« Er sah Alana an. »Doch heute abend muß ich dieses Mädchen heiraten.«

Sicher war es eine moralische Zwickmühle, aber politisch betrachtet gab es keine Alternative. Der Bischof mußte seine Kathedrale bekommen. Und er mußte die Waisen von Five Points versorgen. »Gibt es auch eine weitere Gabe für St. Brendan?« fragte er.

Sheridan nickte.

»Dann werde ich Sie also trauen«, schloß der Priester.

»Wunderbar.« Sheridan lächelte, und Alana war erneut betroffen, was für ein gutaussehender Schuft er war. Ja, er war ein Schuft, denn sein Vergnügen ging ausschließlich auf ihre Kosten.

»Sind Sie also bereit?« fragte Vater Donegal und

zog eine kleine Bibel unter seiner Soutane hervor. Dann schlug er sie auf, um das Heilige Sakrament der Ehe zu verlesen. Alana konnte sich nicht beherrschen. »Moment!« schrie sie.

Sheridan zog sie zurück und wandte sich an den Priester. »Dürfte ich wohl ein paar Worte mit meiner Braut sprechen, Vater?«

Pater Donegal nickte, und Sheridan führte sie in die andere Ecke des Zimmers. Er flüsterte: »Was denn noch, Alana? Doch die Titelseite des *Chronicle?* Glauben Sie mir, ich schaffe es bestimmt, auch noch beim *Herald* oder in der *Times* ein paar Zeilen unterzubringen, wenn Ihnen das lieber ist!«

Sie zögerte, hin- und hergerissen zwischen Auflehnung und Machtlosigkeit. Nach einem kurzen Moment nickte sie schließlich, doch bevor er sie wieder zum Priester führen konnte, packte sie ihn am Revers und sagte mit zitternder Stimme: »Ich heirate Sie, Trevor Sheridan. Aber nur unter dieser Bedingung: Ich habe mein eigenes Geld und brauche meine Ausgaben nicht zu erklären. Und Sie versprechen mir, daß meine sogenannten Geheimnisse nicht hinterfragt und niemals aufgedeckt werden. Also?«

»Ich verspreche es«, sagte Sheridan.

Sie senkte den Kopf, erleichtert, daß er das Versprechen gegeben hatte und wütend, daß sie es fordern mußte. Fast willenlos ließ sie sich von ihm vor den Priester führen. Lorenzo und ein junger Bursche, der frisch aus Sizilien gekommen war, wurden als Trauzeugen gebeten, und nachdem sie Stillschweigen geschworen hatten, baute sich der Priester vor dem Paar auf und begann die Zeremonie.

»Wie heißen Sie, mein Kind?«

»Alana–« Sie brach ab, ohne wirklich wahrzunehmen, was geschah. »Alice Diana van Alen.«

»Sie sind keine Katholikin, nicht wahr, Miss van Alen?« Vater Donegal sah sie scharf an.

Sie schüttelte den Kopf. »Meine Familie hat immer der reformierten holländischen Kirche angehört!«

»Aha.« Er senkte die Bibel. »Dann muß ich darauf bestehen, daß Sie im Namen unseres Erlösers Jesus Christus schwören, daß die Kinder dieser Verbindung als Katholiken aufgezogen werden.«

Alana schluckte, und ihre Taubheit wandelte sich in Panik. Sie wollte herausschreien, daß aus dieser Verbindung keine Kinder hervorgehen würden. Und nun mußte sie auch noch schwören, daß sie ihre Kinder in einer Religion aufziehen würde, die ihr vollkommen fremd war. »Ich schwöre es«, flüsterte sie tonlos.

Zufrieden begann Pater Donegal die Zeremonie, doch Alana hörte ihn kaum. Seine Worte verschwammen zu einem Strom, in dem eines ins andere überging und bildeten nur die Geräuschkulisse für die Schlacht, die in ihrem Inneren ausgetragen wurde.

Als es an der Zeit war, »Ich will« zu sagen, war sie praktisch gefühllos. Sie hörte Sheridan eilig die zwei Worte sprechen und spürte, wie er ihre Hand nahm und ihr den vulgär protzigen Ring über den Finger streifte.

Dann segnete der Priester die Verbindung, und Sheridan beugte sich zu ihr, um ihr den obligatorischen Kuß zu geben, doch er strich nur leicht über ihre Lippen. Schließlich richtete er sich wieder auf, und sie fand endlich den Mut, ihn anzusehen. Doch was sie sah, tröstete sie nicht. Seine dunklen Augen blitzten triumphierend. Plötzlich begriff sie, wie wahnsinnig ihre Tat gewesen war: Als unabhängige Frau hatte sie ihn nicht bekämpfen können. Und nun, da sie seine Frau war, konnte er mit ihr tun und lassen, was er wollte!

Dieser erschreckende Gedanke ließ sie einen Schritt zurückweichen. Der Priester bemerkte jovial, daß sie ihr Brautgemach in der anderen Richtung suchen müßte. Lorenzo lachte, und der Junge stimmte ein, obwohl klar war, daß er kein Wort Englisch verstand. Doch ihre Angst wurde nicht besänftigt. Alana fühlte sich, als hätte sie sich an den Teufel verkauft. Sie konnte ihre Augen nicht von Sheridan abwenden. Er schwelgte in seinem Sieg, und ja, er hatte allen Grund dazu. Alles hatte reibungslos nach Plan funktioniert. Er hatte gewonnen. Sie war nun seine Frau, ganz legal und von Gott gesegnet.

Was hatte sie nur getan?

9

Später am Abend hielt die grünschwarze Kutsche Sheridans vor dem braunen Gebäude am Washington Square. Es war noch nicht einmal Mitternacht, aber Alana hatte das Gefühl, als wäre sie vor einer Ewigkeit zu *Delmonico's* aufgebrochen. Und ob es ihr gefiel oder nicht, ihr Leben hatte sich in dieser Zeit vollkommen verändert.

Die Kutschenlaterne warf einen kleinen Lichtkreis ins Innere des Wagens. Sheridan saß auf einem der gepolsterten Brokatsitze und Alana, so weit wie möglich von ihm entfernt, auf dem anderen. Die ganze Fahrt über hatte keiner ein Wort gesagt. Nachdem der Priester fort war, hatte Sheridan ihr Cape holen lassen, und sie hatten schweigend das Restaurant verlassen. Aber was gab es auch schon zu sagen? Die Zeremonie hatte ihr bestimmt keinen Grund zur Freude und zum Feiern gegeben. Sheridan würde nur die kalte Befriedigung eines guten, erfolgreichen Geschäftsabschlusses verspüren. Alana hatte nicht einmal das. Sie war die Beute gewesen, die man in einem Netz einfängt, und sie empfand nichts weiter als schmerzhafte Bitterkeit.

Der Kutscher stieg ab und hielt die Tür auf. Sheridan kletterte zuerst hinaus und half ihr. Sie erwartete nicht, daß er sie zur Tür begleitete, und sie wollte es auch nicht, aber er tat es. Er öffnete das kleine Tor und ließ sie eintreten. Eigentlich hätte sie Pumphrey an der Vordertür erwarten sollen, aber offensichtlich hatte er geglaubt, sie käme viel später, nachdem Sheridan ihre eigene Kutsche nach Hause geschickt hatte.

Die Gaslampen verbreiteten ein bleiches Licht. Wie in ihrer Gesellschaftsschicht üblich, besaß Alana keinen Schlüssel für die Haustür. Sie warf Sheridan einen Blick zu und stellte nervös fest, daß er sie anstarrte. Sie streckte den Arm aus, um am Klingelzug zu ziehen, als der Diamantring vor ihren Augen aufblitzte. Mit zitternden Fingern nahm sie ihn ab und hielt ihm das Schmuckstück hin. »Ich denke, Sie werden ihn für Samstag noch einmal brauchen«, sagte sie, ohne ihn anzusehen.

Sheridan betrachtete den Ring in ihrer Handfläche und sagte ruhig: »Ich werde einen anderen besorgen. Behalten Sie ihn. Es ist schließlich Ihr Ehering.«

»Kaufen Sie keinen neuen. So lange werden wir nicht verheiratet sein.« Wieder streckte sie ihm die Hand entgegen.

Aber er nahm ihn nicht. »Die Zeremonie am Samstag wird uns nicht offizieller verheiraten, als wir jetzt schon sind. Seit heute abend sind wir Mann und Frau, und dies ist Ihr Ehering! Also behalten Sie ihn!«

Sein Starrsinn machte sie wütend. Als ständen Diener in der Nähe, sagte sie: »Also gut, *Mr. Sheridan!*«

»Gern geschehen, *Mrs. Sheridan!*« Er grinste, und Alana war sprachlos. Der Name schockierte sie. Niemand hatte ihn vorher ausgesprochen, und nun holte die Realität sie ein.

Wie betäubt zog sie an der Klingel, um Pumphrey herbeizuholen und Sheridan endlich loszuwerden. Sie hatte nur noch zwei Tage für sich, und sie wollte ihn in der Zeit so wenig wie möglich sehen. Pumphrey erschien, einen Jackenkragen hochgeschlagen, als hätte er sie in aller Eile angezogen. Er sah erstaunt auf seine Herrin und Sheridan, und Alana konnte es ihm nicht verübeln. Er hatte nie jemand anderen mit ihr zusammen vor dieser Tür gesehen als ihren Onkel. Sie hatte niemals einen ihrer Verehrer mitgenommen, denn nach dem Tod ihrer Eltern hatte sie auf ihrer Einsamkeit bestanden.

Sie wandte sich um, um Sheridan zu verabschieden, aber zu ihrem Entsetzen trat er ohne Umschweife ein, als wäre er der Herr des Hauses. Überrumpelt blieb sie einen Moment stehen, nahm sich dann aber zusammen und sagte säuerlich: »Pumphrey, würden Sie bitte Hazel sagen, sie möchte Kaffee machen. Wir trinken ihn im Salon.«

Pumphrey nickte, doch seine Überraschung blieb. Alana gab ihm ihr Cape, und Pumphrey ging, wobei er verstohlene Blicke auf Sheridan warf, der laut Zeitungen seine Herrin heiraten würde.

Alana starrte Sheridan stumm an. Ihre Erziehung verlangte zwar, daß sie ihn freundlich in den Salon bat, aber sie konnte einfach nicht die richtigen Worte aussprechen. Alles, was sie zustande brachte, war ein Kopfnicken in Richtung Salon. Er schlenderte in das Zimmer und ließ sich auf der Belterbank nieder, als wäre er schon einmal hiergewesen. Sein Stock ruhte an der Armlehne, und er beobachtete sie, wie sie sich langsam auf den Thonetstuhl niederließ.

In diesem Moment konnte sie sich nicht mehr zurückhalten. Frostig bemerkte sie: »Für einen *Gentleman* aus New York ist es selbstverständlich, stehenzubleiben, bis alle Ladies im Raum Platz genommen haben.« Sie wußte, wie zickig sich das anhörte, aber sie war zu dieser Heirat gezwungen worden, und nun konnte er sie wenigstens mit einem Mindestmaß an Höflichkeit und Respekt behandeln.

Sheridans Lippen verzogen sich, und jeder andere hätte es für ein Lächeln halten können. Sarkastisch antwortete er: »Was für ein Zufall. So machen wir's auch im County Roscommon. Allerdings mit dem Unterschied, daß die Ladies bei uns den befreundeten Gentleman mit einem freundlichen Wort in ihr Haus bitten und nicht nur mit einem eisigen Nikken!«

Schuldbewußt brauste Alana auf. »Sie können nicht erwarten, daß ich Sie in meinem Haus willkommen heiße, als hätten wir ein Techtelmechtel!« Ihre Stimme wurde lauter. Dies war der Höhepunkt eines üblen Abends in einer ausgesprochen üblen Woche, und Alana stand kurz vor der Explosion. »Und jetzt, nachdem wir –« Sie hörte ein Geräusch aus dem Foyer, das jedoch plötzlich verstummte. Offensichtlich zögerte jemand bei ihrem bitteren Ton, besann sich dann aber wieder, und einen Moment später trat Pumphrey mit dem Kaffee ein. Er stellte das silberne Tablett auf ein Tischchen und zog sich dann diskret zurück.

Mit einem rauhen Flüstern fuhr sie fort: »Sie können kaum erwarten, daß ich dieser Situation mit Entzücken begegne, Mr. Sheridan. Als ich heute abend ausging, hatte ich keine Ahnung, daß so etwas passieren würde. Ich dachte, ich hätte noch Zeit...«

»Zeit, um sich herauszuwinden, *Mrs. Sheridan?*«

Sie wurde rot. Da war er wieder, dieser Name. Mrs. Sheridan. »Nennen Sie mich nicht so«, bat sie ihn sanft.

»Also gut, Alana. Dann nenn mich Trevor.«

Seine Stimme klang herausfordernd, unnachgiebig. Aber da war noch etwas anderes, ein seltsamer, sehnsuchtsvoller Unterton, der ihr einen Schauer über den Rücken laufen ließ.

»Du bist jetzt meine Frau«, sagte er, und sein Gesicht wirkte angespannt. »Ist es zuviel verlangt, daß du wenigstens so tust als ob?«

»Es wird aber nicht funktionieren... Trevor.« Es war befremdend, aber auf gewisse Weise seltsam angenehm, seinen Namen auszusprechen. »Es wird der Tag kommen, an dem... du diese überstürzte Hochzeit bereuen wirst. Auch wenn du es jetzt nicht glaubst.«

»Ich kann mir keine Umstände vorstellen, die die Situation unvorteilhaft machen würden«, entgegnete er. »Es ist alles so, wie ich es wollte.«

»Der Tag wird kommen. Du hast zu viele Leben beeinflußt, um ungeschoren davonzukommen. Eines Tages wird jemand all dies rächen.«

Er sah sie unverwandt an. »Und wirst dieser jemand du sein?«

Ja! wollte sie aufschreien, obwohl sie bezweifelte, daß sie je die Gerissenheit erlangen würde, ihn auszutricksen. Statt dessen sagte sie kalt: »Wenn ich es nicht bin, dann erlaube, daß ich denjenigen preise, der es schließlich tut.«

Plötzlich lachte er auf. »Finstere Worte. Dabei solltest du mir auf den Knien danken, daß ich dich aus einer schlimmen Lage befreit habe.«

Alana wurde noch kälter. »Ich wäre auch ohne dein Eingreifen mit meinem Onkel fertig geworden.«

Sein Blick glitt zu ihren Armen, wo die Blutergüsse endlich abgeheilt waren. »Bestimmt«, antwortete er sarkastisch.

Wütend stand sie auf und ging zum Tischchen hinüber, wo sie zwei Tassen Kaffee füllte. Sie reichte ihm stumm die eine. Als sie wieder ihren Platz eingenommen hatte, sah er sie lange an. Dann begann er: »Morgen solltest du dich entscheiden, welche Diener du mit in meinen Haushalt bringen möchtest. Das gilt auch für deine Besitztümer. Nach dem Samstag wirst du nicht mehr hierher zurückkommen. Da du Mara in die Gesellschaft einführen sollst, möchte ich dich sobald wie möglich unter meinem Dach haben.«

Ihre Augen weiteten sich. Sie hatte noch keinen Gedanken daran verschwendet, ihren Haushalt aufzugeben, aber natürlich würde sie das als seine Frau nun tun müssen, doch der Gedanke, alles Vertraute zurücklassen zu müssen, war ihr unerträglich. Wieder packte sie namenlose Furcht. Es war alles viel zu schnell geschehen. Sie hatte keine Zeit gehabt, sich über all die Opfer, die sie bringen mußte, klarzuwerden.

Ich sehe keine Opfer. Seine Worte hallten in ihrem Kopf wider. Sie sah sich um, betrachtete das Belter-Sofa, das ihre Mutter so geliebt hatte und den Duncan Phyfe-Mahagoni-Kartentisch, der seit fast drei Generationen in Familienbesitz war. Der Fuß des Tisches hatte die Form des Amerikanischen Adlers, der seine Flügel spreizte. Alana erinnerte sich mit schmerzender Klarheit, wie ihr Vater den Adler einmal als »Phred«[6] betitelte, um sich so über den Tischler lustig zu machen, der damals, als die van Alens das Stück erstanden, nur ein bescheidener schottischer Handwerker namens Duncan Fife gewesen war.

Tränen traten in ihre Augen. Sie hatte niemals an den Möbeln im Haus gehangen. Das bewies allein ihr Traum von dem einfachen kleinen Haus. Aber nun hatte Trevor Byrne Sheridan seine mächtige Faust in dieses Leben geschleudert und damit alles vernichtet, woran sie je geglaubt hatte. Sicher, es war leicht, das Leben der Knickerbocker-Gesellschaft zu verachten, wenn man davon ausging, einen Knikkerbocker zu heiraten, und das Leben zu führen gedachte, das in dieser Gesellschaft als normal gilt. Es war aber nicht leicht, diese alten Möbel aufzugeben, bei denen jeder Kratzer, jede blankgescheuerte Stelle im Samt von der Geschichte der van Alens erzählte.

---

[6]»Phred«: Anspielung auf das »Ph« wie Duncan **Phyfe**. Phyfe (1768-1854) war der berühmteste Handwerker der Möbelbranche in seiner Zeit.

Nein, es war nicht leicht, wenn sie sie zurücklassen mußte, weil das Schicksal ihr einen furchtbaren Streich gespielt hatte.

Sie spürte den Kloß in ihrer Kehle und wußte, daß die Tränen gleich strömen würden. Aber sie wollte nicht vor diesem Mann weinen. Nicht schon wieder. Und nicht nach allem, was er ihr an diesem Abend angetan hatte. Also schluckte sie nur heftig und riß sich zusammen. Wenn die Knickerbocker ihr etwas beigebracht hatten, dann war es, in kritischen Momenten die Haltung zu bewahren.

»Die Flitterwochen verbringen wir in Newport«, verkündete Sheridan mit tiefer, grollender Stimme.

Sie warf ihm einen Blick zu, er starrte sie an. Wieder war sein Akzent durchgedrungen und hatte sie überrascht. Hatte ihn irgend etwas betroffen gemacht? Vielleicht war es ihr kühles Verhalten gewesen. Vielleicht hatte er auch, trotz ihrer Mühe, es zu verbergen, ihr Entsetzen über die Heirat begriffen und hatte sich davon mehr als erwartet berühren lassen. Doch als sie ihn erneut ansah, entdeckte sie nichts außer seinem Hochmut und der Selbstzufriedenheit eines Eroberers, der überzeugt ist, das Richtige getan zu haben.

Er fuhr fort, diesmal jedoch in makellosem Englisch. »Die Saison hat gerade erst begonnen. Du wirst also Zeit haben, mit Mara vertrauter zu werden und sie ein wenig vorzubereiten.«

»In Newport?«

Er nickte.

Sie hätte ihn fast gefragt, warum seine Schwester mit auf Hochzeitsreise gehen sollte, aber die Heirat war ja ohnehin nur zu Maras Nutzen geschlossen worden. Also war es nur logisch. Und Mara konnte ihren gesellschaftlichen Feldzug ebensogut sofort beginnen. Und wenn sie ehrlich war, mußte sie sich eingestehen, daß sie sogar froh über Maras Anwesenheit war. Dann würde sie jedenfalls nicht mit Sheridan allein sein. »Was hält Mara denn von unserer Heirat?« fragte sie, denn plötzlich wollte sie alles wissen, was zu dieser vernichtenden Katastrophe in ihrem Leben geführt hatte.

Sheridan trank seine Tasse aus. »Sie ist etwas verwirrt, weil sie nicht weiß, inwieweit sie der Auslöser dafür ist. Ich habe ihr nichts gesagt, und ich halte es für klug, wenn auch du darüber schweigst.«

Alana hörte die Drohung. Sie flüsterte: »Was denkt sie über mich?«

»Sie redet sehr freundlich über dich.« Plötzlich schwang in seiner Stimme ein seltsam gefühlvoller Unterton mit. »Allerdings spricht sie über jeden freundlich.«

Alana erwiderte nichts. Es paßte zu dem, was sie von Mara Sheridan noch in Erinnerung hatte. Wieder warf sie dem Mann, der nun ihr Ehemann war, einen Blick zu, wie er dort auf der Bank saß, die zu zerbrechlich und zu verspielt für seine große Gestalt war. Seine dunklen, zornigen Augen und sein unnachgiebiger Gesichtsausdruck machten ihr eines ganz deutlich: Wenn Mara Sheridan eine Heilige verkörperte, dann gelang es ihrem Bruder Trevor ganz großartig, ihre Güte mit seinem Verhalten auszugleichen. Was sie an Freundlichkeit in die Waagschale legte, balancierte er mit seiner Gemeinheit wieder aus.

»Du wirst morgen viel zu tun haben. Deswegen lasse ich dich jetzt allein.« Er stand auf und packte den Spazierstock. »Schicke mir eine Liste der Dinge, die du willst. Und die Namen der Diener, die du behältst.«

Alana nickte wie betäubt. Sie würde viel zu tun haben, ja, aber das Wichtigste war ein Abstecher nach Brooklyn, um ihrer einzigen Blutsverwandten zu erzählen, daß sie am Abend zuvor geheiratet hatte.

Sheridan zögerte, als wäre er nicht sicher, wie er die nächsten Worte formulieren sollte. »Alana, ich weiß, daß du einige Verehrer hast. Ich denke, du schuldest es ihnen, daß du ihnen morgen die Endgültigkeit unseres Abkommens erklärst.«

Alana nickte wieder. Beim Anblick ihres niedergeschlagenen Gesichts setzte er zynisch hinzu: »Nur Mut. Wenn du deine Worte vorsichtig wählst, kannst du ihnen ja vielleicht begreiflich machen, daß sie, obwohl du verheiratet bist, noch Chancen haben.«

Sie war so entsetzt von seinen Worten, daß ihr der Mund offenstehen blieb. Alles, was sie jemals mit einer Ehe in Verbindung gebracht hatte, wurde an diesem Abend vernichtet. Obwohl sie diesen Mann nicht liebte, empfand sie seine Worte als derart grausam, daß sie am liebsten den Kopf in die Hände gelegt und laut geweint hätte. Sheridan hatte vor einer Stunde noch den heiligen Eid geschworen, und nun ermutigte er sie, sich andere Kandidaten warmzuhalten, bis sie wieder frei war. Es brach ihr das Herz, wenn sie daran dachte, wie sie sich stets die Ehe vorgestellt hatte. Nichts von ihren Träumen war übriggeblieben.

»Gute Nacht, Alana. Wir sehen uns in St. Brendan.«

»Gute Nacht«, antwortete sie förmlich, ohne ihn ansehen zu können. Sie hörte die Salontüren aufschwingen, und bevor noch das Klappen der Haustür zu ihr drang, warf sie sich auf das Sofa und weinte hemmungslos.

10

Am nächsten Morgen nahm Alana die Kutsche zur South Street, wie sie es schon hundertmal zuvor getan hatte. Die Fähre über den East River kam schnell, und so rumpelte die braune Kutsche der van Alens um Punkt zwölf Uhr mittags über die Rampe an der neuen Anlegestelle in Fulton. Sie brauchte allerdings länger als erwartet, um die Docks zu verlassen, denn auf der Brücke wurde gearbeitet. Einige Blocks waren bereits eingeebnet worden, um dem Brückenturm und dem Zufahrtsweg Platz zu machen. Überall lieferten Arbeiter herum, viele davon waren Iren.

Während sie mit anderen Wagen warten mußte, um die Eselskarren passieren zu lassen, die die massigen Granitblöcke zur Baustelle schleppten, hörte sie die Rufe der Arbeiter in der gälischen Sprache Irlands. Hin und wieder verstand sie englische Sätze, die in breitem Akzent ausgesprochen wurden.

Diskret zog sie die Spitzengardine am Kutschfenster zur Seite und beobachtete sie. Tatsächlich war an diesen Männern nicht viel Vorteilhaftes. Sie sahen nicht so gut wie Sheridan aus, hatten breite, rosige Gesichter und stämmige Körper, die durch die Jahre unmenschlich harter Arbeit ausgezehrt waren. Einige Männer, die etwas weiter entfernt in einer Gruppe herumstanden, reichten heimlich eine blaue Flasche herum, während der Vorarbeiter das Entladen einer Karre überwachte. Alana erinnerte sich mit schmerzlicher Klarheit an Mrs. Astors Worte, die die irischen Straßenarbeiter beschrieben hatten. Diese Männer entsprachen allem, was Alana jemals über Iren gehört hatte, und der Satz *Iren werden nicht genommen,* den sie wohl schon auf tausend Schildern gesehen hatte, hallten in ihrem Kopf wider.

Plötzlich erweckte ein Mann ihre Aufmerksamkeit. Es war ein Arbeiter, der ruhig dem Vorarbeiter zuhörte, während Kräne die Steine von dem Wagen hoben. Der Mann sah auf, und Alana entdeckte die gleichen rebellischen, dunklen Augen und den gleichen hungrigen Gesichtsausdruck, den sie bei ihrem Mann nun schon oft gesehen hatte. Man konnte die beiden gewiß nicht vergleichen, aber Alana hatte dennoch Trevors Bild vor Augen.

Bald waren die Steine abgeladen, und der Verkehr begann wieder zu fließen, doch Alanas Blick hinter der Gardine blieb an dem Arbeiter haften, der sich mit seiner Schaufel wieder an die Arbeit in der Grube begab, wo der Grundstein für den Brückenturm gelegt werden sollte. Dieser Mann mußte eine furchtbare Arbeit tun, und Alana erkannte plötzlich, daß die offensichtliche Intelligenz dieses Mannes an die Plackerei mit der Schaufel verschwendet war. »Irische Löffel« nannte man diese riesigen Grabwerkzeuge. Und Alana wußte nun, warum.

Sie ließ den Vorhang fallen und lehnte sich zurück. Aber der Mann mit den zornigen Augen ging ihr nicht aus dem Kopf. Sie wünschte ihm, daß er es schaffte – daß die kräftezehrende und abstumpfende Sklavenarbeit, die nur Pennies einbrachte, ihn nicht zerbrach. Es wunderte sie, daß ein Mensch solche Belastungen überstehen konnte, aber einigen war es gelungen.

Ihre Gedanken wanderten zu ihrem Mann zurück. Trevor Sheridan hatte sich aus der Gosse hochgearbeitet. Sie stellte sich ihn wie diesen Arbeiter vor, von Kopf bis Fuß dreckig, verzweifelte Auflehnung im Gesicht geschrieben, und konnte ihn plötzlich teilweise verstehen. Sie konnte sich nicht vorstellen, was er hatte tun müssen, um seine jetzige Position zu erreichen. Die Chancen auf Erfolg mußten verschwindend gering gewesen sein, und sie empfand eine tiefe, ernste Bewunderung für seine Leistung.

Wieder blickte sie durch die Gardine und sah, daß sie schon länger durch die Brooklyner Landschaft fuhren. Zu ihrer Rechten grasten Schafe und zu ihrer Linken war der lehmige Boden bereits zur Frühlingssaat vorbereitet. Wie immer wuchs der Schmerz in ihrem Herzen, je näher sie zu ihrer Schwester kam. Es war schrecklich, was die Iren tun mußten, um in diesem Land überleben zu können, aber Armut war nicht das einzige Gefängnis, wie Alana nur zu gut wußte. Da saß sie nun in ihrer samtgepolsterten Kutsche, und die Qualen der Vergangenheit drangen auf sie ein, als würde sie alles noch einmal erleben. Armut war eine Tragödie, Klassenverachtung auch, aber es gab andere Arten des Schicksals. Und als die Kutsche an dem unscheinbaren Schild abbog, das zur Park View-Anstalt wies, wurde Alana wieder von den Klauen der Ihrigen ergriffen.

Die Schwester in ihrem blauweiß gestreiften Kleid, der weißen Schürze und der Haube wartete wie immer am Ende der Auffahrt auf sie, wobei ein ungewöhnliches Lächeln auf ihren Lippen lag. Sie begrüßte Alana fast zu herzlich und nahm ihre Hand.

Während sie beide durch den langen Flur in den hinteren Teil des Hauses gingen, berichtete ihr Schwester Steine von den Fortschritten, die Christabel machte. »Es geht ihr gut heute, Miss van Alen. Sehen Sie selbst. Dort, am Ententeich. Sehen Sie, wie sie die Entenküken füttert?« Schwester Steine hielt an und zeigte durch den verglasten Innenhof.

Alana folgte ihrem ausgestreckten Finger und entdeckte Christabels Gestalt auf einer grünen Eisenbank. Der seichte Wind spielte mit ihrem blonden Haar, und sie sah so lieblich aus, daß es Alanas Herz zusammenzog. Christabel war gerade sechzehn geworden und entwickelte sich zu einer echten Schönheit. Ihre Figur war zart und gut proportioniert, und ihr Gesicht schien so makellos wie das der Madonna in der *Pietà*. Und so lange sie lebte, würde Alana glauben, daß ihre Schwester innerlich ebenso schön wie äußerlich war. »Danke. Ich bin froh, sie heute glücklich zu sehen.« Alana wandte sich zu der Krankenschwester. »Ich werde jetzt zu ihr…«

»Warten Sie bitte einen Moment, Miss van Alen.«

Alana wartete.

»Ihre Schwester hat wieder ihre Alpträume gehabt. Sie versucht, sich an das Feuer zu erinnern. Ich fürchte, sie wird Sie danach fragen. Und ich denke wirklich, Sie sollten sie abzulenken versuchen.«

Alana nickte. Aber als die Schwester gehen wollte, stellte sie die Frage, die ihr schon so lange auf dem Herzen brannte. »Ich bin kein Arzt, Mrs. Steine, aber könnte es meiner Schwester nicht besser gehen, wenn sie sich an die Ereignisse erinnerte? Vielleicht heilt sie das besser als jede Medizin.«

»Seine Eltern umzubringen, ist ein entsetzliches

Verbrechen, Miss van Alen. Der Schock könnte Ihre Schwester vernichten.«

»Oder sie endlich befreien.« Alana wollte nicht so schnell nachgeben. »Ich habe es schon öfter gesagt, und ich sage es noch einmal: Sie ist nicht schuldig. Wir sollten das gut in unseren Köpfen behalten. Wenn Christabel sich endlich an das Feuer erinnern könnte, würde es uns vielleicht gelingen, die Polizei zu überzeugen, daß es wirklich nur ein Unfall war.«

»Und wenn nicht? Wollen Sie das akzeptieren? Oder ist es besser, in diesem Gefängnis zu leben?«

Es klang keine Wärme in der Stimme der Frau. Alana schrieb ihre Gefühllosigkeit dem ständigen Umgang mit kummervollen Verwandten zu. »Ich weiß in meinem Herzen, daß meine Schwester keines der Verbrechen begangen hat, deren man sie angeklagt hat.«

Die Schwester starrte sie an, dann erschien ein herablassendes Lächeln auf ihrem breiten Mund. »Miss van Alen«, begann sie. »Sie hatten sehr viel Glück, daß Park View Ihnen als Alternative zum Gefängnis geboten wurde. Die Jugend Ihrer Schwester und die Tatsache, daß Ihr Onkel dem Polizeichef mit Banknoten die Hände gebunden hat, brachten sie in ein angenehmes Hospital. Ich denke, man sollte dieses Glück nicht herausfordern. Wir wissen, was Ihrer Schwester guttut. Ihr Onkel ist zufrieden mit uns. Wollen Sie das nicht auch sein?«

»Sie sind sehr nett zu ihr, das weiß ich. Ich will ja auch nicht andeuten, daß –«

»Dann besuchen Sie jetzt Ihre Schwester, Miss van Alen.« Mrs. Steine zeigte wieder nach draußen. »Ihre wertvolle Zeit mit Christabel ist so kurz bemessen. Wollen Sie sie mit mir verschwenden?«

Unglücklich schüttelte Alana den Kopf. Wie oft hatte sie diese Diskussion schon geführt – mit ihrem Onkel, mit der Polizei, mit dieser Krankenschwester. Anfangs war sie noch leidenschaftlicher, hoffnungsvoller, noch entschlossener gewesen. Doch so oft, wie sie inzwischen schon immer die gleiche Antwort, immer die gleichen Alternativen gehört hatte, fühlte sie sich mittlerweile wie in einem immer wiederkehrenden bösen Traum.

»Gehen Sie zu ihr, Miss van Alen. Ich werde Ihren Kutscher anweisen, in etwa einer Stunde auf Sie zu warten.«

Die Worte der Frau waren nicht bösartig, und sie war stets freundlich zu Christabel, und dennoch würde Alana sie nie wirklich mögen. Sie hatte etwas an sich, dem Alana nicht vertraute. Mit diesem Gedanken öffnete sie die schmiedeeiserne Tür des Innenhofs und trat hinaus.

»Christal«, rief sie sanft den Kosenamen ihrer Schwester, als sie den weichen Rasenteppich überquert hatte. »Christal! Hast du mich in zwei kurzen Wochen schon vergessen?«

Christabel drehte sich um, und ihre himmelblauen Augen drückten Freude und Schmerz aus. Sie erhob sich von der Bank und warf die Arme um Alana. Alana drückte sie, wie sie es immer tat – verzweifelt, fest.

»O Alana. Ich habe heute an dich gedacht«, flüsterte Christabel in ihr Haar. »Weißt du noch, wie Vater uns immer zu *Loft's Süßwaren* mitgenommen hat? Ich habe einen solchen Heißhunger auf Lakritz, daß ich es kaum ertragen kann.«

Alana lächelte. Widerwillig schob sie ihre Schwester von sich und sah Christabel an. Sie trug ein blaßblaues Taftkleid, das wunderbar zu ihren Augen paßte, und eine pflaumenblaue Schürze, die an ihrem Korsett mit Fransen gesäumt war. Sie war so schön, viel zu schön, um hier eingesperrt zu sein, wo sie niemand bewundern konnte.

»Komm, setz dich zu mir. Es ist so ein herrlicher, warmer Tag heute.« Christal führte sie zu der Bank zurück, und sie setzten sich. Flauschige, braune Entenküken wuselten um ihre Füße und warteten auf Brotkrumen.

»Ich bin so froh, daß es dir gutgeht, Christal«, begann Alana, unsicher, wie sie ihr die Sache mit der Heirat am besten erzählen sollte. »Ich muß dir nämlich etwas sagen und –«

»Doch keine schlechten Nachrichten?« unterbrach Christabel sie, und Furcht verfinsterte ihre schönen Augen.

»Natürlich nicht.« Alana ergriff ihre Hände und hielt sie fest. Sie hielt ihre Ehe zwar für etwas Übles, aber für Christal würde es ein Segen sein, und aus diesem Grund – und *nur* aus diesem – wollte sie sich ihr gegenüber glücklich zeigen.

»Oh, ein Diamantring«, murmelte Christal, als sie auf Alanas Hand sah. »Dann bist du also verlobt?«

Alana öffnete den Mund, doch die Worte wollten nicht kommen. Sie wußte nicht, wie sie beginnen sollte. »Ich bin nicht verlobt, Christal. Es ist mehr als das.« Sie zögerte, denn sie wußte, daß es wie ein Schock werden würde. »Tatsächlich bin ich bereits verheiratet. Gestern abend wurde ich getraut.«

Christals Miene war eine Mischung aus Freude und verletzten Gefühlen. Sie flüsterte: »Das ist ja wunderbar. Ich freue mich so für dich. Wirklich. Und ich wünsche dir alles Gute.« Sie wandte ihre

Augen dem Teich zu, damit Alana nicht sah, wie verletzt sie war. »Ich weiß, man hätte mich niemals zu deiner Hochzeit eingeladen, Alana. Ich verstehe, daß du es mir deswegen nicht gesagt hast. Aber ich wäre doch so gern an deinem Leben beteiligt – wenigstens ein bißchen.« Eine kleine Falte erschien auf ihrer Stirn. »Ich kenne noch nicht einmal seinen Namen, oder?«

Alana nahm sie impulsiv in die Arme. Sie war den Tränen nah. »Christal, du *bist* mein Leben. Es verstreicht keine Minute, in der ich nicht an dich denke. Du darfst niemals glauben, ich wollte dich vergessen, nur weil du in diesem Haus lebst!«

»Aber das solltest du.« Christal begann zu zittern. »Lieber Gott, was mag dein Mann wohl denken?«

»Ich habe es ihm nicht gesagt«, antwortete Alana trotzig. »Und das werde ich auch nicht. Eines Tages hole ich dich hier raus, und ich denke nicht daran, die schmutzige Wäsche der Familie vor irgendeinem Fremden auszubreiten.«

»Der Mann ist kein Fremder. Er ist dein Mann. Du wirst es ihm eines Tages sagen müssen.« Christal versuchte, ein Schaudern zu verbergen. »Hast du Anson geheiratet? Ich weiß, daß er dich oft besucht hat.«

Alana versteifte sich. Wie sollte sie ihrer Schwester all das nur erklären? »Nein, nicht Anson«, antwortete sie langsam. »Ich habe einen Iren namens Trevor Sheridan geheiratet. Und der Grund, warum ich dir nichts gesagt habe, ist dieser: Ich habe ihn auch erst letzten Montag kennengelernt. Es ist eine sehr komplizierte Geschichte –«

»Einen Iren?« rief Christal aus. »Wir kennen Iren?« Plötzlich funkelten ihre Augen bei dem köstlich skandalösen Gedanken. »Du hast einen vom Personal geheiratet!«

Alana lachte. Christal meinte es keinesfalls boshaft. Im Gegenteil, Christals beschränkte Erfahrung, ihre Naivität war einfach reizend. Alana wünschte sich verzweifelt, daß sie am Samstag in St. Brendan dabeisein könnte. »Trevor Sheridan ist genausowenig ein Bediensteter wie Caroline Astor«, sagte sie lächelnd. »Tatsächlich besitzt er unzählige Millionen. Christal, das bedeutet, ich kann für immer für dich aufkommen. Wir werden ein kleines Farmhaus hier in Brooklyn kaufen, wenn ich dich hier rausgeholt habe. Dann verbringen wir den Rest unseres Lebens hier ohne irgendeine Aufsicht. Oh, ich sehe es schon vor mir. Es wird auf einem grünen Hügel stehen, es wird weißgetünchte Fensterläden haben, nur ein einfaches, kleines Haus...« Alana schwelgte so in diesen Bildern, daß sie Christals befremdeten Gesichtsausdruck nicht bemerkte, bis es fast zu spät war.

»Aber du bist jetzt verheiratet, Alana. Was meinst du nur damit?« Christal runzelte ihre zarte Stirn.

»Oh, aber das ist doch nicht für –«, begann Alana, unterbrach sich dann aber hastig. Sie konnte Christal nicht von ihrer Vereinbarung mit Sheridan erzählen. Ihre Schwester würde sofort vermuten, daß Alana sich für sie verkauft hatte. Es würde ihr nur Schuldgefühle einbringen. Das konnte Alana auf keinen Fall ertragen.

»Ach, ich weiß auch nicht, was ich rede.« Alana zwang sich zu einem Lachen. »Ich bin erst so kurz verheiratet, daß ich noch nicht wieder klar denken kann.«

»Er muß sehr großzügig sein, wenn er dir erlaubt, mich hier zu besuchen, wo du doch auf Hochzeitsreise sein solltest.« Christals Augen schimmerten glücklich. »Sag mir, daß er ein guter Mann ist. Du verdienst einen guten Mann.«

Alana starrte sie an, ohne sofort antworten zu können. Sie konnte ihr natürlich nicht sagen, daß ihre Flitterwochen noch gar nicht begonnen hatten, oder daß die »echte« Hochzeit erst noch stattfinden würde. Es war alles so furchtbar schwierig, und Christals Miene sagte ihr, daß ihre Schwester sie bloß glücklich wissen wollte. »Er ist alles, was ich mir wünsche«, flüsterte sie tonlos. Es war die Wahrheit. So wahr, wie ihre Logik es machen konnte.

»Oh, das ist schön. Dann wirst du bald Kinder haben. Sie werden all die Wunden heilen, die ich verursacht habe. Oh, bestimmt!« Wieder drückte Christal sie, und Alana ließ es geschehen, froh, daß ihre Schwester ihr Gesicht nicht sehen konnte.

Als sie sich voneinander losmachten, sah Christal plötzlich müde aus, und Alana wußte, daß es Zeit wurde zu gehen. Sie nahm ihre Tasche auf und strich die Handschuhe glatt, doch bevor Alana aufstehen konnte, Frage Christal: »Hat Schwester Steine dir erzählt, daß ich wieder diese Träume habe?«

Alana wurde das Herz vor Kummer schwer. »Laß uns nicht darüber reden. Der Tag ist so schön.«

Christal bemühte sich tapfer, die Qual in ihrem schönen, bleichen Gesicht zu verbergen. Ihre Hand bebte, als sie sie über Alanas legte. »Nein. Ich muß darüber reden. Eines Tages werde ich mich erinnern, was passiert ist. Es wird geschehen. Es *muß.*«

»Nein, Christal. Mein Liebes, tu dir das nicht an. Du bist so jung. Ich kann es nicht ertragen, daß du so eine schwere Last auf deiner Seele trägst.«

Christal wandte sich abrupt ab. Sie schluckte hart,

und Alana sah Tränen auf ihren Wangen glitzern. »Ich war so weit in meinem Traum, so weit, daß ich meine Hand brennen fühlte.«

Christal sah auf ihre Handfläche hinunter. Sie trug keine Handschuhe, so daß Alana die ungewöhnliche Narbe sehen konnte, die die Polizei damals von Christals Schuld überzeugt hatte, als der Tod ihrer Eltern untersucht wurde.

Die Narbe hatte die Form einer Rose, der exakte Umriß der silbernen Türknöpfe, die die Türen des elterlichen Schlafzimmers innen zierten. Ihre Eltern waren in diesem Raum verbrannt, und die Polizei hatte die Türen verschlossen aufgefunden, so daß alles auf Christal verwies, die damals erst dreizehn war. Die Polizisten hatten sie in ihrem Schrank versteckt gefunden, wohin sie offenbar vor den Flammen geflohen war. Christals Schock saß so tief, daß sie sich nie mehr erinnern konnte, was in dieser Nacht geschehen war, oder warum sie im Schlafzimmer ihrer Eltern gewesen war, wo das Feuer so eine Hitze entwickelte, daß die Türknöpfe zu glühenden Brandeisen wurden.

Mit erschreckender Klarheit erinnerte sich Alana daran, wie zuvorkommend Didier danach gewesen war. Er hatte alles in die Hand genommen, hatte den Letzten Willen ihrer Eltern verlesen lassen, hatten die Reparaturen des Hauses am Washington Square veranlaßt. Er schien ehrlich schockiert von den Ereignissen gewesen zu sein, ganz besonders über Christabels Schicksal. Alana würde niemals sein Gesicht vergessen, als der Superintendent der Polizei ihm von dem belastenden Brandmal auf Christals Hand erzählte. Didier hatte den Polizeichef persönlich davon überzeugt, Christal gegenüber wegen ihrer jungen Jahre Gnade walten zu lassen und sie vor dem Gefängnis oder Schlimmeres bewahrt. Er hatte alles Menschenmögliche getan, den unbefleckten Namen der van Alens zu schützen und die Spuren der Tragödie fortzuwischen. Es war die letzte freundliche Tat, die er begangen hatte. Und wenn Didier nicht ein Alibi für diese Nacht gehabt hätte – man hatte ihn in der *Academy of Music* gesehen –, hätte Alana vielleicht nicht geglaubt, daß der Tod ihrer Eltern nur ein entsetzlicher Unfall gewesen war. So aber wies alles darauf hin.

»Laß uns nicht darüber sprechen, Christal. Du siehst so müde aus. Das kann dir nicht guttun«, flüsterte Alana.

»Nein, ich werde mich erinnern, Alana. Es ist meine einzige Hoffnung.«

»Christal –« Alanas Stimme versagte. Sie konnte es nicht ertragen, ihre Schwester so gemartert zu sehen, ihre liebe kleine Schwester, die mit ihr vor all den Jahren zu *Loft's Süßwaren* ging und mit großen staunenden Augen auf die Reihen von Gummidrops und Schokoladen starrte, nur um schließlich Alana zuzustimmen, daß Lakritz das beste überhaupt war... Ja, es gab viel Elend auf der Welt, und Armut war gewiß eins davon. Doch in diesem Moment wußte Alana, daß sie zur Schaufel gegriffen und gearbeitet hätte, bis ihre Hände bluteten, wenn sie damit Christals Los hätte mildern können.

»Bitte geh jetzt, Alana.« Christal wischte sich die Wangen ab und stand auf. Sie warf die letzten Brotkrumen den kleinen Enten zu, die immer noch zu ihren Füßen warteten. »Ich bin wirklich müde, und dein Mann wartet sicher schon auf dich. Ich möchte nicht, daß er wegen mir böse auf dich wird.«

Alana stand auch auf. Sie wollte einfach noch nicht gehen. »Ich bringe dich noch in dein Zimmer.«

Christal schüttelte den Kopf. »Du kannst mir bei all dem nicht helfen, Alana. Ich ganz allein muß das schaffen.«

»Bitte, mach dir doch nicht solchen Kummer.« Alana wollte nach ihrer Hand greifen, aber Christal schob sie fort.

»Nein, Alana, geh jetzt. Ich darf dich nicht deinem Mann so lange fernhalten. Er war bereits so nett, dich herkommen zu lassen. Geh und sag ihm, wie dankbar ich bin«, – Christals Stimme zitterte – »und versprich mir, daß du ihm sagst, er habe die tapferste und liebste Lady von ganz New York geheiratet.«

Alana begann zu weinen. Sie wollte ihre Schwester nicht noch mehr aufregen und rannte den Hügel zum vorderen Gebäude hinauf, wo die Kutsche auf sie wartete. Christabel sah ihr nicht hinterher. Sie hatte den Kopf gesenkt und starrte auf die Entenküken, die fröhlich schnatternd zu ihren Füßen herumwatschelten.

Alanas Augen waren rot und geschwollen, als die Kutsche am Washington Square anhielt. Sie kümmerte sich nicht erst um das Durcheinander, das ihre baldige Hochzeit ausgelöst hatte, sondern ging in ihr Zimmer und schloß sich dort ein, ohne irgend jemanden an sich heranzulassen. Sie versuchte verzweifelt, sich aufzuheitern. In der Vergangenheit war ihr das immer auf die eine oder andere Art gelungen, aber diesmal bezweifelte sie, daß sie jemals wieder würde lächeln können. Die Tränen flossen, sobald sie an Christal dachte.

Christals Schicksal hatte sie immer wieder aufs neue berührt, aber dieses Mal war etwas in ihr zerbrochen, und nun hielt ihr Schutzschild nicht länger. Vielleicht lag es an der Belastung und der Anspannung der letzten Tage, vielleicht auch an dem Schrecken der morgigen Zeremonie, aber im grunde wußte Alana, daß es nichts damit zu tun hatte. Es war Christals Verhalten am heutigen Tag, das ihr das Herz brach. Die Tapferkeit ihrer Schwester, die ihren tiefen, allesverschlingenden Kummer verbergen sollte, trieb Alana die Schamesröte für jede Sekunde ins Gesicht, die sie in Selbstmitleid geschwelgt hatte. Ihre Sorgen, selbst diese erzwungene Heirat mit Sheridan, erschien ihr nun so lächerlich verglichen mit Christabels Leid.

Als sie erneut die Tränen mit dem feuchten Taschentuch wegwischte, das sie in ihrer Hand zerknüllte, schwor Alana mit jeder Faser ihrer Seele, daß sie eines Tages ihre Schwester in Freiheit sehen würde, damit sie das Leben führen konnte, das ihr zustand.

Ein Klopfen unterbrach ihre Einsamkeit, und Alana war versucht, nicht darauf zu reagieren. Aber als die Schneiderin von draußen flehte, sie möge doch das Kleid anprobieren, das morgen früh fertig sein sollte, hatte Alana Mitleid mit der Frau, trocknete sich die Augen und öffnete die Tür.

Sie sah kaum wie eine strahlende, glückliche Braut aus, aber das kümmerte Alana nicht. Ohne auf die neugierigen Blicke von Madame LaBœuves Näherinnen zu achten, legte sie ihre Reisekleidung ab und zog sich bis auf das rosafarbene Korsett aus. Madame LaBœuve und ihre Näherinnen gingen sofort an die Arbeit, steckten und wickelten gekonnt den Stoff um ihren Körper, während sie sich alle erdenkliche Mühe gaben, Alanas verquollenes Gesicht zu ignorieren. Alana wußte, es hätte sie kümmern müssen, was die Frauen dachten, aber in diesem Moment wollte sie nicht anders, als allein gelassen zu werden.

Sie hätte wissen sollen, daß ihr Wunsch vergeblich war.

Gerade eine Sekunde, nachdem Madame LaBœuve die letzte Nadel an die richtige Stelle gesteckt hatte, hörte man Margarets Stimme draußen vor ihrem Schlafzimmer heftig und laut protestieren. Alle Augen richteten sich auf die Türen, und zu Alanas Entsetzen erschien plötzlich Trevor Sheridan, trotz Margarets fast hysterischem Versuch, ihn an seinen Rockschößen festzuhalten.

»Er will einfach nicht hören, Miss!« kreischte Margaret. »Soll ich Kevin rufen, damit er ihn hinauswirft? Was soll ich tun?«

»Was geht hier vor?« Alana fühlte sich in dem nur lose festgesteckten Hochzeitskleid fast nackt, und Sheridans Blick blieb an ihrem Körper haften.

»Mir ist noch nie ein so schlecht erzogener Mensch untergekommen – einfach in das Boudoir einer Lady zu stürmen!« quiekte Margaret.

Sheridan riß seine Augen von Alana los, schenkte der kleinen Dienerin ein finsteres Lächeln und sagte zu ihr: *»Go datcha an diabhal tú!«*

Margaret riß die Augen auf. Es war die Sprache, der Tonfall, nicht die Worte, die ihr vertraut waren.

»Du hast kein Wort verstanden, nicht wahr, Pegeen?« fragte Sheridan leicht verärgert.

Bei der Koseform ihres Namens schüttelte Margaret nur verdutzt den Kopf.

»Sollen die Engländer dich behalten, wenn du nicht mal mehr deine Muttersprache kannst. Los. Geh! Geh zurück in die Küche. Verschwindet! Ihr alle«, befahl er plötzlich auch Madame LaBœuve und ihrer Armee von Näherinnen. »Ich will allein sein mit meiner –« sein Blick wanderte wieder zu Alana, die in der Helligkeit des Fensters stand und ihr Kleid zusammenhielt »– Braut«, schloß er, wobei seine Augen vergnügt glitzerten.

»Das ist ein ungehöriges Verhalten«, protestierte Alana, während ihr Herz unter seinem Blick heftig klopfte. »Du kannst doch nicht einfach in mein Schlafzimmer kommen. So etwas tut man nicht!«

»Man hat es aber getan«, antwortete er genüßlich, als die letzte der Näherinnen an ihm vorbeiwieselte. Selbst Margaret war verschwunden, und wahrscheinlich rannte sie zu ihrem Kevin, um sich übersetzen zu lassen, was für einen gälischen Fluch Sheridan auf sie losgelassen hatte.

»Hast du überhaupt keinen Anstand? Woher nimmst du das Recht, einfach in mein Schlafzimmer einzudringen?« zischte sie, als sie allein waren.

»Ich bin dein Ehemann. Das gibt mir das Recht!«

»Aber es weiß doch niemand, daß wir schon verheiratet sind. Du hast mein Personal schockiert.«

»Sollen sie schockiert sein.« Er trat zu ihr und entdeckte plötzlich ihre roten Augen. »Du hast geweint«, stellte er fest, und nur seine Augen verrieten Interesse.

Vor Zorn stieg Alana die Farbe ins Gesicht. Sie wandte ihr Gesicht ab und sagte mit leiser, haßerfüllter Stimme: »Das ist kein Wunder. Ich habe genug Grund zum Weinen.«

Die Lage ihrer Schwester brachte sie um, aber er konnte das nicht wissen, und als sie ihn wieder ansah, war ihr klar, daß er die Schande dieser Hochzeit für ihre Tränen verantwortlich machte. Er wirkte wie zu Eis erstarrt. Sheridan strahlte niemals besondere Wärme aus, aber nun hatte sich sein Verhalten und seine Haltung von seiner Sekunde auf die andere von neutral zu bedrohlich gewandelt. Mit steifen, förmlichen Schritten trat er zu einem Stuhl am Kamin, setzte sich und legte seinen Stock wie eine Waffe auf seinen Schoß.

Alana stolperte fast über die Schleppe ihres Hochzeitskleides, als sie auf ihn zukam. »Wenn du mit mir sprechen wolltest, hättest du im Salon auf mich warten müssen. Wieso bist du einfach hier hereingeplatzt?«

»Ich warte nicht in Salons.« Seine Augen waren kalt. Wie diese erstaunliche Verbindung von gold, grün und braun so plötzlich zu Eis werden konnte, war Alana rätselhaft. »Du bist meine Frau«, sagte er rauh. »Ich will jetzt mit dir sprechen!«

Seine Worte jagten ihr einen Schauder über den Rücken, aber am schlimmsten fand sie die Bezeichnung »meine Frau«. Wenn er es aussprach, klang es wie ein Fluch. »Das war aber nicht Bestandteil unseres Geschäfts«, flüsterte sie barsch. »Ich habe dir nicht erlaubt, meine Privatsphäre zu verletzen, wann immer es dir gerade paßt. Geh jetzt.«

Er starrte sie an, und seine Augen glitten unwillkürlich über den weißen, glänzenden Stoff, der über ihren Brüsten lag. Dennoch blieb sein Blick leidenschaftslos. »Wäre es dir lieber gewesen, wenn ich meine Anwälte geschickt hätte? Ich nehme an, deine Privatsphäre wäre durch ein Dutzend Rechtsgelehrter noch mehr verletzt worden, oder?«

»Deine Anwälte hätten wenigstens im Salon gewartet.«

»Da wäre ich mir nicht so sicher. Sie sind ein leicht

zu erregender Haufen. Als ich ihnen erzählte, daß ich geheiratet habe, haben sie sich fast überschlagen, um dich sehen zu können. Anscheinend mögen sie es nicht, daß sich jemand an meinen Besitz heranmacht.«

»Nun, sie scheinen intelligente Männer zu sein. Ich habe tatsächlich vor, nach allem, was ich durchmachen muß, eine Wiedergutmachung zu fordern.« Sie dachte an die Rechnungen für ihre Schwester. Diese Anwälte würden keine Chance haben, ihr streitig zu machen, was ihr gebührte.

Er schüttelte den Kopf. »Ich habe sie bereits über unser Abkommen informiert. Aber damit du überhaupt etwas bekommst, bestanden sie darauf, daß du diese Papiere unterzeichnest. Sie waren schon auf dem Weg hierher, als ich ihnen sagte, ich würde es dir selbst bringen.«

»Wie gnädig von dir.« Sie konnte nichts gegen den beißenden Spott in ihrer Stimme tun, gerade, weil sie feststellte, wie gut er alles durchdacht hatte. Er wollte selbst kommen, um den Zorn in ihren Augen funkeln zu sehen.

Er lächelte kalt und zynisch und griff in seine Brusttasche. Er zog ein dickes Dokument hervor und legte es auf den Tisch neben ihm. »Hast du etwas zu schreiben?«

»Was soll ich unterschreiben?« Alana runzelte die Stirn.

»Es legt den Betrag fest, den ich dir zugestehe. Sind zehntausend pro Monat ausreichend?«

Das Blut wich ihr so schlagartig aus dem Kopf, daß sie fast ohnmächtig geworden wäre. Hastig überschlug sie den Betrag im Kopf und stellte fest, daß sie für Christabel bis ans Lebensende sorgen konnte, wenn sie bloß ein einziges Jahr verheiratet war. Plötzlich fühlte sie sich etwas besser.

»Ist das für dich annehmbar, Alana?«

Sie sah ihn an und nickte. Sie suchte Feder und Tinte, kam an den Tisch und unterzeichnete alles, worauf er mit dem Finger wies. Sie wollte lesen, was sie da unterschrieb, aber es gab so viele *Hiernachstehend* und *Im Falle des,* daß die Wörter ebensogut in Griechisch geschrieben sein konnten. Drei Seiten waren allein der »Definition der Authentizität einer Unterschrift« gewidmet – was immer das heißen mochte.

Verächtlich schrieb sie mehrmals ihren Namen, und er steckte das Dokument wieder ein. Erneut erschien das zynische Lächeln auf seinen Lippen. »Ich höre förmlich schon die erleichterten Seufzer von Glass, Goldstein, Sach und Co.«

»Nun, da das meiste deines Geldes vor meiner Habgier geschützt ist, würdest du mich bitte entschuldigen?« Sie hob die Augenbrauen und zeigte zur Tür.

Er schien es nicht eilig zu haben, sie zu verlassen. Sein Blick glitt wieder über ihr Hochzeitskleid. Selbst so unfertig sah es beeindruckend aus. Der Stoff war so drapiert, wie er liegen mußte – an ihrem Busen, um ihre Taille und über ihrem Hinterteil. Seine Augen bekamen einen warmen Glanz, und er zögerte. »Du hast mir noch nicht gesagt, was du mitnehmen möchtest. Das Haus wird morgen zum Verkauf angeboten.« Seine Lippen verzogen sich verächtlich. »Ich nehme an, du willst unbedingt deine unmögliche Zofe behalten?«

»Margaret ist seit dem Tag, an dem sie in Castle Garden angekommen ist, bei mir. Ich würde niemals daran denken, sie auf die Straße zu setzen.«

Er rollte mit den Augen. »Also gut. Wenn sie morgen kommen, sag ihnen, daß mein Butler Whittaker die Befehlsgewalt hat.«

»Whittaker? Du hast also einen englischen Butler?«

Alana hatte sich nichts bei dieser Bemerkung gedacht; sie war einfach neugierig, wollte wenigstens ein bißchen über das wissen, was sie erwarten würde. Aber für Sheridan war die Frage nicht so unschuldig. Er schwieg einen Moment und packte seinen Stock fester. »Dies ist nicht Irland«, sagte er schließlich scharf. »Wir sind hier in Amerika, und hier können Briten ebenso gut für Iren arbeiten, sofern sie gut dafür bezahlen.«

»Ich meinte doch nur, daß –«

»Ich weiß, was du meintest!«

Alana streckte bittend die Hände aus. »Nein, wirklich –«

Er stand auf, und die Worte erstarben auf ihren Lippen. Er sah hinter ihrer Bemerkung etwas, das sie nicht bezweckt hatte, etwas Gemeines, Verletzendes. Auch wenn sie diesen Mann nicht mochte, wollte sie doch nicht, daß er ihr so eine Absicht unterstellte. Dennoch machte sie sein Verhalten wütend. Mußte er denn immer gleich das Übelste annehmen?

»Die Hochzeit findet um neun Uhr statt«, erklärte er ihr mit sachlichem, frostigem Ton. »Ich möchte nicht, daß irgend etwas die Zeremonie verzögert. Die Fastenzeit ist vorbei, und die Priester haben viele Ehen zu schließen. Ich kann kein neues Datum festsetzen.«

»Wäre das alles bloß in der Fastenzeit passiert. Dann wäre es nicht so gekommen wie jetzt.«

Ein schwarzes Lächeln erschien auf seinen Lippen, aber seine Augen blieben kalt. »Du darfst noch ein wenig weinen, Frau. Es ist noch nicht böse genug, daß du einen aus dem Irenpark heiraten mußt. Du bekommst auch noch einen Katholiken.«

»Hör auf.« Ihr Brustkorb hob und senkte sich heftig vor unterdrücktem Zorn. »Nicht alles, was ich sage, ist ein absichtlicher Schlag gegen deine Herkunft.«

»Verzeih mir, wenn der Glaube daran mir so schwerfällt.«

»Nein, ich verzeihe dir nicht.« Sie zog ihre Schleppe heran, als sie ihm zur Tür folgte. »Ich kann nicht als deine Frau leben und auf jedes Wort achten, das du mir falsch auslegen könntest. Du kannst mir das nicht auch noch antun!«

»Doch. Wie du gerade schon treffend bemerkt hast, habe ich dir bereits einiges angetan.«

Sie packte sein Revers und zwang ihn, sie anzusehen. Dann flüsterte sie zornig: »Ja, du hast mir schon viel angetan, vergiß das bloß niemals! Du hast mich zu dieser Ehe ohne Liebe gezwungen. Du hast mir all meinen Besitz genommen. Du hättest mich sogar durch einen Skandal ruiniert. Doch ich sage dies hier zum allerletzten Mal: Du tust mir unrecht, wenn du meine Worte verdrehst. Es ist mir egal, ob du Ire bist, und ich schwöre auf mein Grab, daß ich zu Maras Ball kommen wollte. Nimm das endlich zur Kenntnis und behandle mich ein für allemal, wie es sich gehört.«

Er zögerte, und für eine kostbare Sekunde schien er ihr plötzlich zu glauben. Doch sein Zorn flackerte erneut auf. Er packte ihr Kinn und hob ihren Kopf. »Ich hasse es, deine makellose Seele zu beflecken, aber du hast Gründe genug, mir etwas vorzuschwindeln. Nein, du bist genauso wie all die anderen

Knickerbocker. Dich interessiert vor allem die ›Reinheit‹ der Deinigen und sonst nichts.«

»Ja, das interessiert mich! Aber es ist die Reinheit des Herzens, nach der ich urteile, und ich habe genug von dir sehen dürfen, um zu wissen, daß es damit bei dir nicht weit her ist!« Wütend stöhnte sie auf und versuchte, seine Finger von ihrem Kinn loszumachen. Doch plötzlich stach eine Nadel aus ihrem Korsett heftig in die zarte Partie an ihrem Busen. Sie versuchte, sie herauszuziehen, aber die Nadel steckte unter ihrem Arm, so daß sie sie nicht sehen konnte. Schmerzerfüllt tastete sie danach, bis sie eine starke Hand auf ihrem Arm und eine andere über ihre Haut streichen fühlte. Sheridan hatte bereits einige Nadeln herausgezogen und einen großen Teil des Seidenkorsetts abgewickelt, als sie die Missetäterin endlich versteckt in ihrem Unterkleid fanden. Er zog sie heraus, nahm ein Taschentuch und preßte es an die Seite ihrer Brust, um den kleinen Blutstropfen abzuwischen, bevor er ihre kostbare Wäsche befleckte.

»Ich kann es jetzt selbst«, sagte sie steif und verlegen, daß sie sich vor ihm solche Blöße geben mußte.

Er nickte und erlaubte ihr, das Taschentuch zu nehmen. Natürlich war es nichts als Einbildung, aber als er die Hand wegnahm, hätte sie schwören können, daß er absichtlich an ihrer Brust entlangstrich und seine Finger dabei zitterten.

»Dein Taschentuch«, flüsterte sie, als sie es nicht mehr brauchte, und drückte es ihm in die Hand.

Er starrte auf den kleinen roten Blutfleck darauf, dann auf sie, während sie versuchte, die Stoffbahnen zusammenzuhalten, die ihren Anstand bewahrten. Wieder schien dieses seltsame Feuer in seinen Augen zu brennen, und als hätte er Angst, sich zu verbrennen, sah er wieder auf das blutbefleckte Taschentuch und sagte grausam: »Komisch. Es ist gar nicht blau. Es sieht tatsächlich genau wie irisches Blut aus. Wer hätte das gedacht?«

Sein Sarkasmus tat ihr weh. »Wir bluten beide«, sagte sie ruhig. »Ich denke, das sollten wir beide niemals vergessen.«

Er steckte sein Taschentuch wieder ein. »Wir sehen uns morgen früh.«

»Morgen früh«, schluchzte sie fast, als er zur Tür ging.

11

Der Tag der Hochzeit kam, und Alana fand es passend, daß es noch dunkel war, als sie aufstand, um sich anzuziehen. Madame La Bœuve, die jetzt zehn Jahre älter aussah als bei ihrer ersten Begegnung mit Alana, erschien Punkt sechs mit dem Hochzeitskleid. Es war nun fertig und besaß einen spitzen Sattel, der über und über mit Perlen bestickt war – eine Armee von Näherinnen mußte die ganze Nacht daran gearbeitet haben. Der Rock war aus Atlas, hinten gerafft, um einen Unterrock aus Duchesse-Spitze hervorscheinen zu lassen. Dazu gehörte ein einfacher, weißer Schleier aus Tüll, der ihr Gesicht bedeckte und am Hinterkopf in einem schönen Schwung bis zum Boden reichte. Von den Handschuhen bis zu ihren Schuhen besaß alles die weiche Farbe von Schnee im Kerzenlicht, sogar ihr Brautbouquet paßte dazu. Sheridan hatte Orangenblüten bestellt.

Ihre Ausstattung war exquisit. Keine Kosten waren gescheut worden, doch Alana konnte sich nicht daran freuen. Als Margaret ihr weißes Damastkorsett festzurrte und ihr die seidenen Strumpfbänder gab, dachte Alana nur daran, was dieser Tag ihr hätte bedeuten sollen – was er ihr bedeutet hätte, wenn sie ihren Bräutigam geliebt hätte. Ein schmerzhaftes Sehnen zog ihr das Herz zusammen, wurde jedoch schnell von dem dumpfen Gefühl der Kapitulation verdrängt. Sie mußte Sheridan heiraten. Alles, was ihr wichtig war, hing davon ab, doch auch dieser Gedanke spendete ihr keinen Trost, als sie das Bouquet aufnahm und den frischen, süßen Duft der Blumen einsog. In späteren Jahren würde ihr dieser Duft die lebhafte Erinnerung an einen glücklichen Tag bringen. Doch in diesem Augenblick wünschte sie sich verzweifelt, sie könnte die Hochzeit vergessen.

Sie war fertig angezogen, noch bevor der frühe Morgen den Washington Square in goldenes Licht tauchte. Sie konnte sich mit den ganzen Stoffbahnen und ihrem Schleier fast nicht setzen, also stand sie am Fenster und beobachtete die ersten Sonnenstrahlen im Park, während ihr Frühstück unangetastet auf dem Tablett neben ihr stand.

Sie gab sich alle Mühe, nicht an ihren Traum von dem einfachen, weißen Haus zu denken, nicht an den gesichtslosen Mann, der sich stets abwandte, wenn sie ihn rief. Es war immer zweifelhaft gewesen, ob sie ihn je treffen würde, doch nun mußte sie ständig an ihn denken, während sie zwischen zwei Welten hing, einer, die sie sich verzweifelt wünschte, der anderen, in der sie leben mußte.

»Es wird Zeit, Miss. Ihr Onkel wartet unten. Oh, Miss, Sie sehen wunderschön aus!« Margaret betupfte ihre Augenwinkel. »Wirklich, so eine Pracht. Wie schade, daß ich nicht dabeisein kann.«

Alana drehte sich vom Fenster weg und zwang sich zu einem Lächeln. »Wenn du dich sofort auf den Weg machst, findest du bestimmt noch ein Plätzchen zwischen den anderen Dienern.«

»Wie könnte ich, Miss? Nachdem ich mit Ihrem lieben Mr. Sheridan so umgegangen bin?« Wieder drohten Tränen Margaret zu überwältigen.

Alana nahm den Blumenstrauß, ohne ihre Zofe dabei anzusehen. »Du wußtest ja nicht, daß er mein M–« Sie hustete, um den Ausrutscher zu verbergen, der ihr fast unterlaufen wäre. »Mein Verlobter war«, verbesserte sie sich schnell.

Margaret wechselte in der für sie typisch sprunghaften Art von tränenreichem Kummer blitzschnell zu hitziger Entrüstung. »Aber der Mann hätte es wirklich besser wissen müssen. Sie waren gestern ja noch nicht verheiratet. Er hatte kein Recht, einfach in Ihr Schlafzimmer zu stürmen.«

Alana lächelte bitter, als sie daran dachte, wieviel Recht er dazu gehabt hatte. »Bitte hol jetzt Kevin und geh in die Kirche. Es ist nicht dasselbe, wenn ihr nicht da seid.«

»Oh, Miss, kann es wirklich sein, daß Sie heute heiraten? Es war doch erst gestern, als Sie und Ihre süße Schwester noch kurze Kleidchen trugen!« Margarets Augen wanderten zu Christals Bild, und wieder traten Tränen in ihre Augen. »Wie schrecklich, daß das liebe Ding so jung sterben mußte.«

»Ich wünschte, sie könnte hier sein«, flüsterte Alana, nun auch den Tränen nah. Auch sie sah das Bild an, und ein furchtbares Bedauern schnürte ihr fast den Atem ab.

Margaret wischte sich zum letzten Mal die Augen trocken. »O nein, was habe ich getan! Ich hab' Sie traurig gemacht. Und es ist doch so ein wundervoller Tag! Oh, Miss, ich wünsch' Ihnen alles, alles Gute. Wie gern würde ich Sie die heiligen Worte sprechen hören!«

»Du mußt kommen, Margaret!« Alana ging zu ihrem Tisch hinüber und nahm aus dem kleinen Kästchen ein paar Münzen, die für eine Mietkutsche reichen würden. »Nun los. Zieh dein bestes Kleid an, und nimm dies. Du wirst noch vor mir da sein!«

Margaret wand sich plötzlich schüchtern. »Das geht nicht, Miss. Wie soll ich Ihnen das je zurückzahlen?«

Alana hätte fast gelacht. Mit aller Würde, die sie aufbringen konnte, sagte sie ernst. »Da ich diesen Mann heute heirate, denke ich, wir müssen uns um ein paar Pennies keine Gedanken machen. In Zukunft werde ich wohl mehr haben, als ich jemals ausgeben kann.«

»Möge die Heilige Mutter Maria Sie segnen, Miss. Für alles, was Sie für uns getan haben.« Verlegen schnappte sich Margaret die Münzen, knickste und war fort, bevor Alana noch etwas sagen konnte.

Verzagt blickte sie erneut auf das Bild, und wieder wollte ihr das Herz brechen. Sie raffte ihre voluminösen Röcke, trat zu dem Samtrahmen und berührte sanft das Antlitz ihrer Schwester hinter dem erneuerten Glas. Sie küßte es. »Eines Tages«, flüsterte sie. »Eines Tages wirst du wieder frei sein, Christal, und dann tanze ich auf deiner Hochzeit!«

Ehrfürchtig packte sie das Bild in eine der Kisten, die zu Sheridans Anwesen gebracht werden sollten. Dann atmete sie tief ein, um Mut zu sammeln, und verließ das Zimmer.

Ihr Onkel wartete in der Halle, und Alana gab sich keine Mühe zu verbergen, was sie von ihm hielt. Frostig nahm sie die Hand, die ihr in die Kutsche half, und dachte, wie sehr sich die Szene von der unterschied, als er sie das letzte Mal in eine Kutsche gesetzt hatte. Und doch gab es Parallelen. Wieder brachte er sie zu Sheridan. Wieder wollte sie nicht gehen.

In drückendem Schweigen fuhren sie die Fifth Avenue hinauf. Als sie Sheridans Haus passierten, kamen sie schon kaum durch die Menschenmassen, aber an der Kirche waren es sogar noch mehr. Die Vierhundert waren der Adel New Yorks, und fast tausend Menschen warteten vor der Kirche, um ihren Aufmarsch nicht zu versäumen. Der Andrang der Kutschen war phänomenal, und aufgereiht wie glänzende schwarze Zylinder standen sie die ganze Fifth Avenue bis zur Vierundfünfzigsten Straße entlang. Es war ein derartiger Verkehr, daß die Brautkutsche fast eine halbe Stunde darauf warten mußte, daß Gäste ausstiegen und die Kutschen Platz machten.

Schließlich war es soweit.

William Backhouse Astor Jr. schritt die Marmortreppen der mittelalterlichen Kirche hinab und half ihr aus dem Wagen. Obwohl die meisten Leute sagten, er wäre nicht halb so beeindruckend wie sein Vater, fand Alana ihn trotzdem umwerfend. Er trug einen grauen Stresemann und einen Zylinder. Sein gewaltiger schwarzer Schnurrbart war nach der gängigen Mode gezwirbelt wie die Hörner eines Wasserbüffels und ging an den Seiten in die ansehnlichen Koteletten über. Obwohl sie sicher war, daß ihn das öffentliche Theater und der Volksauflauf störte, bot er ihr mit ausgesuchter Höflichkeit den Arm. Sein Gesicht wirkte angespannt, als wäre er über die ihm bevorstehende Aufgabe nicht besonders glücklich, und Alana frage sich auch später immer wieder, ob es an dem Aufruhr um den berüchtigten Bräutigam oder an dem um die Braut lag.

Im Vestibül warteten zwei kleine Pagen in schwarzen, samtigen Gainsborough-Anzügen, die ihre Schleppe tragen sollten. Die Orgel setzte mit Händels *Wassermusik* ein, und schon fand sie sich am Arm William Astors den Mittelgang auf jenen dunklen, drohenden Mann zu schreiten, der ruhig mit dem Bischof vor dem Altar wartete.

Bei jedem Schritt wünschte sie sich sehnlich, in die entgegengesetzte Richtung davonlaufen zu dürfen. Ihre Heirat bei *Delmonico's* war kurz gewesen, und sie war an diesem Abend so abgestumpft gewesen, daß sie sich kaum an etwas erinnern konnte. Doch nun, hier in der Kirche, nahm sie jede Einzelheit mit erschreckender Klarheit auf: die schockierte Menge, die meisten Protestanten und Angehörige der Gnadenkirche, die in dieser für sie heidnischen Anbetungsstätte sitzen mußten. Das anklagende Schweigen der Gäste, als Alana langsam an den Reihen vorbeischritt. Die steife Gestalt von Mrs. Astor, die sich demonstrativ weigerte, sich umzudrehen und Alana entgegenzublicken. Der schelmische junge Mann neben ihrem Bräutigam, eine jüngere Ausgabe von Sheridan, der sie charmant und mit deutlichem Gefallen begutachtete. Und Mara, Sheridans Trauzeugin, die direkt vor ihr den Gang hinauf schritt, Mara, die so zerbrechlich und schön anzusehen war in ihrem unschuldigen, kurzen rosafarbenen Kleid.

Doch es waren vor allem zwei Dinge, die sie niemals in ihrem Leben vergessen würde. Das eine war der überwältigende Duft der Blumen in ihrer Hand, und das zweite war Sheridans Blick, als ihre Augen sich schließlich trafen. Sein Gesichtsausdruck brannte sich tief in ihrem Gedächtnis ein.

In seinen Augen glitzerten widerstreitende Gefühle. Ja, er triumphierte, das Leuchten in seinem Blick war vielsagend. Dennoch war da noch etwas anderes, etwas, das sie nicht zu bezeichnen wußte, was aber dem glorreichen Schwert des Sieges seine Schärfe nahm. Vielleicht war es ein Hauch von Schuldbewußtsein wegen alldem, was er ihr angetan hatte, vielleicht war es ein plötzlicher Anflug von Zweifeln, daß diese Hochzeit tatsächlich das profitable Geschäft sein würde, als das sie geplant war. Sie wußte es nicht. Aber eines wußte sie genau: Er hatte dafür gesorgt, daß diese Hochzeit in den Augen der Kirche und des Gesetzes unwiderruflich war. Es gab kein Zurück mehr.

William Astor führte sie an Sheridans Seite und kehrte zurück zu der Bank, in der seine Frau stand. Alana bemerkte erst jetzt, daß auch Sheridan einen Stresemann trug. Sein Rock war taubenblau, seine Hosen dunkelgrau gestreift. Die cremefarbene Krawatte und seine Hemdblende bildeten einen verblüffenden Kontrast zu seinem schwarzen Haar, das er mit Macassaraöl geglättet hatte. Erstaunlicherweise wirkten seine Schultern dadurch noch breiter, seine Gesichtszüge noch klarer und sein Blick noch unausweichlicher und brennender.

Irgendwie fand Alana die Kraft, ihre Augen von ihm abzuwenden, als der Bischof die Exhortatio sprach. Als er geendet hatte, wandte er sich an den Bräutigam und stieß seine Worte heraus, als wollte er sichergehen, daß niemand sich einmischte und diese Verbindung in Frage stellte, die nun geschlossen werden sollte.

»Trevor Byrne Sheridan«, sagte der Bischof mit ernster Grabesmiene, »willst du die hier anwesende Alice Diana van Alen als deine rechtmäßige Frau nehmen und sie lieben und ehren, wie es unsere Heilige Mutter, die Kirche, verlangt?«

Sheridan hob trotzig sein Kinn und antwortete mit tiefer, selbstbewußter Stimme: »Ich will!«

Der Bischof nickte müde und wandte sich zu ihr. »Alice Diana van Alen, willst du den hier anwesenden Trevor Byrne Sheridan als deinen rechtmäßigen Ehemann nehmen und ihn lieben und ehren, wie es unsere Heilige Mutter, die Kirche verlangt?«

Alanas Herz setzte aus. Die ganze Kirche schien sich neugierig vorzubeugen, um ihre Antwort zu hören. Die Worte waren so einfach. Und obwohl sie wußte, daß es nichts ändern würde, ob sie sie in dieser gewaltigen gotischen Kirche in der Gegenwart von Gott und Mensch, die beide über sie urteilen würden, aussprechen würde oder nicht, kam es ihr entsetzlich lächerlich vor, etwas anderes als die Wahrheit zu sagen. Sie warf Sheridan, der reglos wie eine Statue dastand, einen Seitenblick zu. Seine Augen brannten auf ihrer Haut, als wollte er ihr drohen. »Ich will«, flüsterte sie und wußte, daß sie sich damit selbst verurteilt hatte.

Der Bischof nahm ihre zitternde Hand und legte sie in die des Bräutigams. Sie war warm und stark, und seine Kraft schien sich auf sie zu übertragen und sie aufrechtzuhalten.

Sheridan sprach die folgenden Worte in seiner gewohnten selbstbewußten, formellen Art. Als sie an der Reihe war, schwankte ihre Stimme und brach unter der Last der Emotionen, bis sie schließlich »bis daß der Tod uns scheide« hauchte.

Sie knieten nieder, und Alana versuchte, Mara ein zittriges Lächeln zu schenken, als das Mädchen ihr half, den langen Schleier zu ordnen.

»So erkläre ich euch zu Mann und Frau, im Namen des Vaters, des Sohnes und des Heiligen Geistes. Amen.«

Der Bischof besprühte sie mit Weihwasser, dann segnete er den Ring. Als er fertig war, schlug er mit Weihwasser ein Kreuz über den Ring und reichte ihn Sheridan, der ihn nahm und sich zu ihr drehte.

Als ihre Augen sich trafen, war es wie Blitz und Donner. Sie starrte ihn an, und trotz des Schleiers erkannte er ihren feurigen und gleichzeitig flehenden Blick. Doch er erwiderte ihn mit Trotz und eisernem Willen, der besagte »Oh, doch, ich *werde* es tun!«

Sie sah auf ihre Hand, um den Diamantring abzunehmen, damit er den Ehering überstreifen konnte, doch er hielt sie auf. Er nahm den makellosen Kreis aus Saphiren, den Ring, den der Bischof gesegnet hatte, und schob ihn über den ersten auf den gleichen Finger. Dann sprach er die Worte: »Mit diesem Ring mache ich dich zu meiner Frau!«

Sie betrachtete ihre Hand, die nun mit zwei kostbaren Ringen beladen war. »Nun bist du zweimal mit mir verheiratet«, sagten sie zu ihr und ließen die Panik in ihrem Inneren wieder anschwellen. Dann sah sie ihn an und beobachtete, wie er seinen schweren goldenen Claddagh-Ring abnahm, der die Form von zwei Händen, die ein Herz hielten, hatte. Er drehte den Ring, so daß das Herz nicht mehr nach außen zeigte, als wollte er damit die Treue und die Nähe der Ehe symbolisieren.

Der Bischof begann nun, den Ehesegen zu sprechen, und jedes seiner Worte machte sie schuldiger und schnitt ihr wie ein Messer ins Herz. »...ewig ihm verbunden zu sein ... daß neues Leben entstehe ... nicht recht ist, zu trennen, was Gott verbunden...«

Sie konnte Sheridan nicht einmal ansehen. Der Verrat dieser Worte war so gewaltig, daß sie am liebsten schreiend aus der Kirche gerannt wäre und auf den Knien um Vergebung gefleht hätte. Wie konnte er nur so starr und schweigend dastehen, während er doch wußte, welche Lüge sie damit auf sich luden?

Sie unterdrückte einen Schluchzer. Der Bischof fuhr fort und legte eine Hand auf ihren Kopf. »...mögest Du gnädig auf Deine demütige Dienerin herabsehen, Herr ... möge sie ihrem Manne gefallen, wie es Rachel tat ... klug wie Rebecca sein ... gläubig wie Sara ... möge sie fruchtbar sein und gebären...«

Eine Träne kullerte ihre Wange hinunter. Es kümmerte sie nicht, ob Sheridan sie sah. Er war ein widerwärtiger Schuft, daß er ihr das alles angetan hatte und sie nun noch in diese Kirche geschleppt hatte, wo sie Dinge schwören mußte, die nicht mehr Wert als Straßendreck hatten.

»Sie dürfen die Braut jetzt küssen, Trevor Sheridan.«

Ehe sie sich versah, hatte er schon ihren Schleier angehoben und legte einen Finger unter ihr Kinn. Er beugte sich vor, um sie zu küssen, aber ihr Instinkt ließ sie zurückzucken.

Das war ein Fehler. Sie bezweifelte, daß es irgend

jemand in den Bänken gesehen hätte, Sheridan jedoch hatte es bemerkt. Ihre Zurückweisung war für ihn eindeutig gewesen, und seine Augen schleuderten förmlich Blitze. Sein Arm legte sich um sie, und sie konnte noch nicht einmal aufstöhnen. Sein Mund preßte sich auf ihren, und sie spürte, wie seine Zunge ihre Zähne auseinanderzwang. Sein Arm packte sie fester, und zum Erstaunen und Entsetzen der Gäste hob er sie geradewegs von den Füßen.

Neben ihr konnte Mara ihr Kichern nicht zurückhalten. Doch Alana hörte es kaum. Ihr Gesicht war rot vor Zorn und in ihren Ohren rauschte es. Sie wollte auf ihn einprügeln, besann sich vor der verblüfften Menge jedoch. Seine Zunge brannte in ihrem Mund und fühlte sich wie Samt und Stahl gleichzeitig an. Und das plötzliche Verlangen nach diesem Mann, das tief in ihrer Magengrube prickelte, machte sie nur noch wütender.

Schließlich gebot der entrüstete Bischof Sheridan Einhalt. Widerwillig ließ Trevor sie los, doch bevor sie sich zu ihren Gästen umdrehen konnte, wisperte der Geistliche ihm zu: »Ich lege Ihnen nahe, derartige Leidenschaften zu zügeln, mein guter Mann, sonst finden Sie sich eines Tages in der Hölle wieder.«

Sheridan entgegnete mit seiner typischen Respektlosigkeit: »In der Hölle oder in Connacht[7], Vater?«

Er nahm ihre Hand und legte sie sich auf den Arm. Sie hatte noch immer ausreichend Farbe im Gesicht, als sie sich umdrehten, um der Gemeinde gegenüberzutreten. Alana hatte das Bedürfnis, sich die

[7]Connacht: Provinz in Irland

Lippen abzuwischen, aber sie konnte den Kuß damit nicht von ihrer Seele entfernen. Sein Verhalten war genau berechnet, um alle Anwesenden, sie eingeschlossen, zu schockieren. Mit ihrer Wut hatte sie gerechnet. Allerdings nicht mit dem Verlangen, das so plötzlich durch ihre Adern gerauscht war. Es hatte sie so durcheinandergebracht, daß sie Mara, die vor sie trat, um ihren Brautstrauß zu nehmen – denn nur eine ledige Frau durfte diese Blumen halten, und sie war nun eine verheiratete – bloß verständnislos ansah. Als sie endlich begriff, reichte sie dem Mädchen den Strauß und spürte, wie Sheridan augenblicklich den Druck auf ihrem Arm verstärkte. Zu der Musik von »Lullay My Liking« führte er sie den Gang hinunter.

Erst als sie sich und ihre lange Schleppe in der Kutsche installiert und er sich mit seinem Stock auf dem Schoß neben sie gesetzt hatte, wagte sie es, ihn anzufauchen. »Nichts von dem hätte passieren dürfen. Du hast es versprochen«, fauchte sie.

»Was hat dich denn so aufgeregt?« fragte er, als die Kutsche sich inmitten der Hochrufe der Zuschauer in Bewegung setzte. »Ich finde, alles ist wie geplant abgelaufen. Selbst diese alte Hexe Caroline Astor war anwesend, wenn auch mit Leichenbittermiene.« Er gluckste bei dem letzten Satz vergnügt.

Alana fand das gar nicht komisch. »Sie hatte jedes Recht, sich über diese unheilige Allianz zu ärgern. Daß dein Priester uns im Wissen all dieser Lügen hat trauen können!«

»Der Bischof weiß rein gar nichts über unser ›Abkommen‹. Aber ich vermute, er wundert sich, daß ich dich vor den katholischen Altar schleifen konnte.«

»Durch Erpressung und Bestechung! Welch ein wunderbarer Beginn einer Ehe!« Sie konnte die Bitterkeit in ihrer Stimme nicht unterdrücken.

»Das ist keine Ehe«, korrigierte er sie, und seine Worte bohrten sich wie Eiszapfen in ihr empfindsames Herz. »Es ist ein Abkommen mit bestimmten Pflichten, die du zu erfüllen hast. Und um unser beider willen, schlage ich dir vor, daß du sie wirklich gründlich erledigst.«

»Meine einzige Pflicht ist es, deiner Schwester Eintritt in die Gesellschaft zu ermöglichen. Denk das nächste Mal daran, wenn du wieder so etwas tun willst wie eben in der Kirche. Ich schwöre dir, das wirst du nicht mehr versuchen. Du wirst keine Chance bekommen, diese Ehe zu vollziehen.« Zornig verschränkte sie die Arme vor der Brust und sah ihn herausfordernd an.

Der Schatten eines Lächelns huschte über sein Gesicht. »Mrs. Sheridan, der Kuß in der Kirche war kein Versuch, die Ehe zu vollziehen. Davon bekommst du keine Kinder. Das ist etwas vollkommen anderes.«

Ihre Wangen röteten sich vor Verlegenheit. Es gab keine vernünftige Antwort auf seine Bemerkung, und so richtete sie ihre Aufmerksamkeit auf die vorbeiziehende Menge auf der Fifth Avenue. Bis sie Sheridans Anwesen erreichten, sah sie ihn kein weiteres Mal an, und das war gut so, denn hätte sie es getan, wäre ihr nicht entgangen, wie unglaublich hungrig sein Blick die ganze Fahrt über blieb.

12

Der Empfang wurde in Sheridans Ballsaal abgehalten, in dem Mara ihr Debüt hätte feiern sollen. Die Gäste, die damals ausgeblieben waren, waren nun zum größten Teil anwesend. Sie aßen von dem vergoldeten Limoges-Porzellan und tranken aus den Kobaltkelchen, waren gebührend beeindruckt von den 14-Karat-Goldtabletts und starrten in der Zwischenzeit sehnsuchtsvoll auf Sheridans zur Schau gestellten Reichtum, bis ihnen fast die Augen aus dem Kopf fielen.

Alana konnte das drei Stunden dauernde Hochzeitsfrühstück kaum ertragen. Zuerst machte Mr. Napoleon Sarony natürlich ein Photo von dem Hochzeitspaar, und Alanas Nerven waren am Ende der Viertelstunde, die sie stillstehen mußte, buchstäblich ruiniert. Auf dem Photo selbst blickte sie bescheiden auf ihre und die gefalteten Hände ihres Mannes, wenngleich sie sich an der Seite Sheridans alles andere als bescheiden fühlte. Obwohl sie sich nicht bewegen konnte, wagte sie es nicht einmal, ihn anzusehen, doch sie empfand seine Nähe mit jeder Faser ihres Körpers. Sie spürte ihn wie eine pulsierende Kraft, die gleichzeitig wunderbar und schrecklich war. Es gab kein Entrinnen vor ihm, und seine Hand, die samtig und stählern auf der ihren lag, machte das genauso deutlich wie sein Atem, der heiß an ihrem Ohr entlangstrich, und sein verführerischer, männlicher Duft wurde so überwältigend, daß sie ihn fast auf der Zunge schmecken konnte.

Nach dieser Folter saß sie neben ihrem Mann am Tisch, aß keinen Bissen, trank aber jedesmal, wenn ihr Glas mit Champagner gefüllt wurde. Dieser Morgen hatte die Grundfesten ihres Glaubens erschüttert. Die Worte des Bischofs klangen ihr noch im Ohr, ihre Schwüre verfolgten sie. Sie hatte versprochen, diesem Mann Ehefrau zu sein, hatte versprochen, all ihren Pflichten als solche nachzukommen, bis daß der Tod sie schied. Und all das war eine Lüge. Ihre Ehe war nichts weiter als eine Farce, ein schlechter Einakter.

Sie warf Sheridan einen verstohlenen Blick zu, als er über irgend etwas lachte, das sein Bruder gesagt hatte. So wie er da am Kopf der Tafel saß und seine Gäste überragte, wirkte er wie ein König, der sein Reich überblickte. Seine Befriedigung war fast fühlbar, und sie verachtete ihn dafür. Doch trotz allem, was er ihr angetan hatte, haßte sie ihn noch mehr für den Kuß in der Kirche, denn er hatte die Grenze zwischen dem Unpersönlichen und dem Intimen überschritten. Für eine kurze Sekunde hatte er ein Gefühl in ihr geweckt, das sie ihm keinesfalls geben wollte. Wenn er das noch einmal versuchen sollte, würde er sie wahrscheinlich so sehr verletzen, daß alles, was vorher an Unglück geschehen war, wie ein harmloses Kinderspiel wirken würde.

Er wandte sich zu ihr und ertappte sie, wie sie ihn anstarrte. Ihre Blicke trafen sich, und etwas strömte auf sie über. Sie wollte ihm ihre Feindseligkeit entgegenschleudern, aber als sein Blick so tief eindrang, in ihre Seele zu sehen schien, war es unmöglich. So saß sie nur da, schweigend und reglos, und war hilflos von seinen Augen gefangen. Doch der Zauber verging viel zu schnell. Ein hochmütiges Lächeln erschien auf seinem Gesicht, und sie wünschte sich sehnlichst, es wegzuschlagen.

»Wir fahren um Punkt zwölf. Mara wird dir zeigen, wo du dich umziehen kannst. Soll ich deine Zofe rufen?« fragte er mit falscher Fürsorge.

»Ja«, zischte sie ihm wütend zu und stand auf. Er hielt sie auf.

»Wir haben noch keinen Toast auf meine Frau gesprochen.«

»Das ist nicht nötig«, protestierte sie.

»Ich bestehe darauf.«

Sie setzte sich wieder und sah, wie Sheridan seinem Bruder einen Blick zuwarf. Eagan stand auf und hob sein Glas. Alle im Raum verstummten, als er zu sprechen begann.

»Man sagt, irische Ehen halten lange.« Er drehte sich feierlich zu Alana und hob sein Glas noch ein Stück höher. »Ich wünsche dieser, sie möge ewig dauern. Auf die Braut!«

Jeder Gast wiederholte »Auf die Braut«, wenn auch einige widerwillig, und tranken den Champagner. Alana wurde noch bleicher. Sie war soeben von einem weiteren Fluch getroffen worden, eine weitere Lüge war ausgesprochen. Wieder wollte sie die Hände auf die Ohren pressen und nichts als fortlaufen.

Sheridan stand auf, und durch die Menge ging ein Murmeln. Nun hob auch er sein Glas und sah sie an. Seine Augen hielten sie so fest, daß sie den Eindruck hatte, sie wäre die einzige im Saal. »Dort, wo ich herkomme, hat es oft Hungersnöte gegeben, und wir haben einen Trinkspruch, der ungefähr übersetzt ›Möge sie stets Kartoffeln haben‹ heißt.« Seine Stimme wurde tief und unwiderstehlich, als er sagte: »Auf meine Braut, Alana. *Go mbeidh fatai aice go brach.*« Dann setzte er süffisant und trotzig hinzu: *»Erin go bragh!«*

Für einen Augenblick herrschte mißfallendes Schweigen im Saal. Doch dann erhob William Astor sein Glas. Und als wollte er absichtlich seine Frau verärgern, sagte er laut: »*Erin go bragh!* Gott segne dich, Alana!«

Alle folgten dem Trinkspruch, selbst die säuerlich wirkende Mrs. Astor, und das Gesumme und Getratsche setzte wieder ein.

Alana stand erneut auf und gab sich redlich Mühe, zu lächeln. Sie war gerührt von seinem Trinkspruch, gerührt auch von der Geschichte und der Tragödie, die sich dahinter verbarg. Sheridan besaß zumindest genug Charakter, um sich nicht mit platten Worten über sie lustig zu machen, doch die fremde Sprache hatte sie beunruhigt, und vielen im Saal schien es nicht anders zu ergehen.

Langsam hob sie ihr Glas und blickte auf das Meer von Gesichtern vor ihr. Es war ihr Hochzeitstag, und dennoch gab es niemandem in dem Raum, den sie als Freund betrachtet hätte. Didier saß am Tisch mit den Astors, und auf seinem Gesicht lag ein verlogenes, strahlendes Lächeln, für das ihr Ehemann – daran zweifelte sie nicht – anständig bezahlt hatte. Caroline Astor trug eine ernste Würde zur Schau, doch ihre Blicke schienen Gift auszuströmen. So viele Gesichter waren ihr vertraut, doch die, die sie liebte, waren nicht dabei. Als ihr die Tränen plötzlich in die Augen schossen, hob sie hastig noch einmal ihr Glas und trank. Sie sah Sheridan nicht an. Mara half ihr wieder mit der Schleppe, und sie ging hinaus, die Treppe hinauf, und war dankbar, daß sie den neugierigen und bohrenden Blicken dieser Menschen, ihren Mann eingeschlossen, entgehen konnte.

»Was hältst du von meiner Braut, Eagan?« fragte Sheridan in der Stille der Bibliothek, während Alana sich oben ihre Reisekleidung anzog. Die Gäste tranken immer noch im Ballsaal und warteten darauf, Alana und Sheridan in die Flitterwochen zu schikken, bevor sie selbst nach Hause gehen würden. Sheridan hatte seinen Rock ausgezogen und stand nun in seiner gestreifen Hose, seiner Brokatweste und seinem Hemd vor dem Kamin. Entspannt hatte er den Spazierstock an eine der samtigen Ottomanen gelehnt. Nur sein Bruder war bei ihm.

»Jetzt, wo ich sie gesehen habe, verstehe ich ein paar Dinge.« Eagan nippte beiläufig an seinem Brandy, wie jemand, der es gewohnt ist, ein Glas in der Hand zu haben.

»Zum Beispiel?«

Eagan grinste wie ein Bengel, der dem Stock ausweicht. »Zum Beispiel, warum du darauf bestanden hast, sie noch in dieser Woche zu heiraten. Sie ist verflucht schön!«

Ein zynisches Lächeln umspielte Trevors Lippen. »Aye, knickerbockerkalt, knickerbockerschön.«

»Sie wäre in jeder Gesellschaftsschicht schön, bestreite es nicht. Du hast nicht einmal die Augen von ihr abgewandt, seit sie in der Kirche aufgetaucht ist.«

Sheridans Kiefermuskeln spannten sich. »Du irrst dich in dieser Hinsicht.«

Eagan nahm wieder einen Schluck und ließ sich von Trevors bitterer Laune nicht stören. »Ich bin richtig eifersüchtig auf dich, Trevor. Deine Frau hat das Gesicht eines Engels, und wenn man weiter nach unten blickt...«

Sheridans Kopf schoß nach oben. Er warf Eagan einen Blick zu, der ihn rasch innehalten ließ. Trevor drehte sich wieder zum Feuer und sagte ruhig: »Du brauchst heute nacht nicht eifersüchtig zu sein. Ich schätze, es wird ganz und gar nicht so, wie du es dir vorstellst.«

»Im Gegenteil, meine Vorstellungskraft ist begrenzt. Ich bin der Phantasieloseste unserer Familie, oder etwa nicht?« Eagan fand endlich sein Lächeln wieder. »Wieso gehst du mit ihr nach Newport? Wieso segelt ihr nicht nach Alexandria? Ägypten ist für Flitterwochen ziemlich in Mode gekommen. Die ganze Schiffsreise und die langen Fahrten auf dem Nil, wenn du weißt, was ich meine.«

»Newport ist genug.«

Eagan kommentierte das mit einem verständnisvollen Nicken. »Und wann werdet ihr zurück sein?«

»In zwei Wochen.« Trevor zögerte, als ob er bereits wüßte, was gleich kommen würde. »Mara wird nachkommen. Mit dem Personal.«

Eagan verschluckte sich fast an seinem Brandy. Er starrte seinen Bruder ungläubig an. »Du machst Witze! Du willst wirklich Mara auf deine Hochzeitsreise mitnehmen?«

»Sie soll meine Braut kennenlernen!«

»Solltest *du* nicht erst mal deine Braut kennenlernen?«

Sheridans Blick schweifte zum Feuer, um den forschenden Augen seines Bruders zu entgehen. »Dafür werde ich genug Zeit haben.«

Eagan starrte seinen Bruder verärgert an. »Was für ein Spiel treibst du mit uns? Hältst du uns für Narren, Trevor? Was hast du vor?«

Sheridan gab keine Antwort.

Eagan nahm einen tiefen Zug aus seinem Glas. Dann sagte er kühl: »Jetzt verstehe ich. Du liebst das

Mädchen nicht. Du hast sie zu Maras Gunsten geheiratet. Du hättest mich einweihen sollen.« Er verzog das Gesicht. »Aber natürlich würdest du kaum *mich* zu Rate ziehen, wenn es um etwas so Wichtiges geht. Oh, sicher, ich werde gefragt, wenn es um Wein geht oder um eine philosophische Unterhaltung über Euklids *Elemente,* aber wirklich etwas mit entscheiden zu können –«

»Das ist nicht wahr!« fuhr Sheridan ihn an. »Du bist derjenige, der studiert hat. Aber was hast du damit zu tun, mir meine Frau auszusuchen?«

»Ich hätte versucht, dir diesen Irrsinn auszureden.« Eagan schüttelte den Kopf. »Was denkt denn die Frau, die du vorhin geheiratet hast, darüber? Hat meine Schwägerin irgendwelche Gefühle für dich, oder hast du sie dazu gezwungen? Glaubt sie, wir sind genauso dumpfe, irische Bauern wie all die anderen da draußen?«

»Ich weiß nicht, was sie von uns hält, und es ist mir auch wirklich vollkommen egal.« Trevors Miene wurde hart.

»Weiß sie wenigstens das? Oder glaubt sie, du empfindest etwas für sie?«

»Sie weiß es.«

»Und Mara?«

»Wie willst du Mara so eine Art Abkommen erklären?«

Eagan schnaubte verächtlich. »Glaubst du nicht, sie hat ein Hirn in ihrem Schädel? Sie wird bald merken, daß etwas nicht stimmt. Wahrscheinlich wundert sie sich jetzt schon, daß du sie mit in die Flitterwochen schleppst.«

»Nun, ich werde es ihr nicht erzählen, und Alana auch nicht.« Trevor sah ihn an und wartete.

Eagan schüttelte angewidert den Kopf. »*Ich* sage ihr nichts, wenn es das ist, was du hören willst. Aber Mara wird es früher oder später herausfinden, und wundere dich nicht, wenn sie es nicht gutheißt.«

»Sie wird es niemals erfahren.«

»Wie kannst du so etwas tun?« Eagans Stimme klang ungläubig. »Wie kannst du diese Frau heiraten, die kirchlichen Eide sprechen, und sie nicht als deine Frau behandeln?«

»Wir werden nicht wie Mann und Frau leben, und wenn Mara den Platz in der Gesellschaft eingenommen hat, der ihr zusteht, bekommt Alana eine Annullierung.«

»Eine Annullierung!« Eagan schnaubte wieder. »Ich gebe dir eine Woche, bis du der Frau an die Wäsche gehst.«

»Der Teufel soll dir in die Zunge beißen!« fauchte Trevor in Gälisch.

Eagan ginste, als er sah, daß er seinen Bruder treffen konnte. »Also gibt es zumindest ein Gefühl. So soll es sein. Du hast sie geheiratet, Trevor. Sie ist jetzt deine Frau, nicht ein Konkurrent an der Börse. Du kannst dich diesmal nicht so leicht aus der Affäre ziehen.«

»Sie wird aber nicht als meine Frau leben.«

Sheridans Akzent schlug nun voll durch, und Eagan war klug genug zu erkennen, daß ein Rückzug angebracht war. »Schön. Wenn das ein Teil eures Geschäfts ist, dann halte es ein.« Er nippte wieder an seinem Brandy. »Aber ich sehe da noch ein großes Problem. Wenn du diese wunderschöne Frau nicht als die deine betrachten willst, was tust du, wenn jemand auftaucht, der es gern möchte?«

Sheridan gab keine Antwort. Er riß seinen Rock an

sich, packte den Stock und warf Eagan einen vernichtenden Blick zu. Dann stürmte er aus der Bibliothek.

»Dein Haar ist einfach wunderbar. Es hat die Farbe von Honig. Oh, ich wünschte, ich hätte solche Haare!« Mara ließ die Bürste wieder durch Alanas seidige Haarpracht gleiten, während ihre frischgebackene Schwägerin an ihrem Ankleidetisch saß. Währenddessen waren die Zofen unauffällig damit beschäftigt, das Hochzeitskleid wegzupacken und ihr Reisecape bereitzulegen.

Alana ergab sich den entspannenden Bürstenstrichen, die ihre Kopfhaut massierten, schloß die Augen und sagte: »Das brauchst du dir nicht zu wünschen, Mara. Glaub mir, mit meinem Haar hätten sich eben auf dem Empfang nicht alle Köpfe umgedreht. Deine Farbe ist soviel effektvoller.«

»Aber diese Leute wollen doch nur Ladies, die wie du aussehen.«

Maras Stimme klang so sehnsüchtig und tapfer, daß es Alana vorkam, als hätte man ein Messer in ihr Innerstes gestoßen. Sie öffnete die Augen und sah Mara im Spiegel an. Ihr Blick fiel wieder auf ihr Kleid, und sie wußte, sie würde Mara in nicht allzuferner Zeit darauf ansprechen müssen. Mit sechzehn liefen die Mädchen gewöhnlich nicht mehr in kurzen Kleidern herum. Alana kannte ein paar Mädchen, die aus Atlanta gekommen waren, und sehr zu Mrs. Astors Mißfallen hatten sie bereits mit vierzehn lange Kleider getragen.

»Mara«, begann sie sanft. »Du mußt solche Dinge nicht glauben. Sie stimmen einfach nicht. Du bist eine so hübsche junge Frau, und jeder Mann würde stolz sein, dich an seinem Arm zu führen.«

Mara warf ihr einen Blick zu, und ihre Augen bekamen plötzlich einen verletzten Ausdruck. »Danke, daß du das gesagt hast, Alana«, antwortete sie leise. Dann warf sie Alana mit der Impulsivität der Jugend die Arme um die Schultern und sagte: »Oh, ich war so glücklich, als Trevor mir sagte, daß du seine Frau werden würdest! Als wir uns im Park kennenlernten, mochte ich dich sofort, und nun stelle ich fest, daß du genauso wundervoll bist, wie ich gedacht hatte. Und nur jemand ganz Besonderes kann meinen lieben Trevor heiraten!«

Mara drückte sie, und Alana war von den überquellenden Emotionen wie gelähmt. Sie hätte gern Maras Freude geteilt, aber schließlich war das Mädchen getäuscht worden. Zorn loderte in ihr auf, als sie daran dachte, daß dieser Mann sogar seine Schwester betrogen hatte. Sie streichelte Maras Kopf und sagte vorsichtig: »Es ist sehr großherzig, daß du so denkst, Mara. Besonders, da ich nicht zu deinem Debüt gekommen bin.«

Mara Lächelte. »O nein, Trevor hat mir gesagt, warum du nicht da warst. Es tat mir so schrecklich leid, als ich hörte, wie ekelhaft dein Onkel zu dir gewesen ist. Ich hätte dich gar nicht erst eingeladen, wenn ich gewußt hätte, daß du dann in deinem Zimmer eingesperrt wirst.«

Alana starrte Mara an und bemühte sich angestrengt, ihren Unglauben zu verbergen. »Dein Bruder hat dir das gesagt?«

Mara nickte grimmig. »Er wollte nicht, daß ich irgend etwas Böses über dich denken könnte. Aber das hätte ich sowieso nicht, selbst wenn du gar nicht zu meinem Ball hättest kommen wollen. Wenn er dich heiraten wollte, so hätte ich dich in jedem Fall geliebt wie eine Schwester, was du jetzt ja auch eigentlich bist, nicht wahr?«

Alana fühlte die Tränen in ihren Augen. Sie konnte nicht glauben, wie vertrauensvoll und ohne Arg dieses Mädchen war. Wieder schoß ihr die Röte bei dem Gedanken ins Gesicht, wie sehr die Vierhundert sie verletzt hatten. Ohne darüber nachzudenken, drückte sie Mara und wünschte sich in jenem Augenblick nichts sehnlicher, als daß sie wirklich ihre Schwester wäre. »Ich wollte wirklich zu deinem Ball kommen«, flüsterte sie. »Bitte glaub mir das wirklich.«

»Natürlich«, antwortete Mara. »Trevor hat es mir gesagt.«

Sie lösten sich voneinander und Alana lachte, als sie sich die Tränen von der Wange wischte. Sie konnte kaum glauben, daß Sheridan seiner Schwester das wirklich gesagt hatte. Sicher, es stimmte, aber Trevor hielt es dennoch für eine Lüge. Er war entschieden ein verwirrender Mann.

»Mrs. Sheridan? Es ist fast Mittag«, sagte eine von Maras Zofen freundlich und hielt Alanas Reisecape aus blauem Samt wartend über dem Arm.

Hastig steckte Alana ihr Haar zu einem festen Knoten zusammen. Sie stand auf und begutachtete sich im Spiegel. Ihr Reisekleid war dem Zweck entsprechend dunkel, aber edel. Es war aus mitternachtsblauem Brokat gemacht und besaß nur die Andeutung von Schleppe und Tournüre. Der Rock war geschlitzt und ließ einen Unterrock aus goldfarbenem, gefälteten Taft durchschimmern, und ihre Schultern schmückten goldgewirkte Troddeln und Quasten im modischen Militärstil. Sie war entzückt. Nun fehlten ihr nur noch Schild und Schwert, und sie konnte ihrem Erzfeind gegenübertreten.

Sie küßte Mara auf die Wange. »Dein Bruder sorgt rührend für dich. Mehr als du vielleicht jemals ahnen wirst.«

Mara lächelte und klatschte in die Hände. »Ich hatte dringend eine Freundin in diesem Männerverein nötig, den mein Bruder für ein Zuhause hält. Ich bin so glücklich, daß er sich in dich verliebt hat.«

Alana wand sich innerlich. Hölzern nickte sie und verließ das Zimmer.

Alana schritt die breite marmorne Treppe hinab, als die Gäste in die Halle drängten. Auf halber Höhe hielt sie an und ließ Mara vorbei. Als alle unverheirateten Frauen ihren Platz am Fuß der Treppe eingenommen hatten, drehte sich Alana um und warf den Brautstrauß über die Schulter in die Menge. Sie hörte das Gekreische und die Rufe, während das Bouquet durch die Luft segelte, und sie hoffte inständig, daß Mara es fangen würde. Aber sie hatte nicht nur Mara erheblich verfehlt, sondern auch alle anderen ledigen Frauen, und zu jedermanns Enttäuschung flogen die Blumen über die ausgestreckten Hände in die offene Tür der Bibliothek, wo ein Gentleman müßig herumstand. Als Alana sich wieder umdrehte, sah sie gerade noch Eagan im letzten Moment nach dem Strauß greifen, bevor sein Glas mitgerissen wurde.

Zuerst erklang ein verhaltenes Stöhnen des Bedauerns, doch dann wurde Lachen laut, als Eagan spaßend mit den Blumen zur Braut hinüberwinkte. »Bedeutet das Glück oder Pech?« rief er ihr zu.

Sie lächelte. »Für einen notorischen Junggesellen bedeutet es Pech. Du wirst innerhalb eines Jahres heiraten!«

Eagan jonglierte mit dem Strauß, als ob es sich um heiße Kohle handelte.

»O nein, so nicht!« rief sie, das Gelächter übertönend. »Du wirst ihn behalten. Das ist das Kreuz, das du tragen mußt.«

Eagan balancierte das Bouquet in der Hand. Sein Lächeln verzog sich zu einer Grimasse. »Ausgerechnet Ehe! Möge Gott mir gnädig sein! Nie hätte ich gedacht, daß mein Kreuz derart schwer werden würde!«

Sie lachte und wollte gerade wieder die Treppe hinuntergehen, als etwas ihren Blick zur Haustür lenkte. Sheridan stand dort allein, und seine Miene war hart und freudlos, seine Augen direkt und rastlos auf sie gerichtet. Ihr Lächeln versiegte. Sein Blick verschlug ihr den Atem. »Ich auch nicht, Eagan«, flüsterte sie sich selbst zu, als sie schließlich die Stufen hinunterging.

In einem Regen aus Reis und Rosenblättern führte Sheridan sie zu der weißgeschmückten Kutsche, die sie zum neuen Grand Central Depot in der 42. Straße bringen sollte. Der jubelnden Menge zuliebe, sagte sie ihrem Onkel flüchtig Lebewohl und winkte den vielen vertrauten Gesichtern zu, die alte Bekannte der van Alens waren. Eagan kam zur Kutsche und gab ihr einen brüderlichen Kuß auf die Wange.

Ihr letzter Gruß ging an die Astors. William gab ihr einen dicken, herzlichen Kuß, während sie und Mrs. Astor sich umarmten, weil die Gesellschaft es so erwartete. Dennoch konnte die Matrone sich eine letzte Spitze nicht verkneifen, und als sie sich voneinander lösten, sagte Mrs. Astor gerade laut genug, daß die beiden Brüder es mithören konnten: »Das werde ich dir niemals verzeihen, Alice.«

In Alana stieg die Wut wie eine Flutwelle hoch. Es war schlimm genug, daß die große Dame Sheridan absichtlich beleidigen wollte, doch auch ihr Schwager Eagan, den sie kaum kannte, war zur Zielscheibe ihrer Gemeinheit geworden. Das machte sie so zornig, daß sie sich nicht mehr bremsen konnte. »Ich bitte Sie, das zu differenzieren, Mrs. Astor. Sie haben Caroline Slidell Perry verziehen, und sie hat einen Juden geheiratet. Wie war denn gleich August Belmonts ursprünglicher, deutscher Name? Ach ja, Schönberg, nicht wahr?«

Anschließend nahm Alana Trevors Hand und ließ sich in die Kutsche helfen. Als sie zurückblickte, sah sie Caroline Astor, wie sie mit wütend verbissenem Gesicht hinter ihr herstarrte. Eagan goß noch Öl auf das Feuer. Stumm bot er der verblüfften Dame zum Trost den Brautstrauß an. Als Mrs. Astor nicht reagierte, nickte Eagan verständnisvoll und drückte ihr statt dessen sein Glas in die Hand, was heißen sollte: »Sicher brauchen Sie das nötiger!«

Alana beobachtete, wie Mrs. Astor Eagan einen indignierten Blick zuwarf und dann mit einem wilden Knurren den Arm ihres Mannes ergriff und davonrauschte. Eagan begann laut zu lachen, und Alana hätte schwören können, daß William Astors Schultern zuckten, als seine Frau ihn mit sich zerrte.

»Warum hast du das getan?«

Alana schoß herum und sah ihren Mann an. Trotz der halb heruntergelassenen Vorhänge leuchteten seine Augen immer noch in ihrer ungewöhnlichen Farbe. Der Gedanke an das, was vor ihr lag, zehrte wieder an ihren Nerven. Sie würden einen ganzen Tag lang bis Newport brauchen. Einen ganzen Tag allein mit Sheridan, mit seinem schrecklichen, durchbohrenden Blick – sie schauderte. »Sie hat es verdient«, sagte sie schnell und wandte sich ab.

»Die Hexe hat es allerdings verdient. Ich wundere mich nur, warum ausgerechnet du ihr widersprochen hast.«

Bei dem eisigen Sarkasmus in seiner Stimme preßte sie die Zähne hart aufeinander. Egal was sie auch sagte, er würde niemals Gutes von ihr denken. Sie war eine Knickerbocker, also von vornherein verachtenswert. Sie erwiderte: »Nur weil du Ire bist, bist du nicht automatisch ein Schuft, und nur weil Mrs. Astor ein Snob ist, ist sie noch lange keine Hexe.«

»Die Frau ist der einzige Grund für Maras verpfuschtes Debüt. Der Tod ist noch zu gut für sie.«

Sie rutschte auf ihrem Sitz herum, um ihn anzusehen. Es erstaunte sie, wie wütend er sie machen konnte. Und wie unglaublich schnell. »Wie kannst du etwas so Gemeines sagen? Caroline Astor ist vielleicht nicht gerade eine liebenswerte Person, aber sie ist auch nicht die Inkarnation des Bösen. Sie liebt Kinder, hast du das gewußt? Sie hat ich weiß nicht wie viele Heime gegründet, um den armen Dingern ein Zuhause zu geben, die ihr Iren auf der Straße ausgesetzt habt. O ja, ich habe sie schon über diese bemitleidenswerten Kleinen weinen sehen. Und das ist auch die Frau, die du eben noch tot sehen wolltest.«

»Wenn es jemals Tränen in den Augen dieser Frau gegeben hat, dann sicher nur Krokodilstränen. Und wenn sie sich um Waisenkinder kümmert... nun, ich würde sagen, ein schlechtes Gewissen kann Berge versetzen.« Sein Kinn schob sich trotzig vor.

Sie hielt seinem Blick stand. »Es sind Frauen wie Mrs. Astor, die dafür sorgen, daß die Kinder Irlands weniger leiden müssen.«

»Wenn wir eine faire Chance bekämen, könnten

wir Iren uns gut selbst um unsere Kinder kümmern«, knurrte er düster. »Und es sind gerade Menschen wie Caroline Astor, die uns diese Chance versagen.«

»Vielleicht. Aber ein Teil eurer Probleme liegt in eurer eigenen Schuld. Ihr könnt nicht alles Mrs. Astor in die Schuhe schieben!«

»Du verteidigst und beschuldigst die Frau im gleichen Atemzug. Ist sie nun eine Heilige oder eine Sünderin?« fragte er schroff.

»Beides. Wie wir alle.«

»Das meinst aber auch nur du!«

Ihre Augen verengten sich. »Ich halte Sie vor allem nicht für einen Heiligen, Sir!«

Er lehnte sich in seinem weichen Sitz zurück und rollte den goldenen Knauf seines Stockes in seiner Hand. »Ich mich auch nicht. Also nimm dich in acht.«

Seine Bemerkung traf sie wie ein Boxhieb. Überrascht öffnete sie den Mund, doch sie widersprach nicht. Was sollte man auch einem Mann sagen, der sich gerade selbst als ausgesprochenen Sünder bezeichnet hatte? Sie setzte sich zurück und warf ihm einen unbehaglichen Blick zu, wobei sie sich fühlte wie ein Kaninchen in der Schlinge. Sie war erleichtert, daß er nach draußen sah, wo sich die Omnibusse von der Vanderbilt Avenue in die 42. Straße einreihten. Befreit seufzte sie auf und konzentrierte sich ebenfalls auf das Durcheinander.

Einheimische nannten den Bahnhof auch »Grand Swindle Depot«, denn er war derart schlecht geplant worden, daß die Leute sich unter Einsatz ihres Lebens durch ein heilloses Chaos aus verwirrenden Gleisen und Weichen, Lokomotiven und Querstraßen arbeiten mußten. Trotz aller Kritik war er dennoch eine Sehenswürdigkeit. *NEW YORK & HARLEM R. R.* prangte über den drei Türmen des Eingangs in der 42. Straße, und die Architektur des Gebäudes im Second-Empire-Stil galt als eine der schönsten in New York.

Sie steuerten durch die Kutscheneinfahrt und stiegen aus. Sheridan zeigte einem der Angestellten einen Paß, und man führte sie schnell durch die Station zu ihrem Bahnsteig. Die Züge warteten unter Gewölben aus Glas und Stahl hinter dem Bahnhof. Das Bauwerk besaß bestimmt die größte überdachte Fläche im ganzen Land, und obwohl Alana schon oft hier gewesen war, ließ sie sich immer noch von den enormen Ausmaßen beeindrucken.

Alana hatte gedacht, die Reise würde den anderen Fahrten nach Newport, die sie früher unternommen hatte, sehr ähnlich werden. Aber während sie am Arm ihres Gatten am Bahnsteig wartete, stellte sie fest, daß es diesmal völlig anders werden würde. Sie fuhren mit einer der Vanderbilt-Linien, aber nicht in einem Privatabteil, die Alana es gewohnt war. Stattdessen würden sie in Sheridans privatem Pullmanwagen reisen, der eben ans Ende des Zuges angehängt wurde. Während Trevor das Einladen ihres Gepäcks überwachte und das Personal auf die angrenzenden Wagen verteilte, half ein höflicher, älterer Bediensteter Alana in den goldgrünen Pullman hinein. Entgeistert bestaunte Alana den Luxus im Inneren des Wagens. Kastanienfarben moirierte Seide schmückte die Fenster an beiden Seiten des Wagens, in regelmäßigen Abständen durch schwere Goldkordeln zusammengehalten. Die gepolsterten Sofas waren mit Samt des gleichen tiefen rotbraunen Farbtons überzogen und wie in einem Salon arrangiert worden. Die Holzverkleidung und Möbel waren aus Mahagoni mit Messing verziert, der schwarzgoldgrüne Teppich extra für den Pullman handgefertigt. An seinen Kanten prangten irische Motive wie Klee und Harfe und das Connachtwappen, das die Heimatprovinz der Sheridans repräsentierte. In einer Ecke stand ein reichverzierter, aber gemütlich wirkender Kugelofen, der für die Fahrt nach Rhode Island angeheizt war.

Alana benötigte keine Aufforderung, sich an den Ofen zu setzen. Zwar war es in dem Wagen nicht kalt – dazu war er zu gut vorbereitet worden –, aber der gewaltige Reichtum, den er auch hier unverhohlen zur Schau stellte, ließ sie erschaudern. Sie sah sich um und dachte an Sheridans imposantes Anwesen in der Fifth Avenue. Es war anzunehmen, daß sein Haus in Newport ähnlich überladen und ganz in Marmor gehalten war. Wieder fiel ihr ihr Traum ein. Wenn sie vorher glaubte, an all dem Luxus ersticken zu müssen, dann war sie nun dabei, darin zu ertrinken.

Ihr Mann trat ein und machte es sich auf einem der Sofas am entgegengesetzten Ende des Waggons bequem. Es dauerte noch weitere zehn Minuten, bevor der Zug sich in Bewegung setzte, und in dieser Zeit sprach keiner von beiden ein Wort. Während der Hochzeit und danach hatte sie ständig seinen Blick auf sich gespürt. Doch nun, hier in dieser beengten Umgebung, behandelte er sie, als wäre sie Luft.

Eine dicke, weiße Dampfwolke zog an beiden Zugseiten vorbei, als sie aus dem Bahnhof fuhren. Durch die Schwaden sah Alana Menschen auf dem Bahnsteig, die ihren Lieben in den anderen Abteilen Lebewohl zuwinkten. Niemand winkte Sheridan. Der Zug ratterte unter dem Gewölbe hervor, und plötzlich schien die Sonne auf sie hinab, während sie Kurs auf Yorkville in nördlicher Richtung nahmen.

Alana riß sich von der Landschaft draußen los, weil ihr Gefühl ihr sagte, daß Sheridan sie beobachtete. Aber als sie den Kopf wandte, sah sie ihn in der Abendausgabe des *Chronicle* vergraben, wo er die Börsenberichte studierte. Die Titelseite, auf der das Ereignis ihrer Hochzeit groß und in allen Einzelheiten dargestellt war, lag unbeachtet auf dem Teppich.

»Nehmen wir die reguläre Strecke nach Newport, oder kann uns dein Geld schneller hinbringen?« Es war nicht die geschickteste aller Fragen, aber aus einem unbestimmten Grund war Alana verletzt über die zerknüllte Titelseite der Zeitung.

Langsam sah er von seiner Lektüre auf. »Hast du was gesagt?«

Der Zug holperte ein wenig, und Alanas Brüste wogten, trotzdem sie so fest eingeschnürt waren. Obwohl es sehr schnell geschah, hätte sie schwören können, daß sein Blick unwillkürlich zu ihrem Busen glitt. »Ich fragte, wie lange die Fahrt dauert.« Sie kreuzte die Arme über ihrer Brust, als ob sie ihn davon fernhalten wollte, gleichzeitig ärgerte sie sich über ihre kindische Befangenheit.

»Wie gewöhnlich. Warst du denn noch nie in Newport?« Er sah weg, zeigte sein Desinteresse. Sie hätte fast gelächelt. Sein Akzent war wieder durchgeschlagen! Immer wieder gab es Augenblicke, in denen seine Fassade brüchig wurde. Dennoch fragte sie sich, ob sie jemals wirklich den Mann zu sehen bekam, der sich dahinter verbarg.

»Ich dachte, du mit deinen ganzen Millionen

könntest irgendwie schneller hinkommen.« Auch sie tat, als wäre sie nicht weiter interessiert, und schaute wieder aus dem Fenster.

»Wenn es einen schnelleren Weg gibt, dann sei sicher, daß ich der erste bin, der davon weiß.«

»Um dann ein Aktienpaket daraus zu machen und noch weitere Millionen und Trillionen Dollar zu verdienen«, fügte sie fast unhörbar hinzu.

Er warf ihr einen scharfen Blick zu, überraschte sie aber plötzlich mit einem glucksenden Lachen. »Würde dich das stören? Schließlich ist das der amerikanische Traum. Und du, Miss Knickerbocker, müßtest das als waschechte Amerikanerin doch begrüßen.«

Sie hob die Augenbrauen und sah ihn an. »Im Gegenteil. Ich habe gehört, daß Geldverdienen an der Börse meistens alles andere als ein ehrbares Geschäft ist. Selbst mein Onkel sagt, daß es eigentlich ungesetzlich sein müßte, Aktien zu verkaufen, die man nicht einmal kennt, oder Papier drucken zu lassen, das keinen Wert hat –«

»Also sollten die Menschen einfach ihr Erbe nehmen und davon leben, meinst du das?«

Sie runzelte die Stirn. Warum mußte er ihr immer das Wort im Mund umdrehen? Sie war einfach nicht die kaltherzigen Statue, für die er sie hielt. »Es ist keine Schande, das ehrlich verdiente Familienvermögen zu verwenden«, sagte sie ruhig.

Verächtlich preßte er die Lippen zusammen. »Ich weiß ja, daß dich diese hypothetische Aussage schockieren wird, meine Kleine, aber was soll ein Mann tun, der möglicherweise kein Familienvermögen besitzt?«

Der Spott in seiner Stimme tat ihr weh. Sie spürte, daß er sie haßte. Daß er keine zärtlichen Gefühle für sie hegte, wußte sie, seit er mit ihrem Leben spielte wie mit einem Hund, aber sie hatte zumindest nicht erwartet, daß er sie für schwachsinnig hielt. »Wofür hältst du mich?« flüsterte sie. »Für gedankenlos? Kaltherzig? Denkst du, ich bin so oberflächlich, daß ich glaube, jeder ist reich und privilegiert? Denkst du, mir ist das Elend der Armen entgangen?«

»Du bist niemals arm gewesen. Du hast weder das Recht, über mich zu urteilen, noch über solche Dinge mit mir zu reden!« Ungerührt wandte er sich wieder seinen Börsenberichten zu.

Heiße Tränen schossen in ihre Augen, das Ergebnis eines langen, kräftezehrenden und entmutigenden Tages. »Sie sind es, der über mich richtet, Sir«, sagte sie, stand auf und ging langsam zu einem Sofa am anderen Ende des plüschigen Wagens. Sie sah aus dem Fenster und stellte fest, daß sie bereits eine gute Strecke dort entlangfuhren, wo einmal die Barackenstadt Bloomingdale gewesen war. Ihre Route würde sie über die frühere Bloomingdale-Road nach Harlem Heights und über die Kingsbridge führen, bis sie schließlich in die alte Boston-Post-Road mündete.

Sie öffnete ihre metallgefaßte Börse und suchte nach einem Taschentuch. Man merkte kaum, daß sie weinte. Ihre Tränen kamen in stillen, unterdrückten Schüben – sie war sehr gut erzogen worden, Leid zu verbergen.

Alana tupfte sich die Wangen ab. Er hatte gesagt, sie hätte nicht einmal das Recht, an die Armen zu denken, aber sie tat es. Armut hatte auch Vorteile. Das Leben war einfacher, es gab keine Heuchelei, keine Versteckspiele. Wenn man sich glücklich schätzen konnte, Freunde zu haben, akzeptierten sie einen so, wie man war, und man mußte nicht fürchten, daß sie nur darauf lauerten, die kleinste Verfehlung anzuprangern.

Sie beobachtete, wie die karge Landschaft vorbeirauschte – schlammiges, baumloses Farmland, das Spekulatoren bereits für neue Häuser einteilten. Die Eintönigkeit des Anblicks erlaubte ihr, sich in einen ihrer Lieblingstagträume zu flüchten. Sie stellte sich ein Leben als jemand anderes vor, als ein Mädchen mit weitaus weniger Geld und weitaus mehr Freunden. Ihre Vergnügungen würden einfacher sein, sie würden es sein müssen. In jenem Leben würde sie sich mit Dingen wie einem warmen Feuer und netter Gesellschaft zufrieden geben. Und sie wußte, daß sie das konnte.

Sie warf einen Blick auf den kleinen, dickbauchigen Ofen und dachte an den Mann aus ihren Träumen. Er war der Mensch, der ein warmes Feuer an kalten Tagen zu schätzen wußte, der Mensch, der es am besten mit seiner Frau an seiner Seite genießen würde. Wie gern wäre sie diese Frau gewesen, um einfach nur mit ihrem Liebsten am Feuer zu sitzen und sich über seine Gegenwart zu freuen. Wenn sie doch nur einmal das Gesicht ihres Schattenmannes sehen könnte! Wenn er nur überhaupt eins hatte!

Sie sah Sheridan an. Seine Miene war gespannt und defensiv. Er stand auf und ging auf sie zu, doch sein Ziel war die Flasche Champagner auf der Bar. Als er an ihr vorbeiging, tupfte sie heimlich ihre Tränen ab. Er sollte sie nicht weinen sehen. Sie wollte nicht, daß er merkte, wie verletzlich sie war.

Verstohlen beobachtete sie, wie er sich ein Glas Champagner eingoß und es in einem Zug hinunterstürzte. Unzufrieden holte er eine geschliffene Karafe hinter der Bar hervor und goß sich eine gute Portion einer blaßgoldenen Flüssigkeit ein. Dann stürzte er diese hinunter und schenkte sich augenblicklich nach.

Sie betrachtete ihn, und ihr Zorn wuchs. Sie beneidete ihn fast. Als Frau war es ihr nicht gestattet, sich wie er in den Alkohol zu flüchten. Würde sie sich ein Glas einschenken, würde man sie für ordinär halten, und innerlich verfluchte sie die Suffragetten, daß sie sich der Abstinenzbewegung angeschlossen hatten. Aber je mehr sie darüber nachdachte, desto forscher wurde sie. Dieser Mann hatte sie in die Ehe gezwungen, und es gab keinen Grund, ihn zu beeindrucken oder seinen Anweisungen zu folgen. Ihre Ehe bestand nur auf dem Papier. Sie mußte sich nur um die gesellschaftliche Karriere seiner Schwester kümmern, warum sollte es ihn also stören, wenn sie sich hier in aller Stille einen Drink eingoß und ebenfalls ihre Sorgen ertränkte?

Sie setzte sich kerzengerade auf und entschied sich. Die Reise nach Newport dauerte schon viel zu lange. Wenn es ihm nicht paßte, konnte er zum Teufel gehen. Sein Zorn wäre sogar eine Ablenkung.

Er folgte ihr mit seinem Blick, als sie aufstand und zur Bar schlenderte. Sie wagte nicht, ihn mit ihren rotgeäderten Augen anzusehen, aber sie verfluchte seine erbarmungslose Wachsamkeit, mit der er jede ihrer Bewegungen registrierte.

»Wenn du Champagner wolltest, hätte ich dir auch welchen bringen können«, kommentierte er trocken.

»Ich will keinen Champagner, danke!« Sie fand ein Glas und nahm den Stöpsel von der Karaffe ab, aus der er sich bedient hatte.

»Das wirst du nicht mögen«, sagte er plötzlich barsch mit deutlichem Mißfallen.

Ihre Widerspenstigkeit erwachte. Die Suffragetten kämpften für das Wahlrecht für Frauen, aber sie wünschte, sie könnten es ebenfalls durchsetzen, daß eine Frau trinken durfte, ohne gleich als Abenteuerin angesehen zu werden. »Das hier ist genau das, was ich brauche!« Sie ignorierte seine grimmige Miene und griff nach der Karaffe.

Ohne Vorwarnung nahm er sie ihr aus der Hand. »Das wird dir nicht schmecken!« Sein Gesicht verfinsterte sich. »Gehst du immer einfach zur Bar und bedienst dich?«

Ihre grünen Augen funkelten gleichzeitig vor Vergnügen und Zorn. Hielt er sie etwa für eine Trinkerin? Sie hätte fast laut gelacht. Fein. Mochte er denken, was er wollte. »Besorgt?« neckte sie ihn. »Nun, du weißt schließlich fast nichts über mich. Ich könnte die übelsten Laster haben!«

Er strich mit dem Daumen über den Löwenkopf seines Spazierstocks. Sie wußte nicht, warum, aber es jagte ihr einen Schauer über den Rücken. »Stimmt. Aber ich auch!« Wieder erschien sein dunkles Lächeln.

Ihr Instinkt sagte ihr, ihn einfach nicht zu beachten, wenn er in solch einer provozierenden Stimmung war. Sie griff erneut nach der Karaffe, doch er hielt sie außerhalb ihrer Reichweite. »Ich sagte dir doch, daß du das nicht trinken kannst!«

Ihr Zorn wallte auf. Was für ein Heuchler! Typisch für sein Geschlecht fand er es in Ordnung, ihr etwas Wein bei *Delmonico's* zu gestatten, weil es seinen Zielen entgegenkam, ihre Gedanken zu vernebeln. Aber jetzt sollte sie kein Recht haben, den gewünschten Drink zu bekommen.

»Wenn du dich wieder hinsetzt, gebe ich dir ein Glas Champagner!«

Als ob er mit einem Kind sprach! Oh, er erlaubte es ihr, wie nett. Trotzig sagte sie: »Ich möchte etwas Stärkeres. Dasselbe, das du da trinkst!«

Er öffnete den Mund, um etwas einzuwenden, besann sich jedoch plötzlich. Irgend etwas schien ihn zu amüsieren. »Du willst also dieses Gebräu? Das, was in der Karaffe ist? Gut. Du sollst es haben!« Er nahm ihr Glas und schenkte ihr ein, wobei seine Brauen sich mit der Menge der Flüssigkeit im Glas hoben. Grinsend reichte er es ihr. »Auf einen Zug«, kündigte er an, und sein Grinsen wurde breiter.

»Auf einen Zug«, wiederholte sie und nahm einen großen Schluck.

Höllenfeuer brannten in ihrer Kehle. Sie wollte husten, doch was immer es war, das sie da getrunken hatte, es raubte ihr den Atem. Nach einer Sekunde, in der ihr Herz aussetzte, rang sie nach Luft. Tränen schossen ihr in die Augen. Dann begann sie zu husten, während er laut auflachte.

»Hier, nimm noch ein Glas.« Trevor brachte ihr die Karaffe und füllte ihr Glas fast bis zum Überlaufen, während sie noch verzweifelt versuchte, wieder normal zu atmen. Es wäre ihr urkomisch vorgekommen, wenn sie nicht so wütend gewesen wäre. »Was... was hast du... vor?! Willst du... mich umbringen?« Sie hustete wieder, während ihre Augen vor Wut funkelten. »Was... was ist das?« Sie hielt das Glas weit von sich.

»Guter irischer Whiskey aus Bandit's Roost, mein Lieblingsbrand. Sag bloß, er schmeckt dir nicht!«

»Das ist Gift!« keuchte sie.

»Wenn man zuviel davon trinkt...«

»Du trinkst das Zeug *freiwillig?*«

»Es ist das einzige Zeug, das mich direkt auf den Arsch fallen läßt!« Er grinste verschmitzt. »Bedien dich!« Er griff nach ihrem Glas und amüsierte sich offenbar königlich auf ihre Kosten.

Sie zog ihr Glas weg. »Ich will nicht direkt auf den –« – ihre Hand flog zum Mund – »auf mein Hinterteil fallen«, beendete sie den Satz, während ihr die Röte ins Gesicht stieg.

»Was ist? Hast du Angst, du könntest das Zeug mögen? Mach dir keine Sorgen. Es ist billig, und ich bekomme es in rauhen Mengen. Also nimm dir ruhig.«

»Himmel! Niemand kann das Gebräu tatsächlich mögen! Es schmeckt ja schlimmer als Haarwasser!«

»Oh, woher weißt du das? Ist es das, was ihr Knikkerbocker-Ladies euch reinkippt, wenn ihr dringend einen Drink braucht? Haarwasser?« Er warf den Kopf zurück und lachte laut.

Er hatte sie beleidigt, und sie hätte eigentlich wütend werden sollen. Aber durch den Alkohol fühlte sie sich leicht benebelt, so daß ihr deutlicher als sonst auffiel, wie gut Sheridan aussah, wenn er fröhlich war. Wie hypnotisiert betrachtete sie ihn. Er hatte das Schalkhafte seines Bruders, wenn auch versteckter als Eagan, und auf Alana wirkte es unendlich verführerischer.

In diesem Moment arbeitete sogar der Zug gegen ihre Absichten. Das sanfte Schaukeln wurde plötzlich durch einen abrupten Hüpfer unterbrochen, der sie gegen seine breite Brust schleuderte, und ihr voller Busen preßte sich an ihn. Sein Lachen erstarb. Elektrisierende Sekunden lang sahen sie sich an, und Alana fühlte, wie der Boden unter ihr wegsackte.

Tief in diesen rastlosen Augen lag die eindeutige Einladung.

Und das Schlimmste war, sie konnte nicht nein sagen.

Sie waren einander so nah, daß sie seinen Atem an ihrem Haar spürte. Er schien sich beherrschen zu wollen, doch offenbar gelang es ihm nicht. Er beugte den Kopf, und sie wollte aufschreien, sich gegen das Verlangen wehren, das sie beide beherrschte, doch sie sagte keinen Ton. Das Gefühl, das nun in ihr aufblühte, hatte jahrelang in ihr geschlummert, und sie mußte sich eingestehen, daß es erst an die Oberfläche gedrungen war, als sie diesem Iren zum ersten Mal gegenübergestanden hatte.

Seine Lippen berührten ihre und schürten das Feuer, das in ihr brannte. Es fühlte sich so wunderbar an, daß sie am liebsten vor Wonne und Erleichterung geseufzt hätte, selbst als alle Warnsignale in ihr ertönten. Sein Arm glitt zu ihrer Taille und zog sie fester an sich. Er küßte sie wie in der Kirche, doch diesmal waren keine Beobachter da, die beeindruckt werden sollten, und er nahm sich Zeit, liebkoste ihre Lippen, bis er schließlich mit seiner Zunge in ihren Mund drang. Es war wieder ein Schock für sie, und ihr Instinkt wollte sie zurückfahren lassen. Doch er war ganz Herr der Lage, legte die Hand auf ihren Po und hielt sie fest. Er küßte sie leidenschaftlicher, und jeder Gedanke an Protest war vergessen. Ihre Vernunft flehte überdeutlich, sich loszumachen, doch ihre Hand strich seine gestärkte weiße Hemdbrust hinauf und berührte sanft seine Wange.

Das schien ihm fast zu sehr zu gefallen, denn sein Kuß wurde noch wilder, drängender, bis sie zurückgebeugt gegen die Bar lehnte und wie im Delirium das Vordringen seiner Zunge geschehen ließ. Seine Hände liebkosten ihren eingeschnürten Brustkorb, doch er wollte mehr, und so tastete er sich langsam hoch, bis er fast ihre Brust berührte. Als er die Ansätze erreicht hatte, schrillte ein Alarm in ihrem Kopf, der laut genug war. Wilde, irrationale Panik stieg in ihr auf, und sie löste heftig ihre Lippen von seinen.

Keuchend starrte sie ihn an, sie konnte nicht glauben, was er hatte tun wollen. So standen sie umarmt da, während die Spannung zwischen ihnen wuchs, reglos, nur das erotisierende Vibrieren des Zuges unter ihren Füßen.

Als er sich wieder aufrichtete, stürzte die Realität wie ein Eimer kalten Wassers auf sie ein. Sie stand gegen die Bar gepreßt wie eine Dirne, ihr Kopf war zurückgebeugt, ihre Lippen in Erwartung eines weiteren Kusses geöffnet. Ihre Miene drückte Entsetzen aus, nicht weil er sie geküßt hatte, sondern weil sie so verzweifelt geküßt werden wollte. Und sie wollte es von diesem Mann. Von einem Mann, der sie haßte.

Er sah auf sie hinunter, betrachtete die Selbstvorwürfe, die sich deutlich auf ihrem Gesicht abzeichneten. Er mißdeutete die Gründe, machte sich von allen Emotionen frei und griff wieder nach seinem Glas. Dann sagte er in breitem, bodenständigen und verächtlichem Dialekt: »So, Miss Knickerbocker. Ist es das, was ihr feinen Ladies tut, wenn ihr einen Mann fertigmachen wollt?«

Sie hätte ihn ohrfeigen können. Sie fühlte sich betrogen und verletzt, aber schnell verbarg sie ihre Gefühle hinter einer eiskalten Maske. Aufrecht wie die Königin von England drehte sie sich um und ging stolzen Schrittes zum Sofa zurück, doch ihre Wangen und Augen sagten genug.

Wieder starrte sie aus dem Fenster, und ein drükkendes Schweigen breitete sich in dem Wagen aus. Gelähmt, entsetzt und zu stolz, um ihre Wunden zu lecken, saß sie am Fenster wie eine Statue, die zu einem Begräbnis aufgestellt worden war. Sie schmeckte den Whiskey in ihrem Mund, und der Gedanke, daß der Geschmack von ihm kommen konnte, machte sie nur noch verzweifelter. Mit zitternder Hand wischte sie sich über die Lippen, als könnte sie ihn dadurch auslöschen. Aber er blieb und erinnerte sie grausam an den Kuß.

Sie waren mittlerweile auf dem Land, ein gutes Stück hinter der 125. Straße. Normalerweise wäre jeder von den alten Farmhäusern und den sauberen weißen Hütten entzückt gewesen, die dieses Land beherrschten. Nicht jedoch die zwei Menschen, die in dem Pullmanin nördlicher Richtung über die Schienen eilten. Er saß in einer Ecke und trank schweigend. Seine Frau starrte ausdruckslos aus dem Fenster und dachte voller Entsetzen daran, daß ihr Mann in ihr Gefühle wecken konnte, die nur in einer Katastrophe enden konnten.

13

Gegen acht Uhr abends brachte ein freundlicher schwarzer Diener ein mehrgängiges Dinner, das Alana kaum anrührte. Nach diesem Kuß mußte sie allen Mut zusammennehmen, um sich Trevor gegenüber an den damastgedeckten Tisch des Pullmans setzen zu können. Sie entschuldigte sich sehr bald, ließ sich dann auf einem der Samtsofa nieder und wurde schließlich durch das monotone Geratter des Zuges eingelullt.

Kreischend kam die Lokomotive weit nach Mitternacht zum Stehen. Alana wachte auf und sah sich verschlafen um. Sie war noch zu verwirrt, um sofort zu erkennen, wo sie sich befand, oder wie spät es war. Der Wagen lang im diffusen Licht, das von den Gaslaternen der Station erzeugt wurde. Alana setzte sich in der Dunkelheit auf, warf beiseite, was auch immer sie zudeckte und suchte Sheridan. Er stand ihr gegenüber, wach und aufmerksam, und starrte aus dem Fenster. Das eindringende Licht hob sein Profil scharf hervor, und sie beobachtete ihn stumm.

Selbst in der Dunkelheit war seine Erscheinung anziehend, sie strahlte eine merkwürdige Mischung aus Verbotenem und Hilflosigkeit aus. Als sie seine einsame, starre Gestalt dort stehen sah, als sie bemerkte, wie er gedankenverloren seinen Stock umklammerte, überkam sie der seltsame Wunsch, ihn in die Arme zu nehmen. Doch ein anderer Teil von ihr wollte am liebsten fortlaufen. Er hatte das einzigartige Talent, in ihr einen unversöhnlichen Konflikt zu wecken. Er war einer der gefühlskältesten Männer, die sie je kennengelernt hatte. Aber auf der anderen Seite war etwas an ihm, das sie berührte, das sie fest an ihn schmiedete und ihm die Kraft zu verleihen schien, sie wie Ton zu formen. Seine eiskalte Planung der Hochzeit war ein Beweis dafür. Alles hatte gegen die Ehe mit diesem Iren gesprochen, und dennoch war sie schließlich darauf eingegangen. Sicher, er hatte seine Schachzüge perfekt ausgearbeitet, aber wenn sie ihre Gefühle näher untersuchte, fragte sie sich langsam, ob ihre Zustimmung nicht noch einen anderen Grund gehabt hatte. Denselben Grund, aus dem sie sich nicht gewehrt hatte, als er sie küßte.

Sie spürte, wie die Hitze in ihre Wangen stieg, als sie wieder daran dachte. Wie gern hätte sie gesagt, daß sie ihre Empfindung haßte, aber ihre Reaktionen straften sie Lügen. Was für ein lockeres Frauenzimmer war sie bloß geworden? Anson hatte einmal versucht, sie zu küssen, aber als sie seine Zunge an ihren zusammengepreßten Zähnen spürte, hatte sie nur den Wunsch gehabt, ihn abzuwehren, was sie dann auch getan hatte. Bei Trevor aber empfand sie etwas vollkommen anderes. Das Verlangen, nicht nur weiterzumachen, sondern sogar weiterzugehen, wurde bei ihm fast unkontrollierbar. Wenn seine Lippen ihre berührten, geschah ein seltsamer Zauber. Plötzlich fühlte sie sich wie ein wildes Tier, das endlich den richtigen männlichen Partner gefunden hatte.

Trotzdem mußte sie es sich wieder vor Augen führen, als sie einen letzten Blick auf seine dunkle Gestalt warf – diese Ehe war nichts als ein Vertrag, ein emotionslos geplantes Geschäft, eines von der Sorte, die er tagtäglich an der Wall Street abschloß. Wenn sie sich nicht ständig daran erinnerte und ihre Gefühle ihm in die Quere kamen, dann würde er sie wie einen konkurrierenden Börsenmakler behandeln. Er würde sie vernichten. Und er hatte es ja schon getan.

»Newpaht! Newpaht!« brüllte der Schaffner in seinem Bostoner Akzent, als er in den Wagen trat. Der schwarze Diener war ihm voraus und zündete die Gaslaternen an.

Alana brauchte einen Moment, um ihre Augen an die Helligkeit zu gewöhnen. Dann sah sich an sich hinab und entdeckte, worunter sie geschlafen hatte. Sie hatte gedacht, es handelte sich um eine leichte Decke, die sie vielleicht im Halbschlaf über sich gezogen hatte. Doch nun mußte sie feststellen, daß es ein Männerrock war. Sie hielt ihn am ausgestreckten Arm von sich, um zu sehen, ob ihre Augen sie trogen. Nein, es war tatsächlich Trevors Rock.

»Er beißt nicht«, sagte Trevor trocken.

Unsicher, was er damit meinte, sah sie ihn an. Dann erst bemerkte sie, wie sie das Kleidungsstück hielt. »Das war sehr nett von dir –«, begann sie hilflos, doch er wandte sich einfach ab.

»Es ist spät. Unsere Kutsche wartet. Laß uns gehen.« Er kam zu ihr und zog sich mit feindlicher Miene den Rock über die Schultern.

Sie öffnete den Mund und wollte ihm danken oder widerlegen, was er offenbar wieder dachte, doch sein Gesichtsausdruck ließ sie lieber schweigen. Heute nacht würde sie seine Meinung nicht mehr ändern können.

»Ich brauche mein Cape«, murmelte sie und sah sich danach um. Er nickte dem Diener zu, der bereits an der Tür mit ihrem Samtmantel wartete. Sie stand auf, und der Diener kam herbei und legte ihn ihr über die Schultern. Seit sie denken konnte, hatten ihr Lakaie und Diener in den Mantel geholfen, aber plötzlich störten sie die fremden Hände. Nun war das die Aufgabe ihres Mannes, und sie warf einen Blick auf Trevor, wobei das Verlangen auf ihrem Gesicht nicht zu verbergen war.

Die Bellevue Avenue war still, als ihre Kutsche in Richtung Fenian Court, Sheridans Anwesen, entlangrollte. In ihrer Kindheit hatten Christabel und sie so manchen glücklichen Tag an Bailey's Beach verbracht, wo sie Muscheln suchten oder nur auf den Klippen bei Brentons Point saßen und den Wellen zusahen, die sich schäumend an der rauhen Küste brachen.

In zehn Jahren hatte sich Newport jedoch vollkommen verändert. Niedliche Hexenhäuser mit großen, luftigen Veranden säumten die Bellevue Avenue, und im Juni blühten überall puderblaue Hortensien, die der kleinen Stadt eine heimelige Atmosphäre verliehen. Der Ort wurde von Südstaatlern bevorzugt, die der glühenden Hitze daheim entkommen wollten oder von Leuten aus Boston, die eine besser strukturierte Gesellschaft als in Cape Cod wünschten.

Aber alles veränderte sich schnell. Die Eselskarren und Sommerfrischler waren rasch durch die gesellschaftlichen Schachzüge der Oberen Vierhundert verdrängt worden. Wenn die Demokratie in Manhattan um der Gatten Geschäfte willen zwangsweise eingezogen war, so konnte man in Newport nichts davon merken. Die Ehefrauen waren die unbestrittenen Herrscherinnen dieser Gegend, und die Gerüste riesiger 50-Zimmer-»Häuschen«, errichtet mit dem Geld ihrer Ehemänner, versperrten bereits den Blick aufs Meer.

Aus der Kutsche betrachtete Alana die nun dunklen Anwesen, und obwohl sie von den Bauten beeindruckt war, machte sie das, was sie repräsentierten, doch traurig. Das alte Newport ging denselben Weg wie das Weideland entlang Bellevue, und nun hielt sogar eine noch exklusivere Runde Einzug in den Ort. Sie hatte das Spiel satt. Schließlich war alles nur Fassade. Sie wußte besser als jeder andere, daß sich hinter all dieser Zurschaustellung ein erschreckendes Ausmaß an Unsicherheit und blanker Angst verbarg.

Es war Ironie, daß ausgerechnet Fenian Court das protzigste Gebäude von allen war.

Sie bogen nach links auf einen kleinen Weg ein, der von knospenden Ulmen gesäumt war. Fenian Court, benannt nach dem berüchtigten Pfarrhaus, lag vor ihnen in seinem Louis XV.-Stil, in dem selbst die Laternen gestaltet waren. Tonnen von Marmor mußten importiert worden sein, um dieses Bauwerk als Petit-Trianon-Kopie entstehen zu lassen. Alles war in französischem Rokoko gehalten: kaum eine Linie, die nicht in weiche Kurven gezwungen worden war, alles, was vergoldet werden konnte, war vergoldet. Selbst die Treppe, die sich zum Eingang emporschwang, entsprach dem Klischee: Marmor mit einem kurvigen, schmiedeeisernen Geländer und gekrönt von polierten Bronze-Handläufen.

Die Ausmaße der Villa waren atemberaubend. Sie hatte gehört, daß Sheridans »Strandhaus« aus achtundsiebzig Zimmern bestand, wobei die Außengebäude wie Ställe, Bootshaus und Gärtnerei noch nicht mitgezählt waren.

Ihr Empfang wurde wie ein einstudiertes Ballett abgehalten. Der Majordomus nahm ihr das Cape ab, der Sekretär reichte Sheridan das letzte Fernschreiben. Der Majordomus, der ihre Müdigkeit spürte, bat sie zu ihren Räumen, während Sheridan gefragt wurde, ob er noch Nachrichten senden wollte. Als Alana fortgeführt wurde, verbeugte sich Sheridan mit ausgesprochener Gleichgültigkeit vor ihr.

Verletzt, obwohl ihr Verstand sie schalt, folgte sie zu ihrer Suite und wanderte durch die marmornen Flure, in denen sich Marie Antoinette wohlgefühlt hätte. Aber sie war nicht in der Lage, die Erhabenheit der Inneneinrichtung wahrzunehmen, denn Erschöpfung und widerstreitende Emotionen überwältigten sie. So viel war am heutigen Tag geschehen, und wie sehr sich ihr Verstand auch mühte, ihr zu sagen, daß dies alles in einem Jahr nur noch eine winzige Erinnerung sein würde, so wußte sie doch, daß ihr Leben auf unwiderbringliche Art und Weise den Kurs geändert hatte.

Ihr Schlafzimmer war im Gegensatz zu dem, was sie bisher von Fenian Court gesehen hatte, in erfrischend zurückhaltenden Rosa- und Elfenbeintönen gehalten. Nachdem der Majordomus sie allein gelassen hatte, suchte Alana ihr Ankleidezimmer, war aber unschlüssig, welche Tür sie nehmen sollte. Zu ihrer Rechten befanden sich einige unbestimmte Türen, zu ihrer Linken eine goldverzierte Flügeltür. In der Annahme, dahinter müßte sich ihr Ankleidezimmer verbergen, stieß sie sie auf, nur um festzustellen, daß sich die Suite ihres Mannes dort befand.

Als sie entdeckte, daß niemand da war, seufzte sie erleichtert. Sie hatte wahrhaftig kein Bedürfnis, in ihres Mannes Schlafzimmer zu platzen, während er sich bettfertig machte. Sie wollte gerade wieder gehen, als ihr auffiel, wie sehr sich Trevors Zimmer von dem restlichen Haus unterschied. Neugierig stand sie auf dem alten, dicken Teppich und sah sich um. Ein Feuer brannte fröhlich im Kamin, um die kühle Luft der Mainacht zu vertreiben. Die freundliche Wallnußtäfelung machte den Raum anheimelnd warm, und am Tag mußte man aus dem Ostfenster einen atemberaubenden Blick auf die Meerenge haben. Die Vorhänge waren aus kostbarem, aber schlichtem Leinen, die Decken aus schwerem wollenen Tartanstoff. In der Intimität seines Zimmers war die Protzerei verschwunden und hatte einer funktionellen und angenehmen Einfachheit Platz gemacht.

Ihr Blick wanderte zum Kamin zurück. Vor dem Feuer wartete ein graublauer Ledersessel auf seinen Besitzer, die Morgenausgabe des *Chronicle* lag säuberlich zusammengefaltet auf der Ottomane, der Spazierstock lehnte dagegen. Alana riß die Augen auf und trat instinktiv einen Schritt zurück. Sie hatte Sheridan noch nie ohne den Spazierstock gesehen. Wenn er ihn hier abgelegt hatte, konnte das nur bedeuten...

»Was machst du hier?« bellte eine vertraute Stimme von der anderen Seite des Raumes sie an.

Verdutzt blickte Alana auf und entdeckte Sheridan in einem Türrahmen mit einem Handtuch in der Hand. Er hatte sich offenbar gerade gewaschen und war bis auf seine Hose nackt, die obersten zwei Knöpfe standen offen. Ohne Hemd wirkte seine Brust fast noch breiter, und kleine Wassertropfen rannen durch die schwarzen Haare seinen Bauch hinunter.

Als er sah, wo ihr Blick hinfiel, rubbelte er sich mit dem Handtuch trocken. »Ich frage, was du hier machst«, schnauzte er sie an und warf anschließend das Handtuch auf das Bett.

»Ich... ich...«, stammelte sie wie eine Idiotin.

Zögernd trat er einen Schritt auf seinen Spazierstock zu, seine Kiefer waren so fest zusammengepreßt, daß sie zu brechen drohten. Er ging auf den Kamin zu, und jeder Schritt schien schwieriger und quälender als der letzte.

»Du... du bist verletzt«, flüsterte sie, entsetzt von der Erkenntnis. Impulsiv eilte sie an seine Seite, um ihm zu helfen, was ihn so wütend machte, daß sie befürchtete, er hätte sie geschlagen, wenn er nur ein Quentchen weniger der Gentleman gewesen wäre, den er sonst herauskehrte.

»Laß mich in Ruhe«, knurrte er und griff nach seinem Stock.

»Aber du bist verletzt«, wiederholte sie und ließ in hilfloser Geste die Hände an die Seiten sinken.

»Ich bin nicht verletzt«, fuhr er sie an. »Es tut mir ja leid, meine Kleine, aber du kannst den wunderbaren Eigenschaften deines Mannes die des ›Krüppels‹ noch hinzufügen.«

Langsam dämmerte ihr, was er meinte, während er seinen Löwenkopfstock packte und damit quer durch den Raum marschierte. Nun erkannte sie endlich, daß die Steifheit nichts mit einer formellen Haltung zu tun hatte, sondern nur mit der physischen Abhängigkeit von seiner Stütze. Sie entdeckte jetzt, daß er sich zu schwer darauf lehnte und ihn zu oft bei sich hatte, als daß es sich nur um ein modisches Element seiner äußerlichen Ausstattung handeln konnte. Obwohl er es gut versteckte, konnte man die Bedeutung von dem, was sie eben gesehen hatte, nicht bestreiten: Dieser starke, einschüchternde Mann war ein Krüppel!

»Bist du deswegen bei *Delmonico's* gestürzt?« fragte sie ruhig, und dachte daran, daß sie geglaubt hatte, sie wäre diejenige gewesen, die sie beide in die verräterische Position gebracht hatte, als der Priester eingetreten war. Nun erinnerte sie sich daran, wie sie aus Versehen gegen den Stock getreten hatte.

»Ja«, antwortete er. Er hatte ihr den Rücken zugewandt und starrte hinaus in die Dunkelheit, die nur durch das Licht des Leuchtturms in Sachuest Point erhellt wurde.

Sie nickte. »So sehr, wie die Szene auch in deine Pläne gepaßt hat, hast du sie also nicht eigens arrangiert.«

»Nein.«

»Wie –«

Bevor sie noch weiterreden konnte, wirbelte er herum und sah sie an. »Was geht dich das überhaupt an?« fragte er böse. »Und was ist in diese Idioten von Personal gefahren, daß sie dir das Zimmer nebenan geben, so daß du hier einfach reinspazieren und mir solche Fragen stellen kannst?«

Sein Tonfall zerriß ihr das Herz. »Ich nehme an, sie halten mich für deine Frau«, preßte Alana mühsam heraus.

Langsam beruhigte er sich wieder, doch noch zuckte ein Muskel in seinem Gesicht.

»Habe ich denn kein Recht zu erfahren, welche Sorgen du hast?«

Seine dunklen Augen sprühten vor Verachtung. »Werden wir dieses Ehebett teilen?« Er warf einen Blick auf das schwere Bettgestell im Jacobinerstil. »Wirst du als meine Frau an meiner Seite leben?« Er schnaubte angewidert. »Nein, so war unser Geschäft nicht gedacht. Du bist nicht mehr meine Frau als meine Geliebte in Manhattan es ist. Also hast du kein Recht, irgend etwas über mich zu erfahren!«

Diese letzte Offenbarung aus seinem Leben warf Alana fast zu Boden. Sie war unfähig, ihr Entsetzen und ihre Überraschung zu verbergen. »Du hast eine Geliebte?« keuchte sie. »Selbst jetzt noch?«

»Warum sollte ich nicht? Hast du etwa die Absicht, ihren Platz einzunehmen?«

»Aber du bist verheiratet!« schrie sie auf. Sie konnte es einfach nicht glauben. Daß er seine Geliebte behielt, war der endgültige Beweis, daß er den Kircheneid nicht respektierte. Und sie auch nicht.

»Theoretisch bin ich verheiratet, ja. Aber was Blut, Herz und Hand betrifft, bin ich genauso ledig wie Eagan.«

Sie starrte ihn an, fühlte sich unendlich betrogen und zornig. Ihre Gefühle kochten in ihr hoch, doch es gelang ihr, sie durch die angelernte Knickerbokker-Kälte zu verbergen. Nachdem sie ihren Zorn ein wenig niedergekämpft hatte, mußte sie feststellen, daß sie fast eifersüchtig war. Aber das konnte einfach nicht wahr sein, es war vollkommen unlogisch. Um Eifersucht zu empfinden, mußte sie Gefühle für diesen Mann haben, und die hatte sie nicht. Und sie wollte sie auch niemals haben. »Ich verstehe«, sagte sie mit ruhiger, frostiger Stimme.

Er sah sie in ihrer trotzigen, steifen Haltung an, und seine Kiefermuskeln entspannten sich ein wenig. »Wir können beide unsere Laster in dieser Ehe haben, solange wir sie nur diskret ausleben.«

»Du hast gewiß deine Laster«, flüsterte sie. Sie konnte sich einfach nicht zurückhalten.

Er kam schnell zu ihr herüber, und sein Gesicht drückte erneut Zorn aus. »Was hat das mit dir zu tun?«

Er packte sie am Arm, und sie versuchte zurückzuweichen. Doch als sie seinem stahlharten Griff nicht entkam, gab sie es auf, weigerte sich jedoch, ihm in die Augen zu sehen. »Nein, das hat nichts mit mir zu tun«, zischte sie. »Und wenn du jemals einen Mann erwischst, der mich lieben will, dann vergiß das bitte auch nicht!«

»Du klingst, als wärst du eifersüchtig. Vielleicht war es der Kuß im Zug, der –«

»Ich hätte diesen Kuß niemals zulassen dürfen! Ich hätte dich ohrfeigen sollen!«

Er stieß ein bitteres, kleines Lachen aus. »Du willst es wagen, mich zu ohrfeigen? Und deine ach so gut geschulten Manieren vergessen? Oh, nein, meine Süße, das tätest du nicht! Dazu bist du nicht leidenschaftlich genug!«

Sein Sarkasmus traf sie wie ein Faustschlag und zerstörte die Fassade ihrer Haltung. Bevor sie noch wußte, was sie tat, fuhr ihre Hand hoch und führte exakt das aus, was er ihr eben abgesprochen hatte. Als sie die Hand zurückzog, brannte sie von der Heftigkeit des Schlages. Ihre einzige Befriedigung war, daß seine Wange noch schlimmer brennen mußte.

Alana erwartete nun einiges. Ganz sicher erwartete sie, daß sein irisches Temperament durchbrechen und er vielleicht sogar zurückschlagen würde. Doch plötzlich packte er sie und legte einen Arm wie ein eisernes Band um ihre Taille. Vergeblich versuchte sie, sich loszumachen.

»Laß mich los«, keuchte sie.

Doch er zog sie nur noch fester zu sich heran. Ihre Hände wollten ihn wegdrücken, doch als sie seine warmen Muskeln und die nackte Haut berührten, schienen sie auf einmal an Kraft zu verlieren. Sie konnte kaum glauben, daß ein Mann gleichzeitig so glatt und weich und doch so... hart sein konnte.

Offensichtlich wütend und die Angst genießend, die er ihr einflößte, sprach er zu ihr wie zu einem ungezogenen Kind: »Laß mich dir etwas erklären, Alana. Dies ist ein Geschäft. Wenn du so etwas noch mal tust, sorge ich dafür, daß du mit deinem kleinen Alabaster-Knickerbocker-Arsch bezahlst!«

»Du hast mich provoziert!« Sie wand sich in seinem Griff.

»Ja, und du hast mich provoziert!«

»Das ist nicht wahr!« erwiderte sie und trommelte auf seiner Brust herum.

»Soll ich es dir zeigen?« flüsterte er, ließ ihre Taille los und strich mit seiner Hand ihre Kurven hinauf. Dann packte er ihr Kinn und zwang ihren Kopf hoch. Als ihre Blicke sich trafen, war sie gefangen.

Ihre Lippen teilten sich sanft, als er seinen Kopf beugte. Am liebsten hätte sie trotzig aufgeschrien, doch sie wußte nur zu gut, daß sein Kuß die Wirkung einer Droge besaß: Je mehr er sie küßte, desto unersättlicher wurde sie.

Sein Mund berührte fast ihren, als sie instinktiv den Kopf hob. Ihre Lippen schmerzten beinah vor dem Verlangen, ihn zu berühren. Ihr Mund fühlte sich leer an und sehnte sich gegen ihren Willen nach der Liebkosung seiner Zunge. Er wollte ihr gerade all das geben, nach dem sie so hemmungslos verlangte, als ein Geräusch hinter ihnen sie aufschrecken ließ. Trevors Kopf schoß hoch, und ein Stirnrunzeln wischte die Begierde aus seinem Gesicht.

»Oh! Die Heiligen mögen uns behüten! Ich bin so durcheinander geraten in diesem riesigen Haus! Verzeih'n Sie mir, Miss... äh, *Mrs. Sheridan!* Ich hab' nur einen von Ihren Koffern gesucht! Wirklich, ich wußte das ja nich'!«

Alana, die sich tatsächlich wie von einer Droge berauscht fühlte, taumelte aus Trevors Arm und wandte sich zu Margaret, die in ihrem Schlafzimmer stand und durch die offene Flügeltür zu sehen war. Die kleine Zofe war feuerrot im Gesicht und sah sich hektisch um, als würde sie ein Versteck suchen.

»Es ist schon gut, Margaret«, sagte Alana mit einer Stimme, die vor Verlangen noch belegt war. »Du hast nichts Schlimmes getan!« Sie warf Trevor einen verlegenen Blick zu.

»Ich warte in Ihrem Ankleidezimmer auf Sie, Miss, äh, Mrs. Sheridan.« Margaret knickste und stürzte auf die nächstbeste Tür zu. Als es zufällig die Toilette war, befürchtete Alana, Trevor könnte explodieren. Er machte einen zornigen Schritt auf ihr Zimmer zu, doch Alana hielt ihn auf, indem sie ihm die Hände auf die Brust legte. Margaret, die nun vollkommen entnervt war, knickste noch einmal, während ihr Gesicht glühte. Sie warf ihrem neuen Herrn noch einen Blick zu und stürmte auf die nächste Tür zu. Dieses Mal war es die richtige, und Margaret schlüpfte hinein und schloß die Tür erleichtert hinter sich.

In der folgenden Stille sah Alana ihre Hände auf Trevors Brust liegen. Hastig zog sie sie weg, als hätte sie glühendes Eisen berührt.

»Gute Nacht«, sagte sie mit weicher Stimme und wandte sich zum Gehen.

Er berührte ihren Arm. »Möchtest du, daß ich dir ein anderes Zimmer gebe?«

Sie war sich nicht sicher, warum sein Angebot sie verletzte. Vielleicht wurde ihr Glaube an die Ehe dadurch nur noch mehr erschüttert, aber irgendwie saß der Stachel tiefer. »Wenn du es für nötig hältst. Aber ich kann dir versprechen, daß ich dich nicht wieder belästigen werde. Ich weiß ja nun, daß dein Zimmer hier ist.«

»Aber ich könnte dich belästigen.«

»Ich vertraue dir«, flüsterte sie.

»Das wäre dein erster Fehler.«

Sie sah zu ihm hoch, erstaunt über seine Offenheit. Doch es gab nichts mehr zu sagen, also zog sie sich in ihr Schlafzimmer zurück und schloß die Türen fest hinter sich zu.

Margaret hatte bereits ein Nachtkleid zurechtgelegt, als Alana eintrat. Beide Frauen waren zu verlegen, um eine Unterhaltung zu führen, und so schlüpfte Alana gehorsam in das pfirsichfarbene Nichts, das ihrer Aussteuer entstammte. Obwohl Alana sich nicht daran störte, daß Margaret sie in solchem Aufzug sah – die Zofe hatte sie mehr als einmal nackt gesehen –, war Alana jedoch über das Kleid selbst mehr als verlegen. Als sie in den Spiegel blickte, sah sie ihre Brustspitzen nur durch einen zarten Schleier pfirsichfarbener Seide bedeckt. Trevor hatte ihre Aussteuer ausgesucht. Er hatte sich wirklich Mühe gegeben, ihr Schamgefühl zu mißachten.

»Es ist schon gut, daß Sie nun verheiratet sind, Ma'am. Es ist nicht richtig für eine junge Miss, so ein Ding zu tragen.« Kopfschüttelnd betrachtete Margaret Alanas Bild im Spiegel.

Alana nickte zustimmend und entließ die Zofe für die Nacht. Der Morgen graute schon fast. Es war ein unglaublich langer Tag gewesen, und sie war froh, ins Bett zu kommen, und noch froher, ihre Nacktheit unter den schweren Decken zu verbergen. Als Margaret die Lichter gelöscht hatte und gegangen war, dachte Alana, sie würde sicher sofort einschlafen. Doch es gelang ihr nicht. Statt dessen starrte sie durch die Dunkelheit auf die riesigen, goldverzierten Türen und dachte an den Mann, der sich dahinter aufhielt. Er würde nicht in ihr Zimmer kommen. Sie konnte sich nicht vorstellen, daß sie je so vertraut miteinander sein würden. Schon, weil sie sich viel zu ähnlich waren. Beide gaben sie sich zurückhaltend und vernünftig denkend. Und die Vernunft sagte ihr, daß es nicht zu ihrer Abmachung gehörte, wenn einer von ihnen sich verliebte.

Doch immer wieder stellte sie sich vor, wie er direkt hinter der Tür stand, die Hand nach dem Türknopf ausgestreckt und das Gesicht voller Entschlossenheit. Wenn er in dieser Nacht zu ihr käme, gäbe es tausend von Szenarios zwischen zärtlich und brutal, die sie durchspielen könnten. Und wie sie so in der Dunkelheit lag, während die Dämmerung am Horizont heraufkroch, hatte sie gewiß schon alle durchdacht, doch nicht eines wurde verwirklicht. Schließlich schlief sie mit dem deprimierten Gedanken ein, daß ihre Hochzeitsnacht vorüber war. Und sie hatte sich nie träumen lassen, daß sie so einsam sein würde.

»Aber ich will nicht nach Newport! Warum besteht Trevor bloß darauf, Eagan? Es sind doch seine Flitterwochen! Ich komme mir dort so überflüssig vor.« Mara verkündete dies erneut, als ihre Koffer die große Marmortreppe ihres Hauses in der Fifth Avenue hinuntergetragen wurden. Das Personal wartete bereits am Grand Central, und der Sheridan-Pullman war erneut an den Zug nach Norden angehängt worden.

Mara sah ungehalten auf ihr Gepäck herab und wandte sich dann an ihren Bruder. »Ich weiß, daß du mehr über die Sache weißt, als du mir sagen willst, Eagan. Also gestehe jetzt, oder du bekommst Ärger.« Zwischen ihren schwarzen Brauen bildete sich eine steile Falte, und sie sah Eagan so zornig an, daß er einfach lachen mußte.

»Mara, meine Süße«, begann er, legte den Arm um

ihre Schulter und führte sie in den Salon. »Laß mich dir ein paar Dinge über Trevors Hochzeit erzählen. Das erste ist, Trevor weiß nicht, was gut für ihn ist. Wußtest du das?«

Mara schüttelte ihre schwarzen Locken.

»Und wußtest du auch, daß Trevor nicht vollkommen ist – ja, trotzdem er mit mir verwandt ist?«

»Oh, du machst dich über mich lustig!« Sie schob ihn von sich. »Du willst mir überhaupt nichts erzählen...«

»Oh, doch, ich will, Süße. Du wirst hier wie ein braves Mädchen sitzen und lauschen, und ich sage dir alles, was du über deine Reise nach Newport und Trevors Ehe wissen mußt!«

»Na gut, fang an«, verlangte Mara, als sie schließlich saß.

»Magst du Alana?« begann Eagan.

»Ja. Sie ist sehr lieb.«

»Das finde ich auch.«

Mara wollte etwas sagen, doch Eagan hob die Hand. »Mara, die Ehe unseres Bruders steckt in Schwierigkeiten, und wir zwei sind wahrscheinlich die einzigen, die sie retten können.«

Mara keuchte erschreckt auf, und Bestürzung verfinsterte ihre feinen Züge.

»Es gibt ein paar Dinge, die du noch nicht über unseren Bruder weißt.« Eagan wandte sich von ihr ab, um seinen Worten einen beeindruckenden Ernst zu verleihen. Doch als er einen verstohlenen Blick auf sie warf, war das vergnügte Funkeln in seinen Augen unübersehbar. »Ich erzähle dir das, weil du ihm dann vielleicht helfen kannst.«

»Was weiß ich nicht über Trevor?«

»Er ist schüchtern.« Eagan biß sich auf die Lippe, um sich das Lachen zu verneifen.

Mara sah ihn vollkommen verwirrt an. »Trevor ist *schüchtern?*« wiederholte sie ungläubig. Sie sah sich im Raum um, als ob sie dadurch besser begreifen konnte, was er ihr eben gesagt hatte. Als er ihr aber immer noch nicht das Gesicht zugewandt hatte, kam ihr plötzlich die Erkenntnis. »Oh, du Schuft. Du veralberst mich. Trevor ist doch nicht schüchtern!«

Eagan riß sich zusammen, obwohl es ihn eine enorme Kraftanstrengung kostete. Er wirbelte herum. »Aber ja, Mara, und das wird seine Ehe zerstören. Du mußt es einfach glauben. Ich zähle auf dich. Du mußt dafür sorgen, daß die beiden in Newport jede Minute zusammenhängen, oder Trevor wird dieses ›Leiden‹ niemals überwinden.«

»Eagan, Trevor ist nicht schüchtern. Er hat es soweit gebracht, und jeden Tag trifft er die Männer an der Börse –«

»Es sind doch Frauen, vor denen er sich fürchtet. Er hat tödliche Angst vor Frauen!«

»Aber ich habe ihn einmal mit seiner Freundin gesehen, der Schauspielerin, Miss Daisy Dumont. Er war ein bißchen betrunken und hat nicht gemerkt, daß ich in der Bibliothek war. Jedenfalls hat er sie dort geküßt, Eagan, und ich kann mich sehr deutlich daran erinnern, daß er gar nicht schüchtern war. Ja, er hat sie sogar ohne um Erlaubnis zu fragen gestreichelt und gedrückt –«

»Vergiß, daß du so was gesehen hast!« fuhr Eagan sie an, entsetzt, daß seine jungfräuliche kleine Schwester solche Dinge erfahren und beobachtet hatte – und dann auch noch in ihrem Haus! »Warum hast du niemandem davon erzählt?«

Mara sah ihn verdutzt an. »Wem hätte ich es denn sagen sollen?«

»Na ja, *irgend jemandem* eben. Nun, wenn man so etwas sieht –« Eagan stolperte über seine Worte und war vollkommen aus dem Konzept gebracht. »Also, wenn man so etwas sieht, stellt man sich doch viele weitere Fragen und –«

»Nein.«

Eagan wußte nicht genau, ob er erleichtert sein sollte, daß sie ihm keine peinlichen Fragen stellte oder ob er verärgert war, daß sie mehr über gewisse Dinge wußte, als sie sollte. Leichte Röte überzog sein Gesicht, als ihm einfiel, daß Trevor wahrscheinlich nicht der einzige war, der Mara eine Demonstration geliefert hatte. Er wollte lieber nicht tiefer in das Thema eindringen und schob es vollkommen beiseite. Dann versuchte er es noch einmal. »Vergiß Daisy Dumont, Mara. Sie ist nicht mit Alana zu vergleichen. Das verstehst du, oder?«

Zu seiner unendlichen Erleichterung nickte Mara.

»Fein. Dann verstehst du vielleicht auch, daß Trevor in Gegenwart einer solch edlen Frau wie Alana van Alen plötzlich von lähmender Schüchternheit befallen worden ist.«

»Das könnte sein«, antwortete sie langsam.

»Das ist auch der Grund, warum er dich bei sich haben will, verstehst du nicht? Er hat Angst, mit ihr allein zu sein.«

»Glaubst du wirklich?«

Gott vergib mir, Bruder. Ich weiß nicht, was ich tue. Eagan nickte mit größtmöglicher Überzeugung.

»Wie kann ich ihm denn helfen?«

Eagan versteckte sein Siegerlächeln hinter einem Husten. Dann setzte er sich neben sie und legte den Arm um ihre Schultern. »Mara, Liebes, darüber habe ich den ganzen Tag schon nachgedacht. Also, hör zu, das ist es, was tu tun kannst…«

14

Alana sah ihren Mann weder am nächsten noch am übernächsten Tag. Sie hatte erfahren, daß Trevor gern lange Spaziergänge am Strand unternahm, aber sie sah ihn dennoch nie. Er ging nur in der Abend- oder Morgendämmerung, und eine Lady hatte zu solchen Zeiten nicht auszugehen.

Sie beschäftigte sich damit, Christal ausführlich in einem Brief über die Hochzeit zu berichten, und las einen Band Bürgerkriegs-Lyrik, *Drum-Taps,* den ein Ex-Soldat namens Walt Whitman niedergeschrieben hatte.

Dennoch: Am Abend langweilte sie sich. Ihre Flitterwochen sollten vierzehn Tage dauern, und Alana fragte sich, wie sie wohl die zahllosen Stunden bis zu ihrer Rückkehr nach New York ausfüllen könnte. Es war Mai, und da die Saison gerade erst begonnen hatte, konnte sie höchstens auf wenige Bälle eingeladen werden. Mara war noch nicht gekommen, und so blieb nur Margaret, um sich zu unterhalten. Obwohl Alana ihre Zofe herzlich liebte, hatten sie recht wenig gemein, und ihre Gespräche wiederholten sich. Alana hatte bereits das Grundstück inspiziert und versucht, sich in dem Irrgarten der Flure im Haus zurechtzufinden. Doch ohne Gesellschaft drohten die kommenden Tage wie ein endloses Gähnen zu werden.

Eine willkommene Abwechslung kündigte sich an, als Trevor ihr eine ziemlich kurzangebundene Nachricht schickte, in der er sie bat, mit ihm im Speisesaal zu Abend zu essen. Sie hatte bisher die Mahlzeiten in ihrem Zimmer eingenommen und freute sich nun tatsächlich darauf, mal wieder »rauszukommen«. Sie gab sich Mühe, sich mit einem eleganten grünen Samtkleid und den Familienperlen zu schmücken, aber als sie in den Speiseraum trat, sehnte sie sich fast augenblicklich in die Privatsphäre ihrer Räume zurück.

Der Speisesaal war ein gewaltiges, goldverziertes Juwel, das im Stil des französischen Schlosses aus dem 17. Jahrhundert getäfelt war. Sie trat ein, und Trevor begrüßte sie förmlich und mit emotionsloser Miene. Sie wollte auf ihn zugehen, bemerkte aber dann den Diener auf der anderen Kopfseite der endlos langen Tafel, der den Stuhl für sie hielt. Sie setzte sich, und der Lakai schob ihr den Stuhl heran. Alana kam sich unglaublich lächerlich vor, als sie versuchte, Trevor anzusehen, der nun gut fünzig Fuß von ihr entfernt saß. Erschwert wurde die Sicht auf ihren Mann noch durch zwölf goldene Kerzenleuchter, die dem kalten, marmornen Raum keine Wärme zu geben vermochten. Das Essen wurde augenblicklich serviert, und Alana aß schweigend, denn sie wollte keinesfalls versuchen, eine gebrüllte Konversation zu beginnen.

Als der Nachtisch kam, war es fast eine Erleichterung. Alana fühlte sich unwohl, unter den Augen von zwei übereifrigen Lakaien zu essen, während ihre Begleitung meterweit von ihr entfernt saß.

Sie tauchte gerade ihren Löffel in ihre Creme, als Mara noch mit ihrem Reisecape über den Schultern hereinplatzte. »Hallo, ihr Lieben! Ich bin auch endlich da!« Das Mädchen hielt abrupt an, als sie ihren Bruder an der langen Tafel vor sich sah. Sie wandte den Kopf in die andere Richtung, als würde sie Rasentennis zuschauen, und entdeckte Alana steif am anderen Ende sitzen. »Lieber Gott, es ist also wahr«, hörte Alana das Mädchen flüstern, bevor sie auf sie zugerannt kam, um ihr einen Kuß auf die Wange zu geben. »Hallo, liebe Schwägerin. Wie war es bisher in Newport? Ich freue mich schon darauf, daß wir uns endlich ein bißchen näher kennenlernen!« Mara ging zum anderen Ende des Tisches und küßte ihren Bruder. »Trevor! Nein, du brauchst nicht aufzustehen, Brüderchen. Ich hab' schon gegessen, und wenn du und deine reizende Frau fertig seid, treffe ich euch in der Bibliothek zum Tee. Bis später!« Mara war wieder hinausgerauscht, bevor Alana ihren Löffel ablegen konnte.

»Was war denn das?« hallte Trevors Stimme von den Marmorfliesen wider. In der Ferne konnte sie seinen Lakai die Schulter zucken sehen, als wollte er damit zeigen, daß sie an die stürmischen Begrüßungen ihrer jungen Herrin gewöhnt waren.

Plötzlich fand Alana es unmöglich, das Dessert noch länger zu ertragen. Sie winkte ihrem Gatten am anderen Ende zu. »Wenn es dir nichts ausmacht, möchte ich mich etwas frischmachen, bevor der Abend weitergeht«, rief sie so laut sie konnte, ohne die Hände trichterförmig an den Mund legen zu müssen.

Trevor stand auf und nickte. Erst als sie außer Sicht war, nahm er seinen Platz wieder ein. Und seinen Blick von ihrer Gestalt.

Alana brauchte länger, als sie es gedacht hatte. Sie fand zwar sofort die große Marmortreppe, bog dann aber einmal falsch ein und wanderte im zweiten Stock durch einige Wohnzimmer, einen Billardraum und sogar durch ein nicht benutztes Babyzimmer, ohne den Flügel mit den Schlafsuiten zu finden.

Schließlich stolperte sie über eine Personaltreppe und erschreckte eine Wäscherin, die ihr dann den richtigen Weg erklärte. Als sie endlich angekommen war, half ihr Margaret hastig bei ihrer Toilette, und schon eilte sie wieder die Treppe hinunter, ängstlich, daß man sie vermissen könnte.

Ihre Bedenken waren jedoch grundlos. Durch die Türen der Bibliothek begrüßte sie die Wärme einer Familienszene, wie sie sie seit Jahren nicht mehr gesehen hatte. Trevor versorgte das Feuer, während er über etwas lachte, das Mara gerade gesagt hatte. Mara saß auf dem Sofa und gestikulierte zu ihren Worten, wie jede andere Sechzehnjährige es getan hätte.

»...und hast du alle diese wichtigen Leute in St. Brendan bemerkt, Trevor? Vater Donegal meint, er hat in seinem ganzen Leben noch nie so eine Hochzeit wie deine miterlebt.«

»Um so trauriger, daß er ein alter Mann ist. Ich schätze, Vater Donegal wird in Zukunft noch einige von solchen Verbindungen erleben.«

Alana stand am Eingang und war gefangen von dem weichen Akzent ihres Mannes, der so natürlich, entspannt und so verführerisch klang. Er ließ ihn so selten durchschimmern, und sie wußte, daß sie ihn nicht zu hören bekommen hätte, wenn sie bereits dabei gesessen hätte. Während sie der entspannten, kameradschaftlichen Unterhaltung von Bruder und Schwester lauschte, kam sie sich vor wie ein Eindringling. Ein Teil von ihr wünschte, sich bemerkbar zu machen und in die familiäre Wärme mit einbezogen zu werden, aber ein anderer Teil zögerte in der Angst, daß sie zurückgewiesen werden könnte. Es war überdeutlich, daß die Sheridan-Bande sehr stark waren. Sie war eine Fremde für beide, eine Außenseiterin, gegen die man sich schützen mußte, die man auf Distanz halten wollte. Sie trat in den Schatten zurück und entschied, besser wieder hinaufzugehen.

Plötzlich ertönte jedoch Maras Stimme: »Alana! Da bist du! Wir haben uns schon gewundert, wo du bleibst?« Nun konnte Alana nicht mehr zurück.

Alana zauberte ein Lächeln auf ihr Gesicht und trat ein. Ungewollt ging ihr Blick zu ihrem Mann, der sie mit dem üblichen gefühllosen, doch taxierendem Blick betrachtete.

Mara zog sie herein. Mit einem unbehaglichen Gefühl sagte Alana: »Ich hoffe, ich störe nicht!« Sie bemerkte, daß Trevor mit dem Griff seines Stockes herumspielte, und diese Geste konnte nur zwei Dinge bedeuten: Entweder störte es ihn immens, daß sie nun von seiner Behinderung wußte, oder aber er empfand sie tatsächlich als Eindringling. Alana wußte nicht, was sie mehr treffen würde.

Sie zwang sich wegzusehen, setzte sich auf den erstbesten Stuhl und suchte nach einer intelligenten Bemerkung. »Nun, Mara, vermißt New York schon sein berühmtestes Paar?« fragte sie schließlich und wollte zu lachen beginnen. Doch als sie Trevor ansah, erstarb ihr Lächeln auf den Lippen.

Sein feindlicher Blick zeigte ihr, daß ihm ihre Bemerkung im höchsten Maße mißfiel. Alana sah ihn ebenfalls an, lehnte sich jedoch in ihrem Stuhl zurück, als wollte sie sich vor ihm schützen. Warum glaubte er immer, jeder, der nicht zu seiner Familie gehörte, wäre ein Feind? Sie fragte sich, ob sie es jemals schaffen würde, daß er wenigstens sie, seine Frau, akzeptierte.

Mara sprang auf und brach das Schweigen. Durch

Eagans Erklärungen auf die falsche Fährte geführt, mißverstand sie die Situation. »Oje, was tue ich? Alana, du mußt natürlich neben deinem Mann sitzen!«

Alanas Kiefer klappte herunter. Sie konnte noch nicht mal protestieren, denn Mara zog sie schon aus ihrem Sessel hoch zu dem Sofa, auf dem Trevor sich neben seiner Schwester niedergelassen hatte. »Nein, nein, schon gut, Mara. Bleib ruhig neben deinem Bruder!« Verzweifelt versuchte Alana, Trevors Nähe und noch mehr sein frostiges Verhalten zu meiden.

Aber Mara schüttelte den Kopf. »Aber ich kann euch doch nicht voneinander fernhalten. Ich weiß doch, wie ihr euch nach einander sehnen müßt!«

Alana spürte, wie sie rot wurde. Sie wagte es nicht Trevor anzusehen.

»Wirklich?« fragte Trevor mit gleichzeitig ungläubiger und mißtrauischer Stimme.

Seine kleine Schwester verbarg ein Lächeln. »Na ja, ich kann es mir *vorstellen.* Schließlich bin ich sechzehn. Und ein paar Groschenhefte habe ich auch schon gelesen.« Mara schob Alana förmlich aufs Sofa und setzte sich dann mit zufriedenem Gesichtsausdruck ihnen gegenüber in einen Ledersessel. Verträumt sah sie die beiden an.

Alana konnte fühlen, wie ihr das Blut aus dem Gesicht wich. Der Ausdruck *verdrossen* reichte kaum aus, um zu beschreiben, wie sie sich auf dem schmalen Sofa neben diesem Mann sitzend fühlte. Seine Nähe war mehr als enervierend, und im verzweifelten Versuch, das zu verstecken, sagte sie: »Mara, erzähl uns doch von der Reise.«

»Ihr dürft gern Händchenhalten, wenn ihr wollt.« Mara lächelte. »Oh, ich denke, Mrs. Mellenthorp würde es mißbilligen, aber schließlich ist sie ja nicht hier, nicht wahr?«

»Mrs. Mellenthorp?« fragte Alana, die hastig versuchte, Mara abzulenken, die ihr nur ein süßes Lächeln schenkte. Schließlich warf sie ihrem Mann einen fragenden Blick zu, aber auch er gab keine Antwort.

Statt dessen wirkte er, als würde er seine Schwester am liebsten erwürgen. »Mara –«, knurrte er finster.

Doch Mara unterbrach ihn. »Nimm die Hand deiner Frau, Trevor. Du kannst dich benehmen, als wäre ich nicht hier. Ich will auf keinen Fall das Gefühl haben, daß ich euch voneinander fernhalte.«

»Das tust du nicht.«

»Oh, aber doch. Ich sollte gar nicht hier sein. Eagan hat es mir gesagt.«

»Eagan, hm?« Trevor runzelte die Stirn, doch seine Miene hellte sich auf.

»Bitte halte doch Alanas Hand, Trevor. Du brauchst nicht so schüchtern zu sein!«

Schüchtern! Alana hätte fast aufgeschrien. Aber bevor sie es tat, schnappte Trevor sich ihre Hand, die auf der Lehne ruhte. Aber es hätte sich genauso um einen Ast handeln können, nach der Aufmerksamkeit zu urteilen, die er dieser Aktion schenkte. Er sah sie nicht einmal an.

»Wunderbar«, sagte Mara und lehnte sich wieder mit ihrem verträumt-romantischen Blick im Stuhl zurück.

»Erzähl uns von der Reise«, befahl Trevor gereizt.

Also begann Mara sich über ihre Verspätung in Narragansett auszulassen und über den Lakai, der einen Koffer vergessen hatte, während Alana wie eine Statue dasaß und ihre Hand unter der Löwenpranke gefangen war. Sie war gerührt von der Kraft, der Wärme und der zornigen Energie, die diese Hand ausstrahlte, und sie traute sich nicht, Trevor anzusehen, da sie befürchtete, er könnte in ihrem Blick mehr lesen, als ihr lieb war. »Aber ich wollte doch wissen, wie es dir ergangen ist, Alana!« Mara wandte sich an Alana. »Wie gefällt dir Fenian Court?«

Alana holte tief Luft. Es fiel ihr so schwer, sich zu unterhalten, wenn ihr Geist auf den Mann neben ihr konzentriert war. Seine Hand schloß sich um ihre wie gegossenes Eisen. Sein Bein berührte ihres, und obwohl Mengen von Batist, Samt und Seide dazwischen waren, glaubte sie, jeden Muskel seines Schenkels zu spüren. »Fenian Court ist sicher sehr hübsch, aber ich hätte es mir nie so riesig vorgestellt.« Alana stieß ein nervöses Lachen aus. »Ich gestehe, es ist mir einfach unmöglich, mich darin zurechtzufinden.«

Mara lächelte. »Und mein Bruder? Bitte sag mir nicht, daß er dich wegen seines Fernschreibers die ganze Zeit allein gelassen hat. Ich wäre furchtbar enttäuscht!«

»Nun, ich...« Plötzlich spürte sie, wie Trevor ihre Hand drückte. Er wollte sie nicht ermutigen, er wollte die richtigen Antworten. Sie wußte, daß sie seine Schwester nicht über die näheren Details ihrer Ehe unterrichten sollte, und seine Geste verärgerte sie. Sie war kein Kind, das man in Benehmen und der Kunst der freundlichen Lüge schulen mußte. Sie wußte, wie man damit umging. Und sie lehnte sich gegen sein Verhalten auf. »Nun, er ist auch recht unmöglich.«

Alanas Bemerkung brachte sie alle aus dem Konzept. Plötzlich fing Mara an zu lachen, und Alana hätte gern miteingestimmt, wenn sie nicht befürchtet hätte, Trevor würde ihr die Hand brechen.

»Fein. Aber ihr solltet beide nicht vergessen, daß das Unmögliche mein Markenzeichen ist.« Er sprach zu beiden Frauen, aber Alana war klar, daß er die Warnung ausschließlich an sie gerichtet hatte. Sie versteifte sich und wollte ihre Hand wegziehen. Doch er packte nur fester zu.

Ein schelmisches Lächeln erschien auf Maras Lippen. »Aber sag mir doch, mein lieber Bruder, wann darf ich denn eine Nichte oder einen Neffen erwarten?«

Trevor sah Mara an, als hätte sie ihn gerade gebeten, über den Mond zu springen.

Alana wäre fast rot geworden, doch dann erinnerte sie sich an das Dinner an der meterlangen Tafel, und sie beschloß, daß sie nun an der Reihe war, ihn zu quälen. »Ja, Liebster«, sagte sie bissig, »das frage ich mich auch schon. Sag es uns.«

Er warf ihr einen Seitenblick zu, der eine ganze Armee hätte niederstrecken können. Er drückte ihre Hand noch fester und antwortete: »Das liegt an dir, süße Frau. Laß es mich wissen, wenn du ein Baby möchtest, und ich sorge dafür, daß du eins bekommst.«

Wenn sie auch nur den geringsten Zweifel an der Aufrichtigkeit seiner Worte gehabt hatte, dann reichte ein Blick in seine Augen, um diesen zu beseitigen. Ohne daß Mara es hätte sehen können, schleuderte er ihr einen derart heißen, lustvollen Blick entgegen, daß es ihr den Atem nahm.

Sie löste ihre Nägel aus seiner Handfläche und trat

widerwillig den Rückzug an. Aber er ließ sie nicht los. Ihre Augen schossen zu seinen, und einen brennenden Augenblick unerträglicher Spannung sahen sie sich an, ohne daß einer von beiden aufgeben wollte.

»Soll ich ein bißchen romantische Musik machen?« fragte Mara und sah zufrieden auf ihre verschränkten Hände. »Ich weiß. Wir brauchen einen Walzer. Ich spiel euch einen, Trevor.« Sie huschte zu dem Steinway-Flügel aus Ebenholz und begann, auswendig zu spielen. Die zarten Noten schienen direkt aus den gutgeschulten Fingern des Mädchens zu fließen.

»Der Donauwalzer«, flüsterte Alana, als sie die Musik von Strauss erkannte. Sie schielte nach Trevor und entdeckte den Stolz in seinen Augen, während er seine schöne Schwester beim Spielen beobachtete. Aber während die Musik erklang, flackerte so etwas wie tiefe Traurigkeit in seinem Blick auf. Als sie sah, wie fest er plötzlich den Löwenkopf seines Stockes festhielt, wußte sie, was der Grund dafür war. Ihr Mann liebte Walzer, doch tragischerweise würde er niemals dazu tanzen können.

Die Musik besänftigte ihn aber, denn als Alana schließlich wieder hinuntersah, strich sein Daumen sanft über ihre Knöchel. Diese Geste war ganz und gar unbewußt, aber die Zärtlichkeit seiner Berührung, besonders im Kontrast zu der Kraft seiner Hand, jagte ihr einen wohligen Schauer über den Rücken. Sie wußte, es sollte nicht sein, aber sie genoß es dennoch, dazusitzen, Maras Musik zu lauschen und seine schützende, warme Hand über der ihren zu fühlen. Sie fragte sich, ob es viele Abende wie diesen geben würde. Und wenn es sie gäbe, würde sie Gefahr laufen, mehr Gefühl für diesen

Mann zu entwickeln, als gut für sie war. Das wurde ihr klar, als sie zu ihm aufschaute.

Der zärtliche Moment war vorbei. Mara beendete ihr Spiel, und die folgende Stille mußte Trevor bewußt gemacht haben, was er tat, denn er riß seine Hand plötzlich weg.

Alana sah – nun ihrerseits traurig – Mara an. Sie empfand ihre Hand als kalt, nun, da seine fort war. »Das war wunderschön«, sagte sie in dem verzweifelten Versuch, wieder Normalität in die Situation zu bringen.

Mara schüttelte den Kopf. »Wenn Eagan hier wäre, könnte er singen, und dann hätten wir einen wirklich schönen Abend. Du mußt ihn einmal hören, Alana. Er hat eine wundervolle Stimme.«

»Gern. Sobald wir wieder in New York sind, müssen wir ihn bitten.« Alana lächelte, und Mara erwiderte es. Wieder stellte Alana verblüfft fest, wie hübsch dieses Mädchen war, und als sie auf Maras kurzes, graues Kleid sah, nahm sie sich vor, das Mädchen morgen darauf anzusprechen.

Mara stand auf. »Also, ich hatte heute einen langen Tag, und ich weiß, daß ihr zwei gern allein sein wollt.«

Maras Bemerkung schien ihren Bruder aus seinen Gedanken zu reißen. Er sah scharf auf. »Bevor du dich zurückziehst, Schätzchen, sollst du noch wissen, daß ich für morgen einen Ausflug auf der *Colleen* geplant habe.«

»Was... was ist die *Colleen?*« fragte Alana, weil sie Mara unbedingt daran hindern wollte, schon zu gehen.

»Oh, du mußt sie sehen«, stieß Mara schwärmerisch hervor. »Die *Colleen* ist Trevors Yacht. Sie hat schon alle möglichen Trophäen gewonnen. Mit ihr zu segeln ist ein Traum... wie Walzertanzen auf den Wellen!«

Alana sah Trevor an. Maras Wortwahl war unabsichtlich doppelt treffend gewesen. Trevor Sheridan konnte nicht tanzen, also segelte er, und er segelte zweifellos mit der größten und besten Yacht, um alle seine Unzulänglichkeiten – eingebildet oder nicht – wettzumachen.

»Wann geht es los?« fragte Mara.

»Morgen früh. So bald wie möglich.«

»Ich kann's kaum erwarten. Ich liebe euch beide!« Schnell sagte das Mädchen gute Nacht und verließ die Bibliothek.

Trevor stand auf, und auch Alana erhob sich, unerklärlicherweise traurig, daß der Abend schon vorüber war. »Ich bringe dich zu deinem Zimmer«, erbot er sich förmlich.

»Nein, bitte. Wenn es dir nichts ausmacht, möchte ich noch eine Weile hierbleiben.« Sie ging zum Feuer und wärmte ihre kalten Hände. Die Bibliothek von Fenian Court gefiel ihr noch am besten. Hier gab es nichts Vergoldetes, kein »Louis«-Stil. Schweres maskulines Dekor dominierte, um das Feuer herum standen Ledersessel, und der Raum war holzgetäfelt. An den Wänden erhoben sich große Bücherregale aus Walnußholz. Das einzige Zugeständnis an die Opulenz des restlichen Hauses war der übliche dicke Teppich in tiefem Waldgrün. Der Raum erinnerte sie an Trevors Schlafzimmer.

»Ich hoffe, du behandelst Mara gut, und löst deine Seite unseres Abkommens ein.«

Trevors Bemerkung drückte sie wie ein Gewicht nieder. Sie drehte sich um und begegnete seinem

Blick. »Deine Schwester ist ein liebes Kind. Warum sollte ich sie schlecht behandeln?«

»Vielleicht, um mir zu schaden.«

Alana holte tief Atem. Konnte sie diesen Mann eigentlich niemals davon überzeugen, daß sie ein Mensch war und empfinden und mitfühlen konnte, wie die, die er liebte? »Ich werde alles, was ich kann, für sie tun, *trotz* deiner Existenz.«

»Gut!« Er betrachtete sie bedächtig und drohend. »Denn du mußt wissen, daß ich niemals zulassen werde, daß du – oder irgend jemand anders – ihr noch einmal weh tut!«

Sie starrte ihn an und erinnerte sich mit schmerzlicher Deutlichkeit an Maras Debüt. Aber Mara war nicht die einzige gewesen, die in dieser schicksalhaften Nacht Wunden davongetragen hatte. Sie selbst hatte einen hohen Preis für diese gesellschaftliche Ächtung bezahlt, und die Ironie war, daß sie wahrscheinlich als einzige wirklich hatte kommen wollen. Entmutigt sagte sie: »Ich habe deiner Schwester niemals etwas getan. Ich weiß aber, daß du mir das nie glauben wirst, auch wenn du Mara etwas anderes erzählt hast.«

»Ich denke, es ist wichtig, daß sie nur Gutes von dir denkt!« Seine Stimme wurde dunkel, drohend. »Ich will, daß sie dir vertraut.«

»Wie kannst du erwarten, daß sie mir vertraut, wenn du es nicht einmal tust?«

»Bis auf dein Verhalten meiner Schwester gegenüber ist es nicht nötig, daß ich dir vertraue.«

In ihrer Kehle bildete sich ein Kloß. Sie bekam kaum heraus, was sie sagen wollte – und mußte! »Ich bin deine Frau, du bist mein Mann! Ist diese Bande kein Vertrauen wert?«

»In einer echten Ehe, ja.«

Sie wandte sich ab und sah ins Feuer. Sie begriff selbst nicht, warum seine Worte sie so trafen. Alles, was er sagte, stimmte. Aber seit sie ihm in die Hände gefallen war, folgten ihre Gefühle keiner Logik mehr. »Ich bin überrascht, daß du mich nicht vor ihr schlechtgemacht hast.« Sie lachte bitter auf. »Tatsächlich spricht dein vorheriges Verhalten doch vollkommen gegen den Wunsch, daß Mara und ich uns anfreunden.«

Sheridan zögerte einen Moment mit seiner Erklärung. Dann sprach er schließlich vorsichtig und langsam. Er wählte seine wenigen Worte sorgfältig aus. »Mara war bisher nur wenig mit Frauen zusammen. Sie hatte niemals eine Mutter, denn sie ist bei ihrer Geburt gestorben. Ich glaube, es wird ihr guttun, einmal eine weibliche Hand zur Anleitung zu haben... aber nur eine wirklich wohlwollende«, setzte er hinzu.

Sie holte tief Atem und bemühte sich, ihre Gefühle unter Kontrolle zu halten. Mit bebender Stimme sagte sie schließlich: »Ich bin kein hartherziges Wesen, das nur unter Zwang freundlich sein kann. Und Mara hat gewiß meine ganze Sympathie. Schließlich ist sie genauso alt wie meine Schwes–« Alana unterbrach sich abrupt.

»Deine *Schwester?*« endete er. Ihre Reaktion war ihm nicht entgangen.

»Gute Nacht.« Sie raffte ihre Röcke und wollte sich hastig zurückziehen. Sie würde ihm nicht antworten. Zu ihrem Abkommen gehörte ebenfalls, daß er sie nie ausfragen würde. Er mußte sein Versprechen halten, oder sie würde ihre Annullierung auf der Stelle bekommen.

»Warte.« Es war der Tonfall, der sie aufhielt. Als hätte er bemerkt, daß er seine Grenzen überschritten hatte, trat er an ihre Seite und sagte schlicht: »Versprich mir, daß du Mara niemals weh tust. Wenn du es versprichst, werde ich dir glauben.«

»Ich werde deiner Schwester nicht weh tun, das verspreche ich«, flüsterte sie, und ihre Augen füllten sich plötzlich mit Tränen.

Er musterte einen Moment ihr Gesicht. Offenbar zufrieden mit dem, was er sah, wandte er sich ab und trat zum Feuer. Sie wandte sich zum Gehen, doch wieder hielt seine Stimme sie auf. »Ich wollte es dir schon früher sagen, Alana... die Varicks haben heute eine Einladung geschickt. Morgen findet ein Ball in Maison-Sur-Mer statt.«

»Dann freu dich doch. Dein Plan funktioniert.«

»Ja«, antwortete er, ohne die Bitterkeit in seiner Stimme zu verbergen. »Wir Sheridans wären niemals an eine Einladung von dieser Familie gekommen, wenn ich dich nicht geheiratet hätte.«

Tiefe Melancholie machte ihr Herz schwer. Ihre Ehe schlug die vorgesehenen Wege ein. Und diese ließen keinen Raum für irgendwelche anderen Dinge. Die Worte des Bischofs spukten in ihrem Kopf herum, und sie mußte an den Eid der Ehe denken. Aus irgendeinem seltsamen Grund wollte sie diese Ehe mit dem Ernst führen, den Gott und das Gesetz ihr zuschrieben. Aber jedesmal, wenn sie diesen Gedanken auszuführen versuchte, kam er herbei und machte ihr nur zu bewußt, daß es sich um ein geschäftliches Abkommen handelte. Und nichts weiter.

Aber der Kuß im Zug war mehr gewesen. Und in jener Nacht in seinem Zimmer, als er kurz davor war, sie wieder zu küssen, war ebenfalls mehr gewesen. Doch wenn sie irgend etwas über diesen Mann wußte, dann, daß er bereit war, für seine Überzeugung zu sterben. Und seine Überzeugung ihr gegenüber war eindeutig, daß sie wegen ihrer privilegierten Herkunft nicht in der Lage war, sich um jemand anderes zu kümmern. Daher war sie seiner Zuneigung nicht würdig.

»Nun, ich habe morgen sehr viel zu tun. Deshalb…« Sie wandte sich ab.

»Noch eines. Ich möchte dich um etwas bitten.«

Sie wartete einen Moment. »Und was ist das?«

Er antwortete nicht sofort, deutlich unsicher, wie er beginnen sollte. »Ich möchte… ich möchte, daß du Mara auf ihr unpassendes Kleid ansprichst.«

Alana hatte das selbst vorgehabt. Sie wollte ihn schon darauf hinweisen, entschied sich aber plötzlich anders.

»Du weißt, warum sie diese kurzen Kleider trägt, nicht wahr?«

Sie nickte und haßte den Schmerz, der in seiner Stimme lag, haßte die Anschuldigung, die unverschleiert mitschwang. »Ich weiß«, flüsterte sie.

Nachdem das geklärt war, entließ er sie. »Gut. Du kannst gehen.« Plötzlich lachte er bitter auf, als ihm bewußt war, wie sehr sie sich wünschte, von ihm fortzukommen. »Oder *lauf,* wenn es sein muß.«

Seine Worte trafen sie wie ein Dolch, und sie erstarrte. Doch dann, gegen alle Vernunft, lief sie tatsächlich so schnell sie konnte über all die unendlichen Flure zu ihren Zimmern.

Engagement/Gefechte

»...und hielten so die ›neuen Leute‹ fern, die New York fürchtete und gleichzeitig faszinierend fand...«

– Edith Warton
The age of innocence

15

Es war ein wunderschöner Tag mit strahlendblauem Himmel und einer frischen Brise, wie gemacht für einen Morgen auf See.

Alana schob die schweren Vorhänge zur Seite, öffnete die Fensterflügel und atmete tief die frische Luft ein. Unerwartet überkam sie ein Hauch von Optimismus, und sie lächelte in dem kurzen Gefühl, daß vielleicht, nur vielleicht, doch nicht alles verloren war. Wenn Mara, sie und Trevor ein paar schöne Tage in Newport verbrachten, auch wenn sie nur ein wenig mit der *Colleen* segelten, dann würden Trevor und sie vielleicht doch noch eine gemeinsame Basis finden. Aus irgendeinem Grund, den sie sich selbst noch nicht richtig erklären konnte, wollte Alana plötzlich, daß die Schwüre in der Kirche sich doch nicht als unverschämte Lügen erwiesen.

»Was soll ich zum Segeln anziehen, Margaret?« fragte sie, als sie sich wieder ins Zimmer umdrehte.

»Natürlich weißes Leinen«, verkündete die Zofe.

»Gut. Hol mir ein weißes Leinenkleid. Und vielleicht den blauen Strohhut? Du weißt schon, den kleinen, mit dem gepunkteten Band.«

»Ja, Mrs. Sheridan.«

Alana sah wieder aus dem Fenster, während die

Vorhänge sich sanft in der Brise bewegten. In der Ferne, am Ende der Mole, die zu Fenian Court gehörte, war die *Colleen* aus dem Bootshaus geholt worden, und wurde nun von einem Dutzend Arbeitern zum Auslaufen vorbereitet.

Aufgeregt sah sie sich in Gedanken am Bug stehen, ihre Haare und ihre Röcke im Wind flatternd. Sie stellte sich Trevor neben sich vor, wie er ihr irgendeine Küste zeigte, während Mara und sie lachend versuchten, ihre Hüte bei dem Wind aufzuhalten. Es konnte ein wundervoller Tag werden. Und noch wichtiger, sie würde die Chance bekommen, den heiligen Boden dieser Familie zu betreten und vielleicht eingeschlossen zu werden.

Margaret reichte ihr ihr weißes Leinenkleid. Sie konnte es gar nicht schnell genug anziehen.

»Ist sie fertig?« fragte Trevor seinen Ersten Maat, als sie zum Ende der Mole gingen und sein Prachtstück bewunderten. Die *Colleen* war tatsächlich wunderschön, sie bestand aus hundertfünfzig Fuß poliertem Messing und Teakholz. Das Boot hatte den Ruf, der schnellste Segler an der Ostküste zu sein, und wenn es jemand bezweifeln sollte, so mußte er sich nur im Trophäenzimmer umsehen.

»Trevor!« rief Mara vom Bug aus herüber. Sie sah sehr hübsch in ihrem kurzen, rosafarbenen Leinenkleid aus, das mit marineblauen Bändern geschmückt war. »Soll ich einen Diener zu Alana schikken? Sie ist noch nicht hier!«

Der Erste Maat versicherte Trevor, daß alles bereit war. Trevor nickte und trat den Steg hinauf.

Mara lief ihm entgegen. »Soll ich sie holen lassen?« fragte sie noch einmal.

Trevor sah grimmig zum Haus hinüber. »Hat sie dir gesagt, daß sie mitkommen wird?«

»Ich habe es einfach angenommen. Hat sie denn heute morgen nichts erwähnt?«

Er sah sie nicht an. »Nein, das hat sie nicht.«

»Oh. Nun, vielleicht war sie zu müde.« Mara machte keinen Hehl aus ihrer Enttäuschung.

Trevor erwiderte nichts. Er stand nur da und starrte tief in Gedanken auf das Anwesen.

»Hat sie denn noch geschlafen, als du gegangen bist?«

»Ich weiß es nicht, Mara!« fuhr Trevor sie plötzlich an. »Nur weil sie meine Frau ist, kann ich noch lange nicht ihre Gedanken lesen.«

»Ich habe auch nicht gefragt, ob du Gedanken lesen kannst«, gab Mara ruhig zurück. »Ich fragte, ob sie noch geschlafen hat, als du weggingst.«

»Ich weiß es nicht.« Er nickte dem Ersten Maat, der ihm ein Zeichen gegeben hatte, kurz und trotzig zu. »Hör zu«, erklärte er gereizt, »du mußt eines begreifen, Mara. Deine Schwägerin kommt aus einer ganz anderen Welt. Ladies wie sie wollen möglicherweise nicht Segeln gehen, sich nicht ihr Kleid vom Spritzwasser durchfeuchten und ihre komplizierte Frisur vom Wind zerstören lassen.«

»Aber Alana ist nicht so.« Mara wurde ernst. »Oder doch?«

Wieder sah Trevor zum Haus hinüber. »Ich habe gestern abend gesagt, wir würden segeln. Der einzige Grund, warum sie nicht hier ist«, seine Stimme wurde leidenschaftslos, »ist der, daß sie keine Lust hat.« Er nickte dem Ersten Maat erneut zu und befahl: »Ablegen.« Zehn Minuten später waren sie bereits in der Rhode Island-Meerenge.

Die freudige Erwartung ließ Alana fast aus ihrem Zimmer und über den Rasen vor Fenian Court rennen. Als sie auf dem Hügel ankam, konnte sie die Mole bereits sehen. Während sie sich den kleinen Hut auf dem Kopf festhielt, der dort kunstvoll plaziert worden war, suchte ihr Blick die stattliche Yacht, die noch vor wenigen Minuten dort gewesen war. Jetzt war sie fort.

Ihr Lächeln erstarb, als sie mit der Hand die Augen beschirmte und das Meer absuchte. Sie entdeckte das schöne Boot weit draußen im Sund, wo es wie ein riesiges, weißes Phantom durch die blauen Wellen fuhr.

Alanas Mut sank.

Die Hand, die über den Augen gelegen hatte, wanderte zu ihrem Mund. Sie waren ohne sie abgefahren. Sie fühlte, wie ihre Kehle eng wurde, und sie versuchte verzweifelt, sich ihre Gefühle einzugestehen. Ihre Vernunft sagte ihr, daß es tausendundeinen Grund geben mochte, warum sie ohne sie abgelegt hatten. Aber eine der möglichen Gründe verletzte sie tief und verdrängte alle anderen rationalen Überlegungen: Sie waren einfach losgefahren, ohne einen Gedanken an sie zu verschwenden. Sie wollten sie nicht!

Aber Mara hätte das nicht zugelassen. Gestern abend hatte sie einen Versuch gemacht, sie einzuschließen. Es war Trevor gewesen. Er war derjenige, der sie außen vor hielt. Alana empfand eisige Kälte in ihrem Herzen, während sie sich fragte, wie lange sie wohl noch dafür büßen mußte, daß sie nicht bei Maras Ball war. Trevor hatte das getan, um sie zu verletzen.

Bei diesem Gedanken sackte Alana in sich zusammen. Trevor wollte sie als Verzierung an seiner Seite, um den gesellschaftlichen Aufstieg seiner Schwester zu gewährleisten. Er brauchte ihren weiblichen Rat für Mara. Aber er wollte sie nicht als Teil seiner Familie. Sie sollte ihre Pflichten erfüllen, und er würde sein Leben weiterführen. Er gab ihr keine Chance, beide Dinge zu vereinen.

Tränen schossen ihr in die Augen, doch sie schluckte ihren Schmerz wie eine bittere Pille. Trevor hatte die Grenzen ihrer Ehe gezogen, und vielleicht war es gut so. Wenn es schließlich zu der Annullierung kam, würde es alles vereinfachen. Sie brauchte sich also keine Sorgen zu machen, seine Familie zu sehr in ins Herz zu schließen, und wichtiger – sie würde nicht auf die Idee kommen, *ihn* zu sehr in ihr Herz zu schließen. Einen Moment lang hatte das Schuldgefühl sie beinah dazu gebracht, an den Eid der Ehe zu glauben, wie falsch er auch immer gewesen war. Doch das würde ihr nicht mehr passieren. Wenn er sie behandelte, als hätte sie keine Gefühle, dann würde sie ihm eben zeigen, daß er recht hatte. Sie würde kühl, höflich und pflichtbewußt sein. Nichts mehr.

Doch als sie wieder auf das dunkle Wasser schaute, auf dem die eindrucksvolle Silhouette der *Colleen* durch die Wellen schnitt, glitzerten ihre Augen wieder von ungeweinten Tränen. Sie stellte sich Trevor vor, wie er entspannt und glücklich am Bug stand und der Wind an seinen Haaren zerrte, und der Schmerz erfüllte ihr Herz wie nie zuvor. Ihr Mann dachte nicht daran, solche Freuden mit ihr zu teilen. Sie hatte einen Mann mit einem Herzen aus Stein geheiratet. Er war ein eiskalter Geschäftsmann, und was sie dachte, war unwichtig.

Nun ließ sie endlich ihren heißen, bitteren Tränen freien Lauf. Sie waren kaum verheiratet, und doch hatte Trevor ihr eine weitere Wunde ins Herz gerissen, ohne daß die anderen Zeit gehabt hatten zu heilen.

Niedergeschlagen kehrte sie um. Sie würde alles, was sie hatte, aufbieten, um sich gegen weitere Schläge zu wappnen. Zornig wischte sie sich die Tränen aus dem Gesicht, während sie schwor, daß sie niemals mehr so viel für Trevor empfinden würde, daß er sie verletzen konnte. Wenn er glaubte, er hätte eine Frau aus Eis geheiratet, dann würde er diesmal überrascht sein. Sie würde ihm zeigen, was richtige Kälte war.

Spät am Nachmittag beschloß Alana, sich nicht länger deprimiert in ihrem Zimmer einzuschließen. Sie riß sich zusammen und ging dann in den blühenden Gärten von Fenian Court spazieren, deren grüne Schönheit sie einsam, nur in Begleitung der Vögel und der römischen Statuen, genoß.

Doch zu ihrer Überraschung entdeckte Mara sie. Sie kam aus Richtung des Hauses gelaufen, und Alana nahm an, daß sie *Colleen* längst wieder eingelaufen war. »Hattest du einen angenehmen Morgen, Alana?« fragte Mara etwas atemlos, als sie Alana eingeholt hatte.

»Ich habe ein bißchen genäht. Gerade wollte ich ein wenig Luft schnappen...«

»Kann ich mit dir gehen?«

Alana lächelte. Sie hätte Mara niemals für das verantwortlich machen können, was ihr Bruder getan hatte. »Natürlich.« Herzlich hakte sie sich bei Mara ein.

»Warst du schon im Pavillon?« Das Mädchen warf eine widerspenstige Locke zurück, und erneut war Alana gefangen von ihrer Attraktivität. »Nein. Wo ist er?«

Mara zeigte aufs Meer, das wie flüssiges, blaues Geschmeide in der Abendsonne funkelte. »Da draußen. Siehst du ihn?«

Jenseits der schroffen Felsen zu ihrer Rechten, wo sich die Wellen schäumend brachen, ragte eine lange Mole in die See, um die das Wasser ruhig und harmlos ans Ufer plätscherte. Und am Ende entdeckte Alana einen kleinen Pavillon.

»Man muß durchs Bootshaus. Aber das Wasser ist dort immer sehr ruhig. Es ist bestimmt sicher.«

»Dann los.« Alana schlug den Weg zu dem Aussichtspunkt ein. Es war genau der richtige Ort, um das Thema zur Sprache zu bringen, das Trevor geklärt sehen wollte. So konnten sie eine ruhige Unterhaltung zu zweit führen, in deren Verlauf Alana vorsichtig auf ihre kurzen Mädchenkleider ansprechen konnte.

Der offene Pavillon war im chinesischen Chippendale-Stil gehalten, der gerade mit dem aufkommenden *American Centennial* groß in Mode war. Als sie das gewaltige Bootshaus durchquert hatten, in der die *Colleen* vertäut war, und den langen Pier entlanggegangen waren, machten die Frauen es sich auf den chintzbezogenen Polstern der Bänke bequem. Sie unterhielten sich über das Wetter und wie schön Fenian Court vom Meer aus betrachtet aussah, und Mara nannte es einen riesigen marmornen Felsen, der sich in seinem reinen Weiß scharf vom sanften Grün der Hügel abhob. Während sie gelöst plauderten, sah Alana durch das durchbrochene Gitterwerk des Pavillons auf die wilde Schönheit des Meeres, und sie wußte, daß dies für alle Zeiten ihr Lieblingsplatz sein würde.

»Hast du irgend etwas, Alana? Du siehst so... besorgt aus.«

Alana warf dem Mädchen einen Blick zu, erstaunt über dessen scharfen Blick. Sie fand ihre Direktheit, die so ganz in Alanas Kreisen fehlte, erfrischend. Eine solche Forschheit, die offenbar einen Wesenszug der Sheridans ausmachte, war Alana nicht gewohnt. Dieser Familie mit all ihrem Reichtum mangelte es auf überraschende Weise an Dünkel. »O nein, es geht mir gut, Mara«, antwortete sie und zauberte ein breites Lächeln auf ihr Gesicht. Es schmerzte sie noch immer, daß das Boot ohne sie ausgelaufen war, aber sie wollte Mara nicht mit solchen Dingen belasten. Außerdem waren sie schließlich hier, um Maras Probleme zu lösen und nicht die ihren.

Es fiel ihr nicht schwer, zum Thema zu kommen. »Wir gehen heute abend zu den Varicks, wußtest du das?«

Mara nickte und stieß wieder die widerspenstige Locke aus ihrer Stirn. »Ja. Du und Trevor werdet euch sicher wunderbar amüsieren, wette ich.«

»Du gehst mit, Mara, hat dir das keiner gesagt?«

»Ich... ich glaube wirklich nicht, daß ich das tun sollte.« Maras Augen verfinsterten sich gequält.

»Mara, es ist sehr wichtig, daß du hingehst. Ich möchte dich meinen Bekannten vorstellen. Ich weiß, daß Trevor es gern möchte.«

»Verzeih mir. Ich kann einfach nicht.« Mara wandte sich ab und starrte gedankenverloren auf das Meer.

Alana gab keine Antwort. Statt dessen grübelte sie

darüber nach, was sie jetzt sagen mußte. Das rosafarbene Leinenkleid stand Mara wundervoll, aber es war zu kindlich für sie. Sie mußte etwas damenhaftes tragen, ähnliche Kleider, wie Alana selbst anzog. Nach der Enttäuschung am Morgen hatte sie ihr Leinenkleid gegen ein frühlingsgrünes Taftkleid ausgetauscht. Es war sehr einfach, aber es reichte bis zum Boden und besaß, wie es der Mode entsprach, eine kleine Schleppe. »Mara«, begann sie unbehaglich. »Du wirst langsam zu alt für diese kurzen Kleider. Es wird Zeit, daß du die Kleider trägst, die dir dein Bruder von Worth besorgt hat. Ich nehme an, du hortest sie alle noch schön eingepackt in den Koffern in deinem Zimmer.«

Eine Träne rollte aus diesen schönen, wilden blauen Augen. Mara wischte sie mit einer heftigen Geste fort. »Ich will nicht. Bin ich denn so schrecklich?«

»Aber nein, du –«

»Ich habe mich entschieden. Ich will niemals eine Lady werden. Ich bleibe lieber für ewig ein Mädchen.« Der Trotz in Maras Augen war dem ihres Bruders erschreckend ähnlich.

Alana rückte ein Stückchen näher an ihre Schwägerin heran. Sie nahm Maras Hand und drückte sie. »Ob du nun dein Debüt gehabt hast oder nicht, du wirst nicht ewig ein Mädchen bleiben. Du hast dich bereits aus den Kleidern, die du trägst ›herausentwickelt‹. Ich weiß, daß es schwer ist, ganz besonders nach deinem Ball, aber du mußt es einfach akzeptieren.«

»Ich lasse mir andere machen.« Mara sah auf ihren Busen herab. »Ich werde alles verstecken. Ich –« In diesem Augenblick brach sie in Tränen aus.

Alana schlang ihre Arme um das Mädchen und

ließ sie an ihrer Schulter weinen. »Ich weiß«, flüsterte sie sanft in Maras Locken. »Ich weiß.« Sie erinnerte sich noch zu gut daran, wie scheußlich dieses Alter war, und jedes Mißgeschick verdoppelte die Qual noch. Sie selbst war erst ein paar Jahre älter. Damals war sie in einer liebevollen Familie geborgen gewesen. Dann erwies sich alles, an das sie geglaubt hatte, als trügerisch. Und nun schossen auch ihr die Tränen in die Augen, teils wegen Mara, teils wegen Christal und auch wegen sich selbst.

Alana blickte auf das Bild des Elends hinunter, das Mara bot, und sie konnte nicht anders, als sie mit Christal zu vergleichen. Beide Mädchen waren im zarten Alter gezwungen gewesen, alles um sie herum in Frage zu stellen, ihr Selbstwertgefühl eingeschlossen. Während Alana Mara in den Armen hielt, wurde sie noch zuversichtlicher, daß beide Mädchen irgendwann ihre Schwierigkeiten überwinden und strahlenden Erfolg haben würden. Sie mußten es. »Mara«, sagte sie weich, »die Welt ist nicht immer freundlich. Aber du darfst nicht zulassen, daß sie dich besiegt. Du mußt heute abend mit uns gehen. Ich verspreche dir, daß Trevor und ich alles tun werden, damit dir nicht noch einmal weh getan wird.«

»Sie werden mich Flittchen nennen, so wie sie alle irischen Dienstmädchen bezeichnen«, schluchzte sie.

»Nein, das werden sie nicht. Das wagen sie nicht.« Und ganz besonders nicht jetzt, dachte Alana zynisch, nachdem sie Sheridans Zorn alle am eigenen Leib gespürt hatten.

»Ich habe Angst. Was, wenn die Frauen mich auslachen? Was ist, wenn mich niemand zum Tanzen auffordert, weil ich... weil ich Irin und nicht gut genug bin?«

Alana küßte sie auf die Haare und drückte sie. »Die Dinge ändern sich, Mara. Glaub mir, alle werden sehr höflich sein. Und ich denke, wenn die jungen Männer feststellen, wie hübsch du bist, werden sie ihre Meinung über irische Mädchen bestimmt ändern.«

»Hast du dich deswegen in Trevor verliebt? Weil er so gut aussieht?« Mara schniefte und nahm das Taschentuch, das Alana ihr reichte.

Vollkommen vor den Kopf geschlagen, antwortete Alana nur: »Trevor sieht allerdings gut aus.«

»Würdest du ihn auch lieben, wenn es nicht so wäre?«

Eine Falte bildete sich auf Alanas Stirn, während sie die Frage verdaute. Mara wollte Gewißheit, und doch war es unmöglich, ihr zu antworten, weil sie von der falschen Voraussetzung ausging. Sie liebte Trevor nicht. »Dein Bruder ist dein Bruder, Mara. Es ist schwer, alle die Eigenschaften zu trennen, die Trevor Sheridan ausmachen.«

Alana sah das Mädchen an, und gab ihr die ehrlichste Antwort, die sie ihr geben konnte. »Aber eins gebe ich zu. Obwohl Trevor ein unglaublich gutaussehender Mann ist, ist da noch eine Kraft in ihm, von der ich mich angezogen fühle. Wäre er also weniger hübsch, würde ich wahrscheinlich nicht anders für ihn empfinden als jetzt.«

»Ich wußte, daß du ihn liebst! Ich wußte es.« Impulsiv warf Mara die Arme um Alana und drückte sie fest.

Alana ließ es reglos geschehen und verachtete sich und Trevor für die ganzen Lügen, die sie um sich herum aufbauten. »Ich denke, wir sollten jetzt zum Haus zurückkehren und überlegen, welches der wunderschönen Pariser Kleider du heute abend anziehst.«

Mara rückte etwas ab und wischte sich ihre Augen. »Ich habe immer noch Angst.« Sie sah zu Alana auf und rang sich ein bebendes Lächeln ab. »Aber ich glaube, du weißt es am besten. Ich gehe also mit.«

»Erwachsen zu werden ist nicht immer so schrecklich, das verspreche ich dir«, gab Alana zurück und lächelte genauso unsicher. Die einzig gute Erinnerung an ihr Erwachsenenwerden bestand in der wachsenden Fähigkeit, Schmerz wegzustecken. Doch Mara würde eine bessere Zukunft haben. Irgendwo wartete schon der Ritter in der schimmernden Rüstung auf dieses wunderschöne, ungezähmte Mädchen.

»Alana, glaubst du wirklich, daß mich heute abend einer der jungen Männer zum Tanzen auffordert?« Mara warf ihrer Schwägerin einen so besorgten Blick zu, daß sie einfach lachen mußte.

Sie zog an der glänzend schwarzen Locke, die dem Mädchen wieder im Gesicht hing, und sagte: »Bestimmt, Mara. Ich sehe da nur ein Problem, meine Süße. Du wirst dich für einen entscheiden müssen.«

Alana zog sich gerade für den Ball an, als ein Klopfen an den großen Flügeltüren ertönte, die ihre Räume von Trevors trennten. Es war reichlich albern, aber als sie es vernahmen, hörten Margaret und sie augenblicklich auf zu tun, was sie gerade getan hatten. Es war, als hätte der Scharfrichter geklopft!

»Soll ich öffnen?« flüsterte Margaret.

Alana zögerte, denn sie dachte wieder an das, was heute morgen geschehen war. Aber sie hatte sich den ganzen Tag darauf vorbereiten können, Trevor wiederzusehen, und so setzte sie ihre kälteste Miene auf und bat Margaret: »Bitte.« Dabei ärgerte sie sich, daß ihre Zofe sich durch Trevor derart einschüchtern ließ, daß sie glaubte, flüstern zu müssen.

Margaret ging auf die Türen zu, und Alana betrachtete sich im Spiegel. Sie war froh, daß sie kühl und unnahbar aussah. Ihr Kleid war aus eleganter pfauenblauer Seide, das an den Seiten mit pinken Seidenblumen-Bouquets gerafft war. Ihre Schuhe waren aus pfauenblauer Schantungseide, und sie lugten unter einem weißen kostbaren Spitzenunterrock hervor. Die Tournüre des Kleides war weitaus voluminöser als bei einem Kleid für den Tag, aber sie hatte sich schon gesetzt und festgestellt, daß sie nicht unmöglich zu handhaben war. Das einzige, was sie noch tun mußte, war, ihr Haar zu flechten und es zu einem Knoten zusammenzustecken. Noch floß es wie ein blonder Wasserfall ihren Rücken hinunter. Dessen ungeachtet nickte sie Margaret nun zu, die Tür zu öffnen.

Wie erwartet stand Trevor bereits fertig angezogen dahinter. Er trug einen schwarzen Frack und eine weiße Piqué-Jacke. Er sah unverschämt gut aus in seinem formellen Aufzug, und noch besser, als er seine harten Gesichtszüge zu einer Begrüßung verzog und seine Augen die ihren trafen, was Alana vorübergehend aus der Fassung brachte. Bevor sie es unterdrücken konnte, kam ihr der Gedanke, daß er so aussehen mußte, wenn er seine Geliebte ausführte.

Forsch trat er ins Zimmer, und sie sah Überraschung und – wie sie fast hoffte – Anerkennung in seinem Blick, als er ihre Gestalt musterte. Besonders angetan schien es ihm der Kontrast ihres ungebändigten Haares zu ihren kostbaren, reich verzierten Kleider zu haben.

»Soll ich im Ankleidezimmer auf Sie warten, Mrs. Sheridan?« fragte Margaret hoffnungsvoll, der enervierenden Gegenwart ihres neuen Herrn zu entgehen.

Beide sahen die kleine Magd an, als hätten sie sich gerade erst wieder an sie erinnert. Trevor lächelte ein wenig schelmisch. »Ich glaube, deine Zofe mag mich nicht, Alana. Sie will dauernd fliehen, wenn ich hereinkomme!«

»O nein, Sir! Sie sind ein guter Master, wirklich!« sagte Margaret hastig, trat jedoch unwillkürlich einen Schritt zurück.

Trevor lachte laut auf und amüsierte sich bestens auf Margarets Kosten.

Der Schuft, dachte Alana. »Du kannst gehen, Margaret. Warum läufst du nicht hinunter und ißt etwas? Ich mache mein Haar schon selbst!«

Margaret nickte und sah dann Trevor an.

»Schon gut, lauf nur, Pegeen«, sagte er, wobei er ihren irischen Kosenamen so herzlich aussprach, als täte ihm sein vorheriges Verhalten leid. »Unten wartet eine Überraschung auf dich. Dein Mann Kevin ist vorhin angekommen. Ich habe gehört, ihr hängt so aneinander, also habe ich ihn aus Manhattan kommen lassen. Geh zu deinem Liebsten und hol dir das frische Leuchten einer irischen Rose zurück auf deine hübschen Wangen.«

Margaret keuchte auf, so schockiert, daß sie kaum ein Wort herausbekam. »Oh, danke, Mr. Sheridan.«

Er entließ sie mit einem Nicken, und Margaret ging, gleichsam dankbar, ängstlich und nervös.

»Das war sehr nett von dir«, sagte Alana, als sich die kleine Tür für Dienstboten geschlossen hatte und sie allein waren. Sie konnte es kaum glauben. Sheridan war so unglaublich schwer vorauszuberechnen. Einen Moment benahm er sich wie ein Mistkerl, im nächsten wie ein Samariter.

»Nicht der Rede wert«, gab er mit ernstem Gesicht zurück.

Aber das stimmte nicht. Zum ersten Mal hatte sie gesehen, wie er zu jemandem, der nicht zu seiner Familie gehört, freundlich war. Sie wußte, er mochte Margaret, wenn er auch anders tat. Er hatte ihr ein Kompliment gemacht und sich genug Gedanken gemacht, um ihren Mann von New York hierher zu bringen.

Alana wollte den Schmerz nicht empfinden, der sich in ihr Herz schlich, aber sie konnte ihn nicht unterdrücken. Ihr Ehemann war freundlicher und aufmerksamer zu ihrer Zofe als zu seiner Frau. Sicher, sie sollte dankbar sein, daß Trevor die Seinen liebte und behütete. Aber gerade das ließ ihr noch viel bewußter werden, was ihr Schicksal war: Trevor würde ihr niemals diese Zuneigung schenken, sich niemals erlauben, sie zu lieben und sich um sie zu sorgen.

Wieder überkam sie die Verzweiflung, als sie sich zu erklären versuchte, warum dies so war. In seinen Augen war sie einfach nicht gut genug. Margaret war es, denn sie war Irin, und dies machte sie fast zu einer entfernten Verwandten aus dem heimischen Irland. Trevor glaubte an eine Art Band zwischen ihnen, das er bei seiner Frau niemals entdecken konnte. Alice Diana van Alen war eine Außenseiterin, die niemals gut genug sein würde, weil sie den falschen Stammbaum hatte. Doch wie eine noch so brave Frau nichts gegen ihre Armut tun konnte, konnte Alana auch nichts an ihrer Herkunft ändern. Es war bitter zu erkennen, daß die gesellschaftliche Akzeptanz, die Sheridan mit dieser Ehe für Mara erreichen wollte, ihm im Grunde genommen ebenfalls abging. Außerdem war es Ironie, daß Trevor glaubte, ein Mann und eine Frau dürften nicht getrennt sein, wo er und Alana doch nicht weiter voneinander getrennt sein konnten.

»Mara wartet im Salon auf uns. Sie ist fertig«, unterbrach er ihre finsteren Gedanken.

Sie sah zu, wie er durch das Schlafzimmer wanderte, während sie versuchte, ihre Enttäuschung und ihre Frustration zu verbergen. Voller Trotz riß sie sich schließlich zusammen. Sie konnte nur die sein, die sie war, und wenn sie noch so sehr versuchte, sich zu ändern. Wenn er sie also niemals akzeptieren wollte, dann mußte sie ihr Herz erkalten lassen und diese Ehe als das ansehen, als das sie geschlossen worden war: als Geschäft. »Ist Mara schon angezogen?« fragte sie und dachte an ihr Gespräch am Nachmittag.

Trevor zögerte, dann schenkte er ihr ein seltenes Lächeln, das ihr den Atem stocken ließ.

»Das ist sie. Sie sieht wunderbar aus. Ich danke dir.«

Obwohl Alana noch wütend wegen der Sache mit der *Colleen* war und sich geschworen hatte, nie wieder verletzt zu werden, stieß sie dennoch einen Seufzer der Erleichterung aus. Zweifellos wäre es weder für Mara noch für sie gut ausgegangen, wenn sie das Mädchen nicht hätte überreden können, in eines der Kleider von Worth zu steigen.

Indem sie ihre Haare im Nacken zusammenfaßte,

sagte sie selbstbewußt und – wie sie hoffte – eisig: »Nun, ich danke *dir* für die Mitteilung, aber ich möchte jetzt allein sein. Ich muß mich frisieren.«

»Laß es im Moment gut sein. Komm hier herüber.« Er setzte sich auf einen der Stühle und legte seinen Stock über den Schoß. Bei all dem rosafarbenen Damast und den Goldverzierungen sah er überwältigend maskulin aus.

Vorsichtig schritt sie durch das Zimmer zu ihm herüber und versuchte, nicht allzu unsicher zu erscheinen. Doch sein Eindringen in ihr Schlafzimmer brachte ihre Nerven zum Vibrieren. Sie wollte ihm gegenüber nicht ein einziges Gefühl zeigen, doch die unausgesprochene Demütigung der Ereignisse am Morgen ließ ihre Wangen tiefrot leuchten.

Als sie endlich neben ihm stand, griff er in seine Brusttasche und zog ein längliches Kästchen heraus. Er reichte es ihr ohne Umschweife. »Ich möchte dir danken, daß du Mara geholfen hast. Ich habe es heute aus Boston geschickt bekommen. Wenn sich alles gut entwickelt, kannst du mehr von solchen Dingen erwarten.«

Ihre Hände zitterten, als sie das lederbezogene Kästchen öffnete. Als sie das Diamantenhalsband sah, sog sie scharf die Luft ein. Es war so kostbar, daß sie gar nicht erst wagte, die Steine zu zählen.

»Das sollst du auch nach der Annullierung behalten, Alana. Es ist mein Geschenk für gute Arbeit.«

Alana schloß die Augen. All ihre Vorsätze, kalt und gefühllos zu bleiben, waren zunichte gemacht. Seine Worte waren eine krasse Beleidigung, was er tat noch schlimmer – es zerriß ihr das Herz. Sie wollte ihn anschreien, wollte ihn ohrfeigen. Statt dessen riß sie sich zusammen, denn schließlich hatte sie sich geschworen, daß er ihren Panzer aus Eis nie wieder durchbrechen sollte. »Es tut mir leid. Ich kann es nicht annehmen.« Sie gab ihm das Kästchen mit einem Gesicht wie aus Marmor zurück. »Wenn du mich jetzt entschuldigen würdest, ich muß mein Haar frisieren.«

Er verbarg seine Überraschung gut. Mit drohend ruhiger Stimme fragte er: »Warum willst du es nicht?«

Sie tat ihr Bestes, Demütigung und Qual zu unterdrücken, aber es ging fast über ihre Kräfte. Sie mochte sein Halsband nicht. Sie haßte es. Mochte es noch so wunderschön und kostbar sein, es erinnerte sie nur wieder an die Bedingungen ihrer Ehe. Trevor Sheridan glaubte, mit seinem Geld alles kaufen zu können. Es wurde Zeit, daß ihn jemand von diesem Irrglauben abbrachte.

Sie sah ihn an. In ihrem Blick lag mehr als nur ein Hauch von Zurückweisung und sozialer Überlegenheit. Fast freute sie sich auf das, was sie nun sagen mußte: »Dort, wo ich herkomme, Mr. Sheridan, ist der Austausch von Schmuck eine Vertraulichkeit, die man Fremden nicht zugesteht.«

Diesmal verbarg er seine Überraschung weniger gut. Im bissigen Tonfall erwiderte er: »Du bist keine Fremde. Du bist meine Frau.«

»Nur dem Namen nach.«

Er starrte sie an, fassungslos, überrumpelt. Dann klappte er das Kästchen zu und fuhr sie an: »Soll ich das also aus dem Fenster werfen? Wenn du es nicht willst, was, denkst du, soll ich dann damit machen?«

»Vielleicht findet deine Geliebte es als Ergänzung ihrer Sammlung recht hübsch.« Sie hätte sich selbst treten können, daß ihr diese Worte herausgerutscht waren.

Sein zorniger Blick traf den ihren. Wieder öffnete er das Kästchen, ließ die blendend funkelnden Diamanten durch seine Hand gleiten und sagte spöttisch: »Nein, nein. Ich denke, Daisy hat genug davon.«

»Heißt sie so?« Alana verfluchte das Beben in ihrer Stimme.

»Was interessiert es dich, Liebes?«

Sie schloß die Augen. Dieser Mann war unmöglich. Er schaffte es stets, sie soweit zu bringen, daß sie am liebsten zuschlagen würde.

Sie wandte sich von ihm ab und sagte: »Ich muß mich jetzt wirklich fertigmachen. Wenn du also bitte –«

»Nein.« Er stand auf und packte sie am Arm. Ohne seinen Stock prallte er gegen sie und legte ihr die andere Hand um die Taille, um sein Gleichgewicht zu halten. »Ich will erst wissen, warum du mein Geschenk zurückweist.«

»Bitte, ich muß –«

»Sag es mir.« Er schüttelte sie und packte ihre Taille fester.

Sie versuchte, sich loszumachen, doch er war zu stark. Sie dachte daran, ihn zu Fall zu bringen, aber ihre Erfahrungen bei *Delmonico's* lehrte sie, daß es günstiger war, im Stehen mit ihm zu kämpfen, als sich auf dem Boden herumzuwälzen.

»Kommen Sie schon, Mrs. Sheridan«, spottete er giftig, während sie immer noch in seinen Armen kämpfte. »Sagen Sie mir, warum Sie es nicht wollen.«

»Ich mag es nicht, weil mir dein Beweggrund nicht gefällt«, zischte sie wütend. Ihre Selbstbeherrschung war nun dahin. Die ganze Wut, die sie aufgestaut hatte, seit die *Colleen* heute morgen ohne sie ausgelaufen war, kam an die Oberfläche. »Ich mag seinen Wert nicht. Ich mag die Kälte der Steine nicht. Ich mag es nicht, weil du es mir schenkst!«

Nun hatte er bekommen, was er gewollt hatte, doch ihre Worte schienen ihn wie Peitschenhiebe zu treffen. Nun seinerseits zornig zog er sie brutal an sich und hielt ihr die Kette vors Gesicht. »Wie treffend, Alana. Du solltest diese Steine wirklich lieben. Juwelen so kalt, wie du dich gibst.«

Sie sah zu ihm hoch und empfand in diesem Moment echten Haß. »Ich will deine vulgären Juwelen nicht tragen, Trevor. Es gibt Dinge, die selbst *du* nicht kaufen kannst!«

In seinen Augen glimmte der Zorn. »Ja, es gibt Dinge, die ich nicht kaufen kann. Wie zum Beispiel das Recht, dich mit meinen gewöhnlichen irischen Händen zu berühren. Aber keine Sorge, kleine Knikkerbocker-Frau. Der Tag mag kommen, an dem ich dich nicht mehr damit belästige. Ich nehme es mir einfach!«

Vor Schreck blieb Alana der Mund offen stehen. Sie sah auf seine Hände herab, die ihre eingeschnürte Taille fest umklammerten, und eine plötzliche Furcht überkam sie.

»Ich bekomme alles, was ich will, Alana. So oder so«, flüsterte er.

»Und mich?« stieß sie hervor. »Willst du mich?«

Er gab ihr keine Antwort. Statt dessen ließ er sie ohne Eile los. Dann trat er ans Bett und warf das Halsband auf die Damastüberdecke. »Hol deine Zofe und sieh zu, daß du fertig wirst. Wir müssen Mara zu diesem verdammten Ball bringen.«

Sie starrte ihn an, ohne begreifen zu können, wie

er von einer Sekunde auf die andere sein Verhalten so ändern konnte. Als er ihren Blick erwiderte, raffte sie ihre Röcke und eilte auf das Ankleidezimmer zu. Doch ein Gedanke ließ sie nicht los: Wie sollte sie nur den Abend mit dieser Bestie überstehen? Ganz zu schweigen vom ersten Ehejahr?

Als die Sheridan-Kutsche endlich vor Maison-sur-Mer hielt, hatte der Ball bereits begonnen. Das Varick-Anwesen war ebenfalls im »Louis«-Stil gehalten, doch ob es sich um XIV., XV. oder sogar XVI. handelte, wußte Alana nicht zu sagen. In Newport verwischten sich die Grenzen der einzelnen Stilrichtungen zu einem einzigen Mischmasch aus Marmor und Gold.

Der Ballsaal war erstaunlich voll für die frühe Saison, aber das Raunen, das deutlich zu hören war, als Alana an Trevors Arm eintrat, erklärte genug. Wahrscheinlich waren viele New Yorker nach der Hochzeit nach Newport gereist, um das Spektakel weiterzuverfolgen. Alice Diana van Alens gewagte Hochzeit war offenbar noch immer eine attraktive gesellschaftliche Abwechslung.

Alana holte tief Atem und setzte ein tapferes Gesicht auf, als der Butler laut verkündete: »Mr. und Mrs. Sheridan. Und Miss Sheridan.« Leicht fiel es ihr jedoch nicht. Nach der Episode in ihrem Schlafzimmer hatten ihre Hände zehn Minuten gebraucht, um ruhig zu werden. Margaret hatte ihr Haar in mehrere Zöpfe geflochten, die sich alle in ihrem Nacken zu einem weich geschwungenen Knoten vereinten. Um ihren Hals trug sie trotzig die van Alen-Perlen.

Die Fahrt in der Kutsche war ihr unerträglich vorgekommen. Sie war gezwungen gewesen, Trevor gegenüber zu sitzen, und selbst in der Dunkelheit hatte sie seinen zornigen Blick spüren können, der immer wieder voller Wut an ihrem Hals hängenblieb.

»Alana, Liebes! Wie schön, daß Sie heute abend hier sind.« Joanna Varick, eine der letzten großen Damen der Knickerbocker-Gesellschaft, kam auf sie zu und begrüßte sie. Sie war eine gutaussehende Frau um die fünfzig, deren Haare so weiß wie ihr Atlaskleid waren, und sie trug die Varick-Smaragde, die der Marquis de Lafayette der Familie bei seiner letzten Amerikareise geschenkt hatte.

»Wie nett von Ihnen, uns einzuladen, Mrs. Varick. Ich freue mich, Ihnen meine neue Familie vorstellen zu können.« Alana lächelte Mara aufmunternd zu, die ein entsetztes Gesicht machte.

Dann wandte sie sich zu Trevor um, der fast die Stirn runzelte. Joanna Varick starrte ihn an, als konnte sie einen Iren als Gast in ihrem Haus nicht recht ertragen. Doch als sie sich wieder Alana zuwandte, zeigte das Funkeln in ihren Augen, wie sehr sie diesen delikaten Skandal genoß. »Ich denke, Sie kennen meinen Mann, Trevor Byrne Sheridan«, murmelte Alana, die unerklärlicherweise verärgert war.

Joanna Varick setzte ihr Begrüßungsgesicht auf und hielt Trevor die Hand hin: »Meine Glückwünsche, Mr. Sheridan. Sie haben sich wirklich das Beste von uns geholt... Alana, meine ich!«

Alana fragte sich, wie Trevor diese Bemerkung wohl aufnehmen würde, sah jedoch überrascht, daß er Mrs. Varick sein schelmischstes Lächeln schenkte. »Ich bin absolut Ihrer Meinung, Madam«, antwortete er. Dann beugte er sich herab und strich mit den Lippen leicht über die Hand der Lady.

Joanna Varick hob erstaunt eine Augenbraue. Die

Matrone war solche Dreistigkeit nicht gewohnt, aber Alana konnte nicht erkennen, ob es ihr mißfallen hatte oder nicht. Joanna Varick sah auf ihre Hand, und Alana glaubte, einen verborgenen Schimmer von Vergnügen zu entdecken, der ihre Gesichtszüge erweichte. Trevor Sheridan war zwar Ire, aber ein unglaublich gutaussehender, und so kühl wie Joanna Varick auch sein konnte, es floß Blut in ihren Adern, kein Eis.

»Und dies ist meine Schwägerin, Miss Mara Sheridan.« Alana drückte Maras Arm und schob das widerstrebende Mädchen vor. Joanna Varick erinnerte sich wieder an ihren Status, riß ihren Blick von Trevor los und schickte sich an, Mara förmlich zu begrüßen. Aber man konnte Mara nicht einfach nur kurz abhandeln. Schüchtern und wunderschön in dem edlen Kleid von Worth und die Haare mit Perlen geschmückt, bot Mara ein Bild der Unschuld, auf das selbst ein Knickerbocker stolz gewesen wäre. Joanna Varick warf einen Blick auf das Mädchen, und ein Lächeln erschien auf ihrem Gesicht. »Wie schön, Sie kennenzulernen, Miss Sheridan.«

»Mrs.... Mrs. Varick«, stammelte Mara nervös und knickste hastig.

»Mrs. Anders hat die Tanzkärtchen, Kind.« Mrs. Varick wandte sich an Alana. »Soll ich Mara hinüberführen?«

Alana spürte den ersten Sieg. »Das wäre sehr freundlich von Ihnen.«

»Das macht keine Umstände, Darling.« Joanna Varick warf Trevor einen letzten Blick zu und nahm dann Mara am Arm, um sie in das Gedränge ihres ersten gesellschaftlichen Balls zu entführen.

»Wenn sie ihr weh tun...«

Alana wandte sich zu Trevor um, der den beiden nachsah, wie sie sich durch die Gäste drängelten.

»Das wird niemand wagen… nicht mehr. Mrs. Varick mag sie. Und auch wenn sie als ein wenig exzentrisch angesehen wird – es gab da ein Gerücht über einen gewissen jungen Mann in New York – ist die Varick-Linie makellos. Und das wiegt eine Menge bei den Vierhundert.«

Er sah auf sie hinunter. »Und was ist mit Caroline Astor?«

Ein kleines Lächeln umspielte ihre Lippen. »Caroline Astor wird sie akzeptieren. Sie muß es. Unsere Hochzeit hat ihr keine Wahl gelassen.«

Ihre Blicke trafen sich. Irgend etwas flackerte kurz in seinen Augen auf, aber sie wußte nicht zu sagen, ob es Triumph, Verlangen oder Sehnsucht war. »Gut«, war alles, was er sagte, als er ihr schließlich den Arm bot, um sie durch den Saal zu führen.

Der Abend war ein Erfolg. Mara hatte viele Bewunderer und mußte erst einmal einen Walzer aussetzen. Trevor, der sich gleichgültig gab, schien dennoch recht gelöst, und Alana setzte sich zufrieden in eine Ecke, wobei er hinter ihr stand.

Alles verlief nach Plan. Der Ball war klein genug, daß Mara beeindrucken konnte und groß genug, um diesen Eindruck bis nach Manhattan tragen zu können. Alana fühlte sich fast entspannt, als sich plötzlich eine Stille über den Saal senkte. Flüstern und Kichern erklang hinter Straußenfeder-Fächern, und Alana stand auf, um nach dem Grund für den plötzlichen Stimmungswandel zu sehen. Fast fiel sie hintenüber in Trevors Arme, als sie den Butler ausrufen hörte: »Ladies and Gentlemen, Mr. Anson Vanbrugh-Stevens!«

Alana zwang sich zu einem unbewegten Gesicht, weil sie wußte, daß ein Drittel des Saales sie anstarrte und zwei Drittel zwischen Anson und Trevor hin- und hergerissen waren.

In böser Vorahnung sah Alana zum Eingang hinüber. Dort stand Anson und überblickte die Gesichter in der Menge. Er war ein gutaussehender Mann, groß und blond, mit klassischen, doch nicht zu weichen holländischen Zügen und lebhaften blauen Augen. Als diese sich nun auf Alana richteten, sah sie seinen Ärger deutlich darin aufblitzen.

Schließlich ignorierte er sie und trat in den Saal. Das Orchester spielte den nächsten Walzer an, und die Tänzer taten ihr Bestes, so zu tun, als wäre nichts geschehen.

»Mr. Vanbrugh-Stevens war nicht auf unserer Hochzeit, nicht wahr?« Trevor legte ihr eine Hand auf die Schulter. Mochte es für jeden Beobachter auch wie eine beiläufige Geste der Zuneigung aussehen, so wußte Alana es doch besser.

»Nein, das war er nicht«, antwortete sie ruhig.

»Kann es sein, daß er nicht über deine Heirat informiert war?« flüsterte er ihr ins Ohr, wobei er sich keine Mühe gab, das Vergnügen in seiner Stimme zu verbergen.

»Ich hätte es ihm gesagt«, antwortete sie steif hinter ihrem französischen Fächer, »aber er war zu der Zeit in Salzburg. Ich konnte ihn nicht erreichen.«

»Also war es das, was dein Schicksal am Ende besiegelt hat. Du konntest deinen Knickerbocker-Ritter nicht rechtzeitig herbeirufen, damit er dich vor dem Bösewicht rettet.«

Als sie nicht antwortete, beugte er sich vor und flüsterte: »Ich habe gehört, er hat dir heftig den Hof gemacht. Ich frage mich nur, wieso ich dich so mühelos in die Ehe locken konnte und er nicht.«

»Er wollte mich als seine Frau, nicht als Instrument seiner Rache. Seine Absichten hatten nichts mit deinen gemein«, zischte sie leise, so daß niemand sie hören konnte. Sie dachte noch daran zu erwähnen, daß ihre Ehe nur auf ein Jahr beschränkt war, während Anson sie fürs Leben hatte haben wollen.

»Meine Absichten sind vielleicht nicht so verschieden.« Sein Blick glitt ruhelos über ihre samtige Haut, dort, wo die blaue Seide von ihren Schultern fiel.

Unter seinem intensiven Blick konnte sie sich nicht auf eine Antwort konzentrieren. Zudem gab es nichts, was sie sagen konnte, ohne Maras Zukunft zu gefährden, also wirbelte sie herum, um sich wieder dem Ball zuzuwenden. Zu ihrem Schreck stand Anson direkt vor ihr, und sein Gesichtsausdruck war höflich, aber verärgert.

»Mrs. Sheridan.« Er sagte es wie eine Beleidigung. Dann beugte er sich herab und küßte ihre Hand. »Darf ich um diesen Tanz bitten?«

»Ich... ich weiß nicht!« Sie sah zu Trevor hoch und erkannte sein Mißfallen.

»Sie haben doch nichts dagegen, nicht wahr, Sportsfreund?« fragte Anson Trevor, ohne die Verachtung in seiner Stimme zu verbergen.

Trevor sagte nichts, was Alana mehr entsetzte als alles andere.

Sie legte eine Hand auf Trevors Arm. »Laß mich einmal mit ihm tanzen«, flüsterte sie. »Denk an Mara. Du weißt, daß jeder hier erwartet, daß ich mit Anson tanze.«

Sie sah, wie er den Goldknauf seines Stockes packte, als wäre es Ansons Hals. Doch ohne etwas zu erwidern, lehnte er sich an die Wand und kreuzte die Arme vor der Brust.

Alana zwang sich zu einem Lächeln und nahm Ansons Arm. Dieser warf Trevor noch einen bitterbösen Blick zu, umfaßte dann ihre Taille und führte sie in die Menge.

Alana nickte den vertrauten Gesichtern auf der Tanzfläche zu. Es schien, als rempelte jedermann sie an, nur um wenigstens Bruchteile ihrer Unterhaltung mithören zu können.

»Das Wetter ist wirklich wunderbar diese Woche. Besser als man zu dieser Zeit in Newport erwarten könnte.« Anson lächelte einer alten Dame höflich zu, richtete dann seinen zornigen Blick auf Alana.

»Ja«, antwortete sie und fragte sich, was nun kommen würde.

»Ich möchte Ihnen gratulieren, Mrs. Sheridan. Zu Ihrer *guten* Verbindung.«

Sie atmete tief durch. Nun wußte sie zumindest, worauf er hinauswollte. »Ich weiß, daß deine Mutter ein Telegramm geschickt hat. Es war leider keine Zeit, es dir persönlich mitzuteilen. Es tut mir leid.« Sie hielt es für das beste, ihn von vornherein zu entwaffnen und gleich auf den Punkt zu kommen. Sie hatte Anson noch nie so wütend gesehen. Sie hätte nie gedacht, daß er so ein leidenschaftliches Gefühl empfinden konnte.

»Ich kam, so schnell ich konnte. Vergeblich«, fügte er scharf hinzu.

»Bitte sei nicht so böse, Anson.« Sie sah zu ihm hoch, ihre smaragdblauen Augen voller Mitgefühl. »Ich hatte keine andere Wahl.«

»Du hattest mich zur Wahl!« flüsterte er wütend.

Sie sah zu, wie er Joanna Varick zunickte, die sie

aus der Ferne beobachtete. Als seine Aufmerksamkeit sich wieder ihr zuwandte, sagte sie: »So wundervoll wie du bist, Anson, du warst nicht der richtige Mann für mich, und das weißt du. Das habe ich dir bereits gesagt.«

»Und dieser Gossenire ist es?«

Seine Worte ließen sie stolpern. Sie fiel gegen ihn, und er fing sie mit seinen starken Armen auf.

»Alana, wir hatten doch beide alles – unsere Familien, unsere Abstammung, unsere Ideen. Du hättest mich heiraten sollen, bevor es zu spät war.«

»Du weißt nichts von mir, Anson. Es hätte niemals funktioniert.«

»Ich weiß nichts über dich!« Sein Gesicht wurde rot vor Zorn. Dann sah er sich um und zwang sich zu einer sanfteren Miene. »Und Sheridan kennt dich besser? In einer Woche hat er mehr über dich erfahren als ich? Ich sollte ihn umbringen. Ich kann mir denken, warum dieser dreckige Gassenjunge dich besser kennengelernt hat.«

»Nenn ihn nicht so«, sagte sie, unfähig, noch länger ihre Fassade aufrecht zu halten. »Sag so etwas nie wieder!«

Er starrte auf sie hinunter und konnte ihren Zorn nicht begreifen. »Du verteidigst ihn noch? Caroline Astor hat mir erzählt, man mußte dich förmlich zum Altar zerren. Sie will, daß du über eine Annullierung nachdenkst.« Er zog sie enger an sich. »Und das möchte ich auch.«

»Ich werde keine Annullierung beantragen, Anson. Ich kann dir leider nichts anderes sagen. Ich habe Trevor Sheridan geheiratet, und ich bleibe mit ihm verheiratet.« Das war natürlich nur die halbe Wahrheit, aber sie wollte ihm nicht erklären müssen, warum sie ihn trotzdem zurückweisen würde, wenn sie wieder frei war. Sie sah keinen Sinn darin, ihn noch mehr zu verletzen.

»Wirst du dieses verdammte irische Baby kriegen?«

Entsetzt sah sie zu ihm auf, ihre Wangen wurden flammendrot. »Ist es das, was alle denken? Daß ich heiraten mußte, weil Trevor –«

Er lachte fast vor Bitterkeit auf. »Was sollen wir denn sonst denken? Sheridan hat dich zu dieser Ehe gezwungen, aber es kann nicht allein das Geld gewesen sein, denn ich habe genug davon. Du hättest mich heiraten können, Alana. Aber bedauerlicherweise habe ich stets den Gentleman gespielt.« Ohne den Takt zu verlieren, riß er sie ruppig herum und lenkte sie in eine Ecke.

Sie schwieg lange und ließ sich von ihm im Walzertakt wiegen, bis sie endlich sehr weich antwortete: »Es ist nicht so, wie du glaubst, Anson. Das wird sich in wenigen Monaten zeigen.«

»Ja, in neun Monaten.« Sein Arm packte sie fest.

»Ich habe ihn nicht deswegen geheiratet.«

»Warum dann?« Er warf seinen blonden Kopf zurück und lachte auf. Wieder stieg der Zorn heftig in ihm auf. »Lüg mich nicht an. Sag nicht, du liebtest ihn, denn das kann ich einfach nicht glauben.«

Als sie ihn ansah, erkannte sie plötzlich, warum sie und Anson niemals hätten glücklich werden können. Obwohl sie oberflächlich so gut zusammenpaßten, hatten sie vollkommen verschiedene Weltanschauungen. Sie wollte Liebe. Er wollte das, was die Gesellschaft für das Beste hielt. Sie wollte Anerkennung, er wollte Perfektion. Sie wollte sich an der starken Schulter eines Mannes ausweinen und ihre tonnenschweren Lasten loswerden. Er verabscheute es, wenn seine teuren Krawatten befeuchtet wurden.

»Na komm, sag mir, daß du ihn liebst«, verlangte er scharf, während er den Gästen um sie herum zulächelte.

Sie sah ihn nur wortlos an.

Er lächelte. »Ich wußte es doch.« Seine Augen leuchteten in Triumph auf. »Ich wußte, daß du so einen Mann nicht lieben könntest.«

»Er zieht mich an. Das habe ich schon gespürt, als ich ihm zum allerersten Mal begegnet bin.« Sie wußte nicht, warum sie meinte, es ihm erklären zu müssen. Und ihr kam der Verdacht, daß sie es vielleicht für sich selbst brauchte.

»Ah, gut. Aber das ist keine Liebe.«

»Nein.«

»Sag mir, du liebst ihn, Alana, und ich laß dich in Ruhe. Tust du es nicht, quäle ich dich bis ans Ende deiner Tage, daß du eine Annullierung beantragst.«

»Ich liebe ihn.« Sie wagte es nicht, ihn anzusehen, denn plötzlich wurde sie von einem heftigen Gefühl überwältigt. Es war die dickste Lüge, die sie je von sich gegeben hatte, und doch hatte sie nicht das Gefühl, gelogen zu haben. Sie hatte ein viel übleres Gefühl, und plötzlich packte sie eine heftige Panik.

Zum Entsetzen und zur Freude der Gäste blieb Anson in der Mitte der Tanzfläche ruckartig stehen. Er zog sie an sich, ohne sich um einen Skandal zu kümmern. »Du willst mir erzählen, daß du dich in einen gottverdammten irischen Bauern verliebt hast? Daß du mich zurückgewiesen hast, weil du tatsächlich lieber mit diesem... *katholischen Bastard* zusammen bist?« flüsterte er wütend.

»Ja«, preßte sie hervor.

Nur wenige Male in seinem Leben hatte Anson Vanbrugh-Stevens nicht das bekommen, was er wollte. Alana vermutete, daß dies ein Grund war, warum er sie so hartnäckig umworben hatte. Der Gedanke zu verlieren war ihm unerträglich, aber sie wußte, diesmal mußte er die Niederlage eingestehen. Er war sich so sicher gewesen, daß sie schließlich doch ja sagte. Nun war das Schlimmste geschehen.

Ohne ein weiteres Wort verbeugte er sich vor ihr und drängte sich durch die Menge. Er verließ den Ball mit versteinerter Miene, ohne der Gastgeberin gedankt zu haben.

Alana spürte die Blicke in ihrem Rücken wie Messer. Den Tränen nah floh sie auf den Balkon, wo sie die Seeluft in tiefen Zügen einatmete. Doch sie konnte ihre Tränen nicht unterdrücken. Sie hatte Anson nicht weh tun wollen. Mochte er auch Fehler haben, so besaß er doch das Recht auf Entrüstung. Sie hatte ihn mit ihrer hastigen Hochzeit schrecklich übergangen. Nun hatte sie ihn auch noch belogen. Oder vielleicht doch nicht? Die Tränen strömten nur noch heftiger, als sie sich zu zwingen versuchte, nicht über die Gründe nachzudenken. Aber natürlich konnte es nicht wahr sein. Sie konnte Trevor nicht lieben – sie kannte ihn ja kaum. Dennoch erkannte sie zum ersten Mal die Möglichkeit an, sich in ihren Ehemann zu verlieben. Und dieser Gedanke raubte ihr den Atem.

»Du solltest dich nicht so quälen, Alana. Maras Erfolg geht vorwärts. Du bist im Handumdrehen wieder bei ihm.«

Die kalte Stimme ließ sie zusammenzucken. Sie sah auf und entdeckte Trevor, der neben ihr auf dem dunklen Balkon stand. Gegen ihren Willen erschauderte sie.

Er lachte bösartig auf. »Ich ersehe an Mr. Stevens eiliger Verabschiedung, daß Geduld nicht zu seinen großen Tugenden gehört.«

»Er wollte mich heiraten«, sagte sie ruhig. »Es war grausam, ihn nicht über meine Hochzeit zu informieren.«

»Er wird darüber hinwegkommen.«

Seine Gefühllosigkeit schockierte sie. Wann würde sie sich auf sie richten? Und würde es sie vollkommen vernichten? »Ansons Erscheinen hat dich offenbar aus der Fassung gebracht, Trevor.«

»Er ist alles, was ich an dir nicht mag, *á mhúirnin.*«

»Und was ist das konkret?« fragte sie wütend, während sie ihre Demütigung hinter einer starren Maske verbarg. Er hatte sie mit etwas in Gälisch betitelt. War es eine Beleidigung?

»Ich hasse deine Privilegien. Ich hasse die Tatsache, daß du aus einem Club von exaltierten Elitemenschen kommst, denen alles zusteht, ob sie es nun verdienen oder nicht. Den Knickerbockern mangelt es an zu bewältigenden Notlagen, und das widert mich an.«

Sie wandte sich ab, um ihm nicht ihr zorngerötetes Gesicht und die Tränen in ihren Augen zu zeigen. »Meine Familie wurde bei einem Hausbrand getötet, als ich sechzehn war. Meine Position hat mich davor nicht geschützt. Auch nicht vor meinem Onkel, wenn du dich erinnerst.«

Er schwieg eine lange Zeit, in der er sie durch die Dunkelheit anstarrte. Seine Miene war seltsam, als wäre er zwischen Rache und Mitleid hin- und hergerissen. »Jene Nacht, als Didier dich durchnäßt und erledigt zu meiner Haustür schleppte, war es nicht das erste Mal, daß ich dich sah, Alana. Wußtest du das?«

Ihre Schultern strafften sich. Tapfer wischte sie sich ihre feuchten Wangen.

»Es war vor einem Jahr«, flüsterte er und legte beide Hände auf ihre Oberarme. »Bei *Delmonico's* in einem der Speisesäle, ich weiß nicht mehr, in welchem. Mitten in unserer Mahlzeit kam Lorenzo zu mir und Eagan und erzählte uns, gleich würde eine Gruppe aus ihren Logen der *Academy of Music* herkommen. Er bat uns in aller Höflichkeit, ob wir den Tisch wechseln könnten.« Trevor schwieg einen Moment. »Natürlich war Lorenzo äußerst taktvoll, aber er wußte genauso wie ich, warum wir gehen mußten. Diese Leute waren zu fein, um sich in einem Raum mit Iren niederzulassen.« Seine Hände hielten ihre zarten Arme wie Schraubstöcke. »Und weißt du, wer zuerst in den Speisesaal trat, als wir uns gerade erhoben? Du und dieser verdammte Bastard, der eben hier herausgerauscht ist. Ich werde es nie vergessen – als ich in der Tür an dir vorbeiging, hast du mich noch nicht einmal gesehen. Du warst mit Anson beschäftigt. Aber ich habe dich bemerkt. Du warst schön, die schönste Frau, die ich je gesehen hatte. Und ganz entschieden die kälteste. Ich fror, als ich dich nur ansah.« Er zog sie zurück an seine Brust. »Wenn es nicht um Mara gegangen wäre, hätte ich dich in Frieden gelassen, Alana. Aber bei Gott, als ich wußte, daß ich es tun mußte, habe ich es genossen, dich von deinem Thron zu stoßen. Ich habe endlich diese ganze Gesellschaft in die Knie gezwungen. Und nun müssen *sie* zu *mir* aufschauen.«

Alana hörte ihm zu, und die Ironie seiner Geschichte nagte an ihrem Herzen. Sie konnte sich nicht an den Abend erinnern, denn es hatte so viele davon bei *Delmonico's* gegeben. Wenn die »Unerwünschten« entfernt worden waren, so war dies sicher nicht auf ihre Bitte und sogar ohne ihr Wissen geschehen. Doch am schlimmsten war, wie sehr Trevor die damalige Situation mißverstehen wollte. Er hatte sie an Ansons Arm gesehen und geglaubt, sie wäre rundum zufrieden mit ihrem Leben gewesen. Was für eine Lüge. Sie hatte sich von einem Mann begleiten lassen, den sie niemals lieben würde und wieder eines dieser gesellschaftlichen Ereignisse ertragen, während sie ständig von einem gesichtslosen Mann in einem schlichten, weißen Haus träumte. Sie hatte von Kindern, einem Heim und Herd geträumt und Kleider von Worth und Einsamkeit bekommen. Es war kein Wunder, daß sie ihm eiskalt erschienen war. Sie hatte zuviel zu verbergen. Und niemanden, mit dem sie es teilen konnte.

»Der Thron war immer eine Illusion, Trevor. Es gab nichts dergleichen«, flüsterte sie, während erneut Tränen über ihre Wangen liefen.

»Nein«, antwortete er selbstsicher. »Sieh doch nur, wie die Leute hier auf unsere Hochzeit reagieren. Ihre Göttin ist vom Podest gestürzt. Und nur wegen mir!«

In dem folgenden Schweigen war der »Donauwalzer« durch die offenen Türen zu hören. Die Töne der Geigen wurden von dem leichten Wind aufs offene Meer getragen.

»Warum gehst du nicht hinein und tanzt? Ich weiß doch, daß das dein Lieblingswalzer ist.« Er ließ seine Hände sinken und trat zurück. »Ich möchte nicht mehr so lange bleiben. Ich denke, es ist besser, wenn Mara zu früh als zu spät geht.«

»Ich tanze nicht auf diese Musik.« Sie hob ihre Röcke und wollte gehen.

Er berührte ihre Taille und zwang sie, ihn anzusehen. »Und warum nicht?« fragte er.

»Ich habe mir vor langer Zeit selbst ein Versprechen gegeben, als ich sie zum ersten Mal hörte. Ich wollte diesen Walzer nur mit dem Mann tanzen, den ich liebe.« Unbewußt senkte sie ihren Blick auf seinen Stock.

Er schien sich überdeutlich der Tatsache bewußt zu sein, daß er niemals diese Person sein würde. So kommentierte er bitter: »Nun, da Anson weg ist, gibt es hier wohl nichts mehr für uns zu tun. Gehen wir.«

»Ja«, flüsterte sie. »Soll ich Mara holen?«

Er nickte. Sie hatte noch nie eine solche Härte auf seinem Gesicht gesehen.

Mara beobachtete sie im Flur – sie hatte den Eindruck, als wäre sie meilenweit entfernt. Ihr Bruder und seine Frau sagten sich am anderen Ende des Korridors gute Nacht, und Mara entging kein Detail, keine Geste in ihrer Verabschiedung.

Der Ball war nur zu schnell vorüber gewesen, und ihre Rückfahrt war schweigend verlaufen. Mara hatte die gedrückte Stimmung nicht verstehen können, doch während sie ihren Bruder beobachtete, begann sie, Eagans Ängste zu begreifen.

Trevor begleitete Alana zu ihrer Schlafzimmertür. Sie tauschten ein paar Worte aus, dann verschwand Alana in ihrem Zimmer, und ihr Bruder ging steif auf seine Tür zu. Es hatte einen kurzen Moment gegeben, wo Mara glaubte, Trevor wollte seine Frau küssen, so wie sie es ihn bei Daisy hatte tun sehen. Vielleicht war es die Bewegung seiner Hand auf Alanas Taille gewesen, aber vielleicht hatte sie es sich auch nur eingebildet. Wie auch immer, es hatte keinen Kuß gegeben, und beide suchten nun einsamen Trost in den Wänden ihrer Schlafzimmer.

Maras schöne Augen wurden traurig, als sie erkannte, daß die strahlende Ehe ihres Bruders nicht in Ordnung war. Sie runzelte die Stirn, während sie über eine Möglichkeit nachdachte, den beiden zu helfen. Als ihr die Idee kam, glättete sich ihr Gesicht, und sie rannte augenblicklich in ihr Zimmer, um einen Brief an Eagan aufzusetzen.

Der Brief begann so: *Drastische Maßnahmen ab morgen...*

16

Als Trevor am nächsten Morgen herunterkam, entdeckte er zufrieden die vielen Visitenkarten auf der gewaltigen Schubladen-Kommode im Marmorfoyer Fenian Courts. Der Kartenstapel war der Beweis für Maras Erfolg auf dem Ball, und er ging die Kärtchen oberflächlich durch, wobei er vergnügt die illustren Namen registrierte.

Aber als er den Namen der letzten Karte las, wechselte sein Gesichtsausdruck abrupt. Seine dunklen Augen sprühten vor Wut. Er überflog kurz die Nachricht auf der Rückseite des Papiers, steckte es in die Tasche, rief dann seinen Majordomus und gab diesem ausdrückliche Anweisungen – unter anderem die, seine Frau aus dem Bett zu holen und zum Frühstück herunterzubitten.

Alana wachte auf und sah Margaret mit ihrem Morgenmantel neben dem Bett stehen. Die Zofe teilte ihr mit, daß ihre Anwesenheit sofort erwünscht wurde. Verärgert, aber doch neugierig, zog sich Alana ein siennafarbenes Kleid an und begab sich zu dem sonnigen Frühstücksraum.

Die Laune des Hausherrn war jedoch alles andere als sonnig. Trevor warf ihr einen finsteren Blick zu, bevor man ihr den Stuhl heranschob. Der kleine Frühstücksraum war mit hellgrünem Taft ausgekleidet, die gleichen Stoffe hingen an den Fenstern. Doch auch diese fröhliche Farbe schien Trevors schwarze Gedanken nicht zu verscheuchen, und er starrte sie nur in tödlichem Schweigen an. Der Mahagoni-Eßtisch hatte nur sechs Plätze, und es gefiel ihm offenbar, daß sie nah bei ihm war und er jede Einzelheit ihres Gesichtsausdrucks aufnehmen konnte, während sie nun nach ihrer Serviette griff.

Alana sah auf ihren Teller und entdeckte Ansons Visitenkarte, die dort lauerte wie eine giftige Schlange. Ihr Blick flog kurz zu Trevor, bevor sie es wagte, sie aufzunehmen.

»Er hat dir auf die Rückseite eine Nachricht geschrieben«, sagte er bissig.

Alana schaute auf und bemerkte, wie die Diener schnell aus dem Raum huschten. Sie drehte das Kärtchen um und las: *Ich glaube dir nicht.*

Wieder hob sie den Kopf. Trevors Gesicht war wutverzerrt. Seine Augen funkelten von unterdrückten Gefühlen. »Er scheint etwas verwirrt zu sein, Alana. Ich bin nicht sicher, ob er die Integrität unserer Ehe begreift.« Seine kaum verhehlte Wut strafte seine beherrschten Worte Lügen.

Sie legte das Kärtchen auf die Tischdecke. »Ich bin halb verhungert. Essen wir bald?«

»Was glaubt er nicht?«

Seine Frage brachte sie aus der Fassung. Sie konnte ihm doch nicht erzählen, was sie Anson gesagt hatte. Lieber wäre sie gestorben.

»Was glaubt er nicht, Alana?« wiederholte er, und seine zornige Stimme wurde drohender.

Sie ignorierte seine Frage. »Ich hoffe, die Diener kommen gleich wieder.« Und das war die falsche Antwort.

Trevor betrachtete seine Tasse und nahm ruhig einen Schluck Kaffee. »Wenn Stevens meint, er könnte mir Hörner aufsetzen, dann solltest du ihm sagen, daß er jung sterben wird.« Seine Worte klangen derart kalt, daß Alana einen Moment sprachlos war.

Doch dann packte sie der Zorn. »Du wagst es, Steine auf Anson oder mich zu werfen? Dazu hast du überhaupt kein Recht. Oder hast du unsere liebe Miss Daisy Dumont schon vergessen?«

»Daisy war schon meine Geliebte, bevor ich dich kannte«, fauchte er sie an.

»Und ich kannte Anson bereits vor dir. Was dem einen recht ist, ist dem anderen billig, möchte ich meinen.«

Er stand auf, und sein Stuhl scharrte quietschend über das hochglänzende Parkett zurück. »Daisy hat nicht das Geringste mit uns zu tun. Ich habe meine Affären stets mit höchster Diskretion behandelt. Stevens dagegen will einen Narren aus mir machen. Und das lasse ich mir nicht bieten. Habe ich mich klar ausgedrückt?«

»Kannst du dir vorstellen, daß es Dinge gibt auf dieser Welt, die dich ausnahmsweise einmal nicht betreffen? Oh, ich weiß, mein lieber Göttervater, daß dies eine skandalöse Bemerkung ist, aber hast du dir jemals überlegt, daß nicht jede Kleinigkeit dazu dienen soll, dich zu vernichten? Hast du dir jemals Gedanken gemacht, daß Anson vielleicht Gefühle für mich hegte und das, was geschehen ist, erst einmal verdauen muß?«

Ihr Sarkasmus traf ihn. Mühsam beherrscht erwiderte er: »Ich bin dein Mann, und als solcher habe ich gewisse Rechte vor dem Gesetz. Eins davon ist, dich von bestimmten Männern fernzuhalten, selbst wenn ich dazu Gewalt anwenden muß.«

Ihr Körper bebte vor Wut. »Und soll ich das nächste Mal, wenn du zu deiner kleinen Daisy rennst, mit dem Nudelholz hinter dir herlaufen?«

»Wenn du ihren Platz einnehmen willst, brauchst du es jetzt nur zu sagen, und ich werde Daisy nie wiedersehen.«

Sein Angebot war eine klare Herausforderung. Ihr Blick fing den seinen auf, und wenige kribbelnde Sekunden war sie fast versucht, den Fehdehandschuh aufzunehmen, und sie beide zum Äußersten zu treiben. Doch dann rettete sie ihre Vernunft. Sie warf ihre Serviette auf den Teller und rauschte hinaus, wobei sie Mara in der Tür beinah umrannte.

Es war früher Abend, als sie Maras Botschaft erhielt. Den ganzen Tag war Alana in ihrem Zimmer gewesen und deprimiert, verletzt und wütend hin- und hergelaufen. Als die Bitte des Mädchens sie erreichte, sie wolle sie im Pavillon treffen, begrüßte sie die

Ablenkung. Sie verließ ihr Zimmer, ohne sich erst um eine Stola zu bemühen.

Während sie über den Rasen huschte, auf dem die zartlila Statuen schon lange Schatten warfen, spürte sie, wie ihre Laune sich durch all die Schönheit um sie herum deutlich besserte. Die Sonne verschwand gerade hinter der Bellevue Avenue, und die See lag tiefblau und ruhig da. Hinter ihr erhob sich Fenian Court wie ein gewaltiger, marmorner Monolith, der dem Ansturm des Meeres trotzen wollte.

Sie eilte durch das leere Bootshaus. Als sie auf dem Pier stand, sah sie sich suchend nach Mara um. Doch es war Trevor, der plötzlich auftauchte.

»Was tust du denn hier?« fragte er barsch.

»Wo ist Mara?«

Grimmig blickte er an ihr vorbei zur Tür des Bootshauses, die im gleichen Augenblick zugeworfen wurde. Man hörte einen Schlüssel im Schloß, und als nächstes sah Alana Mara über den Rasen zum Haus hinüberrennen.

»Sie hat seit Jahren keine Schläge mehr bekommen, aber heute abend werde ich das nachholen«, schwor Trevor mit zornbebender Stimme.

»Sie hat uns hier draußen ausgesperrt«, keuchte Alana.

»Das hat ihr sicher Eagan in den Kopf gesetzt. Und auch all das Zeug mit dem Händchenhalten. Ich ahnte schon, als sie ankam, daß sie nur Unsinn im Kopf haben würde. Sie hat mich mit einer Nachricht hierher gelockt.«

»Mich auch.« Alana warf einen Blick auf das dunkle, bewegte Wasser, das unter dem Dock herströmte. Es war zu tief, um hindurchwaten zu können. »Du mußt schwimmen, Trevor. Es tut mir leid, aber eine

Lady in meiner Position… nun, ich habe es nie gelernt.«

Er sah sie scharf an und sagte: »Ich kann nicht schwimmen.«

Alana riß die Augen auf. »Aber wie ist das möglich? Ich habe gehört, daß du ein ausgesprochen guter Segler bist. Die *Colleen* ist nur durch deine Fähigkeiten berühmt geworden.«

»Ich bin deswegen so gut, weil ich nicht ertrinken will«, gab er mit zusammengebissenen Zähnen zurück.

Verzweifelt schaute sie sich um. Aber es gab keine Möglichkeit, zu entkommen.

»Wir werden wohl die Zeit totschlagen müssen, bis diese verdammte Brut uns wieder nach Hause läßt«, sagte er ruhig.

Alana sackte in sich zusammen. Er machte eine Geste zum Pavillon hin, und gemeinsam gingen sie hinüber.

Die Minuten dehnten sich zu Stunden, während das Licht langsam vom Himmel sank. In Fenian Court wurde das Gas angezündet, und die zahlreichen Fenster schimmerten wie Diamanten. Es war wunderschön anzusehen, wie der riesige Palast in der Dunkelheit leuchtete, aber die Nachtluft wurde kalt, und Alana schauderte, besonders, als sie Trevor ansah, der im Schatten saß.

»Will sie uns die ganze Nacht hier draußen lassen?« flüsterte sie mit zögernder Stimme.

»Das will ich verdammt nochmal nicht hoffen«, war seine barsche Antwort.

»Du mußt ihr die Situation erklären, Trevor. Sie hält unsere Ehe offenbar für etwas, das sie nicht ist.«

»Ich will ihr die Illusion nicht nehmen.«

»Und eine Annullierung würde die Illusion lassen?«

Er schwieg. Obwohl sie seine Augen nicht sehen konnte, sagte ihr jeder ihrer weiblichen Instinkte, daß sein Blick fest auf sie gerichtet war. »Eine Annullierung muß nicht den Zynismus bergen, den unsere Abmachung noch hat.«

Sie nickte. Es war ein leichtes, ein Ende zu machen, wenn man wenigstens vorgeben konnte, man hätte die Ehe versucht. Es war aber etwas anderes, einzugestehen, daß eine Ehe von Anfang an nur eine Farce gewesen war. Deprimiert und ohne Lust auf Konversation wandte sie sich ab und suchte Trost in der Schwärze der Nacht und dem beißenden Seewind.

»Du frierst«, stellte er fest.

Sie legte die Arme um ihren Oberkörper. »Ich hatte nicht gedacht, daß ich die Nacht hier verbringen würde.«

»Hier.« Er war so nah, daß sie seinen Atem in ihrem Haar spüren konnte. Er legte ihr seinen Rock um die Schultern, wobei seine warmen Hände über ihre zarte Haut strichen.

Seine Berührung ließ sie erstarren. Sie konnte ihn nicht einmal dankbar ansehen.

»Warum hast du Stevens nicht geheiratet?« flüsterte er mit rauher Stimme.

Weil es keine andere Erklärung gab, sagte sie: »Anson war nicht der Richtige für mich.«

»Wie kann jemand noch geeigneter sein als dieser Mann? Seine Familie ist doch die Crème de la crème.«

Sie ignorierte seine bissigen Worte und schloß die Augen, um den Mann aus ihren Träumen zu beschwören. Sie hatte sich schon so lange ausgemalt, wie er wohl sein mochte. Sie hatte den Traum jederzeit aufkommen lassen können, doch dieses Mal fiel es ihr plötzlich schwer. Das alles schien auf einmal so weit entfernt, wie Erinnerungen aus einem anderen Leben. »Es gibt andere Qualitäten, die mir wichtiger sind als Abstammung, auch wenn du das Gegenteil zu glauben scheinst.«

»Zum Beispiel?«

Sie holte tief Atem. »Ich möchte einen lieben Mann. Er soll zartfühlend, intelligent und stark sein. Seine Abstammung oder die Menge an Geld in seinen Taschen ist mir nicht wichtig.«

Er schwieg einen Moment. Dann fragte er: »Dieser Mann, den du beschreibst... ist es der, den du in Brooklyn einen Tag vor unserer Hochzeit besucht hast?«

Sie wirbelte herum, und es verschlug ihr die Sprache. Er wußte von Brooklyn. Ihr Herz machte einen Satz. Hatte sie sich umsonst geopfert? Der Gedanke brachte sie fast um.

Zu gern hätte sie sein Gesicht gesehen, als sie ihn anfauchte: »Du hast versprochen, nicht in meinen Angelegenheiten herumzuschnüffeln! Bist du mir nach Brooklyn gefolgt?« Ihre Stimme überschlug sich. »Ich habe dich nur geheiratet, weil du mir dein Versprechen gegeben hast!«

»Ich weiß nicht, was du in Brooklyn gemacht hast.« In der Dunkelheit streckte er seine Hand aus und berührte ihre Wange. »Ich weiß nur, daß wir nun verheiratet sind und daß mir dieses Versprechen mit jedem Tag weniger gefällt.«

»Du kannst es nicht zurücknehmen.« Sie wandte sich ab und haßte die Gefühle, die seine Berührung in ihr erweckten.

»Sag mir, daß du dort nicht mehr hingehen wirst.«

Sie rückte von ihm ab, während die Furcht ihre Brust einengte. »Nein. Ich muß dort wieder hin.«

Er schwieg, und auch das leise Plätschern der Wellen gegen die Pfeiler konnten die Wut in seiner Stimme nicht verdecken. »Wie gut ich jetzt Stevens' Niedergeschlagenheit verstehen kann. Weiß er von Brooklyn?«

»Keiner weiß es.« Sie ergriff seinen Arm, wobei ihr die harten Muskeln unter seinem Hemdsärmel nicht entgingen. »Ich flehe dich an… misch dich nicht in mein Leben. Ich tue alles, was ich kann, um deiner Schwester zu helfen. Aber bitte, bitte laß mich in Frieden.«

»Dann sag mir nur eins. Besuchst du dort einen Mann? Hast du einen Liebhaber dort?«

»Nein«, sagte sie im verzweifelten Wunsch, sein Versprechen zu bekommen.

»Wie kann ich sicher sein? Du gibst dich so vertraut mit diesem Mann, den du eben beschrieben hast.«

»Bitte glaub' mir, das hat überhaupt nichts mit dir zu tun. Halte dich da raus und folge mir nie wieder.«

»Alana!« Er schüttelte sie. »Was soll ich denn denken? Wenn du mir nichts sagst, kann ich doch nur das schlimmste annehmen.«

Sie konnte ihre Verzweiflung nicht länger verbergen. Voller Bitterkeit antwortete sie: »Der Mann, den ich beschrieben habe, existiert nicht. Begreifst du das denn nicht?«

»Es ist nicht Anson?«

»Es ist niemand. Er lebt in meiner Phantasie, und ich befürchte, er wird den Rest meines Lebens dort bleiben.« Ihre Stimme kippte.

Das Schweigen zwischen ihnen wurde drückend. Es dauerte noch einige Augenblicke, bevor sein fester Griff sich löste.

»Glaubst du mir jetzt?« sagte sie vernichtet und verärgert.«

Er starrte sie durch die Dunkelheit an. »Ja«, flüsterte er.

»Versprich mir, daß wir nie wieder darüber reden werden.«

»Nein.«

Sie konnte es nicht fassen. Hatte er denn gar keinen Anstand, daß er so leicht ein Versprechen brechen konnte? »Ich habe dich geheiratet, um meine Privatangelegenheiten gesichert zu wissen. Wir hatten eine Abmachung. Wenn die Bedingungen sich geändert haben, hättest du es mir vorher mitteilen müssen.«

»Als ich es dir zugesagt habe, lag dein Werdegang in schriftlicher Form vor mir. Ich dachte, ich wüßte alles über dich. Du kamst aus der klassischen New Yorker Elite mit deiner Villa am Washington Square und den netten, kleinen Teenparties jeden Montagnachmittag. Nun entdecke ich, daß ein Geheimnis von dir an mir zehrt, und ich frage mich, ob dieses Geheimnis dich nicht zum ersten Mal menschlich macht.«

Einen verrückten, kurzen Moment empfand sie das dringende Bedürfnis, ihm von Christabel zu erzählen. Sie dachte sogar daran, sich bei ihm über ihre Sorgen auszuweinen, in der wilden Hoffnung, daß er verstehen und ihr helfen würde, um die Ehre ihrer Schwester zu kämpfen. Aber die kalte Realität stellte sich schnell wieder ein, und sie erkannte, wie dumm so etwas sein würde. Es war immer vernünftig gewesen, daß keiner etwas von Christabel wußte, und das war es vor allem jetzt, da sie wußte, wie sehr ihr Mann zu manipulieren verstand. Wenn sie Trevor von ihrem Geheimnis erzählte, konnte er es eines Tages gegen sie verwenden, oder nicht schlimmer: gegen Christal.

»Ich bin menschlich«, flüsterte sie. »Wenn du nur genauer hinsehen würdest.«

»Das möchte ich.« Sein Atem strich leicht über ihre Stirn. »Ich schwöre, das möchte ich.«

Sein Mund berührte ihren, und sie bemerkte, daß sie immer noch seinen Arm hielt. Er küßte sie und bot ihr mit dieser delikaten Liebkosung Verdammnis und Rettung zugleich an. Sie wollte abrücken, doch etwas Stärkeres – sein Griff, wie sie hoffte – drängte sie enger an ihn, bis sie geborgen in seiner Wärme und Kraft lag. Sein Rock rutschte von ihren Schultern, doch sie bemerkte es kaum, weil seine Zunge in ihrem Mund brannte und ihren ganzen Körper in Flammen setzte. Sein Kuß ließ schlafende Gefühle in ihr explodieren, und ihre Hand strich in ungeschickter Liebkosung über seine Wange.

Dies ermutigte ihn, seine Hand auf den Stoff über ihrer Brust zu legen. Sie stöhnte auf und war unfähig zu protestieren. Sein Daumen fuhr über ihren Brustansatz, und unter den Schichten von Seide wurden ihre Brustwarzen hart und empfindlich. Schockiert wollte sie ihn anflehen, aufzuhören und ihr zugleich mehr zu geben. Anson hatte sie selten geküßt, und sie hatte ihm nie gestattet, so weit zu gehen. Nun wußte sie auch, warum. Er war für sie nicht begehrenswert. Aber während sie nun Trevors Kuß über sich ergehen ließ, wußte sie, daß sie niemals die Kraft aufbringen würde, ihn von den Zärtlichkeiten abzuhalten.

Seine Zähne nagten sanft an ihrer Unterlippe, und seine Zunge liebkoste ihren Hals. Er nahm die Hand von ihrem Busen, und sie bedauerte es augenblicklich.

Seine Aufmerksamkeit richtete sich nun auf ihren Hals, und nacheinander öffnete er die kleinen Knöpfe, die ihr Oberteil verschlossen. Als die Spitze sich an ihrem Busen teilte, glitt seine Hand unter den Stoff und streichelte ihr zartes Fleisch. Hilflos lehnte sie sich an ihn.

»Ich merke, daß du doch nicht aus Eis gemacht bist«, flüsterte er an ihrem Haar, während seine Hand tiefer glitt.

Seine Arroganz trieb ihr ein Messer in ihr Herz. Sie wollte, daß er sie berührte. Sie wollte, daß sein Körper sie wärmte. Aber sie wollte es nur in Zärtlichkeit. Sie wollte es nur, wenn sein Herz und sein Kopf genauso dabeiwaren wie sein Körper. Doch er hatte ihr deutlich gemacht, daß es bei ihm nicht der Fall war, und mit einer Kraft, die sie selbst erstaunte, schob sie ihn weg und begann, ihr Oberteil zuzuknöpfen.

»Alana«, zischte er, wobei er wie sie das Gefühl hatte, er wäre gerade in eisiges Wasser gefallen.

»Nein, sag nichts! Wir haben eine Abmachung. Du kannst sie nicht ständig nach Belieben ändern.« Ihre kalten Finger mühten sich mit den winzigen Perlmuttknöpfen ab. Erst jetzt merkte sie, wie kühl die Nacht hier draußen am Wasser wirklich war.

»Eben hast du dich nicht gewehrt!«

»Ich war dumm. Wir haben nicht geheiratet, damit ich deine Lust befriedige. Denk daran.«

»Natürlich«, sagte er mit ätzendem Unterton. »Du edle, kleine Lady hättest niemals in diese Ehe eingewilligt, wenn du von Zeit zu Zeit deine weißen Schenkel um mich schlingen müßtest.«

Wutentbrannt schrie sie auf und riß sich von ihm los. Sie rannte zur Tür des Bootshauses und war entschlossen, sie aufzubrechen, wenn es nicht anders gehen würde. Wie eine Furie hämmerte und kratzte sie über das Holz, bis sie schließlich das Geräusch des Schlüssels im Schloß hörte und innehielt. Eine Laterne wurde hochgehoben, und sie stand einem überraschten Wachmann gegenüber.

»Mrs. Sheridan!« keuchte der Mann auf. »Ich verstehe nicht, wie man Sie hat aussperren können.«

Sie sparte sich eine Antwort. Statt dessen stieß sie einen unterdrückten Schluchzer aus und rannte den Hügel zum Haus hinauf. Ungeweinte Tränen schnürten ihr den Atem ab, und ihr Herz war gebrochen.

17

Drei Tage lang redeten sie kein Wort miteinander, sondern verbrachten ihren Alltag in drückendem Schweigen. Alana kam zum Dinner, Trevor sah still zu, wie man ihr den Stuhl heranschob. Wenn Trevor seine Pläne für den Abend verkündete, legte er ihr eine Nachricht auf das Frühstückstablett, das ihr ins Zimmer gebracht wurde. Die Abende waren das schlimmste. Wegen Mara konnte Alana schließlich niemanden wissen lassen, daß sie mit ihrem Mann alles andere als glücklich war, und so spielte sie ihre Rolle mit einer Grimmigkeit, an der Shakespeare seine helle Freude gehabt hätte.

Maras sozialer Aufstieg war unaufhaltsam. Doch sie war empfänglich genug für die Launen ihres Bruders und bemerkte seine finsteren Blicke, die er seiner Frau zuwarf. Schlimmer wurde es jedoch noch, wenn sie die Abende in Fenian Court verbrachten. Alle drei saßen dann in tödlicher Stille herum, während Trevor seinen Whiskey trank und düster ins Feuer starrte und Alana sich in ihre Handarbeit vertiefte, als wäre es die dringendste Sache der Welt. Mara war außer sich. Die Nacht im Pavillon hatte die beiden einander nicht nähergebracht, im Gegenteil. Trevor und Alana schienen jetzt noch kälter miteinander umzugehen.

Eines Abends verbrachten sie wieder ihre Zeit zu Hause. Sie hatten einen phantastischen Truthahn gegessen, der gut unde gerne für zwanzig Gäste gereicht hätte, aber keiner von ihnen schien viel Appetit zu haben. Nun saßen sie im Salon am prasselnden Feuer, Trevor nahm eben seinen dritten Whiskey zu sich, und Alana bewunderte nervös ihre gerade fertiggestellte Stickerei. Es war ein Bild von Königin Victorias Spaniel, und sie bedauerte, daß sie es in solcher Geschwindigkeit gearbeitet hatte. Mara wollte sich gerade ans Klavier setzen, um die beiden mit einem kleinen, irischen Gassenhauer aufzumuntern, den Eagan ihr heimlich beigebracht hatte, als der Schelm selbst hereinkam.

Eagan trat mit größtmöglichem Wirbel in den Salon. Er warf seinen Zylinder neben Alana auf das Sofa, woraufhin sie überrascht zur Tür blickte. Dann schlenderte er mit leicht unsicherem Schritt in den Raum, denn als er in New York in den Zug gestiegen war, waren die Karaffen im Abteil noch gut gefüllt gewesen. Aber das Lächeln auf seinen Lippen war einfach umwerfend, und Alana konnte nicht anders, als es zu erwidern.

»Süße Schwägerin, wie sehr ich dich vermißt habe!« Er zog sie auf die Füße und gab ihr schmatzend Küsse auf die Wangen. Verlegen errötete Alana und sah zu Trevor. Er stand nur da und umklammerte seinen Stock, daß die Knöchel weiß hervortraten.

»Was tust du denn hier, Eagan?« fragte er mit tiefer und mißbilligender Stimme.

»Mara, Schätzchen, wie schön, dein niedliches Gesicht mal wiederzusehen«, erwiderte Eagan in breitestem Straßenirisch.

»Was tust du hier?« wiederholte Trevor, der langsam die Geduld verlor.

»Mein geliebter Bruder!« Eagan nahm Trevor das Glas aus der Hand und kippte sich den Inhalt in einem Zug in die Kehle. Er schluckte, preßte sich die Hand auf die Brust und taumelte mit verschmitztem Gesichtsausdruck ein paar Schritte zurück. »Ich schwöre dir, Bruder, der Fusel muß aus dem Höllenfeuer gebrannt sein. Das Zeug würde den Teufel persönlich umhauen!«

Trevor fand Eagans Benehmen weniger komisch. Grimmig fragte er noch einmal: »Warum bist du hergekommen? Wußtest du nicht, daß ich meine Flitterwochen hier verbringe?«

»Ah, na ja, du hast mir gesagt, daß du hier auf Flitterwochen bist, aber da Mara auch schon hier ist, dachte ich bei mir ›Was sollen das bloß für Flitterwochen für Brüderchens feine Frau werden?‹« Eagan warf Alana einen verstohlenen Blick zu und zwinkerte.

Trevor griff, durch und durch verärgert, nach Alanas Arm. Sie wollte ihn ihm fast entziehen, doch ein Blick in seine Augen genügte, um ihr zu sagen, daß dies der falsche Moment dafür war.

»Es ist Zeit, meine ›feine Frau‹ in ihr Zimmer zu bringen«, sagte Trevor mit unverhohlenem Sarkasmus. »Wir wünschen dir eine gute Nacht, aber wenn du ein bißchen von der ›feinen‹ Columbia-Erziehung zurückbehalten hast, dann nimmst du den nächstbesten Zug zurück nach Manhattan.«

»Wunderbar. Ich sehe euch also beide beim Frühstück?«

Alana mußte sich auf die Zunge beißen, um nicht zu lachen. Mara konnte sich nicht so gut beherrschen und kicherte hinter vorgehaltener Hand. Trevor dagegen sah aus, als würde ihm gleich der Kragen platzen. Als er auf sie hinunterblickte und bemerkte, daß ihre Augen vor Vergnügen funkelten, wurde seine Miene so zornig, daß Alana hastig versuchte, sich zusammenzureißen.

»Trevor, mein Bruder, du gefällst mir nicht. Dieses Dunkelrot in deinem Gesicht sieht ziemlich ungesund aus.«

Der Spott, mit dem Eagan seine dialektgefärbten Worte vorgebracht hatte, war zuviel für Alana. Sie brach in hysterisches Lachen aus. Trevor, der sich vor Zorn kaum noch beherrschen konnte, packte sie am Arm und zerrte sie hinaus, die Stufen hinauf und zu ihrem Zimmer. Alana lachte den ganzen Weg.

»Wie läuft es hier, Mara?« fragte Eagan fast vollkommen nüchtern, als die beiden den Salon verlassen hatten.

Mara stieß einen lauten Seufzer aus und ließ sich

aufs Sofa fallen. »Ich nehme an, du hast meinen letzten Brief nicht mehr bekommen. Ich habe sie draußen auf den Docks festgesetzt... du weißt doch, am Pavillon.«

»Tatsächlich?« fragte Eagan mit unverhohlener Bewunderung.

»Ja.« Maras Miene nahm einen dramatischen Ausdruck an. »Aber es hat nichts genutzt. Sie hassen sich, Eagan. Ich weiß, es kann eigentlich nicht sein, aber ich schwöre, es ist so. Und Trevor ist überhaupt nicht schüchtern. Ich glaube eher, daß irgendwas anderes hier vorgeht.«

»Die Grenze zwischen Liebe und Haß ist schmal. Wir müssen sie nur dazu bringen, zur anderen Seite zu wechseln, das ist alles.«

»Ich glaube aber nicht, daß wir das schaffen, Eagan. Ich denke, so etwas muß von innen kommen.«

Eagan sah seine Schwester zärtlich an. »Wie scharfsinnig du bist, meine Kleine. Manchmal frage ich mich, woher du das alles weißt.«

»Einfach durch gesunden Menschenverstand.«

»Nun, dann bist du die einzige der Sheridans, die überhaupt etwas davon besitzt.«

»Bin ich denn so anders als du und Trevor?«

Eagan gefiel die Richtung, die das Gespräch nahm, plötzlich gar nicht mehr. Also kniff er seiner Schwester in die Nase und wechselte schnell das Thema. »Genug davon. Was machen wir jetzt mit Trevor? Wenn wir die beiden nicht zu ihrem Glück zwingen können, dann fällt mir leider nichts mehr ein, und ich will, daß diese Ehe funktioniert.«

»Vielleicht hätten sie eine Chance gehabt, wenn wir nicht zu dem Ball der Varicks gegangen wären. Ich brachte sie eines Abends zum Händchenhalten, so wie du es mir gesagt hast, und am Ende des Abends schien es ihnen fast zu gefallen. Aber nachdem Trevor Mr. Stevens gesehen hat, war alles aus.«

»Wer ist Mr. Stevens?«

»Alanas ehemaliger Verehrer. Er marschierte direkt auf Trevor zu und schleppte Alana zur Tanzfläche. Und die Wut, die ich in Trevors Augen gesehen habe... ich schwöre, Eagan, ich dachte, er wollte ihn verprügeln.«

Eagans Gesichtsausdruck verhieß nichts Gutes. Sein Akzent schlug wieder voll durch, als er wie beiläufig fragte: »Tatsächlich, meine Süße?«

Mara nickte.

»Unser ursprünglicher Plan funktioniert also nicht.«

Mara schüttelte den Kopf.

»Weißt du, was ich dann denke?« Eagan lachte auf. »Ich denke, mein lieber Bruder ist verdammt eifersüchtig, das denke ich. Und weißt du was, Liebchen? Was wir jetzt brauchen, ist eine Kursänderung. Ja, Sir, und dein geliebter Bruder ist genau derjenige, der sie einleitet!« Er warf den Kopf zurück und lachte laut und unfein.

Seine Schwester sah ihn nur verwirrt an.

Trevor führte Alana mit der Wärme und Fürsorge einer Militäreskorte zu ihrem Schlafzimmer. Immer noch leise kichernd stand sie an der Tür und wagte es, ihn verstohlen anzublicken. Sein Gesicht wirkte wie eine versteinerte, grimmige Maske. Er öffnete ihr die Tür, verabschiedete sie mit einem knappen »Gute Nacht« und kehrte auf dem Absatz um. Im gleichen Moment erstarb Alanas Lachen. Sie stand einen Moment im Türrahmen und empfand so etwas wie einen schmerzhaften Verlust.

Nachdem Margaret ihr in ihr Nachthemd geholfen hatte und sie im Bett lag, hörte sie Trevor hinter den Doppeltüren in seinem Zimmer auf und ab gehen. Der harte Tritt wurde von dem dumpfen Geräusch des Stockes begleitet, und Alana, die durch die Dunkelheit auf die Türen blickte, wurde wieder an Löwen erinnert. An einen Löwen im Käfig. Sie dachte an die wilde Wut und die rohe Kraft der Löwen, die sie als Kind in Mr. Barnums American Museum gesehen hatte. Nun konnte sie sie sich vorstellen, wie sie hinter dem Gitter rastlos auf und ab liefen, jeden Muskel gespannt, jedes bißchen Energie gesammelt, in schweigender Rebellion gegen ihre Gefangenschaft, bis der Bruchteil der Sekunde kam, in dem ihnen Rücken zugewandt wurden, in dem die Flucht möglich war.

Und die Rache möglich war.

Trevor ging bis in die frühen Morgenstunden in seinem Zimmer hin und her. Alana wußte es, denn sie lag die ganze Zeit hellwach in ihrem Bett. Und sie dachte an Löwen.

18

»Guten Morgen. Ist das nicht ein wunderschöner Tag?« Alana setzte ihr strahlendstes Lächeln auf und trat in den Frühstücksraum. Zu ihrer Freude waren auch Mara und Eagan schon da, wobei letzterer offenbar unter einem ausgewachsenen Kater litt.

Sie ging zu ihrem Platz und wehrte Eagan ab, der ihr trotz seines dröhnenden Kopfes galant den Stuhl heranschieben wollte. Sie ließ ihre Serviette auf den Schoß fallen und erlaubte dem Diener, ihr eine doppelte Portion Eier aufzuladen.

Obwohl sie in der letzten Nacht nur wenig geschlafen hatte, empfand sie einen ungewohnten Optimismus. Die Tatsache, daß sowohl Mara als auch Eagan nun in Fenian Court waren, war ihr willkommen. Sie konnte zwischen ihrem Bruder und ihr vermitteln, und sie war in der Nacht schließlich zu dem Schluß gekommen, daß sie mit den beiden als »Anstandsdamen« vielleicht mit Trevor auf eine gemeinsame Basis kommen konnte, auf einen Level, auf dem man liebenswürdig zueinander sein und diese Ehe unter angenehmeren Bedingungen weiterführen konnte. Diese Möglichkeit hob ihre Laune gewaltig, und die Ängste der vergangenen Nacht schienen unter der strahlenden Newport-Sonne nur so dahinzuschmelzen.

»Trevor liegt wohl noch im Bett«, kommentierte sie gelassen, als sie den leeren Platz ihr gegenüber betrachtete. »Ob ich ihm sein Frühstück hinaufbringen lassen soll?« So seltsam, wie es ihr erschien, gefiel ihr der Gedanke, diese ehefrauliche Pflicht zu erfüllen.

»Das geht nicht. Er ist weg.« Mara war den Tränen nahe.

Erst jetzt entdeckte Alana ihren unglücklichen Gesichtsausdrfuck. Und was sie bei Eagan für einen Kater gehalten hatte, stellte sich nun als grimmige Haltung ihres Schwagers heraus.

»Was meinst du damit, er ist weg?« fragte sie Mara mit möglichst unbewegter Stimme, während in ihrem Inneren ein Sturm losbrach.

»Er ist vor Tagesanbruch nach Boston gefahren. In

seiner Nachricht stand etwas von Geschäften«, antwortete Eagan an Maras Stelle.

»Aha.« Alana sah auf die Eier auf ihrem Teller und fragte sich, ob sie überhaupt noch Appetit darauf hatte.

»Was ist denn nur mit ihm los?« platzte Mara heraus, und zwischen ihren Brauen bildete sich eine steile Falte. »Es sind seine Flitterwochen. Das ist so furchtbar. Wir drei sitzen hier, und Trevor verschwindet nach Boston –«

»Sei still, Mara.« Eagan wies mit dem Kopf auf Alana. »Das kann sie jetzt sicher nicht gebrauchen.«

Alana hörte ihn kaum. Sie konnte nichts anderes denken, als daß Trevor sie allein gelassen hatte, und das in ihren Flitterwochen. Der Schmerz, den sie empfand, war so tief und allumfassend, daß sie ihn nicht verbergen konnte. Sie saß nur da und starrte auf die Eier.

»Ich bin sicher, er wird bald zurückkommen, Alana«, sagte Eagan. »Wir besitzen nicht viel in Boston. Er kann nicht ewig dort bleiben.«

Sie schloß die Augen, denn sie wollte nicht weinen, wollte ihm nicht zeigen, wie verletzt sie war. Nein, es durfte ihr nicht weh tun. Dennoch schmerzte es sie tief, und es wurde noch schlimmer, als sie an all die möglichen Konsequenzen dachte.

»Ist Miss Dumont oft in Boston?« flüsterte sie.

Das folgende Schweigen war erdrückend.

»Damit hat das doch nichts zu tun, oder, Eagan?« fragte Mara mit flehender Stimme.

»Nein. Nein, bestimmt nicht.« Er runzelte die Stirn und starrte Alana an, deren Reaktion ihn offensichtlich tief berührte. »Hör mal, Alana, er tut nicht das, was du denkst –« Er unterbrach sich und wandte sich an Mara. »Liebes, willst du uns einen Moment allein lassen?«

Mara warf Alana einen betroffenen Blick zu, legte dann widerstrebend ihre Serviette auf den Tisch und ging hinaus.

Als sie draußen war, setzte sich Eagan auf den Stuhl neben sie und tätschelte ihre Hand. »Es gibt keinen Grund, das hier so schwerzunehmen. Er kümmert sich nur um ein paar Geschäfte, während er hier oben ist.«

»Das glaubst du doch genauso wenig wie ich.« Sie sah zu ihm auf, und Schmerz und Verzweiflung verzerrten ihr schönes Gesicht. »Er ist *zu ihr* gefahren, nicht wahr?«

Eagan schwieg einen Moment.

»Ich weiß es nicht«, erwiderte er schließlich wahrheitsgemäß. Seine blauen Augen waren voller Mitleid.

»Du weißt also über unsere ›Ehe‹ Bescheid?«

»Ja.«

Sie schluckte ihre aufkommenden Tränen hinunter. »Plant Trevor zufällig noch mehr von solchen Dingen?«

Angewidert schüttelte Eagan den Kopf. »Das ist alles meine Schuld. Ich hätte nie herkommen dürfen. Dadurch ist alles nur noch schlimmer geworden. Ich dachte, Mara und ich könnten irgendwie helfen.« Er schnaubte verächtlich. »Ich dachte sogar schon daran, ihn eifersüchtig zu machen, kannst du dir das vorstellen?«

»Nein, ich bin schuld«, gab sie schnüffelnd zurück und klammerte sich an jeden Grund, den sie mit Vernunft erfassen konnte. »Ich hätte besser damit umgehen müssen. Ich... ich habe es nur an mich herankommen lassen, weil ich –« Ihre Stimme erstarb zu einem Flüstern. »– Weil ich –«

Sie konnte nicht weiterreden, und als er ihre Hand berührte, liefen die Tränen in Strömen über ihre Wangen, und sie schluchzte auf. »Ich wollte an den Eid der Ehe glauben, Eagan. Einen verrückten Augenblick lang hatte ich gehofft, es müßten keine Lügen sein.«

Er zog sie an seine Brust, und sie weinte, als wollte ihr das Herz brechen. Lange hielt er sie so fest, und erst Minuten später hatte sie sich wieder soweit in der Gewalt, um sich von ihm loszumachen.

»Verzeih mir«, flüsterte sie, während sie sich alle Mühe gab, ihr Gesicht mit den Händen zu trocknen. Er nahm seine Serviette und tupfte ihre Wangen ab. Zärtlich strich er ihr die Haarsträhnen aus dem Gesicht, die sich aus dem Knoten gelöst hatten. Und dann geschah alles sehr schnell. Er hob ihren Kopf, ihre Blicke trafen sich, und als folgte er einem Instinkt, beugte er sich zu ihr und küßte sanft ihre Lippen.

Es war vorbei, bevor ihr klar wurde, was er getan hatte, und es sah so aus, als wäre es auch ihm nicht bewußt gewesen. Doch als es ihm dämmerte, weiteten sich plötzlich seine Augen und ein verschämtes Grinsen tauchte auf seinem Gesicht auf. »Tut mir leid, *á mhúirnin.* Es ist eine dumme Angewohnheit von mir, hübsche Mädchen zu küssen.«

Sie konnte ihn unmöglich ansehen. Ihre Wangen glühten vor Verlegenheit.

Immer noch bemüht, eine Erklärung für sein Verhalten zu finden, begann er: »Aber natürlich küsse ich gewöhnlich nicht meine Schwägerin.«

»Du brauchst nichts zu erklären. Wirklich nicht.«

Sie wagte es endlich, ihm einen Blick zuzuwerfen, konnte aber immer noch kaum glauben, was er getan hatte. Aber Eagan erstrahlte in seinem wundervoll schelmischen Lächeln.

»Doch. Ich schulde dir eine Erklärung, Alana.« Er schüttelte den Kopf in einer Art, die man als halbamüsierte Selbstverachtung bezeichnen konnte. »Mein Bruder und ich sind zwei vollkommen verschiedene Gesellen mit zwei ganz verschiedenen Weltanschauungen. Trevor, mußt du wissen, macht das Vermögen und sucht Vergeltung für die tausend Demütigungen, die unsere Abstammung mit sich bringt. Das ist sein Lebenszweck, seine Leidenschaft. Ich dagegen bekomme so die Möglichkeit, das Geld auszugeben und den Mädchen nachzujagen – zwei Dinge, nach denen ich schändlicherweise verrückt bin.«

Alana sagte kein Wort.

»Ich wünschte, ich könnte behaupten, es wird nie wieder geschehen, aber –«

»Wenn du das richtige Mädchen gefunden hast, wird es niemals wieder geschehen, Eagan.«

Mit einem Zynismus, der sie entfernt an den seines Bruders erinnerte, verzog er die Lippen. »Ich finde nie das richtige Mädchen, *á mhúirnin.* Da draußen gibt es keine Frau für mich. Glaub mir, ich hab' sie alle probiert.«

Sie betrachtete ihn eingehend. Er hatte ehrlich zu ihr gesprochen, er war ein Schelm, ein liebenswürdiger Schuft, der Alptraum eines jeden Vaters. Sie erkannte, daß es ein leichtes wäre, diesem Charmeur in die Arme zu sinken, wenn sie nicht so hilflos von seinem Bruder gefangen gewesen wäre. Die draufgängerischen grünen Augen und das schöne irische

Gesicht mußten schon zahllose Frauen betört haben. Fast tat es ihr leid, daß sie keine davon war. Das aber war unmöglich, allerdings nicht wegen des Eheversprechens oder der Angst vor möglicher Zurückweisung. Es war unmöglich, weil ihr Herz und ihre Seele es nicht mehr leugnen konnten: Sie sehnte sich nach Trevor.

Entsetzt von dieser Erkenntnis sah sie zu Trevors leerem Stuhl. Verliebte sie sich tatsächlich in ihren Ehemann, gerade jetzt, wo er sich immer weiter von ihr zurückzog? Er hatte noch nicht einmal die Flitterwochen durchgehalten. Wie konnte sie ihn davon überzeugen, diese Ehe zu einer echten zu machen, wenn eine Daisy Dumont im Hintergrund lauerte? Bei diesem Gedanken rannen ihr wieder Tränen herab.

»Nicht mehr weinen.« Dieses Mal drückte er ihr die Serviette in die Hand, damit sie die Tränen selbst trocknen konnte. Behutsam wechselte er das Thema. »Komm, Alana, der Tag ist so schön. Vergessen wir Trevor und meine schlechte Erziehung. Wir holen Mara und die Besatzung und fahren mit der *Colleen* hinaus. Wir werden so viel Spaß haben, daß wir an nichts anderes mehr denken.«

Alana blickte auf die tränendurchweichte Serviette in ihren gefalteten Händen. Eagan mochte durch Vergnügung und Spaß von seinen Sorgen abgelenkt werden, aber aus Erfahrung wußte sie, daß dies bei ihr nicht funktionierte. »Würde es dir viel ausmachen, wenn ihr ohne mich fahrt?« fragte sie sanft.

»Gibt es denn etwas anderes, was du tun möchtest? Soll ich dich in die Stadt begleiten? Sollen wir aufs Land fahren?«

»Weißt du, was ich wirklich möchte, Eagan? Ich

will zurück nach New York. Ich will nicht hier sitzen und auf Trevor warten. Kannst du das verstehen?«

Er nickte. »Ich werde sofort alles in die Wege leiten. Mara und ich kommen mit. Vielleicht betrachtet Trevor dich nicht als Teil unserer Familie, wir aber schon. Wir halten zu dir, *á mhúirnin,* hab' keine Angst.«

»*Á mhúirnin*... was heißt das?« Sie konnte sich gut erinnern, wie Trevor sie so genannt und sie angenommen hatte, es handelte sich um eine gälische Beleidigung. Sie erwartete kaum, daß Eagan ihr eine Antwort gab.

»Das ist ein gälisches Kosewort. Wörtlich übersetzt heißt es ›meine Geliebte‹.«

Sie war verblüfft. »Es wird also sehr frei gebraucht?«

»Nun... ja. Warum fragst du?«

Enttäuscht senkte sie ihren Blick – er sollte nicht sehen, wie sehr sie seine Bestätigung deprimierte. Wage antwortete sie: »Ach, nur so. Ich habe es mal von den Dienern gehört, und ich war bloß neugierig. Aber wenn du mich jetzt entschuldigen würdest... ich will Margaret sagen, sie soll meine Sachen pakken.«

»Natürlich.« Er stand auf und sah ihr zu, wie sie hinausging. Doch während er ihr noch einen letzten Blick nachwarf, leuchtete neue Hoffnung in seinen Augen auf. »Lügnerin«, sagte er leise.

Die Föderationsarchitektur der Brattle Street war noch nicht der schmiedeeisernen Moderne von Manhattan gewichen, aber Trevor Sheridan war kaum der Typ, der sich um solche Nebensächlichkeiten kümmerte. Er war seit vier Tagen in Boston, und wirklich alles, was an Geschäften zu erledigen war, war zweimal durchgeführt worden. Er hatte das morgendliche Telegramm gelesen, und in nur wenigen Stunden hatte er ein kleines Vermögen mit dem Hudson-Aktienpaket gemacht. Seine Warenhäuser in Boston waren außerordentlich profitabel, und seine Dampfschiffe restlos ausgebucht. In Kürze gab es tatsächlich nichts mehr, das man für seine gerunzelte Stirn verantwortlich machen konnte. Doch als seine Mietkutsche die alte, gepflasterte Straße entlangfuhr und er sich noch mehr in Gedanken verlor, wurde sein Gesicht nur noch finsterer.

Gemäß den Anweisungen drehte die Kutsche und hielt bald vor einem Backsteingebäude im Kolonialstil. Auf dem geschmackvoll verzierten Schild stand: *Weymouth Juweliere.* Trevor stieg aus der Kutsche und trat ohne Aufhebens in den Laden.

Doch als der schnurrbärtige Besitzer ihn entdeckte, ließ er einfach den Kunden, den er gerade bediente, stehen und eilte auf Trevor zu. »Mr. Sheridan! Wie schön, daß Sie uns beehren. Sagen Sie mir doch, daß Ihre reizende Schwester in der Stadt ist. Ich habe ein schönes Saphir-Armband, das eine so reine, junge Schönheit perfekt zieren würde.«

»Mara ist dieses Mal nicht mitgekommen, Weymouth, aber ich möchte ihr etwas mitbringen. Zeigen Sie mir das Armband.«

Weymouth öffnete einen Glaskasten und sah dabei aus wie eine Katze, auf deren Schnurrhaaren noch Sahne klebte. Er legte das schwere, goldene Saphirarmband auf ein kleines Samtkissen und präsentierte es dem Iren. »Fünfhundert Dollar sind kaum zuviel für einen solch kostbaren Beweis des guten Geschmacks, was meinen Sie?«

Sheridan faßte das teure Stück an, als müßte er sich durch faulen Salat tasten. Dann warf er es auf das Kissen zurück und sagte: »Gut. Packen Sie es ein.«

»Sehr gerne, Sir.« Weymouth schnippte mit den Fingern, und ein junger Mann in einem teuren Anzug erschien augenblicklich, um es mit sich zu nehmen. »Nun«, begann der Juwelier, während er sich über den Schnurrbart strich, als wollte er die imaginäre Sahne abwischen, »gibt es noch etwas, was ich Ihnen zeigen kann? Vielleicht für die wundervolle Miss Dumont, der zu begegnen ich bisher bedauerlicherweise nur einmal das Vergnügen hatte?«

Sheridan sah dem Mann in die Augen. »Ich bin inzwischen verheiratet. Aber ich merke schon, daß Sie hier nichts davon gehört haben.«

Hastig ließ Weymouth das Thema Daisy Dumont fallen. Aber als ein Mann, der in seinem Geschäft versierter war als viele andere, warf er die Flinte noch längst nicht ins Korn. Wenn einer so viel Geld für seine Geliebte verschleuderte, was wäre er dann erst bereit, für seine Frau auszugeben? »Meinen Glückwunsch, Sir«, sagte er höflich. »Ihre Frau ist zweifellos ein Muster an Tugend und eine große Schönheit. Bei einem anspruchsvollen Mann wie Ihnen kann es ja gar nicht anders sein.«

Sheridan nickte, ohne sich um die Schmeicheleien zu kümmern.

Um wieder ins Geschäft zu kommen, wanderte Weymouth zu einem anderen Glaskasten und schloß ihn auf. »Liebt Mrs. Sheridan Diamanten? Ich habe ein –«

»Nein«, unterbrach ihn Sheridan. »Diamanten sind nichts für sie.«

»Saphire vielleicht? Ich habe ein anderes Armband, dieses hier, natürlich erhabener, edler. Sehr passend für eine verheiratete Frau.«

Sheridan schüttelte den Kopf und sah sich um. Außer Juwelen gab es nicht viel, nur eine Sammlung goldener Bilderrahmen und einige kleine Spieluhren, die auf einem spitzenbedeckten Tischchen in der Mitte des Ladens standen.

»Ich hab's. Genau das Richtige, Mr. Sheridan.« Weymouth rieb sich die Hände. »Mrs. Sheridan muß etwas besonderes bekommen. Es gibt da einen jungen Juwelier in Rußland, St. Petersburg, glaube ich. Er macht wundervolle Spielereien aus Gold und Diamanten und ähnlichem. Das müssen Sie sehen.«

Der Mann ging zu seinem Safe hinüber und kam mit etwas zurück, das wie ein verziertes Ei aussah. Doch dieses Ei war aus glasiertem Gold und die Blumen darauf aus kunstvoll drapierten Perlen. Als er es öffnete, kam eine Serie von sieben Miniaturikonen zum Vorschein, jede ein Meisterwerk ihrer Art. »Das habe ich gerade von Monsieur Fabergé bekommen. Nun, was halten Sie davon?«

Sheridan verschränkte die Arme vor seiner Brust und schien nicht zu wissen, was er denken sollte.

»Sie wird die einzige sein, die so etwas besitzt.«

Sheridan schnaubte. »Nun, in dieser Hinsicht stimme ich mit Ihnen überein.« Dann wurde sein Blick wieder finster. »Nichts davon gefällt mir. Ich nehme nur das Armband für Mara, und das wär's dann.«

Weymouth ließ das Ei zuschnappen und nickte, doch seine Schulter sackten nach unten. Kurz darauf kam der junge Mann mit einem silberverpackten Kästchen mit einer blauen Samtschleife zurück. Er hastete durch den Raum, um einen so wichtigen Kunden nicht warten zu lassen, und stieß dabei gegen das Tischchen, auf dem die Spieluhren aufgestellt waren. Eines fiel hinunter und kippte auf die Seite. Plötzlich erfüllten die Töne des »Donauwalzers« das Geschäft.

»Zeigen Sie mir das mal«, befahl Sheridan, als der Junge ungeschickt den Tisch wieder aufräumen wollte. Augenblicklich brachte er ihm die Spieluhr herüber.

Das kleine Objekt war kaum dem Ruf des exklusiven, teuren Geschäftes würdig. Es war ein bescheidenes Stück mit aufgemalten, blauen Vergißmeinnicht und Efeuranken. Doch Sheridan wußte plötzlich, daß er genau danach gesucht hatte. Er wandte sich an Weymouth und sagte: »Ich nehme das für Mrs. Sheridan. Es ist ihr Lieblingswalzer. Packen Sie es ein.«

»Selbstverständlich«, sagte Weymouth. »Aber Sie müssen wissen, daß es nur fünfundzwanzig Dollar kostet. Sind Sie sicher, daß Mrs. Sheridan nicht etwas... Handfesteres wünscht?«

»Wenn Sie das nächste Mal mit mir hier ist, kann sie den ganzen verdammten Laden kaufen, wenn sie will. Aber im Moment nehme ich nur die Spieluhr.«

»Natürlich, Mr. Sheridan.« Wieder schnippte Weymouth mit den Fingern, um das Kästchen einpacken zu lassen. Er war nicht geneigt, sich zukünftige Geschäfte zu verderben, nur um dieses eine ertragreicher zu machen.

Kurz darauf nahm Sheridan seine zwei Päckchen und wandte sich zum Gehen. Weymouth verbeugte sich und hielt ihm die Tür auf. Als Sheridan in seine Kutsche stieg, konnte Weymouth nicht an sich halten und rief hinter ihm her: »Ich hoffe, wir dürfen Mrs. Sheridan bald kennenlernen. Vielleicht auf Ihrer nächsten Reise in den Norden?«

Sheridan lachte nur. Zum ersten Mal seit Tagen.

Truce Waffenstillstand

His greatness weighed, his will is not his own.
(For he himself is subject to his birth.)

Bei seinem Rang gehört sein Will ihm nicht,
Er selbst ist der Geburt ja untertan.

– Shakespeare,
Hamlet, Prinz von Dänemark

19

Es dauerte eine ganze Woche, bevor Alana Trevor wiedersah. Sie, Mara und Eagan hielten sich im Salon des Stadthauses in Manhattan auf, wo sie sich jedesmal nach dem Abendessen trafen. Es war schon zur Gewohnheit geworden, daß Mara Harfe spielte, während Eagan mit seinem klaren, irischen Tenor sang. Er versuchte, Alana mit irischen Trinkliedern aufzumuntern, mußte sich jedoch schließlich ihrer Melancholie ergeben, und intonierte ein schwermütiges Liebeslied. Er sang in Gälisch und mit soviel Tragik, daß es ihr die Tränen in die Augen trieb.

Als er endete, war selbst Mara gerührt. Für einige Sekunden sagte keiner ein Wort, bis Alana schließlich fragte: »Wie heißt das Lied, Eagan? Es ist wunderschön. Und was bedeuten die Worte?«

Er zuckte die Schultern und schenkte ihr sein entwaffnendes Lächeln. »Keine Ahnung. Trevor hat es mir beigebracht. Er weiß, was es auf Englisch heißt. Vater hat es ihm gesagt.«

»Es heißt ›Brig Og Ni Máille‹, und so schlecht wie es Eagan ausgesprochen hat, bedeutet es gar nichts.«

Alana sog scharf die Luft ein und warf den Kopf herum. Trevors tiefe Stimme war unverkennbar.

Alle drei sahen zur Tür. Da stand Trevor, kühl, beherrscht, wütend, seinen Stock in der Hand. Seine dunkelgoldenen Augen überblickten trotzig den Raum, aber als seine Augen an ihr hängenblieben, glitzerte etwas darin wie ein Juwel, etwas wie Groll und Verlangen.

Eagan fand als erster seine Stimme wieder. Er warf Alana einen betroffenen Blick zu und sagte dann: »Bruder. Du bist zurückgekehrt.« Er konnte den Sarkasmus in seiner Stimme nicht verbergen, als er hinzusetzte: »All die dringenden Geschäfte sind endlich erledigt, nehme ich an.«

Trevor gab keine Antwort. Er sah kurz zu Mara hinüber, die mißbilligend die Stirn runzelte, bemerkte Eagans Feindseligkeit und wandte seinen Blick dann wieder Alana zu.

Alana wünschte sich sehnlichst, kühl und ungerührt zu wirken, doch sie bezweifelte, daß sie ihm das vermitteln konnte. Denn alles, was sie empfand, war Schmerz und Enttäuschung.

»Ich sehe ein, Frau, daß du endlich hierherkommen wolltest, aber findest du nicht, es wäre angebrachter gewesen, wenn dein Gatte dir dein neues Heim gezeigt hätte... und nicht seine Geschwister?« Er machte keinen Hehl aus seiner Geringschätzung.

Alana legte ihre Stickerei beiseite und stand auf. Mit so viel Höflichkeit, wie sie aufbringen konnte, antwortete sie: »Verzeih mir, aber ich fand das Warten ermüdend.«

Eagan lachte laut auf. »Da hast du's, Trevor. Alana ist wirklich ein Glückstreffer. Wie geschickt von dir, eine Frau mit eigenem Willen zu heiraten.«

Trevor warf seinem Bruder einen Blick zu, der hätte töten können. »Alana«, sagte er düster. »Ich muß mit dir reden. Kannst du dir meine Überraschung vorstellen, als ich zurück nach Newport kam und meine Frau verschwunden war?«

Alana sammelte sich und gab ruhig zurück: »Nein, das kann ich mir nicht vorstellen. Tatsächlich wundere ich mich, daß du es überhaupt bemerkt hast.«

Sie sah, wie Trevors Blick zu Mara hinüberglitt und die Spannung in seiner Haltung noch stärker wurde. Er wollte nicht, daß Mara einen Streit mitbekam, und dieses eine Mal war sie absolut seiner Meinung. Während sie Eagan und Mara zulächelte, beschloß sie, die Unterhaltung abzubrechen. »Ich fühle mich plötzlich sehr müde. Ich denke, ich gehe jetzt schlafen.«

»Gute Nacht«, sagte Mara, der Blick sorgenvoll.

Eagan verbeugte sich mit einem kleinen, verschmitzten Lächeln auf seinen Lippen.

Alana nickte ihrem Mann im Vorbeigehen zu. Sie trat in die Halle hinaus, und er folgte ihr. Erst als sie von der Bibliothek aus nicht mehr zu sehen waren, hielt er sie fest. »Alana, ich sagte, ich will mit dir reden.«

All die Gefühle, die sie unbedingt verbergen wollte, stiegen in ihr hoch. Der Schmerz darüber, daß er sie allein gelassen hatte, war noch so stark, daß sie ihn nicht ansehen konnte. »Dann tun Sie, was jeder andere Gentleman auch tun würde, Mr. Sheridan. Geben Sie dem Butler Ihre Karte, und morgen früh denke ich darüber nach.«

Verdutzt sah er ihr nach, als sie die Treppe hinaufstieg, und stieß plötzlich etwas auf Gälisch aus. Diesmal brauchte Alana keinen Übersetzer. Sie wußte, daß es ein Fluch war.

Whittaker stand mit einem silbernen Frühstückstablett vor den Schlafzimmertüren seines Herrn und wartete ungerührt, bis von innen das ruppige »Herein« ertönte.

Er trat ein, stellte das Tablett auf den Schreibtisch und breitete ein Leinentuch aus. Trevor beobachtete ihn in seinem Rasierspiegel, der auf dem Schreibtisch aufgestellt war.

Als Whittaker innehielt, legte Trevor sein Rasiermesser zur Seite und trocknete sich das Gesicht mit einem heißen Handtuch ab. »Also, was gibt es?« fragte er in einem Tonfall, der bewies, daß er nicht mit guten Nachrichten rechnete.

»Sie haben zwei Briefe bekommen, Sir. Soll ich sie hier auf den Tisch legen?«

Trevor verschränkte die Arme vor seiner nackten Brust und nickte. Whittaker tat, wie geheißen, wandte sich aber nicht zum Gehen.

Trevor hob eine Augenbraue, als wollte er sagen: *Also, was gibt es jetzt wirklich?*

Sein Butler antwortete promt. »Sie will ausgehen, Sir. Ich dachte, es würde Sie interessieren. Sie nimmt soeben eine Kutsche.«

Sofort sprang Trevor auf, ohne auf seine Behinderung zu achten, und riß die gewaltigen Fensterläden auf. Zwei Stockwerke tiefer ließ sich Alana gerade in die Kutsche helfen.

»Soll ich ihr eine Begleitung mitgeben?«

Trevor drehte sich zu ihm um. Der Wind vom Fenster wehte durch seine Haare und seine Augen sprühten vor Zorn. Auf seinem Gesicht spiegelten sich widerstreitende Gefühle, während er seine Antwort überlegte.

»Soll ich?« fragte Whittaker erneut.

»Nein«, sagte Trevor und drehte sich wieder zum Fenster um. Wütend sah er der Sheridan-Kutsche nach und knallte dann die Fensterflügel zu.

»Kann ich noch etwas für Sie tun, Sir?«

»Warte einen Moment. Vielleicht muß ich eine Antwort abschicken.«

Trevor schnappte sich den ersten Brief und riß ihn auf.

Mr. Sheridan,
ich gehe heute abend mit Mara in die Academy of Music. Es gibt Strauss' *Indigo und die vierzig Räuber.* Deswegen werden wir nicht zum Essen da sein. Ich hoffe inständig, daß es keine Unannehmlichkeiten bereitet.

Mrs. Sheridan

Zornig verzog er den Mund, zerknüllte das Papier und warf es auf die lederbezogene Tischoberfläche. Beim zweiten Brief genügte ein Blick auf die Handschrift, und er wußte, von wem er stammte. Ohne ihn zu lesen, legte er ihn zu der anderen Korrespondenz auf seinem Tisch und wandte sich an Whittaker. »Ich muß zu Miss Dumonts Hotel. Bitte laß eine Kutsche vorfahren.«

Die makellose britische Haltung des Butlers schien zu bröckeln. Einen kurzen Moment war in seinen Gesichtszügen deutliches Mißfallen zu erkennen, doch schnell besann er sich wieder auf seine Butler-Ausbildung. »Sehr wohl, Sir.«

Nachdenklich rieb sich Trevor das Kinn, wobei er bei jeder Stelle, die er beim Rasieren ausgelassen hatte, das Gesicht schmerzvoll verzog. »Und laß Ebel's Blumenladen eine Nachricht zukommen. Ein Dutzend roter Rosen sollen ins Hotel geliefert werden, bevor ich das Haus verlasse.«

»Wird sofort erledigt, Sir.«

Einen langen Moment herrschte Stille. Trevor explodierte förmlich vor Zorn, als er schließlich sagte: »Ich kann nicht sehen, daß sich deine Füße bewegen, Whittaker.«

»Nein, Sir.«

»Und warum nicht?«

»Verzeihen Sie mir, Sir. Sie sind plötzlich wie gelähmt. Ich kann mich erinnern, daß dies schon einmal geschehen ist. Es tut mir leid.«

»Ja, es ist schon mal passiert, und zwar, als du eine Nachricht zur Tammany Hall[8] schicken solltest. Wenn ich mich recht erinnere, hat Tweed sie niemals erhalten.«

»Und es war aus mit dem irischen Votum.«

Trevor bedachte ihn mit einem vernichtenden Blick. »Wir wollen doch nicht meine politischen Ansichten diskutieren.«

»Nein, Sir. Natürlich nicht. Der Name der Sheridans tauchte nicht bei Thomas Nast[9] in der *New York Times* auf.«

Trevor verschluckte sich fast. »Willst du mich erpressen, Whittaker?«

»Natürlich nicht, Sir. Ich kannte Ihren Vater. Er war ein braver Mann. Wir haben einige Hum-

---

[8]Tammany Hall: Sitz der Tammany Society, einer patriotischen Gesellschaft, die um 1830 in New York zum Kern der demokratischen Partei wurde. Die Gesellschaft und ihre Organisationen waren häufig in Korruptionsskandale verwickelt. William Marcy Tweed gehörte dazu.

[9]Thomas Nast: Deutschstämmiger Zeichner, der hauptsächlich anti-katholische und anti-irische Karrikaturen veröffentlichte.

pen gemeinsam damals im alten Pub in Connacht geleert.«

»Das ist wohl wahr«, sagte Sheridan grimmig.

»Und natürlich, Sir, ist Ihre politische Ansicht Ihre eigene Angelegenheit.«

»Was willst du, Whittaker? Nenn deinen Preis, wenn du darauf abzielst.«

»O nein, Sir. Ich weiß wirklich nicht, wovon Sie sprechen.«

»Dann sieh zu, daß die Nachricht ankommt.«

»Ich tue mein Bestes, Sir. Dennoch fürchte ich, das Leiden ist schlimmer als beim letzten Mal.«

Trevor baute sich vor dem kleinen alten Mann auf und sagte laut genug für einen Tauben: »Du verdammter, alter Brite, beweg' endlich deine Füße oder es ist um so tgrauriger, daß du ein Freund meines Vaters warst!«

»Ja, Sir.«

Trevor starrte auf ihn hinunter, aber es war zwecklos. Whittaker stand in tadelloser Haltung, aber unbeweglich da. Trevors Wangen färbten sich zornesrot, als er schließlich in breitem irischen Akzent zischte: »Wenn du dich in meine Angelegenheiten einmischen willst, solltest du wissen, daß schon stärkere Männer als du gefallen sind.«

»Sie haben vollkommen recht, Sir.« Whittaker bewegte sich keinen Zentimeter.

Trevor fuhr sich mit der Hand durchs Haar und stieß einen lauten Seufzer aus. Er warf dem Butler noch einen Blick zu, dann gab er auf. »Du willst eine Erklärung, nicht wahr?«

»Natürlich nicht, Sir. Das steht mir nicht an.«

Trevor schnaubte verächtlich. »Nun, ich denke, diese Erklärung wird Wunder für deinen Gesundheitszustand wirken. Wenn du es unbedingt wissen willst, habe ich beschlossen, Miss Dumont bei ihrer angestrebten Theaterkarriere zu helfen. Nach einigem Nachdenken bin ich zu dem Schluß gekommen, daß es für alle das beste ist, wenn Miss Dumont nach Paris geht und dort mit einem gutaussehenden, männlichen Lehrer versorgt wird, der sie beschäftigt hält. Obwohl ich denke, daß ihre Eitelkeit sich an meinen artigen Komplimenten und meiner Entsagung zugunsten ihres zukünftigen Ruhmes laben wird, nehme ich an, daß es dennoch Krach gibt. Daher die Rosen. So! Hast du dich erholt?«

Whittaker sah ihn würdig an. »Ein wenig, Sir.«

Bei diesen Worten wurde Trevor so wütend, daß er sich selbst vergaß und der einfache Ire von der Straße durchkam, der er einst war. »Du verfluchter Mistkerl, du Bastard. Wenn du nicht ein Freund meines Vaters *gewesen* wärest, hätte ich dich in der Gosse zurückgelassen... bis du verreckst!«

»Sehr wohl, Sir.« Whittaker verbeugte sich. Als er sich schließlich zurückzog, lag etwas auf seinem zerfurchten Gesicht, das man durchaus für ein Lächeln hätte halten können.

Endlich allein streifte Trevor sich ein frischgestärktes Hemd über und schloß den steifen Kragen. Aus dem Augenwinkel sah er etwas silbern aufblitzen und wandte sich zum Kamin, wo die beiden Päckchen mit den Samtbändern lagen. Plötzlich hatte er eine Idee. Er nahm sich das größere und trat an die Doppeltüren zum benachbarten Zimmer. Er stieß die Türen auf und erstarrte augenblicklich, als er feststellen mußte, daß das Zimmer nicht bewohnt war.

Es gab keine Anzeichen – kein Parfüm auf dem Frisiertisch, keinen Überwurf auf der Chaiselongue, keine Schuhe unter dem Bett. Erstaunt humpelte er in den Raum hinein und sah sich wie ein Mensch um, der getäuscht worden war. Plötzlich drang ein Geräusch vom Korridor herüber, und Trevor sah durch eine offene Tür die Zofe seiner Frau vorübergehen. Er streckte die Hand aus und rief: »Du!«

Die donnernde Stimme des Hausherrn ließ Margaret wie angewurzelt stehenbleiben. Mit verschreckter Miene spähte sie durch die Tür und versuchte erst gar nicht, beim Anblick seines auf sie gerichteten Fingers ihr Entsetzen zu verbergen.

»Ich, Sir?« flüsterte sie schwach.

»Ja, du! Wo ist deine Herrin?«

»Miss Alana? Sie ist ausgegangen. Ich weiß nicht, wohin.«

»Zweimal falsch! Sie heißt jetzt Mrs. Sheridan, und ich frage nicht, wohin sie gegangen ist. Ich will wissen, warum sie dieses Zimmer nicht bezogen hat!«

Margaret warf einen Blick in das luxuriöse, in Gold und Elfenbein gehaltene Zimmer und zuckte dann die Schultern. »Als wir aus Newport kamen, zeigte ihr der Butler den Raum, aber sie wollte einen anderen.«

»Nun, in dieser Hinsicht hat sie keine Wahl. Dies ist das Zimmer der Herrin des Hauses.«

Er kam auf sie zu, ohne sich um sein Humpeln zu kümmern. Margaret fielen fast die Augen aus dem Kopf. Hatte sein Verhalten sie bereits vorher eingeschüchtert, so war sie nun vollkommen entsetzt. Selbst die Art wie er ging, strömte Gewalt aus. »Du wirst jetzt sofort ihre Sachen hierherbringen. Hast du mich verstanden?« Trevor baute sich drohend vor ihr auf.

»Ja, Sir! Sofort, Mr. Sheridan!«

»*Deifir!* Lauf!«

»Ja, ja.« Sie knickste und kippte fast vornüber. Dann rang sie um Fassung, warf ihm einen letzten Blick zu und war im Bruchteil einer Sekunde verschwunden.

Mit einem lauten Seufzer kehrte Trevor in sein Zimmer zurück und stellte das Päckchen wieder auf das Kaminsims. Sein Gesicht spiegelte Verachtung, jedoch auch eine gehörige Portion Frustration wider.

Kurz darauf war er fertig angekleidet und wandte sich zum Gehen. Vorher jedoch warf er noch einen Blick in das Zimmer seiner Frau, wo bereits eine Armee von Dienerinnen mit Einräumen und Ordnen beschäftigt war. So stand er mit über der Brust gekreuzten Armen im Türrahmen und überblickte die Szene wie ein Raubvogel auf Beutesuche. Trevor Sheridan war ein Mann, der durch seinen Instinkt überlebte. Und nun befahl sein Instinkt ihm, daß er Stück für Stück sein Gebietsrecht einfordern mußte.

Wie schon so oft kehrte Alana von ihrem Besuch bei Christal müde, ausgelaugt und deprimiert heim. Doch dieses Mal gesellte sich auch Furcht dazu, wenn sie darüber nachdachte, daß Trevor ihr gefolgt sein könnte.

Christal war in wunderbarer Laune gewesen, aber Alana wußte, daß ihre Schwester es vor allem für sie tat. Sie hatte Ringe unter den Augen gehabt und kurz über schlechte Träume geklagt. Schwester Steine hatte eindringlicher als sonst gemahnt, ihre Schwester nicht mit Erinnerungen zu konfrontieren, die möglicherweise ein Trauma verursachen konnten. Doch in Anbetracht der Geschwindigkeit, in der es mit Christal bergab ging, fragte sich Alana, wie lange es tatsächlich noch dauern würde, bis Christal sich in den Wahnsinn flüchtete. Und jedesmal wurde Alana bewußter, wie wenig Chancen es noch gab, Christal zu befreien. Irgendwann waren die Möglichkeiten ungenutzt vorübergegangen, und nun stand sie mit leeren Händen da.

Während die Verzweiflung sie erneut und überwältigend packte, erlaubte sie Whittaker, ihr den Umhang abzunehmen. Sie sehnte sich nach der Einsamkeit ihres Zimmers.

Aber der Butler hielt sie zurück. »Mr. Sheridan ist ausgegangen, um unerledigte Geschäfte zu beenden. Darf ich Ihnen Tee reichen?«

Sie schenkte ihm ein dankbares Lächeln und wünschte sich, sie könnte die Kraft aufbringen, herzlicher zu sein. Sie hatte den würdevollen, alten Mann sofort gemocht. »Es tut mir leid. Aber bitte keine Erfrischung, Whittaker. Ich möchte mich nur ein wenig ausruhen, bevor ich heute abend ausgehe.«

»Sehr wohl, Madam. Mr. Sheridan hat dafür gesorgt, daß Ihr neues Zimmer eingerichtet worden ist. Darf ich es Ihnen jetzt gleich zeigen?«

Brutal aus ihrer dumpfen Trauer gerissen, wirbelte sie herum und sah ihn mit grasgrünen Augen an. »Was soll das heißen, mein neues Zimmer?«

»Ich habe ihm natürlich gesagt, daß Sie die Räume bevorzugten, in denen Sie bisher gewohnt haben. Aber er schien der Ansicht zu sein, daß der Platz seiner Frau an seiner Seite ist. Ich gedachte ihm die Schwachstellen in der Argumentation aufzuzeigen... doch leider habe ich keine finden können. Der Platz einer Frau ist in der Tat an der Seite ihres Mannes.«

Alana kochte innerlich, sie konnte Trevors Dreistigkeit einfach nicht fassen. Als sie vor ein paar Tagen ohne ihn angekommen war, fand sie es nur gerecht, daß sie sich ihr eigenes Zimmer aussuchen konnte, eines, das möglichst weit von seinem entfernt lag. Nun hatte er alles mit einem einzigen arroganten Befehl zunichte gemacht.

»Bitte rufen Sie Margaret, sie soll meine Sachen wieder in das alte Zimmer bringen.«

»Sehr wohl, Madam.« Whittaker verbeugte sich.

Alana nickte und wartete, daß er ging. Doch er rührte sich nicht.

»Geht es Ihnen nicht gut, Whittaker?«

»Doch, Madam. Es ist nur ein seltsames Leiden. Es taucht zu gewissen Gelegenheiten auf.«

Sie runzelte die Stirn, machte dann ein besorgtes Gesicht. Whittaker war schließlich kein junger Mann mehr. »Wollen Sie sich setzen? Warten Sie, ich helfe Ihnen.«

»Oh, aber nein, Madam. Nicht *Sie* sollen *mir* helfen. Ich könnte die Schande nicht ertragen.« Whittaker hielt abwehrend die Hand hoch.

»Soll ich dann jemanden holen?« Ihr Blick glitt durch die riesige Halle, in der Hoffnung, einen Lakaien oder eine Dienerin auszumachen, doch sie konnte niemanden entdecken.

»Bitte, Madam, kümmern Sie sich nicht um mich. Wenn Sie Ihre Sachen aus dem Zimmer holen wollen, ist es zwingend, daß Sie es jetzt tun.«

»Unsinn. Sie sind wichtiger.«

»Was haben Sie gesagt, Madam?«

»Ich sagte, wen kümmern schon die Sachen. Ich mache mir Sorgen um Sie.«

Whittaker verbeugte sich. »In diesem Fall, Madam, erhole ich mich gerade schon wieder. Ich könnte es wirklich nicht verantworten, daß die Herrin des

Hauses sich um mich sorgt.« Wieder verbeugte er sich. »Wenn Sie mich jetzt bitte entschuldigen wollen. Ich muß Ihren Umhang aufhängen und Sorge tragen, daß der Herr Sie heute abend begleitet.«

Ihre Kinnlade fiel hinunter, und er ging geschmeidig wie ein alter Fuchs fort. Es dauerte einen Moment, bis sie begriff, was geschehen war. Dann aber verstand sie plötzlich auch die Abneigung der Iren gegen die Briten.

Dieser kleine, alte Butler war wirklich unverschämt.

20

An diesem Abend war die Academy of Music besonders voll, und die Vierhundert gaben sich kaum Mühe zu verbergen, daß der eigentliche Mittelpunkt des Interesses eher in der van-Alen-Loge zu finden war als auf der Bühne.

Während der ersten Hälfte der Operette saß Alana steif neben ihrem Mann und konzentrierte sich ausschließlich auf die Musik, bis sie ihren Arm mit dem Opernglas nicht mehr hochhalten konnte. Trevor hatte sich selbst eingeladen, was Mara erfreute und Alana überraschte. Mara saß zu ihrer Rechten und blickte immer wieder staunend auf die erhabene, doch leicht abgeschabte rotgoldene Samtausstattung des Opernhauses.

Die Academy hatte nur achtzehn Logen, die ziemlich beengt und unbequem waren – also ganz hervorragend konstruiert, um jene »neuen« New Yorker fernzuhalten, die die Academy verachtete. Commodore Vanderbilt, der als Oberhaupt der »Nouveau Riches« galt, hatte einmal fast vierzigtausend Dollar für eine solche Loge geboten. Als sie ihm verwehrt wurde, hatte er gedroht seine eigene ›Metropolitan Operhaus‹ zu bauen, nur um ihnen zu trotzen.

Die van-Alen-Loge befand sich an einer Seite der Bühne. Die »Stille Macht«, Mrs. Astor, saß am anderen Ende. Wie immer erschien die große Dame um neun Uhr, wie immer in schwarz gekleidet und vor Diamanten strotzend. Sie hob ihr Opernglas, um die Häupter ihrer Untergebenen zu zählen, und ließ es fast fallen, als sie entdeckte, daß die van-Alen-Loge besetzt war. Alana mußte sie gar nicht sehen, um zu wissen, daß der Matrone die Augen förmlich aus dem Kopf fielen, als sie bemerkte, wer dort drüben saß.

Die Mauern von Jericho waren eingestürzt, die letzte Bastion der Gesellschaft eingenommen, der letzte sichere Hafen überflutet worden. Iren – einige nicht einmal lange genug aus Irland fort, um leidlich Englisch zu sprechen – saßen nun mit provokanter Selbstverständlichkeit in der Loge den Astors gegenüber. Alana entging nicht, wie heftig Mrs. Astors Fächer sich plötzlich bewegte. Und den anderen illustren Augen im Opernhaus ebensowenig.

»Sie beobachten uns, nicht wahr, *á mhúirnin?*«

»Ja«, flüsterte sie Trevor zu. Das Kosewort zermürbte sie langsam.

»Gut.«

Sie sah zu ihm hoch und erkannte in der Dunkelheit sein trotziges, schönes Profil. Sie war wütend, daß er ihr einfach ein neues Zimmer zugeteilt hatte und verwirrt, daß er sich selbst eingeladen hatte mitzukommen. Im Moment konnte Alana nichts tun, aber sie wußte, daß sie sich an diesem Abend noch mit ihrem Ehemann streiten würde.

Eagan, der sie ursprünglich hatte begleiten sollen, saß in Begleitung einer Schauspielerin mit dem unglaublichen Namen Miss Evangeline de la Plume hinter ihnen. Alana war von ihrem Aufzug, einem grellpinken Kleid mit dem offenherzigsten Ausschnitt, den sie je gesehen hatte, schockiert gewesen. Die Frau war gewiß hübsch, wenn auch in einer groben, fast maskenhaften Art, aber selbst wenn sie irgendwelche bösen Makel aufgewiesen hätte, hätte Eagen sie neben ihren kaum verhüllten, allzu herausgestellten, überquellenden Kurven kaum entdekken können.

Alana war erzogen worden, niemals jemanden anzustarren, aber während der Fahrt in der Kutsche und vor dem Beginn der Vorstellung in der Loge hatte sie sich ein-, zweimal dabei ertappt, daß sie es doch tat. Um alles noch schlimmer zu machen, bemerkte es Miss de la Plume ebenfalls und winkte jedesmal affektiert mit einem Finger, um sofort danach albern in ihren purpurnen Straußenfederfächer zu kichern.

Als die Pause kam, hatte Alana keinerlei Lust, sich unter die Menge zu mischen. Mara ging also mit Eagan, an dessen Arm eine glückliche Miss de la Plume hing. Alana sah zu, wie die Frau davonstolzierte und fragte sich, wann dieses erstaunliche Kleid wohl verrutschen und sie bloßstellen würde. Als sie sich wieder Trevor zuwandte, entdeckte sie, daß er sie ansah. Die Beleuchtung war aufgedreht worden, und sein zynisches Lächeln deutlich erkennbar.

»Wie gefällt dir die Operette?« fragte er.

Sie sah ins Theater hinunter und beobachtete die

bewegte Menge unter ihr. »Es ist recht nett«, antwortete sie steif.

»Und wie gefällt dir Eagans neueste Errungenschaft?«

Alana sah ihn erst zweimal an, bevor sie widerstrebend sein Lächeln erwiderte. »Miss de la Plume, meinst du?«

»Ja.«

Sie suchte nach der richtigen Antwort. »Nun, sie... sie hat einen bemerkenswerten Kleidergeschmack.«

»Ja, das hat sie.« Trevor lehnte sich zurück und studierte ihr Gesicht. »Zwei Dinge solltest du über Eagan wissen, Alana. Er trinkt gern bis zum Exzeß. Und er hat einen abscheulichen Geschmack bei Frauen.«

»Ich würde Miss de la Plume nicht abscheulich nennen.«

»Nicht?«

»Nein. Sie ist nur... nur etwas...«

»Etwas wie?«

»Na ja...«

Er setzte sich noch ein bißchen bequemer in seinem Sessel zurecht. »In Connacht haben wir einen besonderen Ausdruck für ein Mädchen wie sie. Vielleicht ist es der, nach dem du suchst.«

»Wie lautet er?« fragte sie höflich, denn sie erwartete eine lange, unverständliche gälische Vokabel.

»Hure.«

Sie wollte nicht lachen, aber seine Antwort hatte sie überrumpelt. So versuchte sie, ihr Grinsen hinter dem Fächer zu verbergen, ihre zuckenden Schultern verrieten sie jedoch.

»Ah, ich sehe, dieser Ausdruck kennt keine kulturellen Grenzen.«

Sie sah mit lachenden Augen zu ihm hoch, und in seinen funkelte offenes Vergnügen. Sie hätte nie gedacht, daß er überhaupt Sinn für Humor besaß. »Sie sind wirklich kein Gentleman, Mr. Sheridan. Man sagt so etwas nicht über eine Lady«, sagte sie immer noch lächelnd mit mildem Tadel.

»Nun, ich habe niemals behauptet, einer zu sein, nicht wahr?« Sein freundlicher Blick verschwand. Plötzlich herrschte drückendes Schweigen zwischen ihnen.

Alanas Lächeln erstarb auf ihren Lippen. »Nein, das hast du nicht«, flüsterte sie.

»Möchtest du, daß ich es bin?«

Seine Worte hingen wie ein drohendes Schwert über ihnen. Die Antwort lag auf ihren Lippen, doch sie sagte sie nicht, vielleicht weil ihr Herz etwas anderes sagte, und weil sie vielleicht zum ersten Mal wirklich mit Körper, Geist und Seele Trevors Frau sein wollte. Das war ein Verlangen, das so stark wurde, daß es fast schmerzte.

»Warum siehst du weg?« fragte er weich.

Sie konnte nicht antworten. Der Wunsch, ihre Ehe echt und wahr zu machen, wurde übermächtig. Mit einem Sehnen, das an Verzweiflung grenzte, wollte sie plötzlich Leidenschaft in seinen Augen erkennen, wollte, daß er sie hielt, sie küßte, ihr sagte, daß er sie liebte. Sie wollte diese Mauer aus Eis niederreißen, die ihr beider Verhalten zu Förmlichkeit verdammte, und selbst wenn dies nur in seinem Bett möglich wäre, würde sie es für einen Augenblick Nähe und Wärme tun.

»Mein Gott, manchmal bist du so kalt!«

Seine harten Worte zehrten an ihrem zerbrechlichen Herzen. Sie sehnte sich danach, ihm zu beweisen, daß er unrecht hatte, aber sie konnte ihn einfach nicht ansehen. Sie hatte Angst, daß sie den Rest von Selbstbeherrschung verlieren und weinend aus der Loge stürzen würde.

Die Lichter flackerten, um anzuzeigen, daß der zweite Akt gleich beginnen würde. Hinter sich konnte sie Eagan und die beiden Frauen hören. Mara nahm ihren Platz ein und begann, schnell auf Trevor einzureden. Alana vernahm ihr Geschnatter kaum. Sie würdigte Trevor den ganzen restlichen Abend keines Blickes mehr, und als sie schließlich die Academy verließen, sah er sie auch nicht mehr an.

Auf dem Rückweg setzten sie Eagan und Miss de la Plume am Hoffman House ab, das ein mehr als angemessener Ort war, wie Bouguereaus eindeutiges Gemälde *Nymphen und Satyre,* das über der Bar hing, zeigte. Zu Hause angekommen bedachte Trevor sie in der Halle mit einem knappen »Gute Nacht« und ging allein die Treppen hinauf. Mara und Alana tranken noch einen Tee in der Bibliothek, dann wünschte auch Mara eine gute Nacht.

Alana war noch viel zu wach. Sie setzte sich in den Salon und starrte ins Feuer. Ihr Gesicht war eine reglose Maske, und nur ihre Augen ließen die tiefe Traurigkeit erkennen. Sie wußte nicht, wie lange sie dort gesessen hatte, als sie in der Halle laute Geräusche hörte. Sie sah auf, als Eagan ziemlich angetrunken in den Salon schlenderte.

»Alana, Darling, warum bist du noch auf?« fragte er mit einem dümmlichen Grinsen.

»Ich konnte nicht schlafen.« Sie mußte entgegen ihrer Stimmung lächeln. Eagan heiterte sie auf wie kein anderer. »Du bist aber früh zu Hause. War Miss de la Plume nicht so gastfreundlich, wie ich gedacht habe?«

»Sie hat mir eine gelangt.« Er grinste und zeigte ihr seine gerötete Wange. »Temperamentvolle, kleine F–« Er unterbrach sich abrupt und warf ihr einen verlegenen Blick zu.

Sie schüttelte den Kopf über sein Verhalten. Je mehr er den Schwerenöter mimte, desto mehr kam sein irischer Akzent durch. Im Augenblick war dieser so breit, daß sie ihren Schwager kaum verstehen konnte. »Sie hat dich aber nicht nur geschlagen, wenn man nach dem Lippenstift auf deinem Kragen urteilt.«

»Sie kriegt sich wieder ein. Wie alle.«

»Das ist dein Problem, Eagan.«

»Ich weiß. Ich höre nie ein ›Nein‹... und ich sage immer ja.« Er gluckste, goß sich einen Drink aus der Karaffe auf dem Louis-XIV.-Tischchen ein und setzte sich ihr gegenüber. »Und Trevor ignoriert dich mal wieder. Er braucht einen kräftigen Schlag auf den Hinterkopf, wenn du mich fragst.«

Sie lächelte traurig, konnte aber durch den Kloß in ihrer Kehle nicht antworten.

Er bemerkte es und schenkte ihr ein kleines, schiefes Lächeln. »Vielleicht hat er einfach nur eine schlechte Nacht gehabt. Er wird dann unausstehlich... du weißt schon, sein Bein und so.«

»Erzähl mir, wie das geschehen ist. Er hat es mir nie gesagt. Ist er im Krieg verwundet worden?«

Eagan nahm einen Schluck aus seinem Glas. »Er hat nicht gekämpft. Sicher, er war im richtigen Alter, aber zu der Zeit hatte er schon die dreihundert Dollar, um sich loszukaufen. Sie hätten ihn aber ohnehin nicht gezogen... er war bereits mit vierzehn verkrüppelt.«

»Erzähl's mir«, bat sie. »Ich weiß so wenig über ihn.«

»Es ist keine heldenhafte Geschichte.«

»Bitte«, wiederholte sie.

Er schien nur widerwillig zu sprechen. »Trevor zog mit einer Bande durch die East Street. Eines Nachts brachen sie in ein Juweliergeschäft ein. Die Polizei erwischte sie, und Trevor lief weg. Sie schossen auf ihn und trafen. In den Rücken.«

Ein drückendes Schweigen senkte sich über sie. »Er war vierzehn?« fragte sie mit ernster Stimme.

»Du mußt begreifen, wie arm wir waren. Wie schlimm die Dinge standen. Ich war zu jung, um mich an viel zu erinnern...« Eagans Lippen verzogen sich zu einer harten Linie. »Aber ich kann mich noch sehr gut an das karge Zimmer erinnern, in dem wir lebten. Ein einziges Zimmer, Alana, und wir teilten es mit einer anderen Familie. Trevor war schon damals so wie heute, und er verschwand früh, um auf sich selbst gestellt etwas Besseres für uns zu finden. Er schloß sich dem ›Captain‹, Isaiah Rynders, und seinen ›Dead Rabbits‹ an. Die Geschichte ist wirklich gewöhnlich. Er wollte uns helfen. Und er dachte, er *würde* uns helfen.«

Sie hätte am liebsten geweint. Ihr Herz flog diesem Jungen zu, der den falschen Weg einschlagen mußte. »Also kam er ins Gefängnis?«

»Nein. Er schaffte es irgendwie, der Polizei zu entkommen. Er lag einen ganzen Tag blutend in einem Hinterhof, bis ihn jemand fand. Man brachte ihn zurück zu meiner Mutter, die ihn versorgte. Wenn wir uns einen Doktor hätten leisten können, würde Trevor heute vielleicht nicht hinken. Es ist die Kugel, weißt du? Sie ist nie entfernt worden und sitzt in seiner Hüfte. Nun ist es zu spät. Und sie tut ihm weh.«

Alana schloß die Augen und dachte an den Abend bei *Delmonico's,* wo er gestürzt war. Es mußte sehr schmerzhaft gewesen sein, aber er hatte es so gut verborgen, daß sie fast glaubte, sie hätte es sich nur eingebildet.

»Und wie ist er zu all dem hier gekommen?« Sie wies mit einer Geste auf den luxuriösen Salon.

»Er brauchte ein Jahr, um sich zu erholen. Und, Gott, was für ein Jahr das war.« Wie um die Erinnerung auszulöschen, kippte Eagan seinen Drink auf einen Zug hinunter. »Von diesem Moment an lief alles schief. Trevor fand keine Arbeit mit seiner Behinderung. Er konnte auch keine Einbrüche mehr machen – wie sollte das funktionieren, wenn man nicht fortlaufen kann? Dann bekam er endlich einen Job als Zeitungsbursche beim *Chronicle.* Sein Gehalt war lächerlich, aber er schuftete sich fast zu Tode, um uns Geld zu verschaffen.« Sein Gesicht wurde noch härter, als er nun ins Feuer starrte. »Dann wurde Mara geboren.«

»Eure Mutter starb im Wochenbett?«

»Ja. Ich weiß noch genau, wie Trevor Mara auf dem Arm hielt. Sie war so winzig. Weißt du, was ihr Name bedeutet?«

Alana schüttelte den Kopf.

»Mara heißt ›bitter‹.«

Er schwieg, und Alana wollte ihn nicht drängen. Die Spannung in der Luft wurde fast greifbar, bis Eagan fortfuhr: »Trevor gibt sich natürlich die Schuld für Maras Unehelichkeit. Was er nach Hause brachte, war nicht genug. Er glaubt, er wäre dafür verantwortlich, daß unsere Mutter tun mußte, was sie tat.«

»O nein, das darf er nicht.« Alanas Stimme zitterte vor unterdrückten Tränen.

»Er gibt sich für alles die Schuld. Und seit dem Tag, an dem unsere Mutter in dieser Bruchbude starb, ist sein Zorn immer mehr gewachsen.«

»Wie hat er das ganze Vermögen angeschafft?«

»Er hatte im *Chronicle* von den riesigen Gewinnen gelesen, die Bauland in Manhattan einbrachten. Er überredete einen Gentleman, der jeden Tag die Zeitung bei ihm holte, eine Parzelle zu kaufen... sie würden den Gewinn teilen, wenn sie es wieder verkauften. Es brachte ihnen eine hübsche Summe ein, genug für Trevor, daß er selbst Land kaufen konnte. Er tat es wieder und wieder, bis er genug besaß, um die Wall Street zu stürmen.«

»Aber man muß doch in die Börse eingeladen werden. Ich habe noch nie verstanden, wie er hineingekommen ist.«

»Er verkaufte seine Aktienpakete vor der Börse, und zwar für einen Penny weniger als die Leute drinnen. Als man es herausfand, waren sie fast glücklich, ihn hineinzulassen.« Er lächelte sie an. »Und der Rest ist, wie man so schön sagt, Geschichte.«

Alana atmete tief ein, ihre Gedanken waren ganz bei dem Mann in dem Schlafzimmer oben. Vielleicht hatte er heute nacht Schmerzen. Vielleicht war seine Laune auf seine quälende Verletzung zurückzuführen. Der Gedanke berührte sie. Sie konnte ihn nun besser verstehen. Und plötzlich wollte sie ihn sehen. »Gibt es etwas, das ihm hilft, wenn er Schmerzen bekommt?« fragte sie.

»Wenn, dann hat er es mir nie gesagt.«

»Mein Großvater hatte die Gicht. Er schwor auf Pferdeliniment. Hat Trevor das mal ausprobiert?«

Eagan lachte auf. »Die Frau möchte ich sehen, die meinen Bruder mit Pferdeliniment einreibt.«

Lächelnd nahm Alana die Herausforderung an und zog den Klingelzug. Als Whittaker eintrat, sagte sie: »Whittaker, sagen Sie dem Stallburschen, er soll eine Flasche Pferdeliniment herbringen. Lassen Sie sie sofort in mein Zimmer stellen.«

»Ja, Madam.« Whittaker verbeugte sich, verdrehte aber erst die Augen, nachdem er sich wieder umgedreht hatte.

Sie wandte sich zu Eagan und nahm seine Hände. »Ich möchte dir das schon seit ein paar Tagen sagen. Danke, daß du auf meiner Seite bist. Du sollst wissen, daß ich dich immer als Freund ansehen werde, auch wenn du vielleicht nicht mehr mein Schwager bist.«

Eagan starrte sie an und sagte verschmitzt! »Vielleicht wärst du besser meine Frau, Alana. Ich glaube wirklich, für eine Frau wie du es bist, hätte ich mich gebessert.«

»Bestimmt gibt es für dich ein wundervolles Mädchen. Warte nur ab.«

Er nickte und blickte auf sein leeres Glas. Mit falscher Unbekümmertheit murmelte er: »Na ja, bis dahin werde ich wohl weiterhin im Hoffman House einkehren.«

Trotzdem er ein solcher Schelm war, sah er auf einmal so unglücklich aus, daß Alana nicht anders konnte. Sie küßte ihn direkt auf den Mund und ließ dann den plötzlich stocknüchternen Eagan allein.

Oben angelangt sah Alana erleichtert, daß Trevor in seinem Zimmer noch Licht hatte. Sie stand einen Moment zögernd mit der schwarzen Glasflasche mit

Liniment vor der Tür und nahm ihren ganzen Mut zusammen. Sie würde also dem Löwen in seiner eigenen Höhle gegenübertreten. Aber es wurde ihr immer klarer, daß sie diese Ehe wollte. Sie hatte die Eide gesprochen, und sie begann, diesen Mann zu verstehen, und beides zusammen trieb sie voran. Sicher, die Situation zwischen ihr und Trevor war schwierig, aber konnte man sie nicht ändern? Natürlich konnte man, nur mußte einer von ihnen den Anfang machen. Bei diesem Gedanken hob sie die Hand und klopfte.

»Was gibt es?« kam die finstere Antwort.

Sie hätte fast einen Satz gemacht, hatte sie doch vergessen, wie bedrohlich seine Stimme klingen konnte. »Ich bin's, Alana. Ich –«, sie atmete tief ein, »ich sah Licht brennen und dachte, es geht dir vielleicht nicht gut. Mein Großvater hat immer gesagt, Pferdeliniment würde seine Gicht lindern. Ich... ich hab' hier etwas davon.«

»Ich bin nicht dein Großvater«, antwortete er barsch.

Seine Worte taten ihr weh. Sie hatte gewußt, daß er schlecht gelaunt war, aber sie hatte dennoch etwas anderes erwartet.

Niedergeschlagen sagte sie leise: »Nein, du bist mein Mann.«

Sie konnte sich nur noch umdrehen und gehen, aber aus irgendeinem Grund blieb sie stehen, wenn auch nur um der brütenden Stille zu lauschen, die hinter den massigen Mahagoni-Türen herrschte.

Ein langer Augenblick verstrich. Es war unmöglich, daß er ihre Antwort gehört haben konnte, doch plötzlich kam aus heiterem Himmel: »Du kannst reinkommen.«

Ihre Hand zitterte, als sie den Türknauf drehte. Sie trug noch ihr Abendkleid und mußte die Schleppe erst wegziehen, bevor sie die Tür wieder schließen konnte. Wie erwartet lag er im Bett. Was sie nicht erwartet hatte, war die Welle von Wärme, die sie überflutete, als sie entdeckte, daß er nackt bis auf ein Laken über seiner Hüfte dalag.

»Hier ist es«, sagte sie mit bebender Stimme und hielt ihm die Flasche hin. Sie würde es ihm wohl bringen müssen, aber sie hatte keine Ahnung, wie sie ihre Füße bewegen sollte, die sich wie Blei anfühlten.

»Wie kommst du auf die Idee, daß *das* helfen wird?« wollte er wissen und warf ihr einen ärgerlichen Blick zu, der deutlich besagte, wie sehr er dem Liniment – und ihr vor allem – mißtraute.

»Eagan hat mir von deinem –« Sie wollte *Unfall* sagen, aber es war nicht das richtige Wort.

Bevor ihr ein Ausdruck einfiel, sagte er: »Du meinst meine ›Verletzung‹?«

»Ja.«

»Hat er dir auch erzählt, wie es passiert ist?«

»Ja.«

»Und hat es dich nicht abgestoßen? Dich, mit deinen feinen Manieren und zarten Nerven?«

»Auch ich habe Scheußlichkeiten in meinem Leben erlebt. Auch ich mußte verzweifelte Dinge tun.«

Er schwieg einen Moment. Sein Blick glitt zu der Flasche, dann langsam aufwärts über ihren Körper bis zu ihrem Gesicht. Vorsichtig und angespannt lehnte er sich zurück. »Bring es mir her.«

Wie ein gehorsames Kind trat sie an sein Bett. Es war keine warme Nacht, aber sie glühte plötzlich. Ihr leichtes Taftkleid hing an ihr wie eine nasse Decke, und jeder Schritt in seine Richtung schien zu langsam und mühsam. Der Anblick seines nackten, muskulösen Körpers, seiner behaarten Brust, die sich unter seinen tiefen Atemzügen hob und senkte, ließ sie fast schwindeln. Seine Haut hatte einen goldenen Schimmer, den das Gaslicht noch hervorhob. Und da waren seine Augen, Augen, die in Versprechen und Verdammung glitzerten. Diese Augen wandelten ihre Angst in seltsame Erregung. Behutsam stellte sie die Flasche auf seinen Nachttisch und trat zurück. Er rollte sich von ihr weg auf eine Seite. Ohne sie anzusehen, sagte er: »Du wirst es einreiben müssen. Ich komme nicht dran.«

Sie war froh, daß er nicht sehen konnte, wie ihr das Blut aus dem Gewicht wich. Sie wollte plötzlich flüchten. Aber noch dringender war ihr Bedürfnis zu bleiben, und sie griff nach der Flasche. »Wo…?« Ihr Mund war so trocken, daß sie nicht weitersprechen konnte.

»Hier.« Er zog das Laken hinunter, daß es kaum noch seine Hinterbacke bedeckte.

Im flackernden Licht der Gaslampe konnte sie die Narbe sehen. Sie war rosa, hatte die Größe eines Kupferpennies und befand sich rechts von seiner Hüfte. Es war kein schlimmer Anblick – wahrscheinlich hätte sie sie sogar übersehen, wenn sie es nicht gewußt hätte. Plötzlich fühlte sie sich mutiger, öffnete die Flasche und gab etwas von dem Mittel auf ihre Handfläche.

»Gott, wie das riecht«, knurrte er.

Sie sah in den Spiegel über seinem Schreibtisch und entdeckte sein Spiegelbild. Er hatte das Gesicht verzogen, und plötzlich erkannte sie, wie schwer es ihm fiel, sich helfen zu lassen. Es war anzunehmen, daß er Erleichterung seiner Schmerzen begrüßte, aber als sich ihre Blicke im Spiegel trafen, fragte sie sich, ob er nicht viel dringender andere Erleichterung brauchte.

»Mach.«

Sie nickte und sah verlegen weg.

Mit all ihrem Mut trat sie näher heran und legte ihm die Hände auf die Hüften. Er war so angenehm warm und hart, so hart, daß sie kaum glauben konnte, daß er aus demselben Stoff gemacht war wie sie. Ihr Daumen rieb über die Narbe, und sie hatte gedacht, sie hätte vielleicht eine Kugel unter seiner Haut spüren können. Aber alles, was sie streichelte, waren Knochen und feste Muskeln.

Sie wurde noch ein bißchen mutiger und rieb nun stärker. Im Spiegel sah sie, daß er die Augen geschlossen hatte und ihre Berührung offenbar genoß.

In dem Wunsch, sein Vergnügen zu steigern, setzte sie sich auf die Bettkante, um besser greifen zu können. Das Liniment brannte in ihrer Nase, aber sie rieb unbekümmert weiter. Ihre Hände wirkten so klein auf seinem Körper, der die ganze Länge des Bettes einnahm, und seine Schultern wirkten selbst auf der Seite massig und breit.

Ihr Blick wanderte über seinen Körper. Sie war es nicht gewohnt, so nah bei einem nackten Mann zu sein, und sein Anblick jagte ihr kleine prickelnde Schauer über den Rücken. Sie war ängstlich, aber gleichzeitig war die Freude, so intim mit einem so beeindruckenden Mann zu sein, etwas, das sie noch niemals gespürt hatte. Während ihre Hände seine Haut kneteten, mußte sie gegen das Bedürfnis ankämpfen, sie wandern zu lassen. Gern hätte sie ihn leicht in den Bauch gekniffen, um zu sehen, ob die

Muskeln wirklich so hart waren, wie sie aussahen. Gern hätte sie herausgefunden, wie sich sein dunkles Brusthaar unter ihren Händen anfühlte. Und sie wünschte sich, mit dem Daumen hinunterzustreicheln, bis dorthin, wo das schwarze Haar unter dem Laken verschwand.

Doch sie massierte nur seine Hüfte, tat es mit aller Kraft, bis ihre Arme schwer wurden und ein feiner Schweißfilm auf ihrer Stirn glitzerte. Sie hätte sich gern anders hingesetzt, aber dann hätte sie mehr von seinem Körper berühren müssen, und instinktiv wußte sie, daß dies gefährlich sein würde. So waren es nur ihre Gedanken, die seinen Rücken hinaufstreichelten und über seine Beine glitten, die durch das dünne Laken schimmerten, während ihre Hände dort blieben, wo sie waren. Bis sie wieder einen Blick in den Spiegel warf.

Er starrte sie an wie ein Raubvogel seine Beute. Sein harter, verlangender Blick brachte ihren Atem zum Stillstand. Sie trug immer noch ihr Abendkleid, und mochte das Dekolleté auch passend für die Oper gewesen sein, so war es absolut ungeeignet für diese Art von Aktivität. Immer wenn sie den Arm bewegte, wurde der Zwischenraum zwischen ihren Brüsten zu einem tiefen, verführerischen Tal. Seine Augen waren auf ihren Busen gerichtet, der durch ihre Bewegungen noch verlockender erschien. Doch plötzlich hob er seinen Blick zu ihrem Gesicht.

Es war wie ein Schock. Alanas Hände waren augenblicklich wie gelähmt. Die eine ruhte auf seiner Hüfte, die andere rutschte auf seinen Bauch. Er schaute ihr in die Augen, und die Zeit schien stehenzubleiben. Sein Duft vermischte sich mit dem Liniment, und sein harter Körper schien sich noch mehr anzuspannen.

Hätte er sich nicht bewegt, hätte sie vielleicht nicht begriffen, was geschah. Doch er hielt ihre Hand auf seinem Bauch fest, und das warf sie in die Wirklichkeit zurück. Sie spürte plötzlich etwas, das vorher noch nicht dagewesen war. Obwohl sie kaum mit den Mechanismen des männlichen Körpers vertraut war, wußte sie doch genau, was sich da hart gegen ihre Hand drückte. Und sie war entsetzt.

Doch er gab ihr keine Zeit zum Denken. Im gleichen Moment, in dem sie ihn schockiert ansah, legte er ihr die andere Hand in den Nacken. Er zog sie zu sich hinunter und küßte ihre Lippen mit einer Zartheit, die sie diesem Mann niemals zugetraut hatte. Sie erwiderte den Kuß heiß, drängend und entschlossen, und nur ganz kurz kam ihr der Gedanke, daß er dies auch mit Daisy gemacht hatte. Dann verbrannte seine Zunge, die wie eine Flamme in ihrem Mund leckte, die Vorstellung.

Mit jedem Vorstoß seiner Zunge wurde das Feuer in ihren Lenden glühender. Die Vernunft sagte ihr, sie sollte sich losmachen, sollte ihn zurückweisen, doch sie wollte ihn nicht aufhalten, als seine Hand zu ihrem Kleid wanderte. Die kleinen Perlmuttknöpfe an ihrem Oberteil forderten nun seine Aufmerksamkeit, und er nahm seine Lippen von ihrem Mund, um sich ihnen ganz zu widmen. Heftig atmend sah Alana nach unten. Das Laken war längst auf den Boden gerutscht, und er lag nackt vor ihr. Und obwohl ihr Knie zwischen seinen Schenkeln seine Männlichkeit verbarg, preßte er ihre Hand immer noch darauf und hielt sie dort fest.

Sie wollte sich wehren, als Panik sie packte, aber er ließ es nicht zu. Wieder drang er in ihren Mund ein, während er gleichzeitig ihre Hand fester drückte, bis sie es nicht mehr ertragen konnte. »Bitte«, flüsterte sie und zog ihren Kopf weg. Seine heiße Haut brannte in ihrer Hand, und sie konnte ihn nicht ansehen.

»Wenn nicht deswegen, wieso bist du dann gekommen?« fragte er mit heiserer Stimme. Sein Atem ging stoßweise.

»Ich... ich weiß nicht.« Sie schluchzte fast, als die Wahrheit ihrer Worte sie zu überwältigen drohte.

»Ich bin nicht aus Stein.« Er drückte ihre Hand noch einmal fest gegen sein Glied und wiederholte sehr betont und artikuliert: »Ich bin *nicht* aus Stein.«

»Ich weiß«, schrie sie auf. Verlangen, Scham und Verwirrung kämpften in ihrem Inneren.

Er starrte sie an, bis etwas – vielleicht die Angst in ihren Augen – ihn berührte. Er ließ sie los, und sie taumelte zurück. Sie wandte sich zur Tür, während sie ihr Schluchzen mit der Hand erstickte. Sie wünschte sich, ihn noch einmal anzusehen, doch sie wußte, daß er dort nackt liegengeblieben war. Und sie wußte, daß ihr sein enttäuschter Blick folgte.

21

In dieser Nacht machte Alana kein Auge zu. Immer wieder dachte sie daran, wie sie aus seinem Zimmer gestürzt war – weinend, schockiert, getroffen. Sie hatte geglaubt, sie hätte ihm nur helfen wollen, aber als er ihr diese Frage gestellt hatte, war ihr keine Antwort eingefallen. Sie brauchte die ganze Nacht, um herauszufinden, warum sie zu ihm gegangen war.

Ganz tief in ihrem Inneren wünschte sie nichts mehr, als sich ihm hinzugeben. Sie wollte aus ihrer Ehe eine echte Verbindung machen, es nicht bei diesem Spiel zweier Menschen, die durch ein Stück Papier gefangen waren, belassen. Sie konnte es nicht mehr vor sich selbst leugnen: Sie war zu ihm gegangen, weil sie ihre Ehe vollziehen wollte. Zuvor hatte sie es vielleicht falsch gefunden, das vor Gott gegebene Versprechen zu brechen, doch nun, da sich Körper, Seele und Geist nach diesem finsteren, drohenden Iren sehnten, erschien es wie ein schlimmes Verbrechen.

Sie lag im Dunkeln, starrte an die vergoldete Dekke und zwang sich, die Wahrheit zu akzeptieren. Sie sehnte sich danach, ihre Ehe wahrhaftig zu machen. Auch wenn sie Trevor Sheridan nicht für den Mann gehalten hatte, den sie begehrte, auch wenn sein Reichtum sie manchmal abstieß, auch wenn er nichts hatte, das zu ihr zu passen schien, konnte sie es nicht mehr leugnen: Sie wollte mit jeder Faser ihres Wesens seine Frau sein.

Die Folgen daraus drückten sie nieder. Wenn sie und Trevor ihre Ehe vollzogen, stand eine Annullierung außer Frage. Die einzige Möglichkeit wäre eine Scheidung, wenn Trevor immer noch wünschte, ihre Vereinbarung aufzulösen. Aber selbst das soziale Stigma einer Scheidung wäre weitaus weniger qualvoll als eine Zurückweisung seinerseits, nachdem sie ihm alles gegeben hatte.

Nein, wenn sie es wagte, sich ihm hinzugeben, konnte sie dies nur in der Hoffnung, daß es sie als Frau und Mann verbinden würde und aus ihrer Ehe etwas Dauerhaftes machte.

Aber konnte er denken wie sie? Konnte sie ihn davon überzeugen, an diese Ehe zu glauben? Sie seufzte und kuschelte sich in ihr Kissen, während sie an kleine, weiße Häuschen und Kinderlachen dachte. Mit Trevor würde sie vielleicht beides nicht haben. Niemals würde sie ein von Reichtum unbelastetes Leben führen. Und wollte er Kinder? Sie dachte wieder an seinen Kommentar in Fenian Court, als Mara sich nach der Möglichkeit eines Neffen oder einer Nichte erkundigte. Er hatte gesagt, sie könne ein Kind haben, wann immer sie wollte, aber er hatte es nur wegen Mara gesagt. Er hatte es nicht wirklich gemeint. Sein Augenmerk lag auf der Börse und auf seinem Vermögen. Er würde nicht wollen, daß die Unbequemlichkeit einer Familie ihn behinderte.

Der letzte Gedanke deprimierte sie besonders. Aber wenn sie einen Traum aufgeben mußte, um zu bekommen, was sie wirklich wollte, so würde sie es ohne Reue tun und nie wieder zurückblicken. Sie wollte einen echten, wirklichen Ehemann, mit allem, was dieses Wort beinhaltete.

Der Morgen graute schon, als sie endlich Schlaf fand. Es war spät, als Margaret sie weckte, indem sie mit dem Frühstück hereinkam. Alana stand auf und zog sich rasch an. Sie hielt sich nicht lange mit dem Kaffee auf, denn sie wollte bald mit Trevor sprechen und ihr Verhalten vom gestrigen Abend irgendwie erklären und wiedergutmachen. Sie wollte sich entschuldigen und ihm vielleicht zeigen, daß sie nicht mehr verwirrt und widerwillig war.

Als sie sich ein rotes Samtband um den Haarknoten wand, sah sie in den Spiegel und war zufrieden mit ihrem Aussehen. Sie trug ein bescheidenes Kleid aus grasgrünem Satin, das die Farbe ihrer Augen hervorhob. Sie kniff sich in die Wangen, um ihnen eine rosige Tönung zu verleihen, und plötzlich war die Eisprinzessin verschwunden. In ihrem Spiegel sah sie eine mädchenhafte Frau, die darauf brannte, mit ihrem Ehemann zu sprechen.

Sie entließ Margaret und wandte sich zu den Türen, die Trevors Zimmer von ihrem trennte. Anders als in Newport waren diese nicht vergoldet, sondern geschnitzt und mit mittelalterlichen Motiven wie Schilden und Kleeblättern verziert. Diese Türen hätten der Eingang zu einer finsteren, verbotenen Festung sein können.

Sie ignorierte ihr Schaudern, klopfte an die Tür und wartete auf Trevors knurrige Antwort. Aber es kam keine. Sie klopfte wieder und wieder, aber er antwortete immer noch nicht. Sie wollte sich gerade abwenden, als ihr die Idee kam, daß er in seinem Ankleidezimmer sein konnte, wo er sie nicht hören würde. Langsam drehte sie an dem schweren Knauf, öffnete und lugte hinein. Sein Zimmermädchen hatte das Bett noch nicht gemacht, also war es wahrscheinlich, daß er sich noch anzog. Sie trat ein, ohne die Furcht und das Unbehagen unterdrücken zu können, die plötzlich in ihr aufstiegen. Sie war ziemlich dreist, aber sie wollte hier mit ihm sprechen, und nicht unten, wo viele Leute zuhören konnten. Und sie wollte ihm auch keine Nachricht schicken. Sie hatte das in letzter Zeit häufig genug getan, um ihre verletzten Gefühle zu verdecken. Nun war Zeit für Worte.

»Trevor!« rief sie in Richtung seines Ankleidezimmers, und ihre Stimme wurde plötzlich schüchtern. Als sie wieder keine Antwort bekam, rief sie erneut, diesmal kräftiger und lauter, aber ihr Ruf hallte nur unbeantwortet in dem leeren Raum wider. Sie hielt an seinem Schreibtisch an, ohne es zu wagen, einfach in sein Ankleidezimmer zu schauen. Er war aufgestanden und gegangen. Nun mußte sie ihn in diesem Labyrinth von Haus finden und hoffen, daß sie ihn überreden konnte, mit ihr unter vier Augen zu sprechen.

Enttäuscht wollte sie gerade gehen, als ein Brief auf dem Tisch ihre Aufmerksamkeit anzog. Besser: Es war nicht der Brief, der sie neugierig machte, sondern die Unterschrift, die mit blauer Tinte in geschwungenen Buchstaben darunter gesetzt worden war. Der Name lautete Daisy.

All ihre Erziehung, ihr Anstand und ihr Bedürfnis nach Selbstschutz schrien in ihr auf, diesen achtlos auf den Tisch geworfenen Brief nicht zu lesen. Ihre Vernunft befahl ihr, sich zurückzuziehen, in ihr Schlafzimmer zu flüchten und den Kopf in den Sand zu stecken. Doch ihr Herz, das verzweifelt wissen wollte, ob es Hoffnung für ihre neuentdeckten Gefühle geben konnte, ließ sie die Hand nach dem Papier ausstrecken.

Mein Liebling Trevor,
Du hattest gelogen! Welch eine lästige Störung Deine Ehe mir jetzt schon ist! Und wie entsetzlich, daß ich sie tolerieren muß! Wenn Dir wirklich etwas an mir liegt, kommst Du heute zu mir. Ich bin so einsam, mon cher.

Dein Engel,
Daisy!

Postscript: Ich weiß, daß Deine Flitterwochen vorbei sind. Es stand in der Zeitung.

Alana richtete sich auf, ihr Gesicht war bleich, ihr Herz schwer. Wenn sie nicht so niedergeschmettert gewesen wäre, hätte sie über die gestelzte Schreibe dieser Frau gelacht. Sie konnte sich die Schauspielerin fast vorstellen: wie sie sich leidend mit der Hand über die Stirn strich, während sie auf ihrem Divan hingegossen lag und den Brief an ihren Geliebten entwarf. Doch der Geliebte dieser Frau war ihr Ehemann, und plötzlich fand sie rein gar nichts mehr komisch an Miss Daisy Dumont.

Alana zuckte zusammen, als sie Schritte herankommen hörte. Sie schlüpfte gerade noch durch die Tür, als die Zimmermädchen auch schon hereinkamen. Wieder in ihrem Zimmer wünschte sie sich sehnlichst mit jemandem zu sprechen, mit jemandem, der nicht mit Trevor Sheridan verwandt war. Wie schon so oft in den letzten drei Jahren, empfand sie sofort das Bedürfnis, bei ihrer Schwester zu sein. Ohne noch eine Sekunde zu verschwenden, ließ sie sich eine Kutsche rufen.

»Sie nimmt eine Kutsche, Sir. Soll ich ihr eine Begleitung mitgeben?« Whittaker stand wie eine Statue an der Seite seines Herrn, während Trevor die Morgenausgabe des *Chronicle* an seinem Schreibtisch in der Bibliothek überflog.

Trevor sah mit einem deprimierten Blick auf. Am liebsten hätte er sie selbst aufgehalten, doch dann fiel ihm sein Versprechen wieder ein. Er sah wieder auf seine Zeitung und knurrte: »Nein.«

Whittaker verbeugte sich. Er verstand die Zurückhaltung seines Herrn zwar nicht, akzeptierte sie aber. Er hielt ihm ein silbernes Tablett hin, das von Visitenkarten überquoll. »Diese wurden heute morgen hinterlassen. Wollen Sie sie sehen, oder soll ich sie der Gattin hinaufbringen?«

Trevor warf einen Blick darauf und wollte schon abwehren, besann sich dann aber. Er überflog sie und mußte noch nicht einmal in dem Stapel wühlen. Die Karte lag obenauf, der Name Anson Vanbrugh-Stevens kunstvoll auf das Papier geprägt. Die obere rechte Ecke war in einer Nachricht umgeknickt, die jeder zu entziffern wußte: *Ich muß mit dir reden.*

»Du kannst gehen.« Trevor nahm die Karte und zerknüllte sie voller Haß in seiner Hand.

Whittaker verließ hastig den Raum. Trevor stand auf und trat ans Fenster. Unten stieg Alana gerade in die Kutsche und fuhr an irgendeinen Ort, den Trevor nicht kannte. Als sie außer Sicht war, drehte sich Trevor um und starrte auf die zerknüllte Visitenkarte in seiner Faust.

Wenn die Männer der Wall Street darauf gesetzt hätten, daß er seine Frau nie wieder allein nach Brooklyn fahren lassen würde, so hätten sie einen satten Gewinn einstreichen können.

Seige/Belagerung

Á Mhúirnin dilis geal mo chroi

For, still imagination warm,
Presents thee in the moontide beam,
And sleep gives back your angel form,
To clasp thee in the midnight dream.
– Alte, irische Weise

(Noch ist die Erinnerung warm,
und zeigt dich im Licht des Mondes,
der Schlaf macht dich engelsgleich,
und umfängt dich mit den Träumen der Nacht.)

22

Alana kehrte aus Brooklyn zurück und hatte gerade noch genug Zeit, sich für *Delmonico's* umzuziehen. Mrs. Astor hatte sie gebeten zu kommen, da der Duke of Granville endlich in New York angelangt war und heute abend erstmals öffentlich in Erscheinung treten wollte. Alana war nicht sehr glücklich darüber, denn sie hätte am liebsten Tee und Toast in ihrem Zimmer eingenommen, um früh ins Bett zu gehen, aber das stand außer Frage. Alle Welt würde heute bei *Delmonico's* sein. Die Gelegenheit für Mara war einfach zu günstig.

Gestärkt durch ihren Besuch bei Christabel kleidete sich Alana rasch um und wartete dann im Salon auf die anderen. Sie wappnete sich innerlich gegen Trevors Auftauchen, aber das fast schmerzende Sehnen bei seinem Anblick, als er schließlich eintrat, brachte sie dennoch aus der Fassung. Sie nickten einander zu, und Alana wäre fast rot geworden, als sie daran dachte, in welcher Situation sie zuletzt zusammen waren. Doch sie errötete nicht. Die Eisprinzessin war wieder da und schützte ihr verletzbares, aufgewühltes Herz.

»Mara wird gleich unten sein.« Er trat ans Feuer, und die Flammen ließen den Goldkopf des Stockes weich glühen. Ohne den Tonfall zu ändern, fragte er: »War es ein netter Ausflug?«

Gereizt durch seine Frage und sein unvermeidliches Wissen über ihr Kommen und Gehen wandte sie ihren Blick ab und starrte ins Feuer. »Ja«, war alles, was sie antwortete.

»Wann wirst du wieder hinfahren?«

Ihre Augen funkelten verärgert auf. »Du weißt ja offenbar besser, wo ich mich aufhalte. Warum sagst *du* es mir nicht?«

Seine Antwort war ein düsteres, drohendes Schweigen. Sie holte tief Atem und fragte: »Spionieren deine Diener mir nach? Weißt du deswegen, daß ich heute dort war? Ist es Whittaker?«

»Es ist meine Sache zu wissen, was in mein –«, er beruhigte sich und unterdrückte seinen Akzent, »in *meinem* Haus vorgeht.«

»Ja, natürlich. Schön, du weißt es also. Ich bin heute nach Brooklyn gefahren.« Sie wandte sich um und sah ihm ins Gesicht. Bitter erinnerte sie sich an Miss Dumonts Brief. »Aber ich war ja nicht die einzige, die heute in der Stadt war, nicht wahr? Du warst ja heute morgen früh auf.«

»Woher weißt du das?« Sein Blick traf ihren.

Sie spürte einen Klumpen in ihrer Kehle, als sie daran dachte, wie grausam ihre Hoffnungen von heute morgen niedergemacht worden waren. »Vielleicht habe ich auch meine Spione.«

Er zögerte mißtrauisch. »Du hast mich zum Frühstück verpaßt. Geht es darum? Nun, ich hatte ein paar Geschäfte zu erledigen. Ich hatte keine Zeit zum Frühstücken.«

Zumindest nicht hier, setzte sie in Gedanken hinzu.

»Hast du heute morgen nach mir gesehen?« Seine Stimme klang weicher, als sie sie je von ihm gehört hatte. Aber selbst sein kosender Tonfall konnte ihr nicht die Scham nehmen. Von allen Erniedrigungen, die sie sich vorstellen konnte, war es die schlimmste, den Ehemann mit einer anderen Frau zu teilen.

»Ich habe gelernt, nicht mehr nach dir zu sehen.« Kalt wandte sie sich um.

»Offensichtlich«, war sein frostiger Kommentar. Dann gab es nichts mehr zwischen ihnen zu sagen, bis sie in der Kutsche saßen.

Mara war wie gewöhnlich furchtbar aufgeregt und plauderte und schnatterte unablässig. Alana und Trevor begrüßten Maras Geplapper, das die drükkende Atmosphäre in dem Wagen etwas auflockerte, bis Mara plötzlich selbst die feindliche Stimmung zu spüren schien und ohne Vorwarnung still war.

Das machte Alana so nervös, daß sie sprach: »Du siehst ganz reizend aus, Mara. Bist du schon gespannt auf den Duke?«

»Ich hab' noch nie zuvor einen Duke kennengelernt. Ist er einschüchternd?« Mara sah zu ihrem finster dreinschauenden Bruder und warf dann Alana einen sorgenvollen Blick zu.

Alana versuchte zu lachen. Sie wollte sagen *Nicht mehr als dein Bruder,* antwortete dann aber: »O nein. Er wird wahrscheinlich ein alter, halb tauber Mann sein. Du brauchst dir keine Sorgen zu machen. Im übrigen werden wir nicht allzuviel von ihm sehen. Mrs. Astor hat ohne Zweifel ihre Pläne mit ihm.«

»Das ist gut.« Mara lächelte schüchtern und schlug ihren Fächer zusammen.

Die Bewegung zog Alanas Blick auf Maras Hände. »Was für ein schönes Armband. Habe ich das schon einmal gesehen?«

»Es ist neu«, sagte Mara und betastete die eckigen Saphire. »Trevor hat es mir aus Boston mitgebracht.«

»Es steht dir sehr gut.« Alana gab sich Mühe, zu lächeln, aber es tat zu weh. Nach all dem, was sie mit Trevor schon ertragen hatte, begriff sie nicht, warum sie diese Kleinigkeit so verletzte. Ihr Mann war während ihrer Flitterwochen allein verreist und hatte seiner Schwester ein Schmuckstück mitgebracht, seiner Frau jedoch nichts. Sicher, sie hatte ihm ihre Verachtung für seine protzigen Gaben gezeigt, aber es schmerzte sie doch, daß er auf seiner Reise keinen Gedanken an sie verschwendet hatte. Wahrscheinlich hatte er etwas für Daisy mitgebracht. Die Sache war nicht vorbei, wie der Brief zeigte. Es war anzunehmen, daß Trevor ihr ein Schmuckstück gekauft hatte, mit dem man die Konföderiertenarmee hätte auszahlen können. Aber wenn er ein Kleeblatt vom Wegesrand gepflückt und gepreßt hätte, um es Daisy zu geben, hätte es Alana ebenso umgebracht. Es ging nicht um den Preis. Es ging um Gefühle, Gefühle, die sie verzweifelt in ihrem Ehemann wecken wollte.

Delmonico's prunkte vor wichtigen Gestalten: die Vierhundert drängelten sich Schulter an Schulter mit Repräsentanten aus Washington und dem Rathaus, um diesen höchst prestigeträchtigen Duke aus England kennenzulernen. Dabei wußte kaum einer über die Granvilles mehr, als daß die Adelsfamilie ein riesiges Anwesen in der Nähe der schottischen Grenze besaßen, daß der erste Granville von Henry V. zum Ritter geschlagen worden war und daß sie so nobel sein sollten, daß Victoria und Albert angeblich im Schloß von Granville die Flitterwochen verbracht haben sollten.

Als die Ankunft des Duke verkündet wurde, ging

ein Raunen durch die Menge. Alana stand mit Mara hinten im Ballsaal, und Mara war weniger an dem alten Duke interessiert, als an den frischen, jungen Männern, die wie Welpen um sie herumschwarwenzelten. Dann kam der Duke, und es war wie ein Schock! Er war keinesfalls der alte, bärtige Herr, für den die meisten ihn gehalten hatten, sondern ein gutaussehender junge Bursche etwa in Eagans Alter.

»Das ist der Duke of Granville?« platzte Mara in unziemlicher Weise heraus.

»Der Kerl kann kaum älter als vierundzwanzig sein«, kommentierte Trevor, der durch seine Größe weitaus mehr sehen konnte.

»Er sieht so gut aus«, flüsterte Mara.

»Er ist Brite«, sagte Trevor.

»Er sieht wirklich gut aus«, bestätigte Alana und ignorierte die Bemerkung ihres Mannes.

»Glaubst du, wir werden ihm vorgestellt?« fragte Mara.

»Oh, ganz bestimmt.« Alana griff Maras Hand und wollte sie zu der Empfangsreihe führen.

Trevor hielt sie zurück und zog Alana an seine Seite, damit Mara nichts hörte. »Eine Warnung, Alana. Der Duke ist ein Brite, und ich will nicht, daß Mara sich mit irgendeinem dahergelaufenen Engländer abgibt.«

Alana sah ihn mit offenem Mund an. »Ich weiß ja, daß die Iren irgend etwas gegen England haben, aber das ist wirklich lächerlich, Trevor. Du kennst ihn nicht einmal.«

»Er ist Brite. Mehr brauche ich nicht zu wissen. Er wird mit meiner Schwester nichts zu schaffen haben.«

»Was für ein passendes Vorurteil. Wir könnten genau diesen Satz nehmen, britisch durch irisch zu ersetzen, und du hörst dasselbe von den meisten Leuten hier im Saal.«

Er verzog sein Gesicht zu einem sarkastischen Lächeln. »Ein Punkt für dich, aber es bleibt dabei: Mara wird sich von Briten fernhalten. Ich weiß doch, wie es geht: Die Burschen sehen ihren Familienbesitz bröckeln und schicken einen nach Amerika, um mit einem süßen, kleinen Mädchen zurückzukommen, das das Schloß mit ihrer fetten amerikanischen Währung wieder auffrischt. Ich kann dir schon jetzt sagen, daß nichts vom Sheridan-Geld nach England geht, um irgendeine verdammte englische Ruine aufzubauen.«

Alana hörte ihm zu und wußte, daß er nicht bemerkte, wie sehr sein Akzent wieder durchschlug. »Mara hat diesen Duke noch nicht einmal kennengelernt, und du siehst sie schon verheiratet und mit Kindern. Willst du nicht abwarten, ob sie sich überhaupt mögen?«

»Oh, er wird Mara mögen. Sieh sie dir an: Sie ist schön, liebreizend und eines der reichsten Mädchen hier. Sie wird sich keinem Briten in die Hände begeben, das ist mein letztes Wort.«

Alana verbarg ihr Lächeln kunstvoll hinter ihrer behandschuhten Hand. Sie wußte, daß sie mit dem Feuer spielte, aber sie fand, es war Zeit für eine kleine Rache. »Komm schon, Trevor, gerade *du,* Mr. Börse, Mr. Eisenbahn, Mr. Mir-gehört-alles-in-Manhattan, Mr. Ich-bekomme-immer-was-ich-will, gerade du müßtest doch einen Mann bewundern, dessen Beziehungen es ihm zwei Jahrhunderte ermöglicht hat, ein Land zu unterdrücken, selbst wenn es das deine war. Denn arbeitest du nicht schließlich genauso?«

Er sah sie an, zuerst verdutzt, dann stieß er ein unerwartetes Lachen aus. »Schon gut. Du stellst sie also dem Duke vor. Aber der Spaß hört auf, wenn er sie heiraten will. Unsere Vereinbarung betrifft das nicht.«

»In all den Papieren, die ich vor unserer Ehe unterzeichnet habe, war kein Artikel, der Mara verbot, einen Briten zu heiraten.«

»Ich kann nicht jede mögliche Entwicklung vorhersehen.«

»Nein, kannst du nicht. Die Wette gilt. Britisch oder nicht.«

Mit zusammengepreßten Lippen sah er hinter ihr her, als sie wieder in die Menge tauchte und Mara zur Empfangsreihe zog.

Wie ein Künstler, der mit seinem Lieblingswerkzeug arbeitete, schlängelte sich Alana gekonnt durch die aufgereihten Gäste. Sie war entzückt, daß der Duke ziemlich gelangweilt wirkte, während Mrs. van Dam, eine betagte Lady vom Washington Square, auf ihn einredete. Es würde um so leichter werden, seine Aufmerksamkeit auf Mara zu lenken.

Über die Köpfe der Menge hinweg warf Alana Trevor noch einen frechen Blick zu, dann schnappte sie sich Maras Hand und sagte zu dem Adeligen: »Eure Hoheit, ich bin Mrs. Trevor Sheridan.«

Der Duke küßte ihre Hand. Ein überraschtes Funkeln ließ seine Augen aufblitzen. »Ah, ja, ich habe schon viel von Ihnen gehört. Ihr Mädchenname ist van Alen, richtig?«

Alana schenkte ihm ein Lächeln, ohne sich um das Getuschel um sie herum zu kümmern. »Das ist richtig. Aber nun ist mein Name Sheridan.« Aus dem Augenwinkel lugte sie nach Trevor, der sie finster anblickte. Laut genug, daß er es hören konnte, fuhr sie fort: »Und Sie sollen noch mehr von den Sheridans hören, Eure Hoheit, denn ich möchte Ihnen meine Schwägerin, Miss Mara Sheridan, vorstellen.«

Der Duke beugte sich über Maras Hand, und als er sich wieder aufrichtete und seine Augen die ihren trafen, war der gelangweilte Ausdruck plötzlich verschwunden. »Ich bin *entzückt,* Sie kennenzulernen«, sagte er zu dem errötenden Mädchen.

»Miss Sheridan ist gebürtige New Yorkerin«, warf Alana ein, »und sie liebt unseren schönen, neuen Park. Können Sie reiten, Eure Hoheit?«

»Natürlich, natürlich«, murmelte er abwesend, ohne sich von Mara losreißen zu können.

Alana lächelte. Alles lief ganz hervorragend. Den Duke hatte es erwischt. Und wie leicht es gewesen war. Sie klopfte mit ihrem Fächer, um seine Aufmerksamkeit wieder auf sich zu lenken. »Miss Sheridan hat mir eben noch gesagt, daß wir unbedingt mal wieder im Park ausfahren sollten. An einem Morgen am besten, direkt nach dem Frühstück.«

»Dann reite ich auch am liebsten!«

»Tatsächlich?« In gespieltem Erstaunen legte Alana sich die Hand an die Brust. Sie drehte sich um und warf dem grollenden Trevor einen Blick zu, der die Unterhaltung gehört haben mußte. Sie mußte ein Kichern hinter ihrem Fächer verbergen.

Trevor beobachtete, wie seine Frau ihren Zauber auf den Duke wirken ließ. Sie war höflich, witzig und charmant – so wie ihre Erziehung es verlangte. Wenn jemand näher hingesehen hätte, wäre ihm der Stolz und die Bewunderung in Trevors Augen aufgefallen… und eine gehörige Portion Angst dazu.

Und hätte jemand genauer hingehört, hätte er sicher das leise Flüstern gehört: »Oh, nein, Mrs. Sheridan. Die Wette gilt *nicht.* Und es hört mit deinem nächsten Ausflug nach Brooklyn auf.«

»War er nicht süß? Und so charmant? Ich fühlte mich so tapsig, als er mich zum Tanzen aufforderte. Ich bin ihm bestimmt viermal auf die Füße getreten!« Mara plapperte wie ein Wasserfall, als sie nach dem Ball die Fifth Avenue hinauffuhren.

»Der junge Granville ist wirklich ein Gentleman, findest du nicht auch, Trevor?« Im goldenen Lampenlicht wandte Alana sich an ihren Mann und schenkte ihm ihr strahlendstes und rachelustigstes Lächeln. »Ich sagte ihm, Mara und ich würden Donnerstagmorgen im Park ausreiten. Hoffentlich meint er nicht, ich hätte dreisterweise absichtlich Hinweise fallen lassen, wo wir möglicherweise anzutreffen sind.«

Trevor machte ein grantiges Gesicht und sagte zu Mara: »Du solltest deine Gedanken nicht an diesen Kerl verschwenden. Caroline Astor wird ihn zu sehr auf Trab halten, als daß er Zeit hätte, dich zu besuchen.«

»Oh, du hast wohl recht.« Maras Überschwang welkte wie eine verblühende Rose.

»Unsinn!« Alana streckte den Arm aus und drückte Maras Hand. »Er wird Donnerstag im Park sein, Liebes, darauf wette ich. Und ich sorge dafür, daß er mehr als willkommen ist, wenn er dich besuchen will.«

»Das tust du?« fragte Mara hoffnungsvoll.

»Natürlich. Schließlich«, sie warf Trevor einen bedeutungsvollen Blick zu, »bin ich dazu da.«

»Ich möchte mit dir reden, wenn wir zu Hause

sind, Frau«, knurrte Trevor mit zusammengepreßten Zähnen.

»Gewiß doch, lieber Mann«, gab Alana zurück. Sie war zu gut gelaunt, um sich von seinem drohenden Tonfall einschüchtern zu lassen.

Als sie zu Hause angekommen waren, sagte Trevor seiner Schwester gute Nacht und ging auf die Bibliothek zu. Alana liebte dieses Zimmer. Vielleicht hätte sie es hassen sollen, denn dort hatte sie vor vielen Wochen das Geschäft mit dem Iren abgeschlossen, aber es blieb einfach ihr Lieblingsraum in diesem Anwesen. Ein Mann namens Charles Lock Eastlake propagierte diesen modernen Stil, in dem die Bibliothek gehalten war, und gerade, schlichte Linien vorsah. Sollte Christal jemals aus der Anstalt entlassen werden, wollte Alana ihr Zuhause nach Eastlakes *Hints on Household Taste* gestalten.

»Du unterstützt diese Anbahnung nur, um mich zu ärgern, und das gefällt mir nicht.« Trevor verschränkte die Arme vor seiner Brust und starrte Alana an. Sie strich an einem Sofa vorbei, trat an die eingebauten Bücherregale und überflog die Titel. »Wir können wahrer Liebe nicht im Wege stehen, Trevor.«

»Du glaubst, das ist dein Fluchtweg, richtig? Du treibst Mara in die Klauen dieses jungen Duke, und wenn sie verheiratet ist, willst du Lebewohl sagen und verschwinden. Aber denk' ja nicht, daß ich dich so einfach gehen lasse.«

Sie kicherte. »Großer Gott, Trevor. Du eilst den Dingen etwas voraus. Granville mag Mara, und ich sehe nicht ein, warum ich ihn daran hindern sollte. Er scheint mir ein netter junger Mann zu sein, dem überraschenderweise das Vorurteil fehlt, das so viele

Knickerbocker fernhält. Eigentlich solltest du dich freuen, daß so ein berühmter, nobler Bursche sich für unsere Mara interessiert.«

Wütend wandte Trevor sich ab. »Fein. Dann soll er sie besuchen. Ich kann schon mit ihm fertig werden, wenn es soweit ist. Aber glaub' ja nicht, daß deine Annullierung nähergekommen ist. Der Mann, der meine Schwester heiratet, muß mir seine Liebe zu ihr mindestens fünfmal beweisen. Keine leichte Aufgabe.«

Alana lag eine Erwiderung auf der Zunge, bis er das Wort Annullierung erwähnte. Es würde nicht mehr lange dauern. Mara hatte ihren Lebenspartner noch nicht gefunden, aber es war nur eine Frage der Zeit. Sie war wirklich so einfach einzuführen gewesen, wie Alana es erwartet hatte. In ein paar Monaten würde jemand um ihre Hand anhalten.

In ein paar Monaten. Alana starrte ihren Mann an. Sie dachte an seine Geliebte, Daisy, und wollte ihn hassen. Aber die Wahrheit war, daß sie ihn nicht hassen konnte. Sie empfand genau das Gegenteil, und nur deswegen hatte er sie so verletzen können. Sie sah ihre Zukunft deutlich – eine Zukunft ohne diesen schönen, zornigen Mann, der vor ihr stand. So vieles davon war auf einem Traum aufgebaut worden – einem Traum von einem einfachen, weißen Häuschen, einer freien Christal, und Schattenmännern, die sie eines Tages retten würde. Einem Traum, so klebrig wie Spinnweben.

Plötzlich überwältigte sie, was sie so gern verleugnet hätte. Die Bilder ihres Traumes tauchten klar in ihrem Geist auf, und der Mann, dessen Gesicht sie nie gesehen hatte, drehte sich zu ihr. Und dann brannten sich die Züge dieses Mannes in ihre Erinnerung wie ein Foto ein, das sie niemals mehr vergessen konnte. Und es war Trevor, den sie sah, Trevor, wie er sich jetzt ihr zuwandte und sie ansah.

»So schnell kommst du nicht aus der Sache heraus«, fuhr er warnend fort. »Du wirst schon einiges mehr tun müssen, um den richtigen Mann für Mara zu finden.

Er sagte ihr damit, daß ihre Ehe länger dauern würde, und sie wünschte sich, daß er recht behalten mochte. Doch was sie von Granville kennengelernt hatte, wies darauf hin, daß Mara durchaus in wenigen Monaten, ja Wochen verheiratet sein konnte.

Er fragte etwas, doch sie hörte es nicht. Ihr einziger Gedanke war, wie schrecklich einsam sie nach ihrer Annullierung sein würde. Sie fühlte sich wie Aschenputtel nach dem Ball. Nun, da sie ihren Prinz, ihren Schattenmann gefunden hatte, war er zufällig derjenige, den sie niemals würde haben können.

»Nanu? Kein geistreicher Kommentar? Keine trotzige Erwiderung?«

Sie sah ihn verwirrt hat. Es gab so vieles, was an ihm nicht liebenswert war. Sie haßte sogar dieses Haus, in dem sie leben mußte. Es war zu groß, zu ordinär, zu protzig. Aber wenn sie daran dachte, daß sie schließlich ihr weißes Häuschen am Meer bekommen würde und dort allein leben müßte, wußte sie, daß sie unglücklich sein würde. Sie würde sich den Rest ihres Lebens nach diesem grimmigen Mann sehnen. Bei dem Gedanken, ihn niemals wiederzusehen, ihn niemals mehr ärgern zu können, nie mehr mit ihm händehaltend Maras schönem Harfenspiel lauschen zu können, hätte sie am liebsten lautes Wehklagen angestimmt.

»Ich habe dich noch nie so still erlebt. Hast du deine Zunge verschluckt?«

»Ich... ich fühle mich nicht wohl. Ich möchte in mein Zimmer gehen.« Sie legte die Hände auf ihre glühenden Wangen und ging rückwärts in Richtung Tür. Sie verließ die Bibliothek ohne ein weiteres Wort, während Trevor ihr hinterhersah, als wäre sie nicht ganz richtig im Kopf.

Es war fast zwei Uhr morgens, als Alana das Hämmern an der Tür hörte. Hellwach und mit rotgeweinten Augen trocknete sie sich die Wangen und vergewisserte sich, daß die Knöpfe ihres Hausmantels ordnungsgemäß geschlossen waren. Dann ging sie zur Tür.

Sie hoffte, es würde Trevor sein. Sie war die ganze Nacht in ihrem Zimmer auf und ab gegangen, während sie sich mit dem Gedanken abzufinden versuchte, daß sie sich in ihn verliebt hatte. Viel schwerer aber wog die Hoffnungslosigkeit ihrer Situation. Sie konnte sich nicht vorstellen, daß dieser Ire sie jemals liebte, wo sie doch alles repräsentierte, was er verachtete.

Mit diesem Gedanken und einer grimmigen Entschlossenheit riß sie die Tür auf und fand Eagan vor, der sie betrunken angrinste.

»Was tust du denn zu so einer Stunde hier?« flüsterte sie mit tadelndem Blick.

»Ich komm' gerade vom Hoffman House.« Er schritt an ihr vorbei geradewegs in ihr Zimmer.

Alana riß die Augen auf, und sie hastete los, um sich ihm in den Weg zu stellen. »Du kannst doch nicht einfach hier hereinkommen!« flüsterte sie, diesmal lauter. »Hast du denn keinen Anstand? Das ist das Schlafzimmer einer Lady!«

»Keine Sorge, Alana. Ich war schon ma' innem Ladies Schlafzimmer. Ich komme sogar ehm aus einem«, lallte er.

»Zweifellos«, antwortete sie und wedelte die Duftwolken von Veilchenwasser, die seinen Kleidern entströmte, beiseite.

Er setzte sich auf ihre gepolsterte Chaiselongue und wirkte im Kontrast zu all der rosafarbenen Seide lächerlich maskulin. Das Möbel war nicht annähernd groß genug, um seine stattliche Figur aufzunehmen, und jedesmal wenn er sich bewegte, fürchtete Alana, er würde betrunken zu Boden rutschen.

»Oh, Eagan, du bist unverbesserlich.« Sie kam zu ihm. »Was tust du hier?«

»Ich hatte nie 'ne Mutter, Alana, wenigssens kann ich mich nicht erinnern. Ich will mit dir redn, als wärssu meine Mama. Darf ich?«

Entsetzt und verstört nickte Alana nur.

Er grinste sie verschmitzt an und zwinkerte ihr zu.

»'türlich hab' ich Gefühle für dich, die ich hoffentlich nie für meine Mam' gehabt hab'.«

Alana errötete und faßte sich nervös an ihren Hausmantel, in der Hoffnung, er würde nicht zuviel zeigen.

Aber bevor sie den Gedanken noch zu Ende gedacht hatte, sackte Eagan auf der Chaiselongue in sich zusammen und seufzte laut. »Alana, ich bin dies ganze Vergnügn sso leid. Es macht mich kaputt. Ich möchte ei'ma' auf mein' eigenen Füß'n steh'n, ohne Trevor, der mich lenkt.«

Die ehrliche Qual in seinen Worten berührte sie. Sie kniete sich vor ihn und legte eine Hand auf seinen Kopf. »Er lenkt dich nicht, Eagan. Das glaubst du nur. Trevor bewundert dich. Er sagt immer, wie klug und gebildet du bist.«

»*Er* hat Bewunderung verdient. Er is' sein eig'ner Herr.«

»Das bist du auch. Du mußt nur ein bißchen nüchterner werden. Es ist wohl nicht alles so gut gelaufen mit deiner neusten, äh...« Sie war sich nicht sicher, wie sie die Frau bezeichnen sollte, die sie in der Academy of Music mit ihm gesehen hatte. Als sie an Trevors Ausdruck dachte, hätte sie fast gekichert.

Er sah auf und ergriff ihre Arme. Todernst und nüchterner sagte er: »Ein einziges Mal möchte ich mit einer Frau schlafen, die ich liebe. Ich möchte wissen, ob es einen Unterschied macht. Ob es etwas Besonderes ist.«

Sie versuchte, sich loszumachen. Nervosität packte sie, als sie fragte: »Oh, Eagan, warum erzählst du mir das?«

»Weil ich mit dir schlafen will. Ich will wissen, ob ich dich lieben könnte. Ich glaube, ich könnte es.«

Vollkommen entsetzt stammelte sie: »Das... das willst du nicht wirklich. Du liebst mich nicht. Du willst es nur Trevor heimzahlen.«

Er starrte sie mit tranigen Augen an. Es dauerte etwas, bis er ihre Argumentation nachvollzogen hatte, dann strahlte er sie an. »Aber ich find' dich schön. Zählt das nich'?«

»Nein«, sagte sie ungerühgrt.

»Und Trevor tut, als ob du nicht da bist, streit' es nich' ab.«

Das konnte sie nicht, und so schwieg sie betroffen.

»Komm schon, Alana, was kümmert's ihn, wenn du mich küßt?« Er zog sie auf seinen Schoß, obwohl sie sich wehrte.

»Eagan, hör sofort auf!« fauchte sie, konnte aber ihr nervöses Kichern nicht unterdrücken, als ihr betrunkener Schwager seinen Kuß aus Versehen auf ihr Kinn plazierte.

»Ooch, komm, Süße, viele Frauen woll'n mich küssen...«

»Und tun es«, antwortete sie, während sie sich lachend in seinen Armen wand. »Oh, du bist ein schlechter Kerl. Schäm dich!« Eagan griff wieder nach ihr und benahm sich dabei so ungeschickt, daß er sein mühsam eingehaltenes Gleichgewicht verlor und beide wenig elegant auf den Boden rutschten.

Alana bekam fast einen hysterischen Lachanfall, vielleicht weil sie so verzweifelt versuchte, ihre Niedergeschlagenheit über Trevor auszugleichen. Eagan dagegen, ganz der Schwerenöter, der er war, nutzte ihre heitere Stimmung sofort aus. Er packte sie um die Taille und zog sie auf sich.

Gerade hatte er wieder einen Versuch gestartet, sie zu küssen, als eine donnernde Stimme sie unterbrach und beide erstarren ließ. »Ich sollte dich wie einen Hund auspeitschen, Eagan!«

Entsetzt drehte Alana den Kopf und entdeckte Trevor in der Tür stehen, die beide Zimmer miteinander verband. Sein Gesicht war hart und voller Zorn. Er starrte sie an, und sie fühlte sich plötzlich entsetzlich schuldig. Sie stolperte auf die Füße und gab sich Mühe, ihre Haltung zurückzugewinnen, was in ihrem Hausmantel nicht ganz einfach war.

»Es ist nicht so, wie es aussieht«, stammelte Eagan, während auch er auf die Füße kam.

Trevor sagte kein Wort, sondern starrte seinen Bruder nur an, bis er sich förmlich unter dem Blick wand.

»Du verstehst diese Situation vollkommen falsch«, versuchte Eagan es noch einmal. »Ja, ich weiß, ich sollte zu dieser Stunde nicht hier sein, aber ich versichere dir...«

»Raus!«

Alana war erstaunt über Trevors Talent, hundert Worte in ein einziges zu fassen.

Resigniert sagte Eagan: »Trevor, ich weiß, was du denkst, aber du irrst dich. Ich würde dich niemals –«

»Raus!«

»Laß mich doch erklären.«

»Und was willst du sagen?« fauchte Trevor und sah von Eagan zu seiner Frau, die ihren Hausmantel zusammenhielt wie eine ängstliche Braut in der Hochzeitsnacht. »Willst du so tun, als fändest du meine Frau nicht anziehend? Willst du mir erkären, du siehst in ihr nur eine Art Schwester? Nun, mit Mara habe ich dich noch nie so gesehen!«

Eagan warf Alana einen Blick zu. Er war mittlerweile vollkommen ernüchtert. »Ich habe nur ein bißchen spielen wollen. Ich wollte wirklich nichts tun.«

»Für dieses Spiel solltest du einen Preis bekommen.«

Nun verlor auch Eagan die Beherrschung. »Deine Frau wäre vielleicht keine so große Versuchung, wenn du sie selbst beschäftigen würdest!«

Trevor trat vor, und Alana hielt entsetzt den Atem an. Sie wollten sich doch nicht prügeln? Aber Trevor blieb stehen und preßte zwischen zusammengebissenen Zähnen hervor: »Laß uns allein.« Es kostete ihn offenbar eine enorme Kraftanstrengung, sich zurückzuhalten.

Doch Eagan ging nicht, ohne ihm noch ein letztes Wort entgegenzuschleudern: »Gib's doch zu. Es ärgert dich wirklich, Alana mit mir lachen zu sehen, nicht wahr? Ich glaube nicht einmal, daß ich sie nicht anfassen dürfte. Aber daß sie vielleicht Spaß hat, Spaß mit mir, während du ausgeschlossen bleibst, das kannst du nicht ertragen!«

»Du sprichst über meine Frau!«

»Wenn sie deine Frau ist, dann mach' sie auch zu deiner Frau!«

Trevor und Eagan starrten einander an, zwischen ihnen tobte ein stiller Kampf. Alana wollte gerade dazwischengehen, als Trevor in drohendem Tonfall sagte: »Geh jetzt, Eagan. Geh jetzt sofort.«

Eagan gab auf. Er warf Alana einen entschuldigenden Blick zu und stürmte dann hinaus, wobei er die Tür heftig hinter sich zuschlug.

Allein mit ihrem Mann empfand Alana die betäubende Stille wie Kanonendonner. Trevor wandte sich zu ihr, und das Zimmer schien in seiner Wut zu vibrieren. Entsetzt entdeckte sie die stürmischen Gefühle in seinen Augen. Ein Teil von ihr schreckte vor dem Zorn darin zurück, aber ein anderer Teil – der, der sich die ganze Nacht rastlos nach seiner Liebe gesehnt hatte – jubilierte innerlich. Er war eifersüchtig, rasend eifersüchtig. Wenn etwas in ihrer Beziehung das Versprechen der Ehe hielt, dann war es das Besitzdenken, das in seinen Augen aufgeflammt war, als er sie in Eagans Armen erwischt hatte.

Lange Zeit starrte er sie nur an. Es schien, als würde er seine nächsten Schritte erwägen und alle Möglichkeiten durchgehen, bevor er sich entschied. Schließlich war er Trevor Byrne Sheridan, und wenn er erst einmal einen Entschluß gefaßt hatte, dann würde er ihn auch ausführen.

»Geh in mein Zimmer, Alana«, sagte er ruhig.

Ihr Blick traf seinen. Sie wußte, was er dachte. Seine Eifersucht gab ihr neue Hoffnung, aber für das, was er nun vorhatte, war der Zeitpunkt falsch gewählt. Er war nur auf Eagans Herausforderung eingegangen. Er wollte sie nicht lieben, weil er Gefühle für sie empfand, sondern nur, weil er ein Mann war, der keine Provokation unbeantwortet ließ.

»Nein«, sagte sie ebenso ruhig wie entschlossen.

Er nickte. Ein gutes Zeichen. »Du bist meine Frau, Alana, meine mir rechtlich angetraute Frau, von der Katholischen Kirche abgesegnet. Ich habe Rechte. Geh jetzt in mein Zimmer, oder ich hole einen Polizist von der Straße, der dich dahin schleift.«

»Wenn du das tust, wird es nie eine Annullierung geben.«

»Dann wird es eben keine geben.«

Sie starrte ihn an – alles, wonach sie sich sehnte, war in ihrer Reichweite und doch so meilenweit entfernt.

Wenn sie sich ihm jetzt verweigerte, würde sie vielleicht nie wieder eine Chance bekommen, diese Ehe gültig zú machen, doch wenn sie sich unter diesen Umständen hingab... konnte es denn anders als kalt und gleichgültig werden?

Es geschah so vieles an diesem Abend. Sie hatte geglaubt, diesen Mann zu lieben. Und als sie ihn ansah und ihr Blick sein schwarzes Haar, seine wütenden Augen und seine harten Gesichtszüge liebkoste, wußte sie, daß es die Wahrheit war. Ein Blick auf seine Stütze, den Stock, genügte, es zu erkennen. Für die meisten mochte dieser Stock Angst und Einschränkung bedeuten. Aber Alana konnte nur Stärke sehen. Der Stock war der Beweis, daß er Ängste und Schranken bewältigt hatte, um das zu werden, was er war – ein mächtiger, reicher Mann.

Vielleicht war es nur dieser Kampf, der sie berührte, aber als sie ihren Blick hob und den grimmigen, beherrschten Iren sah, den sie geheiratet hatte, kümmerte es sie nicht mehr, woher ihre Gefühle stammen mochten. Sie wußte, sie liebte ihn, und sie wußte, sie hätte Himmel und Hölle in Bewegung gesetzt, damit er ihre Liebe erwiderte.

»Geh, Alana«, sagte er.

»Ist es nur wegen Eagan?« flüsterte sie in einem letzten Versuch, sich selbst zu schützen.

»Nein«, antwortete er heiser.

Sie sah ihn an und wollte ihm nur zu gern glauben. Langsam ging sie in sein Zimmer. Hinter sich hörte sie das Türschloß einrasten, und das Geräusch schien eine Ewigkeit widerzuhallen. Und eine Ewigkeit schien zu verstreichen, bevor sie den Mut aufbrachte, ihm in die Augen zu sehen.

Er stand mit dem Rücken an die Tür gelehnt und hielt sie mit seinem Blick fest, als plante er minutiös jeden Schritt der Verführung. Sie hatte es bisher nicht bemerkt, aber er trug noch seinen Abendanzug, sein Hemd war noch tadellos zugeknöpft.

In ihrem Hausmantel fühlte sie sich fast nackt in seiner Gegenwart, und sein nächster Befehl ließ ihren Mut völlig sinken. »Geh zum Bett.«

Sie wandte ihre ängstlichen Augen zu seinem großen, einladenden Bett, das das Zimmermädchen schon längst für die Nacht bereitet hatte. Zögernd wandte sie sich zu ihm um. Sein dunkler Blick forderte sie heraus. Nein, er würde nicht nachgeben. Also trat sie langsam auf das Bett zu.

»Zieh deinen Hausmantel aus.«

Ihre Hand legte sich schützend auf die Reihe der Knöpfe an ihrer Kehle. Obwohl sie es wollte, schien alles ganz falsch zu sein. Es gab keinen Wein, keine Rosen, keine sanfte Verführung. Statt dessen hörte sie harsche Befehle und spürte den harten, gefährlichen, drohenden Blick ihres Mannes.

»Der Hausmantel.«

Sie blickte auf die pfirsichfarbene Seide hinunter, die das zarte Nachtkleid verbarg, welches er für ihre Aussteuer gekauft hatte. Wenn sie den Mantel auszog, würde sie praktisch nackt vor ihm stehen. Ihr Blick suchte seinen, und plötzlich strömte Verlangen durch ihren Körper. Entweder jetzt oder nie! Entweder Liebe oder Verlust! Widerwillig begannen ihre Finger die Knöpfe nacheinander zu öffnen. Der Mantel glitt von ihren Schultern zu einem schimmernden Häufchen zu ihren Füßen. Nur noch in hauchzarter Seite in der Farbe ihrer Haut beobachtete sie ihn mit klopfendem Herzen.

Er nahm sich quälend lange Zeit, begann mit ihren Füßen, wo die kleine Schleppe ihres Nachtkleides wie ein hauchzarter Bach hinter ihr herfloß, wanderte dann zu ihren festen Waden und wohlgerundeten Schenkeln empor, die sich durch den transparenten Stoff abzeichneten. Seine Miene zeigte Anerkennung, während sein Blick von ihren weiblichen Hüften zu ihrer schmalen Taille wanderte. Hungriger geworden, wollte er nun mehr, und seine Augen glitten höher, wo sie jedoch von ihren verschränkten Armen gestoppt wurden. »Nimm deine Arme runter«, flüsterte er heiser.

Sie rührte sich nicht, sah ihn nicht einmal an. Sie stand nur da, wie gelähmt von Angst und unaussprechlichem Verlangen. Sie spielten ein gefährliches Spiel, und sie war so weit gegangen, wie sie konnte.

Trevor lehnte jetzt seinen Stock gegen die Tür und kam mit steifem, ungleichmäßigem Schritt auf sie zu. Er zeigte sich ihr in seiner Behinderung – seine Art, ihr mehr Nähe zu geben – und es beruhigte sie tatsächlich ein wenig. Sie beobachtete, wie er zu einem Tischchen in der Nähe des Bettes ging und sich einen Drink aus einer Karaffe einschenkte.

Der Geruch des billigen, puren Whiskey brannte in ihrer Nase. Sie hoffte, er würde ihr ebenfalls ein Glas geben, nicht nur, weil es sie kräftigen würde, sondern auch, weil das gemeinsame Trinken ihr noch mehr Intimität geben konnte.

Er nahm zwei kräftige Schlucke, bevor er sich ihr wieder zuwandte. Enttäuscht sah sie, daß er nur ein Glas in der Hand hielt. Doch dann hielt er es ihr hin. In seinen Augen lag die stumme Bitte, es zu nehmen. Ihre Hand zitterte, als sie sie ausstreckte. Ein und dasselbe Glas zu benutzen, jagte ihr einen erregenden Schauer über den Rücken, denn dies war nur der Vorgeschmack der Dinge, die da kommen würden, die sie miteinander teilen würden.

Ihre Lippen berührten den Rand, und sie nahm einen kleinen Schluck. Es war so stark, wie sie es in Erinnerung hatte, doch diesmal wärmte die Flüssigkeit sie, und der Geschmack erinnerte sie an seinen Kuß.

Sie gab ihm das Glas zurück. Er nahm es und betrachtete sie wieder, wobei seine Augen alles aufnahmen, was ihm eben noch verweigert wurde. Ihre Arme verbargen nichts mehr, und ihre Brüste waren unter dem Hauch pfirsichfarbener Seide deutlich erkennbar.

Seine Augen wurden dunkler, und er kippte den Rest des Whiskeys in einem Zug hinunter. Während er das Gesicht von der Schärfe des Alkohols verzog, rammte er das Glas auf den Tisch. Sie wollte gerade wieder die Arme schützend verschränken, als er ihre Hände nahm. »Nein«, flüsterte er und küßte sie.

Seine Zunge drang in ihren Mund und nahm in einem wilden Ritual Besitz von ihr. Sie konnte kaum atmen, aber er schien die seltsame Macht zu besitzen, ihr das Bedürfnis nach Luft zu nehmen und es durch das Verlangen nach ihm zu ersetzen. Sie wollte ihn berühren, aber er ließ sie nicht, sondern preßte ihre Hände an ihre Seiten, bis der Wunsch, sein Gesicht zu streicheln, fast schmerzhaft wurde.

»Erkenne mich an«, stöhnte er in ihre Haare, als er die Lippen von ihren nahm.

Verwirrt schüttelte sie den Kopf, viel zu benebelt von seinem Kuß, um zu begreifen.

»Sag meinen Namen«, sagte er. »Nicht Eagan… nicht Anson… meinen Namen!«

»Trevor«, keuchte sie.

»Ja, genau. *Tá sé agat anis.*« Nach diesem rätselhaften Satz ließ er ihre Hände los, schob seine Arme unter ihren Körper und hob sie auf das Bett.

Sein Körper und seine Lippen drückten sie in die weiche Daunendecke, und seine Hand wanderte über ihren Körper, aber nicht dorthin, wo sie gedacht hatte. Innerlich vorbereitet auf die Berührung ihrer Brust, spürte sie schockiert, wie seine Hand auf der Seide tiefer strich und sein Daumen sanft über das Dreieck aus goldenem Haar rieb, das ihre Weiblichkeit verbarg. Sie keuchte auf, doch der Laut wurde durch die Hitze seiner Zunge erstickt. Erschauernd versuchte sie, der süßen Folter zu entgehen, doch sie bekam keine Chance. Er hatte sie eingefangen, ihren Körper und ihre Seele, ihr ganzes Wesen lag in seiner Hand, wie ein zarter Schmetterling, der nach seinem Willen zerquetscht oder liebkost werden konnte.

Er schob ihr dünnes Kleid über ihre Schenkel, und seine Berührung wurde fordernder, entlockte ihr eine ungewollte Erwiderung. Überwältigt lag sie dort, das wohlerzogene Mädchen aus bestem Hause, von bester Abstammung, und sehnte sich danach, daß dieser Ire ihren Körper eroberte! Er ging zart und geschickt vor, bis sie vor hochgepeitschter Erregung fast schluchzte und ihn beinah dafür haßte, daß er mit verborgenen Stellen spielte, deren Existenz sie nicht einmal geahnt hatte.

Trevor hielt inne. Er zog einen Kragenknopf ab, dann schob er ihr Kleid von den Schultern. Zentimeter für Zentimeter entkleidete er sich, dann wieder sie. Als seine Weste und sein Hemd zusammengeknüllt auf dem Teppich lagen und seine Hose aufgeknöpft war, bildete ihr Nachthemd nur noch ein schmales Band über ihrer Brust. Seine Beherrschung erstaunte sie. Er mußte nur noch seine Hose ausziehen, und er tat es würdevoll, streifte sie über die Hüfte, ohne sich dabei aufzusetzen.

Er rollte sich nackt an ihre Seite, und sie glaubte, er würde sie nun mit derselben Präzision ihres Kleides entledigen. Doch etwas funkelte in seinen Augen auf, als er sie ansah, und seine Kontrolle schien verschwunden. Plötzlich nahm er sich keine Zeit mehr. Seine Hand streichelte ihre im Gaslicht golden schimmernde Haut, und sein Blick traf ihre Augen, die vor Angst und Begierde dunkel und verschleiert waren. Dann schob er das Kleid von ihren Brüsten, und die Hände, die eben noch so sanft waren, rissen es einfach auseinander.

Die Gewalt machte ihr angst, doch er sah, wie sie sich versteifte, und wußte, was er zu tun hatte. Sein Mund senkte sich auf ihren und ließ sie alles andere vergessen. Sie spürte nur noch, wie seine Haut auf der ihren brannte, wie sein dunkles Brusthaar sanft über ihre weiche Haut strich und wie seine Zunge nach dem kraftvollen, unvergeßlichen Whiskey schmeckte.

Als Lady, die sie war, hatte sie stets geglaubt, das, was Frau und Mann im Bett machten, würde dem Händchenhalten im Salon ähneln. Sie hatte von ihrem zukünftigen Mann geträumt und immer gedacht, ihre Vereinigung würde sanft, beruhigend und still sein. Aber sie hatte sich ihren Mann niemals wie Trevor Sheridan vorgestellt, hatte niemals geglaubt, daß es so wie jetzt sein konnte.

Er nahm sie mit einer Leidenschaft, die so pur und stark war wie sein Drink. Er wollte sie, sofort und ohne Umschweife, ohne sie überzeugen zu müssen, und als er in sie eindrang, schien er fast einen Schrei von Schmerz und Überraschung zu erwarten.

Aber sie gab keinen Laut von sich. Sie beobachtete ihn, nahm seine animalischen Bewegungen auf und empfand in einem niemals zuvor erlebten Gefühl Genuß und Entsetzen zugleich. Als er sich hinunterbeugte und ihre Brustwarzen mit seinem feuchten, heißen Mund bedeckte, während er immer wieder in sie hineinstieß, gerieten ihre Emotionen außer Kontrolle, und sie umklammerte ihn in einer Leidenschaft, die sie für keinen anderen Mann jemals würde empfinden können.

Er hob seinen Kopf, küßte sie wieder, und die Hitze zwischen ihren Schenkeln stieg an. Die Lust, die er ihr gab, war wie eine gespannte Bogensehne, und als sie zerriß, stürzte sie in einen Abgrund und alles drehte sich um sie herum, bis er sie auffing, seine Hand unter ihre Hüften schob, um sie fester zu halten und ihr Erfüllung zu geben.

»Trevor«, stöhnte sie und ergab sich ihm vollkommen.

Das war der Auslöser. Er packte sie, stieß das Wort *»Jeysus«* aus und sackte dann befriedigt auf sie.

Während sie in den langen schweigenden Minuten danach neben ihm lag, hob Alana impulsiv die Hand, um seine Wange zu berühren. Nach dem, was sie soeben erfahren hatte, waren ihre Fragen leichter zu beantworten. Konnte sie ohne ihre Träume leben? Ohne Walzer, ohne weißes Häuschen und Einfachheit? Sie lächelte ein bittersüßes Lächeln. Die Antwort war deutlich. Sie lautete ja. Denn ein anderes Leben zu führen würde bedeuten, ohne diesen animalischen, unverschämten Iren leben zu müssen, und das war unmöglich. Es gab niemanden wie Trevor Sheridan. Er oder keiner. Sie hatte schon zu lange allein gelebt. Nachdem ihre Eltern umgekommen waren und sie Christabel verloren hatte, hatte es drei schlimme Jahre niemanden gegeben, den sie lieben konnte. Nun, da sie ihn liebte, würde sie es mit einer Leidenschaft tun, die sie mit ins Grab nehmen würde.

Es blieb nur eine einzige Frage offen. Eine, die sich ihr immer mehr aufdrängte, je mehr er sich nun von ihr zurückzog. Würde *er sie* jemals lieben können?

Sie spürte einen kühlen Lufthauch, als er sich von

ihr löste. Die Nacht war ihr vorher nicht so kalt erschienen, doch nun war sie eisig.

Trevor rollte sich auf den Rücken und starrte an die Decke. Sie hatte keine Ahnung, was er dachte, und es erschreckte sie. Er war kein Mann der schönen Worte, und sie erwartete auch keine. Sie würden niemals ein Paar sein, das sich schmusend und turtelnd seine Zuneigung bestätigte.

Aber sie brauchte Worte. Sie wollte wissen, was ihm durch den Kopf ging, und in dieser Verzweiflung sprach sie zuerst: »Ist es immer so wie eben?«

Er wandte den Kopf und sah sie an. »Wie war es denn?«

»So… ungezügelt.« Sie wußte, daß ihr Vokabular unzureichend war. Sie hatte keine Worte, um es zu beschreiben. Es war wild und ungestüm gewesen… wundervoll.

Er gab ihr keine Antwort. Sein Blick glitt über ihre Nacktheit, und sie glaubte, Schuld in seinen Augen zu entdecken. Und als er ihr das Laken über die Brüste zog, wußte sie es.

Während sie das Laken festhielt, wurden ihre Finger eiskalt. Sie wollte sich nicht zudecken. Sie wollte, daß er sie hielt, sie wärmte und sie mit all der Zärtlichkeit eines Geliebten streichelte, bis sie in seinen Armen einschlief. Aber es sollte nicht so sein. Etwas stimmte nicht, und eine dumpfe Ahnung jagte ihr soviel Furcht durch den Körper, daß ihr Herz zu Stein wurde.

Er schloß die Augen, als würde er im Inneren mit etwas kämpfen. Als er sprach, waren seine Worte gequält. »Ich bin kein Mann, der Geschäfte auf die leichte Schulter nimmt. Noch mag ich es, wenn Abmachungen verändert werden. Ich kann mit Zahlen umgehen. Aber dies ist etwas vollkommen anderes.«

»Aber war es denn so unerwartet?« Ihre Stimme bekam einen panischen Unterton. »Ich bin schließlich deine Frau.«

»Als ich das Geschäft mit dir abschloß, habe ich niemals geglaubt, daß so etwas geschehen würde. Ich war mir sicher, daß ich mich würde beherrschen können, diese Verwirrung würde vermeiden können.«

»So nennst du es also, eine ›Verwirrung‹?« fragte sie, ohne den Schmerz und die Anklage in ihrer Stimme zurückhalten zu können.

Er schwieg, als würde ihm keine Antwort einfallen.

»Ein schreckliches Wort«, flüsterte sie und spürte, wie er sich zurückzog. »Ich habe noch nie gehört, daß man es so nennt. Es muß daran liegen, daß die Iren es anders machen.« Sie wußte, daß er das als Angriff betrachten würde, aber es kümmerte sie fast nicht mehr.

Wieder starrte er an die Decke. Es war deutlich, daß er wütend war. Endlich sagte er: »Die Worte mögen unterschiedlich sein, aber glaub mir, die Iren tun es genauso wie die Knickerbocker.«

Sie schwieg, verletzt, gedemütigt. Auch er sagte kein Wort, sondern hielt seinen Blick nach oben gerichtet. Bald begann sie zu zitternd, denn sie wußte, daß ihre Hoffnungen zunichte gemacht waren. Sie lagen nebeneinander in seinem Bett, aber seine Worte waren kalt, zurückhaltend. Er glaubte, einen Fehler gemacht zu haben. Wie sie befürchtet hatte, hatte er nur die Herausforderung Eagans angenommen. Er empfand nichts für sie, gar nichts. Höchstens Bedauern. Er hatte ihre Abmachung gebrochen und fürchtete nun um Maras Zukunft. Vielleicht bedauerte er auch, daß sie nicht seine Daisy war. Anders als seine Geliebte, war sie schließlich noch Jungfrau gewesen. Wahrscheinlich hatte sie sich peinlich unerfahren gezeigt, und das hatte ihm mißfallen. Trotz ihrer leidenschaftlichen, wilden Gefühle war sie ihm sicher kalt vorgekommen. Aber vielleicht *war* sie es ja. Sie hatte ihr Selbst nach dem Tod ihrer Eltern eingesponnen, und es war vielleicht nie wieder hervorgekommen.

Sie schloß die Augen und versuchte, die Tränen zurückzuhalten.

Dann sprach er wieder, ohne sie anzusehen. »Du kannst immer noch die Annullierung bekommen. Ich werde sie bewilligen, wenn du immer noch deinen Teil der Abmachung erfüllen willst.«

»Wie –« Sie schluckte hart, wollte ihm keinesfalls zeigen, wie niedergeschmettert sie war. Sie riß sich zusammen und fand einen kühlen, anklagenden Tonfall. »Wie können wir die Ehe annullieren, nachdem was wir eben getan haben?«

»Wir wären nicht die ersten, die in dieser Hinsicht lügen würden, glaube mir.«

Sie schob sich den Vorhang blonder Haare aus dem Gesicht. Dann erhob sie sich steif aus dem Bett, suchte ihren Hausmantel, fand ihn und zog ihn an sich.

»Hast du mir zugehört? Wohin gehst du?« fragte er, ohne sich um seine Nacktheit zu kümmern. Als er aufstand, bot er ein prächtiges Bild von zorniger Männlichkeit.

»Keine Lügen mehr. Ich kann keine Lügen mehr ertragen«, flüsterte sie.

»Was sagst du?«

»Ich sagte, ich werde nicht lügen, damit du aus dieser Ehe freikommst.«

Er preßte die Kiefer zusammen. »Und wie schlägst du vor, sollen wir unsere Ehe beenden? Wie sollen wir unseren Handel erfüllen?«

»Wir werden uns scheiden lassen müssen.«

Sein Gesicht war wie versteinert. »Die Katholische Kirche toleriert keine Scheidung. Das kommt nicht in Frage.«

Sie sah ihn nur an. »Wir haben ein Abkommen getroffen, daß wir uns trennen, wenn alles vorbei ist.«

»Ich habe nie gesagt, daß wir uns scheiden lassen können. Ich habe nur von Annullierung gesprochen. Scheidung ist keine Alternative. Entweder du wirst lügen und die Ehe wird annulliert, oder du wirst nichts bekommen.«

»Ich werde vor Gott nicht mehr lügen«, sagte sie. »Diese Ehe hat als Lüge begonnen. Sie soll wenigstens ehrlich enden.«

Seine Augen funkelten im Zorn. »Du willst mir erzählen – du, eine Frau in deiner Position –, daß du die Abscheulichkeit einer Scheidung vorziehst?«

Ihr Trotz rettete sie schließlich »Nein«, antwortete sie kühl. »Was ich wirklich vorziehe, Trevor Sheridan, ist einen besseren Ehemann als dich.«

Er starrte sie an, zu wütend, um sich zu bewegen. Sie verließ sein Zimmer, und er wollte ihr folgen, doch sie war schneller. Sie knallte die Tür zu und hörte den Spazierstock zu Boden fallen. Trevor nahm ihn auf und ging mit langsamen Schritten auf sein Bett zu. Und dann bäumte sich etwas, das in seiner Seele geschlummert hatte, plötzlich auf. Mit Selbstverachtung starrte er auf den Stock in seiner Hand, zerbrach ihn mit ungewöhnlicher Brutalität und schleuderte ihn quer durch das Zimmer. Der Laut, den er dabei von sich gab, klang wie ein heiseres, unterdrücktes Schluchzen.

23

Am nächsten Morgen mußte Eagan allein am Frühstückstisch sitzen. Mara stand stets später auf, und Trevor und Alana frühstückten in ihren Zimmern – jeder in seinem! – wie er von Bediensteten gehört hatte.

Von sich selbst und der Welt angewidert, schob er die Eier beiseite und starrte einen Moment in seine Kaffeetasse. Dann trat er an eine Anrichte, nahm eine Karaffe vom Silbertablett und veredelte den Kaffee mit ein paar Tropfen Brandy.

Gewiß litt er unter einem schweren Anfall von irischer Melancholie – er schien an nichts mehr Freude zu haben. Gestern abend war er wie üblich vom Madison Square den Broadway entlanggeschlendert – Gentleman's Walk, wie man es auch nannte. Die *nymphes des paves,* die Nymphen der Straße, waren verstärkt anzutreffen – wunderschöne, gutangezogene und geistreiche Frauen, jede einzelne eine süße Versuchung für rastlose, gelangweilte Seelen. Er wählte per Zufall eine aus, ein kleiner, strahlender Rotschopf, und folgte dem Mädchen zu dem Haus, dem sie angehörte. Der Abend hatte nichts Bemerkenswertes. Für einen Mann seiner Stellung war der Besuch eines Bordells eine normale Angelegenheit.

Die Häuser hatten so wenig Heimliches, daß sie sogar in *The Gentleman's Directory* aufgelistet waren, und dies oft mit der Anzahl der weiblichen »Pensionsgäste« und mit dem Vermerk, ob erst- oder zweitklassig.

Aber die Nacht verlief schlecht. Nachdem er bei der Lady seine Pflicht erfüllt hatte, lag er neben ihr und sah sie an, zum ersten Mal vollkommen ratlos. Langsam begriff er, daß er dem Mädchen nichts zu sagen hatte, tatsächlich keiner einzigen seiner weiblichen Errungenschaften. Wenn er und die Dame des jeweiligen Augenblicks nicht gerade dabei waren, ihre physischen Bedürfnisse zu befriedigen oder die Präliminarien hinter sich zu bringen, war nichts zwischen ihnen. Er kannte kein Mädchen, mit dem er Arm in Arm in der Dunkelheit liegen und erzählen konnte.

Er ging früh, gab dem Mädchen das Doppelte ihres Tarifs und ließ sie so in mehr als einer Hinsicht befriedigt allein. Dann lief er durch die Stadt, trank und fand sich schließlich am Kai wieder. Er betrachtete die Lichter auf der Gouvernor's Island und grübelte, grübelte, bis sein Kopf schmerzte. Trevors Frau kam ihm mehr als einmal in den Sinn. Sie war ganz sicher ein Mädchen, mit dem man sein Leben teilen konnte. Aber er wußte noch besser als sie selbst, daß sie nicht für ihn bestimmt war. Er war nicht blind, und er hatte erkannt, daß Trevor für sie eine Leidenschaft entwickelte, die kurz davor stand, die Mauern seiner beherrschten Persönlichkeit niederzureißen. Und wenn dieser Damm einmal brach, würde keiner von beiden entkommen.

Aber das war es, was er wollte. Er wollte ungezügelte Emotionen, wollte Verlockung. Er wollte ein

Mädchen, das man in den Armen halten konnte. Zum ersten Mal in seinem ausschweifenden Leben wollte Eagan etwas besitzen, was er nicht bekommen konnte.

Betrunken und niedergeschlagen war er nach Hause zurückgekehrt, in der Hoffnung, bei Alana seine Sorgen loswerden zu können. Das hatte zu einer Katastrophe geführt, und während der letzte Schluck des süßen Kaffees die Ereignisse des gestrigen Abends in die Ferne rücken ließ, beschloß er, daß es das Beste war, wenn er für ein paar Tage verschwand. Trevor konnte sich wieder beruhigen, während er in Newport unterkam oder sich irgendwo an der Küste von Jersey die Zeit vertrieb.

Eagan verließ das Haus, ohne sich eine Kutsche zu nehmen, denn er glaubte, der Spaziergang bis zum Commodore Club würde ihm guttun. Im zarten Morgenlicht sah die Welt schon viel freundlicher aus, und als er im Club erst einmal ein paar Brandy hinuntergekippt hatte, fühlte er sich regelrecht optimistisch. So übel war sein Leben ja nun auch wieder nicht. Und die Mädchen, nun, davon gab es mächtig viele süße, so süße, daß er sich gegen halb vier am Nachmittag entschloß, zu Lord and Taylor's zu gehen, und Miss Evangeline de la Plume ein kleines Geschenk zu kaufen, um sich für sein freches Benehmen neulich zu entschuldigen. Das würde sie schon weichkochen, dachte er in lustvoller Vorfreude, denn schließlich war Miss de la Plume nicht sehr verschieden von den *Nymphen,* nur war ihr Preis vielleicht etwas höher, und sie ließ sich länger bitten.

Er nahm sich eine Mietkutsche zur Last Twentieth Street, bis er vor dem unglaublichen fünfstöckigen Warenhaus mit der schmiedeeisernen Front hielt. Im ersten Stock waren Topfpalmen und französische Spiegel zu finden, die vergessen ließen, daß dieses altehrwürdige Haus einst einen Zaumzeugladen beherbergte. Die Gemälde, Fresken, Kronleuchter und besonders die endlosen Meilen aus kaltem Marmor, erinnerten ihn fast schmerzhaft an zu Hause. Wenn es da nicht die farbigen Reihen der Hüte und Handschuhe gegeben hätte, die auf Mahagonitheken und in Regalen ausgestellt waren, hätte es wirklich keinen besonderen Unterschied zu seinem Heim gegeben.

Er schlenderte durch das Kaufhaus, während er überlegte, ob er eine Smaragdbrosche nehmen oder sich einfach einen Pelz einpacken lassen sollte. Schließlich entschied er sich für den Pelz – es würde einen größeren Eindruck auf Miss de la Plume machen, die sie dann vielleicht *beide* darauf liegen lassen würde –, und wanderte also zu den verzierten Türen, um den Fahrstuhl zum fünften Stock zu rufen.

Plötzlich schlug die Uhr fünf, und Kunden strömten aus den Glastüren. Das Haus wollte schließen, doch Eagan drückte dennoch erneut auf den Liftknopf, in der Hoffnung, man würde ihn trotz Ladenschluß noch bedienen, wenn man ihn erst einmal erkannt hatte. Doch Minuten verstrichen, ohne daß der Fahrstuhl kam. Ungeduldig klopfte er mit dem Fuß auf den Boden, und das Geräusch hallte in der leeren Halle wider.

Gelangweilt und fast entschlossen, die Treppen hinaufzueilen, bemerkte er eine Gestalt aus den Augenwinkeln. Im Glauben, es handelte sich um einen Verkäufer, der ihm helfen könnte, wandte er sich um, hielt jedoch plötzlich wieder inne.

Es war kein Verkäufer. Es war ein Mädchen, eine Putzfrau, wenn man von dem Eimer und dem Wischmop in ihren Händen ausging. Sie stand am Fuß der Marmortreppe, nah genug, daß er sie genauer betrachten konnte. Sie hatte blondes Haar, das in ihrem Nacken in einem Knoten zusammengehalten wurde. Ihr Gesicht war trotz der Schmutzflecken auf den Wangen sehr hübsch, und sie war sehr klein. Sie trug graue, abgetragene Kleider, die schon oft geflickt worden waren, doch bis auf die kurze Schleppe, die sie durch die kleinen Pfützen zog, wirkten sie sehr sauber.

Normalerweise hätte er sie kein zweites Mal angesehen, denn in den Jahren, die er in New York lebte, hatte er schon Tausende von solchen Mädchen gesehen. Doch sie hielt nun am Fuß dieser gewaltigen Treppe an, sah zögernd die Hunderte von Stufen hinauf und hielt sich dabei ihren gewaltigen Bauch. Sie war hochschwanger.

Die Glocke ertönte, als der Fahrstuhlführer die Türen des Käfigs aufschob. Der kleine, dünne Mann erkannte Eagan sofort und rückte würdig seine Fliege zurecht. »Welcher Stock, Mr. Sheridan? Kaufen wir heute Schmuck oder Pelze?«

Eagan wirbelte herum und sah den Mann an. »Pelze, denke ich. Bringen Sie mich in den fünften, Billy.«

»Sehr wohl, Sir.« Der Diener trat zur Seite, um Eagan hineinzulassen.

Doch Eagan rührte sich nicht. Er sah zu dem zierlichen Mädchen, die sich nun ihren Rücken rieb und immer noch auf die bedrohliche Treppe starrte. Obwohl sie kaum älter als achtzehn sein konnte, war ihr Gesicht durch die Not gealtert. In ein paar Jahren würde von ihrem hübschen Aussehen nicht mehr viel übrig sein, dachte er, und die zarte Gestalt rührte ihn irgendwie. Impulsiv rief er: »Madam.« Seine Stimme erklang laut in der Halle, als er noch einmal rief, bis sie endlich begriff, daß er sie meinte.

Sie drehte sich um und sah ihn mit den klarsten blauen Augen an, die er jemals gesehen hatte. Sie hatten die Farbe des Himmels von Ballinlough aus einer vergrabenen Kindheitserinnerung. Eagan hielt den Atem an. »Madam, möchten Sie mitfahren?« fragte er feierlich und machte eine einladende Geste zum Fahrstuhl.

Diese unglaublichen Augen weiteten sich, und obwohl er sicher war, daß sie sehr gern wollte, schüttelte sie den Kopf und blickte sich unruhig um, als würde sie Ärger erwarten.

»Kommen Sie.« Er winkte sie heran.

Schließlich tat sie, wie ihr geheißen, während sie ihren Eimer und den Mop ängstlich festhielt.

»Wollen Sie denn nicht lieber fahren als laufen?« Er nahm ihren Arm und führte sie in den Käfig. Sie wehrte sich ein wenig, doch Eagan blieb hartnäckig und zog sie mit sanfter Gewalt hinein.

Billy räusperte sich. »Äh, wenn Sie erlauben, Sir... Das Mädchen ist eine Putzfrau«, stellte er unnötigerweise fest, um sein Mißfallen auszudrücken.

»Das sehe ich«, antwortete Eagan. »Aber ich kann mir nicht vorstellen, daß Lord und Taylor darauf bestehen, daß sie in ihrem Zustand die Treppen hinaufsteigt, oder?«

Der Kunde hatte ohnehin immer recht, aber ein Mann mit Eagans Brieftasche war schon fast Gott. Also bemühte sich Billy um sein allerfreundlichstes Lächeln und sagte: »Natürlich nicht, Sir. Soll das

Mädchen zu seinem Stock fahren. Ich lasse sie heraus, wenn ich Sie im fünften abgeliefert habe.«

»Danke, Billy.« Eagan schüttelte ihm die Hand und übergab ihm dabei diskret eine Zehn-Dollar-Note. Für diese Bezahlung hätte Billy sie beide auch nach oben getragen!

Billy schloß die Tür des Fahrstuhls und zog an dem Seil, das durch die Kabine lief. Eagan schenkte dem Mädchen ein schiefes Lächeln, und ihre unvergeßlichen Augen starrten in einer Mischung aus Dankbarkeit und etwas, das an Mißtrauen erinnerte, zurück. Sie bewegten sich nun aufwärts, aber der Fahrstuhl sollte sein Ziel nicht erreichen. Nachdem sie drei Stockwerke passiert hatten, erklang ein lautes Knakken in der Welle über ihnen, und der Lift hing plötzlich reglos zwischen zwei Etagen. Bill, der seinen Kopf schüttelte und etwas von einem verdammten Ding, das nie richtig funktioniert, murmelte, zerrte gnadenlos an dem Seil, aber nichts geschah. Er warf Eagan einen entschuldigenden Blick zu, legte dann die Hände an den Mund und brüllte nach oben: »Harper! Kurbel weiter! Mach schon!«

Immer noch passierte nichts. Billy brüllte noch einmal nach seinem Partner. Aber außer dem Widerhall seiner eigenen Stimme im Schacht war keine Antwort zu hören.

Leicht amüsiert nahm Eagan auf der gepolsterten Bank der Kabine Platz und stellte sich auf eine Wartezeit ein. Er lud das Mädchen ebenfalls ein, sich zu setzen, doch sie lehnte mit ängstlichem Gesicht ab.

»Es wird schon alles gut«, beruhigte er sie mit einem Lächeln.

Sie schien ihn nicht zu verstehen, und er fragte

sich im stillen, ob sie vielleicht gerade erst aus irgendeinem skandinavischen Land angekommen war.

Inzwischen fuhr Billy fort, mit dem Seil zu hantieren und nach Harper zu rufen, der sich anscheinend nach Ladenschluß nicht mehr sonderlich um seine Pflichten küpmmerte. »Es tut mir leid, Mr. Sheridan«, sagte er besorgt, denn ohne die zweite Person konnte er nichts tun. Entnervt betrachtete er die Decke der Kabine, in der eine kleine Tür eingelassen war. Da kam ihm eine Idee. »Mr. Sheridan, es wird nur eine Minute dauern. Ich klettere da durch in den vierten Stock und sehe zu, daß ich dieses Ding wieder in Bewegung kriege. Dann sind Sie im Handumdrehen oben.«

»Fein. Ich bleibe hier und halte die Stellung.« Eagan grinste den kleinen Mann an.

Billy lachte nervös, wußte nicht so recht, was er davon halten sollte, stieg aber schließlich auf die Bank. Obwohl er so klein und drahtig war, dauerte es etwas, bis er sich durch die schmale Luke gequetscht hatte. Eagans breite Schultern hätten jedenfalls niemals hindurchgepaßt. Und während Billy sich nach oben hangelte, hätte Eagan fast gelacht. Das kleine Abenteuer war doch mal eine Abwechslung.

Dann war Billy fort, und Eagan war allein. Allein, bis auf…

Er sah sich nach dem Mädchen um, das sich an die Wand drückte. Sie versuchte, tapfer auszusehen, aber Eagan bemerkte ihr Zittern. Seltsamerweise schien ihr Bauch jetzt doppelt so aufgebläht wie eben, als er sie herangewinkt hatte. Plötzlich wurden seine Handflächen unangenehm feucht.

Unter seinem Blick drückte sich das Mädchen noch enger an die Wand und legte wie zum Schutz eine Hand auf ihren Bauch. Ja, es war nicht zu übersehen, daß sie Angst vor ihm hatte. Tatsächlich aber war sie es, die ihm regelrechtes Entsetzen einjagte…

*

»Verdammt, verdammt, verdammt!« knurrte Eagan und schlug die Faust in seine Handfläche. Er sah durch die Luke an der Liftdecke und rief: »Billy! Verdammt noch mal! Kommen Sie endlich zurück!«

Über eine Stunde war vergangen, seit der Mann verschwunden war. Das Mädchen hatte sich schließlich hingesetzt, lehnte mit dem Kopf an dem geschliffenen Glas und zeichnete mit dem Finger das griechische Meandermuster nach.

»Herrgott noch mal, warum antwortet denn keiner!« brüllte Eagan in die endlose Schwärze über ihn hinein.

Immer noch keine Antwort. Eagan ließ sich wieder auf die Bank fallen und tappte nervös mit dem Fuß auf den Boden. Das Mädchen hatte Angst, aber sie war auch sehr müde, und ihre Erschöpfung betäubte ihre Furcht.

Seine leider nicht. Er hielt sich selbst für einen Mann mit Mut, aber jedesmal, wenn er das Mädchen und ihren Zustand betrachtete, spürte er, wie ihm das Blut aus dem Gesicht wich. Was, wenn sie etwas brauchte? Wasser, zum Beispiel. Wo sollte er das hernehmen? Billy war der einzige, der durch dieses verdammte Loch über ihnen paßte. Und wo, zum Teufel, war dieser verfluchte, kleine Bastard überhaupt?

Eagan fuhr sich mit der Hand durchs Haar und zwang sich, nicht daran zu denken, daß Billy vielleicht nicht zurückkommen würde. Oh, doch, er würde wiederkommen, oder Lord und Taylor hätten den dicksten Prozeß am Hals, den sie jemals hatten führen müssen. Eagan sah das Mädchen verstohlen an. Sie rieb sich den Bauch in seltsamer, gedankenverlorener Art, als wollte sie das Ungeborene beruhigen. Er wollte so gern etwas für sie tun, aber das Beste wäre, sie beide aus diesem Loch herauszuholen.

Er stand auf und brüllte erneut durch die Luke. Plötzlich drang aus der Ferne eine Stimme zu ihnen. »Mr. Sheridan? Mr. Sheridan?«

»Wir sind hier unten! Billy?«

»Nein«, kam die Stimme zurück. »Harper.«

»Und wo, zum Teufel, ist Billy?«

Eine lange Zeit kam gar nichts. Dann: »Mr. Sheridan, bitte haben Sie noch etwas Geduld. Wir tun, was wir können.«

»Wo ist Billy?« brüllte Eagan wütend.

»Er holt Mr. Otis«, erklang die Stimme, die sich mühsam beherrscht anhörte.

»Mr. Otis!« Eagan schlug sich an die Stirn. »Soll das heißen, wir stecken hoffnungslos fest?«

»Wir haben versucht, Sie da rauszuholen, aber das Ding ist so kompliziert. Mr. Otis kennt sich mit diesem neumodischen Käfig aus. Er hat ihn entworfen. Er weiß auch, wie man ihn wieder in Ordnung bringt.

Eagan sah sich nach dem Mädchen um. Seine Aufregung schien sie mehr zu ängstigen, als das, was Harper sagte. Er machte den heroischen Versuch, sich zu beruhigen und brüllte dann: »Fein! Wir warten also. Es kann ja schließlich nicht ewig dauern!«

»Genau, Mr. Sheridan«, besänftigte Harper ihn. »Es wird bestimmt nicht lange dauern. In der Zwischenzeit lassen wir Ihnen einen Korb mit kleinen Erfrischungen hinunter!«

»Warum kommen Sie nicht selbst und bringen es uns?« schnaubte Eagan. »Oder noch besser – schikken Sie doch Mr. Lord und Mr. Taylor runter. Ich würde gern mit ihnen reden.«

»Tut mir leid, aber Billy ist der einzige, der da durchpaßt.« Die Stimme gluckste. »Seine Frau bekocht ihn, wissen Sie.«

Eagan stöhnte. »Nun, wie wär's, wenn Sie ein paar Pfund auf der Jagd nach ihm verlieren! Ich will, daß das Mädchen und ich innerhalb einer Stunde hier raus sind!«

»Natürlich. Und die Verwaltung spricht ihr ausdrückliches Bedauern aus.«

Eagan rollte nur mit den Augen.

Fünfzehn Minuten verstrichen in absolutem Schweigen. Eagan sah das Mädchen an, und sie starrte auf den Teppich. Ihre Miene war voller Sorge und Angst.

»Wie heißt du?« fragte Eagan schließlich. Sie war die ganze Zeit so unheimlich still, und das war nicht natürlich. Er wußte zwar, daß man von Mädchen in ihrer Position erwartete, daß sie ihren Mund bei ›Höhergestellten‹ hielten, aber in dieser Situation war ihr Schweigen unerträglich.

Nun sah er sie mit fragenden Augen an.

»Dein Name?«

In einer weichen, melodischen, irgendwie vertrauten Sprache sagte sie etwas. Dann setzte sie hinzu: »Ich nicht spreche viel Englisch.« Ohne den Blick abzuwenden schloß sie mit dem Wort »Ochone«, und nun wußte er, woher sie kam. Seine Gälischkenntnisse waren beschränkt, aber das Wort kannte er. Es bedeutete »O Gott«.

»Du kommst aus Irland?« flüsterte er.

Mit ängstlichen Augen antwortete sie: »Aye.«

Er wünschte bei Gott, er hätte mehr Interesse für das Gälisch seines Bruders gezeigt. Wenn irgend etwas passieren würde, hätte er wenigstens in ihrer Heimatsprache mit ihr reden und sie beruhigen können. So konnte er ihr aber höchstens »Bridget O'Malley« vorsingen, wobei die Frage blieb, wem es am meisten half. »Meine Familie stammt ursprünglich aus Connacht. Und du?«

Ihre Augen leuchteten auf, und sie sagte wieder etwas auf Gälisch, aber er schüttelte den Kopf. Lächelnd erklärte er ihr: »Tut mir leid, aber ich lebe wohl schon zu lange hier. Ich verstehe hauptsächlich Englisch.«

Sie nickte. »Ich nicht kann gut sprechen.«

Das hatte er mittlerweile begriffen. Nach ihrem Akzent mußte sie aus den westlichen Gebieten Irlands stammen. Frustriert blickte er wieder zur Decke.

»Die Zeit?« fragte sie.

»Du meinst, wie lange wir schon hier sind?«

Sie nickte.

Er klappte seine goldene Taschenuhr auf und schnitt eine Grimasse. »Über zwei Stunden.« Plötzlich kam ihm ein Gedanke, und er fragte hastig: »Stimmt etwas nicht? Brauchst du etwas? Soll ich etwas für dich tun?«

Sie verstand nicht alles – er hatte zu schnell geredet.

»Wird jemand auf dich warten? Dein Mann?«

Das letzte Wort schien sie offenbar zu verstehen. Sie versteifte sich und legte verstohlen ihre rechte Hand über die linke, um zu verbergen, daß sie dort keinen Ehering trug.

Doch Eagan hatte es bemerkt. Er sah ihr in die Augen und registrierte erstaunt den Schmerz und die Trauer darin.

Beide fielen wieder in Schweigen zurück, und so tickten die Minuten in drückender Stille an ihnen vorüber.

Noch eine Stunde verging, ohne daß sie etwas von oben hörten. Eagan überlegte gerade, wie er die Luke aufreißen könnte, damit er hindurchpaßte, als eine vertraute Stimme von oben ertönte.

Eagan verzog das Gesicht. »Was gibt es denn jetzt, Harper?«

Harper zögerte, und Eagan schwor sich, den Mann persönlich zu erwürgen, wenn er endlich aus dem Fahrstuhl befreit war.

»Sir, wir holen Sie bald da raus. Es dauert nur noch ein kleines bißchen länger. Billy konnte Mr. Otis nicht finden. Er ist wahrscheinlich in New Jersey. Billy hat schon einen Boten losgeschickt. Er wird ihn holen, und so habe ich Ihnen etwas zu essen besorgt, das ich Ihnen jetzt –«

»New Jersey!« Eagan rieb sich durch das Gesicht. »Himmel, dann sind wir ja die ganze Nacht hier!«

»Wir holen Sie, so schnell wir können. Sobald Mr. Otis –!«

»Lassen Sie ihn fliegen, Harper! Hören Sie mich?

Verpassen Sie ihm Flügel und holen sie ihn. Ich habe jetzt nämlich genug! Verstanden?«

»Ja, Mr. Sheridan! Und noch mal... die Verwaltung läßt ausrichten, daß wir die Unannehmlichkeiten außerordentlich bedauern.«

Eagen stieß einen verzweifelten Seufzer aus. Er setzte sich wieder, doch dann bemerkte er, wie hungrig das Mädchen den Korb anstarrte, der hinuntergelassen worden war. Beschämt reichte er ihr den Korb und bedeutete ihr, daß sie nehmen sollte, was sie mochte. Er beobachtete, wie sie schüchtern ein Stück Brot nahm, um ihm den Kaviar, die pastellfarbenen Petit Fours und den Dom Perignon zu lassen. Es war nicht zu übersehen, daß der Korb ausschließlich für ihn hinuntergelassen worden war. Wahrscheinlich hätte man sie überhaupt nicht versorgt, wenn sie allein hier festgesteckt hätte, und der Gedanke machte ihn wütend.

Sie kaute an ihrem Brot, und man sah, wie peinlich es ihr war, daß ihr Zustand sie zur Erfüllung ihrer physischen Bedürfnisse zwang. Er konnte den Blick nicht von ihr, von ihrer Verletzbarkeit abwenden. Sie war so hübsch. Ihr Teint war typisch irisch – wie die eines Kindes, rosig, weich und makellos.

Das Mädchen mißverstand seinen permanenten Blick und reichte ihm nervös den Korb. Er stellte ihn beiseite und überlegte, ob er sich einen Drink gönnen sollte. Er hatte eine kleine Flasche dabei, aber aus irgendeinem Grund war es ihm nicht wirklich wichtig. Das Mädchen interessierte ihn weit mehr. Er konnte sich nicht damit anfreunden, daß irgendein Kerl das Kind in sein Bett gezerrt, ihr ein Baby gemacht und sie schließlich einfach allein gelassen hatte. Er war sicher kein Heiliger, er hatte seinen Anteil an Frauen gehabt, aber wenn eine von ihnen in Schwierigkeiten zu ihm gekommen wäre, hätte er alles unternommen, daß die Mutter des Kindes wohlversorgt gewesen wäre, und nicht bis zum neunten Monat endlose Marmortreppen schrubben mußte – wie seine eigene Mutter!

Natürlich war es möglich, daß der Vater dieses Kindes gestorben war, bevor er das Mädchen vor den Altar hatte führen können. Er hatte von solchen unglücklichen Zufällen gehört. Doch das war bei ihr nicht der Fall. Obwohl sie nicht viel miteinander gesprochen hatten, wußte er alles, was er wissen mußte. Der Ausdruck in ihren atemberaubenden Augen war vielsagend genug gewesen.

»Wie heißt du? Ich bin Eagan Sheridan«, versuchte er es noch einmal.

Nachdem sie den Namen als irisch erkannt hatte, schien sie ihm etwas mehr zu vertrauen. Sie antwortete mit etwas Mühe in englisch. »Mein Name Caitlin O'Roarke.«

»Kathleen. Ein schöner Name.«

Sie starrte ihn nur an.

»Irgend jemand macht sich doch bestimmt Sorgen um dich, Caitlin«, sagte er sanft. »Wo ist deine Familie?«

Sie sah weg. »Keiner machen Sorgen.«

»Bist du allein nach Amerika gekommen?«

»Hier ist besser für mein Baby.« Sie legte ihre Hand auf den Bauch, wich Eagans Blick jedoch immer noch aus.

Eagan lehnte sich auf der Bank zurück und dachte an seine Mutter. Trevor hatte sie leiden sehen. Trevor konnte sich noch viel besser an sie erinnern als er. Aber nun fiel ihm wieder einiges ein. Caitlin war der lebende Beweis, daß solche Dinge noch viel zu oft vorkamen.

»Der Vater deines Kindes... ist er Amerikaner?« Eagan wußte, daß seine Fragen dreist waren, aber er hatte das dringende Bedürfnis, diesen Kerl aufzusuchen und ihm heimzuzahlen, was er getan hatte.

Sie hielt den Blick gesenkt und sah aus, als würde sie die Beichte ablegen. »Er *Ascendency.*«

Also war das Mädchen von einem reichen, britischen Landbesitzer verführt worden. Eagan konnte plötzlich Trevors Haß auf die Engländer nachvollziehen.

»Hast du es ihm je gesagt?« fragte er, denn plötzlich wollte er diesem Mädchen unbedingt aus ihrer mißlichen Lage helfen.

Caitlin schloß die Augen. »Er hat andere geheiratet. Frau aus London.« Ihre Stimme wurde leiser, tränenerstickt. »Er gab mir zehn Pfund für mich nach Amerika. Und jetzt ich bin hier.«

Eagan schwieg und gab ihr die Möglichkeit, sich wieder zu fassen. Er hatte keine Ahnung, was er tun konnte, aber wenn sie jemals aus diesem verfluchten Lift herauskommen würden, dann wollte er ihr unbedingt helfen. Er konnte sie beim Personal in ihrem Haus unterbringen. Die Sheridans waren angenehme Arbeitgeber. Es würde ihr dort viel besser gehen als allein auf sich selbst gestellt in dieser Welt, wo sie bis zum Umfallen putzen mußte.

»Wo wohnst du?« fragte er diesmal ohne zu zögern.

»Baxter Street«, flüsterte sie.

Er wand sich innerlich. Im Herzen von New Yorks übelstem Elendsviertel. Er brauchte nicht weiter zu fragen. »Würdest du gern –« Er hatte fragen wollen, ob sie bei ihm arbeiten wollte, doch Caitlin sog plötzlich geräuschvoll den Atem ein, als hätte sie Schmerzen. »Caitlin?« flüsterte er besorgt und wagte nicht, seine Vorahnung auszusprechen.

Sie atmete wieder aus, entspannte sich und wandte sich dann ihm zu. »Ist nichts. Rücken tut ein wenig weh manchmal.«

In der verzweifelten Hoffnung, daß es so war, sah er wieder zur Luke hinauf. Dann rief er wieder nach Harper, um Neuigkeiten zu bekommen, aber Harper war nicht in Hörweite. Um wenigstens etwas für sie zu tun, reichte er ihr wieder den Korb. »Du mußt doch Hunger haben. Iß! Nun nimm schon!«

Sie nahm den Korb entgegen, doch plötzlich griff sie so fest zu, daß ihre Knöcheln weiß wurden. Eagan beobachtete sie, und sein Magen krampfte sich zusammen.

»Ochone«, flüsterte Caitlin und preßte die Hände auf ihren Bauch. Sie versuchte, ihre Position zu verändern, um den Schmerz zu lindern, und stand auf. Doch dabei platzte die Fruchtblase, und ihr Kleid wurde naß.

Eagan bemerkte den tropfenden Rock. Er, der nichts über den Vorgang der Geburt wußte, dachte, ihr wäre ein Malheur passiert, da sie schon so lange im Fahrstuhl ausharrte. Sie tat ihm leid, aber gleichzeitig konnte er seine Erleichterung darüber nicht verbergen, daß ihr Verhalten offenbar nichts mit ihrem gewaltigen Bauch zu tun hatte. Bis sie nach seinem Arm griff und ihn fast zerquetschte. Sie sagte etwas in Gälisch, dann: »Mr. Sheridan, Baby kommt, und ich nicht kann vieles tun.«

»Woher weißt du das?« fragte er dümmlich mit leichenblassem Gesicht.

»Das Wasser. Geplatzt. Geplatzt«, flüsterte sie gepreßt, denn die nächste Wehe kam.

Eagan starrte auf ihren nassen Rock. Ihr Baby würde also kommen. Alles, was er befürchtet hatte, trat ein. Seine Hand fuhr durchs Haar und er versuchte, sie zu beruhigen und seine eigene Panik niederzukämpfen. Mechanisch zog er sein Jackett aus und legte es ihr um die Schultern. Dann brüllte er nach Harper.

»Ja, Mr. Sheridan?« kam die Stimme von oben, und Eagan erkannte, daß Gott offensichtlich einen Sinn für Humor hatte.

»Holen Sie einen Arzt. Sofort! Ich will einen Arzt und Mr. Otis. Augenblicklich, und zwar alle beide!«

»Wir tun, was wir können. Billy ist noch nicht wieder aus New Jersey zurück.«

»Ich brauche einen Arzt! Und zwar gleich! Das Mädchen bekommt ihr Kind!«

Einen Augenblick herrschte Stille. Dann erklang Harpers entsetzte Stimme: »Ja, Sir. Sofort. Ich lasse sofort den Arzt holen.« Man hörte, wie Harper über etwas stolperte, als er hastig davoneilte.

Als die Schritte verklungen waren, wandte sich Eagan wieder zu Caitlin um. Sie war gerade in der nächsten Wehe, ihr Gesicht war schmerzverzerrt, und sie preßte die Hand auf ihren Bauch.

»Es wird alles gut«, flüsterte er, doch sie hörte nicht. Er sah auf seine zitternden Hände. Sein ganzes Leben hatte er sorglos und unbekümmert gelebt. Nur gelegentlich hatte er leichten Ärger darüber verspürt, daß er selten, wenn überhaupt, gebraucht wurde. Doch nun brauchte dieses Mädchen ihn, und ihr Baby brauchte ihn, und er konnte nicht fortlaufen, konnte nirgendwo Hilfe holen. Nun war es an ihm – und nur an ihm. Wenn er irgendwelche Heldenqualitäten hatte, dann konnte er sie nun beweisen.

Behutsam löste er seine goldenen Manschettenknöpfe mit dem Connacht-Schild und krempelte sich die Ärmel auf, nur für den Fall, daß der Arzt nicht rechtzeitig zur Stelle sein konnte. In diesem Moment stieß Caitlin ein gutturales Stöhnen aus, und eine Träne kullerte ihr die Wange hinab.

Eagan Sheridan war kein besonders gottesfürchtiger Mensch. Doch nun begann er zu beten.

Eine Stunde später war das Baby immer noch nicht da, und Eagan konnte hoffen, daß der Arzt noch rechtzeitig kommen würde. Caitlin lag auf seinem Rock, ihre Stirn glänzte vor Schweiß, und ihre Hand umklammerte sein Taschentuch. Eagan hatte seine Seidenweste ausgezogen, als er sah, wie rasch hintereinander die Wehen nun kamen. Sie würden etwas brauchen, in das sie das Baby einwickeln konnten, wenn es da war. Und instinktiv wußte er, daß es nicht mehr lange dauern würde.

»Caitlin«, flüsterte er und ergriff ihre Hand. »Du machst das gut. Du bist ein braves Mädchen, Caitlin. Der Vater deines Babys hatte dich wirklich nicht verdient.«

Caitlin schenkte ihm ein schwaches Lächeln, bevor der Schmerz wieder stärker wurde. Tiefe lange Atemzüge lang klammerte sie sich an Eagans Hand, bis es vorbei war.

Doch es kam wieder, und es wurde schlimmer. Die Wehen folgten nun fast direkt aufeinander, und sie reagierte nicht mehr auf seine Worte. Sie lag nur noch auf dem Boden, umklammerte seine Hand und wimmerte wie ein kleines Tier, während Eagan ihr mit seinem Unterarm den Schweiß von der Stirn wischte.

Als er erkannte, daß er es nicht länger vermeiden konnte, schob er vorsichtig die Röcke des Mädchens hoch. Er hatte die weibliche Anatomie schon öfter gesehen, aber dieses Mal fühlte er sich, als würde er geheiligten Boden betreten. Caitlin war eine junge Mutter, die ihr erstes Kind gebären sollte, und an ihrer Seite war nun kein Platz für einen Mann. Sie brauchte eine Frau, die selbst schon eine Geburt überstanden hatte, und keinen Schwerenöter, dessen einzige Funktion es bisher gewesen war, Frauen in solche Schwierigkeiten zu bringen. Im Gefühl grenzenloser Selbstverachtung hob er ihre Knie an.

Und keuchte auf. Der Kopf des Kindes war bereits zu sehen. Es hatte schwarze Haare, wahrscheinlich wie sein Vater. Eagan krabbelte wieder zu Caitlins Kopf. »Du mußt pressen, Liebling. Kannst du das?«

»*Tá mé an tu-uirseach. Tá mé an tu-uirseach*«, murmelte sie nur.

Er verstand zwar ihre Worte nicht, aber er wußte, sie war furchtbar erschöpft. Er mußte sie dazu bringen, bei der Sache zu bleiben. »Caitlin«, flüsterte er scharf. »Ich kann dein Baby sehen! Es hat schwarzes Haar, ganz anders als du. Aber ich weiß nicht, ob es ein Mädchen oder ein Junge ist. Du mußt unbedingt pressen!«

»*Ma croi,* schwarzes Haar«, murmelte sie.

»Ja, genau. Schwarz. Willst du es sehen?«

Sie nickte schwach.

»Dann presse, Liebes, bitte!« Er drückte ihre Hand so fest, daß er befürchtete, er würde sie zerquetschen. Aber sie tat, was er ihr gesagt hatte und brachte ihre letzte Kraft auf, um das Baby zur Welt zu bringen. Und gerade als Eagan glaubte, daß es unmöglich klappen würde, und daß nun alles vorbei war, zog sich ihr Bauch heftig zusammen. Er packte das Kleine an den Schultern. Plötzlich rutschte das Baby heraus und stieß ein Geschrei aus, daß Eagan vor Schreck fast auf seinem Hinterteil landete.

Erstaunt blickte er auf das Würmchen, das in seinen Händen zappelte. Das Kleine war glitschig wie ein Fisch, aber er hielt es fest, als trüge er die Welt in seinen Händen. Er zählte die Finger, die Zehen und konnte kaum glauben, daß dieses winzige, blutbefleckte Wesen die Macht besaß, ihm ein unglaublich starkes Gefühl von Lebendigkeit und Demut zu vermitteln.

»Was ist es? Was ist es?« keuchte Caitlin schwach und versuchte, sich aufzurichten.

Eagan sah sie an, sah ihre Haare, die klatschnaß an ihrem Kopf klebten, sah das besudelte, durchnäßte Kleid und ihr Gesicht, das vor Erschöpfung grau und alt aussah. Doch das Schimmern der Freude, das Glück in ihren Augen machte sie zur schönsten Frau, die Eagan jemals gesehen hatte.

»Es ist ein Mädchen, Caitlin, meine Süße. Es ist ein wunderschönes Mädchen«, flüsterte er in Ehrfurcht vor dieser kleinen energiegeladenen Kreatur und der Mutter, die es zur Welt gebracht hatte.

»Ein Mädchen?« Caitlin war zu entkräftet, um sich aufzustützen und das Kleine anzusehen.

Eagan strich ihr vorsichtig die Strähnen aus den Augen, damit sie besser sehen konnte. Dann legte er ihr das Baby in die Weste eingewickelt auf den Bauch. Die Nabelschnur sollte der Doktor durchtrennen, er wollte es lieber nicht tun. Caitlin war zu schwach, um die

Kleine festzuhalten, also setzte er sich hinter sie, zog sie an seine Brust und schlang die Arme um die ihren, die ihr Neugeborenes hielten. So saßen sie eine lange Zeit aneinandergekuschelt, und Eagan spürte, wie seine Arme zu schmerzen begannen. Aber dieses Gefühl, die Mutter und das Kleine gaben ihm eine solche Befriedigung, daß er seinen letzten Atemzug gegeben hätte, um all das länger festzuhalten.

»Sie ist so schön, richtig?« flüsterte Caitlin.

Er nickte sanft in ihrem blonden Haar. Das Baby beruhigte sich langsam, nun, da es in den schützenden Armen der Mutter lag.

Tränen strömten Caitlins Wangen hinunter. »Aye, sie ist so schön.«

Er tupfte ihr zärtlich die Tränen aus dem Gesicht. »Wie willst du sie nennen?«

»Soll Siobhan heißen.«

Shivhan. Ein wundervoller Name. Er mochte vor allem die Art, wie Caitlin ihn aussprach.

»Oh, aber ist so winzig«, stöhnte sie, und die Tränen strömten weiter. »Sie soll soviel haben...«

Eagan wollte sie trösten, doch im gleichen Moment hörten sie Geräusche.

Dann drang Harpers Stimme von oben herab. »Ist alles in Ordnung, Mr. Sheridan?«

Eagan lächelte bitter. »Aber sicher, Harper, sicher. Wo zum Teufel waren Sie? Und wann werden wir hier endlich befreit? Wenn das Baby die Schule beendet hat?«

»Ich habe einen Arzt hier, Mr. Sheridan. Und Mr. Otis ist bereits im Schacht. Wir haben Sie gleich da unten raus. Nur noch eine Minute. Versprochen!«

»Versprechungen, Versprechungen!« gab Eagan zurück und drückte Caitlin. Sie lächelte.

Ihre Blicke fielen auf das Baby, das an der Mutterbrust eingeschlafen war. Caitlin streichelte gerade das zarte, seidige Haar auf dem rosigen Kopf, als plötzlich das Licht verlöschte. Beide lachten auf, als wollten sie damit sagen, daß es nun nur noch besser werden konnten. Sie lachten vor Erleichterung, daß sie nun gerettet wurden und daß die kleine Shivhan bei ihnen und gesund und munter war.

So warteten sie in der Dunkelheit, Caitlin hielt ihr Baby, und Eagan hielt Caitlin, und zum ersten Mal in seinem Leben entdeckte er, was ihm in all den Jahren gefehlt hatte.

24

Es dämmerte fast, als Whittaker Margaret mitteilte, daß man sie in der Bibliothek erwartete. Die arme Margaret wurde leichenblaß. Verängstigt verließ sie den Gemeinschaftsraum des Personals in dem sicheren Glauben, daß der launische Herr nun endlich ihr Schicksal beschlossen hatte.

Sie klopfte schüchtern an die Tür zur Bibliothek, und machte fast einen Satz, als Sheridan von innen »Herein« donnerte. Mit feuchten, zitternden Händen drehte sie den silbernen Türknauf und schlich hinein. Der Raum war finster, die grünen Samtvorhänge waren zugezogen worden, und trotz des flackernden, warmen Feuers im Kamin waren die Schatten in der beeindruckenden Bibliothek einschüchternd.

»Ich möchte mit dir sprechen, Margaret.«

Die kleine Zofe wandte ihren sorgenvollen Blick

respektvoll zu ihrem Herrn. Sheridan saß beim Feuer und wirkte zerzaust und unordentlich, als hätte er mehrere Nächte nicht mehr geschlafen. An seiner Seite standen ein leeres Glas und eine ebenso leere Karaffe. Er mußte einiges getrunken haben, aber in diesem Augenblick kam er ihr stocknüchtern vor.

»Was... was hab' ich getan, Sir?« fragte sie flüsternd.

»Setz dich.« Er nickte in Richtung des grünsamtenen Sessels.

Überrascht durch diese Geste, aber besorgt über seinen Tonfall, setzte sie sich wie betäubt in den Sessel.

»Margaret, du und Kevin seid die einzigen Diener, die Mrs. Sheridan vom Washington Square mit zu mir gebracht hat, ist das richtig?«

»Ja, Sir«, gab sie mit bebender Stimme zurück.

»Warum?«

Sie biß sich auf die Lippe, aber sie fand keine Antwort. Plötzlich entfuhr es ihr: »Müssen Kevin und ich jetzt aufs Schiff?«

Er wirkte verblüfft. Doch weit davon entfernt, sie zu beruhigen – schließlich war er ein Mann der Vernunft und der Tatsachen –, sagte er nur kurz: »Nein«, und hielt sie mit seinem durchdringenden Blick in dem Sessel fest.

»Warum also hat sie nur Kevin und dich bei sich haben wollen?« fragte er noch einmal.

Die Zofe schluckte, und als sie schließlich antwortete, schlug ihr irischer Akzent mehr durch als üblich. »Also, Sir, ich nehm' an, weil sie den ander'n Dienern nicht so traute, Sir. Miss Alana ist immer für sich allein geblieben.«

»Warum?«

»Na ja, ich nehm' an, wegen dem Feuer, das ihre Familie umgebracht hat. Sie ist nie wirklich darüber weggekommen, Sir. Es ist sogar so, daß, na ja...«

»Sprich weiter.«

»Also, Miss Alana ist ganz besessen vom Gedanken an Miss Christabel, Sir. Sie hat wohl den Tod der Eltern überwunden, aber mit ihrer Schwester, also wirklich, sie denkt dauernd an die Kleine, und ich glaub' nicht, daß das gesund ist. Sie guckt sich dauernd das Bild an, und manchmal hab' ich gehört, wie sie damit gesprochen hat.«

»Ich habe dieses Bild nie gesehen«, murmelte er mit verstörtem Gesichtsausdruck.

»Oh, Sir, sie hat's immer bei sich, aber sie macht ein großes Geheimnis drum. Sie mag nicht, wenn jemand von Miss Christabel weiß.«

»Seltsam. Ich habe Mrs. Sheridan immer für bewundernswert ausgeglichen gehalten.«

Margaret wurde blaß. »Ich... ich wollte keinen Klatsch verbreiten, Mr. Sheridan. Aber... aber Sie haben gefragt. Sie ist wirklich ausgeglichen und...«

Sheridan brachte sie mit einer ungeduldigen Geste zum Schweigen. Dann rieb er sein unrasiertes Kinn und dachte nach. »Sie vertraut dir, Margaret. Du kennst einige ihrer Geheimnisse. Ich habe noch eine einzige Frage an dich, und ich will, daß du mir die Wahrheit sagst. Die ganze, absolute Wahrheit. Schwörst du es auf deinen katholischen Glauben?«

»Ja«, flüsterte sie entsetzt.

»Was hat deine Herrin in der Nacht von Maras Debütball getan?«

»Der Sheridan-Ball? An diesem Abend?« Margaret sah sich nervös in dem Zimmer um und versuchte sich zu erinnern. »Ich weiß nicht. Nichts Außergewöhnliches, Sir...«

»Sie verbrachte den Abend also wie immer zu Hause?« hakte Sheridan schnell mit harter Miene nach.

Sie sah ihn nun an. »Oh, nein, Sir. Sie wollte nicht zu Hause bleiben. Sie hatte sich doch schon für den Ball angekleidet.« Sie schüttelte den Kopf. »Ich weiß noch, wie es regnete. Und ich mußte mit ihrem Cape heraufrennen.«

»Willst du damit sagen, daß meine Frau die Absicht hatte, zu Maras Ball zu kommen?« Sheridans Stimme war ruhig und ausdruckslos.

»Ja, Sir. Sie kleidete sich an, wie sie es immer tat, wenn sie ausging. Ich brauchte ihr nicht zu helfen...« Margaret hielt einen Moment inne. »Dann allerdings fand ihr Onkel raus, was sie vorhatte, und verhinderte es. Er hat sie einfach in ihr Zimmer eingeschlossen, und ich konnte sie stundenlang weinen hören. Ach, es hat mir das Herz gebrochen, ehrlich. Und am nächsten Tag hatte sie dieses häßliche Mal auf der Wange. Wir hatten richtig Mühe, es überzuschminken.«

Sheridan lehnte sich mit grimmiger Miene in seinem Stuhl zurück. In seinen Augen war ein seltsames Funkeln. »Schwörst du das, Margaret? Schwörst du, daß du mir die ganze Wahrheit gesagt hast?«

»Auf daß ich morgen sterbe und niemals Kinder haben werde«, sagte Margaret ernsthaft.

Sheridan fuhr sich mit der Hand durchs Haar. Sie fand, daß er nun noch schlechter aussah als eben noch. Die Falten in seinem Gesicht schienen tiefer, er sah fast unglücklich aus.

»Du kannst gehen, Margaret. Und du schwörst

mir, daß du nichts von unserer Unterhaltung an deine Herrin weitergibst.«

»Ja, Sir.« Margaret erhob sich und knickste. Sie verließ die Bibliothek mit tiefem Mitgefühl für seine traurige Gestalt. Für Margaret sah es so aus, als hätte der Herr des Hauses alles verloren, was er sich je in seinem Leben erhofft hatte.

Wie geplant nahmen Mara und Alana am Donnerstag den leichten Korb-Zweispänner und fuhren in den Central Park. Die Tulpen blühten bereits, und sie passierten üppige Beete voller roter, gelber und rosafarbener Blumen. Purpurne Glyzinen rankten sich um die kleinen Pavillons, die aus gewundenen Zweigen gemacht worden waren. In der Ferne saß ein Mädchen lesend am See und strahlte die Ruhe eines Bildes von Rembrandt aus.

Sie hatten den Duke noch nicht gesehen, aber Alana war sicher, daß sie ihn treffen würden. Sie war Jahre in dieser Gesellschaft ausgebildet worden – sie erkannte, wenn ein Stelldichein ohne Worte verabredet wurde.

Mara war recht still, denn sie war zu sehr damit beschäftigt, nach dem jungen Adeligen zu schauen, um sich unterhalten zu können. Alana war dies nur recht – ihre Gedanken kreisten ohnehin um ihren Mann.

Sie hatte Trevor nun schon zwei Tage nicht mehr gesehen. Gestern war sie den ganzen Tag in ihrem Zimmer geblieben und hatte sich geweigert, auch nur einmal hervorzulugen. Sie mußte erst ihren ganzen Mut zusammenfassen, um ihm wieder gegenüberzutreten. Aber als sie an diesem Morgen hinunterkam, war Trevor bereits fort, um Geschäfte zu erledigen.

So hatte das Personal es ihr jedenfalls gesagt. Vielleicht wollte er in Wirklichkeit auch zu Daisy. Der Gedanke krampfte ihr das Herz zusammen. Aber sie baute den Schutzwall wieder um sich herum auf, fuhr in dem offenen Zweispänner durch den Park und strahlte eine Gelassenheit und eine Kühle aus, die dem See an diesem windstillen Tag ähnelte. Doch innerlich tat ihr die Seele weh.

Sie hatte sich ihm hingegeben, weil sie ihre Ehe retten wollte. Und dennoch formten die Lügen wie massive Steinquader eine Festung um sie beide. Tragisch genug, daß nur eine einzige Lüge zu einer Wahrheit geworden war und nun aus dieser Festung hervorkam: Ausgerechnet ihre Liebe zu Trevor.

Trevor hatte sie ohne Liebesgeflüster genommen, ja, sogar ohne die Verführung durch Falschheiten und geheuchelte Absichten. Als sie fertig gewesen waren, hatte sich nichts geändert, und er zerbrach sich nur den Kopf darüber, wie er aus der Katastrophe herauskommen konnte, die ihre Liebesnacht zur Folge haben konnte. Und er hatte die perfekte Lösung zu den bisherigen Verfehlungen getroffen: Eine weitere Lüge, diesmal zugunsten der Annullierung.

Allein der Gedanke daran ließ ihr Blut eisig durch die Adern fließen. Aber sie wußte, wenn er darauf bestand, würde sie einwilligen müssen. Im Zorn hatte sie von Scheidung gesprochen, aber es war klar, daß sie damit nicht leben konnte. Trevor hatte recht. Scheidung war zu scheußlich. Es würde allen nur schaden, selbst Christabel. Und was brachte es auch? Alana würde ihn dennoch verlieren. Sie konnte Trevor nicht zwingen, Gefühle für sie zu entwickeln. Zu einer Ehe gehörten zwei, entweder beide oder keiner.

Sie wandte sich zu Mara, die sich besorgt umschaute, in der Hoffnung, endlich den Duke zu entdecken. Und als sie sie so ansah, wurde Alanas Herz noch schwerer. Sie hatte Mara in ihr Herz geschlossen, und es war ihr unerträglich, wie entbehrlich sie für das Leben des Mädchens war. Trevor hatte sie nur als Wegbereiterin für Mara benutzt, und es kümmerte ihn nicht, was Alana fühlte. Wenn ihre Aufgabe erledigt war, würde er zweifellos erwarten, daß sie ihren Ehenamen wie einen Mantel ablegte, ihre Sachen packte und auf Nimmerwiedersehen verschwand.

Aber sie wollte Mara wiedersehen. Und Eagan. Seit Jahren hatte sie zum ersten Mal wieder so etwas wie eine Familie bekommen. Sie waren ihr viel zu wichtig geworden. Mochte Trevor sie auch als eine Plage empfinden, die er ertragen mußte, um zu bekommen, was er wollte, so dachten Eagan und Mara ganz anders. Dessen war Alana sich sicher.

»Er kommt nicht«, verkündete Mara plötzlich wie ein Todesurteil.

»Es ist noch früh«, tröstete Alana das Mädchen und tätschelte ihr die Hand.

»Nein, fahren wir heim. Ich will nicht warten. Nicht noch einmal…« Mara drehte sich weg, um den Schmerz in ihren Augen zu verbergen.

Alana spürte, wie sich ein Kloß in ihrer Kehle bildete. Selbst den Tränen nahe, wies sie den Fahrer an zu wenden.

Sie waren noch nicht weit gekommen, als donnerndes Hufgetrappel hinter ihnen erklang. Beide drehten sich um und entdeckten den Duke, der mit seinem Gefolge herangaloppiert kam. Ein strahlendes Lächeln lag auf seinem Gesicht, als sie den Zweispänner eingeholt hatten. »Einen schönen Tag, Mrs. Sheridan!« Er zügelte sein glänzend schwarzes Vollblut und zog den Zylinder bei Maras Anblick. »Und Ihnen auch, Miss Sheridan!«

Wie es sich schickte, sprach Alana zuerst. Sie tauschte mit dem Duke Höflichkeiten aus, wie Schauspieler in einem gut inszenierten Stück. »Nun, Eure Hoheit, was für ein Zufall, daß wir ausgerechnet Sie hier in dem Park treffen.«

»Ja, das dachte ich auch schon.« Er zwinkerte ihnen fast zu.

»Würden Sie uns gern ein Stück begleiten, bevor wir wieder nach Hause fahren?«

»Wenn es nicht zu anmaßend erscheint...«

»Aber nicht doch.« Alana lächelte. »Würde es Ihnen etwas ausmachen, an Maras Seite zu reiten? Ich habe eine Verspannung im Nacken, und es würde mich erleichtern, Sie zu meiner Rechten zu sehen.«

Seine Hoheit nickte und lächelte anerkennend. Er lenkte sein Pferd an die rechte Seite der Kutsche und sah Mara fast hungrig an, als hätte er Angst, sie würde ihm entwischen.

Mara warf ihm scheue Blicke zu. Wie immer sah sie wie eine unschuldige Zauberin aus, wozu ihr tiefblaues Samtkleid nur noch beitrug.

Und der Duke besaß kein Gegengift.

Alana steuerte ihre Unterhaltung in belanglose Gefilde, doch schnell hatte Granville Mara bereits in ein Zwiegespräch verwickelt, und Alana begnügte sich nur zu gern mit der Rolle der Anstandsdame. Im Laufe der kurzen Strecke bis zurück in das Chaos der Stadt lud der Duke sie beide zu einem Abendempfang ein, den Mrs. Astor ihm zu Ehren geben wollte, und Alana hätte vor Freude über den Triumph fast in die Hände geklatscht.

Als sie schließlich wieder zu Hause ankamen, war Mara im siebten Himmel und der Duke betört. Und Alana war niedergeschlagen wie noch nie zuvor in ihrem Leben. Wenn sie auch Maras Freude an ihrer Eroberung teilte, konnte sie doch nicht vergessen, was sie dafür bezahlen mußte. Jede Chance auf ihr eigenes Glück würde mit einer Annullierung zunichte gemacht werden. Sie mußte die Abmachung akzeptieren, aber es tat ihr furchtbar weh, daran zu denken, daß der Tag von Maras Hochzeit der Tag sein würde, an dem sie verurteilt wurde, für immer einsam in Träumen zu schwelgen. Für immer verfolgt von den Gedanken an Trevor Sheridan.

Bríd óg ní máille

Òh, Bridget O'Malley, you left my heart shaken
With a hopeless desolation, I have you to know.
It's the wonders of admiration your quiet face has
taken, and your beauty will haunt me wherever I go.

The white moon above the pale sun,
The pale stars above the thorn tree,
Are cold beside my darling, but no purer than she.
I gaze upon the cold moon
'Til the stars drown in the warm sea,
And the brigth eyes of my darling are never on me.

(Oh, Bridget O'Malley, du läßt mein Herz vor hoffnungsloser Verzweiflung erbeben, ich muß dich kennenlernen. Ich bewundere dein regloses Gesicht, und deine Schönheit wird mich ewig verfolgen.

Der weiße Mond über den blassen Sternen, die blassen Sterne über dem Dornbaum, sind neben meiner Geliebten nur kalt, doch niemals reiner als sie.
Ich blicke zu dem kalten Mond, bis die Sterne im warmen Meer ertrinken, und die strahlenden Augen meiner Geliebten sehen mich nicht.)

25

»Wer ist gestorben, daß du hier Totenwache hältst? Hast du nicht bemerkt, daß es ein wunderschöner Tag ist?« Am gleichen Nachmittag trat Eagan in die Bibliothek und schob die schweren grünen Vorhänge zurück. Die Sonne drang herein und warf ihr weiches Licht auf das grimmige Gesicht seines Bruders, der am Kamin saß.

»Was willst du?« knurrte Trevor und blinzelte in der plötzlichen Helligkeit.

Eagan strahlte ihn an. »Ich wollte Gälisch von dir lernen. Ich bin letzte Nacht zu dem Schluß gekommen, daß es manchmal recht nützlich sein kann.«

»Wovon redest du?«

»Du ahnst nie, was mir gestern abend bei Lord und Taylor passiert ist...« In wenigen Minuten hatte Eagan seine Geschichte erzählt. Als er endete, grinste er breit.

»Und wo sind das Mädchen und das Baby jetzt?« fragte Trevor, gedrängt durch Eagans glückliche Miene.

»Sie sind unten bei den anderen Dienern. Ich habe ihr versprochen, daß sie eine Stelle bei uns bekommt, wenn sie wieder auf den Beinen ist. Ich wußte, du würdest nichts dagegen haben.«

»Nein, ich habe nichts dagegen.« Trevor betrachtete mit gerunzelter Stirn sein leeres Glas und bediente sich erneut. »Ich finde es eine echte Ironie des Schicksals, daß ausgerechnet du eine Frau in Schwierigkeiten unter deine Fittiche nimmst. Sonst bist du doch derjenige, der sie in Schwierigkeiten *bringt.*« Er hielt ihm ein sauberes Glas hin. »Willst du etwas?«

Eagan lehnte ab. »Du mußt das Baby sehen, Trevor. Die Kleine ist etwas Besonderes. Sie ist wunderschön.«

»Da bin ich ganz sicher.«

»Komm doch und sag Caitlin guten Tag. Du kannst in Gälisch mit ihr plaudern, das wird sie beruhigen. Ich weiß nämlich, daß sie verängstigt ist, aber bei Gott, sie ist ein verdammt tapferes Mädchen.«

»Ich gehe hinunter, wenn ich mein Glas getrunken habe.«

Eagan betrachtete seinen Bruder eingehend. Trevor hatte sich seit mindestens zwei Tagen nicht mehr rasiert, und seine zerknautschte Hemdbrust machte längst keinen gestärkten Eindruck mehr. Seit den Tagen in der Mott Street hatte er seinen Bruder nicht mehr so vernachlässigt gesehen. »Du siehst grausam aus«, stellte er fest.

»Ach ja?« fauchte Trevor und kippte seinen Whiskey mit einem Schluck herunter.

»Es hat etwas damit zu zun, was ich vorgestern nacht getan habe, nicht wahr? Trevor, ich schwöre dir, Alana und ich –«

»Ist schon gut«, knurrte Trevor. »Laß mich einfach allein, Eagan. Ich hab' keine Lust, darüber zu reden.«

»Was ist passiert?«

Trevor schwieg.

»Nun sag schon.«

Trevor nahm den nächsten tiefen Zug Whiskey und sah noch finsterer aus.

»Ich weiß doch, daß es mit Alana zu tun hat...«

Langsam sagte Trevor: »Du hättest vorgestern nacht nicht in ihrem Zimmer sein dürfen. Du hast dich in unsere Ehe eingemischt, und die Folgen können gravierend sein.«

»Ich denke eher, ich habe eure Ehe gerettet.«

Trevor warf Eagan einen niederschmetternden Blick zu. Wenn die beiden nicht Brüder gewesen wären, hätte es leicht zu Gewalt kommen können, aber Eagan wich nicht zurück.

»Es stimmt doch, oder? Du hast die Ehe also endlich vollzogen. Und es war höchste Zeit.«

Trevors Worte kamen bedrohlich ruhig. »Ich habe die Ehe vollzogen, weil ich mich durch dein Verhalten habe treiben lassen. Und nun müssen wir beide lügen, um sie annullieren zu lassen.«

Eagan schwieg entsetzt.

Ein Muskel zuckte in Trevors mühsam beherrschtem Gesicht. »Ich hatte die Ehe nicht auf Dauer geplant. Ich wollte mich niemals... wirklich darauf einlassen. Das letzte, was ich gebrauchen kann, ist eine Dame der Gesellschaft als meine Frau.«

»Aber du hast dich darauf eingelassen, warum willst du also nun alles wegwerfen?«

Er stieß einen langen, bitteren Seufzer aus. »Was würdest du tun, Eagan, wenn du feststellen mußt, daß du in deiner Rache an mehreren Personen ausgerechnet der einen weh getan hast, die vollkommen unschuldig ist? Was würdest du tun?«

»Ich würde mich entschuldigen... Ich würde versuchen, es wiedergutzumachen... Und –« Er betrachtete Trevors gequälte Miene und sein erneut gefülltes Glas. »...und ich hätte ein mächtig schlechtes Gewissen.«

Trevor schloß die Augen. »Ich habe herausgefunden, daß Alana wirklich zu Maras Ball kommen wollte.«

»Ich wußte es!« Eagan schüttelte den Kopf. »Was hat sie schließlich davon abgehalten?«

»Es war genauso, wie sie es mir gesagt hat. Ihr Onkel verbot es ihr und schloß sie in ihrem Schlafzimmer ein.« Er nahm wieder einen großen Schluck. »Die ganze Zeit habe ich meine Frau betrachtet, als wäre sie die Verkörperung allen Übels – Vorurteile, Ungerechtigkeit, Unterdrückung anderer, und dafür habe ich sie leiden lassen. Und nun sieht es so aus, als wäre sie die einzige gewesen, die der Gesellschaft trotzte, die ein Zeichen setzen und zu Maras Debüt erscheinen wollte.«

»Wo du doch jetzt weißt, was für eine wundervolle Frau sie ist, warum bestehst du denn dann auf eine Annullierung? Glaubst du, alles ist in Ordnung, wenn du ihre Hand tätschelst und ›Oh, Verzeihung, mein Fehler‹ sagst?«

Trevors Stimme verzerrte sich vor Wut. »Was soll ich denn sonst tun? Sie wieder betrügen und an mich binden, sie zwingen mit dem Mann zu leben, den sie haßt?«

»Sie haßt dich nicht.«

»Sie hat es gesagt«, kam seine bittere Antwort. »Sie hat gesagt, sie wünschte sich einen besseren Mann als mich.«

»Aber jede andere Möglichkeit, dein schlechtes Gewissen zu beruhigen, würde im Gegenzug *dein* Herz brechen, habe ich recht?«

Trevors Blick hätte Eagan töten können.

Eagan seufzte und schüttelte den Kopf. »Da hast du nun geplant, intrigiert und manipuliert, und dich schließlich selbst Schachmatt gesetzt!«

»Ich werde schon eine Lösung finden, mach dir keine Sorgen«, gab Trevor zurück.

Eagan grinste freudlos. »Was für eine seltsame Gerechtigkeit. Du hast dich in die eine Frau verliebt, die du niemals haben kannst.«

Trevor stand auf und goß sich wieder einen Whiskey ein. Einen doppelten.

Zwei Stunden später trank Trevor immer noch, und seine Stimmung war nicht besser geworden. Er hatte Whittaker Anweisungen gegeben, die *Colleen* aus Newport zu holen, weil er einen Moment dachte, ein langer Segeltörn würde ihm guttun. Doch dann wurde es noch schlimmer, und er schloß sich wieder ein, diesmal im Salon. Dort widmete er sich wieder dem Whiskey, klimperte ein paar Töne von »Bridget O'Malley« auf dem Klavier, als könnte eines von beiden seine tiefe Melancholie vertreiben.

Um exakt vier Uhr klopfte Whittaker an die Tür und trat mit einem goldenen Tablett ein. Trevor knurrte »Laß mich allein«, doch der Butler ignorierte es. Er ging auf Trevor zu und hielt ihm das Tablett unter die Nase.

Trevor brauchte nur einen kurzen Blick auf die Visitenkarte zu werfen, um zu wissen, wer sie geschickt hatte. »Ist er hier?« fragte er Whittaker, während der Zorn seine Trauer überlagerte.

»Ja, Sir. Ich dachte, Sie wollten vielleicht dieses Mal mit ihm sprechen. Er hat Mrs. Sheridan eine Botschaft geschickt.« Mit weißbehandschuhter Hand drehte Whittaker Ansons Kärtchen um. Er hatte »Ich muß dich sehen« hinten drauf geschrieben.

Trevor stand auf, ohne daß ihm der viele Alkohol anzumerken war. »Schick ihn zu mir.«

»*Sehr wohl,* Sir.«

Kurz darauf führte Whittaker Anson Stevens in den Salon und schloß die Türen von außen. Allein mit dem früheren Verehrer seiner Frau, starrte Trevor ihn an, wie ein Kriegsherr seinen verhaßten Gegner.

»Ist Alana nicht zu Hause? Verzeihen Sie meine Direktheit, Sheridan, aber ich wollte mit ihr sprechen, nicht mit Ihnen.« Anson preßte in Überraschung und Mißfallen, Trevor anzutreffen, die Lippen zusammen.

Trevor nahm einen besänftigenden Schluck aus seinem Glas, doch seine Wut wurde nur noch angefacht. »Was gibt Ihnen das Recht, meine Frau zu besuchen, als wäre sie irgendeine ledige Debütantin, frisch aus Mamas Armen entsprungen, Stevens?«

Anson grinste unverschämt. »Willkommen in der Gesellschaft, Sheridan. Vermutlich ist New York nicht wie Irland, wo ein kleines Flittchen ihren Irenbauern heiratet, zwölf Kinder in die Welt setzt, und man nie wieder was von ihr hört.«

»Sie werden meine Frau niemals bekommen, Stevens.«

»Oh?« Anson hob seine hübschen dunkelgoldenen Augenbrauen. »Caroline Astor denkt da aber ganz anders. Tatsächlich habe ich Gerüchte gehört, daß eine Annullierung bevorsteht.«

Sheridans Worte kamen sehr ruhig. »Was läßt Sie denn vermuten, daß eine Annullierung möglich ist?«

Haß glitzerte wie zerbrochenes Glas in Ansons eisblauen Augen. »Ihre Hochzeit mit Alana war nichts als eine Farce. Das weiß jeder. Alana hat es ja praktisch zugegeben.«

Trevor schenkte ihm ein böses Lächeln. »Vor Gott und vor dem Gesetz bin ich ihr Ehemann. Was in unserem Ehebett geschieht oder nicht geschieht geht nur uns etwas an, niemanden sonst. Sagen Sie das der Hexe aus der 34. Straße.«

In seinem Zorn klammerte sich Anson an den letzten Strohhalm. »Wenn die Ehe nicht annulliert werden kann, dann gibt es noch Scheidung. Ich hole Alana aus diesem Dilemma heraus, koste es, was es wolle!«

»Und was haben Sie mit ihr zu schaffen?« fauchte Trevor. »Schließlich gibt es jede Menge anderer junger Frauen unter den Vierhundert, bei denen Sie Ihre fein dressierten Instinkte austoben können.«

Ansons Tonfall war pures Gift. »Caroline Astor und ich betrachten uns als Missionare. Alana ist ein Mädchen von edelster Abstammung, eine Rarität, die nicht an jemanden wie Sie verschwendet werden darf. Es ist unsere Pflicht, sie vor Ihrem schmutzigen irischen Geld und Ihren schmutzigen irischen Händen zu retten.«

Trevor knallte sein Glas auf den Steinway. »Verschwinden Sie und sagen Sie Ihrer Beschützerin, daß sie Alana Sheridan aufgeben soll. Ich habe meine ›schmutzigen irischen Hände‹ auf sie gelegt, und ich werde sie dort lassen!«

»Sie liebt Sie nicht. Sie will nur etwas von Ihnen, und wenn sie es hat, wird sie Sie verlassen, dafür könnte ich schwören. Schließlich ist sie ein achtbares Mädchen!«

Trevor erwischte die letzte Bemerkung wie ein

Faustschlag. Doch er erholte sich rasch. »Soll das heißen, ein ›achtbares Mädchen‹ würde niemals mit mir verheiratet bleiben wollen?« Er hielt lange genug inne, daß Anson sich unwohl fühlen konnte. »Ich will Ihnen etwas sagen, Freund. Alana mag Klagen über mich äußern. Doch ein Ort, an dem sie sich gewiß nicht beklagt, ist mein Schlafzimmer!«

Mit Ansons Beherrschung war es aus. Er schoß auf Trevor zu und holte aus. Geschult durch die Jahre auf der Straße, duckte Trevor sich, wirbelte dann herum und schickte Anson mit der Faust in die Louis XV.-Kommode.

Blut tropfte aus Ansons Nase, als er sich benebelt umsah. Trevor nahm das zum Anlaß, die Lakaien zu rufen. Die grünschwarz Uniformierten erschienen und schleppten Anson diskret in seine Kutsche zurück, während Trevor genaue Anweisungen in Gälisch gab, wo Stevens hinzufahren war.

Alana war in ihre Suite gegangen, um sich zum Abendessen umzuziehen. Sie hatte ihren Mann immer noch nicht getroffen, und je mehr Zeit verstrich, desto mehr fürchtete sie sich vor dem ersten Blick in seine Augen. Sie war allein in ihrem Zimmer, Margaret war noch nicht nach oben gekommen, und Alana genoß die Einsamkeit und die Stille, die ihr erlaubten, sich auf den wahrscheinlich anstrengenden und zermürbenden Abend vorzubereiten.

Sie warf die Handschuhe aufs Bett und entdeckte plötzlich aus dem Augenwinkel das Kärtchen, das achtlos auf die Überdecke geworfen war. Mit bebender Hand hob sie sie auf und drehte sie um. Alana wurde leichenblaß. Ansons Worte »Ich muß dich sehen« waren durchgestrichen. Statt dessen stand dort in energischer, klarer Schrift: »Soll ich dir *Bridget O'Malley* übersetzen?« Die Karte flatterte zurück auf die Decke.

Trevor hatte erneut gezeigt, wie eifersüchtig er war, und Alana hätte über diese Ironie weinen mögen. Einst hatte sie geglaubt, daß man lieben mußte, um Eifersucht zu verspüren, aber sie hatte vergessen, daß man ebensogut auf seinen Besitz eifersüchtig sein konnte. Liebe mußte nicht dabei sein, die vorletzte Nacht hatte es ihr überdeutlich gemacht. Trevor liebte sie zwar nicht, aber solange sie in seinem Besitz war, tötete er lieber, als sie jemand anderem zu überlassen.

Sie berührte den Goldrand der Karte. Ihr Mann tat nichts einfach nur so. Sie begann ihn zu begreifen. Er wollte ihr mit der Nachricht etwas sagen, und zweifellos sollte es etwas Verletzendes sein.

»Mrs. Sheridan?«

Alana drehte sich um und entdeckte Margaret, die mit einem breiten Lächeln ein eingewickeltes Etwas auf ihren Armen hielt. »Oh, Mrs. Sheridan, ich mußte es Ihnen einfach zeigen. Caitlin hat mir erlaubt, das Baby raufzubringen. Hat man je so etwas Süßes geseh'n?«

Alana kam näher und betrachtete das Bündel, in dem das Neugeborene gekuschelt war. Sein Gesicht schien so perfekt, der kleine Kopf war mit zartem schwarzem Flaum bedeckt. »Oje«, flüsterte Alana und berührte das winzige Kinn. Das Baby verzog das Gesicht zu einer Grimasse, und die Frauen lachten.

Margaret hielt es ihr hin. »Wollen Sie sie mal nehmen, Mrs. Sheridan? Wir durften uns ja bisher noch nie um ein Kleines kümmern, Sie und ich, nich' wahr? Ich frag' mich, ob Kevin und ich jemals… na ja, genug davon! Hier, nehmen Sie das Kind. Ich wußte, das würd' Ihnen gefallen!«

Alana errötete vor Aufregung. Sie konnte sich nicht mehr daran erinnern, wann sie zum letzten Mal ein Baby auf dem Arm gehabt hatte. Und als sie das warme, weiche, zerbrechliche Kleine spürte, klopfte ihr Herz heftig vor Liebe und dem Wunsch, es ewig zu beschützen. »Wann ist sie denn geboren worden? Ich wußte gar nicht, daß eine Frau aus dem Personal schwanger ist«, sagte sie.

»Mr. Eagan hat das Mädchen aufgegabelt. Die Mutter, Caitlin O'Roarke, steckte mit ihm in einem Aufzug fest. Mr. Eagan hat das Baby zur Welt gebracht.«

»Das glaube ich einfach nicht.«

»Oh, es stimmt aber, Mrs. Sheridan. Und Mr. Eagan hat sich furchtbar in das Kind verliebt, wissen Sie. Er kann gar nicht genug für sie tun... oder für die Mutter. Er hat sie hierher gebracht und hat ihr 'ne Stelle gegeben... das heißt, wenn sie wieder auf den Beinen ist.«

»Ich wußte ja schon immer, daß Eagan eine gute Seele ist. Ich habe es in seinen Augen gesehen. Sie sind voller Wärme.«

»Ja, Mrs. Sheridan.« Margaret streichelte des Babys dunkles, flaumiges Haar. »Ich bring' sie jetzt besser wieder runter...«

»Laß mich mitkommen. Ich möchte zu gerne die Mutter kennenlernen. Und ich möchte auch die Kleine noch etwas länger halten...« Alana lächelte das Baby an. »Wie heißt sie?«

»Siobhan«, flüsterte Margaret.

»Was für ein wunderschöner Name. Nun, kleine Shivhan, bringen wir dich zu deiner Mama zurück.«

Margaret hielt die Personaltür auf, und sie stiegen die Treppe hinunter.

Durch ein Labyrinth von Fluren und Personalzimmern erreichten sie schließlich den Raum der jungen Mutter, aus dem eine tiefe Stimme drang. »In ein paar Tagen fühlst du dich schon kräftiger und kannst herumlaufen. Bis der Doktor die Erlaubnis gibt, bleibst du hier.«

Alana und Margaret traten ein, als Eagan gerade eine junge Frau in einem weißen Baumwollnachthemd hochhob und sie sanft auf das Bett legte.

»Aber ich muß arbeiten«, protestierte das Mädchen, dessen Gesicht noch sehr blaß von der anstrengenden Niederkunft war. Ihre Augen wanderten unruhig in dem Zimmer herum.

»Nein, Eagan hat recht«, unterbrach Alana die Szene. »Du darfst nicht einmal an Arbeit denken, jetzt, wo du dich um dein süßes Kind kümmern mußt.« Sie lächelte auf das Bündel in ihren Armen herab. Shivhan war fest eingeschlafen.

Caitlin starrte Alana voller Bewunderung an. Ihr Kleid zeichnete sie deutlich als Herrin des Hauses aus, und Caitlin schien nicht fassen zu können, daß diese sich tatsächlich um solche wie sie kümmerte.

Eagan stellte die beiden einander vor und setzte dann hinzu: »Überzeug' sie bloß davon, Alana. Die kleine Dumme will einfach nicht im Bett bleiben.« Er sah Caitlin an, die seinen Blick erwiderte, und plötzlich spürte Alana förmlich das unsichtbare Band zwischen den beiden. Wenn sie es nicht besser gewußt hätte, hätte sie geglaubt, Eagan wäre in das Mädchen verliebt, das er vor der Schande eines Lebens auf der Straße gerettet hatte. Und sie glaubte in dem schüchternen, lächelnden Blick in Caitlins Augen heldenhafte Bewunderung für Eagan zu entdecken. Wenn nicht noch mehr.

Eagan nickte Alana zu. »Ich muß gehen, Mrs. Sheridan, so ein Baby in den Armen steht Ihnen gut. Schade, daß Trevor das nicht sieht.«

Alana erbleichte und errötete gleichzeitig – jedenfalls hatte sie das Gefühl. Eagans Bemerkung erschreckte sie, erfüllte sie aber auch mit Sehnsucht. Ein Kind war jenseits der Abmachung ihrer und Trevors Ehe, und doch war vor zwei Nächten etwas geschehen, das diese Möglichkeit alles andere als unwahrscheinlich machte.

Das Baby rettete sie davor, antworten zu müssen. Shivhan wand sich, wachte mit einem Schrei auf, und Alana wiegte die Kleine in ihren Armen. »Ich glaube, es ist Essenszeit«, sagte sie weich.

Caitlin streckte die Arme nach ihrer Tochter aus, aber bevor Alana sie ihr noch geben konnte, erklang eine Stimme von der Tür, die etwas auf Gälisch sagte. Trevor stand mit einem neuen Spazierstock aus irischem Schwarzdorn im Eingang. Er hatte eben gebadet, und sein Haar war noch feucht und zurückgekämmt. Er war frisch rasiert und trug eine scharlachrote Weste, der Kragen darunter war strahlend weiß, gestärkt und neu.

Wieder sagte er etwas auf Gälisch zu Caitlin, etwas, das das Mädchen nervös machte, und sie sah Eagan verängstigt an. Trevor lachte.

»Mußt du sie denn erschrecken? Sie hat doch gerade ihr Baby bekommen.« Alana hatte keine Ahnung, woher sie den Mut nahm, ihm so etwas zu sagen. Sie war seinem Blick begegnet, und seine Augen sprachen immer noch von der Leidenschaft, Schuld und der Wut, die ihn seit dieser Nacht in seinem Schlafzimmer nicht mehr verlassen hatte.

Jetzt erst nahm er das Bild von Alana mit dem Baby in den Armen auf, und seine Miene drückte Anerkennung aus, dann Sorge und schließlich Ärger.

»Ich habe das Mädchen nur gefragt, ob sie eine Art keltische Prinzessin sei, da sie in ihrem Zimmer so aufwendig Hof hält.«

Alana stellte fest, daß er getrunken hatte. Er wirkte zwar nicht so, aber da war etwas in seinen Augen, ein unnatürliches Glänzen, das es ihr bestätigte. Das Baby, das die Spannung spürte, begann zu wimmern. Wieder wiegte Alana es, trat dann an das Bett der Mutter und sagte: »Sie hat bestimmt Hunger. Margaret, kannst du bleiben und dafür sorgen, daß Caitlin alles hat, was sie braucht? Ich führe die Männer nach draußen, daß Caitlin ihre Tochter stillen kann.«

»Ja, Mrs. Sheridan.«

»Meine Herren«, sagte sie hölzern. »Würden Sie mir bitte nach oben folgen?«

Trevor sagte nichts, also meldete sich Eagan. »Ich habe noch ein paar Geschäfte in der Stadt zu erledigen.« Er warf Trevor einen Blick zu. »Also gehört sie ganz dir allein, mein Bruderherz.« Mit einem Gruß und einem zärtlichen Blick auf Caitlin verließ Eagan das kleine Dienerzimmer.

Caitlin hielt die ungeduldige Shivhan zurück und wartete, darauf, daß der Besuch das Zimmer verließ, damit sie ihre Brust entblößen konnte. Alana ärgerte sich über Trevors Zögern, bedachte ihn mit einem bösen Blick und verließ das Zimmer ebenfalls.

»Warte!« Er holte sie im Flur ein. Er packte ihren Arm, als eine Dienerin vorbeikam, knickste und vollkommen entsetzt aussah, weil sich die Herrschaften des Hauses ausgerechnet im Personaltrakt befinden mußten.

»Was!« zischte sie und versuchte, seine Hand abzuschütteln.

»Wir müssen reden!«

»Du bist betrunken. Und ist es nicht auch ein bißchen spät? Was gibt es denn noch zu besprechen?« Sie lachte bitter, unfähig, ihren Schmerz niederzukämpfen. »Oh, ich nehme an, wir müssen unsere große Lüge für die Annullierung durchproben, nun, da Mara sich in den Duke of Granville verliebt hat.«

»Sie hat ihn wieder getroffen?«

»Ja, so ein Zufall. Wir trafen ihn im Park. Stell dir nur vor.«

Seine goldgrünen Augen funkelten vor Zorn. »Fein. Sie soll ihn ruhig treffen. Wie ich schon sagte, ich weiß schon, wie ich mit ihm umgehen muß.«

»Wie gewöhnlich hast du alles unter Kontrolle. Also, wenn du mich jetzt bitte entschuldigst...«

»Nein.« Seine Hand packte fester zu, doch seine Stimme wurde weich. »Wir müssen reden.«

Sie nestelte an seinen Fingern, um sich aus seinem Griff loszumachen. »Ich weiß, daß es ein furchtbarer Schock für Sie sein wird, Mr. Sheridan, aber ich will nicht mit Ihnen reden!«

»Nun, dir wird nichts anderes übrigbleiben, also wo möchtest du lieber? Hier unten beim Personal, oder lieber in der Stille des Salons?«

»Du hast doch getrunken. Und ich unterhalte mich nicht mit betrunkenen Männern. Außerdem gibt es nichts mehr zu bereden.«

Er zog sie näher an sich heran. Sie roch den Alkohol in seinem Atem, und der Duft von Whiskey und

Seife war zu verführerisch. Das Verlangen traf sie wie ein Faustschlag.

»Du sagst, es gibt nichts zu beprechen, aber das stimmt nicht«, begann er heiser. Er schien zu versuchen, mehr Vernunft in seine Argumentation zu legen, als sein Zustand es ihm offenbar erlaubte. »Laß uns doch einfach mit deiner körperlichen Verfassung beginnen…«

Sie versteifte sich und errötete vor Zorn und Verlegenheit.

»Das Bild von dir mit der kleinen Siobhan in deinen Armen gibt mir zu denken. Bist zu bereit, vielleicht in neun Monaten dein eigenes Kind in den Armen zu halten?«

Seine Worte schnitten ihr ins Herz. Er machte sich über ihre Beziehung und ihre Liebesnacht lustig. Für ihn schien die Möglichkeit einer Schwangerschaft nichts weiter als ein kleines Ärgernis zu bedeuten. Und Alana konnte ihren Zorn nicht zurückhalten. »Oh, und das würde deine Pläne zunichte machen, nicht wahr?« Er versuchte, sie zu unterbrechen, aber Alana war viel zu entrüstet und fuhr fort: »Ich sehe dich schon mit einem Knickerbockerbalg auf den Knien! Mein Gott, wie entsetzlich! Willst du mir einen Besuch bei Madame Restell bezahlen?«

»Ich würde dich umbringen, wenn du diese Frau aufsuchst.«

Sie zweifelte nicht, daß er so meinte, was er gesagt hatte. Plötzlich wurde ihre Wut so gewaltig, daß sie am liebsten auf ihn eingeschlagen hätte, bis sie keine Kraft mehr hatte. Er war die Quelle all ihrer Probleme, und daß er es wagte, ihr Anweisungen zu erteilen, die nichts mit Maras Zukunft zu tun hatte, war mehr, als sie ertragen konnte. Sie versuchte wieder, sich loszumachen, um eine fast unvermeidliche Szene zu verhindern, aber er ließ sie nicht los. Sie wand sich und zog immer wieder, bis ihr ganzer Zorn übermächtig wurde.

Alana konnte sich nicht mehr beherrschen – sie schlug zu. Einmal, zweimal, dreimal landete ihre Hand auf seiner Wange, und er starrte sie nur kalt und leidenschaftslos an. »Bist du fertig?« fragte er frostig, als sie zu weinen begann.

»Ich hasse dich«, flüsterte sie. »Ich kann es gar nicht erwarten, wenn die Ehe annulliert wird.«

»Vielleicht wird das nicht möglich sein.«

»Warum nicht?« fuhr sie ihn an, rasend vor Wut und vor Schmerz. Sie wollte diesen Mann lieben, doch er tat alles, damit sie ihn hassen mußte. Er spielte mit ihr wie eine Katze mit einer Maus. Dauernd änderte er die Regeln ihres Abkommens. Die Belastung war einfach zuviel – sie konnte einfach nicht mehr!

»Das Baby in deinen Armen müßte es dir eigentlich klargemacht haben.«

»Ich bekomme kein Baby von *dir.*«

Sein Ton wurde sarkastisch. »Ach, und wie willst du das wissen? Oder weigert sich dein unbefleckter Bauch ganz einfach, ein Kind von einem wie mir auszutragen? Tja, tut mir leid, aber möglicherweise hat er keine Wahl!« Er zog sie heftig an sich. »Und komm nicht auf dumme Ideen. Ich werde sofort wissen, wenn du schwanger bist, und wenn ich dafür deine Wäscherei überwachen oder deine Zofe täglich befragen muß.«

»Du bist ein Schuft!«

»Stimmt, das bin ich. Ein Heide in eurer ach so zivilisierten Welt. Vergiß das nie!«

»Wie könnte ich?« gab sie zurück, während sie sich wie wild in seinen Armen wand. »Du erinnerst mich ja jede Stunde daran. Kein Wunder, daß du dir keine Akzeptanz kaufen konntest. Mir ist es egal, wieviel Geld du hast – nichts kann mir deine Art von Heuchelei und Vorurteilen schmackhaft machen. Du beherrschst beides nur viel zu gut. Aber wen sollte es wundern... schließlich bist du ja selbst Opfer dieser Dinge geworden.«

»Ich bin kein Opfer«, knurrte er.

»Ach nein?« fragte sie und starrte ihn kalt an. »Ich denke, du bist genau das. Du bist ein Opfer der Gesellschaft, Trevor Sheridan, und du glaubst, das gibt dir ein göttliches Recht, jedem weh zu tun, der dir begegnet. Doch noch viel mehr bist du ein Opfer deiner verqueren Art zu denken, und deswegen wirst du auch nie aus diesem Teufelskreis herauskommen!«

Er schien mit dem Gedanken zu spielen, den brandneuen Stock gegen sie zu erheben. Statt dessen aber schob er sie grob von sich. »Niemand kann mit einer Frau wie dir leben. Du bist wie ein Diamant, Alana, schön und kalt. Wie schade, daß du diese Steine nicht magst, sie würden so gut zu dir passen.« Er schüttelte angewidert den Kopf. »Diese Ehe ist ein Fluch. Sie war es von Anfang an.«

»O ja, sie ist ein Fluch, und ich sehne mich danach, ihr zu entkommen«, schrie Alana.

»Dann sorge dafür, daß du mir nie wieder über den Weg läufst«, sagte er leise und drohend. »Wenn du wieder die Verführerische spielst, dann hole ich dich in mein Bett, und wenn wir es dieses Mal ohne ein Baby überstanden haben, dann sei sicher, daß du das nächste Mal weniger Glück hast.«

»Selbst mit Baby werde ich dich verlassen. Als Katholik mußt du dich viel mehr vor einer Scheidung fürchten als ich!« Der Hauch eines triumphierenden Lächelns lag auf ihren Lippen.

Doch er verschränkte die Arme und nahm ihre Herausforderung an. »Du hast nicht verstanden, *á mhúirnin.* Es wird keine Scheidung geben. Die Ehegelübde binden uns aneinander, bis der Tod uns scheidet. Auch wenn du gehst, wirst du doch meine Frau bleiben. Und falls es keine Annullierung gibt, wirst du bis zu deinem letzten Atemzug nichts anderes sein als meine Frau!«

Die Tragweite seiner Worte entsetzten sie. Wenn sie tatsächlich schwanger war und eine Annullierung nicht mehr möglich sein würde, konnte sie zwar aus dem Haus ausziehen, aber sie würde niemals frei sein. Frei zu heiraten, frei, Kinder zu haben – außer den seinen. Aber wie konnte sie Kinder von ihm haben, wie sollte sie seine intimen Berührungen ertragen, wenn er sie doch nur haßte?

Leichenblaß drehte sie sich um und ließ ihn stehen. Bitter wurde ihr bewußt, daß die Symbole ihres Traumes schließlich doch wahr geworden waren. Trevor Sheridan war ihr Schattenmann. Aber anstatt sie zu retten, war er der letzte Mensch, den sie sah, bevor sie in seinem Reichtum ertrank.

26

»Ich… ich kann nicht lange bleiben…«

»Das macht nichts. Ich wollte Sie nur sehen. Sie sind ein Engel, daß Sie gekommen sind. Können wir ein Stück zusammen spazierengehen?«

Mara sah sich nach ihrem Fahrer um, der auf dem Kutschbock hockte. »Aber nicht weit.«

»Gut. Wir schlendern nur die Promenade entlang und dann wieder zurück. Wird das gehen?« Auch der Duke warf einen Blick auf ihren Wagen.

»Ja, ich glaube schon. Ich habe eine Stunde.«

Der Duke hielt ihr den Arm hin. »Dann also los.«

Mara zögerte, nahm dann aber schließlich seinen Arm. So gingen sie ein paar Minuten und plauderten über alles mögliche in New York: *Delmonico's,* die Academy of Music, Wallack's Theater. Sie hatten gerade darüber geredet, wie brillant der Schauspieler Edwin Booth war, der trotz des scheußlichen Verbrechens seines Bruders noch geschätzt wurde, als Mara plötzlich still wurde und ihn mit sorgenvollen Augen immer wieder ansah.

»Was ist? Warum sind Sie auf einmal so schweigsam? Habe ich die Pocken?« Der Duke gluckste.

Mara schüttelte den Kopf. Nein, die Pocken hatte er gewiß nicht. Der Duke of Granville war ein ausgesprochen gutaussehender junger Mann mit feinen englischen Gesichtszügen, dichten blonden Haaren, die im Sonnenlicht einen leichten rötlichen Schimmer bekamen und lachenden blauen Augen. Dieses Blau konnte Mara nur mit der karibischen See vergleichen. Sie hatte diese Fahrt mit der *Colleen* nach Montserrat niemals vergessen, und nun sah sie die

Farbe dieses wunderbaren Meeres jedesmal, wenn sie in Granvilles Augen blickte.

»Warum sind Sie so still, Mary?«

Sie sah weg und registrierte noch nicht einmal, daß er die anglisierte Version ihres Namens benutzt hatte.

»Sind Sie böse auf mich?«

»Nein, nein«, versicherte sie, entsetzt, daß er so etwas glauben konnte.

»Was dann?«

»Es ist nur, daß... daß... nun, ich weiß einfach nicht, warum Sie sich so um mich bemühen.« So, jetzt war es heraus. Nun wagte sie es kaum noch, ihn anzusehen.

Er warf den Kopf zurück und lachte. »Was finden Sie daran so seltsam? Glauben Sie vielleicht, ich bin zu alt für Sie? Nun, ich bin zweiundzwanzig, wenn Sie das beruhigt.«

»Das ist es nicht«, sagte sie hastig, »obwohl Trevor glaubte, Sie wären vierundzwanzig, und es sollte *ihn* beruhigen. Er wurde fast grün, als Alana uns einander vorstellte. Er ist nicht mit Ihnen einverstanden, müssen Sie wissen.«

Granville lachte noch mehr. »Sie fragen mich, warum ein Kerl wie ich Ihnen den Hof machen will, richtig? Nun, es sind genau diese Bemerkungen, Mara, die mir an Ihnen so viel Spaß machen. Ihr amerikanischen Mädchen – ihr sagt stets das, was ihr denkt.«

»Nicht alles...« Mara wurde wieder still.

»Was ist es dann also?« Seine lachenden Augen wurden ernst.

Mara sah starr geradeaus, und ihr Gesicht wurde ausdruckslos, als sie sagte: »Haben Sie von meinem Debüt gehört?«

»Ja.«

Sie suchte in seinem Gesicht nach etwas, irgend etwas, das ihn verraten würde. »Was haben Sie denn gehört?«

»Daß diese Kolonisten, die ihr New Yorker die Vierhundert nennt, nicht gekommen sind.« Er strich ihr eine dunkle Locke aus dem Gesicht. »Und daß sie nicht gekommen sind, weil Sie aus Irland stammen.«

»Und Sie aus England. Trevor meint, wir müssen die Briten verachten, weil sie uns noch mehr hassen, als es die Vierhundert tun.«

Granvilles Lächeln war gleichzeitig belustigt und bitter. »Lassen Sie sich von niemanden dazu bringen zu hassen, Mara. Das ist eine schlechte Angewohnheit. Und was mich angeht, ich hasse die Iren nicht. Meine Großmutter war Irin. Der alte Granville war einer der Landbesitzer aus County Clare, und er raubte meine Großmutter direkt aus der Küche seines Anwesens. Sie waren fünfzig Jahre lang verheiratet und hatten zehn Kinder und dreißig Enkelkinder. Hassen Sie mich denn?«

Mara schloß den Mund, der vor Staunen offen geblieben war. »Nein. Ich hatte nur Angst, Sie würden vielleicht…«

»Ihnen weh tun?«

Sie nickte.

Er berührte wieder ihre Wange, diesmal ohne den Vorwand, eine Locke wegstreichen zu wollen. »Wissen Sie, wir Granvilles sind ein merkwürdiges Völkchen. Jeder aus der Linie der Dukes hat bisher seine Frau nur Wochen nach dem Kennenlernen geheiratet. Der alte Granville war der schlimmste. In der vergangenen Woche war seine Frau noch eine Küchenhilfe gewesen, die nächste war sie eine Duchesse. Man sagt, er war so fasziniert von ihr gewesen, daß er schon am Tag, als er sie zum ersten Mal sah, um ihre Hand anhielt. Sie sagte nein, denn sie glaubte, er wäre entweder verrückt oder betrunken gewesen.«

»Und war er es?«

»Ich weiß es nicht. Glauben Sie, ich bin betrunken oder verrückt?«

Sie schüttelte den Kopf und sah wieder in diese unglaublichen, blauen Augen.

»Gut«, flüsterte er. Nachdem er sich vergewissert hatte, daß niemand hinsah, küßte er sie sanft auf die Lippen. »Wann heiraten wir?«

Mara wurde rot. »Na ja, vielleicht sind Sie doch ein bißchen verrückt.«

Er lächelte. »Ich habe noch vier Wochen. Und ich warne Sie, ich weiß genau, wie der alte Granville empfand, als er seine Zukünftige in der Küche entdeckte. Und ich könnte mir vorstellen, daß die lange Seereise nach England wunderbare Flitterwochen abgeben würden.«

Mara sah ihn nur stumm an.

***

Alana nippte an ihrem Champagner und beobachtete die Tänzer, die im Walzertakt durch den Ballsaal des Fifth-Avenue-Hotels wirbelten. Die Damen in den Armen ihrer schwarzberockten Tanzpartner drehten sich wie hübsche, bunte Kreisel. Mara schwebte mit Granville vorbei, und ihr Gesicht strahlte vor Glück und Heiterkeit. Und auch Alana war froh. Sie war sich mit dem Duke nicht sicher gewesen – oder mit Nigel, wie er nun von der Familie genannt werden wollte. Alana hatte für Mara nur diesen gesellschaftlichen Triumph gewollt, doch nun sah sie in seinem Gesicht, wie bezaubert er von der jungen Frau war, und Alana glaubte von ganzem Herzen, daß die Zuneigung echt war.

Sie drehte sich zu Trevor um, der neben ihr stand, und wünschte sich schmerzlich, daß ihr Ehemann sie eines Tages ebenso ansehen würde. Aber solche Wünsche waren vergeblich. Selbst jetzt hatte er eine grimmige Miene aufgesetzt, während er den Tänzern im Ballsaal zusah.

»Sie sind ein hübsches Paar, nicht wahr?« versuchte Alana eine Unterhaltung zu beginnen. Sie hatten seit dem Eklat im Personaltrakt nicht mehr miteinander geredet, und Alana vermißte tatsächlich aus irgendeinem seltsamen Grund seine bissigen Bemerkungen. Schließlich war alles besser als dieses kalte, tödliche Schweigen.

Sein Blick glitt über ihre Gestalt und blieb an ihrem Hals hängen. Sie war nach dem Streit unglaublich wütend gewesen, und als sie sich am Abend für den Cotillon[9] anziehen wollte, war sie über das Diamantenhalsband gestolpert, das er ihr vor so langer Zeit geschenkt hatte. Sie dachte an seine Worte, an seinen Vergleich, sie wäre so kalt wie Diamanten, die ja ach so gut zu ihr passen würden, und legte sich rachsüchtig die Kette um den Hals. Er hielt sie für eine eiskalte Frau – gut, dann würde sie ihm dies eben bestätigen.

Doch nun stand das Schmuckstück wie eine Mauer zwischen ihnen, denn er wußte ganz genau, warum

[9]Cotillon: ein kleines Fest mit Tanz, hauptsächlich Walzer, und Gesellschaftsspielen

sie es angelegt hatte. Sie hatte seinen Blick gesehen, als sie später die Treppe hinuntergekommen war. Er begriff sehr gut, wie sehr sie das wertvolle Stück haßte und wie sie ihn damit verspotten wollte. Seitdem hatten sie keinen Ton mehr miteinander geredet.

Alana bereute es. Sie waren gezwungen, die Zeit miteinander zu verbringen, und es war furchtbar, nicht ein nettes Wort mit dem Mann zu wechseln, mit dem sie geschlafen hatte. »Sie sind wirklich ein hübsches Paar, findest du nicht auch?« wiederholte sie.

»Wer?« fragte er.

»Na ja, Mara und Nigel natürlich.« Sie sah ihn verwirrt an. Seit sie angekommen waren, hatte er seine Aufmerksamkeit praktisch nicht mehr von der Tanzfläche gelöst. Wenn er nicht Mara und den Briten beobachtete, was dann?

»Du hast den ganzen Abend noch nicht getanzt. Warum? Ist Stevens denn der einzige Mann hier, der mit dir tanzen würde?«

»Was?« rief sie entrüstet aus.

»Was stimmt denn nicht mit den Herren? Jeder weiß doch, daß du Walzer liebst! Warum hat dich noch keiner aufgefordert?«

»Trevor, wovon sprichst du?« Alana starrte ihn an, als wäre er verrückt geworden.

Aber er war nicht verrückt. Sie verstand plötzlich, was er sagen wollte, als sein Blick unwillkürlich zu seinem Spazierstock wanderte. Verärgert entschuldigte er sich kurz angebunden und marschierte zur Bar.

Alana sah ihn steif in seiner künstlich formellen Haltung durch die Menge gehen, und es tat ihr in der Seele weh. Er zeigte seine Unsicherheit über die Verletzung nur selten. Obwohl sie nicht wußte, warum es ihn ausgerechnet heute abend so belastete, hatte sie den Wunsch, hinter ihm herzulaufen, als er seinen Brandy nahm und in einen Nebenraum verschwand.

Sie fand ihn schließlich im Lesezimmer – eine einsame Gestalt, die am Fenster stand. Es waren nur wenige andere Personen in dem Raum, ein alter Herr, der in einem Ledersessel schnarchte, ein Küchenjunge, der leere Gläser einsammelte. Unsicher trat Alana zu Trevor ans Fenster und sagte ruhig: »Das Dinner wird gleich serviert. Ich brauche einen Tischherrn.«

»Und Stevens ist dir nicht recht?« Voller Mißtrauen sah er sie an.

»Willst du wirklich, daß Anson es macht?« fragte sie ihn heiser.

Er wollte etwas antworten, aber im gleichen Moment platzte eine Gruppe lärmender, junger Männer in das Zimmer. Sie nahmen die Bar ein, bestellten lauthals Brandy für alle, lachten und scherzten ungeniert.

»... und dann sagte der Ire ›Mach dich auf was gefaßt‹!« Der Mann, der die Pointe so laut vorgetragen hatte, schlug einem Freund auf den Rücken, und alle lachten erneut vergnügt auf.

»Ach was, ich kenne einen besseren!« rief ein anderer dazwischen, und seine Kameraden ermunterten ihn, zu erzählen.

»Also, das Irenflittchen läuft zu seiner Mutter und jammert ›Mami, Mami, ich bin schwanger!‹«

Die Männer glucksten voller Erwartung.

»Darauf die Mutter: ›Aber Liebchen, bist du sicher, daß es von dir ist?‹«

Brüllendes Gelächter hallte durch den Raum. Die Männer klapsten sich gegenseitig auf die Schultern, als hätten sie gerade eine wichtige Wahl gewonnen. Alana stand regungslos neben Trevor und wagte nicht, in sein Gesicht zu sehen. Er war schon in schlechter Stimmung gewesen, als er sich hierhin zurückzog. Doch nun brach seine nur mühsam zurückgehaltene Wut durch.

»Fairchild, mein kleiner Bengel, wie läuft's denn so mit deiner Stahlfabrik! Ich hab' gehört, die Aktien stehen gut!« Trevors Bemerkung, die er im tiefsten Dialekt geäußert hatte, hing plötzlich im Raum.

Die Männer wandten sich um, und jedem einzelnen wich das Blut aus dem Gesicht.

»Sheridan.« Der Mann, der den letzten Witz zum besten gegeben hatte, trat vor. Fast demütig sagte er: »Wir hatten Sie nicht bemerkt.«

»Der Witz war wirklich gut, Fairchild, aber wir haben eine Lady hier. Ich denke, Sie sollten sich bei meiner Frau entschuldigen.«

Fairchild warf Alana einen schnellen Blick zu, und es war nicht zu übersehen, daß er sich mehr davor fürchtete, ihren Mann beleidigt zu haben. Dennoch nickte er und sagte artig: »Verzeihen Sie, Mrs. Sheridan. Ich habe Sie beim Hereinkommen nicht entdeckt. Sonst hätte ich gewiß keine solch groben Dinge erzählt.«

Alana gab ihm keine Antwort, sondern sah stattdessen Trevor an.

»Sehr gut, mein Junge. Ihr seid entschuldigt.« Sheridan betrachtete die Männer einer nach dem anderen, und sie wußten, daß er sich ihre Namen gut einprägte. Sie zogen sich zurück wie getretene Hunde und schienen sich alle bereits innerlich darauf einzustellen, daß ihre Geschäfte bald den Bach hinunter gehen würden.

Dann war es still in dem Lesezimmer. Alana nahm allen Mut zusammen und berührte seinen Arm. »Trevor?« flüsterte sie. »Sie haben es nicht so gemeint. Das sind doch nur dumme Jungen, die sich amüsieren wollen. Sie sind es nicht wert, daß du dich über sie ärgerst.«

Er nickte, starrte aber immer noch geradeaus. Seine Stimme war gepreßt, als er antwortete: »Ich wollte nichts von all dem hier, weißt du das? Ich habe für Eagan und Mara gekämpft, nichts weiter. Niemals wollte ich mit Leuten wie dir gesellschaftlich umgehen.«

»Das weiß ich«, antwortete sie. Sie war verletzt, daß er sie mit »Leute wie du« abkanzelte, konnte ihn jedoch verstehen.

»Manchmal habe ich das versteckt, worauf ich am meisten stolz war, weil ich nicht wollte, daß sie durch meine Herkunft verprellt wurden.«

Seine Unsicherheit rührte sie und fast zärtlich sagte sie: »Meinst du deinen Dialekt? Du sprichst jetzt nicht so, du tust es nur, wenn du wütend bist... oder wenn du nicht darauf achtest.« Sie dachte an die Nacht in seinem Bett, als er nicht daran gedacht hatte. Er war unwillkürlich in seinen Dialekt übergewechselt und hatte damit bewiesen, daß er nicht der Mann mit dem eisernen Willen war, den er stets nach außen kehrte. Für einen wunderbaren Augenblick hatte ihn das Gefühl überwältigt, und sein Schutzwall war rissig geworden. Und sie hatte die Macht genossen, die sie dadurch bekam.

Er stieß einen Seufzer aus und fuhr sich mit der Hand durch das Haar, das sie so gerne gestreichelt hätte. »Ich hätte nicht so mit ihnen reden sollen. Damit habe ich nur gezeigt, daß ich nicht besser als ihr Personal bin. Und das nützt niemandem.«

»Du bist ein Ire. Warum mußt du reden wie ein anderer? Du solltest sprechen, wie *du* es willst!«

»Mara und Eagan sind Amerikaner und reden auch wie solche. Ich will verflucht sein, wenn mein Dialekt ihnen in irgendeiner Hinsicht schadet.«

Ihre Stimme wurde zu einem Flüstern. Sie wußte, wie dumm es war, den Gedanken auszusprechen, der ihr im Kopf herumging. Ihr Mann war wie eine Raubkatze, der in diesem Moment noch schnurrte, im nächsten aber fauchend angriff. Doch als sie sein schönes Profil betrachtete, gab sie ihrem Herzen nach. »Ich... *mag* deinen Dialekt, Trevor. Und ich wünschte, du... du würdest ihn auch nicht verbergen, wenn du mit mir redest.«

Überrascht schaute er sie fragend an. Aber sie entdeckte auch das Mißtrauen in seinen Augen, das in so vielen Jahren voller Ungerechtigkeiten und Demütigungen genährt worden war. »Dann kannst du dich überlegen fühlen, nicht wahr? Wie die anderen.«

»Nein.« Sie wollte verzweifelt seine falschen Vermutungen beseitigen, wollte ihm deutlich machen, daß es sie nicht kümmerte, was andere Menschen von ihm hielten. Er hatte ihr mehrmals das Herz gebrochen, aber immer noch entdeckte sie Züge, edle Züge an ihm, die es wert waren, verteidigt zu werden. Er hatte seinen Edelmut bewiesen, als er für Mara kämpfte, und allein das machte ihn gut genug, um zu den Vierhundert zu gehören. Ihre einzige Sorge war, daß sie in seinen Augen niemals gut genug für ihn war.

»Geh zum Essen«, sagte er. »Du wirst sicher nach dieser unschönen Szene jemand anderen zu deiner Begleitung vorziehen.« Er wandte sich wieder zum Fenster um, ohne die kleinste Gefühlsregung zu zeigen.

»Bitte begleite du mich«, flüsterte sie und hoffte, daß er begriff. Sie mochten ihre Annullierung bekommen, sie mochten ihre Ehe für gescheitert erklären, aber es würde niemals aus dem Grund sein, daß er aus Irland stammte. »Gib mir deinen Arm und führe mich zu Tisch. Bitte.«

Langsam drehte er sich um und starrte sie an. Er bemühte sich nicht, sein Mißtrauen zu verbergen. Zögernd hielt er ihr den Arm hin. Sie nahm ihn, packte ihn fest und bebend.

»Ich glaube, ich werde dich nie verstehen«, murmelte er mehr zu sich selbst, als sie zurück in den Ballsaal gingen. »Du hast schon so vieles getan, das ich nicht verstehe.«

Den Tränen nah lächelte sie, nickte ein oder zwei alten Damen im Vorbeigehen zu und ließ sich stolz von Trevor durch die Menge führen. Es war so schwer, die Wahrheit auszusprechen. »Du willst nicht verstehen, Trevor. Und das ist die Quelle all unserer Sorgen.«

Er gab keine Antwort. Den ganzen Abend lang trank er viel, und sie ertappte ihn mehr als einmal, wie seine ungewöhnlich goldenen Augen sie brütend anstarrten. Jedesmal suchte sie nach einem Aufblitzen von Verständnis darin, doch jedesmal wandte er sich ab und wurde wieder zu dem kalten, berechnenden Mann, der er sein wollte.

27

Mrs. Astors Soiree sollte das gesellschaftliche Ereignis des Jahrhunderts werden. Innerhalb von drei Wochen sollte ihr Ballsaal in eine Miniaturversion von Versailles umgewandelt werden. Die Matrone wollte passenderweise als Marie Antoinette erscheinen, und Backhouse hatte ihr sogar ein Schmuckensemble gekauft, das einst der berüchtigten Königin Frankreichs gehört haben sollte.

Alana hatte kaum Lust zu erscheinen. Wenn sie dennoch hinging, dann nur, um den Duke Lebewohl sagen zu hören und das Erstaunen in den Gesichtern der Vierhundert zu lesen, wenn er seine Verlobung mit der geächteten Mara Sheridan verkündete.

Daß er um ihre Hand anhalten würde, war so gut wie sicher. Eine Woche war vergangen, und der Duke hatte jede Gelegenheit genutzt, um bei Mara sein zu können. Alana spielte brav die Anstandsdame, doch sie hatte den Verdacht, daß Mara ihren schönen Verehrer auch dann traf, wenn sie mit dem kleinen Einspänner unterwegs war. Sie zweifelte nicht daran, daß die beiden mindestens genauso ineinander vernarrt waren wie Eagan und sein gefallener Engel.

Eagan hatte alle mit seinem irischen Mädchen schockiert. Obwohl weder er noch Caitlín zugegeben hätten, daß zwischen ihnen noch andere Gefühle herrschten als die zwischen Arbeitgeber und Angestellter, war es doch nicht zu übersehen. Caitlín arbeitete bisher noch nicht im Haus, hatte dafür aber allen erdenklichen Luxus bekommen. Shivhan lag in einer Wiege mit rosafarbenen Satinschleifen, ihre

Ausstattung war aus feinem Leinen, das die Nonnen von St. Brendan genäht hatten. Aber das unsinnigste von allem war die Amme, die Eagan angefordert hatte, weil er zu dem Schluß gekommen war, Caitlín wäre nach all der Mühe der Geburt zu schwach, für ihr Kind zu sorgen.

Aber das stimmte nicht. Caitlín war kräftig wie ein Pferd und mußte fast ans Bett gebunden werden, um sie davon abzuhalten, endlich ihre Pflichten zu erfüllen. Sie schien verzweifelt bestrebt, dem Mann, der sie und ihr Baby gerettet hatte, ihre Schuld abzutragen. Seine Geschenke und seine Aufmerksamkeit stürzten sie in schreckliche Verlegenheit. Alana hatte den Verdacht, daß sie sogar Angst vor ihm hatte. Caitlín schien ihm nicht zu trauen, auch wenn sie ihm dankbar war. Und je mehr Zweifel sie zeigte, desto mehr schüttete Eagen sie mit Präsenten zu, was sie nur noch mißtrauischer machte.

Alana preßte die Lippen zusammen. Sie wußte einfach nicht, wie die entstehende Beziehung zwischen den beiden ausgehen sollte. Eagan konnte natürlich jederzeit zu seinen Mäuschen zurückkehren, aber irgendwie konnte Alana sich das nicht vorstellen. Shivhans Geburt hatte ihn verändert. Nach diesem Erlebnis im Fahrstuhl betrachtete Eagan die Frauen mit vollkommen anderen Augen. Er hatte aus allernächster Nähe gesehen, wie sehr sie leiden mußten, hatte aber auch ihre unglaubliche Kraft gesehen. Und nun sah er Caitlín mit einem respektvollen Blick an, den sie bei ihm noch nie entdeckt hatte.

»Ihre Kutsche wartet, Mrs. Sheridan«, sagte Whittacker, der in den Salon trat, und riß sie damit aus ihren Gedanken.

Alana stand auf. Sie hatte bereits ihr dunkelblaues

Reisekleid an, das sie immer trug, wenn sie nach Brooklyn fuhr. Sie hatte sich so in Maras und Eagans Probleme verwickeln lassen, daß sie ihre eigenen vergessen hatte. »Danke, Whittaker«, sagte sie. Dann fiel ihr noch etwas ein, und obwohl sie daran zweifelte, daß es irgend jemand zur Kenntnis nehmen würde, am wenigsten der Herr des Hauses, der sie seit dem Cotillon buchstäblich ignorierte, setzte sie hinzu: »Wenn jemand fragt, ich bin zum Abendessen zurück.«

»Sehr wohl, Madam.« Whittaker hielt ihr die Tür auf und folgte ihr durch das marmorne Foyer vorbei an der Armor-Staue, die ihren Pfeil eingelegt hatte, und half ihr in die Kutsche. Dann kehrte er ins Haus zurück, durchquerte dasselbe Foyer und passierte denselben Amor, bis er an der Tür der Bibliothek hielt.

»Sie trägt ihr blaues Kleid, Sir, ganz sicher will sie nach Brooklyn. Ich habe mir die Freiheit genommen, Ihnen eine Kutsche bereitzuhalten.«

Mit grimmiger Miene griff Trevor nach seinem Stock und machte sich auf nach Brooklyn.

»Es geht ihr nicht besonders gut, Mrs. Sheridan. Ich möchte Sie dringend bitten, nach Manhattan zurückzukehren. Wir schicken Ihnen eine Nachricht, wenn sie wieder Besuch empfangen kann.« Schwester Steines Mund war nur noch ein schmaler Strich in ihrem unattraktiven Gesicht.

»Was ist passiert?« fragte Alana und umklammerte ängstlich ihre kleine Börse.

»Sie hat sich auf die irrige Meinung versteift, sie wüßte nun, was in jener Nacht geschehen ist, in der Ihre Eltern umkamen. Sie mußte beruhigt werden, und wir haben ihr Morphium gegeben. Eine schlechte Zeit für einen Besuch!«

»Ich muß sie sehen! Sie braucht mich!« Alana schrie fast, außer sich bei dem Gedanken, was für eine Hölle Christabel durchmachen mußte. »Wo ist sie?«

»Mrs. Sheridan, bitte beruhigen Sie sich. Denken Sie bitte vernünftig nach«, befahl die Schwester.

Alana konnte ihre Tränen nicht mehr zurückhalten. »Glaubt sie denn, sie hätte sie tatsächlich umgebracht? Wollen Sie deswegen nicht, daß ich zu ihr gehe?«

»Schlimmer als das. Sie deliriert! Wenn Sie dort hineingehen, könnte sie *Sie* beschuldigen! Also schlage ich vor, Sie kehren zurück und ersparen sich und ihr diese schreckliche Erfahrung.«

»Nein«, sagte Alana wie betäubt. »Ich will sie sehen. Sie braucht mich.«

»Wir müssen erst die Zustimmung des Doktors einholen. Und er ist jetzt nicht hier. Vielleicht kommt er erst heute abend wieder.«

»Dann warte ich.« Alana zog ein Taschentuch aus ihrem Ärmel und tupfte sich die Augen. Ihr Kinn schob sich trotzig vor.

Schwester Steine sah sie sichtlich mißbilligend an. »Nun gut...«

Ein Schrei schnitt den Rest ihres Satzes ab. Entsetzt fuhr Alana herum. Am Ende des Flures war das Oberlicht einer Tür geöffnet, und sie konnte hören, daß eine Frau mit jemandem kämpfte. »Das ist meine Schwester«, fauchte Alana. »Zur Hölle mit dem Doktor! Ich will zu ihr.«

»Das geht nicht!« rief Schwester Steine hinter ihr her, doch Alana rannte bereits den Flur hinunter und stieß die Tür auf.

Was sie dort sah, jagte ihr einen tödlichen Schrekken ein. Christabel war nur noch ein Schatten ihrer selbst. Sie war abgemagert, und ihre Augen blickten wild und halb wahnsinnig umher. Sie wehrte sich heftig gegen die zwei Wärterinnen in Uniform, die sie auf dem Bett niederzuhalten versuchten. Eine benutzte Spritze auf dem Nachttisch daneben zeigte, daß man sie gerade betäubt hatte.

Das Morphium zeigte bereits Wirkung. Christals Widerstand ging bald in Apathie über. Die Wärterinnen legten ihr wieder Gurte um Arme und Beine. Schließlich lag Christal nur noch mit dumpfen, matten Augen da, die einst so voller Leben und Freude gesprüht hatten.

»O Gott!« preßte Alana heraus und trat an das Bett. Sie streichelte Christals blondes, stumpfes Haar und weinte hemmungslos.

»Wie Sie sehen, hilft es ihr nicht«, bemerkte die Schwester.

»Warum tun Sie das?« fragte Alana plötzlich zornig. »So eine Behandlung hatte Christal noch nie nötig.«

»Ich hatte Sie gewarnt, daß es eines Tages geschehen würde, wenn sie sich jemals erinnern würde.«

»Aber das hat sie nicht. Sie haben mir eben gesagt, sie deliriert!«

Schwester Steine wurde bleich, faßte sich aber schnell wieder. »Ja. Aber sie glaubt, daß sie sich an die Wahrheit erinnert. Deswegen können wir nicht mehr mit ihr vernünftig reden. Für sie ist alles, was sie denkt, so wahr wie für Sie oder mich.«

»An was erinnert sie sich?«

»Ich sagte Ihnen doch schon, daß es keinen Sinn macht. Sie beschuldigt jeden.«

Alana hatte das bestimmte Gefühl, daß Schwester Steine log, aber sie vermutete, die Krankenpflegerin wollte nur die Behandlung rechtfertigen. »Sie wird keinen Moment länger hierbleiben. Packen Sie ihre Sachen. Ich nehme sie sofort mit.«

»Das dürfen Sie nicht, Mrs. Sheridan. Der Polizeichef hat erlaubt, daß sie hierher kommen durfte. Nur er kann anordnen, daß sie verlegt wird.«

»Ich werde die Erlaubnis schon bekommen. Bis dahin bereiten Sie alles vor, daß ich sie mitnehmen kann.«

Schwester Steines Ausdruck wurde eiskalt und hart. Zu Alanas Entsetzen verriet ihr Blick so etwas wie Haß. »Wenn Sie mir einen unterschriebenen Brief vom Polizeichef bringen, in dem steht, daß Christabel van Alen in Ihre Obhut überlassen werden soll, dann kann sie mit Ihnen gehen. Bis dahin habe ich die Pflicht gegenüber Ihrem Onkel und den Bewohnern von New York, sie dort festzuhalten, wo sie hingehört!«

»Aber Sie haben auch die Pflicht der Menschlichkeit! Sehen Sie sie doch an!« Alana begann wieder zu weinen. »Sie ist erst sechzehn. Sie können nicht so mit ihr umgehen!«

»Sie ist eine Gefahr für sich und andere.« Schwester Steine bedachte sie mit einem eiskalten Blick. »Ich schlage vor, Sie gehen jetzt, Mrs. Sheridan. Und ich empfehle Ihnen dringend, nicht zurückzukommen, bis Sie diesen Brief der Polizei in den Händen halten.«

Unaufhaltsam strömten Alana die Tränen über die Wangen. Christabel bewegte ihre Lippen nur noch in stillem Protest. Überwältigt von hilflosem Zorn und Angst wollte Alana sie losmachen, aber sie besann sich eines anderen. Sie wußte, es gab nur einen Weg, ihre Schwester zu befreien. Sie mußte diesen Erlaubnisbrief bekommen – und das war so gut wie unmöglich.

»Guten Tag, Mrs. Sheridan«, half Schwester Steine nach und wies zur Tür.

Voller Zorn küßte Alana ihre Schwester auf die Wange und stürzte aus dem Zimmer, bevor Hysterie sie überkam. Sie hoffte, die kühle Luft draußen würde sie beruhigen, und so rannte sie durch den Haupteingang und versuchte, zwischen ihren Schluchzern wieder zu Atem zu kommen. Und wenn sie die restlichen Tage ihres Lebens darauf verwenden mußte, den Polizeichef anzuflehen, sie würde dieses verfluchte Stück Papier bekommen. Doch da war der Gedanke, daß Christabel bis dahin diese Behandlung ertragen mußte, und das machte sie rasend. In all den Jahren hatte das Park View-Asyl, das modernste und teuerste Sanatorium in ganz New York, beteuert, ihre Schwester menschlich zu behandeln, aber nun, wo das Mädchen zerbrechlicher und verletzbarer war denn je, fiel ihnen nichts besseres ein, als sie ans Bett zu schnallen und sie zu betäuben. Wie im finsteren Mittelalter!

Alana fühlte sich verraten. Und sie brannte auf Wiedergutmachung. Doch als sie zur Straße nach ihrer Kutsche blickte, war es um ihre mühsam wieder hergerichtete Beherrschung geschehen. Denn dort, keine zwanzig Meter entfernt, stand ihr Ehemann mit gekreuzten Armen an den glänzendschwarzen Landauer gelehnt, und das einzige, was an seinem versteinerten Gesicht so etwas wie Gefühl zeigte, waren seine grimmig zusammengepreßten Lippen.

Sie war zweimal verraten worden.

Für Sekunden schien die Zeit stehenzubleiben. Nichts regte sich, selbst die Vögel in den Ulmen, die die Auffahrt säumten, waren verstummt.

»Ich habe eine Wärterin gefragt. Sie sagte mir, daß es hier eine Patientin namens Christabel van Alen gibt.« Seine Stimme wurde plötzlich so weich wie ein Wispern. »Sie ist deine Schwester, nicht wahr?«

In diesem Augenblick haßte Alana alles an ihm – sein schönes Gesicht, seinen Spazierstock, sein vulgäres, fremdartiges Verhalten. »Du hast mich belogen. Du hast mir versprochen, mir niemals hierher zu folgen. Du bist ein Lügner! Ein Lügner!«

Er kam zu ihr, so selbstverständlich, als hätte er ihren Ausbruch erwartet.

Sie schlug nach ihm. All ihr Schutz war niedergerissen worden, all ihre Geheimnisse enthüllt. Wie sollte sie sich und ihre Schwester nun noch schützen, jetzt, da Trevor Sheridan ihre verletzlichste Stelle entdeckt hatte?

Voller Haß platzte sie heraus: »Du bist widerlich. Wir hatten ein Abkommen. Du hast versprochen, mir niemals zu folgen. Du hast es ver–«

»Alana!« schnitt er ihr harsch das Wort ab. »Ich mußte es wissen. Ich konnte dich nicht noch einmal weggehen sehen, ohne zu wissen, was dein Ziel ist. Ich mußte es herausfinden.«

»Du Lügner!« spuckte sie aus, als könnte das Wort allein ihn verletzen.

Seine Miene wurde noch härter. »Ja, ich habe gelogen. Aber ich konnte nichts dagegen tun. Ich *mußte* dir folgen.«

»Und was wirst du jetzt mit deinem neuen Wissen anstellen? Wie willst du mir diesmal weh tun?«

»Ich will dir nicht weh tun!«

Panik drohte sie zu überwältigen. »Nicht meine Schwester«, sagte sie so ruhig wie möglich. »Tu Christal nicht weh. Ich tue alles, um sie zu beschützen – ich gebe dir alles, was du willst, *alles!* Aber tu meiner Schwester nicht weh!« Das letzte Bißchen des Schutzschildes löste sich in nichts auf. Furchtbare Ideen, was er jetzt alles anstellen konnte, schossen ihr durch den Kopf. Ihr Leben war ihr entglitten. Sie konnte nichts mehr in den Griff bekommen. Sie vergrub das Gesicht in den Händen und weinte hemmungslos.

Kaum spürte sie seine zögernde Berührung. Als die Tränen nicht aufhören wollten, nahm er sie in die Arme und hielt sie fest. Doch sie bemerkte es fast nicht. Zu grausam schien nun Christals Schicksal, und sie spürte, daß sie aufgeben mußte, daß sie am Ende war, besiegt und erledigt.

Minuten verstrichen, bis ihre Tränen versiegten. Dann kehrte die Wirklichkeit Stück für Stück in ihr Bewußtsein zurück, und sie bemerkte, daß sie in seinen Armen lag und seine Hand steif über ihre Schulter strich. Einen Augenblick lang glaubte sie an die Geborgenheit, die Sicherheit seiner Umarmung, doch dann stellte sich ihr gesunder Menschenverstand wieder ein. Sie wußte, daß auch seine Umarmung lügen konnte.

»Ich bin nicht gekommen, um deiner Schwester etwas anzutun«, flüsterte er. »Ich will dir helfen, wenn ich kann.«

Sie begann wieder zu weinen und wandte sich schnell ab, damit er es nicht noch einmal mitbekam.

Doch er war einmal mehr schneller und weniger als sie. Er hielt sie fest und zog sie an sich. »Sag mir, was ich für sie tun kann«, flüsterte er.

Schluchzend konnte sie zuerst nicht antworten. Doch schließlich quoll es aus ihr heraus. »Sie ist krank. Sie behandeln sie schlecht. Ich muß sie da rausholen... sie bringen sie um, bringen sie um...« Wieder brach sie in Schluchzen aus, und bevor sie es verhindern konnte, hatte er ihren Kopf schon an sich gezogen, und ihre Tränen fielen auf seine seidene Paisley-Weste.

»Was brauchst du, damit du sie da rausholen kannst?« drang er sanft in sie, während sie an seiner Brust weinte.

»Den... den Superintendent der Polizei.«

»In Ordnung. Ich hole sie dir da raus. Ich kann sie befreien!«

»Aber... aber wie?« Atemlos, schockiert und voller neuer Hoffnung sah sie zu ihm auf.

Er lächelte fast. »Denk doch mal nach, *á mhúirnín.* Bei der Polizei arbeiten mehr Iren als Knickerbokker.«

Sie überlegte einen Moment. »Ja, das stimmt«, sagte sie dann langsam.

»Dann laß es mich machen. Es wird mir sogar Spaß machen.« Er lächelte sie bitter an. »Wahrscheinlich ist dies der einzige Bereich, wo ich mehr Einfluß habe als du.«

»Du willst uns wirklich helfen?« flüsterte sie und wollte sich an diese Hoffnung klammern. Doch gleichzeitig hatte sie Angst, er könnte sie im nächsten Moment wieder zunichte machen. Er nickte, und sie fragte: »Aber warum?«

»Weil ich es mag, wenn du mich brauchst.«

Sie starrte ihn an, und ein seltsamer Schauder der Erregung lief ihr den Rücken hinunter. In seiner ihm eigenen, frostigen Art konnte er durchaus gemeint haben, daß er begann, Gefühle für sie zu entwickeln. Doch seine Worte deuteten ebenfalls jene dunkle Seite an, die sie schon zur Genüge kennengelernt hatte. Jene, die beherrschen und um jeden Preis gewinnen wollte.

»Ich brauche dich«, flüsterte sie, gewillt, allem zuzustimmen, was ihre Schwester aus der Hölle befreite. Aber damit hatte sie auch ausgesprochen, was sie aus ganzem Herzen meinte.

»Gut«, gab er nur knapp zurück, und seine dunklen, keltischen Augen blitzten geheimnisvoll auf.

***

Als sich die Sheridan-Kutsche entfernte, trat Schwester Steine vom Fenster zurück und ging zu ihrem Schreibtisch. Eilig schrieb sie eine Nachricht und adressierte sie an Mr. Baldwin Didier, Hotel Athena, Troy, New York.

»Lassen Sie das so schnell wie möglich ausliefern«, sagte sie zu einem Wärter, der gerade an ihrem Büro vorbeikam.

Der Wärter nickte und nahm den Brief.

»Wie geht es ihr?« fragte Schwester Steine.

»Sie schläft.«

»Gut. Gehen Sie. Mr. Didier hat darauf bestanden, daß er sofort benachrichtigt wird, falls irgend etwas in dieser Art geschehen sollte.«

»Ja, Madam.« Der Wärter zog seine weiße Jacke aus und schlüpfte in eine dunkle. Sie wartete, bis er fort war und trat dann in Christals Zimmer.

Der Mund des Mädchens bewegte sich noch immer und zeugte von der Kraft, die selbst unter dem Einfluß des Morphiums noch ungebrochen war. Leidenschaftslos beobachtete die Krankenschwester, wie Christal einen erstickten Schrei ausstieß und an den Gurten um ihren Körper zerrte.

Da sie nichts tun konnte, verließ sie den Raum wieder. So hörte sie nicht, wie ihre Patientin leise stöhnte. »Ich hab' dich gesehen… ich hab' dich gesehen… tu's nicht… nein! Oh, bitte, ich flehe dich an, tu's nicht, Onkel Baldwin!«

28

Als sie endlich wieder am Stadthaus angelangt waren, fühlte sich Alana wie ausgelaugt. Trevor hatte sich sofort zur Polizei aufgemacht, und sie ging in ihr Zimmer, um sich auszuruhen und ihre Gedanken zu ordnen. Christals gefährliche Lage lastete schwer auf ihrer Seele, aber Trevors Worte ebenso. Alana wußte, daß ihr Mann für diese »gute Tat« bestimmt eine Gegenleistung erwarten würde. Die Melodie von »Bridget O'Malley« ging ihr unablässig im Kopf herum, dessen Worte sowohl Warnung als auch Einladung waren.

Nach einem kurzen, unruhigen Schlummer stand sie auf und zog an der Klingel, um Margaret herbeizurufen. Sie kleidete sich mit Margarets Hilfe aus und wollte sich gerade ein Bad bereiten lassen, als sie sich anders entschied. Sie entließ Margaret, warf sich einen rosafarbenen Hausmantel über und betrat das angrenzende Badezimmer.

Sie hatte es noch niemals benutzt, obwohl es für die Dame des Hauses und ihren Gatten gedacht war.

Sie konnte Trevor jeden Tag bei seiner morgendlichen Toilette hören, sie selbst hatte sich ihr Bad aber stets in ihr Ankleidezimmer bringen lassen, wie sie es vom Washington Square gewohnt war. Schließlich war sie eine Knickerbocker und erzogen, ihre Nase über all diese modernen Sanitäreinrichtungen zu rümpfen. Aber heute war sie gewillt, ihr Niveau herabzusetzen. Der Verlockung des vielen heißen Wassers, das auf ihre schmerzenden Muskeln prasselte, konnte sie nicht widerstehen. Da Trevor fort war, gab es keinen Grund, sich nicht restlos zu entspannen. Zumal sie wieder Kraft für den heutigen Empfang bei den van Dams und Trevors Neuigkeiten vom Polizeichef schöpfen mußte.

Das Regenbad, wie es genannt wurde, stand in der Mitte eines großen, mit Marmor ausgelegten Raumes. Sich bauschende Vorhänge aus geöltem Leinen hingen um die Wanne herum, in der das Wasser aufgefangen wurde, das aus dem Kasten an der Decke kam. Es war so einfach zu handhaben, und um die Temperatur zu regulieren, mußte man nur an vergoldeten Armaturen drehen, um kaltes dem heißen Wasser hinzuzufügen.

Sie ließ den Hausmantel von ihren Schultern gleiten, löste ihr Haar und stieg in die Wanne. Und bald darauf war ihr einziger Wunsch, daß sie niemals mehr herauswollte. Als das heiße Wasser auf ihren Kopf und ihre Schultern prasselte, schienen ihre Sorgen durch den Abfluß mitfortgespült zu werden. Ein wenig von ihrem Optimismus kehrte zurück, und sie begann zu glauben, daß die Dinge sich vielleicht doch wieder einrenken konnten. Trevor würde Christal befreien. Er war in Situationen wie dieser ein Meister. Er konnte alles bekommen, was er haben wollte – das hatte er mehr als einmal bewiesen.

Ein anderer Gedanke drängte sich ihr auf, und ihr Herz begann erregt zu klopfen. War es nicht möglich, daß Trevors Hilfe bedeutete, daß er sich doch mehr um sie sorgte, als er zugeben wollte? Sie schloß die Augen und flehte im stillen, daß sie ihre Ehe vielleicht doch noch zu einer richtigen machen konnte. Der Gedanke, sich von ihm trennen zu müssen, selbst wenn es eine ordentliche Annullierung gäbe, war unerträglich geworden. Trevor war weder der geistreiche Anson, noch der lebenslustige Eagan. Doch sie fühlte sich mit ihm weniger einsam als mit irgendeinem Menschen sonst. Da war etwas in ihm, das sie anzog. Sie hatte es schon beim ersten Mal entdeckt, als sie ihn sah, und es hatte sie an ihn gebunden. Seine unermüdlichen Bemühungen für Mara, mit denen er Himmel und Hölle in Bewegung gesetzt hatte, um ihr zu helfen, bewiesen sein gutes Herz. Alana konnte es nur zu gut verstehen, denn sie liebte Christal mit der gleichen Inbrunst.

Doch es war grausam, daß seine Liebe für die Familie sie ausschloß und es ihr nicht erlaubte, selbst eine Familie aufzubauen. Sie wollte keinesfalls kampflos aufgeben, aber sie würde sich niemals so weit herablassen und ihn um seine Zuneigung anbetteln. Sie brauchte ihren Stolz dringend, ganz besonders, wenn sie an all die einsamen Jahre dachte, die ohne Trevor vor ihr liegen würden, wenn die Ehe für ungültig erklärt werden sollte.

Das Wasser prasselte immer noch auf sie herab, und die Vorhänge dampften. Sie griff nach der Seife in der vergoldeten Schale, die wie eine Muschel geformt war. Die Seife roch nach ihm, ein schwacher, würziger Duft, der sie an seine Haut erinnerte. Als sie die Augen schloß und tief einatmete, war Trevors Bild so überdeutlich, daß sie glaubte, sie könnte ihn anfassen.

Hastig schäumte sie sich mit der Seife ein, denn sie wollte sich nicht eingestehen, wie sehr es sie verwirrte, damit ihren nackten Körper zu berühren. Entschlossen, vernünftig zu sein, wusch sie sich gründlich, doch als der Duft auch von dem Wasserstrahl nicht vertrieben wurde, war sie nicht mehr in der Lage, Trevors Bild zu verdrängen. Er war allgegenwärtig, in dem Duft, in der Atmosphäre. Vielleicht hätte sie das genossen, wenn es sie nicht auch so erschreckte. Ihr Körper reagierte mit animalischen Trieben, er wurde weich, heiß, und sie sehnte sich in einer Art nach ihm und seiner Berührung, die sie sich selbst gegenüber lieber nicht zugeben wollte.

Sie schüttelte sich und konzentrierte sich darauf, sich mit einem Schwamm abzurubbeln. Sie strich ihn über ihren Busen, drückte ihn aus und ließ den weißen, moschusartigen Schaum über ihre Brüste rinnen. Sie wusch sich, und plötzlich hielt sie es nicht mehr aus. Aus dem teilnahmslosen Waschritual wurde ein qualvolles Verlangen, das sich noch steigerte, weil es unerfüllt blieb.

Stöhnend hielt sie den Kopf unter Wasser und hoffte, daß der Strahl seinen Duft und ihre Erregung fortspülen würde. Sie schloß die Augen und versuchte, sich zusammenzureißen. Doch vergeblich. Ihre Brustwarzen blieben hart, ihre Gedanken quälend. Ihr Geist, ihre Seele und ihr Körper waren auf ihren Mann eingestellt, und tief in ihrer ganz persönlichen Hölle wußte sie, daß dies genauso war, wie sie es sich immer gewünscht hatte.

Plötzlich hörte sie ein Geräusch, ein Laut wie von Wasser, das auf Papier prasselte. Sie öffnete die Augen. Durch den Vorhang aus Wasser und Dampf entdeckte sie, daß der Vorhang auseinandergezogen war und dort jemand stand.

Mit zitternden Händen wischte sie sich über die Augen. Trevors Gesichtsausdruck war eine Mischung aus Überraschung und tiefer, animalischer Lust. Sie war so gelähmt darüber, daß ihre Phantasien wahr geworden waren, daß sie nicht daran dachte, den Vorhang zuzuzerren und ihre Nacktheit zu verbergen. Sie konnte noch nicht einmal nach Christal fragen. Und bevor sie einen einzigen Laut ausgestoßen hatte, packte er sie schon am Nacken und zog ihren Mund auf seinen.

Sie stöhnte auf, aber es lag kein Protest darin. Protest war nun sinnlos – schlimmer noch: heuchlerisch! Denn wie sollte sie ihn und sich selbst belügen, daß sie dies nicht wollte, wenn es doch genau anders war? Sie wollte ihn so sehr, daß es einem Hunger glich, der gestillt werden mußte, wenn sie nicht zugrunde gehen wollte.

Seine Zunge drang heiß und hart in ihren Mund, während das warme Wasser auf sie niederströmte. Voller Verlangen legte er seine Hände auf ihre Brüste und strich die Tröpfchen weg, die wie Diamanten an ihren Brustwarzen hingen. Rasch hatte er seine Hose geöffnet.

Sie bemerkte kaum, was er als nächstes tat. Ihre einzige Empfindung schien sein Mund auf ihrem zu sein und der überwältigende Instinkt, daß er sie mit all seinen Sinnen wollte.

Er zog sie beide auf den Boden der großen Marmorwanne und hob sie auf sich. Dieser Mann, der so kalt und kontrolliert gewesen war, hatte nun all seine Konventionen vergessen. Und sie sah in seinen leuchtenden Augen, daß nichts verloren war. Zum ersten Mal in ihrer Ehe erschienen ihr die Möglichkeiten endlos.

Berauscht von dem heißen Wasser, dem noch heißeren Verlangen, das sie beide einhüllte, und dem verzweifelten Wunsch, diese seltene intime Zweisamkeit weiterzutreiben, schob sie sein klatschnasses Hemd beiseite und fuhr durch sein dichtes Brusthaar. Er schien ihre Forschheit zu mögen, denn sein Mund verzog sich zu einem Lächeln. Er streichelte ihre blassen Schenkel, die ihn umschlangen, bevor er seine Hand in ihr nasses blondes Haar wühlte und sie zu einem weiteren Kuß herunterzog. Sein Arm legte sich um ihre Hüften, und er drang in sie ein.

Er füllte sie hart und tief aus, und sie bog den Rükken wie eine Katze. Keuchend dirigierte er ihre Bewegungen, und in ihrem Wunsch, ihm zu gefallen, zeigte sie sich als gelehrige Schülerin, besonders als sein Daumen liebkosend zu dem Dreieck aus dunkelgoldenem Haar zwischen ihren Schenkeln wanderte. Ihre Reaktion kam fast plötzlich, und ihr Stöhnen animierte ihn erst richtig. Er zog sie wieder zu seinem Mund, legte dann seine Hände auf ihre Brüste. Wieder und wieder stieß er in sie hinein, und als sie sah, was dieses Spiel in dem Mann anrichtete, der Kontrolle und Beherrschung wie eine Droge brauchte, schrie sie auf und verharrte in ihrer Lust, als hätte sie Angst, daß man sie ihr wegnehmen könnte.

Eine Sekunde verstrich, eine Stunde, sie wußte es nicht. Schwach und nach Atem ringend, sah sie auf ihn herab, der sich immer noch in ihr bewegte. Ihre Hände glitten über seine durchweichten Kleider, über seine behaarte Brust, sein lustverzerrtes Gesicht. Und plötzlich spürte sie, wie sehr sie ihre Macht genoß. Was auch immer sie befürchtete, eins wußte sie ganz sicher: Daisy hatte Trevor niemals auf diese Art besessen. Die rauhe, beherrschte Fassade ihres Mannes war fort, und darunter war ein wildes Tier erschienen, das mit einer Gier nach ihr verlangte, die ihr den Atem nahm.

Sie hörte sein tiefes, kehliges Stöhnen, fühlte, wie er in ihr kam, und sie wollte weinen, lachen, irgend etwas, um das Gefühl auszudrücken, das sie nun überschwemmte. Zum ersten Mal schmeckte sie Macht, und Macht war eine schleichende Droge. Aber das war Liebe auch, und sie sonnte sich in beiden, denn in diesem Augenblick war sie seine Löwin.

***

Um halb sechs abends stand Margaret vor Alanas Tür und starrte den Diener Mr. Sheridans an, der vor der Tür seines Herrn stand. Ihre Herrin war weder in ihrem Schlafzimmer noch im Badezimmer gewesen, als Margaret gegangen war. Die Zimmer des Herrn des Hauses waren abgeschlossen, und instinktiv traute sich keiner der beiden Bediensteten, anzuklopfen.

Margaret sah den älteren Mann mit einer Miene an, die besagte »Und was machen wir jetzt?« Der Diener nickte nur und machte auf dem Absatz kehrt.

Mit vor Verlegenheit geröteten Wangen tat Margaret es ihm nach, indem sie sich sagte, daß Mr. und Mrs. Sheridan dennoch für den Empfang bei den van

Dams um zehn Uhr angezogen und bereit sein könnten, auch wenn sie das Abendessen ausfallen ließen.

Alana lag in Trevors Armen auf dem Bett, dessen Laken von der Dusche und ihrem Liebesspiel feucht dampften. Trevors Kleider lagen pitschnaß vom Bett bis zum Badezimmer verstreut. Er hatte sie noch zweimal genommen, langsamer zwar, aber nicht mit weniger Begierde.

Und nun lagen sie schweigend da und hielten einander, Alana auf dem Bauch, zärtlich mit seinen Brusthaaren spielend, und er auf dem Rücken, seine Hand die sanfte Kurve ihrer Hüfte streichelnd. Beide schienen Worte zu scheuen. Stets waren Worte schuld an ihren Mißverständnissen gewesen. Sie hatten zuviel gesagt, gleichzeitig zu wenig. Doch als es dann an der Zeit war, sprach Trevor auf Gälisch, Worte, die Alana nicht übersetzen konnte, aber die sie verstand. Sie küßte ihn, wenn er es wollte, er streichtelte sie, wenn sie Geborgenheit brauchte. Und endlich, als sie erneut unter ihm wimmernde Laute von sich gab, seinen pulsierenden Körper mit ihren Beinen umschlang, kam sie im Rhythmus seiner geflüsterten Lust, die wieder und wieder *»tarcionn«* sagte, bis auch seine Stimme versagte.

29

»Ich möchte Mara heiraten. Ich habe vor, sie mit nach England zu nehmen, wenn ich nächste Woche abreise. Ich...« Der Duke zögerte, sagte dann aber bestimmt: »Ich würde es am liebsten mit Ihrer Zustimmung tun.«

Trevor starrte Granville, der ihm in der Bibliothek gegenüber saß, nur an. Es war früh am nächsten Morgen, und Alana schlief noch. Zu den van Dams waren sie nicht mehr gegangen. Trevor rieb sich die Bartstoppeln am Kinn – der Duke war gekommen, bevor er sich hatte rasieren können, und es gab tausend Dinge, die er bereden wollte, nichts davon aber mit diesem unverschämten, jungen Briten.

»Was denkt Mara darüber?« fragte er mit unfreundlicher, ruppiger Stimme.

Nigel überlegte sich seine Worte sorgfältig. »Ich glaube und ich bete, daß sie meine Gefühle erwidert!«

»Sie wissen, daß sie erst sechzehn ist. In meinen Augen viel zu jung, um zu heiraten!«

»In Irland heiraten die Mädchen noch früher!«

»Wir sind hier nicht in Irland.« Zum ersten Mal lächelte Trevor. Der Duke wurde sichtlich angespannter. »Wissen Sie, *Eure Hoheit*«, sagte Trevor, »ich bin mir durchaus über die verdammte Tatsache im klaren, daß die Iren den Adel lieben. Mein Vater nannte mich nach dem Earl, dessen Land er pflügte. Was für eine Ehrerbietung. Dennoch... es war derselbe Earl, der meine Mutter fast verhungern ließ, nachdem mein Vater gestorben war. Deswegen habe ich wenig Sympathie für die Landbesitzer. Verzeihen Sie mir, daß ich Ihnen nicht auf die Schulter klopfe und ›Willkommen in meiner Familie, Kumpel‹ sage!«

»Die Granvilles waren nie ein Teil des Systems in Irland. Wir sind mit Ihnen einer Meinung, daß es falsch und ungerecht ist.« Der Duke hob selbstbewußt das Kinn. Plötzlich erschien er viel älter als zweiundzwanzig.

»Fein. Dann können Sie meine Schwester heiraten, wenn es korrigiert worden ist.« Trevor erhob sich, als wollte er ihn entlassen.

Doch Nigel war nicht so leicht abzuwimmeln. »Wollen Sie denn, daß sie ausreißt? Denn ich schwöre, daß wir das tun werden, wenn es nicht anders geht. Aber ich weiß, daß sie lieber Ihren Segen hätte.«

»Aber *Sie* sind doch hier, um ihn sich zu holen. Ich finde das amüsant!«

Der Duke wählte seine Worte nun sehr sorgfältig. »Wenn Sie die Wahrheit hören wollen, dann gebe ich keinen Penny auf Ihren Segen, Sheridan. Ich kann auf eigenen Füßen stehen, und Sie brauche ich nicht. Ich will, daß Mara glücklich ist!«

Sheridan lachte und packte seinen Spazierstock. »Sie wollen, daß Mara glücklich ist«, spottete er. »Was Sie wollen, ist das viele amerikanische Geld, das Sie mit ihr heiraten. Nun kommen Sie schon, mein Freund, wir sind doch beide nicht dumm. Sagen Sie es ruhig.«

»Ich liebe Ihre Schwester, nicht Ihr Geld, Sheridan. Und ich werde ihr ein guter Mann sein, das verspreche ich.«

Trevor wurde gefährlich nachdenklich. »Granville«, begann er bedächtig. »Ich will, daß Mara gut verheiratet wird. Ich habe fast Unglaubliches geleistet, damit sie diese Möglichkeit bekommt. Und, wissen Sie, ich habe das alles nicht getan, damit irgendein verarmter Duke sie nimmt, der sie nur heiraten will, weil ihr Geburtshelfer die Bank von New York war.«

Nigel verlor nun seine Geduld. »Wenn Sie und ich uns nicht einigen können, weiß ich wenigstens, daß ich es versucht habe. Ich will Mara nicht wegen ihres Geldes. Tatsächlich brauche ich ihr Geld nämlich nicht. Da ich Ihnen das aber nicht begreiflich machen kann, gehe ich. Aber ich will Ihnen noch sagen, daß ich auf Mrs. Astors *bal masqué* unsere Verlobung ankündigen werde. Und danach ist es, wie man so schön sagt, eine Sache zwischen Ihnen und Ihrem Schöpfer, Sheridan.«

Trevor lachte wieder. »Erhöhen wir also den Einsatz, einverstanden? Sie künden Ihre Verlobung mit Mara an, und ich verweigere ihr den kleinsten Penny. Wenn Sie also eine Irinbäurin heiraten wollen, dann sollen Sie sie bekommen. Wenn Sie Mara zur Frau nehmen, wird sie so arm sein wie ihre Mutter, als sie ins gelobte Land kam!«

»Arm oder reich.«

»Dann können Sie gerne die Verlobung herausposaunen.«

»Das werde ich!« Wütend nahm Nigel seinen Zylinder, nickte frostig und verließ die Bibliothek.

Trevors Lächeln wurde böse. »Sie werden sich niemals blicken lassen«, rief er in Richtung Tür.

Alana rollte sich auf die Seite und öffnete die Augen. Sonnenlicht strömte aus vier gewaltigen, unvertrauten Fenstern in das Zimmer, und Alana hörte die Geräusche der Fifth Avenue zwei Stockwerke tiefer. Die Omnibusse ratterten vorbei, Leute standen an den

Haltestellen, ein Mann beschimpfte einen anderen, weil er vor seinen Einspänner gerannt war.

Nun fiel ihr ein, daß sie immer noch in Trevors Schlafzimmer war, und sie schloß die Augen. Sie dachte an die vergangene Nacht und genoß noch einmal jede stürmische Einzelheit. Jeder Muskel schmerzte ihr von dem Liebesspiel, aber vor allem verspürte sie einen besonderen, süßen Schmerz zwischen ihren Schenkeln, und sie wünschte sich, ihr Mann läge noch neben ihr im Bett.

Hatte sie ihn wirklich jemals für kalt und teilnahmslos gehalten? Ein verstohlenes Lächeln erschien auf ihren Lippen. Gestern nacht war er alles andere als das gewesen. Nun war es Morgen, vielleicht sogar später. Würde er die Nähe beibehalten oder würde er sich wieder in seine Festung zurückziehen, die er um sich herum aufgebaut hatte? Ihr Lächeln verschwand.

Sie wälzte sich herum und sah zur anderen Wand. Überrascht entdeckte sie Trevor, der auf einem Lederstuhl am Kamin saß und sie ansah. Sein Stock lag in seinem Schoß.

»Ich wußte nicht, daß du noch hier bist«, flüsterte sie und hielt seinen durchdringenden Augen stand. Er senkte den Blick, und sie tat es ihm nach, um festzustellen, daß die Laken von ihrer Brust gerutscht waren. Etwas befangen zog sie die Decke wieder bis zum Hals. »Bist du schon lange auf?«

Er nickte. Die Linien und Falten in seinem Gesicht erschienen stärker im Tageslicht, vielleicht durch die lange Nacht, die sie gemeinsam verbracht hatten. Als er sie nun so schweigend betrachtete, sah er jedenfalls keinen Tag jünger als zweiunddreißig aus. »Du gibst ein hübsches Bild in meinem Bett ab, *á mhúirnín*«, sagte er leise. »So heiter, so kindlich – so ganz anders als die Frau, die du gestern nacht warst!«

Alana spürte, wie sie rot wurde. Aber sie konnte ihm nicht widersprechen. Ihre Leidenschaft hatte sie selbst überrascht.

Er zog einen Brief aus seiner Jackentasche. Dann stand er auf, kam zum Bett und beugte sich über sie, als er ihr ihn reichte. »Hier ist der Brief vom Superintendent. Deine Schwester wird deiner Obhut überlassen. Du mußt ihn nur noch bei der Anstalt vorzeigen.«

Sie nahm den Brief mit zitternden Fingern und sah ihn an. Ihre Träume waren wahr geworden. Christal würde frei sein. Am liebsten wäre Alana sofort aufgesprungen, um sich anzuziehen, so daß sie gegen Mittag in Brooklyn sein konnte. Nun würde endlich alles wieder gut werden.

Sie wandte sich zu Trevor, ihr Gesicht voller Freude, die sie nicht ausdrücken konnte. »Danke«, flüsterte sie. »Du kannst nicht wissen, was das für mich bedeutet. Ich stehe ewig in deiner Schuld!«

»Du hast sie gestern nacht abgetragen.«

Ihre Gedanken waren so sehr bei Christal, daß sie einen Moment brauchte, um sich gewahr zu werden, was er gesagt hatte. Er hatte sich vom Bett entfernt, das Klicken seines Stockes gedämpft durch den dikken Teppich.

»Wenn du glaubst, die Nacht gestern war meine Bezahlung für meine Schwester, dann irrst du dich«, sagte sie, obwohl er ihr den Rücken zuwandte.

Er hielt inne, drehte sich aber nicht um. »Es war eine Bezahlung. Warum sonst hättest du da im Bad auf mich warten sollen?«

»Ich –« *habe nicht auf dich gewartet,* wollte sie sagen, aber sie konnte ihm doch nicht erklären, daß ihre nächtliche Begegnung nur ein Zufall gewesen warn. Selbst sie glaubte das nicht. Eine seltsame Kraft hatte sie zueinandergezogen, und ob sie sich damit abfinden wollte oder nicht, es war zu stark, als daß sie ihr widerstehen konnte. Das war auch der Grund gewesen, warum sie unbedingt das Regenbad ausprobieren mußte. Sie hatte nicht auf ihn gewartet – aber sie hatte gewußt, daß er zu ihr kommen würde.

»Das dachte ich mir«, sagte er, als sie ihm keine Antwort gab.

»Nein, es ist nicht, wie du denkst. Die letzte Nacht hatte nichts mit Christal zu tun.« Sie setzte sich auf und hielt dabei das Laken vor ihrer Brust fest. »Ich wollte es, weil...« Ihr stockte der Atem, als sie begriff, was sie sagen wollte.

»Warum hast du es getan?« fragte er mit gerunzelter Stirn, als er sich endlich umdrehte. Als sie schwieg, sagte er: »Ich werd' dir sagen, warum. Weil du die Kunst der Verführung und des Liebesspiels kennengelernt hast und nun weißt, wie du alles bekommst, was du haben willst!«

»Das ist nicht der Grund!« schrie sie auf. Es konnte doch nicht wahr sein, daß er so etwas glaubte!

»Also warum?«

Alanas Miene zeigte offen all ihre Gefühle. »Was glaubst du denn, warum eine Frau wie ich so hemmungslos werden kann, wie ich es gestern nacht war?« Ihre Stimme wurde zu einem Flüstern. »Eine Frau wie ich, Trevor, würde das nur für den Mann tun, den sie liebt.«

Es war geschehen. Die Worte waren heraus, und

Alana empfand Erleichterung, daß sie endlich die Wahrheit gesagt hatte. Sie wollte es nicht mehr verbergen.

Er starrte sie an, als sie sich nun auf sein Bett kniete, wobei sie ihren nackten Körper kunstvoll in die Laken eingewickelt hielt. Er zeigte keinerlei Gefühlsregung. Selbst seine Augen verrieten nichts. Schließlich sagte er: »Du sagst, du liebst mich, Alana. Aber warum sollte ein Frau wie du jemals einen Mann wie mich lieben? Nenn mir einen einzigen vernünftigen Grund.«

Sie spürte seinen Rückzug, und Tränen brannten in ihren Augen. »Es gibt keinen vernünftigen Grund für Liebe, Trevor. Ich will dich noch nicht einmal lieben. Du hast fast mein Leben ruiniert, und du hast mir oft genug weh getan. Ich weiß nur, *daß* ich dich liebe, und obwohl du mich mit beiden Händen immer wieder verstößt, glaube ich, daß ein winziger Teil von dir mich ebenfalls liebt!«

Er schwieg mit unbewegtem Gesicht. Es tat ihr weh, daß er keine Antwort gab, aber sie war entschlossen, tapfer zu sein. Sie würde für ihre Ehe kämpfen. Sie würde sich in Geduld fassen und ihm Zeit geben. Stets hatte er die Kontrolle über alles haben wollen. Und zum ersten Mal in seinem Leben war er mit etwas konfrontiert, das jenseits seines Einflusses stand.

»Stevens wäre der bessere Ehemann für dich, Alana. So sehr ich diesen Kerl verachte, ich muß es zugeben. Du kommst aus seiner Welt, nicht aus meiner.« Seine Stimme schien einen Moment zu versagen, seine Augen wurden plötzlich finster.

Seine Worte machten ihr angst. Sie sah förmlich, wie sie ihn verlor. Nun konnte sie ihre Tränen nicht mehr zurückhalten. Sie wollte ihn schütteln und ihn zwingen, die Worte, die sie brauchte, endlich auszusprechen. »Mein Gott, Trevor, können wir uns denn niemals näherkommen? Fehlt denn da etwas in dir, daß du niemals daran denken kannst, *was* ich bin, anstatt *wer* ich bin? Ich konnte das bei dir doch auch. Ich sehe in dir ja auch keinen Irenbauern aus der Gosse, sondern nur den Mann, den ich verzweifelt lieben will!«

Trevor konnte seine aufwallenden Gefühle nun nicht mehr verstecken. »Nein, du siehst mich nicht, Alana«, sagte er voller Bitterkeit. Er gab sich keine Mühe seinen Akzent zu unterdrücken. »Der Mann, den du lieben willst, ist nicht weit von der Gosse entfernt. Das wird mir jedesmal klar, wenn wir auf solche Gesellschaften gehen, jedesmal, wenn Caroline Astor mich angewidert ansieht. Der Mann, den du haben willst, ist kaum ein richtiger. Er kann noch nicht einmal seine Frau zum Tanz bitten. Und warum das alles?« Er sah ihr direkt in die Augen, und Alana schluckte einen Schluchzer hinunter. »Ich sag dir, warum. Weil der Mann, den du als Ehemann willst, beim Klauen in Five Points erwischt und angeschossen wurde und niemals wieder wird tanzen können!«

Er drehte sich um und trat mit steifen, ungelenken Schritten ans Fenster, ohne sich um seinen Stock zu kümmern. Sie beobachtete ihn tränenüberströmt, während sich Hoffnungslosigkeit schwer auf ihre Seele legte. Er glaubte nicht daran, daß ihre Ehe funktionieren konnte, weil er sich selbst für nicht gut genug hielt. Er würde sie niemals akzeptieren, weil er selbst unsicher war, und ihre Ehe war verloren, bevor sie je richtig begonnen hatte.

Die Qual dieser Erkenntnis war fast unerträglich.

Ein Klopfen an der Tür unterbrach das drückende Schweigen. »Nicht jetzt!« bellte Trevor, doch Whittakers gedämpfte Stimme sagte: »Ein Telegramm ist gerade gekommen, Sir. Es ist für Mrs. Sheridan. Ich dachte, es könnte dringend sein.«

Trevor warf einen Blick auf Alana. Sie trocknete ihre Tränen und zog das Laken enger um ihren Körper. Dann ging er zur Tür, ließ sich das Telegramm geben und händigte es Alana aus.

Alana riß den Brief sofort auf. Als sie es las, wich ihr jegliche Farbe aus dem Gesicht:

> Christabel van Alen gegen fünf Uhr morgens aus Park View verschwunden. Suche eingeleitet, Hoffnung gering. Melden, wenn gefunden.
>
> Mrs. Mathilde Steine

Wie betäubt ließ Alana das Telegramm sinken. Das Laken rutschte von ihrer Brust, doch sie bemerkte es nicht.

Er nahm ihr das Telegramm aus der herabhängenden Hand. Als er es gelesen hatte, sagte er: »Ich finde sie. Ich habe Männer, die sie suchen werden. Detektive.«

Kummer verzerrte ihr Gesicht, sie wagte nicht, zu ihm aufzuschauen. Sie konnte nur noch an Christal denken – die zerbrechliche, verletzliche Christal, ihre einzige Verwandte außer Didier, die nun auf den Straßen herumirrte.

»Hast du gehört?«

Sie hob den Kopf, brachte aber kein Wort hervor. In einem kurzen Augenblick hatte sie den Mann, den sie liebte, und ihre Schwester verloren. »Warum hat sie das getan? Gerade, wo ich sie freibekommen habe...«, sagte sie dumpf.

»Ich weiß nicht, Liebes. Ich weiß nicht, warum sie es getan hat.«

»Sie hat es nicht getan.« Zorn übermannte sie und überlagerte den Kummer, Tränen schossen wieder in ihre Augen. »Christal würde so etwas niemals ohne Grund tun. Und es ist mir egal, ob jemand glaubt, sie ist verrückt. Sie würde mich nicht ohne einen guten Grund verlassen. Ich weiß es. Ich *weiß* es!« Aufgeregt suchte sie nach etwas, das sie sich umwerfen konnte, damit sie hinaus konnte.

»Wo willst du hin?« verlangte er zu wissen.

»Nach Brooklyn! Ich werde sie finden!«

»Du kannst nichts tun, was ich nicht mit meinen Männern hundertmal gründlicher tun kann. Ich werde jeden einzelnen zur Suche abstellen. Was glaubst du, könntest du sonst noch unternehmen?« Er hielt sie fest. Das Laken fiel, und sie kämpfte nackt gegen seinen Griff. »Sei vernünftig, Alana. Es gibt im Moment wirklich nichts, was du tun kannst!«

Ihre Wut wallte auf. Erst wies er ihre Liebe zurück, und dann wollte er sie noch von ihrer Schwester fernhalten. Sich in seinen Armen windend, fuhr sie ihn an: »Laß mich los! Ich bin die einzige, die ihr helfen kann. Und schließlich ist es doch seltsam, daß du meine Schwester entdeckst, und am nächsten Tag ist sie verschwunden!«

»Was willst du damit sagen?« fragte er, stieß sie aufs Bett und hielt sie dort fest.

Sie spuckte ihn fast an. »Hast nicht selbst du um deinen Ruf zu fürchten? Vielleicht hast du jetzt, da du von meiner verrückten Schwester weißt, Angst, daß ihre Existenz Maras gesellschaftliche Karriere verderben könnte. Und wo du dich doch so für sie angestrengt hast, kann ich mir vorstellen –«

»Du bist außer dir, und du weißt es.«

»Laß mich los«, sagte sie ruhig, zu ruhig.

»Deine Schwester war krank. Man hat sie betäubt, sagte man mir. Sie war verwirrt und verschwand in den frühen Morgenstunden. Ich bin sicher, daß sie wieder auftaucht. Ich werde jeden Mann, den ich bekomme, auf sie ansetzen.«

»Werde ich sie jemals wiedersehen?«

Er lockerte seinen festen Griff um ihre Arme. »Ich tu alles, was ich kann, um deine Schwester zu finden. Das verspreche ich.« Er blickte auf sie hinab, doch ihre Augen starrten ins Leere und drückten nur Schmerz und Entsetzen aus. »Sieh mich an«, sagte er zärtlich, und seine Hand blieb auf ihrem Schenkel liegen.

Sie tat es nicht. Ihr Geist gehorchte ihr nicht. Sie war zu schockiert, um an etwas anderes als an Christal zu denken. Wo konnte sie nur sein? Ging es ihr gut? Im Inneren flehte sie, daß ihre Gebete erhört und ihre Schwester hierherkommen würde. Als sie daran dachte, daß sie sie vielleicht niemals wiedersehen würde, schluchzte sie laut auf.

»Alana«, sagte er leise und streichelte sie.

»Nein, faß mich nicht an! Faß mich nicht an! Wenn du mich nicht liebst, darfst du es nicht!« Sie rutschte vom Bett, packte das Laken und rannte auf ihr Zimmer zu.

Er fing sie ein und zog sie in seine Arme.

»O Gott«, schluchzte sie. Sie konnte nicht weiter, »bitte, mach, daß es ihr gutgeht. Bitte... ich flehe dich an!«

»Sch«, machte er und versuchte erneut, sie zu trösten.

Sie schob ihn weg und starrte ihn durch die Tränenschleier an.

»Ich finde sie. Ich verspreche es.« In seiner Stimme lag ein Hauch von Verzweiflung.

»Obwohl all deine anderen Versprechen keine Gültigkeit hatten, richtig?« Schmerzhaft krampfte sich ihr Herz zusammen. »Unsere Abmachung, diese Ehe – du hast nicht eins von deinen Versprechen gehalten!«

Mit versteinertem Gesicht sah er sie an. »Ich kann dir helfen, Alana. Ich bin der einzige, der dir helfen kann.«

Sie wandte sich um, wollte ihn nicht mehr sehen. Über das hinterherschleifende Laken stolpernd, floh sie in ihr Schlafzimmer. Er sah ihr nach und machte sich keine Mühe, den eigenen furchtbaren Kummer in seinem Gesicht zu verbergen.

30

»Nein, nein, so was kann ich doch nicht tun«, wiederholte Caitlín.

Eagan verzog frustriert seinen hübschen Mund. Sie schob das leise weinende Baby von einer Schulter zu anderen. »Aber du kannst doch nicht nur ein Dienstmädchen sein. Denk doch an dein Kind.«

»Mein Mam war Dienstmä'chen. Und ihre Mann auch. Was ist so schlimm?« sagte sie leicht verärgert.

»Aber warum muß es denn sein, wenn ich dich in

einem Laden unterbringen kann, wo du mehr verdienen kannst? Denk nur an Shivhan. Sie sollte zur Schule gehen und etwas aus sich machen. Wie willst du das mit einem Dienstmädchenlohn bezahlen?«

Caitlín trat an das Kellerfenster, das gegen Diebe und Einbrecher verbittert war, und sah hinaus. Sie drückte das Baby an ihre Brust. »Es ist nich' gut, so was von ein Mann anzunehmen. Ich weiß das.«

»Du kannst es mir zurückzahlen.«

»Das kann ich nie.«

»Aber ich brauche nichts zurück, also warum bist du so stur?«

Sie warf ihm einen kurzen Blick zu, wandte ihre Aufmerksamkeit dann wieder dem Baby zu. »Ich kann nicht. Ich kann nicht.«

Eagan rieb sich genervt über sein Kinn. Er hatte sich das alles so einfach vorgestellt, und dann kam Caitlín daher, und plötzlich war alles unmöglich. »Manchmal denke ich, du magst mich nicht besonders!«

Sie wirbelte herum. »Das is nich' wahr. Sie sind so gut zu uns.« Sie sah Shivhan mit verschleiertem Blick an.

Er trat an ihre Seite. »Woran liegt es also?«

»Sie werden nich' verstehen.«

»Dann erklär's mir doch.«

Schweigend tätschelte sie ihrer Tochter den Rükken. Gerade, als sie etwas sagen wollte, stieß Shivhan einen derart lauten Rülpser aus, der jeden Säufer Ehre gemacht hätte.

Erstaunt, daß so ein kleines Wesen solche Laute von sich geben konnte, schwiegen beide einen Moment. Eagan begann zuerst zu kichern, dann stimmte Caitlín ein. Shivhan hatte ihr Gejammer eingestellt

– kein Wunder – und starrte mit schläfrigen Augen Eagan an.

Noch lachend hob Eagan Caitlíns Kinn und küßte sie. Ihr Lächeln verschwand.

Wie es seiner Erziehung gebührte, war Eagans Kuß kurz und respektvoll. Es schien ihr zu gefallen, denn ihre Lippen wurden weich und nachgiebig, genau die Reaktion, die er sich gewünscht hatte. Doch als er sie nun ansah, fühlte er sich sofort schuldig. In ihren Augen lag eine Mischung aus Verrat und Anklage, gewürzt mit einem Hauch Begierde.

»Jetzt bist du böse«, flüsterte er.

»Ich werd' noch heute gehen«, sagte sie ruhig. »Sie reden von Irland, als wär'n wir gleich. Aber wir sind nich' gleich!«

Sie sah sich in der Küche um. Dieser Raum allein hatte mehr Luxus, als alles, was sie in Irland gesehen hatte. »Nur Adel lebt in solchen Häusern. Und Sie gehör'n zum amerikanischen Adel, Eagan.« Sie begann zu weinen. »Ich werd' kein Baby von Ihnen krieg'n, also können Sie mich auf die Straße setzen.« Mit diesen Worten wickelte sie Shivhan in eine Dekke und floh in ihr kleines Zimmer.

Mit offenem Mund sah Eagan hinter ihr her, zu entsetzt, um sie aufhalten zu können.

Gegen drei Uhr nachmittags war der männliche Teil der Sheridan-Familie betrunken. Eagan war kurz nach dem Lunch in die Bibliothek gegangen und hatte sich von Trevors Whiskey bedient. Es war eine Qual, das Zeug hinunterzubekommen, aber Qualen empfand er ohnehin schon, und mit Trevors Fusel konnte er schneller betrunken werden als mit dem guten Brandy.

Zwei Stunden verstrichen, ohne daß die beiden

Männer viel sprachen. Trevor klopfte mit dem Stock gegen das Kamingitter und starrte in die geschwärzte, kalte Feuerstelle, während Eagan mehr Drinks hinunterstürzte, als gut für ihn war.

Schließlich genehmigte er sich einen letzten und knallte das Glas auf den Tisch. »Ichab Proleme«, lallte er und verschluckte jeden Buchstaben, der verschluckt werden konnte. »Du bisss mein grossser böser Bruder, Trevor, mein Junge, wass würdess du in meiner Sssituassion tun?«

Trevor kreuzte die Arme vor der Brust und wirkte ratlos. Wenn er etwas deutlicher gesprochen hätte, wäre er nicht als betrunken aufgefallen. »Und was ist die Situation?«

»Frauen, Trevor, Frauen.«

»Als ob ich das nicht wüßte.« Trevor stürzte seinen Drink hinunter.

»Caitlín macht mich noch verrückt. Ich glaub', ich lieb' das Mädchen.«

»Verlieb dich bloß nicht.«

Eagan schien entsetzt von der Warnung. »Ssu spät. Außerdem braucht sie 'nnn Mann. Shivhan braucht 'n Vadder.« Er fingerte verlegen am Rand seines Glases herum und warf Trevor einen trotzigen Blick zu. »Kein… Protest?!«

»Nein.«

»Na, das nenn' ich 'ne Überraschung. Wassn los mit dir? Ich dachte, ich ssollte es besser mach'n…«

»Ich hab's besser gemacht. Und sieh, wo es mich hingebracht hat.«

Eagan betrachtete Trevors traurige Gestalt aufmerksam.

»Heirate ein Mädchen aus deiner Klasse, Eagan. Sonst wirst du immer nur zu leiden haben.«

»Alana liebt dich, Trevor... sie liebt dich!«

Trevor sah ihn finster an. Seine Antwort war so poetisch wie hoffnungslos. »Wie willst du Whiskey und Champagner mixen? Wie willst du ›*Bríd Óg Ní Máille*‹ zur Melodie der ›Blauen Donau‹ singen? Weißt du, wie man das machen soll?« Das Feuer in seinen Augen erstarb. »Siehst du, es geht nicht. Es geht verdammt noch mal nicht.«

31

Alana saß im Palmengarten des Hauses und trank ihren morgendlichen Kaffee. Ein freundlicher, grüner Duft umgab sie, und in der Mitte des Wintergartens gurgelte leise ein Springbrunnen aus Glas und Schmiedeeisen, aber nichts konnte sie aufmuntern. Die Stunden verstrichen quälend langsam. Das Stadthaus war still wie ein Mausoleum, ein marmornes Gefängnis, in dem sie auf Nachrichten von ihrer Schwester wartete.

Aber es kamen keine. Es schien, als wäre Christal spurlos verschwunden. Obwohl die Anstalt schon intensiv gesucht hatte und rund um die Uhr Detektive im Haus ankamen, um irgend etwas zu melden, gab es noch keine Spur. Christabel van Alen schien sich in Luft aufgelöst zu haben.

Trotzdem Alana deprimiert und verängstigt war, hatte sie dennoch Zeit, über ihre barschen Worte an Trevor nachzudenken. Als sie die Nachricht über Christabel erhalten hatte, war ihre Kraft erschöpft, Freud und Leid ihrer Beziehung zu Trevor zu ertragen. In seiner Gegenwart hatte sie sich stets verletzlich gefühlt, doch nach ihrem intimen Liebesspiel und ihrer Liebeserklärung war die Hiobsbotschaft über Christals Verschwinden einfach zuviel gewesen. Sie hatte die Schranken heruntergelassen, und nun mußte sie sich einfach wehren.

Jetzt herrschte nur noch bedrückendes Schweigen zwischen ihnen, wann immer sie sich sahen. Sie dachte daran, wie idiotisch ihre Anschuldigungen gewesen waren. So viele Detektive kamen ins Haus der Sheridans, daß sie fast eine Art Trampelpfad vom Eingang bis zur Bibliothekstür gelaufen hatte. Wenn das alles nur eine Show war, dann hatte Trevor sie unglaublich gut inszeniert.

Sie spielte mit einem der Palmwedel um sie herum und wußte, sie würde sich entschuldigen müssen. Ihr Herz war schon durch Christals Verschwinden gebrochen. Sie konnte es nicht auch noch ertragen, den Mann zu verlieren, den sie liebte. Nun waren sie weiter voneinander entfernt als jemals zuvor.

»Hier ist ein Brief für Sie, Mrs. Sheridan.« Whittaker trat in den Garten.

»Danke«, sagte sie nervös, nahm den Brief und den goldenen Öffner. Sie sah auf den Umschlag, und ihre Hände begannen zu zittern. Die Handschrift darauf war eindeutig Christals.

»Madam, geht es Ihnen gut?« fragte Whittaker.

»Doch… doch…«, murmelte sie, während sie hastig versuchte, den Umschlag zu öffnen.

Meine liebe, liebe Schwester,
wie schrecklich ist es, Dir auf diese Art zu schreiben, so weit von Dir entfernt, ohne Dir sagen zu können, welche Last mir auf dem Herzen liegt.

Mittlerweile wirst Du von meiner Abreise wissen. Ich weiß, wie unfair es von mir war, einfach davonzulaufen, aber ich schwöre Dir, Alana, ich hatte keine andere Wahl. Ich wäre in Park View verloren gewesen. Aber aus anderen Gründen, als Du denkst.

Ich weiß, wie sehr es Dich schockieren wird, Schwester. Und da ich mich jetzt an alles erinnere, kann ich nur Gott jeden Tag dafür danken, daß Du stets auf meiner Seite warst und meine Schuldlosigkeit verteidigt hast. Ich weiß, daß Mutters und Vaters Tod in gewisser Weise noch schlimmer für Dich war als für mich. Ich hatte wenigstens noch meine Verwirrung, die mich betäubte. Niemals werde ich Deine Tapferkeit in dieser Sache vergessen.

Ich habe unsere Eltern nicht umgebracht. Und doch war ihr Tod kein Unfall. Ich weiß es jetzt, weil ich vor einer Woche mit einer solch klaren Erinnerung aufwachte, daß ich um den Segen der Unwissenheit flehte. Es ist eine schreckliche Erinnerung, Alana, aber sie befreit mich. Nun muß ich nicht länger die Schuld eines entsetzlichen Verbrechens auf mich nehmen, denn ich weiß jetzt, wer es getan hat.

Und das ist der Grund, warum ich fliehen mußte. Didier wird mich suchen, genauso, wie du es tun wirst. Aber wenn er mich findet, wird er mich töten. Ich kann mir denken, daß Du nach Deinem ersten Schock sofort unseren Onkel aufsuchen und ihn dieses entsetzlichen Verbrechens anklagen wollen wirst. Aber Du mußt immer, *immer* daran denken, daß auch Du gefährdet bist. Du darfst ihn nicht beschuldigen, auch wenn Dein Verdacht richtig ist, denn Du hast keine Beweise. Du hast nur mein

Wort, und wenn ich auch weiß, daß Du mir glaubst, so werden es andere doch nicht tun. Ich war drei Jahre lang in Park View, und nun ist es zu spät.

Aber weine nicht um mich, Alana. Ich werde ein besseres Leben führen, egal, wie leer und kalt es im Moment noch aussehen mag. Ich habe es geschafft, meinen Schmuck zu verkaufen, und das Geld wird eine lange Zeit reichen. Bitte glaube mir, daß zu bleiben weitaus schlimmer gewesen wäre als die Einsamkeit des Lebens, das ich jetzt gewählt habe.

Meine Lage ist furchtbar, Alana, doch noch schlimmer ist es, von Dir getrennt sein zu müssen. Ich liebe Dich. Und ich will Dir eins versprechen: In den kommenden Jahren, wenn die Gefahr vorüber ist, werde ich an Deiner Türschwelle stehen. Wenn Du glaubst, alle Hoffnung sei vergebens, werde ich da sein. Ich werde Dich umarmen und Dich nie wieder verlassen. Wir werden die Zeit wieder aufholen, die man uns gestohlen hat, damit die Jahre, die vor uns liegen, um so süßer und schöner sein werden.

Bitte suche mich nicht, Alana. Du wirst mich nicht finden. Ich muß fortlaufen, weil ich auch um Dein Leben fürchte. Es ist besser, wenn Du nichts weißt. Wenn die Zeit gekommen ist, wird die Gerechtigkeit uns finden. Bis dahin wisse, daß ich immer an Dich denken werde. Ich bete für Deinen guten Mann und für die Nichten und Neffen, die ich eines Tages kennenlernen werde. Und ich bete dafür, daß Du verstehst, ich mußte es tun. Bitte glaube mir, daß ich endlich glücklich bin.

Deine Dich bewundernde Schwester,
Christal

Alana starrte auf den Brief in ihrer Hand. Tränen hatten die Tinte verschmiert, aber sie vermochte nicht zu sagen, ob sie von Christal oder von ihr stammten. Die Handschrift war am Ende flüchtiger geworden, und Alana fragte sich, wann Christal diese Zeilen wohl geschrieben hatte. Der Poststempel war aus Manhattan, aber wo in Manhattan? Sie sah das Bild ihrer Schwester auf einem Bahnhof oder an den Docks, allein und verängstigt darauf wartend, daß sie in den Westen oder sogar nach Europa fliehen konnte, um die Teufel aus New York weit hinter sich zu lassen.

Der Verlust Christals und die Angst, sie vielleicht nie wieder zu sehen, zehrten an ihrem Herzen. Doch noch schlimmer war der Schrecken, der langsam in ihr Bewußtsein drang, das Wissen, daß der wahre Verbrecher entkommen und der Strafe für sein widerwärtiges Verbrechen entronnen war. Wegen ihres Onkels hatte Christal unsägliche seelische Qualen durchleiden müssen. Sie hatte zu früh erwachsen werden müssen. Selbst der Brief war von einem Mädchen geschrieben, das viel reifer als sechzehn war, das bereits zuviel durchgemacht hatte. Es war ein Verbrechen gewesen, sie durch eine solche Hölle zu schicken, und die Tatsache, daß dies alles hätte vermieden werden können, wenn es damals Gerechtigkeit gegeben hätte, brachte Alana fast um den Verstand.

Aber sie beherrschte sich. Ihr Zorn, ihr Durst nach Rache würde warten müssen, bis sie sich sicher war, was am besten zu tun war. Christal hatte recht. Im Moment konnte sie niemanden anklagen. Sie brauchte Hilfe, und dazu brauchte sie ihren Mann.

Plötzlich hatte sie es eilig, zu ihm zu kommen. Einen kostbaren Augenblick drückte sie den Brief an ihre Brust. Er konnte das letzte sein, was sie jemals von Christal hören würde, und sie mußte ihre Tränen niederkämpfen. Eines Tages würde alles, was man ihnen angetan hat, gerächt werden. Irgendwie würde sie Gerechtigkeit finden, und wenn es sie das ganze Leben kosten sollte.

Sie sammelte sich und wandte sich an Whittaker, der immer noch schweigend und mit betroffener Miene in der Tür stand. »Wo ist Mr. Sheridan?« fragte sie leise.

»In der Bibliothek, Madam.«

Sie nickte.

Als sie eintrat, fand sie Trevor an seinem Schreibtisch sitzend, wo er den Stapel Papiere über Christals mögliche Aufenthaltsorte durcharbeitete, die die Detektive abgeliefert hatten. Er sah auf, als sie hereinkam. »Whittaker sagte mir, du hättest einen Brief bekommen«, stellte er fest.

Alana zögerte, als sie seine harten Züge entdeckte. Einerseits wollte sie um seine Hilfe flehen, andererseits wäre sie am liebsten davongelaufen, denn er hatte sie abgewiesen, als sie ihm ihre Liebe gestand.

»Hast du Nachricht von deiner Schwester?«

»Ja.« Alana wußte nicht, wieviel sie ihm sagen sollte. Dann begann sie: »Sie ist weggelaufen, wie du es gedacht hast. Sie konnte die Anstalt nicht mehr ertragen. Aber es gibt keine Spur, wo sie sein könnte. Der Poststempel ist von hier.«

»Darf ich ihn sehen?«

Widerwillig reichte sie ihm den Brief. Er las ihn mit zusammengepreßten Lippen und murmelte einmal »Bastard«, als er erkannte, daß sie von Didier geschrieben hatte.

»Können wir meinen Onkel auch finden?« flüsterte Alana.

Doch Trevor kritzelte bereits die richtigen Anweisungen für die Detektive auf ein Stück Papier.

»Ich habe noch eine letzte Bitte.« Alanas Stimme bebte. Nun war es Zeit, dem Löwen zum letzten Mal zu trotzen. Trevor sah auf, und ihre Blicke trafen sich. Seit ihrer letzten Liebesnacht befanden sie sich in einer Sackgasse. Und nun, da Christals Zukunft in der Hand seiner Detektive lag, mußte sie sich darauf konzentrieren, ihre Ehe zu retten... oder sie aufzulösen.

»Um was geht es?« fragte er langsam.

Sie räusperte sich. »Ich werde dies nur einmal und dann nie wieder sagen. Der Duke wird seine Verlobung mit Mara auf Mrs. Astors Ball ankünden. Ich will es allein dir überlassen, Trevor. Alles was ich brauche, ist die Gewißheit, daß du diese Ehe genauso sehr willst wie ich. Wenn ich sie bekomme, dann weißt du, daß ich bleiben werde«, ihre Stimme drohte zu versagen, »für *immer* bleiben werde.« Sie schluckte hart, um die Tränen zu unterdrücken. »Wenn nicht – wenn du darauf bestehst, daß wir nicht zusammenleben können, dann werde ich nach Maras Verlobung dieses Haus verlassen, und ich erwarte von dir, daß du kurz darauf diese Verbindung annullieren läßt.«

»Ich mag nicht vor ein Ultimatum gestellt werden«, knurrte er.

»Das weiß ich«, gab sie zurück.

»Und ich muß dir leider sagen, daß Granville diese Ankündigung nicht machen wird, also war deine kleine Rede verschwendet. Ich bezweifle, daß Mara sich in nächster Zeit verloben wird. So schnell wirst du mich wohl doch nicht los.«

Trotzig hob sie ihr Kinn und riß sich zusammen. Sie war selbst erstaunt, wie gelassen sie erscheinen konnte, während ihr Inneres in Trümmern lag. Sie liebte ihn. Sie betrachtete ihn in jeder Hinsicht als ihren Ehemann. Sie hatte sein Bett geteilt, und sein Wunsch nach einer Annullierung setzte herab, was in ihren Augen ein wundervoller und mächtiger Akt gewesen war. Nun dachte er, er konnte Nigel vorschieben, um Zeit zu gewinnen, aber er irrte sich.

Sie hatte keine Wahl. Sie mußte der Qual ihrer widersprechenden Gefühle ein Ende setzen, die sie langsam auffraßen. »Wenn Maras Verlobung feststeht, wenn der Mann, den ich liebe, meine Liebe nicht erwidern kann, dann muß diese Ehe beendet werden.« Sie suchte seinen Blick, um zu sehen, ob ihre Worte eine Reaktion hervorriefen. Einen kurzen gesegneten Augenblick glaubte sie, Panik und Schmerz zu entdecken, aber der Eindruck verschwand schnell, während er seinen kalten, zurückhaltenden Gesichtsausdruck aufsetzte, den sie nur allzu gut kannte. Sie drehte sich zum Fenster und verfluchte die Tränen, die plötzlich wieder aus ihren Augen quollen. Sie hatte Christal verloren, und nun würde sie ihn verlieren. Die Endgültigkeit war nicht zu ertragen.

Wieder räusperte sie sich, um ihre Schluchzer zu unterdrücken. »Ich... ich bedaure, daß ich im Moment deine Macht ausnutzen muß. Ich brauche deine Hilfe, um meine Schwester zu finden. Wenn wir uns trennen, hoffe ich so sehr, daß du trotzdem...«

»Ich finde deine Schwester. Trotz allem.«

Sie wollte nicht, daß er sah, wie niedergeschmettert sie war. »Danke«, antwortete sie ruhig. Da alles gesagt war, was gesagt werden konnte, schob sie ihre kleine Schleppe schwungvoll zurück und verließ die Bibliothek.

Treaty/Ein Pakt

Abschied ist alles, was wir vom Himmel kennen,
und alles, was wir von der Hölle brauchen.
– Emily Dickinson

32

Alana bekam ihre monatliche Blutung am Tag vor Mrs. Astors Ball. Margaret konnte sich nicht vorstellen, warum ihre Herrin in Tränen ausbrach, als sie sie anwies, das Leinen zu holen, aber die kleine Zofe begriff, daß etwas nicht stimmte. Margaret hatte ähnliches mit Kevin durchgemacht, denn sie beide hatten um ein Kind gebetet, seit sie verheiratet waren. Aber Mrs. Sheridan war sicherlich noch nicht lange genug verheiratet, um sich über eine nicht eingetretene Schwangerschaft Sorgen zu machen. Also nickte die Zofe nur hilflos zu Alanas Bitte und machte sich auf zur Wäscherei.

Sich selbst verfluchend, wischte Alana die Tränen fort und dachte daran, was sie bis zum nächsten Tag noch alles zu tun hatte. Sie wollte sich nicht in ihrem Kummer vergraben. Sie und Trevor hatten sich in den letzten Tagen kaum gesehen. Natürlich hatte es von seiner Seite kein Geständnis von Liebe gegeben, und nun, da sie nicht schwanger war, war ihre letzte Hoffnung gestorben.

Sie hüllte sich wieder in ihren Schutzpanzer ein und trat ins Ankleidezimmer, um ihr Kleid für den morgigen Ball zu überprüfen. Von all den Kostümen, um die sie ihre Näherin bitten konnte, hatte sie das trotzigste gewählt. Sie würde als Maeve gehen, der legendären Königin von Connacht. Ihr Kleid war aus grünem Atlas mit Kleeblattstickerei am Saum, und es wurde durch eine Smaragdkrone komplettiert. Mara hatte ihr mit dem Entwurf geholfen. Ihre Schwägerin würde als die berühmte Piratenlady Grace O'Malley gehen, gekleidet in smaragdgrünem Samt und ein Schwert an ihrer Seite.

Margaret kehrte zurück und half ihr mit der Toilette. Als das erledigt war, meldete Margaret, daß Eagan sie im Palmengarten sprechen wollte. Alana hastete in böser Vorahnung hinunter, aber als sie Caitlín entdeckte, wußte sie, daß es gute Nachrichten gab. Das Mädchen trug ein kostbares Reisekleid aus grauem Brokat, ein Kleid, das den Dienerlohn bei weitem überstieg. An ihrem Finger steckte ein diamantener Ehering.

Alana brauchte die Ankündigung nicht. »Wann habt ihr es getan?« sagte sie atemlos mit einem breiten Grinsen auf dem Gesicht.

Eagan gluckste. Er sah ein wenig blasser aus als sonst. »Heute morgen«, sagte er. »Wir wollten noch einmal vorbeikommen, bevor wir auf Hochzeitsreise gehen. Wir fahren nach Irland, um es Caitlíns Mutter zu sagen.«

Er fürchtet sich zu Tode, dachte Alana, als sie ihn küßte. Und gleichzeitig hatte er niemals glücklicher ausgesehen. Also gab es irgendwo auf der Welt doch noch Gerechtigkeit. »Wunderbar! Wunderbar!« Alana küßte auch Caitlín und nahm ihre Hand. »Deine Mutter wird Shivhan lieben. Du mußt außer dir vor Freude sein, ihr die Kleine zeigen zu können.« Sie lächelte das Baby in Caitlíns Armen an. Es trug ein feines, rosafarbenes Leinenkleidchen und sah ganz und gar wie eine verwöhnte kleine Lady aus.

»Danke für die Hilfe, Alana. Ihr Kommen nach unten war mir so wichtig. Eagan hat recht. Sie sind so gut!« Impulsiv drückte das Mädchen sie.

Alana lachte. »Pah, was sind schon ein oder zwei Besuche? Ich war bloß neidisch auf dein Baby, das war alles. Ich hätte so gern so ein süßes Kleines wie Shivhan.«

Als er ihre Bemerkung hörte, wurde Eagan plötzlich still. Alana sah ihn an, und der Schmerz glitzerte in ihren Augen. Eagan wußte es. Und plötzlich brauchte sie all ihre Kraft, um nicht in Tränen auszubrechen.

Eagan küßte seine Frau und bat sie, in der Bibliothek auf sie zu warten. Caitlín und Alana sagten sich Lebewohl, und Alana war mit Eagan allein.

»Hast du Mara und Trevor schon von deiner Hochzeit erzählt?« fragte Alana, bestrebt, über ihre Sorgen hinwegzugehen.

»Ja, sie wissen es. Ich habe eben mit ihnen gesprochen.« Schließlich sagte Eagan, was ihm auf dem Herzen lag. »Was ist mit euch beiden los? Es gab zwei oder drei Momente, wo ich dachte, eure Ehe würde funktionieren, doch jetzt scheint mir alles zerstört.«

Alana weinte nicht. Sie konnte es sich nicht mehr erlauben. Nun war es Zeit zu kämpfen. »Ich fürchte, Trevor wird mich niemals akzeptieren, Eagen.«

»Aber warum denn nicht?«

Nur vier kleine Worte, und plötzlich schossen die verbotenen Tränen hervor. »Weil ich keine Irin bin.« Sie lachte kurz und bitter auf. »Ich muß die einzige in dieser Millionenstadt sein, die sich wünscht, es zu sein.«

Er drückte ihre Arme. »Er kann dich einfach nicht von deinem Sockel stoßen, nicht wahr?«

»Er ist der Herr jeder Lage. Er hat getan, was er wollte.«

»Das glaube ich nicht. Diesmal nicht.«

Alana schüttelte den Kopf. »Eagan, wenn ihm etwas an mir läge, dann hätte ich einen Hinweis entdeckt, ein winziges Beweisstück, das mir seine Gefühle zeigen würde. Statt dessen hat er stets alles getan, um mich spüren zu lassen, daß ich eine Außenseiterin bin.«

»Er denkt ständig an dich.« Eagan fuhr sich mit der Hand durchs Haar. »Niemand kann sagen, du hättest es nicht versucht, Alana.«

Alana nickte. »Aber ich kann doch nicht hierbleiben und allein eine Ehe spielen. Er muß mir schon auf halbem Weg entgegenkommen.« Sie lächelte ihn tapfer an. »Du wirst mir immer sehr lieb sein, Eagan. Nun laß deine Frau und deine Tochter nicht länger warten. Ich wünsche euch eine schöne Reise, und bitte besucht mich, sobald ich weiß, wo ich leben werde.«

Eagan seufzte. »Ich wünschte, es müßte nicht so kommen.«

Sie lachte und weinte gleichzeitig. »Das wünschte ich auch.«

Das Croton Reservoir stand an der Westseite der Fifth Avenue zwischen der Vierzigsten und der Zweiundvierzigsten Straße. Oben auf dem gewaltigen Gemäuer war ein Spazierweg, den die Gesellschaft liebte. Dort konnte man entlangschlendern, sehen und gesehen werden und den Ausblick auf die sich ständig ändernde Skyline der Stadt genießen, die noch nicht von anderen Gebäuden außer Kirchtürmen beherrscht wurde.

Alana war hierhingekommen, um aus dem Stadthaus wegzukommen, um nachzudenken, den Kopf freizubekommen und sich zu zwingen, das scheinbar Unvermeidliche zu akzeptieren: Sie würde Trevor Sheridan niemals bekommen.

Ihre Ehe würde zu Ende sein, sobald Mara und Nigel ihre Verlobung angekündigt hatten. Sie wünschte sich sehnlichst, Trevor niemals kennengelernt zu haben. Sie hatte so starke Gefühle für ihn entwickelt, daß es unerträglich war, alles, worauf sie gehofft hatte, nun einen vorzeitigen Tod sterben zu sehen. Ihr blieb nur die Erinnerung, und das war eine schrecklich leere Perspektive für ihre Zukunft.

Sie hielt an der nordwestlichen Ecke an und blickte auf ds Land, das sich hinter der Sechzigsten Straße erstreckte. In ihrem Kummer bemerkte sie den Mann gar nicht, der sich zu ihr gesellte.

»Sieh an, Mrs. Sheridan! Was machen Sie denn hier oben so ganz allein?««

Alana drehte sich um und entdeckte überrascht Anson.

»Hallo, Anson«, sagte sie und wandte sich wieder dem Ausblick zu.

»Was für ein frostiger Empfang.«

Sie warf ihm einen Blick zu. Er sah umwerfend aus in seinem grauen Anzug mit der rubinroten Krawatte. Was kümmerte er sich bloß noch um sie, wenn andere junge Frauen sich um seine Gesellschaft reißen würden? »Ich hätte gedacht, du würdest mir gegenüber frostig sein«, bemerkte sie. »Ich habe von deinem Krach mit Trevor gehört.«

Anson lachte, aber sie traute dem nicht ganz.

»Sei mir nicht böse, Alana. Dein Mann hat mit dem Streit angefangen. Ich wollte bloß einen Besuch machen, und er hat das in einen Boxkampf verwandelt.«

»*So* hitzköpfig ist er auch nicht.«

»Aber er hat einen Schatz zu beschützen. Kann man es ihm verübeln?«

Trotz des Kompliments blieb Alana mißtrauisch. Sie konnte sich nicht vorstellen, was er damit bezweckte.

»Kommst du zum Ball der Astors?«

Sie nickte.

Er lächelte. »Darf ich dich begleiten? Sheridan scheint in letzter Zeit nicht mehr so viele Aufgaben zu haben.«

Sie sah ihn ungläubig an. »Du weißt, daß ihn das nur ärgern würde.«

Ärger verzerrte seine Züge, obwohl er sich gewaltig anstrengte, das zu verbergen. »Genau das ist es, meine kleine irische Rose. Er hat mich aus dem Haus geworfen wie einen besoffenen Matrosen aus einer Bar. Ich finde, ich habe das Recht ihn auch ein wenig zu ärgern... und natürlich dabei deine Gesellschaft zu genießen.« Er lächelte. Er war so durchschaubar, daß sie fast gelacht hätte. Die letzte Bemerkung hätte er doch glatt fast vergessen!

»Du solltest mich nicht in eine solche Situation bringen, Anson«, tadelte sie ihn und starrte wieder in die Ferne.

»Ich habe dich noch nie so niedergedrückt gesehen, Alana. Was ist? Hast du den falschen Mann geehelicht?«

Sie straffte sich, gab aber keine Antwort.

»Darf ich dich nun zum Ball begleiten? Es ist ja fast sicher, daß dein Mann wegen seiner Abneigung zu Granville nicht kommen wird. Es wäre ein Verbrechen, wenn ausgerechnet du ohne Begleitung kommen müßtest.«

Sie seufzte vernehmlich. »Wenn mein Mann nicht mitgeht, schicke ich dir eine Nachricht, und du kannst mich begleiten. Zufrieden?«

»Wunderbar!«

»Aber ich weiß, daß du das nur tust, um Trevor zu ärgern.« Sie sprach nicht aus, was sie am meisten fürchtete. Nämlich daß es nicht funktionieren würde, daß Trevor es überhaupt nicht kümmern würde, wenn sie mit Anson zu dem Ball ging.

»Ich warte auf deine Nachricht«, war alles, was er dazu sagte.

Immer noch liefen Detektive ein und aus, und Alana betete in der Nacht, daß wenigstens einer eine Spur finden würde, die auf Christal hinwies. Gleichzeitig hatten sie sich an Didiers Fersen geheftet. Christal hatte sie gebeten, das nicht zu tun – sie hatte keine Beweise für ihre Anschuldigung... noch nicht! Aber sie wollte zumindest wissen, wo er war. Und sie war furchtbar enttäuscht, als sie erfahren mußte, daß auch er verschwunden zu sein schien.

Alana mußte also nur mit der schweigenden, finsteren Gestalt umgehen, die immer noch ihr Ehemann war. Seit Tagen hatten sie und Trevor kaum ein Wort gewechselt. Sie sehnte sich nach seiner Wärme, nach seiner Nähe, aber nun war er am Zug. Sie hatte ihr Innerstes offenbart, und es gab für sie nichts mehr zu sagen. Ihr einziger Trost war, daß sie leicht kalt und unnahbar sein konnte, wenn die Unterhaltungen nur kurz waren. Und das waren sie in letzter Zeit sicherlich.

Aber nun mußten sie wieder miteinander reden.

Mara verzweifelte langsam über Trevors Ablehnung, was Nigel anging, und sie flehte Alana an, mit Trevor zu sprechen.

Als sie anklopfte, war Trevor mal wieder bei seinem Whiskey in der Bibliothek – etwas, das ihm in den letzten Tagen zur Gewohnheit geworden war. Alana war es recht. Wenn sie sich schon mit dem Raubtier konfrontiert sah, wäre es vielleicht einfacher, wenn das Tier durch Alkohol betäubt war.

»Wer ist da?« knurrte er, als sie hereinkam.

»Ich habe geklopft, aber du hast nicht reagiert«, sagte sie, während sie gelassen die großen Türen schloß.

»Was willst du?«

Sein Tonfall weckte ihren Fluchtinstinkt, aber sie beschloß, ihn zu ignorieren. »Ich möchte mit dir über Mara sprechen. Du weißt, daß sie und Nigel heiraten möchten – trotz deinen Versuchen, die Tatsache zu leugnen.«

Trevor sah sie mißtrauisch an. »Sie werden nicht heiraten«, bemerkte er grimmig. »Ich enterbe sie, wenn sie es tut. Granville blufft.«

»Das denke ich nicht.«

»Oh, doch. Er wird keine Verlobung ankündigen, darauf wette ich.«

»Mara will deinen Segen.«

»Ich will ihr nicht weh tun, aber das ist die einzige Möglichkeit. Wenn es keine Verlobung gibt, wird sie sehen, wie recht ich hatte.«

»Du könntest dich irren.«

Er starrte sie nur wütend an.

»Dein mangelndes Vertrauen in ihre Urteilskraft verwirrt sie sehr. Ich fürchte fast, sie würde Nigel aufgeben, nur um dir zu gefallen.«

»Dann sollte sie es tun.«

»Ich sagte *fast!*« Alana schenkte ihm ein eisiges Lächeln. »Deine Schwester hat ihren eigenen Kopf. Und ich vermute, sie heiratet ihren Geliebten, ob es dir nun paßt oder nicht.«

»Aber er wird sie nicht wollen, wenn sie arm ist.«

»Und wenn doch?«

»Dann widerrufe ich ihre Enterbung.« Er beugte sich vor und goß sich schwungvoll einen weiteren Whiskey ein. »Aber er wird sie fallenlassen. Glaub mir. Der Bastard ist doch bloß hinter ihrem Geld her.«

»Nun, man kann wenigstens nicht behaupten, daß du ein Heuchler bist. Jetzt hast du also zugegeben, daß es keine Möglichkeit gibt, jemanden um seiner selbst zu lieben, sondern nur wegen des Vermögens, das er in die Ehe einbringt.« Jedes ihrer Worte ätzte wie Säure.

In seinen Augen funkelten Zorn und Schuld. »Was du nicht begreifen willst, Alana, ist, daß unsere Ehe niemals auf Liebe aufgebaut sein kann. Sie wurde auf Richtig und Falsch gegründet. Es war falsch von mir, dich so zu benutzen, wie ich es getan habe. Nun ist es an mir, diese Fehler zu korrigieren und dafür zu sorgen, daß du nach dieser... Verwirrung wieder auf den richtigen Weg deines Lebens gelangst.«

Sie lachte auf. »So nennst du also unsere Ehe? Eine ›Verwirrung‹?« Es tat so weh, daß sie fast wieder in Tränen ausgebrochen wäre. Und sie war zornig. Er wollte sich nicht gestatten, sie zu lieben, weil er von ihrer beider Herkunft und Stellung im Leben besessen war. Er hatte eine Mauer um sich herum gebaut und erlaubte ihr nicht, diesen Wall zu durchbrechen.

Resigniert wandte sie ihm den Rücken zu und goß

sich mit zitternden Händen selbst einen Whiskey ein.

»Was tust du da?«

Sie holte tief Atem. »Ich dachte, wir sollten einen Toast ausbringen, Trevor.« Sie drehte sich zu ihm und hob ihr Glas. »Ich finde es passend, du nicht? Schließlich haben wir allerhand gemeinsam durchgemacht in unserer Ehe, auch wenn sie noch so kurz war. Beenden wir sie also in Würde.«

Er starrte sie an, und seine Knöchel, die den Griff seines Stockes umklammert hielten, traten weiß hervor.

»Auf dich, mein Ehemann«, begann sie und verbarg ihre Wunden vor seinem bohrenden Blick. »Ich habe dich lügen, betrügen und stehlen sehen, um voranzukommen. Du hast alles bekommen, was du wolltest. Und ich bewundere –«

Bevor sie wußte, was er tat, hatte er ihr das Glas schon heftig aus der Hand geschlagen. Sie keuchte erschreckt auf, als es am Marmor des Kamins zerschellte.

»Mach dich nicht über mich lustig«, preßte er zwischen den Zähnen hervor.

»Das will ich ja gar nicht!« fuhr sie ihn an, ihre Augen sprühten vor Zorn. Sie kümmerte sich keinen Deut um seine Gefühle, nun, da sie so tödlich verwundet war. »Ich habe die Wahrheit gesagt. Ich bewundere dich…«

»Und du haßt mich!«

Sie sagte nichts, denn sie wollte ihm wenigstens einen Teil der Wunden zurückgeben, die er ihr beigebracht hatte.

»Dann hasse mich eben«, sagte er heiser. »Du hast nach all dem, was ich dir angetan habe, das Recht dazu. Aber mach dich nicht über mich lustig.«

»Du weißt sehr gut, was ich für dich empfinde.« Ihre Blicke trafen sich, und sie gab sich keine Mühe mehr, ihre Gefühle zu verbergen. Sie liebte ihn, und wenn er es nun nicht in ihrem Blick lesen konnte, wenn er nicht die Qual in ihren Augen entdeckte und sah, wie sie ihm ihr Herz auslieferte, dann würde er es niemals erkennen.

Lange Zeit herrschte Schweigen. Keiner von beiden schien zu wissen, was er sagen sollte. Schließlich brachte sie hervor: »Der Ball beginnt um acht. Wirst du hingehen? Mara und ich brauchen eine Begleitung, und Eagan ist fort.«

»Nein«, antwortete er knapp. »Mara erwartet ihre Verlobung, und ich will nicht zusehen, wie sie schon wieder verletzt wird.«

Seine Worte trafen sie. In sanftem Tonfall sagte sie: »Anson hat uns seine Begleitung angeboten. Ich werde zusagen.«

»Stevens bringt euch zum Astor-Ball?«

Sie versuchte verzweifelt, ihre Haltung zu bewahren. »Ich dachte, du wärst ihm dankbar dafür.«

Er wandte sich mit steinerner Miene von ihr ab. Fluchend flüsterte er: »Ah, diese modernen Zeiten…« Dann trat er von dem Serviertischchen weg, ohne sie noch einmal anzusehen.

Alana fühlte sich durch seinen offensichtlichen Mangel an Eifersucht noch mehr verletzt als durch alles andere, was er ihr zuvor angetan hatte. Wut hielt die aufkommenden Tränen zurück. Sie wandte sich um und eilte hinaus, ohne das Klirren des Glases zu hören, das Trevor gegen die Wand schleuderte.

33

Es war ein wahrhaft segensreiches Unterfangen, daß der Küster der Grace Church, der »ruhmreiche Brown«, einwilligte, den Empfangschef für die ankommenden Gäste zu spielen. Der Mann stand mit tadelloser Krawatte und Rock unter dem weißen Vordach des Astor-Hauses, überwachte die Kutscher mit seiner silbernen Pfeife und schmeichelte den Damen mit seiner silbernen Zunge.

Ein leichter Regen hüllte die Straßen der Stadt in ein gespenstisches Grau ein, durch das die Gaslampen diesig hindurchschimmerten. Die Wagen standen die ganze Dreiundvierzigste Straße hinunter, um ihre Passagiere aussteigen zu lassen, und bald schloß auch das braune Coup der Stevens auf. Man half nur Alana hinaus, denn Mara wurde von Nigel begleitet, der schon früh erschienen war, um sie abzuholen. Da Alana sicher war, daß beide bald verlobt sein würden, hatte sie Mara erlaubt, ohne sie loszufahren, und hatte auf Anson gewartet.

Anson mißbilligte ihr keltisches Kostüm auf Anhieb, aber seltsamerweise freute Alana sein Mißfallen. Allerdings war sie enttäuscht, daß Trevor sie nicht in ihrer Aufmachung als irische Königin Maeve gesehen hatte. Vielleicht hatte sie tief im Inneren gehofft, daß er sie in einem anderen Licht sehen würde, wenn sie als Keltin gekleidet vor ihm auftauchen würde, vielleicht hatte sie auf seine Anerkennung gehofft. Doch er war nicht aus der Bibliothek hervorgekommen, bis Anson kam, um sie abzuholen.

Als der Lakai ihr in der Halle das grüne Samtcape abnahm, warf Anson noch einen äußerst finsteren

Blick auf ihr Kostüm, hielt ihr aber dennoch den Arm hin und führte sie in die Gemäldegalerie, wo sich das illustre Volk gesammelt hatte. Die Galerie war gerammelt voll besetzt mit den Vierhundert, die sich gurrend wie die Tauben auf den New Yorker Dächern zusammentaten und wieder trennten, um zu anderen hinüberzueilen. Anson reichte ihr ein Glas von dem Tablett eines vorbeigehenden Lakaien und sagte: »Hast du von dem Gerücht gehört, daß der Duke of Granville seine Verlobung mit Mara Sheridan ankündigen will? Ist das nicht lächerlich? Außerdem ist er Brite!«

Verärgert nahm Alana das Glas aus seiner Hand. »Meine Schwägerin ist eine schöne, liebenswerte junge Frau. Warum sollte er sie nicht heiraten wollen?«

»Ich weiß, was er von der schönen, liebenswerten Mara will. Warum sollte er also sich selbst demütigen und eine Verlobung ankündigen, wo eines doch nichts mit dem anderen zu tun hat?«

Ihre Wangen flammten vor Zorn rot auf. »Du meinst Geld?«

Anson sah sie aufmerksam an und sagte grinsend: »Nein, meine Liebe, er will dasselbe von ihr, wie ich von dir – wenn ich es kriegen könnte, ohne Gleiches zu unternehmen.«

Sie war nun so wütend, daß sie ihn am liebsten angespuckt hätte. »Ich hatte schon immer den Verdacht, daß du ein Flegel bist, Anson, aber gerade eben hast du mir den Beweis geliefert.«

»Nun, ein Flegel ist immer noch besser als dieser Abschaum, an den du gekettet bist. Und wer weiß, vielleicht läßt mich dein Stammbaum deine angekratzte Jungfräulichkeit vergessen und dich dennoch heiraten, wenn es eine Annullierung gibt.«

»Wie kannst du es wagen!« zischte sie und machte sich von seinem Arm los. Sie waren noch nicht einmal fünf Minuten auf dem Ball, und schon hatte sich ihre mühsam gespielte Freundlichkeit in Nichts aufgelöst.

»Vorsichtig, Alana. Du bist dabei, eine Szene zu machen.« Er hakte sich ihren Arm wieder ein und erlaubte ihr nicht, ihn wieder fortzuziehen. »Nach all dem Ärger und den Demütigungen, die du mir verursacht hast, wirst du dich heute abend benehmen. Das wenigste, was du für mich tun kannst, ist, dich respektabel aufzuführen.«

»Was bist du denn? Mein Beschützer?« Sie grub ihre Nägel in seinen Oberarm, bis er sie schließlich losließ, um einen Skandal zu vermeiden.

»Wohin gehst du?« fuhr er sie leise an. Er lachte grausam. »Willst du diesen Kerl suchen, den du Ehemann nennst? Oh, ich hab's ganz vergessen. War er nicht eingeladen? Oder mistet er mit den anderen Irenbauern heute abend die Ställe aus?«

»Du bist es noch nicht mal wert, meinem Mann die Schuhe zu putzen, Anson!« Sie warf ihm einen angewiderten Blick zu und wollte ihm gerade den Rücken zukehren, als die Ankunft von Trevor Byrne Sheridan angekündigt wurde.

Im Ballsaal kam plötzlich Unruhe und Nervosität auf. Sheridan, unnahbar und ernst, warf einen Blick über die Menge, und jeder darin schien zusammenzuzucken und zu hoffen, daß dieser Blick nicht ihm galt.

Nur Alana nicht. Sie stand aufrecht da und fing seinen eisigen Blick trotzig auf, obwohl fast die Hälfte des Saales zwischen ihnen lag. Beide hielten schweigend einander stand, und die Spannung schien greifbar, bis die Musik wieder anhob, und die Atmosphäre sich wieder lockerte.

Verwirrt bemerkte Alana, daß Granville an ihrer Seite war und ihren Arm nahm. Er bat sie, mit ihm den Deutschen Cotillon zu tanzen, einen Tanz, der fast zwei Stunden dauerte. Es war eine Tradition, die von Mrs. Astors Mutter, Mrs. Schermerhorn, eingeführt worden war, der Polkas, Redowas und Schottische Tänze zu wild gewesen waren. Alana war unendlich dankbar für diese lange Ablenkung. Sie sagte hastig ja und hatte das Glück, während des ganzen Tanzes Trevor nicht mehr auszumachen.

Doch als das Dinner angekündigt wurde, sah sie ihn wieder. Und ihr Herz setzte fast aus, als sie ihn in einem Salon in einem Sessel entdeckte, auf dessen Lehne Joanna Varick saß, die gerade über etwas lachte, was Trevor gesagt hatte. Trevors Lächeln war umwerfend, und Alana hielt den Atem an, als er es nun ihr zuwandte. Doch als sich ihre Blicke trafen, verschwand dieses wundervolle Lächeln und wurde durch eine grimmige Miene ersetzt, bis Alana ihre Augen abwandte.

Sie konnte es kaum ertragen, die beiden zusammen zu sehen. Joanna Varick bildete mit ihrer teutonischen Blässe einen auffallenden Kontrast zu Trevors dunklen, beängstigend gutaussehenden Gesichtszügen. Es tat ihr weh zu sehen, wie er sich amüsierte. Obwohl sie sich gewünscht hatte, daß die Gesellschaft ihn akzeptierte, mußte sie nun feststellen, daß es ihr zu weit ging. Er wurde kaum noch ignoriert. Statt dessen umschwärmten die Frauen ihn wie Pfauen mit gespreizten Federn, flatterten aufgeregt und neugierig um ihn herum und schienen nur darauf zu warten, ihn zu berühren.

Plötzlich kam Alana zu Bewußtsein, daß keiner der Sheridans sie noch brauchte. Es war nur noch eine Frage der Zeit, daß Mara mit ihrem Duke verbandelt war, und Trevor, der die Gesellschaft verschmähte, war nun ein Mitglied, ob es ihm nun gefiel oder nicht. Mochte Caroline Astor ihn auch noch von ihrem Thron aus verächtlich beobachten, so war in Joanna Varicks Augen doch etwas ganz anderes zu entdecken. Die Vierhundert hatten endlich die Iren hereingelassen, und die Vanderbilts würden mit ihrem ganzen vulgären, neuen Geld nicht lange im Rückstand bleiben. Die Veränderung, die Alana vorhergesehen hatte, vollzog sich bereits. Sie wurde nun nicht mehr als eine Art Brücke zwischen den beiden Gesellschaften benötigt. Eine neue Gesellschaft war entstanden, ohne daß es jemanden besonders aufgefallen war.

Sie sah wieder zu ihrem Mann hinüber. In seinen dunklen Augen funkelte der Schalk, den jede Frau anziehend finden mußte. Joanna Varick ganz bestimmt, denn nun berührte sie leicht seinen Arm in einer Geste der Zuneigung. Alana spürte die Hoffnungslosigkeit in sich aufsteigen, doch plötzlich war Granville wieder an ihrer Seite, der sie um die Ehre bat, ihr Tischherr beim Dinner sein zu dürfen.

Das Essen bestand aus dreiundzwanzig Gängen, unter anderem solche Dinge wie *aspic de canvasback,* Lammvorderviertel in Mintsauce, Schildkrötensuppe, Lachs, Spargel und Trüffeleis, doch Alana rührte es kaum an. Ihr Appetit nahm jedesmal noch ein wenig mehr ab, wenn sie den langen Tisch entlangblickte und ihren vergnügten Ehemann sah.

Nach dem Dinner gesellten die Damen sich bald wieder zu ihrem Gatten, und Alana mußte wieder Joanna Varick ertragen, die Trevor ihre ganze Aufmerksamkeit schenkte und die Tatsache zu ignorieren schien, daß sich seine Frau in dem gleichen Raum befand. Alanas Stimmung wurde schließlich so niedergeschlagen, daß sie gerade gehen wollte, als eine Stimme sie aufhielt.

»Caroline möchte gerne mit dir sprechen, Liebes.«

Alana vermißte Trevors wütenden Blick, als Anson ihren Arm nahm. Sie hatte ihn niemals ernsthaft als Gatten in Erwägung gezogen, aber nun verdeutlichte sein simpler Anblick ihr um so quälender, daß sie Trevor verlieren würde. »Ich will aber nicht mit ihr reden, Anson. Ich fühle mich nicht besonders wohl. Tatsächlich wollte ich gerade nach Hause gehen.«

Sie wollte sich abwenden, doch er nahm sie am Arm. »Komm mit mir, meine Liebe«, sagte er und äffte dabei den irischen Dialekt nach.

Sie wollte nicht kämpfen, also ließ sie sich zu dem Podest unter dem Baldachin ziehen, wo Mrs. Astor sich aufhielt.

»Wie geht es dir, Alice?« fragte Mrs. Astor mit aufgesetzter Anteilnahme. Sie senkte ihre gefiederte Maske und zeigte ihr Gesicht, das im Stil der Marie Antoinette ganz mit weißer, wächsener Schminke bedeckt war und einen verführerischen Schönheitsfleck links von der Oberlippe aufwies. »Ich hatte gehofft, du würdest mich mit einem Besuch beehren.«

Alana küßte sie und wußte sehr gut, daß sie sich geehrt fühlen sollte, mit der Grande Dame unter dem Baldachin zu plaudern.

Alana wollte gerade ein bedeutungsloses Kompliment über den Ball machen, als der Duke auf der anderen Seite aufstand und den Löffel gegen das Champagnerglas schlug. »Alle bitte herhören! Ich habe etwas Wichtiges mitzuteilen!« Der Duke sah zu Mara hinunter, die seinen Blick mit glücklich leuchtenden Augen erwiderte.

Alana hielt den Atem an. Nun würde der Duke also doch die Verlobung verkünden. Obwohl sie sich für Mara freute, spürte sie, wie ihr nun die Zeit durch die Finger rann.

Der Duke fuhr fort. »Zuerst möchte ich Ihnen sagen, daß ich mich stets mit großer Freude an meinen Besuch in New York erinnern werde. Sie sind wirklich unglaublich großzügige Menschen, die mir immer sofort jeden Wunsch von den Augen abgelesen haben, und dafür bin ich Ihnen sehr dankbar.« Nigel drehte sich nun zu Mrs. Astor auf dem Podium. Alle Köpfe taten es ihm nach. »Mrs. Astor, Sie sind eine begnadete Gastgeberin. Ich werde Sie vor der Königin von England in höchsten Tönen loben.«

Die Menge klatschte Beifall, und Caroline Astor nickte mit einer leichten Röte auf den Wangen, die entweder falscher Bescheidenheit entsprang oder aber der Erleichterung, daß der Duke of Granville das Gerücht von seiner Verlobung mit dieser Mara Sheridan nicht bestätigt hatte.

»Aber ich habe noch etwas zu verkünden. Etwas, das alles andere überstrahlt.«

Der ganze Ballsaal wurde unheimlich still. Also waren die Gerüchte doch wahr! Mrs. Astor versteifte sich, und Alana warf einen Blick zu Trevor herüber. Er wirkte überrascht.

Nigel sah wieder Mara an. Ihre Blicke trafen sich, und er hob sein Glas. »New York hat sich in zweifacher Hinsicht als wundervoll erwiesen. Ich habe nicht nur unvergleichliche Freunde gefunden, sondern auch die Frau, die ich bis in die Ewigkeit an meiner Seite wissen möchte. Ich danke dir, New York.« Er blickte über die Menge hinweg zu Trevor. »Bevor ich nun meinen letzten Toast ausspreche, will ich noch einem Mann danken, einen, den ich bewundere. Ich trinke auf ihn, denn er hat mir gezeigt, daß es in diesem scheußlich modernen Zeitalter noch so edle Charakterzüge wie Loyalität und Verantwortung seiner eigenen Familie gegenüber gibt. Seine Schwester wäre nicht das Mädchen, das ich kenne, wenn sie nicht in seinem Schatten aufgewachsen wäre. Und daher danke ich Ihnen, Mr. Sheridan.« Nigel prostete Trevor zu, der unbeweglich in seinem Stuhl verharrte und offensichtlich gespannt war, was nun als nächstes kommen würde. Der Duke verbeugte sich leicht. »Und nun möchte ich Ihnen sagen, daß ich heute um exakt sieben Uhr abends geheiratet habe. Bitte trinken Sie alle auf meine Braut, die frühere Miss Mara Sheridan, nun Ihre Hoheit, die Duchesse of Granville.«

Ein vernehmliches Luftschnappen ging durch den Raum, und Alana hatte das Gefühl, der Blitz hätte sie getroffen. Sie wollte hinüber zu Mara laufen und sie herzlich in die Arme schließen, doch gleichzeitig hatte man ihr den Boden unter den Füßen weggezogen. Sie hatte eine Verlobung erwartet. Sie hatte versprochen, sie würde Trevor nach dieser Verlobung verlassen. Nun war Mara verheiratet, und alles, was Alana geliebt hatte, war ihr genommen worden.

Suchend sah sie sich nach Trevor um. Wie reagierte er? Selbst über die Distanz konnte sie sehen, wie seine Lippen lautlos »Verdammt will ich sein« formten. Dann sah sie zu Caroline Astor, die so schockiert und entsetzt war, daß Alana fürchtete, sie würde in Ansons Armen ohnmächtig zusammenbrechen.

Der Duke kümmerte sich nicht um den Aufruhr, sondern trank auf seine Braut, während Mara ihn nur mit zarter Röte auf den Wangen anstarrte. Jedes andere Mädchen wäre durch den Saal stolziert und hätte sich zu ihrem Fang beglückwünschen lassen, aber Mara hatte nichts davon in Erwägung gezogen, als sie den Duke heiratete. Jedermann konnte sehen, daß ihre Freude nur der Tatsache entsprang, daß sie den Mann geheiratet hatte, den sie liebte.

»Oh, nun ist alles ruiniert!« Caroline Astor stieß das Riechsalz weg, das ihr die herbeigeeilten Dienstmädchen hingehalten hatten, während ihr Zorn sie wiederbelegte. »Wie kann Granville es wagen, nach allem, was ich für ihn getan habe?«

»Wie kommt ein Duke vom Königreich dazu, ein irisches Flittchen heiraten zu wollen?« murmelte Anson verwundert.

Angewidert hörte Alana sich ihre Worte an, empfand jedoch gleichzeitig eine Art Mitleid. Ihre sichere, kleine Welt änderte sich und jagte ihnen Schrekken ein. Aber sie waren nicht die einzigen, deren Leben an diesem Abend aus den Fugen geriet. Alanas war vor ihren Augen vernichtet worden. Morgen würde der Abgrund zwischen ihr und Trevor dauerhaft sein. Es gab nicht eine Verbindung mehr, mit der er sie an sich fesseln konnte: Keine Mara, kein Baby, keine gesellschaftlichen Ambitionen und nun auch keine Zeit mehr.

Von dem Podium aus beobachtete sie Trevor, der sich durch die Menge kämpfte und fast widerwillig Nigels Hand schüttelte. Er umarmte seine Schwester, und Alana betete, er würde sich umdrehen und in der Menge nach ihr suchen. Sie sehnte sich nach ihm, daß er kommen und ihr sagen würde, daß er sie nun doch aus ganzem Herzen liebte und sie als seine Frau brauchte. Doch die Gäste stürmten auf den Duke zu und bildeten dichte Trauben, so daß sie bald unter all den Gratulanten Trevors dunkles Haar kaum noch ausmachen konnte. Ihr Herz wurde ihr schwer, und betäubt stand sie nur da und dachte daran, daß sie morgen ihre Sachen packen und gehen würde. Wenn sie Glück hatte, würde Trevor ihr allenfalls großzügig die Tür aufhalten, wenn sie ging.

»Und alles ist nur deine Schuld, Alice!« Mrs. Astor wandte sich zu ihr. »Deine Mutter würde sich ja im Grab umdrehen, wenn sie wüßte, was sie da aufgezogen hat. Nichts wäre so gekommen, wenn du nicht diesen... diesen *Mann* geheiratet hättest!« Sie warf einen verächtlichen Blick zu Trevor herüber.

Im verzweifelten Bemühen, vor diesen beiden nicht zusammenzubrechen, fauchte Alana: »Nun, wenn es Ihnen nicht gefällt, dann gehen Sie doch zum Teufel!« Sie verließ das Podium ohne ein weiteres Wort, während Anson und Caroline Astor mit offenem Mund hinter ihr her starrten und nicht glauben konnten, daß so eine vulgäre, irische Bemerkung von einer der Ihrigen ausgesprochen worden war.

Stolpernd und taumelnd schaffte es Alana, durch die Menge zu einer der Ausgänge zu gelangen. Sie hätte gern den Frischverheirateten gratuliert, aber sie wußte, daß es mit ihrer Beherrschung vollkommen vorbei sein würde, wenn sie nicht sofort flüchtete. Draußen rief sie eine Mietkutsche herbei und ließ sich zum Stadthaus zurückbringen.

Dort war es totenstill. Sie durchquerte das marmorne Foyer, und jeder ihrer Schritte hallte an den hohen Wänden wider. Sie raffte ihre grünen Atlasröcke, die sie nun haßte, und schritt die Treppe hinauf, während ihr Herz so schwer wie der Stein um sie herum war. Zum ersten Mal in ihrem Leben hatte sie nichts mehr, worauf sie sich in ihrer Zukunft freuen konnte. Christal war fort, und vielleicht ging es ihr nun noch schlechter als das letzte Mal, als sie sie gesehen hatte. Und nun war auch ihr Mann verloren, der Mann, den sie mit der Zeit lieben und begehren gelernt hatte.

Jeder einzelne Schritt in ihrem Zimmer erschien ihr schwer, ihre Gedanken waren voller Erinnerungen an Trevor. Sie sah sein Gesicht, das schön, aber niemals fröhlich war, seine Miene, die von tiefem Stolz zu hemmungsloser Leidenschaft wechseln konnte. Sie stöhnte auf, als sie daran dachte, niemals mehr in seinen Armen liegen und diesen Gesichtsausdruck sehen zu können.

»Wenn du mich nur mitgenommen hättest, Christal«, flüsterte sie, als sie sich aufs Bett warf. Dort lag sie eine Ewigkeit, zu müde und zu erschöpft, um noch Tränen vergießen zu können.

Nach etwa einer Stunde hörte sie Margarets Klopfen an der Personaltür und stand auf. Schließlich war es gut, daß die Zofe sie störte, denn nun konnte sie ebensogut sofort mit dem Packen beginnen. Sie war entschlossen, noch heute nacht zu gehen. Sie wollte sich nicht unnötig quälen, indem sie morgen früh einen dramatischen Abschied nahm.

Sie wollte Margaret gerade entsprechende Anweisungen geben, als das Mädchen ihr eine kleine Spieluhr hinhielt. »Der Herr des Hauses ist heimgekommen, Mrs. Sheridan. Er bat mich, Ihnen das hier zu geben, sobald ich Sie sehe.«

Alana nahm die Spieluhr. Mit zitternder Hand

strich sie über die naiv gemalten Vergiß-mein-nicht und dachte daran, wie erfrischend einfach sie im Gegensatz zu ihrem überladen geschmückten Schlafzimmer aussahen. Nervös und bemüht, nicht zu viel Symbolik in diesen Blumen zu sehen, öffnete sie das Kästchen und lauschte, wie der Mechanismus die Töne des »Donauwalzers« hervorbrachten.

Die Musik bezauberte sie und verfluchte sie, denn sie war so schön, daß es um so mehr weh tat, daß sie niemals mit ihrem Geliebten dazu hatte tanzen können. Und es niemals würde tun können.

Dieser Gedanke ließ eine kleine, funkelnde Träne ihre Wange hinunterkullern. Sie wischte sie weg, um die Nachricht in der Spieluhr lesen zu können.

Alana,
Du hast einmal gesagt, es würde der Tag kommen, an dem ich bereuen würde, Dich geheiratet zu haben. Ich bereue es jetzt, Alana, und das von ganzem Herzen. Denn heute abend habe ich die Freude in den Augen einer glücklichen Braut gesehen, und ich bedaure, daß ich so etwas niemals in Deinem Gesicht habe sehen können. Ich verstehe jetzt, was ich Dir angetan habe, und mein Kummer darüber ist groß, aber wenn Du mich verläßt, ist mein Kummer noch unendlich viel tiefer. Laß mich Dir versichern, daß Gottes Schwert in dieser ungerechten Welt erbarmungslos ist. Wenn ich Dich verliere, dann bekommt ein Mann, *dieser* Mann, was er verdient.

Trevor

Schluchzend und atemlos konnte Alana die tränenverschmierte Tinte nicht mehr entziffern. Seine Worte berührten sie, drückten alles aus, was sie sich jemals von ihm zu hören gewünscht hatte. Sie wollte ihn sehen, wünschte sich nichts mehr als das. Sie wischte sich hastig die Tränen aus dem Gesicht und sah sich einen Moment verwirrt um. Dann lief sie ohne zu zögern aus ihrem Schlafzimmer.

Sie mußte nicht lange suchen. Vom Treppenabsatz sah sie unten Trevor mit müden, steifen Schritten zur Bibliothek gehen und die Tür schließen. Sie wollte hinunterlaufen und sich in seine Arme werfen, aber sie wußte instinktiv, daß man einem Löwen so nicht begegnen durfte. Sie mußte es vorsichtig tun, sich jeden einzelnen Schritt behutsam überlegen.

Sie ging die Treppen hinunter und durch die große Halle, ohne einmal die Augen von den gewaltigen strengen Bibliothekstüren abzuwenden. Dort angelangt verzichtete sie darauf, anzuklopfen, denn sie wollte ihm keine Möglichkeit geben, sie abzuweisen. So trat sie ein und schloß die Tür hinter sich.

Er stand am Kamin, starrte in die kalte Asche und hielt ihr seinen breiten, abweisenden Rücken zugewandt. Er hatte seinen Stock fest gepackt, als benötigte er gerade jetzt seine Unterstützung um so mehr. Einen Moment lang sah sie ihn nur an und kämpfte innerlich mit ihren Gefühlen und ihren Wünschen. Dann räusperte sie sich, wußte nicht, wie sie beginnen sollte. Schließlich sagte sie nur: »Trevor.«

Er spannte sich, sah aber nicht auf. Sie konnte dennoch fast seine finstere Miene spüren.

»Tut es dir leid, mir weh getan zu haben?«

Endlich drehte er sich um und fing ihren Blick auf.

Seine Stimme war heiser und tief: »Ich wollte dir niemals weh tun.«

Sie hatte diesen Mann liebengelernt. Und dennoch war alles an ihm widersprüchlich. Er haßte die Briten, doch sie wußte, daß er Nigel akzeptieren würde, weil Mara ihn wirklich liebte. Er verbarg seine Herkunft in dieser erzwungenen, überkorrekten Sprache, während er voller Stolz sein Erbe hochhielt. Er war ein Mann, der mit gleicher Intensität lieben und hassen konnte, doch er würde sich niemals einer Mittelmäßigkeit hingeben. Das Leben in der Gesellschaft hatte sie immer mit sinnlosem Geplauder oder unausgefülltem Schweigen umgeben, doch niemals hatte sie ein Brüllen vernommen. Bis sie ihn traf.

»Ich will einen Mann, der mich liebt. Kannst du das sein?« flüsterte sie.

Das Schweigen wurde drückend. Trevor starrte wieder in den Kamin.

»Liebst du mich?« Nun konnte er nur noch ja oder nein sagen, und sie würde entsprechend handeln müssen.

»Ich will, daß du den richtigen Mann bekommst, Alana.«

Sie schüttelte den Kopf und wiederholte nur zu seinem abweisenden Rücken: »Liebst du mich?«

»Ich habe noch niemals geliebt. Ich weiß nicht, wie das ist.«

»Ich frage dich jetzt. Liebst du mich?« Ihre Stimme brach vor ungeweinten Tränen.

Er schwieg einen Moment, als ob er jedes Wort überdenken würde. »Ich habe nichts, mit dem ich es vergleichen könnte. Aber wenn Liebe eine Besessenheit ist, wenn Liebe so mächtig sein kann, daß es die Vernunft und den Willen eines Menschen überlagert, wenn Liebe das Gefühl ist, daß man lieber sterben möchte, als seinen Verlust zu beklagen...« Er wandte sich um, und sie konnte die Verzweiflung auf seinem Gesicht sehen. Mit einem unendlich süßen, rauhen Flüstern sagte er: »Dann ja... dann liebe ich dich, Alana. Ich bin verdammt, dich zu lieben. Und ich werde dich immer lieben.«

Stumme Tränen rannen ihre Wangen hinunter. Die Spannung zwischen ihnen dehnte sich ins Unerträgliche, die Sekunden verstrichen ohne ein rettendes Wort. Sie wollte verzweifelt das Richtige sagen, wollte ihm deutlich machen, wieviel er ihr bedeutete, wie sehr sie sich fürchtete, ihn zu verlieren und wie sehr sie ihn liebte.

Aber als die Worte nicht kommen wollten, tat sie das einzige, das sie tun konnte: sie hob ihre Röcke an, rannte zu ihm und warf sich in seine Arme. Mit einem Keuchen der Erleichterung und der Freude schlang er beide Arm um sie, und sein Stock fiel klappernd zu Boden, wo er nutzlos und überflüssig liegen blieb.

Epilog

»Im Winter«, flüsterte die weibliche Stimme etwas gedämpft aus dem riesigen Walnuß-Himmelbett, »sind Christal und ich immer im Park Schlitten gefahren. Es war eine wundervolle Zeit. Vater hatte uns einen wunderschönen Schlitten gekauft, einen grünlackierten mit rotem Samt innen, der wie eine Muschel gearbeitet war. Er war so klein, daß gerade zwei Kinder darauf Platz hatten, und ich erinnere mich noch an einen verschneiten Nachmittag, als Vater uns mit seinen Pferden folgte, die Stallburschen im Schlepptau. Wir fuhren durch den Central Park, die Wangen rot vor Kälte, Schneeflocken, die im Haar schmolzen und der scharfe Geruch des Liniments von unseren Ponies, der uns in der beißenden Kälte Geborgenheit gab. Unsere Füße waren eingefroren, unsere Hände auch – wir trugen nie unsere Muffs –, aber wir wollten nicht nach Hause zurück, obwohl unsere Mutter uns Schokolade versprochen hatte.« Alana berührte die nackte Brust ihres Mannes und genoß seine Wärme und Härte. Sie lächelte ihn an, ein kleines schiefes Lächeln, das sehr viel mit dem vertrauten, wissenden Lächeln einer Ehefrau gemein hatte. »Ich muß dir ziemlich verwöhnt vorkommen.«

Er antwortete nicht, also zog sie spielerisch an seinen Brusthaaren. »Erzähl mir deine schönste Kindheitserinnerung. Du mußt eine haben. Erzähl sie mir.«

Trevor blickte an den hohen Betthimmel. Das Gaslicht warf flackernde Schatten auf sein nachdenkliches Gesicht. »Vielleicht ist meine schönste Erinnerung die an meinen Vater.«

Sie sagte nichts. Er sprach so wenig von seiner Kindheit, daß sie nun mit gespannter Aufmerksamkeit wartete.

»Wir hatten Verwandte in Connemara, und im Sommer gingen Vater und ich mit anderen Männern auf ihre Boote zum Fischen in der Galway Bay…«

Sie beobachtete ihn verträumt und lauschte seinem Akzent, der nun öfter auftrat und sein hartes Englisch abmilderte. Er sprach von unschuldigen Kinderarbeiten, von der Heldenverehrung für seinen Vater und von der einfachen Freude, auf den Wellenkämmen zu reiten und zu den Männern zu gehören. Als er schwieg, trauerte ihre Seele um das Kind, das es nicht mehr gab.

Sie legte den Kopf auf seine Brust und sah durch das Fenster seines Schlafzimmers, auf das die Februarkälte Eisblumen gezaubert hatte. Sie blieb still, und ihr Blick wanderte in die Ferne.

»Du denkst an Christal, nicht wahr?« fragte er zärtlich und strich ihr über den Rücken.

»An Christal und an Träume.« Sie schwieg einen langen Augenblick. »Werden wir sie je finden? Oder Didier?« Ihre Stimme wurde traurig.

»Das letzte, was wir gehört haben, war, daß deine Schwester in Bolivien ist, aber du kannst dort nicht hin, das weißt du. Also versprich mir, daß du mir das überläßt, Liebes. Es mag seine Zeit dauern, aber ich schwöre dir, wir finden sie.«

»Das weiß ich. Ich wünschte nur, es würde bald sein.«

»Du sagst, du hast an Christal und Träume gedacht, *á mhúirnín*. Was sind das für Träume?«

Sie lächelte leicht. »Bevor ich verheiratet war, träumte ich immer von einem weißen, kleinen Haus, einem Mann und Kindern. Ich sehnte mich nach der Einfachheit eines anderen Lebens, eines ärmeren Lebens.«

»Tut es dir leid, daß ich dir das niemals geben kann?«

»Du hast es schon getan. Reich oder arm, ich will den Mann, den ich liebe, nicht eine Fassade, sei sie nun die eines einfachen Häuschens oder die einer Villa an der See.«

Plötzlich runzelte er die Stirn. »Du bist zusammengezuckt.«

Sein finsterer Blick, den sie einst gefürchtet hatte, brachte sie nun zum Lächeln. »Das Baby tritt. Er ist nämlich genau wie der Vater, weißt du.« Sie legte ihre Hand über seine, und gemeinsam tasteten sie die harten, kleinen Tritte gegen ihren Bauch.

»Woher weißt du, daß es ein Junge ist? Es könnte genauso gut ein Mädchen sein.«

Wieder ein Lächeln. »Oh, es ist schon ein Junge. Er tritt und brüllt, daß er hinaus will und wird wahrscheinlich zu früh kommen, nur um mir Ärger zu machen. Er ist eben genau wie der Vater, wie ich schon sagte.«

Er küßte sie so zart und warm, daß sie sich mehr wünschte. »Tyrann«, flüsterte sie, und er küßte sie noch mal, um ihr das zu bestätigen.

Später kuschelte sie sich in seine Armbeuge und genoß das Gefühl, das sein Schenkel auf dem ihren hervorrief.

»Ich liebe dich, *á mhúirnín,* weißt du das?«

Ihre Blicke trafen sich, und all ihre Gefühle waren offen auf ihrem Gesicht lesbar. »Ja«, flüsterte sie. »Ich wußte es, als ich deinen Brief las. Und seitdem habe ich nie mehr daran gezweifelt.«

Sein Blick ließ sie nicht los. »Ich möchte, daß du dich nächsten Monat ausruhst. Ich will nicht, daß irgend etwas schiefgeht. Du darfst dir nicht so viele Sorgen um deine Schwester machen.«

»Ich hoffe nur, Christal findet da draußen soviel Glück wie ich es habe.«

»Bist du glücklich?«

»Ich liebe dich, Trevor. Beantwortet das deine Frage?«

Das tat es. Er beugte sich über sie, streichelte ihre Brüste und küßte ihre Lippen. Ihre Hand glitt zu seiner Hüfte und tastete über die kleine Narbe. Ihr Bedauern, daß er niemals mit ihr tanzen konnte, war töricht gewesen. Das dachte sie, als sie den schönsten Tanz des Lebens von neuem begannen.

Read these faint runes of Mystery,
O Celt, at home and o'er the sea;
The bond is loosed – the poor are free –
The world's great future rests with thee!

Till the soil – bid cities rise –
Be strong, O Celt – be rich, be wise –
But still, with those divine grave eyes,
Respect the realm of Mysteries.

– The Book of Orm

Entziffre diese rätselhaften Runen des Schicksals,
O Kelte, ob Du nun daheim oder in der Fremde weilst;
Die Fesseln sind gesprengt – die Armen sind frei –
In Deinen Händen liegt die strahlende Zukunft der Welt!

Mache das Land urbar – lasse Städte erblühen –
Sei stark, O Kelte, sei reich an Gütern und sei weise –
Doch vertraue dem tiefen, klaren Blick Deiner göttlichen Augen
Und fordere das Schicksal nicht heraus.

– The Book of Orm

Band 11998

Angela Arney

Wer von euch ohne Schuld ist ...

Neapel im Jahr 1944 zwischen Deutschen und Alliierten heiß umkämpft. Um der Flammenhölle zu entkommen, hat die junge Liana gelogen, betrogen und ein äußerst gewagtes Spiel getrieben. Nun steht sie in den Ruinen einer Kirche vor dem Traualtar, neben ihr der englische Offizier Nicholas Hamilton-Howard, Earl of Essex. Sogar noch während der Zeremonie fürchtet Liana, jemand könnte die Wahrheit über sie herausgefunden haben. Erst nachdem der letzte Segen ausgesprochen ist, fühlt sie sich sicher, und voller Dankbarkeit schwört sie, Nicholas glücklich zu machen, obwohl sie keine Liebe für ihn empfindet und ihr künftiges Zusammenleben auf Lüge und Täuschung beruht ...

Ein kraftvoller und leidenschaftlicher Roman

BASTEI LÜBBE

Band 11994

Nancy Thayer

Zwischen den Zeiten

Ein Roman über Freundschaft, Liebe und Selbstfindung

Ihr Ehemann hat sie verlassen, der Mann, den sie liebt, ist tot, und ihre Tochter lebt in Kalifornien. Um dem einsamen, verzweifelten Leben in Kalifornien zu entgehen, zieht Daphne Miller aufs Land. Ihre Nachbarn sind Jack und Ann, ein junges Paar.

Schon bald ertappt sich Jack dabei, daß er sich auf den morgendlichen Waldlauf freut, der an Daphnes Haus vorbeiführt. Und auch Daphne spürt, daß Jack ein Vakuum in ihrem Leben füllt – aber er ist verheiratet …

BASTEI LÜBBE

Band 12006

Margaret Kirk

Der Traum vom Gold

Alle Entbehrungen haben sie auf sich genommen, um an der Olympiade teilnehmen zu können. Doch mehr als der sportliche Ehrgeiz sind es ihre persönlichen Tragödien, die sie zwingen, um jeden Preis zu siegen: Roxane, hinter der eine maßlos ehrgeizige Mutter steht; Mieko, die fürchtet, Schande über ihre Familie zu bringen; und Alexei, dem nur der Sieg ein Leben in Freiheit ermöglicht. Während die Sportler ihrem Auftritt entgegenfiebern, hält Trainer Grant Rivers die Zeit für gekommen, ein paar alte Rechnungen zu begleichen und eine nie vernarbte Wunde endlich zu heilen …

Ein Roman über Glanz und Elend der internationalen Eiskunstlaufelite

BASTEI LÜBBE

Band 11989

Juliette Benzoni

Napoleone – Siegerin des Herzens · In der Sonne des Ruhms · Im Zeichen des Adlers

Juliette Benzoni, gebürtige Pariserin, studierte Jura, Philosophie und Literatur. Danach arbeitete sie als Journalistin. International bekannt wurde sie vor allem mit ihren historischen Romanzyklen.

In der vorliegenden Trilogie schildert sie die Abenteuer ihrer Heldin Napoleone im 19. Jahrhundert, einer turbulenten Epoche der französischen Geschichte. Liebesaffären, politische Verschwörungen und glanzvolle gesellschaftliche Ereignisse werden vor einer prägnant gezeichneten historischen Kulisse meisterhaft in Szene gesetzt.

BASTEI
LÜBBE